重庆之眼

CHONGQING
ZHI YAN

范稳 / 著

图书在版编目(CIP)数据

重庆之眼 / 范稳著. —重庆:重庆出版社,2017.3(2018.5重印)
ISBN 978-7-229-12151-8

Ⅰ.①重… Ⅱ.①范… Ⅲ.①长篇小说—中国—当代
Ⅳ.①I247.5

中国版本图书馆CIP数据核字(2017)第056950号

重庆之眼
CHONGQING ZHI YAN
范 稳 著

责任编辑:别必亮 杨耘 林郁
责任校对:刘小燕
装帧设计:刘沂鑫 刘颖

重庆出版集团
重庆出版社 出版

重庆市南岸区南滨路162号1幢 邮编:400061 http://www.cqph.com
重庆出版社艺术设计有限公司制版
重庆市国丰印务有限责任公司印刷
重庆出版集团图书发行有限公司发行
E-MAIL:fxchu@cqph.com 邮购电话:023-61520646
全国新华书店经销

开本:890mm×1270mm 1/32 印张:17 字数:346千
2017年3月第1版 2018年5月第2次印刷
印数:30 001~40 000
ISBN 978-7-229-12151-8
定价:49.00元

如有印装质量问题,请向本集团图书发行有限公司调换:023-61520678

版权所有 侵权必究

只要我们还活着，
我们就是历史的证言；
我们死去，
证言留下。

面对历史,范稳有一种罕见的谦敬和诚恳。后来者必须知道自己的小和无知,由此出发,他以清苦的田野劳作努力重建历史的现场,重现人的精神。他的历史小说常常是"笨"的,这是一种饱含历史重量的笨,是大地之笨。

——中国作协书记处书记、中国作协副主席、著名评论家　李敬泽

范稳是一位有抱负的小说家。他有一种固执的坚持,去驾驭宏大、深重的题材。悠远的历史,残酷的现实,还有打通历史和现实的人的生存与命运。"大地"、"吾土"是他这种抱负从一开始就立下的难题和雄心。他一定是立下标题再去努力实现的小说家。这一次他聚焦于重庆山城的一段特殊历史,然而"之眼"穿透的,仍然是他一如既往的创作理想:为历史留下证言。在今天,这样的创作抱负尤显宝贵。在弥漫着人间烟火气的土地上,看到英雄前行的身影,我们需要这样的文学。

——中国作协书记处书记、著名评论家　阎晶明

范稳的长篇新作《重庆之眼》,既是对中

华民族宏大悲壮历史的再现与致敬，又是对历史巨变中个体生命的凝视与抚摸，浩然正气、民族大义与个体灵魂的伤痛并存，爱与恨、实与虚、残酷与诗意、反思与抒情相结合，构成了小说巨大的思想、情感与艺术张力。

——中国作协书记处书记、现代文学馆馆长、著名评论家　吴义勤

范稳的长篇小说，从《水乳大地》到今天的《重庆之眼》，每一部都有令人洞心骇目的气概。他选取常人难以驾驭的题材，穿透历史与命运的迷雾，直抵信仰与灵魂的彼岸。他在采访上投入的精力和热情，不输给任何一位报告文学作家，而他在构思和想象中获得的升华，又使他明显超越普通小说家的境界。这是他的每一部作品都具有令人惊异的陌生感和现实感、又深切震撼人心的原因。

——中国作协小说创作委员会副主任、鲁迅文学院原常务副院长、著名评论家　胡平

这是一部向一座勇敢倔强城市致敬的小说，更是向一段不屈光辉历史致敬的颂歌。

对以历史事件为写作资源的作家来说，虚

与实的平衡是个难题。对范稳来说，从历史中再发现，既是抗战文学书写的唯一途径，"也是对遗忘的拒绝和抗争"。

——《文汇报》2017年3月21日

《重庆之眼》让"重庆大轰炸"的历史，终于得到了后续震荡至今的全景式的充分书写。我们不要忽略这部长篇里程碑般的意义——在此之前，由生活于国内的作家创作的大量抗战题材小说，取得的众多成就已有公论，但是抗战中极为严重的蒙难受害大事件，诸如日军制造的南京大屠杀、毒气战与细菌战、重庆无差别大轰炸，我们一直没有集中叙写出哪怕是其中一个，且足以配得上长篇小说这一文体尊严的杰作。

——《人民文学》2017年第3期"卷首语"

这部厚重之作试图探讨的主题非常多元，很难一言或几言以蔽。

——《春城晚报》2017年3月27日

目 录
CONTENTS

第一幕　国破山河在

1. 狼烟　　　　　　　　　　　　　　003
2. 星光照耀下的小草　　　　　　　　022
3. 一九三七之夏　　　　　　　　　　040
4. 玄都观里桃千树　　　　　　　　　062
   旧闻录（之一）　　　　　　　　　091
5. 世界主义者　　　　　　　　　　　094

第二幕　城春草木深

6. 岂日无衣　　　　　　　　　　　　115
7. 与子同仇　　　　　　　　　　　　139
8. 前度刘郎今又来　　　　　　　　　152
9. 打向老师的耳光　　　　　　　　　165
   旧闻录（之二）　　　　　　　　　176
10. 山城之灯　　　　　　　　　　　 180

第三幕　感时花溅泪

11. 陪都孤儿　　　　　　　　　　　 197

　　　　旧闻录(之三)　　　　　　　　212
　　12. 空军坟　　　　　　　　　　　216
　　13. 咫尺天涯　　　　　　　　　　233
　　14. 我本将心向明月　　　　　　　253
　　15. 落在剧院里的炸弹　　　　　　266

第四幕　恨别鸟惊心
　　16. 黑太阳　　　　　　　　　　　285
　　　　旧闻录(之四)　　　　　　　　310
　　17. 洗罪　　　　　　　　　　　　314
　　18. 私奔　　　　　　　　　　　　334
　　19. 昔日王谢堂前燕　　　　　　　349
　　20. 大隧道之殇　　　　　　　　　361
　　21. 相助　　　　　　　　　　　　374
　　22. 摇篮旁边的坚持　　　　　　　390
　　23. 守望　　　　　　　　　　　　406

第五幕　此情可待成追忆
　　24. 告知函　　　　　　　　　　　425
　　　　旧闻录(之五)　　　　　　　　426
　　25. "V"　　　　　　　　　　　　 431
　　26. 组织　　　　　　　　　　　　446

27. 背叛	461
28. 不死的证言	484
29. 一直在你身边	510

| 后记 | 致敬重庆 | 515 |

第一幕

国破山河在

1. 狼烟

邓子儒一生也搞不明白，莱特兄弟为什么要发明飞机。天空本来是属于鸟儿的，人飞上了天，就应了中国的那句成语——无法无天。而人一旦失去了天空，比脚踩不到坚实的大地还要慌乱。古人云："天地四方曰宇，往古来今曰宙。"浩渺宇宙之间，人何其卑微，人生又何其短暂。"风霜何事偏伤物，天地无情亦爱人"，因此，人不能不敬畏天。加之，在邓子儒人生中的某一段时期，他对那些能驾机上天的人心存芥蒂。直到他皓首白头了，每当他仰望重庆的天空时，他都不确定灾难会不会倏然而至。

但在一九三九年五月三日这天，山城灰蒙蒙的天空将给他的家族降下一个财神来，同时也是他第二天的婚礼上最为尊贵的客人——上海裕隆纱厂的董事经理罗佑华先生。全面抗战虽然已经打了快两年了，但重庆还是大后方，人们该过的日子照样要过，该做生意的也照样做。罗经理这次来将授权邓氏家族作为裕隆纱厂在西南棉纱销售的总代理，同时还计划和邓家在重庆新开一家纱厂。邓子儒的父亲邓玄远说，和裕隆一合股，我们就是西南地区棉纱业绝对的龙头老大了。

眼下，邓子儒正引颈向东边的天空张望，他的身后站着两个襄理和几个小老幺。父亲邓玄远作为重庆码头上"义"字辈"天门堂"的头排袍哥大爷①正在家里摆流水席，接待前来贺喜的重庆本地甚至远到成都各方码头上的袍哥大爷和英雄好汉。这几天，邓家大院所在的二府衙一带的街巷、茶馆里，随处可见那些享誉江湖的袍哥大爷们。他们大多有隔山打人、坐转乾坤的本事，或乘轿，或迈着器宇轩昂的八字方步，身后跟着二爷、三爷及一溜小老幺。他们见面互行"拐子礼"，在茶馆里摆"茶碗阵"，报上各自码头的山名、堂名、香水名以及字辈排序，拱手互称英雄，喝茶指点江山，俨然一场江湖群英会。邓家大院今天更是办起了堂会，既接待各路英雄好汉，也为明天邓家大少爷的大婚预热气氛。一个京戏班子和一个川戏班子轮流献演，还请了"琼楼"舞厅的舞女来助兴，给宾客带来夏威夷风情的西洋舞蹈。本来邓玄远坚决反对地说，政府正在提倡新生活运动，反对奢靡。前个月重庆的面粉大王王老板在陕西街"留春楼"办生日宴，招摇铺张了点，就被路

---

① 袍哥组织对外以仁、义、礼、智、信来区分不同社会阶层的帮会。其内部组织又分八个排行等级，以孝、悌、忠、信、礼、义、廉、耻八字为序号，称之为嗨一排到嗨十排，没有四、七排，嗨一排的为龙头老大，又称大舵爷、总舵把子，其余等而下之，各司其江湖职责。在十排以下，便是众多小老幺、兄弟伙了。

人扔了石头,警察不管,报纸上还说风凉话,丢脸丢惨啰。我们请了那么多江湖上的大爷们,已经够招摇的了。但邓子儒说,人家罗经理是大上海来的,"百乐门"里都兴这个的,我们得让客人高兴吧?让码头上的兄弟伙扎在门外,看哪个龟儿子的还敢来臊皮。抗战爆发前邓子儒去过上海,知道一些大上海的洋派。

邓家祖上从一八九一年重庆开埠通商时起,就当洋人在重庆经营的洋纱、烟草、火柴等洋货的买办,同时也兼做票号、酒楼、土产等方面的生意。邓氏家族的产业到邓子儒的父亲邓玄远手里时,已经被誉称为"邓半城"了。从商贸、银行、期货、酒店、水运到地产,长江和嘉陵江包裹着的这片树叶状的半岛上,无论是抗战前的上半城或下半城,还是一九三八年后作为国民政府的陪都,到处都有邓家的产业。以至于至少有十来个(究竟有多少邓子儒也搞不清)随着国民政府迁来陪都的将军、部长、次长租住着邓家遍布在重庆四处的别墅、老宅。这些房子租也好借也罢,邓玄远有求必应。那年月,衡量一个江湖老大的标准是:没有他摆不平的事,没有不求他办事的人。"邓半城"的传说,就是从邓玄远这一代开始的,既指其产业,也代表邓氏家族在重庆城的影响力。

天空有一层薄薄的雾霭,这在雾都算是个好天。中午十二点半左右,远方传来飞机的轰鸣声,邓子儒身后的人刚说"来了、来了",城里就猛然响起尖厉的空袭警报声。这种催命鬼般叫唤的警报重庆人已经不陌生,毕竟在和日本人打仗嘛,但谁也不会当真。去年日本飞机也来轰炸过,只是在郊区乱扔了一通炸弹,重庆城几乎没伤着皮毛。政府也在教导民众一些防空常识,但一般人认为,日本飞机来了就往自己家的桌子下一躲就是了,大不了再在上面铺几床棉铺盖。

邓子儒焦躁地说:"挨刀的小日本,偏偏这个时候来。"

一个眼尖的小老幺说:"少爷,不是日本飞机,是客人的飞机,你看,它落下来了。"

果然,一架欧亚航空公司的中型客机伴随着强大的轰鸣降落在珊瑚坝机场。站在邓子儒身边的胡襄理说:"搞防空的那帮龟儿子,草木皆兵。"

客人开始下飞机,显得有些仓促慌乱,因为空袭警报仍在一阵紧似一阵地催命。邓子儒在人群中认出了提着皮箱的罗经理,忙率众迎了上去。邓子儒拱手道:"罗经理,失敬、失敬,可能是防空演习,请海涵、海涵!"

罗经理是个四十来岁的中年人,对邓子儒拱拱手,又望望天空,说:"重庆搞得比阿拉上海还紧张兮兮的。"

邓子儒不自然地笑笑,说:"偏远之地,人们没见过多大世面,他们把你乘坐的飞机当成日本人的了。罗经理受累了,等哈好好敬上几杯酒,给罗经理压压惊。我们上车,罗经理,请!"

机场上的宪警已经在四处催促人们疏散了,那场面看上去不像是一次演习。一行人刚想上车,地面忽然强烈地震动起来。许多年后,邓子儒在向人叙说一九三九年五月三日的轰炸时,还说自己也没有搞醒豁来自空中的轰炸为什么会让大地像擂起的大鼓,而人就是那鼓面上的蚂蚁。在那一天,山城重庆的天空瞬间就发生了转换,日本飞机乌云一般遮蔽了重庆的天空,紧跟着就是冰雹一般砸来的炸弹、燃烧弹了。

他们被警察赶进机场旁边的一个小防空洞里，感觉重庆城正在被炸成一个筛子，而无辜的人们纷纷往筛眼里掉，那下面就是死亡，是烈火熊熊燃烧的地狱。邓子儒用身子护着罗经理，洞顶震落的沙土落满了他的肩，一个小兄弟不断为他掸去尘土。邓子儒猛然醒悟过来："糟了，家里还不晓得咋个样了，你们赶快回去！"

胡襄理带了两个小老幺想往洞子外面走，但警察封住了洞口，谁也不让出去。邓子儒这时才感到害怕，更让他心里发凉的是：这么大的轰炸，新娘蔺珮瑶平安吗？她的家在江北，不知道那边挨炸没有。他没心思顾及罗经理了，跑到洞口那边张望。几个警察手挽手把守在那里，邓子儒本想出点钱疏通一下，但看到外面浓烟遮天蔽日——那是他从来没有见到过的景象，他的心就像掉到了冰水里。

全民抗战开始后，国民政府西迁重庆，并将之定为陪都。重庆人忽然发现自己的城市在这个多灾多难的国家中举足轻重，是腥风血雨的战争中最后的庇护地。南京沦陷了，我们还有重庆，重庆不沉到长江里去，抗战就有希望。但在这场大灾难降临之前，世世代代在山城的坡坡坎坎上因陋就简、见缝插针地搭建吊脚楼式房屋的重庆百姓还认为，自己这破败不堪的木头房子哪值得日本人开着飞机来炸哦。一颗炸弹多少钱？开一次飞机又要背多少油（背油即浪费的意思）？那日本人是方脑壳（形容人木头木脑、愚蠢）唛？他们怕莫得那么哈（傻）。老百姓这么想也就罢了，连北方的一个大军阀在一次演讲中也说，日本飞机扔炸弹怕个啥,不过是鸟儿在天上拉屎,你们中有几个头上落过鸟屎呢?可见,即便是中国的高级将领,也都没有认识到,现在我们进行的是一场已经没有前线和后方的战争。

将近两个小时的轮番轰炸结束后,邓子儒他们才走出防空洞。车已经不能开了,邓子儒让胡襄理陪着客人,自己带人往家里飞奔。眼前的重庆城已经面目全非了,就像话剧里的场景变换,刚才还是人间的升平景象,马上就转换到地狱里的恐怖狰狞。熟悉的街道在燃烧,房屋都成了断壁残垣,烧焦的尸体横陈在大街上,电线杆、树枝上、残墙上挂着人的残肢断臂和肠子心肺。这哪里还是那个房舍错落有致的山城啊?简直就是人间地狱。等跑到二府衙时,邓子儒已听到了从邓家大院里传来的呼天抢地的哭声。大院的大门已经被炸飞到街道上,门前的一对石雕麒麟被掀翻了一个,前院里一片狼藉,一些人躺在血泊中,女人、孩子在尖声号哭,佣人们忙着灭火。邓府是一座四进大宅院,前院住佣人、厨子、保姆等,中院的中堂供祖先、会客,东西两边的厢房是邓府接待江湖上的朋友和门客下榻的地方,后面两座院子才是邓家人生活起居的地方,最后面的院子在一片缓坡上,新起了一幢两层小洋楼,那是邓子儒的新房,站在楼上可以俯瞰邓家大院。现在已经看不到前院大门、中堂屋顶了,中院的东厢房也垮了,房顶还在燃烧,那幢小洋楼也被掀掉了一面墙。面对猝然降临的灭顶之灾,邓府里的人们慌乱得无所适从,而那些江湖上的英雄好汉们,早已经作鸟兽散了。

邓子儒的母亲头上缠着一块纱布,斜靠在花坛边的一张藤椅上,还在呼天抢地地号哭,见到邓子儒那哀号声就更大了。邓子儒抢上前去,急促地问,妈,家里有人受伤没得?但老母亲只是哭,说不出话来。站在一边的一个外甥女才哭泣着叙说了邓家大院被炸的经过——

第一次空袭警报响起时,家宴刚吃到一半,开了十桌酒席呢。大家都不相信会有日本飞机来轰炸,在这之前重庆市中心地带还没有挨过炸。长辈们还在划拳行酒令,孩子们在酒桌间到处乱跑。紧急警报响起时,二伯父说这次怕是来真的了,我们还是躲一躲吧。但大爷不想扫大家的兴,他说重庆城恁个大,未必就专门来炸我家的饭桌?不消怕,日本飞机来了,大家就钻到桌子下面躲一下。我邓家的房子结实,再不行后院的假山还有个石洞,女眷可以躲到里面去。他还坐在中堂的太师椅上喝茶哩,不当回事地对家人说,你们去躲一哈(下),我就不信他们连茶都不让老子们喝一口。我要坐这里等我家的客人。

可是啊,一颗炸弹偏偏就落在院子里,饭桌被炸飞,屋顶被掀翻,门柱都被拦腰炸断,邓家遭殃了,遭惨啰。两个伯父,一个叔叔、三个婶婶、五个侄儿、四个堂兄弟、两个姐姐都被炸死了……

邓子儒摇晃着外甥女的胳膊问:"我老汉儿(父亲)呢?他在哪里?"

外甥女抹着眼泪往堂屋那边一指,不说了。

邓子儒赶到父亲身边时,邓玄远还有一口气。他拉着儿子的手只说了两句话:"赶快办喜事!报仇!"

还怎么能办喜事?一家十八口人哪!丧事都办不赢。这场婚礼是重庆城两个大家族的联姻,自然想把婚事办得隆重风光。邓子儒去年重庆大学法律系毕业后本来要去英国留学的,但作为家中唯一的儿子,年迈父亲掌舵的这艘大船必须由他来相帮,并最终要交到他的手上。追求了一年多的沙坪坝区区长的千金即将迎娶进门,按邓玄远的安排,儿子成了家、再立业,今后邓氏家族官商结合,何愁生意不越做越大。可是炸弹从天而降,把一切都炸得支离破碎了。

邓子儒的母亲也出自袍哥世家,平常就血性、刚强。她缓过气来后,硬气朗朗地说:"怕啥子,死几个人,抬出去就是。明天的大花轿你们还得给我抬进来!"

邓子儒跪在母亲面前哭着说:"妈吔,你看看院坝里那被炸死的亲人,花轿怎么抬得进来?你再去街上看看,到处断壁残垣,烧焦的尸体还埋在瓦砾堆里,送亲和迎亲的队伍怎么能够从尸臭满天的城里经过?我们还是先请和尚道士来念经做道场,为老汉儿和家里人的亡灵超荐,再说办婚礼的事情。"

邓母喝道:"你老汉儿落气前吩咐的事情,你敢不听吗?砍脑壳的日本人,未必还能阻挡老子们娶媳妇嗦?"她忽然像想起了什么,一巴掌拍在藤椅扶把上,说:"还不快去找你的新媳妇!为了这桩婚事,我们邓家可是花了大价钱的哟!"

历史进入二十一世纪,战争的风云早已烟消云散,但战争的创伤依然在心头隐隐作痛,直到邓子儒站在东京地方裁判所的法庭上,控告日本飞机在抗战时期对重庆的狂轰滥炸,他还老泪纵横、泣不成声。这是一个历史老人刻骨铭心的苍老记忆，像老树疙瘩一样饱经风霜、日久弥坚。

邓子儒退休前是艺术研究所的研究员，二十世纪五十年代他主动和自己的过去一刀两断，在新生的人民政府里当了一个清闲但不清净的文化人。成为一个剧作家曾是他青年时期的浪漫理想，那时重庆云集了一大帮大作家、大导演，老舍、茅盾、巴金、应云卫、洪深、吴祖光等，邓子儒经常混迹在这个圈子里，耳濡目染地接受了许多进步戏剧文学的影响。但想当一个像他们那样的剧作家，还是像一个美梦一般遥不可及。他没有想到这个梦想人民政府轻而易举地就帮他实现了。早年他写过一些话剧，后来因为各种政治运动，所有的文化人几乎都不能做文化了，他的剧作家梦也就戛然而止。到他气定神闲，可以从容而为时，他已是两鬓斑白了，再也找不到当年的创作激情了，便转行搞戏剧理论研究，得以在晚年继续延伸一个"老戏迷"骨子里的爱。到二十世纪八十年代中期，年龄到点，船到码头车到站，日益开放的社会让他这种受传统文化教育的老人愈发跟不上各种时尚前卫的文艺思潮和理论，斯坦尼斯拉夫斯基体系让位于布莱希特的戏剧观，以及更多邓子儒无法明白的现代观念。"算啦，我们老朽啰，遭淘汰啰，还是回家帮你烧锅做饭吧。"他对妻子蔺珮瑶说，"以后我们只读，只看，不开腔。"

对于一个文化人来说，"不开腔"就是不再发表文章，不再向社会表达自己的观点，不再对年轻的同道指手画脚，做一个不招谁惹谁的好老头儿。"君有宏论惊四海，我无只字愧巴山"，是他晚年写给自己的条幅。放下笔墨,放下年轻时的万丈雄心,和邻居打打麻将,带带孙子,一起出去钓钓鱼,茶馆里一泡,龙门阵一吹就是大半天。家里妻贤子孝、儿孙绕膝,尤其是过年过节时,阖家团聚,在厨房里操劳的老伴,在麻将桌上"砌长城"的儿女,在客厅、卧室里跑来跑去的孙子、孙女,吃饭时一张大圆桌都坐不下,孙子、重孙一代得再摆两张桌子。每当邓子儒高坐饭桌上首方时,一种人生的庆幸感、幸福感便会油然而生。"耄时不作龙钟态,步健何须小子牵",这是他晚年另一首律诗中的两句。在他们这一代人中,能像邓子儒这样诗书自娱、松鹤自比的老人也为数不多呢。亲朋好友中有人问起他生活中的不易时,他总是说:"重庆人个嘛,出门就是坡坡坎坎,翻过去就是了嘛。"

不过人生如戏,戏如人生,人的一生不可能只扮演一个角色,假如他是个好演员的话。有的人终归是要站到前台来的,哪怕他已经进入耄耋之年。有一次邓子儒在茶馆里和几个老头儿摆龙门阵,说起了抗战时期日本人对重庆的大轰炸,那些老人家的经历也勾起了邓子儒在大轰炸中家破人亡的回忆。摆也摆了,骂也骂了,但一个年纪比邓子儒还大的老头儿指着他的鼻子说,你是文化人,还在政府里做过事,为啥子不把我们重庆的这些事情写出来啊?那小日本,把我们炸了就炸了,现在提都没有人提。怕是莫得恁个撇脱的事情哦!

邓子儒想起有一次在家里的饭桌上,说起重庆大轰炸,他的一个在上高中的孙女问:"哪个炸的,国民党?"邓子儒当时只有一声叹息,现在他被另一个大轰炸受害者逼到墙角了,他感到了汗颜,感到了人生的缺憾。

这一年,重庆的大轰炸受害者成立了对日索赔原告团,这是受到近些年来中国各地方兴未艾的对日战争索赔行动的影响而产生的一个民间组织,其成员都是些大轰炸的直接受害者及其亲属。在这群来自社会各个阶层、对抗战年代的创伤没齿难忘的大轰炸受害者中,邓子儒的学养最为深厚,加之阅历丰富、思路清晰、口才极佳,还曾经当过市政协委员,被推选为团长也是众望所归。这是一个中国人找回了自信的时代,邓子儒是第一个走上日本法庭的重庆大轰炸受害者,他将向日本法庭控诉日本飞机的轰炸是怎样残忍地让十八个葬礼替代了他的婚礼。那时他并不知道,这也是一场比十四年抗战还要漫长的抗争,是他终其一生也打不完的战斗。

东京地方裁判所是一幢巨大的灰色方形建筑,外面有一排樱花树,正是樱花盛开的好时节,远远望去就像一团团轻柔的红云悬停在大楼一侧。按照总部设在东京的"中国战争受害者对日索赔律师联盟"和"支持中国战争受害者协会"几个日本友好团体的安排,法庭开庭前,来自重庆的大轰炸受害者将和日本友人一道在东京地方裁判所外面的街道上游行、宣讲、散发传单,以造声势。这是一支不到一百人的队伍,沿着东京地方裁判所周边的人行道游行。有几个警察为他们开道,指挥往来交通。对前来日本上诉的重庆人来说,在东京的大街上游行还是一件新鲜的事情,许多人都是第一次出国,包括原告团的团长邓子儒夫妇。而即将走上日本法庭打官司,则更是大姑娘上轿——头一回。打官司是人生中的麻烦事,打国际官司,则困难得犹如站在此岸要向大洋彼岸的一个语言不通、文化迥异的陌生人讲清楚某个道理。

那时，耄耋之年的邓子儒面目清癯、衣着得体、儒雅斯文、器宇轩昂，像个大学里的退休教授，站在他身边的老伴蔺珮瑶是那种打败了时间的老人，并不是说她不显老，而是她看上去虽然满头银发、一脸沧桑，但仍然处处散发出一个东方女性的风韵和美丽——一种悟透岁月的韵、愈老弥坚的美。在裁判所外面的樱花树下，邓子儒对妻子说："我们拍一张照吧。"他认为自己和老伴的一头银发和树上鲜艳得如少女之唇的樱花交相辉映，倒是一张难得的照片。

"不拍。"蔺珮瑶果决地说。刚才她在人行道上向一对手挽手的日本老年夫妇递上一份宣传材料，恳请他们回顾一下日本有罪的历史。但那个日本老男人用一根精致的手杖把她隔得远远的，好像在拒绝一只乞讨的手！他身边的老妇人还紧蹙了眉头，两人的身子都下意识地往一边躲。樱花开得那么热烈，东京依然很寒冷。

"邓太太，我们两个拍张合影吧。"

一个日本中年女士笑容可掬地站在邓氏夫妇身后，把手里的相机递给邓子儒。"邓先生，请帮个忙。"她用英语说。

此人是"支持中国战争受害者协会"的副理事长菊香贞子，昨天就是她开车去东京成田机场接的邓子儒夫妇和原告团的中方律师赵铁等人，还将他们安排住在自己的家里。菊香贞子对中国人相当热情友好，上中学时曾经随日本青年友好访问团在北京见过周恩来、胡耀邦这样的大人物。也许她对中国人的感情，就是从那个时代培育出来的吧。虽然是昨天才相识，但两位女士情趣相投、气质相近,更难得的是她们都能用英语交谈。菊香贞子曾留学英国,是那种典型的知识女性,镜片后面是一双温和、文静、深邃而秀美的眼,人总是显得那么睿智、机敏、典雅、谦虚而富有亲和力。她惊讶蔺珮瑶也能讲一口近似伦敦腔的口语。蔺珮瑶当时解释说,我当了一辈子的英语老师,我的英语启蒙老师还是英国卫理公会的一个传教士呢。

蔺珮瑶认为,对我们不友好的日本人,那真是从骨子里就厌恶你,仿佛你还是他的前世仇人;而对我们友好的呢,又是发自心底地对你好,真心诚意地把自己当作赎罪者、和平使者,像志愿为重庆大轰炸受害者打官司的日本律师斋藤博士、梅泽一郎,以及菊香贞子这样的日本友人。蔺珮瑶和她一接触,就感到她的那份热情、谦和,几近到了讨好客人的地步。这让初来乍到的蔺珮瑶有些受不了。

丈夫已经接过菊香贞子的相机了,蔺珮瑶只有任由她小猫一样依偎在自己的身边,还把手插进她的胳膊里。

邓子儒为她们拍照时笑呵呵地说:"你们就像母女。"

蔺珮瑶在数码相机里翻看刚才的照片,不满意地说:"人一上岁数,照相就是自己打自己的脸。"

菊香贞子却说:"邓太太照得真好看。邓先生,你夫人年轻的时候肯定很漂亮。"

邓子儒自信满满地说:"当然,她那时是全重庆最美丽的女人。"

蔺珮瑶嗔怪道:"你个死老头。"

菊香贞子说："邓先生，我看过你的上诉证言了，真希望今天的法庭上那些法官们能被它打动。邓太太，我想知道你们在战争年代的爱情故事，可以吗？"

蔺珮瑶这时望着头上方的樱花树，目光空蒙，答非所问地说："这样美的樱花，为什么会生长在日本呢？日本这样的国度，又为什么会那么喜欢樱花？"

两天以后，蔺珮瑶和菊香贞子在东京神谷町一幢别墅的后庭里作了一次漫长的倾谈，她们一个八十二岁，一个约五十岁（蔺珮瑶实在难以猜测到菊香贞子的实际年龄，日本女人太会保养和化妆了），看上去就像一对聊着家常闲话的母女。蔺珮瑶身着淡绿色的绸缎短袖旗袍，加一条乳白色的羊绒披肩；菊香贞子一身和服，发髻高挽在脑后。两位女士都显得淡雅从容、仪态万方。她们用英语交谈，让旗袍与和服媲美。蔺珮瑶在向菊香贞子讲述自己在大轰炸年代的爱情时，就像在回忆一部经典影片中的一些陈旧片段，总能把最精彩的细节描述得栩栩如生，却又把那些刻骨铭心的爱说得恬淡如水，如同在讲别人的故事。时间已经淘洗了一切，生命历程中的那些大爱和大恨、得到与失去，都不过是"闲话说玄宗"了。

菊香贞子家的庭院并不大，约三十平方米，围墙边有一排惹眼的绿竹，有设计精巧的回廊，有流水的假山，有细砂地，也有一块小草坪，还有几株不高但修剪整齐的梅树、松树，整个庭院看上去简约、温馨、整洁。虽地处闹市，但庭院显得十分幽静。一方案几摆在回廊尽头的亭子间,从这里可一览庭院的景致。

下午阳光和煦,微风舞动墙边竹林,时而传来阵阵窸窸窣窣的声响,像月光下浪吻沙滩。邓子儒和中方律师赵铁由东京"支持中国战争受害者协会"的志愿者陪同去东京湾游览。邓子儒说东京湾是当年日本在美国的"密苏里号"战舰上签署投降书的地方,一定要去看看。蔺珮瑶说明天就要回国了,她想休息一下,菊香贞子就主动留下来陪她。她和蔺珮瑶一见如故,有的人举手投足之间,你就能大体推测出他来自哪个社会阶层、受到过什么样的教育。

她们先谈论了两天前的开庭,菊香贞子赞叹说,邓先生在法庭上的表现太棒了,有理有据,不卑不亢。在引用一八九九年和一九○七年国际社会制定的两个《海牙公约》以及一九二九年西方各主要国家签署的关于空战的国际法规《海军条约》时,提到"不得以任何方式攻击或炮击不设防的城镇、乡村和住宅"等相关条款,竟然能一字不差地背下来,让日本政府方的辩护律师也面露敬佩之色。最精彩的是,当对方狡辩说重庆是国民政府的战时首都,正和日本国处于战争状态,不应作为"不设防的城市"时,邓先生回答说,难道我的家是军事设施吗?我的婚礼是针对你们的敌对行为吗?如果你们认为是,那么请你告诉我,世界上还有谁的婚礼,是必须受到攻击的。我看到旁听席上的日本人都笑了。邓先生都可以去当律师了。

蔺珮瑶说:"他本来就是学法律出身的呢,学的是民法和商法,只是后来继承家业去了。"

"邓先生在被问到战争时期有多少家产时,回答说'价值半个重庆城'。邓太太,你们的损失到底有多大?"

蔺珮瑶沉吟片刻,没有直接回答这个问题。"我现在还想得起大轰炸年代,位于重庆磁器街的教堂被日本飞机炸毁了,我去看望我的英文老师、那个教会的牧师,他失魂落魄地在废墟堆里翻翻捡捡,手里拿着半截十字架,眼泪把他满脸的胡须都湿透了。我听到他不断说:'God, God! Is this hell? Hell?'(上帝啊上帝!这是地狱吗?地狱吗?)"

菊香贞子说:"战争就是地狱的代名词。美国人轰炸东京时,上帝也保佑不了东京的教堂。"

蔺珮瑶看了菊香贞子一眼:"重庆和东京,不可类比。轰炸东京,是为了尽快结束战争。"

菊香贞子忙一躬身,神态和语气虽然极尽谦卑,但并不改变她的观点。"请原谅,邓太太。东京大轰炸中受到伤害最多的还是平民。"

两个女人虽然互相欣赏,但一提到过去的战争,都会非常谨慎,尽管那仿佛已是隔世的往事,或者在另一个星球才会发生的惨剧。有一个问题重庆大轰炸的受害者们就颇不适应:对他们很友好的日本人总喜欢用东京大轰炸和重庆大轰炸类比,他们会说,我们也是无差别轰炸的受害者,东京大轰炸,美国飞机一次就炸死了十多万人。其实日本也有个"东京大轰炸受害者对日、美政府索赔原告团",他们中的一些人也去重庆访问过。他们见到重庆的大轰炸受害者总是说,我们支持你们的对日索赔,但请你们也声援我们。让我们一起来反对世界上任何形式的无差别轰炸。重庆原告团的一些成员口头上虽然应诺,但心里的第一反应就是:活该！尽管大家可以一起在东京地方法院门口游行、喊口号、反对战争,但重庆人心里还是有个结解不开——你们挨炸是你们自己惹的,我们可没有招惹你们。玩"飞去来器"的人,把自己的头打破了,和故意扔石头打破了别人的头,其性质是不一样的。就连蔺珮瑶这样温和宽容的女人,也不认为东京大轰炸的受害者可以和重庆大轰炸的受害者相提并论。蔺珮瑶还记得大轰炸时期"飞虎将军"陈纳德一句有名的话:"这些狗娘养的日本猴子,用燃烧弹来对付平民的木板房,效果真是不错。东京不是也有很多木板房吗?"这是他在南山上观察了日机轰炸后得到的启示。到了一九四四年前后,美军的B-29"超级空中堡垒"远程轰炸机从成都起飞去轰炸东京,两千余吨燃烧弹倾泻而下,东京市中心方圆四十一平方公里被夷为废墟。每当报纸广播里播出轰炸战果时,重庆的大街小巷里,人们欢天喜地、扬眉吐气。小日本终于也晓得挨炸的滋味了！没有一个人会有一丝同情,只有解气、解恨。蔺珮瑶还为此专门在家里举办了一场盛大的舞会,请来了不少中美空军飞行员庆贺成功轰炸东京。

唉,战争,一个普通民众可不会轻易上升到全人类的高度去反思,他只会站在自己国家民族的立场,从与自己利害攸关的角度去面对。

为了缓和气氛,菊香贞子小姐拿出一套新和服,请蔺珮瑶试穿一下,说如果喜欢的话就送给她。但蔺珮瑶穿了一下,说不习惯,但她很高兴接受这个礼物。巧的是她也带了一件蜀绣旗袍,作为送给菊香贞子的礼物，菊香贞子试穿之后，就不愿脱下来了，说就像是为我量身定做的一样。我衣橱里也有中国的旗袍，但邓太太送的这一件，我太喜欢了。

菊香贞子坦率地告诉蔺珮瑶，她想写一本关于中国战争受害者的书，希望能得到蔺珮瑶的帮助，因为经过这几天的交流接触，她认为，一个中国女性在战争年代的一生，包括她的爱情，足以反映出战争给人类带来的悲剧。既然现在双方在战争反思上还谈不到一起，她就换了个自己关心的话题："邓太太，你的身世总是让我着迷。"

蔺珮瑶说："我的身世有时也让我搞不清自己到底是哪一类人。人一生吧，活得越长，越不知道自己是怎么活过来的。不像年轻时候，凭着青春的冲动，有明确的目标理想。我要是个男孩子的话，年轻时就来日本留学了，我的两个哥哥都曾在日本留过学。我的家庭是那种典型的中国传统家族，信奉女子无才便是德。我的父亲就是家族里的'天皇'，既宠我又要决定我的一切，从穿衣吃饭到我的婚姻。"

"我们东方的民族，都有大大小小的'天皇'呢。只不过有的'天皇'发动了战争，有的'天皇'改变了儿女的爱情。"菊香贞子浅浅一笑，跪着为坐在对面的蔺珮瑶续上一点茶。

"中国的家族式'天皇'我深有体会，日本的倒不知道了。或许你们欧化得早，要好一些？"蔺珮瑶隐约感觉到，菊香贞子不会是出身于一般的日本家庭，她一个人住一大栋房子，有两个儿子，却都不跟她住在一起；至于她的丈夫，这似乎是一个忌讳的话题。这些天她参与原告团的声援活动时,有一个秃顶的男士像个护花使者一样总是跟随她左右,斋藤博士和梅泽一郎都对她尊敬有加。似乎她是日本方面声援重庆大轰炸受害者对日索赔的一个隐形推动者。蔺珮瑶两次看见斋藤博士恭敬地就某个问题征询她的意见,还听说她家族里的一个长辈,目前还是日本国会的议员。

"像我这样的家庭,是家族利益和政治联姻。前辈们得到利益,后生晚辈来偿还利息。"菊香贞子抿了一口茶。

"噢,和我的经历大同小异吧!"

"这世上的许多婚姻,其实都是权贵化和物质化的。在男人们掌控的权力和财富面前,女人们总是柔弱的。"菊香贞子说,"因为我们女人,还是好虚荣的。"

"你说得太对了。虚荣让一个女人有短暂的满足,却要她用一生去偿还。"蔺珮瑶抚掌赞叹道。

"我的爷爷是战后第一次吉田茂内阁的法务大臣。我还是一个小女孩时,就知道我的婚姻将和家族政治有关。邓太太呢?"虽然菊香贞子对邓子儒的印象非常好,但她见到蔺珮瑶后,内心里也不免闪过一丝惋惜:仅从外貌上看,他们不般配。

一只小鸟降落在庭院的沙地上,又跳到假山上,轻啜两口水,再跳到梅树枝上打理了一下羽毛,然后才振翅飞走了。蔺珮瑶的目光一直追逐着它,小鸟飞出了视线,她才不得不收回目光,发现菊香贞子正用温婉的眼光等待她的回答。

"我的婚姻和战争有关。"她轻轻叹了一口气。

2. 星光照耀下的小草

一九三六年秋,中国北方战云密布,日本人对华北虎视眈眈。天津著名的教育家张伯苓先生未雨绸缪,来到重庆按天津南开的模式创办了重庆私立南渝中学。学校是在匆忙间建起来的,带有战争岁月的特征,没有自来水,没有电,新的教学楼尚在建设中,用木头、竹子搭建的简易教室像一排排兵营,黄土球场凸凹不平,坡地上的杂树便是学校的林荫地,学生们在树林里嬉戏、读书、纳凉。那时重庆还没有一所私立中学像南渝中学这样既简陋仓促,又充满朝气,蔺珮瑶也没有想到这所中学将改变她的人生。

蔺珮瑶虽然含着金钥匙出生,只可惜她十二岁时,母亲因病去世,父亲很快就续了弦。当蔺孝廉携新婚妻子还在厅堂里和前来道喜的客人杯觥交错时,新房那边忽然冒出阵阵浓烟,下人们惊慌失措地忙着去救火,却见新娘的婚纱裙、旗袍、高跟鞋、貂皮大衣等专门从上海、香港定做的服装鞋帽,早已被剪得筋筋网网的扔了一地。蔺府的三小姐手持一把剪刀堵在门口,声嘶力竭地喊叫着说要把这座大院都烧掉。蔺孝廉那天杀了女儿的心都有,但他还得跪下来把蔺珮瑶揽在怀里,泪流满面地说:"幺女啊,你老汉儿撑起这个家不容易哦!我的小祖宗,你就饶了老汉儿吧。"

当家里的这个"小天棒"终于熬到可以上初中时,父亲和继母送瘟神一样将她送进南岸一所洋人开办的私立寄宿学校,一周才可回来一次。德国校长汉斯制定了严格的校规,学生必须自己洗衣服、叠被子、做手工、刷马桶、整理宿舍内务。这些简单的劳动对其他学生都不是事儿,蔺珮瑶却是个连自己头上的辫子都不会扎的娇小姐。她曾经把奶妈带进学校,却遭到了那个大鼻子校长的严厉呵斥,说即便在欧洲的贵族学校也没有学生敢带佣人来学校,我们的学生连马厩都得自己冲洗。但更让汉斯校长感到惊奇的是每到周六下午四点,学校整理完内务放假后,一帮佣人涌进学校,帮蔺珮瑶收拾宿舍、叠被子、收洗脏衣服,一副滑竿停在女生宿舍的门前,换下校服的蔺珮瑶同学撩起百褶纱裙,旁若无人地坐上滑竿,两个壮汉抬着滑竿喊着号子晃晃悠悠地走出校门,两个拎着大包小包衣物、玩具(每周都有不同的玩具娃娃,玩腻了就带回家换新的)、书包的老妈子跟在后面。汉斯校长直摇头,问他身边的中国教师:"这是你们的中国公主吗?"回答说:"不是,是一个区长的女儿。"第二周汉斯校长将蔺珮瑶叫到他办公室,告诫说以后不准任何一个佣人进入学生宿舍做任何事情,不准任何一个本校学生乘坐滑竿。"难道你比别人少一条腿吗?"汉斯校长最后问。蔺珮瑶的回答简洁明了:"喂,大鼻子,别叫唤了。老子退学斗(就)是。"重庆人说话是喜欢称老子的,哪怕她还只是个黄毛丫头呢。

其实不是蔺珮瑶不想读书,也不是故意要跟汉斯校长对着干,她只是为了跟继母斗气。她跟父亲撒娇道:"你们以为把我往学堂里一丢就煞郭(结束、完事)了唛?我又不是从嘉陵江上飘下来的野妹儿。"自从父亲续弦后,两个女人(蔺珮瑶觉得从父亲再娶时起,自己就是大人了)在高门大院里为争一个男人的欢心绞尽脑汁、明争暗斗。但一个小姑娘怎么斗得过阅人无数、风月场上的老手呢?蔺珮瑶经常采用的计策便是"三撒"——撒娇、撒横、撒野。如果一天父亲不过来看她一下,她可以不吃饭;两天不见,她摔碗砸玻璃;到第三天,她不放火剪衣服了,而是自己故意从树上摔下来。这个小祖宗成了蔺府的"小天棒",把蔺孝廉再浴春风的美好时光搅得呜嘘呐喊、鸡零狗碎。

蔺孝廉正在为女儿的辍学烦心时,"南开先生"张伯苓校长来重庆创办南渝中学了。身为沙坪坝区区长的蔺孝廉为这所学校购买地皮、筹措经费等方面帮了不少的忙,自己还捐了一笔巨款,遂被张校长引为知己,还聘为校董。张伯苓先生说,就让贵府千金到敝校就读吧,我保证把她培养成国家的栋梁之材。但蔺孝廉没有想到的是,女儿一入南渝中学,更多婆烦(烦心、麻烦)的事情接踵而至。

那时的蔺珮瑶正如一朵含苞待放的花蕾,清秀、稚嫩、素雅,还散发着阵阵即将破蒂开放、傲视苍穹的青春野性。等升到了高一，蔺珮瑶仿佛才长大了。学校规定每间宿舍八个人，每月一斤菜油，四盏菜油灯，每盏两根灯草芯。同宿舍的姐妹们建议只用两盏灯，每盏灯一根灯芯看书，这样每月省下的半斤菜油偷偷拿到市场上去卖了，可以给一个人买一件碎花布学生旗袍，或者炒一罐子油辣椒下"八宝饭"。抗战时期重庆的普通民众只能吃到政府配给的平价米，价格虽然很低廉，但发霉发暗的米里什么货色都有，稗子、沙子、石子、谷糠、老鼠屎等，重庆人揶揄地称之为"八宝饭"。学生们的供给嘛，自然也不会比普通市民好到哪里去，但毕竟她们是女孩子，既爱美又嘴馋。蔺珮瑶完全可以反对，甚至说自己少买几个洋娃娃，大家的旗袍都有了，但她没有多说一句话，默默和大家一起在昏暗的油灯下看书，咽下难以入口的"八宝饭"。在南渝中学，她不能再操大小姐脾气了，不是因为她父亲没有给她足够的钱，而是她恋爱了。

在以"允公允能、日新月异"为校训的南渝中学，勤勉、励志、坚毅、刻苦、忍辱、救亡、抗日是教师们天天挂在嘴边的词汇。南渝中学的老师和学生有不少都来自沦陷区。学生们背井离乡、清贫坚韧，背负着一个国家的耻辱来到异乡继续求学。学生们是流亡的学子，是外乡的穷孩子，但却是成绩最好、最有志气、最有才华的一群。在一个校风淳朴、昂扬向上的校园里，大部分发生在校园里的爱情，才华是第一催化剂，不管是指向学习、体育，或者演艺。

要是一个男生把这些才能都占全了呢？这就不能不引起蔺珮瑶的关注了。蔺珮瑶永远都不会忘记一九三七年的一个春日，学校组织了抗日演讲宣传队,到沙坪坝的一个乡场上去做抗日宣传。那是一个赶场天,大街上人群熙攘,伴随着鸡声鸭声、牛吼马嘶。满街都是头上缠白帕子、青帕子和挑担子、背背篼的农民,为点蝇头小利吵吵嚷嚷、推推搡搡。茶馆里则坐满了慵懒闲散的人们,一碗茶、一锅烟、一段龙门阵摆半天,救亡图存的抗战好像和他们没有半点关系。一群学生不知该如何开场,有个女生站在高坎上试着喊了两嗓子:"老乡们、老乡们……"但那声音很快就被市场上的喧嚣淹没了,就像在大浪滔天的江河中扔了两块小石子,还不如旁边一个跑江湖卖狗皮膏药的更吸引人。这时忽然传来一阵猛烈的锣鼓钹镲声,蔺珮瑶看见几个男同学在一张八仙桌边,像个草台戏班子一般敲打得热闹,人群一下就被吸引过去了,安静下来了。

这时,一个清俊、壮实的男生一步站上了八仙桌,手里拿着一个话筒就喊开了:"同胞们、同胞们!请安静。你们知道日本是个什么样的国家吗?对,是个正在侵略我们的强盗国家。你们知道我们美丽富饶的东三省在哪里吗?那里有千里林海、万里雪原,那里有森林煤矿、大豆高粱,那里还有我们的同胞亲人啊!可是,万恶的日本帝国主义者,靠武力把我们的东三省抢占去了。杀了我们的亲人,抢了我们的宝藏。同胞们、同胞们啊!我们要赶紧行动起来,和日本侵略者战斗!我们要打回老家去,收复我们的失地啊!同胞们,现在日本侵略者又在觊觎我们的平津、察哈尔、热河、河北了!紧跟着,他们还要蚕食我们的山东、河南。同胞们,赶快团结起来吧,保卫长城,保卫黄河!我们再不奋起抵抗,就要亡国灭种了！亡国灭种……"

那是一个呐喊的时代。因为所受的屈辱太深太多,不喊不足以宣泄忧国之愤,不喊不足以唤醒众多麻木的灵魂。当那个男生喊出第一声"同胞们"时,蔺珮瑶的身心就像就被电击了一般,血都冲到脑门上了。哦,我们是同胞。我们看上去像一盘散沙,但一声同胞就让我们团结在一起了。那个男生有一头浓密的头发,打着有力的手势,英气逼人;每一次振臂高呼,头发便飞扬起来,像飘发为旗的死士。他的脸稍有些长,看上去清瘦、坚毅,鼻梁很直,明亮的眸子仿佛盛满了一个民族的忧伤;他的嗓音带着血泪的呼喊,高亢而略微沙哑,悲愤而饱含深情。他的国语说得多么好听啊,平常在课堂上蔺珮瑶回答老师的问题时,她总为自己浓郁的本地口音害臊。

他也是在呼唤我吗?

忽然,一个烂柿子从人群中飞了出来,打在演讲的学生的头上,不知是鲜血还是柿子瓤顺着他的脸往下淌。人群顿时骚动起来,台下的青年学生们大喊:"有汉奸,大家把汉奸揪出来!"

这时一伙戴着瓜皮帽、身着黑色短衣、下穿青色宽裆裤、裤腿紧扎在脚腕处的青皮后生跳了上八仙桌,其中一个泼皮一把揪住了演讲的学生,厉声喝道:"哪里来的仓子①,敢在老子们的码头上摆场子?"

青年学生争辩道:"我们是在宣传抗日,你是什么人?"

"抗个铲铲的日！日本人离重庆府还远得很。你们这些身家

---

①仓子,指没有加入袍哥帮会的人。

不清的屁娃儿,想占老子们的码头嗦?赶紧爬远点!"

学生们气坏了,这些社会上的地痞流氓,愚昧又刁蛮,国家都要亡了,竟然还只想到自己的码头!几个学生也跳上了桌子。双方先是争辩、叫骂、推搡,然后,地痞们动手了。

学生们显然不是这些地痞的对手。他们不会打架,也不知道如何面对四川特有的袍哥帮会,只会喊:"不准打人!""不准耍流氓!""中国人不打中国人!""打倒汉奸!"演讲的男生最先被打倒在地,但很快就站起来了,他的鼻血被打出来了,却仍然在嘶喊抗争,仍然站在最前面,把自己的同学挡在身后。场面大乱,尖叫声、哭喊声响成一片。围观的民众知道学生娃儿们惹到本地的袍哥了,胆子小的赶紧背了背篼、挑起担子躲得远远的;有两个敢于仗义执言的农民汉子站出来劝架,说不要打这些学生娃儿们嘛,人家也是为我们的国家,但他们马上就受到了那伙流氓的围攻。

蔺珮瑶和几个女生本来想挤进去劝架,可场面非常混乱,到处都是挤来挤去的人。忽然一个同学喊:"我们去喊警察!"蔺珮瑶反应过来了,转身就往镇公所跑。其实也就跑过一条小街,她已是气喘吁吁、脸色通红。镇政府在一个四合院里,蔺珮瑶冲进去撞见一个穿长衫的人,她拉着他就说,快快快,那边流氓打人了。你们快去抓流氓啊!那人是镇公所的文书,问清了情况后一拍大腿说,敢打学生,这还了得!

等文书带了一队保安队的保丁去平息了事态,把当事人都带到镇公所里"端公道"时,学生们才发现根本没有所谓的"公道"。一个被人称作雷镇长的人出来说,学生娃儿些不好好在学堂念书,跑来大街上惹是生非,影响别个做生意。你们宣传抗日是为国家,人家做生意是为民生,也是为国家。都别吵了,该回学堂的回学堂,该摆摊子的摆摊子。"

学生们哪服这个理?围着雷镇长指责他青天白日下,袒护流氓、处事不公。我们宣传抗日,何罪之有?流氓地痞行凶打人,何理不究?今天不把打人者绳之以法,我们就要罢课、到镇公所门口游行示威。镇长说不过学生,一拍桌子也耍起了无赖。你们还有王法没得?妈屁的,都给老子滚出去!黄队长,送客!"

保安队的黄队长挥起了警棍,说:"走走走,不要影响我们镇长办公务。惹毛了老子,再打你们一顿。"

没有道理可讲了,女生们气得眼冒泪花,一些男生攥紧了拳头,准备殊死一拼。这时,蔺珮瑶站到雷镇长面前,用极不屑的口气说:"喂,你个宝批农(傻瓜)镇长,做事怎个不讲规矩嗦?明天来我家吃讲茶①看我老汉儿咋个理麻(收拾、教训)你个哈戳戳的宝器。"

雷镇长一愣:"你老汉儿……是哪个?"

一个机灵的本地学生说:"蔺孝廉蔺区长。你娃乌纱帽要遭抹脱了。"

刚才还骄横的雷镇长顿时矮下去了,他取下头上的礼帽,低下的秃头上汗珠直冒。"蔺……蔺大小姐,失敬失敬,失敬……呀。"

"你要哪个说呢?"蔺珮瑶睥睨地问。

"那把他们……都关起来。"他一脸苦相地望着抱着膀子站在

---

①吃讲茶,指按袍哥帮规讲明道理。

院坝里的那伙地痞流氓,然后又回头看蔺珮瑶,"蔺大小姐……"

恶人总算被制伏,学生们鼓掌叫好、哈哈大笑,带着得胜还朝的自豪涌出镇公所。一个男生还嫌不够解气,拣了块石头,狠狠砸向镇公所的院门,还得意洋洋地说,狗日的贪官污吏,你来抓我们呀?

蔺珮瑶成为了同学们心目中的英雄,跟刚才在演讲台被打的那个学生一样受人崇拜。在大家感谢她时,她的眼光却在人群中追寻刘海——她已经知道了他的名字。他的衣襟还有一团血迹,让蔺珮瑶的心柔软地疼痛。他也回望了她一眼,两人的目光电光石火般碰撞,那是他们今生中第一次目光对视,就像星星与星星的对撞,太阳与月亮的辉映,相信他们一辈子都不会忘记。可他很快扭过头去,但又忍不住再回头。天地瞬间春光明媚,蔺珮瑶顿感整个人都飞升到了天堂,浑身通体明亮。他的一腔热血点燃了蔺珮瑶情感深处爱的明灯,这盏灯照耀在十七岁的少女心中,从此一生不灭。

那腔热血直到晚上都还在蔺珮瑶的脑海里萦绕,回到宿舍后有同学还问她脸为什么那样红,是不是在发烧?最近在闹疟疾哟,要不要去看校医?蔺珮瑶忙说,不,不,我……太累了,我要歇会儿。她躲进自己的铺里,翻开日记本想记述当天的经历,但写下来的却是一行行情诗。这情诗越写越长,以至于她想站在铺上大声朗诵,想跑到学校的操场上向全世界宣布:我恋爱了!

她确实在发烧,烧得三天三夜茶饭不思,晚上夜不能寐,白天神思恍惚。最简单的几何题不会做,英文单词全忘记,连一首"床前明月光"都背不下去了。但她却像一个女间谍般潜到校监的办公室,偷偷把一个男生的学籍档案抄写下来——

刘海,男,生于民国八年腊月初八,辽宁营口人。民国二十一年从沦陷区逃出,曾在北平就读东北初级中学及高级中学一年级,民国二十五年考入南渝中学,成绩优异,插读高三年级。该生操行端正,学、品、体俱佳,尤擅篮球、田径等科目。然思想激进,言论偏左,须加防范。

原来他是个"下江人"①啊。蔺珮瑶心中的柔情又增添了几分怜惜。

战争还没有全面爆发以前,整个国家已经在开始西迁南撤。生活在大西南一隅的重庆人忽然发现自己的城市成了腥风血雨的战争中最后的庇护地。看看那些被战火一路追赶着逃难的人们吧,他们或翻山越岭,或逆长江而来,既有达官贵人,也有士农工商,以及没有一块安宁的地方摆放一张书桌的中学生和大学生,当然更多的是那些身无分文的普通百姓。他们浑身布满战火的硝烟,满脸丢失家园的凄惶,在重庆码头上次第登岸,摩肩接踵,络绎不绝,不论他们是穿西装、长衫、学生装,还是衣不蔽体,都背负着一个令人悲愤、同情的名称——战争难民。不过那时重

---

①下江人,主要指抗战后从江浙一带逃难到重庆的人们,后来泛指长江下游一带甚至东北、华北地区的外省人。

庆人并不把自己的同胞当难民看待,而是大度地称他们为"下江人"。这些"下江人"既给重庆带来了住房的紧张、街道的拥挤、物资的匮乏,也带来了权势的变化、商业的机遇、文化的更新、生活的活力,甚至还给淳朴耿直的重庆人带来了许多新的观念、新的视野、新的时尚。对生活稍微宽裕点的太太小姐们来说,她们从"下江人"那里学会了穿腰身越收越紧、开衩到小腿的旗袍和玻璃丝袜,学会了烫发、文眉、用法国香水,以及追逐从上海和香港走私来的舶来品,中式旗袍上海的料质佳,西式衣裙香港的做工好;民众则认识到了日本鬼子有多么残暴、沦陷的国土有多大。而蔺珮瑶,则义无反顾地爱上了一个"下江人"。

一个人的形象开始在初涉情海的少女脑海里勾勒、描绘,并逐步丰满、高大起来。他如何冲破了日本人的封锁线,从敌占区逃亡了出来?又如何跨越了万水千山,从遥远的东北一直流亡到西南的重庆?他饿吗?累吗?遇到过危险吗?路上乞讨过吗?晚上投宿在哪里?有没有像古装戏里那些进京赶考的书生巧遇多情的女子?哎哟,我的妈吔,他如此出众,现在不会有女朋友了吧?蔺珮瑶已经从侧面了解到,刘海是球场上的英雄,长跑也凶得很,常常把第二名落下一圈(人家都跑过大半个中国了,操场上那几圈,还不是小菜一碟)。蔺珮瑶痛恨自己为什么不多去球场看男生们打球。她不喜欢对抗激烈的运动,体育课时她只喜欢游泳,或者去跳踢踏舞。嘉陵江边长大的孩子嘛,发洪水时她都敢下江。

好吧,就让爱的情感像洪水一样滔滔而来吧。有时在宿舍里,女孩子们会缩在各自的被窝里谈论爱情,以及什么是世界上最浪漫的爱。蔺珮瑶记得自己说过一句最傻也最诗意的话：就是长江和嘉陵江在朝天门外拥抱在一起。

十七岁的少女把自己比为嘉陵江，把恋人比为长江，这大约是蔺珮瑶最为诗意的一段人生。恋爱中的人儿都是诗人，更何况初恋？"我住长江头，君住长江尾。日日思君不见君，共饮长江水"，这不是蔺珮瑶此刻喜欢的诗；"纤云弄巧，飞星传恨，银汉迢迢暗度。金风玉露一相逢，便胜却人间无数"，这才是深受单相思煎熬的蔺珮瑶魂牵梦绕的境界。长江啊长江，嘉陵江哦嘉陵江，你们各自翻越了崇山峻岭的重重阻隔，终于可以在朝天门外相拥相融了。

可是，骄傲的公主没有料到嘉陵江的洪水也有被挡回去的时候。周五的下午，蔺珮瑶刻意打扮了一番来到球场。那天刘海所在的一班和另一班有一场足球赛。蔺珮瑶的目光一直追随着球场上那个矫健的身影，尽管她连足球有几个人踢都不清楚，规则更是一窍不通。但他一射门，她就尖着嗓子喊"进"；他一带球奔跑，她就喊"冲"。中场休息时，人家在布置战术，她却挤进男生堆里，把一块绣花手绢递到刘海面前，这个大胆的举动引起周边男生们一阵"哦哟、哦哟"的怪叫，满头是汗的刘海只看了蔺珮瑶一眼，就挥手把浸润着少女体香的绣花手绢挡回去了，撩起球衣在脸上胡乱抹了一把，对他的队员们说："我们走。"

痴情女子绝情汉啊！下半场的球赛谁输谁赢了都不重要了，蔺珮瑶的泪花一直含在眼眶里。球场上安静下来了，人们乱哄哄地往食堂奔去，去晚了可能连"八宝饭"都没有了。蔺珮瑶伊人独立,寂寞难排。除了来自父母方面的呵斥、打压,蔺大小姐还从来没有受到过如此大的挫折。她就是要天上的星星,下人们也会想方设法给她摘下来。这个穷小子跩啥子跩嘛?

天黑了,起雾了,浓稠的雾像一个人化不开的愁绪,让她看不到爱的方向。这山城的雾,能把一座城市掩盖起来,也能把一个人的爱浸透、锈蚀、深埋。蔺珮瑶那时并不知道她的爱情和山城之雾有某种宿命般的关系,她只是像在雾里看花一样,用一颗稚嫩纯真的心,去捕捉浓雾中的爱。

爬上一道坡,转过一道弯,一切就像梦中才会出现的场景,蔺珮瑶迷离蒙眬的泪眼忽然看见路坎上坐着一个温暖的身影。温暖,是的,即便时间流淌到一个人生命的尽头,蔺珮瑶仍然会告诉你,她当年在冷湿的浓雾中感受到了那个身影带来的瞬间转变——从凄风苦雨的冬天转眼就到了暖风和煦的春天。

"你……啷个了?"

"脚扭了。"

"让我看看好吗?"她蹲了下去,心飞速地跳动,仿佛不蹲下,一颗青春的心就要蹦出来了。

"别。"刘海缩回了那只看起来伤得很重的脚,"男怕摸头、女怕摸脚,哦,不对不对,男怕摸脚,女怕……"

"都高三了,还那么封建。你怕啥子?"蔺珮瑶仰起了头,两人的目光再度对视,即便隔着浓密阴冷的雾,爱的目光已经把天地照亮,将浓雾驱散。那个晚上便转瞬星光灿烂、清风温柔。校园里的小道幽深寂静、曲折蜿蜒,两人走到熄灯号吹响,都没有走完。

爱情改变世界,爱情也塑造一个新人。流亡学生刘海同学痛恨社会上的一切不公正和贫富不均,也对初恋恋人富家小姐的做派颇有微词。从那天以后,蔺珮瑶自己叠被子,抢着倒马桶。她也不再买新的洋娃娃,不再坐滑竿,和同学一起走路,挤渡船回家,因为刘海说他痛恨那些高高在上的富人。人说"由俭入奢易,由奢入俭难",对蔺珮瑶来说,不外是脱下高人一等的锦缎旗袍,换上同学们都穿的土布衣裳一样简单。刘海同学在谈恋爱的时候没有多少甜言蜜语,更多的是对现实社会的忧愤。他不客气地说,国家大敌当前,穷人衣不蔽体,多少人抛家别子、辗转流浪、啼饥号寒,你还一个星期换一次洋娃娃,甚至还专门从香港给洋娃娃定做新衣?刘海同学的诘问,蔺珮瑶都奉为"圣旨"。人家改嘛,把洋娃娃烧了斗是。

刘海并不是只身逃出沦陷区的,他的母亲一直跟他在一起,而父亲和两个姐姐、一个哥哥还留在东北,生死不明。刘海说在北平时,母亲在一个东北籍的官员家中当佣人,华北危机后,这个官员又来到重庆,母亲想北平迟早也是日本人的,不如干脆走得更远一些,让儿子有个安静的地方读完书。南行的路上母子俩倒没有吃多少苦,有车坐车,没车走路。那时战火还没有在中国大地上遍地燃烧,只要有足够的盘缠,再绕山绕水,总能抵达目的地。东家对刘母的忠诚也很感激,当主仆在重庆再度相逢时,就有胜似一家人的感情了。刘海能进南渝中学插读,东家的力荐也不无关系。

刘海当然明白两人之间的巨大差异,这段恋情来得如此突然,让他在青春的懵懂与黑暗中,仿佛忽然被一道强光照亮,令他激动晕眩,也让他进退两难。进一步,是充满挑战的新大陆,可能成就一番大事业(同学们都在背后叫他"乘龙快婿"了),也可能折戟沉沙;退一步,学习、生活按部就班,书读出来后谋一份职业,找一个平民女子结婚成家,侍奉父母,养儿育女,过平凡普通的生活——当然前提是战争没有把我们所有的未来都吞噬毁灭。他曾经坦率地对蔺珮瑶说,我是佣人家的孩子。佣人,你家肯定也有,你明白这意味着什么吗?蔺珮瑶不当回事地说,我家佣人有二十多个呢,奶妈都有八个。我没有看出他们比哪个少一条腿啊?我只要你爱我,我爱你,其他的事情我才不在乎呢。刘海曾经忧心忡忡地说,你知道天上的一颗星和地上的一棵草的距离吗?地上的一棵草怎么能沐浴得到星星的光芒?蔺珮瑶的回答是,你可不是一棵草,你是国家的栋梁之材。好多先生都说刘海是他们教书生涯中遇到的最有才华的青年。再说了,即便我是天上的一颗星星,也是织女星。嘻嘻嘻。蔺珮瑶觉得自己这个比喻好耍惨了、浪漫惨了。在她看来,她的爱情只有一个障碍:放下大小姐的架子就是了。什么门第之别、贫富差异,根本就不是问题。七仙女都可以降落人间,上演一段感天动地的爱情故事,她为什么不能?人要升上天去当神仙难,而神仙下凡,不过是按下云头、裙裾飘飘而下的浪漫事情。她认为,她讨厌自己的家庭,同情劳苦大众,与恋人一起同甘苦共患难,刘海就没有理由不爱她。

那时的南渝中学是不允许学生谈恋爱的,一经发现,结局只有一个:开除。学校的布局也颇有意思,中间一个球场,男生部和女生部的教室和宿舍各在一边,许多学生几年书读下来,也不会认识多少异性同学。男女同学要是几次都出现在同一个场合,如图书馆、街上的茶馆、江边、某片树林下,校监就会注意了,甚至会加以警告:现在是什么时候,还有心思谈个人问题?多少学生连一方安静读书的书桌都没有,你们能不珍惜吗?刘海在同学中有很好的人缘,他总能设计出一些需要男女生共同参加的集体活动,如合唱团排练、话剧社活动、江边野炊、远足、下乡宣传抗战等,再由一帮小兄弟帮他打掩护,只要一远离了老师的视线,刘海就和蔺珮瑶走在一起了。南渝中学虽然男女学生分开就读,但它有那样多丰富多彩的课外活动,在严格的校规之下,青春的暗流如春潮涌动。

前尘往事倘若在某个适当的时机翻拣出来,也会像陈酿一样醇香,每一次青春荡漾的笑脸都记忆犹新,每一个举手投足的细节都鲜活如初,每一句深情款款的话语都犹在耳边。耄耋之年的蔺珮瑶现在还记得一个黄昏,她和刘海在嘉陵江边的乱石滩上手牵着手,从一块巨石跳到另一块巨石上,像两只不离不弃的袋鼠。他们越跳越高兴,越跳越疯狂。最后他们站在江边最大的一块巨石上,一股清澈湍急的江水穿石而过,它的前方还有一块岩石露出江面,两块巨石之间,少说也有五六米的距离。就是在学校的田径场上跳沙坑,像刘海这样的田径好手也绝不可能跳这么远。蔺珮瑶说我们跳到那上面去,刘海想也没有多想就说,好。

来,一、二、三,跳。"

"你们真跳过去了?"菊香贞子好奇地问。太阳已经西斜了,有一多半庭院笼罩在阴影里,墙边的竹林被太阳涂成了暧昧的暖色,这样的色调似乎很适合一个老年人回忆往事。

"我们掉江里了。"

"哈哈哈哈,我可真佩服你们的浪漫。"菊香贞子为蔺珮瑶续上一杯茶,然后自己点上一支烟。

"我们掉进江里时,也哈哈大笑……我们知道自己要掉下去,但我们还是要跳。"蔺珮瑶不自觉地握紧了拳头,还有力地一挥,仿佛在为当年的自己加油。

"年轻真好,青春真美妙啊!"

"是啊!我们落水狗一样从水里爬到岸上,浑身湿透。就在那个傍晚,他第一次拥抱了我,我们第一次接吻。那时我们都很保守呢,牵牵手就算很大胆的示爱了。我们就像犯罪同谋,似乎不来这么一下,大家就不可能向那个神往的但又害怕的梦境迈出一步……后来,他去找来一些柴火,我们在江边燃起篝火。那时真是单纯啊,我烤衣服的时候,他背过身去;他烤时,我也不看他。但他的那张脸,在火光中显得英俊极了,我忍不住想偷看。他就在篝火那边喊,别看别看,看了眼睛要长疮的。唉,那个晚上嘉陵江边的篝火呀!"

蔺珮瑶的神情忽然暗淡下来,看着庭院里的那一大团阴影。她总觉得东京的太阳和重庆的有差异,或者说就不是同一个太阳。有点像他乡的一轮明月给游子带来的异样感觉,它总能牵扯出一些内心深处的情感。

"其实这是一个暗示,我们跨越不了那道命运的鸿沟。"蔺珮瑶略带忧伤地说。

菊香贞子敏锐地指出:"就像你逃不出这一生的婚姻。很抱歉,我说的对吗?那个叫刘海的青年,他是死了,还是活着?"

3. 一九三七之夏

　　一九三七年的夏天注定是一场灾难的开端。但大地沉陷、山崩地裂之前,世界上的任何生物仍在灼热的阳光下生机勃勃、自由生长,从绿荫愈浓的树木,到人们心中的爱情。马上就要放暑假了,蔺珮瑶给家里带信说,假期里她要随学校的话剧团到成都华西大学交流演出,然后要去川西一带搞社会调查,宣传抗战,再去登峨眉山,回来应该是八月中旬了。她让家里给她带些钱和换洗衣服来,她已经有一个多月没有回家了,理由是功课紧、要考试。对一个热恋中的女孩子来说,心所托处即是家。何况她本来就不喜欢那个被继母日益掌控了的家。

　　刘海这年高三毕业,刚刚参加完联考。他报考的是重庆大学和杭州笕桥的中央航空学校。他其实更愿意被中央航校录取,但蔺珮瑶说杭州恁个远，即便中央航校录取了你，我也不同意你去，我不允许你离开我。重庆大学也在沙坪坝，两所学校算是近邻。热恋中的人总爱说一些糊涂话，但他们并不知道当时的世事更为复杂且混乱。莘莘学子报考大学，既和个人的追求有关，也和国家的命运相连。刘海深藏在心中的志向，所幸比爱情更为强大，否则他不会有一生中的辉煌，也不会有一生的苦难。

刘海也要去成都，理由当然是南渝中学足球队要和成都几所大中学校的球队比赛，然后他要会会那些流亡到成都的东北老乡。刘海对自己入读重庆大学有充足的信心，只待八月份回来看学校的发榜。这是一场计划得滴水不漏的热恋之旅，是两只关在笼子里倾心相恋的鸟儿终于可以放飞炽热情感的浪漫行程。白日放歌，青春做伴，人生没有比这更幸福的事。

期末考试结束后，学校要组织一次声势浩大的卫生活动。不论男生宿舍，还是女生宿舍，学生们都要把自己的床板拆下来，扛到一个专门的蒸汽室去让校工熏蒸，以杀死那些像日本鬼子一样令人憎恨、厌恶的臭虫。那个年代重庆的臭虫已到了无法无天的地步，不仅是学生宿舍里臭虫们无孔不入，就是像国泰大戏院这样有品位的剧院，座椅缝缝里都填满密集的臭虫。蔺珮瑶曾经向她的校董父亲抗议，说你们是咋个管理的学校哦，连个臭虫都消灭不了。蔺孝廉的回答是，古人云：一室之不治，何家国天下之为？一屋不扫，又何以荡倭寇？你们这些小屁娃儿，南渝中学的臭虫就是上苍派来磨砺你们的意志的。在谈恋爱之前，蔺珮瑶每到周六回家，第一件事情就是全身的大洗涤。她会在浴缸里泡上两个多小时,还把胳膊上、腿上被咬的一团一团的红疙瘩给父亲看。撒娇说,爸爸你看看嘛,人家都被咬得恁个惨,这些小吸血鬼都快把你女儿的血吸干了。蔺孝廉总是会笑呵呵地说,年轻人的血,长得快,多喝几杯牛奶就补回来了。上个月的一个周六晚上,蔺孝廉忽然想女儿了,便说,这三幺妹,现在不怕臭虫咬了吗?续弦张月娥在一边眉头一紧,阴阳怪气地嘀咕了一句,怕是遭人"咬"了哦?

蒸汽室在男生宿舍附近,女孩子们叽叽喳喳的吵闹让男生们在宿舍里怎么待得住?他们以帮忙之名争当"骑士",从女生肩膀上抢下那些床板来,送到蒸汽室,然后就三五成群地聚在一起闲聊了。考试结束了,要放假了,大家都轻松下来,校园里似乎从来没有听到过这么多爽朗的笑声。蔺珮瑶在人群中找到了刘海,给他递了一个眼色,扭头朝一片树林走去,刘海便悄悄地跟了过去。

"海,我晚上得回家去一趟。我爸带信来说要问我一些事情。"蔺珮瑶背靠一棵黄葛树,而刘海手上抓着一本书,靠在另一棵树下。

"会有什么事吗?"刘海显得有些紧张。

"不会。"蔺珮瑶满不在乎地说。凭她在家里的地位,谁还敢把她怎么样?"可能是这次跟家里要的钱多了一些,又要出远门,我爸就要多啰唆几句。等会儿车就来接我了。"

刘海没有心思指责她又摆大小姐的谱,眼里却有了几丝忧虑。"明天我们说好要去爬缙云山的,你参加吗?"

"当然,明天一早就让他们送我回学校。你们十点钟出发?"

"嗯。十点,我们在校门口集合。"刘海有些紧张地看了看同学们那边,"有老师过来了,我们走开吧。"

刘海转身就走,蔺珮瑶向树林外望了一眼。"海……"她压低声音喊道。

"什么?"刘海转过头来。

"我……我真想让你亲我一下。"蔺珮瑶有些顽皮地笑笑。

"小傻瓜,青天白日的,你想让全学校都知道吗?"刘海幸福得有些不自然,他忽然目光发直地望着她,仿佛她就要瞬间消失,"瑶妹,明天不要迟到,早点回来。"

"晓得啦,我的海哥哥。"在私下里的亲昵中,她会叫他"海"、"海哥"、"海哥哥"、"海老大",全看蔺珮瑶当时的心情,而他一直叫她"瑶妹"。蔺珮瑶的心里盛满了柔情,目送着她的海哥哥的背影在斑驳的树影中渐行渐远,直至消失在蒸汽室外的那群学生中。许多人的背影,就是这样无情地消失在人海里,待蓦然转身时,已是鸿雁过尽、锦书难托了;许多人的背影,就是这样定格成永恒的画面,纵然世事变迁、时间流转,它却已然成为生命中的经典。

蔺珮瑶回到江北的家时天还没黑,虽然已是夏天,但她感觉一进大门就有一股寒气袭来。奶妈曹二娘迎上来接过她手上的书包,殷勤地问候道:"小姐回来了,累到了、累到了,快去洗漱吧。"蔺珮瑶看了曹二娘一眼,发现她脸上笑容僵硬,像是用手撑出来的;她又朝厅堂那边望了一下,几个下人站在屋檐下冷着脸,其中还有两个不认识。蔺府的仆人虽多,但不会常换,像奶妈这样的佣人,从小把孩子们养大,就会侍奉小主人一辈子。蔺珮瑶前后用了两个奶妈,曹二娘和王妈,现在她们一个负责她的起居,一个负责照料她养的众多小动物,从小猫小狗,到兔子、八哥、金鱼、乌龟,有一年她连乌梢蛇都养了一条呢。那是一个佣人在后院的竹林里逮到的,厨子说要烧来吃了,但蔺珮瑶说她不晓得蛇是如何"脱衣服"的,你们给我养在笼子里,逮耗子给它吃。大户人家的小姐,总有许多稀奇古怪的癖好。

如果那时蔺珮瑶多长几个心眼,多留心一些细节,那么她会转身就跑,永远逃离这个魔窟一样的家,或许还有可能改变自己今后的命运。但一个十七岁的少女哪里会像诸葛亮那样洞察细微、神机妙算?哪里会去注意诸如为什么家里的两只小狗花花和黑娃没有像以往那样欢快地冲出来迎接小主人?也不会注意到鸟笼里的那只八哥没有殷勤地叫唤"小姐回来了",更没有注意到这个家已经没有了平时的温暖和爱。

蔺珮瑶洗漱完毕,曹二娘告诉她,家里人都吃完了,老爷吩咐说,小姐就在自己的起居室吃晚饭吧。以往回家,有时蔺珮瑶不想和继母一桌,也会让佣人把饭菜端到卧房外面的一间书房里。父亲偶尔会过来陪她一下,父女俩说说话,蔺珮瑶撒撒娇,那是蔺珮瑶唯一能感受得到家之所以是家的温馨时光。她还记得有一次父亲坐在她的对面,忽然就流下两行眼泪,说想起她的母亲来了。她们母女真是命苦,一个死得太早,一个幼年丧母。此皆为人生之大不幸也。

更大的不幸还在后面。人所要面对的厄运会随时随地降临,哪怕是在你大快朵颐时,哪怕是在你面对自己的父亲时。当蔺孝廉来到女儿的房间时,她已差不多快吃完了。父亲坐在她的对面,脸色阴沉,心事重重,头发有些凌乱,塔夫绸长衫的两只袖子挽到胳膊处,像是刚刚去扳倒了一头牛。父女俩的对话温度仿佛是从火热的夏天一路走到寒冷的冬天。

"幺妹,考试结束了?"

"结束了。"

"不会上红榜①吧?"

"爸,啷个会呢?"

"那斗好。假期里你想去川西?"

"我们话剧社要去成都演出。"

"演出取消了。"

"爸,你说啥子?"

"我跟张伯苓先生打了电话,演出取消。"

"为啥子嘛? 我们还要去川西搞社会调查!"

"也取消了。"

"爸……"

"峨眉山也不准去。"

"呃,爸爸!"

"这个假期你给老子规规矩矩待在家里。"

"凭啥子嘛?"

"老子还是你老汉儿,就凭这个! 从小就没有调教好的东西。"

---

①红榜,指考试不及格的人,校方公布成绩时就会用红毛笔字写出来。

"你是打横爬(不讲道理)的老汉儿唛?"

"啪!"蔺孝廉挥手给了女儿一巴掌,这是蔺家的大小姐长这么大第一次挨耳光。"你个小崽儿,给老子听清楚了,我蔺家的家教还在,蔺家的门风也不是随便哪个侉子①就可以糟蹋的。你在学校里干的好事,以为老子不晓得唛?那个二不挂五的东北龟儿子,你给老子离他远点!"

有那么几秒钟,蔺珮瑶完全被打蒙了,这样的事情要是放在过去,她会大发脾气、摔碗砸凳子。父亲提到了刘海,她就明白该起来抗争了。

"他不是龟儿子,他是个有为的青年。爸爸,我不允许你这么说他!"

"你不允许?嘿嘿,这个家是哪个说了算,你搞醒豁没得?从今天起,你敢迈出这个家的门槛一步,老子打断你的腿!"

蔺珮瑶双拳往桌子上一擂,震得上面的碗筷纷纷往地上掉。"我现在就回学校找刘海!我告诉你,我爱他,非他不嫁!你要是我的亲老汉儿,你就打断我的腿嘛。"

她起身往外面走,但蔺孝廉一把抓住了女儿的胳膊,将她拖进卧室。"老子不信还教不好你了。你还想翻天唛?来人,给我把她锁起来!"

两个佣人早就候在门外,蔺孝廉一出来,闺房的门就被一把大锁锁上了。里面立马传来呼天抢地的哭闹和乒乒乓乓的摔砸家什的声响,蔺孝廉站在走廊上听了一会儿,挥手对环伺在周边

----

①侉子,袍哥隐语,侉本指语音不正,这里代指外地人、外教人。

的佣人们说:"让她闹,等她砸。都给我盯紧点,她要是跑了,你们就别想再端蔺家的饭碗。"

如果不是续弦张月娥那个晚上多了那一句话,蔺孝廉不会察觉到三幺女的隐秘初恋。十七岁的少女忽然不怕臭虫咬,也不回家找老爸要洋娃娃,那一定是有新的撒娇对象了。你可要小心,说不定哪天你那个宝贝闺女给你闹个啥子丑闻出来,大家都吃不消哦。张月娥这一点拨,蔺孝廉才如梦方醒。我的天,眨眼就女大十八变,变得不认爹娘、不认黄(不讲道理)了。蔺孝廉不仅是沙坪坝区的区长,更是这一方码头上"仁"字辈的袍哥老大,属于红黑两道通吃的人物。那个年代的重庆地界上,不操袍哥官做不大,不当大官袍哥也操不起。至少在沙区这一带,还没有啥子事情蔺孝廉不知晓、不掌控的。但恰恰是眼皮子底下宝贝女儿的事情他却还蒙在鼓里,这让他气恼得很;况且女儿的心还被一个流亡学生拐走了,门不当户不对的,白孜孜(平白无故)地说爱上了就爱上了,还非他不嫁,世上哪来恁个撒脱的事?这简直让蔺孝廉感到辱没了蔺府的门庭。这才叫剪一个袍哥老大的眉毛①哩。他下了一张"片子",让江湖上人把此事查实一下,情况很快反馈回来了,说有人看见两个年轻人在嘉陵江边手拉手的,还亲嘴了。简直伤风败俗、伤天害理啊!蔺孝廉听到这个消息时气得差点一口气憋过去了。他一跺脚,大喝一声:"去,给老子把那个龟儿子装笼子里头沉到嘉陵江里!"

码头上的袍哥们做这样的事情驾轻就熟。蔺珮瑶离开学校

---

①剪眉毛,袍哥隐语,指欺负人不留脸面。

后,他们找人给刘海带去一封信,说他的母亲病了,送进了市区里的一家教会医院,让他快去。那时从沙坪坝到市区已经有一趟公交线,只是要等许久,那辆烧煤炭的公共汽车才会摇摇晃晃地开来。刘海等到天快黑了才搭上车进城,但他一下车,就被几个黑衣汉子挟持着塞进一辆道奇小汽车里,拳脚相加、五花大绑地绑了,还蒙上眼、堵着嘴。到他被人扯开眼睛上的黑布时,看到的是蔺孝廉那张鄙夷、仇视的脸。

怎么会是他?刘海当时的惊讶已经大于这个晚上的所有噩梦。有些人就是你环环相扣的命运中的某一环,你回避不了,也无法迈开,更解不开这已结成死结的命运之环。就像那时已被锁在闺房里的蔺珮瑶,一把大锁从此紧锁了少女火山喷发般的激情。

他们相识时刘海其实撒过两次谎。一次是那天足球赛结束后,他并没有扭伤脚,他是故意守在路边等她的。在球场边他不接蔺珮瑶递过来的手绢,那是为了维系一个男孩子可怜的自尊,他怎么不知道蔺珮瑶露骨的示爱呢?他又怎么不晓得这个校董家的千金呢?经常饥肠辘辘的男生们在宿舍里传说这个皮肤娇嫩白皙的富家小姐每周回家都用牛奶洗澡。对此说法有的学生羡慕,有的厌恶。刘海属于后一类人。那个年代年轻有志气的穷小子总是愤世嫉俗、仇视所有的有钱人,但刘海绝对想不到爱情会消弭人们心中的怨恨与误解。第二个谎言也与他脆弱的自尊心有关。他的母亲并不是在一个官员家帮佣,而是一直跟随北平的一个名妓简兰兰,此人琴棋书画俱通,还有一口绝美的唱功。

刘母一直负责简兰兰的生活起居。简兰兰到重庆后,又许以重金将刘海母子接过来。简兰兰在重庆南山上有一幢别墅,称之为简家花园,往来的客人自然都非等闲之辈,他们在这里办堂会、唱戏、跳舞、吃喝,京城名妓当然会给山城的高级嫖客们带来不一般的享受。刘海就是在简家花园见到蔺孝廉的。当然,他能插读南渝中学,自然是刘母托了女主人去说情。刘海记得那天简兰兰把他叫到一个戴礼帽、穿藏青色毛呢中山装的中年男人面前,说就是这个孩子,你当个引路人吧,他会成为国家栋梁的。

现在,国家的"栋梁"被他的"引路人"关在一间黑屋子里。刘海不知道蔺珮瑶的父亲有没有认出自己,他刚才挥手就给了他一拳,说哪里来的野娃儿,敢勾引我家姑娘?刘海才明白他今晚不是遇到了绑匪,而是爱情到了生死存亡的关口。

就在这个闷热、骚动、血腥并隐秘地上演着野蛮暴力的夜晚,远离重庆两千多公里的一座古老石桥上,一声枪响打破了卢沟晓月宁静的夜,打碎了一个国家忍辱负重、委曲求全、苦苦期待都没有等来的和平,也唤起了一个民族压抑已久的血性和与侵略者血战到底的决心。刘海和他的国家,都在这个不平凡的夜晚,到了为命运而战的关键时刻。

第二天早上,卢沟桥的枪声才通过广播电台传递到地处西南的山城,像全国所有的大城市一样,报纸出了号外,学生和民众走上了街头,共产党发表了通电。平津危急,华北危急,中华民族危急。只有全民族共同抗战,中华民族才有出路,才能在这个弱肉强食的世界上生存。锁在闺房里的蔺珮瑶从收音机里得到"七七"事变的消息,她心急如焚,认为这种时候她应该和自己的同学们一道走上大街呐喊、抗议、声讨侵略者的罪行;而被关在袍哥山堂里的刘海也听到了大街上潮起潮涌的呼喊,负责给他送饭的一个小老幺又大体给他讲了一下人们上街游行的原因。浑身被绑缚的他只能以头撞墙、唏嘘呜咽。这种山堂一般会设在祠堂、戏楼,甚至某家商号、茶馆内,是袍哥们歃血结盟、祭拜议事、处置帮内违规兄弟、行使"家法"的地方。来到这种地方的外教人,要么是来拜山堂认大爷的,要么就是来受私刑的了。"下江人"刘海哪晓得这些,他只知道国家狼烟遍地,倭寇横冲直撞,你这七尺男儿,竟然会因儿女情长弄得深陷囹圄。报国无门啊报国无路。

蔺孝廉那几天也忙碌起来,市府一个接一个的会议,国家进入战争状态了,官员们既要应对抗战,又要盯紧民情。打了那么多年内战,跟日本人谈谈打打,政府一再退让,侵略者步步紧逼,民众的抗日热情虽然如火山喷发,但现在才发现,猝然降临的战争是一个多么陌生可怕的怪物,是一场多么混乱、庞杂、无从应对的大事。筹粮、征兵、筹饷、防空、疏散、民团、战时治安等等,蔺孝廉作为一方官员都要去应对。一个强盗踢破了家门闯了进来,家里的人有多慌乱、多震惊、多愤怒,几乎就是那时每一个中国人的感受。

女儿被关起来五天后蔺孝廉才回的家。坐上饭桌后他问:"三幺女呢,怎么还不下来吃饭?"他都忘记这件事情了。

蔺珮瑶的二哥蔺捷文垂下眼皮说:"爸,她还关在屋子里。"

"哦,她认错了吗?"

"爸,幺妹说不答应她,她就不吃饭。已经饿了四天了。"

"答应她啥子？"

"和……和她……和她同学的事。"蔺捷文吞吞吐吐地说。

"放屁！"蔺孝廉一拍桌子，他想起这桩麻烦事情的由头了，"那个龟儿子呢，还关起的？"

"还关在蜀山堂。"

"你们这些方脑壳，不是叫李二爷给老子沉了吗？"

蔺捷文不吱声了。立在蔺孝廉身后的大管家段宝恒俯身凑到他耳边说："二爷有些虚火了。说别个是学生娃儿，又不是社会上的侩子，怕水涨①。"

"虚火个铲铲！"蔺孝廉起身往女儿房间走。

重庆的农贸市场让菊香贞子备感新鲜，在森林般的高楼大厦的空隙间，出现一方自由的、充满活力的天地，让人们在钢筋水泥楼群的挤压下一步就跨进了生活的原真状态中：新鲜的蔬菜水果，活蹦乱跳的家禽，摩肩接踵的人流，精明热情的小贩，讨价还价的喧嚣，还有现烤现做的各种美味小吃，从一碗五味俱陈的小面，到色泽油亮的鸡鸭。对从来都是在秩序井然、没有多少人间烟火气息的超市里购物的菊香贞子来说，农贸市场才是人、社会、生活完美结合的自由世界，它把被规范、冷冻、囚禁的生活暂时解放出来了，把人和真实的自然拉近了。在一个卖草药的地摊前，蔺珮瑶说最近他们家老邓肺热得很，老是咳嗽，她要买些草药回去煎了给他吃。这些草药不是菊香贞子在东京的中医馆看到的

---

①水涨，袍哥隐语，意即事情败露，引发官司。

那种有剂量、有包装、有说明的中药，而是刚刚从山里采摘来的花草、根茎，看上去像时鲜的野菜。

蔺珮瑶对菊香贞子说："这个叫丝茅草，清肺热的。还有这个，叫散寒草，去寒湿。老板，你给我一样来两把。"

菊香贞子好奇地问："你就不去问问医生吗？"

蔺珮瑶笑笑说："我就是我们家的医生。孩子们还小的时候，不是老大病就是老三住院，我们那时哪付得起那么多药费。跟街坊邻居东学一点西打听一点，慢慢地自己就能对付了。喏，你看，这个叫大金钱草，清肾胆热；龙胆草，清肝热；剪刀草，可治口腔长疮；癞疙宝草，熬汤喝止咳嗽；那个根状的东西，是淡竹叶的根，可治胃热；这个是麦冬，也是清热的。人的五脏六腑，不是热就是寒，内体一失调，什么病都来了。这些大山里来的草草花花，是吸取了天地之灵气的，人多吃点，有益无害。"

这是菊香贞子第一次来到重庆，在东京和蔺珮瑶长谈后，她对这个持重、素雅的重庆老人的身世深为着迷。蔺珮瑶回国后不到一个月，她就迫不及待地追过来了，可在重庆的市井生活中她又看到了蔺珮瑶的另一面。她一直以为蔺珮瑶出身豪门，应该是中国社会中的上层人士、贵妇人，却没有想到她的家境连中产阶层都算不上，她和丈夫不过是两个极为普通的退休老人。她在农贸市场买菜时，这里挑挑那里拣拣，这个贵了那个不合算，同样的菜不比较三四家不会买。只有贫民阶层的家庭主妇才会如此斤斤计较，也才会对那些草药谙熟于心，可是她还自费来日本打官司伸张正义。这让菊香贞子大为费解。

菊香贞子希望在自己的书里，能向日本人说清楚一个问题：广岛和长崎的那两颗原子弹，加上东京等地的大轰炸，远不足以让日本作为一个战争的加害国偿还所有的罪孽。战争是国家之间的博弈，苦难却由它的人民来承受；每一场战争的起因都大同小异，但每一份因战争带来的苦难却千差万别。战争受害者的苦难之难以探究、细分、甄别、衡量，正如邓子儒和蔺珮瑶这对夫妻的婚姻，怎么掂量得出它给受害者造成的伤害究竟有多重？菊香贞子还逐渐认同了蔺珮瑶（当然也是大多数中国受害者）的某些观点，在战争年代重庆和东京的平民百姓同样都遭受了无差别轰炸，但他们对灾难的感受是不尽相同的。她想探究的是：一个世代居住在东京的市民，和一个重庆的原住民，当他们的房子被摧毁时，都会感到悲愤和仇恨，但当他们听到对方的城市被摧毁时，为什么都没有了同情心？她问蔺珮瑶这个问题时，得到的回答是：一个正在受到侵略的国家，空气中都充满了屈辱和仇恨，人们哪里还有一丝对施暴者的同情或怜悯？那时不要说恨你们日本人，我连阻挡我爱情的父亲都恨不得找一把刀来将他杀了。耶稣基督只有一个。因此他是神，而我们是人。

　　蔺珮瑶说这些话时，菊香贞子发现她脸上没有了那一以贯之的从容与优雅，是意难平的遗恨似乎轻易地就从皱纹的深处浮现出来，让岁月显得苍老而沉重。大家都正在老去，回首一望，看到自己人生的美丽与缺憾，并不算真正读懂了命运这部大书，所幸的是，我们可以参阅别人的人生。

　　就像现在她在蔺珮瑶的陪同下，还要在农贸市场里寻找一个她不明白的东西——猪笼。没错,从字面上理解它是从前农家用来关猪的家什,但是当年它怎么可以用来关人呢?菊香贞子想知道,它是什么形状的、用什么材料做成的、又到底有多大?她更想知道,人关在猪笼里,是一种什么样的感受?

她们在农贸市场里没有找到猪笼,只看到两只关鸡鸭的竹笼子,蔺珮瑶告诉菊香贞子,大体就是那个样子吧,只是更大一点,编制的竹篾片更宽一些。过去人们把小猪装进里面,背到集市上来卖。

"他们也把人装进猪笼,沉到嘉陵江里?"菊香贞子问。

前妻去世后,蔺孝廉唯有更加疼自己的幺女,才可舒缓自己续弦后愈发紧张的父女关系。但这个从小就骄纵惯了的小姐长大了,再不是几个洋娃娃或一些新衣服就可哄得转的小姑娘了。那天他走进女儿的房间,看见她病歪歪地倚靠在床上,蓬头垢面,脸色憔悴,一双眼睛深凹进去,但那里面蕴藏的怒火依然在燃烧,或者说,那种对爱情的渴望、执着依然炽热,这让他一阵阵心痛、心寒、心乱、心紧。本地话对此有个比喻:猫抓心。蔺孝廉心里那时不是一只猫在抓挠,而是一窝。

他面对的是死的沉默,女儿看他的目光就像她的母亲临终前那样绝望、忧恨——那是欲活不能的绝望,命不济时的忧恨。任凭他把天上地下的好话说尽、狠话说绝,那条曾经鲜活、欢快、时时刻刻充满着生命和青春活力的江河仿佛被斩断了、死去了。

"妈屁哟!"蔺孝廉终于崩溃了,使出了袍哥大爷的性子,说,

"老子把你两个装猪笼里丢嘉陵江切(去)算屄了!"

你丢嘛。这是蔺珮瑶已死的目光告诉她老爹的。

蔺孝廉当然不会把自己的女儿丢进嘉陵江。但对他这样红黑两道通吃的人来说,丢翻①人家的儿子,那就像丢一个烟锅巴(即烟蒂)般容易。当然他也不会亲自干这样的事。在一个月黑风高的夜晚,一众袍哥把刘海塞进了一个猪笼里。他那样高的个子,难以想象他们是怎么把他塞进去的。他被憋屈在狭窄的笼子里,赤裸着上身,肌肉一团一团地从竹篾片里鼓了出来。他们像抬牲口一样将他抬到了嘉陵江边,这群黑衣黑裤的袍哥手持火把,明火执仗地要杀人了。江边依然闷热无比,江水万古流淌,但永远也冲不褪人们心中的爱与恨。嘉陵江曾经见证了这两个年轻人的浪漫,现在它也忍不住低声呜咽了。

这是嘉陵江边的一个小码头,一艘趸船静静地停在江边。装在猪笼里的刘海记得他有几次从沙坪坝送蔺珮瑶回江北的家,就一起坐渡船到江边的趸船上,然后他再乘船回学校。在过去,这是短暂惜别的地方;而今天,这会成为奔赴黄泉的最后一站吗?江面上黑黑的一片雾,几盏渔火暗在远处,像阎王之眼。江水呜咽,一条嘉陵江都在为他哭泣。

就这样死了?我的母亲怎么办?我还没有为老母尽一点孝心,更没有为国家做一点事情啊!他忽然感到一片茫然、恐慌。

袍哥们却没有闲心让他思考生与死这样复杂的问题,他们手忙脚乱地将猪笼抬到趸船临江的那边,然后垂手等老大的命令。

---

①丢翻,袍哥隐语,意即杀死。

领头的是一个蓄着一撮山羊胡的老者,刘海听见袍哥们叫他二爷。刘海不知道他们到底是匪还是民,但无疑是蔺孝廉手下的人。自从那天他认出蔺孝廉来后就知道:自己的爱情惹祸了。

"你们是什么人,还有王法吗?"刘海在猪笼里愤怒地高喊。

那个被称为二爷的手里还拿着一副黄铜水烟枪,吐了一口烟,就像吐出心中的恶气。"小崽儿嘞,啷个死到临头还搞不醒豁嗦?老子们今天是送你去见阎王的人。咋个嘛?"

"你们滥用私刑,枉杀无辜,是犯法的!"

"哈哈!"二爷冷笑两声,像老鸦在黄昏时的聒噪,"小崽儿,告诉你,你二爷从来只晓得江湖之道,不晓得国家王法。你坏了我们江湖的规矩,活该你倒霉。"

"我犯了什么法,难道爱一个人有罪吗?"

"丢。"二爷吹了一口烟,轻声道。

他的声音虽然不大,但阴森恐怖,连江里的鱼儿都被惊吓到了,几条鱼儿翻了起来,在黑暗中亮出白白的身子,又转身躲进水里了。

"扑通!"装着刘海的猪笼在火把的映照下砸进江里,水面荡漾开一阵暗红色的涟漪,很快就被江水冲散了、消失了。趸船上的袍哥们嘘了几口气,面无表情,有人在抹袖子,有人在揸手。嘉陵江无言,茫茫黑夜也无语,这样的事情他们干得多了。

寂静的夜里,江水冲到趸船上,翻出一阵阵的叹息。没有一丝江风,江面闷热得让人憋气,丢进江里的那个人现在应该在大口大口地喝一条嘉陵江的水了。一个袍哥问:"差不多了吧?"

二爷把烟锅里的烟灰吹出来,再装上一锅,用火捻子点上,缓缓地说:"再沉他一下。"然后等他把那一锅烟抽完,才说:"扯上来看看。"

猪笼上还拴着一根绳子,两个袍哥费力地将它拉出水面。一个说"冲得远哦",一个说"这头猪好肥哦"。

刘海被扔到趸船的地板上,袍哥们将他从猪笼里放出来,用脚踹他浑圆了的肚皮,又把他翻过来,横在一张凳子上,让他倒出肚子里的水。随着一阵猛烈的咳嗽,一腔江水哗哗流出,人已成一摊烂泥了。

"搞醒豁没得?"二爷问。

"土匪!"刘海骂道,大口大口地喘气。

"还在想别个的女儿?"

"更想。爱是淹不死的,哪怕是嘉陵江!"

"嘿嘿,你龟儿子还不认错?"

"爱没有错。"

"再装进切,丢!"二爷喝道。

如是者三,刘海和嘉陵江里的阎王打了三次照面,被拉到趸船上时他已经只求速死了。"你们这帮土匪法西斯,有种就别把我拉上来!"

"小兄弟,你还是条好汉嘛。"二爷走上前去,用脚踢了踢蜷缩在趸船上的刘海,"认个错,求个情,滚回你的老家切,莫再到老子们的码头上来臊皮①。我放你一条生路。"

---

①臊皮,袍哥隐语,指搞乱荟事。

说到老家,刘海心中一直绷紧的那根弦断了,他的眼泪不知怎么就下来了。"我的故乡被日本人占了,你们知道吗?日本人在杀中国人,你们也杀中国人,汉奸吗?"

这时,一个人影从黑暗中闪出来,上去就给刘海一脚。"老子们是汉奸?你个小崽儿搞醒豁没得!老子们下午还在为政府征兵募款,支援前线。卢沟桥打响后,老子几天几夜都没有睡个好觉了。你们这些狗屎崽儿不在这大后方好生念书,哥长妹短的,日本人来了你们还爱个铲铲!"

刘海在忽明忽暗的火光中看到了蔺孝廉那张气歪了的脸,这个背后使坏的老东西终于露面了。他有了在一群野蛮人中找到了一个可以讲点道理的文明人的庆幸——至少蔺孝廉还是国民政府的官员吧。

"叔,那你让我上前线去,为国家战死也比被你弄死强。"刘海也不明白自己就怎么喊出了一声"叔",毕竟人年轻,心眼儿直。

"你敢切?"

"本来就想去。是男儿大丈夫,哪个不想救亡?"

"切报效国家可以,但你得答应我一个条件。"

"叔,只要你让我去抗日,一千个一万个条件都行。"

"抗日就好好抗日,不准再打我女儿的主意。你死了这条心,听懂没得?"

"叔,你能阻止人心里想一个人吗?除非你能让这嘉陵江水倒流。"

"老子把你们两个都丢进嘉陵江里,你还管得了它倒流还是顺流？"

  这才是刘海最大的不愿。他已经喝够了嘉陵江的水，蔺珮瑶若受此凌辱，那还不如让他死了算了。刘海泪如雨下，三沉嘉陵江，让他如醍醐灌顶、茅塞顿开。战争年代，卑微出身，令他没有资格谈情说爱，所幸他还有一条位卑未敢忘忧国的生路。在那个时代，许多人为了抗日救亡，不得不忍辱负重，向自己的同胞低下骄傲的头颅，割舍心中的挚爱。

  "实际上并不是我父亲给了刘海一条抗日报国的生路，而是我们的校长张伯苓先生救了他。"

  已是华灯初上，蔺珮瑶和菊香贞子坐在北滨路上的一座茶楼里，嘉陵江就在她们的眼底流光溢彩。她们刚刚吃了一顿不错的晚餐——一人一碗特色十足的豌杂面。对岸就是灯火辉煌的市中区，不夜的城市令人思绪绵绵、爱恨交织。嘉陵江两岸滨江路上的灯光就像山城的两条玉带，将珠光宝气、灯火闪耀的城市轻缦地缠绕。这不夜不眠的城市仿佛有许多动人的故事叙说不完，每一栋高楼、每一扇窗户里都会有故事随着灯光溢出，在或浓或淡的夜雾中显得神秘、遥远，甚至沉重。还有那穿过城市的江水，在灯火的映照下五彩斑斓，像无数人的精彩人生，在默默地演绎、变幻，并流逝得无影无踪。即便你没有看到，它也曾经精彩过；纵然你想追寻，它却一去不复返。一条大江，可以承载一座城市的记忆，也可以荡涤一个人内心深处的苦难。菊香贞子刚才还感叹说，谁能想象得出，这城市灯火的后面，还掩饰着多少不堪的历史。

"我相信父亲当年是真动了杀心的,把刘海往嘉陵江里一丢,就一劳永逸地解决问题。老天开眼的是,刘海失踪的第二天,杭州笕桥中央航空学校的录取通知书就到南渝中学了。那是南渝中学开办以来考取的第一个空军飞行员,学校师生为之振奋骄傲,但校方却到处找不到刘海。曾经和我们结伴要去爬缙云山的几个同学不得不向老师报告了我们危险的恋情。此事就惊动了张伯苓先生,他给我父亲打了电话,问明了刘海的下落,听我父亲说要动用私刑'家法',张先生当时就急了,在电话里大声说,刘海是我学校的骄傲,即将成为保卫国家天空的空军精英,抗战救国,亟须此方面人才,兄弟可不得胡乱行事。我父亲方醒悟过来,刘海是不能用袍哥手段处置的。于是不得不说,我教训他一番,人还你。学生是你的,女儿是我的,以后不准他们再来往了。张先生在电话那头冷冷地说,孝廉兄弟,明天我要见到我的学生刘海,否则你我断绝金兰之交。"

"你和刘海就再没有见面了?"

"刘海第二天被送回学校,第三天就被几个袍哥押着上路了。他独自去朝天门码头乘船,连和他母亲告别的时间都没有。我父亲不知是为了博得张伯苓先生的欢心,还是自己良心发现,拿出了一大笔盘缠给刘海当路费。我后来只看到我父亲展示的一张刘海按了血手印的绝交信,那上面有一首五言绝句:'挥泪赴前线,揖别巴蜀情。此身当已死,巫山再无云。'但我相信刘海在我父亲的淫威下,和我的想法是一样的,等他上完航校,等我再长大一些,甚至等我们打赢了抗战,终有一天,他会驾着一架飞机来接我的,就像童话故事里那个驾着红帆船跨海而来的王子。虽然我们中国人也许没有那么浪漫,但我们也有含而不露的情感。这一首唐诗你应该知道,'君问归期未有期,巴山夜雨涨秋池,何当共剪西窗烛,却话巴山夜雨时'。唉,哪个晓得这条背时的船在'巴山夜雨'中出事了呢?"

"什么?船沉了?"菊香贞子惊讶得张大了嘴,就像听到自己恋人的船失事了的消息。

"那个年代在长江三峡行船,失事率是很高的。很长一段时间里,我都像是被倒扣在一个没有阳光、没有欢乐的冰凉世界里。唉!"

菊香贞子感受到了这来自生命深处的叹息。巧的是外面忽然下起了一场不大不小的春雨,雨丝飘在茶楼的落地玻璃上,窗外雨中的山城顿时朦胧凄迷起来,菊香贞子上中学时学过李商隐的这首《夜雨寄北》,但直到今夜,她才觉得自己读懂了一个中国人内心深处的离情别绪,它与战火纷飞的乱世有关,和人生的命运相连。归期未有期,夜雨涨秋池。孤独的烛光之下,曾经沧海的老情人,该如何叙说他们的当年?

4. 玄都观里桃千树

一九三七年秋季开学时,蔺珮瑶险些不能上学。按照继母的主意,这个小丫头赶紧嫁人算了,女子无才便是德,读啥子书哦,再读就读成个方脑壳啦。蔺孝廉都有些犹豫了,但蔺珮瑶决绝地告诉父亲,自己早就不想活了。你不让我读书,我就跳嘉陵江。

就这样带着满眼泪水、一腔忧伤回到了学校。"昔人已乘黄鹤去,此地空余黄鹤楼。"学校的教室、球场、食堂、宿舍、林荫小道,还有空旷的嘉陵江边,都再不见恋人的身影。浩渺的江水日夜流淌,依然淌不尽对一个人的思念。如果说少女的相思是一江秋水,那么这秋水也能穿越四季,穿越巴山蜀地重重大山的阻碍,穿越生命的轮回,去找寻爱的答案。

卢沟桥事变之后,中国已然成为一座被点燃的火山,到处都在喷发抗日的热情和呐喊。学校的学子们在课余不是上街游行集会,就是四处为抗战募捐演出。蔺珮瑶和同学们把白布床单揭下来,割破手指头,书写上"抗日救亡"的血色大字,由四个同学牵着床单的四个角,其余的人跟在后面举着旗帜喊着口号,从沙坪坝搭车到市中区,然后在大街小巷四处游走。先生们女士们,老爷们太太们,同胞们,请奉献出你们的爱国心吧,一分钱也能为抗日作贡献。少吃一顿饭,就可造出一颗射向侵略者的子弹;少买一件衣,前方将士就多一口粮。路上的行人见到这些慷慨激昂的学生,无不为之动容。在陕西街、督邮街这些繁华地段,民众捐赠的钱、物有时会如雨点般落到床单里,富人从楼上窗户里扔下来大把的银钱,穷人哆嗦着双手从褴褛的衣衫口袋里掏出一天劳动所得的几个铜板。床单里有角票、块币、铜板、银元、手镯、手表、耳环,甚至结婚戒指。那时日本人有两千多架作战飞机,而我们只有两百架。可我们的空军在一九三七年八月十四号,却一举击落了六架日本飞机。民众高兴啊,振奋啊,"航空救国",抗战胜利的希望就在于我们要拥有更多的飞机,更强大的空军。

要买一架战斗机要多少钱呢?三万美元。那时还只有苏联人才会卖给我们飞机,美国人还没有跟日本政府断交,有好飞机也不卖你。人们说,一架飞机,值重庆府一条街。

"新闻界、南洋的华侨界,都单独捐出一架飞机了,连自贡的盐业工人都捐了一架'盐工号'。我们南开的同学们有没有信心和能力,为抗战募捐到一架'南开号'呢?同学们,我们现在募捐到的钱,连一只飞机轮子都买不到。同学们、同学们,要继续努力啊!"

站在台上振臂疾呼的是刚刚转学来的东北籍学生高玉华。她一头乌黑的短发紧紧贴在头上,一张因营养不良而显得惨白的脸毫无特色,缺乏女性应有的柔美或妩媚,个子虽然长得高高大大,但那身更为宽大的阴丹士林长袖棉布学生旗袍将她身上的女性之美遮挡无余,连袖口都到了掌心。蔺珮瑶经常打击她,说你穿的是旗袍还是口袋哦?她第一次见到高玉华时还以为她是个男生,但后来她们却成了无话不谈的知己。这个来自东北的流亡学生唱起《松花江上》时,能让台上台下师生的泪水像校园里遭了水淹。正是她擦干了蔺珮瑶相思得苦的眼泪,她说,妹妹,这样一个苦难的时代,你个人的爱情,怎么值得流泪呢?你得为我们的国家、为我们的同胞流泪。一个总是流着小布尔乔亚眼泪的学生怎么能进步?

那个时代的所谓进步,就看你对抗日有多大的贡献。各年级、各班级都有自己的抗日救亡活动小组,学生们互相展开抗日募捐竞赛,周末、假期几乎全都在街头奔走呼喊,但那架梦想中的飞机,还远远在蔺珮瑶梦的尽头。她早就在心中暗暗发誓,如果苍天有眼,如果上帝是站在她苦难的爱情一边,就让她和同学们如愿募捐到一架飞机吧。既然要去当飞行员的恋人已经不在人间了,就让一架饱蘸她呐喊和热情的飞机,成为一个人的灵魂依然翱翔在天空的象征吧。

这年的冬天,抗战局势急转直下,南京失陷,民心大受打击。

重庆街头夏秋季节的抗战热情仿佛也被冷酷的寒风吹得瑟瑟发抖了。学生们在大街上牵着的床单里常常像一张空空的渔网,一天奔走呼号下来,只有疲惫和眼泪。

一个冬雨霏霏的阴冷下午,蔺珮瑶和几个同学去城里募捐。他们在陕西街的美丰银行的门洞前跺脚、搓手、躲雨。天气太冷了,人心更冷。美丰银行的大门是纯铜铸的,两侧镶嵌着明亮的玻璃,映照着这些内心火热却冻得瑟瑟发抖的年轻人,也映照着这凄风苦雨中冷漠的人心。刚才他们拦住一个穿长衫、戴呢帽的商人,请他看在前方将士浴血奋战的分上,捐助一点爱心。但那个家伙扶了一下金丝眼镜,嘀咕了一句:"捐个铲铲,老子还吃不饱呢。"

蔺珮瑶气愤地回应了一句:"至少你头上还有一顶毛呢帽子。捐出来吧,为前方将士多一件寒衣。"

那人凶狠地喝道:"你要抢人吗?捐再多还不是都给了贪官污吏。"

不多时又一个人从美丰银行走出来了,看上去也像一个有钱人。蔺珮瑶正想迎上去,一个同学拉住她说:"算了,这些家伙都是没有良心的人,他们只会发战争财。"

但这个人却径直向他们走来,他个子不高,很年轻,穿呢大衣,戴礼帽,脚下的皮鞋锃亮,手持一把黑色的洋伞,一副功成名就的派头。他走到大家面前,笑盈盈地问候道:"同学们辛苦。这么冷的天,肯否赏光去喝碗炒米糖开水?我请。"

几个学生面面相觑,开初他们还以为这个商人听到了不友好的话,来找他们算账的呢。炒米糖开水?啊,饥肠辘辘的学生们多想喝一碗啊。

蔺珮瑶却没好气地说:"先生,你要是同情我们,就为抗战捐一点吧。至少捐出你要请的炒米糖开水钱。"

"噢,那当然。"年轻的商人边说边去掏大衣内袋,"为抗战要出力,炒米糖开水还是要吃的。这个给你们。"他递过来一张纸。

"这是啥子哦?"蔺珮瑶好奇地问。

"你看看吧。"商人依然笑呵呵地说,直接交到蔺珮瑶手上。尽管他满脸善意,但蔺珮瑶觉得他长得真平庸,个子好像还没有她高,但她也感受了他目光中的异样温度。

"汇兑票?"一个同学迟疑地问。

"是的,三万美元。你们马上就可以去这家银行兑换。买一架飞机,够了吧?"年轻的商人用轻松而愉快的口吻说。

"三万……美元?!"几乎所有的同学都被这个数目骇得瞠目结舌,还有两个同学用颤抖的手去数那数字后面的零。有时候梦想来得就是这么快。

这个冬天顿时不再寒冷,每个人都像喝下一碗热乎乎的炒米糖开水。两个男生激动冲上去抱住年轻的商人,哽咽着说:"好人、好人啊!"蔺珮瑶也感到眼前的这个人忽然高大起来了。

这个为抗战一掷千金的富翁就是当年的邓子儒。他在谈笑间就实现了蔺珮瑶遥不可及的梦想,没有留下名字,翩然转身走了,手里晃那把黑雨伞,慢慢消失在冬日阴冷的浓雾中。等他第二次出现在蔺珮瑶面前,已是第二年春天。蔺孝廉五十大寿的生日宴,重庆市的名流巨富、达官贵人都来了。那天是重庆难得的好天气,阳光和煦,春风拂面。蔺府后面有一片桃林,桃花树下摆放了几张桌子,供客人们打牌、喝茶、赏花,还临时搭了一个戏台。蔺珮瑶被父亲拉到一张茶桌前,指着坐在上席位的一个穿中式长袍、胡须飘拂的老者和一个穿米黄色西装、倜傥风流的年轻绅士说:"幺女,我让你认识一下,这两位是……"

蔺珮瑶冲年轻的客人脱口而出:"唧个的呢,你咋个跑我家来了?"

"咋个说话的哟,没家没教的。这位老伯是渝华公司的大老板、棉纱巨头邓玄远先生,旁边这位是邓老板的公子邓子儒。人家是重庆大学的高材生哦,一毕业就开始执渝华公司牛耳了。"蔺孝廉拍了一下女儿的肩膀。

邓子儒那边早站起来,恭敬地拱手道:"蔺区长过奖过奖,晚辈后生,前辈多多提携才是。鄙人荣幸地和贵府千金有过一面之缘、一面之缘。呵呵。蔺大小姐别来无恙?"

蔺孝廉故作惊讶地说:"哦哟,原来你们是有缘之人嗦。好好,我不多话了,你们年轻人坐下来慢慢摆、慢慢摆。邓老板,那边牌桌摆好了,我们去搓几圈?"

邓玄远用满意的眼光看了看打扮得像一个春姑娘的蔺珮瑶,一语双关地说:"要得、要得。我们去打牌。"

蔺珮瑶坐下来就推了邓子儒一掌,话语连珠炮般地向邓子儒砸来:"我们到处在找你呢。当时高兴得昏了头,叫花子讨到个大馒头,只晓得啃,忘记了谢施主。哈哈哈!我们居然谁都没有想起来问一哈你的大名。回到学校老师问是哪个捐的,报社的记者也跑来采访,同学们都把我们当英雄,其实你才是真正的幕后英雄呢。'南开号'飞机命名仪式那天,大家还推荐我上台发言。你晓得不,我们学校现在已经改名为南开中学了?我在台上说,要感谢上帝,让我如愿以偿;感谢上苍,让一个好人成就了我的梦想。我说我现在还不知道这个好人的名字,但我相信他跟我们大家一样,都有一颗赤诚的爱国之心,都希望我们能早一天打跑日本鬼子。要是有一天我能见到他,我将告诉他,四万万同胞里,有四万你这样的中国人,不愁日本鬼子打不败。哈哈哈哈!现在你听见了吧,我的承诺实现了。等哈儿我要好好敬你一杯酒,再说答谢的话。哦,对了你叫邓……啥子儒?"

"邓子儒。"

"一个好古董的名字哦,嘿嘿,你不见怪吧。不过你人倒是嘿(很)新潮的,又爱国、又新潮。那架飞机其实应该叫'子儒号',不过这个名字不好听,飞到天上去会遭日本人欺负。哈哈,你不见怪吧?"蔺珮瑶快人快语,好像没有看到对方热辣辣的眼光。

"不敢、不敢。那是你募到的飞机,当然应该叫'南开号',要是我有那个权力,我宁愿它叫'珮瑶号'。"他说"是你募到的飞机"而不是说"你们",说希望它能叫"珮瑶号"而不是"南开号",他希望对方能够听得出来,这一切都是为了你。

但蔺珮瑶心不在此,她避开了邓子儒的眼光。"哈哈,我才更不敢当呢!为抗战募捐到一架飞机,只是我的一个心愿,只是为了……"蔺珮瑶忽然不说了,转瞬便黯然神伤,望着远处的桃花林。温暖的春光里一片绚烂的红云悬浮在人间,桃花无言,林间空荡,微风吹来,花瓣如泪,有一种落寞的凄美、艳丽的悲凉。往年她曾经想过,要在桃花盛开时,带刘海来欣赏桃花,讲她童年在这片桃树林里的种种趣事。唉,刘海要是还活着该多好啊,人面桃花都要为他开放;他要是能驾着"南开号"上天和日本飞机战斗,该多浪漫诗意啊!但是,"出师未捷身先死",理想和现实的差距怎么会如此巨大又如此残酷呢?蔺珮瑶的眼眶里盈满了泪水。

"蔺小姐?"邓子儒小心地问。

"嗯。"蔺珮瑶收回了思绪,换了个话题,"你就重大毕业了啊?还恁个年轻。将来我也想报考重大呢。"

"本来想去留洋的,但家父近年身体欠安,家里那么大一摊子事情没有人打理,只有留下来了。"邓子儒脸上始终荡漾着谦和的笑容,他看见蔺珮瑶的眼光一直注视着桃花林,便说,"贵府这片桃林真是好看呢,要么我们去那边走走?"

桃林下会有我的刘海哥么?当然没有。"玄都观里桃千树,尽是刘郎去后栽。"刘郎已去,千树万树桃花怒放又有何益?平添伤感罢了。但是桃花树下不能没有爱情,自古以来,桃花催生着一代又一代的爱情故事。不是你的,就是他的。就像这一天,命运让另外一个青年陪失去了爱情的蔺珮瑶去看桃花。

"父母之命、媒妁之言",是蔺珮瑶这样受过新式教育的新女性最为反对的,那个年代能够读书的青年女学生哪个不想冲破封建家庭的牢笼,主宰自己的命运呢?况且蔺珮瑶还是那种敢爱敢恨、个性刚烈的女子。在南开中学,"妇女解放"、"做时代的新女性"这样一些新名词,都是出自冯玉祥夫人李德全女士、蒋介石夫人宋美龄女士、周恩来夫人邓颖超女士这些知名人士在南开的演讲。她们就是女学生们的楷模,谁不想做个像她们那样的"新女性"呢?

蔺珮瑶已经设计好了自己的未来,考上大学,毕业后谋一份职业,远远离开家庭的羁绊,自食其力,终身不嫁。因为她的心已经给了一个人了,绝无可能再给第二个。她认为自己的爱情已经死了,沉在长江里了。让那些封建礼教家法,那些门当户对的陈词滥调统统见鬼去吧。

知女莫如父,蔺珮瑶绝没有想到从那三万美元的捐款,到今天桃花树下的邂逅,都是双方父母暗中的策划和安排,都是蔺珮瑶命运中始终无法摆脱的门第桎梏,都是蔺、邓两家官商结盟的第一步棋。邓玄远说,三万美元敲开蔺府那扇门,是笔划算的买卖。蔺珮瑶的继母张月娥说,再大的衙门,还不是要银子来垫底;再高贵的金枝玉叶,还不是要种到金山银山上。

鱼儿养在鱼缸里,自我感觉是自由自在的,那是它认为缸壁就是世界的边界;它也许想到过要跃过这道壁垒,但它要面临的风险不言而喻。大多数的人其实都游在不同的鱼缸里,尤其是,当他们年轻时。多年后,蔺珮瑶知道她的爱情也不过是一场交易后,才明白她也不过是一条鱼缸里的鱼。

如果不是为高玉华同学两肋插刀,蔺珮瑶也许不会那么快就告别了自己的学生时代。生活中总有许多相互掣肘的事情,你在一个方面任性,就会在另一个方面付出代价。高玉华转来南开中学后,让蔺珮瑶找到了精神上的依托。真正让蔺珮瑶钦佩并心生好感的是,高玉华同学竟然是个和政府作对的"赤色分子",她的那只藤箱里总有蔺珮瑶轻易看不到的带有左翼思想倾向的书籍,从陀思妥耶夫斯基、高尔基,到毛泽东,还有鲁迅、茅盾、巴金的书,这些书正契合了蔺珮瑶那颗自小就有的叛逆之心。高玉华组织的读书小组在南开中学一度从者如云,活动时他们把鲁迅先生的像挂在墙上,像崇拜一个大英雄一样低声唱道——

你的笔恰似枪头,刺穿旧中国的脸面;
你的声音恰似洪钟,将奴隶们从睡梦中唤醒,
你的梦想就是国家的希望。
虽然你走了,但你将永远活在我们心中。
明天我们将在你的画像前,向你汇报国家的进步。

其实,没有高玉华的侠义真诚,蔺珮瑶难以想象自己将如何度过失去刘海的那段艰难时光;而蔺珮瑶特殊的身份,也给高玉华所从事的活动带来了许多方便。两人在校园里总是形影不离、如漆似胶,常常连睡觉都要挤一个被窝。在南开中学,大家都晓得蔺珮瑶的父亲是"南开先生"张伯苓先生家里的座上宾,还是校董,要是有哪个地痞流氓敢来学校骚扰,蔺父开一句腔,再飞的"天棒"都得趁早爬远点。和蔺珮瑶在一起,连一直怀疑高玉华在从事"赤色活动"的训导主任都放心。那个谢顶了但并不显得多

聪明的家伙甚至还私下里告诉蔺珮瑶,让她帮忙盯着点高玉华,因为她的思想很危险。可训导主任不明白,那个年代越是"思想危险"的学生,越有魅力;越是官宦人家的子女,思想越偏左。

高玉华的成绩并不怎么好,许多作业都要抄蔺珮瑶的,因为她的心思全在一份神秘高深的事业上。但她能带给蔺珮瑶另一种亢奋刺激的生活。她会让蔺珮瑶去城里的某家书店,或者是一家并不起眼的小面馆,总有人会在不经意间交给她一张纸条,上面什么都没有。蔺珮瑶将纸条带回学校交给高玉华,晚上等同学们去上自习了,高玉华就悄悄用带碱性的水浸泡,让白纸上的字迹显现出来,然后躲在被窝里照着手电筒看,蔺珮瑶则坐在床边为她放哨作掩护。有一次她们一起去城里取一封重要的信,高玉华让蔺珮瑶把信放进她的胸罩里。说你是有钱人家的大小姐,没有人敢来搜你身的。没想到回来时还真遇到宵禁,几个便衣搜了高玉华,刚想让蔺珮瑶站过来接受检查,蔺大小姐眉毛一扬,眼睛瞎了唛?立刻就有人在一边说,这是蔺区长家的千金,还不快快放行。更多的时候,她们会偷偷带回一些共产党呼吁团结抗战的文章,在夜深人静时张贴到学校的报刊栏,或者食堂的壁栏上。第二天学校就像平静的水面里扔下了一颗大炸弹,报刊栏前挤满了学生。这些工作让蔺珮瑶觉得刺激、兴奋、生活有意义,像一个喜欢恶作剧的孩子一次又一次捉弄了古板迂腐的大人。家里专制霸道的父亲被气得眉毛胡子乱抖时,总是蔺珮瑶最开心的时刻。

在一个到处充满革命呼唤、抗争呐喊的年代,那些肩负神秘使命、贴有叛逆标签的人是最有魅力的,也最容易成为学生领袖,当然也会成为当局提防的目标。虽说都在为国家抗日,但蔺珮瑶发现国民党和共产党有些不一样,国民党是家长,但却缺乏一个家长的公正和仁厚,在威权之下常常干一些男盗女娼、仗势欺人的事情,颇像她当区长的父亲。蔺珮瑶曾请求高玉华带她去结识结识那些传说中的共产党,高玉华说,我们今天去了,明天就被开除了。政府"限共抗日",就是害怕人民站起来了,威胁到他们的统治。好打抱不平的蔺珮瑶认为,既然都在为国家的生存抗争,为什么不能枪口一致对外呢?一个普通中国人的抗日热情,为什么不能得到应有的鼓励和尊重呢?那些高高在上的官员们、富人们,在国难当头之时,为什么就不能少办一次宴会、少跳一次舞,放下身段来,与劳苦大众一起同甘共苦、卧薪尝胆呢?他们挥霍掉的财富,何止一架飞机?因此,蔺珮瑶要站在抗争者一边。

　　高二下学期,蔺珮瑶学会了开车,这也是高玉华对她的要求。一个漂亮、时髦的女孩儿开车从大街上驶过,就是那个年代身份、地位的金字招牌,连交通警察都要行注目礼。蔺家有两辆小汽车,邓子儒也时常会开车来学校接她进城看电影、跳舞。这个家伙正在对她发起猛烈的追求,一天一封信,周六下午他的那辆崭新锃亮的黑色道奇会准时停在学校门口。随着国民政府迁都重庆,越来越多的达官贵人的孩子来到南开中学求学,蔺珮瑶在学校里已经算不上权势显赫之家的学生了。刘海也不在了,谁来指责她"高高在上"呢?高玉华似乎更乐意搭蔺珮瑶的便车,这样她从事的活动也更安全。

开车送高玉华逃离虎口,是蔺珮瑶一生中做得最侠肝义胆也最让她自豪的事情。那时高玉华已经是军统通缉的要犯。蔺珮瑶有一周没有她的消息了,学校已经将她除名,训导主任在晨会上说高玉华是"赤色危险分子,败坏了学校的声誉"云云。晨会训话结束后训导主任还把蔺珮瑶叫到办公室,问她是否知道高玉华的下落,并警告她,政府正在缉拿这个要犯,谁再与她来往,将以连坐法论处。蔺珮瑶问,高玉华同学犯了什么法,是因为抗日吗?训导主任回答说,她攻击了总裁,扰乱了人们的思想,是个思想危险分子。蔺珮瑶明知故问,一个人的思想会有多危险?会让我们没饭吃没衣穿没书读吗?会让我们当亡国奴吗?训导主任脖子一梗说,怎么不会?她的思想会乱了"国家至上、民族至上,意志集中、力量集中,军事第一、胜利第一"的总裁"教导",乱了我们的纲纪国法,乱了三民主义。谎言啊!这些道貌岸然的伪君子。上周他还来蔺珮瑶家和身为禁烟局局长的父亲一起吸鸦片呢。

一个周日的下午蔺珮瑶接到高玉华托人带来的密信,希望她今晚九点能到市中区草药街街口接她出城。蔺珮瑶没有想会有什么危险,只感到信任和鼓励。如果这个世界还有一点温暖,还能让她感到人生尚有价值,只能是来自高玉华。周边的人都是虚伪的、麻木的、颓废的,只有高玉华这样的人,才是真诚的、激情的、勇于牺牲和有信仰的。父亲没在家,她谎称要去和邓子儒约会,就把车开出来了。

她们没有料到那个晚上全城戒严,各码头、交通要道都加派了岗哨，对出城的人严加盘查。山城重庆的主城区由于受两江夹峙，城门便与众不同，共有十七座，始建于明洪武年间，由镇守重庆的指挥使戴鼎依照"九宫八卦"之象建成"九开八闭"的十七道城门。往昔，九道"开门"、八道"闭门"环长江、嘉陵江而建，依崖筑城，以江为池，易守难攻，险峻巍峨。只有通远门是主城区唯一的陆路出口，其他的"开门"都面临长江或嘉陵江。但这些老城门大多在民国十六年重庆扩城改造中被拆除了，通远门是为数不多的老城门之一，因此蔺珮瑶她们要出城，必须经过通远门，尽管那里盘查得更为严厉。

高玉华见到蔺珮瑶后坦率地说，她在重庆已经待不下去了，奉组织命令要转移到成都去，因此需要蔺珮瑶的帮助。高玉华已经很信任她，而且这种信任越深，蔺珮瑶就越受鼓舞。这个生性叛逆的富家小姐恨不得把眼前令人憋屈的社会砸个稀巴烂，一个人连自己爱的权力都被剥夺了，她岂能不抗争？高玉华就是那个让蔺珮瑶可以发泄自己心中怒火的人，也是可以证明她能耐的人。毕竟是袍哥家庭的女儿，把能摆平社会上的各种难事视为荣耀。

高玉华今天似乎不太相信蔺珮瑶的能耐，她执意要钻进汽车的行李厢而不是像以往坐在驾驶副座上。蔺珮瑶仍大大咧咧地说，哪个龟儿敢拦本小姐的车，老子就撞飞他。但高玉华板着脸说，听你玉华姐的，今天情况特殊。

通远门果然加派了宪兵把守。两个宪兵把蔺珮瑶的车拦下来，其中一个还是个代班的少尉排长。"小姐请下车，我们要检查。"

蔺珮瑶端坐在车上,看也不看他们。"爬开!"她说。

"小姐,请你下车,打开行李厢接受检查……"

"耳朵聋了还是眼睛瞎了?爬开!"她轰了轰油门。

那个宪兵排长知道遇到了有权有势的刺头,但他也没有放弃自己的职责。他站在了车头前,嘴里衔着哨子,不断地挥手,让蔺珮瑶靠边接受检查。

蔺珮瑶倒车,退出去二十来米远,然后大轰油门,猛按喇叭,准备冲关了。宪兵排长掏出了手枪,几个警察忙着将一根木梁横在了通远门前。在道奇车吼叫着就要启动时,一个高级警官挥着手从一间屋子里跑了出来。蔺珮瑶一看就更不害怕了,她的车吼叫着冲到那高级警官面前,然后一个急刹,差点没把那家伙撞飞。

蔺珮瑶下车,一摔车门,抓着高级警官的衣襟就开始撒泼。"李叔叔,你又不是不认得我们蔺家的车,我是红眉毛绿眼睛的共产党吗?是个子丁点儿矮的小日本吗?你看看这几个宝器哪个欺负我一个小姑娘!重庆地皮上是哪个说话算数哦,还有王法没得?这个丘八屄侉卵侉的想占老子的欺头(占便宜),锤子大爷才虚他龟儿子!哪个砍脑壳的敢拦本小姐的车,老子要让他霉成冬瓜灰!"

此人是警察局的副局长,也是蔺府牌桌上的常客,当然晓得蔺家这个"天棒"女儿连她老汉儿都管不下来,他可不想惹事,便挥挥手让宪兵排长放行,说:"兄弟,这是我家小侄女,别大水冲了龙王庙。"

高玉华顺利逃脱,蔺珮瑶把她送到化龙桥,高玉华说有人会在这里接她,两人在冬雨中匆忙话别。高玉华拉着蔺珮瑶的手说,瑶妹,请记住,我还会回来的。别向恶势力低头,要学鲁迅先生,骨头硬朗起来。蔺珮瑶在车内望着高玉华消失在凄风苦雨中的孤单背影,不免为她揪心。她想起有一次高玉华说,她在一个夜晚去朝天门码头接一个从湖北来的同志,在走下码头那陡峭漫长又黑暗肮脏的台阶时,几个在码头上卖苦力的人把她当成卖笑的,他们先是追逐调笑她,她又不敢高声叫警察,那些人就愈发放肆,竟上来抓住了她裸露的胳膊,还趁机摸她的胸。她后来拼命挣扎才得以逃脱。高玉华说起此事时流泪了,不是为自己,而是为那些想羞辱她的人。她说,他们怎么就不想想,我和他们一样都是劳动人民家的姊妹,我正是为了他们才在这样的夜晚出门!

唉,人若不是为自己的最爱,就不会如此舍生忘死。而蔺珮瑶的悲哀在于:她的恋人在天堂,她连向死而生的机会都没有。她的未来黑雾茫茫,就像这阴风惨惨的雨夜。蔺珮瑶禁不住在车上又抹了一阵眼泪。

第二天,蔺珮瑶就在学校被军统的人带走了,他们有充分的证据指控她放走了共产党要犯。尽管蔺珮瑶咬死说她们只是同学关系,她不晓得高玉华是什么共产党,只是让同学搭了个便车。但他们还是把她关进监狱,连蔺孝廉都不准前去探望。在军统面前,一个区长的官职,未免也太小了。

他们倒没有给蔺珮瑶吃皮肉之苦,但不分昼夜的审讯、恐吓,也让蔺珮瑶精疲力竭、几近崩溃。关了半个月后,蔺珮瑶想死的心都有了。一天下午,一个穿风衣的矮个子男人出现在监狱的门口,温存地说:"珮瑶,没事了,跟我走吧。"

这是邓子儒再一次让蔺珮瑶感动。邓子儒说:"啥子中统军统哦,两根金条出手,都得给我放人。"一个被从牢里捞出来的人,见到亲人朋友,没有不动感情的。很多婚姻都是从一方被感动开始,那曾经为真爱坚如磐石的信念,为某人守身如玉的决心,其实都是人心里温暖地揣着的东西,而人心,则是最容易被感动的。

更何况那时蔺珮瑶正面临绝境,南开中学已将她除名,父亲也不再为她出转学的学费。他说,老子操袍哥,从来都是别人为老子去乘火滚油锅①,你娃儿操得才撇(事情办得臭、不好)哟,真是臊老子们袍哥世家的皮。继母在一边添油加醋,一个女娃儿家家的被学校开除,人家还以为你做了伤风败俗的事情,更不敢说你帮共产党办事,这样你老爹哪个在社会上做官、做人哦?硬是裹脚布做衣领,臭了一转。一个女娃儿家家的,名声败坏了,哪个还敢要你?

只有邓子儒坚定地站在蔺珮瑶一边。一个雾霭沉沉的下午,两人在嘉陵江边散步时,他说:"莫怕,我理解你,更欣赏你对朋友的侠义肝胆。你没有错。"

蔺珮瑶泪眼婆娑地说:"我只是感到,做人好累。"

邓子儒忽然向蔺珮瑶跪下了,来了一段西式的求婚告白:"珮瑶,嫁给我吧。我发誓我会一辈子爱你、保护你,让你不苦不累、不忧不伤。珮瑶,我会给你一个全新的世界,请相信我!"

这样的一幕蔺珮瑶不是没有想到过,但又时刻担心它的到来,

---

① 乘火滚油锅,袍哥隐语,指承担祸事。

因为她不知道当一个人向她求婚时,她该如何面对自己的内心。

"唉!"蔺珮瑶长叹一口气,泪眼望着滔滔不绝的嘉陵江,以及江上灰白厚重的天空,心乱得如水穿乱石。刘海的身影仿佛还在那些江边的巨石间跳跃。"你为啥子要在这个地方、这个时候说这样的话呢?我的爱情已经被江水冲走了。"她说。

"没有。"邓子儒误解了蔺珮瑶的眼泪,肯定地说,"嘉陵江作证,你的爱情才刚刚开始。珮瑶,答应我,好吗?"

"那你跳到江里去求婚吧。"

邓子儒怔怔地看着蔺珮瑶,使劲咽下一口口水,说:"珮瑶,可以跳的。但我们不是孩子了。我要对你的未来负责,我要为你举办一场轰动整个重庆府的浪漫婚礼,我要让你成为重庆最风光体面的女人。"

这样的人懂什么罗曼蒂克呢?但他能让你不再遭罪,不再受家里的白眼,不再受困于目前的尴尬,而风光和体面,本来就是蔺珮瑶从小就穿在身上的外衣,不可缺少一日。

半年以后,这个邓子儒郑重承诺的婚礼不幸遇到了一九三九年的"五三"、"五四"大轰炸。但邓子儒人生中不幸中的万幸是,这天的轰炸也阻止了一场逃亡计划。

灾难即将降临那天早上,蔺珮瑶还慵懒地躺在床上,没有一丝就要做新娘的激动,而是猫抓心一般恐慌、懊恼、烦躁。两个奶妈候在卧室外面,一个准备伺候她吃早饭,一个等她最后试穿一次从香港定做的婚纱。但蔺大小姐磨蹭到十点钟起来后,忽然说她要去朝天门给一个同学送请柬。奶妈曹二娘说，这点小事，让家里派个人去就是了。明天就是小姐大喜的日子了，今天好生在家养着吧。蔺珮瑶白了曹二娘一眼，说我要去找同学耍。

民生公司票务部的苏崎是蔺珮瑶南开中学的同学，他曾经追求过蔺珮瑶，但蔺珮瑶并不喜欢他。中学毕业后苏崎进了民生公司，两人还保持着往来。他清秀忧郁、面色苍白，蔺珮瑶曾说他书生气十足，不是我们这个国难当头的时代需要的那种男人。她有资格说这样的话，也习惯于在任何人面前口无遮拦。家里有权有势，子女大多无所敬畏。更何况她有出众的身材，高人一等的气质，柳叶眉、桃花眼、小巧而精致的鼻子、薄而轮廓分明的嘴唇、鹅蛋形的脸蛋，再加上白如凝脂的肤色、总是领先潮流的服饰，随便往哪里一站，都是人们目光的聚焦点，更是苏崎这样的仰慕者心目中永远的女神。在南开中学，人们说蔺珮瑶的追求者多到能从学校大门口排到嘉陵江边，还有不知道的暗恋者，他们都被嘉陵江水冲走了。尽管今天她也不会给苏崎一点幻想，但她很享受在苏崎面前当女神的感觉。受人宠爱，才是女人最大的虚荣。

民生公司实行准军事化管理，上班时不得办理私事。苏崎为了陪好蔺珮瑶，专门调休了半天假。两个老同学见面后，不便在办公室闲聊，就来到了朝天门码头上闲逛。有一艘前往武汉的小客轮十二点三十分发出，一些乘客已经开始登船，小客轮已生火，一股股浓烟从烟囱里冒出。还有一队士兵在码头上列队，他们也将乘坐这艘客轮奔赴前线。没有欢送的仪式，也没有送行的人群，士兵们表情麻木，既不紧张，也不激动，就像要去做一次乏味的旅行。

苏崎说:"几乎每天都在往湖北那边运送部队,有唱着激昂的歌儿上船的,也有用绳子一个挨一个捆着胳膊押上船的,我们的抗战总是打得稀奇古怪,可只见送出去的,不见回来的。唉,'醉卧沙场君莫笑,古来征战几人回'。我真想去过这样的生活啊,真想上前线去杀鬼子啊,但我父母又不准我去。"

蔺珮瑶说:"上前线,哪个不想? 我也想呢。"

"哪轮得到你们哦? 你还是好好当你的富家太太去吧。你以为打日本鬼子是绣花吗?"苏崎笑了。

"苏崎,我讨厌你叫我富家太太。"蔺珮瑶脸色沉了下来。

"好好好,对不起,以后不这样叫了。"苏崎慌了,随后又叹了一口气说,"同学们都说,想不到你这么快就结婚了。"

蔺珮瑶出神地看着那艘客轮,没有搭腔。

"我想我是理解你的。"苏崎讨好地说,"你是想从那场船难的阴影中尽快走出来。"

"别说了……"蔺珮瑶的眼里有了泪花。

两年前,蔺珮瑶的初恋恋人从这里登船,但不幸的是船在瞿塘峡翻沉了。蔺珮瑶的生活也从此被倾覆了,直到今天,她都还觉得自己像是被倒扣在一个没有阳光、没有欢乐的冰凉世界里。

他们在长江边的乱石滩上漫步,天气还算不错,有一层薄薄的雾霭,阳光穿透了它,晒在身上不是很热。苏崎不时捡一些鹅卵石扔到水里,试图以此来打破两人间的尴尬,同窗三年,他认为还是了解蔺珮瑶的,这桩豪门婚事并不是当年那个慷慨激昂地走上街头为全民抗战呐喊、募捐,为了真爱连嘉陵江都敢跳的蔺珮瑶所需要的,她的青春被扭曲了,她的热血被冰冻了,因此她在就要跨入婚姻的殿堂前伤心落泪、情有不甘。

到后来,苏崎终于受不了老同学传染过来的伤感,在一块扔出去的石头"咚"的一声沉入水里后,说:"老同学,我真愿意我是他。有你这样的爱,死了也值得了。何况,死没死,只有天晓得。"

"你说啥子?"尽管苏崎最后一句话几乎是在嘟哝,但蔺珮瑶还是敏锐地捕捉到了,她一把抓住了苏崎,差点把他揉倒。

"糟了,我说漏嘴了。"苏崎像孩子似的捂住了自己的嘴。这让任何一个人都要想方设法把他嘴里没有说漏的那一部分像沙漏一样漏个干净,更何况是蔺珮瑶!

她使劲摇晃着苏崎的双臂。"是啥子事?说出来!不然老子把你龟儿推到江里去。"

两年前那艘载着刘海抗日报国梦想的轮船在瞿塘峡翻沉后,传回来的消息说那条船有八十一人罹难,四十八人失踪,只有十二人生还,刘海的名字不幸就在罹难者名单里。苏崎在民生公司工作了一年多后,有一次在和一个前辈聊天时,偶然提到了刘海与蔺珮瑶的初恋。那个前辈叹了一口气说,蔺家为了让他家的千金死心,竟然让我把那个学生娃儿的名字从失踪者名单改到罹难者名单里,反正长江里的船难,失踪者和死难者,也差不多。不然他们要剁我一只手呢。

蔺珮瑶面对长江跪下了,泪如雨下。"苍天啊,这么说他还活着!"

"不一定,至少他也失踪两年了。"苏崎不知这样说是宽慰还是想让蔺珮瑶死心。

蔺珮瑶声嘶力竭地哭嚎了几声,忽然站了起来,指着码头上那艘即将前往宜昌的船,以毅然决然的口吻问:"还有船票没得?"

"你要干啥子?"

"说,船票还有没得?"

"头等舱,还有。这年头,哪个坐得起哦?"

"我要去找他!"蔺珮瑶开始往码头方向走了。

"哎,哎!你疯了吗?都失踪两年的人了,你到哪里去找?"

"哪怕找到长江的尽头,我也要找到他。"

"明天你就要结婚了!"

"结个铲铲的婚!"蔺珮瑶回头怒喝道。

当一个人深藏心底的爱在苍茫的大海上看到了希望的灯塔,当泯灭已久的爱之火种重新被点燃,当一个被宣告死去的恋人还有一丝缥缈的音讯,深埋于心底的爱瞬间就被激活了,燃烧起来了,爆炸开来了。如果现在不去找到自己失踪的爱人,难道还要等到走下大花轿以后吗?难道要用一生去苦苦守候这爱的答案吗?

那时,蔺珮瑶相信,已没有什么能够阻挡得了她解开心中这个死结的勇气和决心,换了任何一个像她爱得这样苦的人,都会作出同样的抉择。除非她最终看到的是一座坟、一块碑,否则,她的爱,绝不会死去。

但总有一些更为强大、更为邪恶的力量把这个世界上最执着的信念摧毁、粉碎。苏崎去民生公司那座小白楼里为蔺珮瑶办票时,蔺珮瑶坐在码头候客区的椅子上等待。她已经计划好了,宜昌那边有她的三姨妈一家,她先到宜昌,再以此为中心找人,实在找不到了,她就到已迁到昆明的中央航校问问,他们的学生失踪了,校方应该有个明确的说法。她不再相信身边那些充满了谎言和伪善的人们了。

这时空袭警报响起来了,紧跟着就是紧急警报,然后日机的炸弹纷纷落下。人们根本没有防空袭的任何经验,除了慌乱惊恐,更多的竟然是好奇。炸弹狞笑着掉下来了,不少人还定定地站在地上仰头张望,孩子们则在争辩直奔脑门而来的炸弹是三颗还是四颗。城区瞬间爆炸开了朵朵死亡之花,那时重庆人还不会知道这样的邪恶之花在未来的几年里,将会在每年的夏季开放。城市就像堆砌在一面大鼓上的积木,大鼓正被一个魔鬼野蛮地擂动。第一颗炸弹落到地面上时,蔺珮瑶被震得跳了起来,仿佛大地上有一股力量将她猛地往天上推去!当她跌落在地时,才看见朝天门码头上的那些吊脚楼积木一样地垮塌了。破砖烂瓦冲上了天空,团团尘埃遮盖了刚才还生动而破烂的城市。那一刻,蔺珮瑶不知道自己是不是在一场噩梦里。

到处是刺耳的尖叫和哭喊。江面上升起一根根水柱,码头上的人们四处逃窜,那些上了船的人有的通过舷梯跑下来,有的慌不择路地往长江里跳。蔺珮瑶没有跑,而是引颈向那幢小白楼张望,她看见苏崎从里面跑出来了,手里还挥舞着船票,嘴里似乎还在冲她喊着什么。但一颗炸弹呼啸着从天而降,蔺珮瑶甚至都看到了那颗垂直砸下来的炸弹,它的尾部打着魔鬼的口哨,像摇曳着的死亡天使。她刚想大喊一声"快跑",猛烈的爆炸便阻断了她的视线。火光、烟尘顿时淹没了苏崎,蔺珮瑶也被气浪狠狠地推到一个水坑里。待她狼狈不堪地爬起来时,已不见了死心塌地的追求者苏崎。刚才他离开时还说,老子也不想干了,陪你一起去找刘海。蔺珮瑶还说,你别疯扯扯的了,不关你的事。他买了自己的船票了吗?蔺珮瑶不知道。但自己那张寻找爱之答案的船票,永远都不会有了。

蔺珮瑶为此伤心欲绝,直到另一个深爱着她的人来到身边,她才再次关闭了刚刚开启的爱情之门。她的遗恨像长江一样惨遭蹂躏,如山河一样支离破碎。

当邓子儒在朝天门码头的废墟中找到失魂落魄、神思恍惚的未婚妻时,他还以为蔺珮瑶被大轰炸吓破了胆。山河已破碎,爱人尚安好,劫难之后的重逢是人生中多么不容易的经历。他想上前去拥抱她,但他发现这个即将做他妻子的人根本没有渡过一劫之后爱人出现时的激动——就像美国电影中那样,投入他的怀抱失声痛哭,而他轻抚她的肩头柔声安慰她时,不要说蔺珮瑶的肢体没有任何反应,连她的目光也如死人般僵硬、冰冷,和邓子儒刚才在自己家院落里装殓亲人时看到的一样。邓子儒那时并不知道,一个人的初恋,尽管懵懂青涩、跌跌撞撞,但很可能就是他(她)一生中最为珍惜的一段爱,有的人初恋死了,心就死了。心死了,目光也就没有温度了。

那是一个让这对新人终生难忘的傍晚。太阳泣血,一团又一团地殷红了西边的天空,重庆城的血都溅到天上的残阳上去了。

一些人在小船上用带钩的竹杠打捞浮在江面上残缺不全的尸体，其形恐怖凄惨，其状惨绝人寰；一个妇人在江边发疯似的奔跑、嘶喊，一个孩子坐在码头的台阶上哭泣，一群幸存者麻木地站在江岸指指点点。刚才蔺珮瑶打算乘坐的那艘客轮船首扎进江里，歪斜在码头上，船的尾舱高高翘起，露出一个狰狞的空洞，周边江面上飘满了行李杂物。汽笛不再鸣叫，渔船满载哀伤。这哪里还是平常渔舟唱晚的长江！

邓子儒看见蔺珮瑶满脸的泪痕，在沾满了尘土的脸上东一道西一条，把一张精致秀美的脸搞得凌乱不堪。他掏出手绢来递给她说："我们走吧，珮瑶，家里的也惨……"

蔺珮瑶仰起头，看见邓子儒也是一张泪脸。这是她第二次看到这个男人流泪。第一次是她答应嫁给他时。

"家里？"蔺珮瑶诧异地问。

"我老汉儿……伯父叔叔……一群堂兄弟、侄儿侄女……十八口人啊！"邓子儒蹲下来，号啕大哭。下午在家里时，他没有一滴眼泪。因为这个家庭只剩下他一个男人了。现在轮到蔺珮瑶来安抚他更加悲伤破碎的心了，她把他揽过来，让他伏在自己的膝盖上痛痛快快地哭。

然后，她也面对东去的长江，大哭了一场。

月亮升起来后，两个人才相互搀扶着，穿过到处断壁残垣、还在燃烧的城市回家。一些街道上还飘散着烧焦的尸臭，房屋在燃烧中发出哔哔啵啵的呻吟，有的房子在月色中像一个人形的骨骸，忽然"哗啦"一声就垮塌下来了。蔺珮瑶禁不住浑身发抖，双腿吃不住劲。她哀求道:"不要再走了,我们这是在重庆城吗? 你要带我去哪里呀?"

邓子儒说:"我要带你回家。"

"你刚才不是说家已经遭炸没了吗?"蔺珮瑶已经知道专门为他们建盖的小洋楼已经不存在了,当时她并不当多大一回事,仿佛那是别人的新房一样。现在,她自己也感到奇怪的是,自己原来是多么渴望家的温暖和庇护。

邓子儒拥着兔子一样惊悚的蔺珮瑶,心中升起从未有过的豪情。"珮瑶,你听着,我会再给你建造一个家,我要重新恢复我邓家的产业。挨刀砍的日本鬼子,炸就炸吧,老子们不会虚火他龟儿子些。等丧事一办完,我们就举办婚礼。"

"婚礼……"蔺珮瑶看着黑暗中的一处废墟,木然地说。

"是的,婚礼。"邓子儒紧搂着自己的女人,豪迈地说,"跟从前计划好的婚礼一模一样。十八顶花轿来接你,新建一座花园洋楼等着你,炸坏了的英国钢琴、美国道奇车,我们再买;工厂、酒店、饭店,我们再建。请相信我吧,花儿谢了会再次开放,月亮缺了会再圆。我们的生活是它小日本炸不垮的,只要有我邓子儒在,就不会让你过一天苦日子。"

"哎呀,天狗来吃月亮了!"蔺珮瑶忽然一声惊呼。

一场诡异的月全食在哀伤破碎的城市上空悄然发生,更加剧了它在遭受重创之后的哀伤、恐慌。一些人已经跑到零乱的街道上敲打脸盆了,老人们在破败的屋子里高声诵经,他们认为这可以驱赶吞噬月亮的天狗。

邓子儒的心里蒙上了一层阴影。我们就要扬起婚姻的风帆，狗日的日本飞机来轰炸了；我们刚刚在废墟上向往着花好月圆，天狗就把它一口吞了。难道我就那么背时？那时邓子儒不会知道，国家的命运尚且如此，个人背时的命运必定和一个人的爱如影随形，抱得佳人归是一种幸运，幸运的背后却常常隐藏着长江水一样日夜流淌的不幸。这一代人中，幸运只是人生的几处小小的点缀，像花儿开在荒漠里，让你对漫长的人生旅途始终充满希望，有勇气继续走下去。多年以后他才明白，天上掉下来的那些炸弹，不是偶然，而是家国命运；不仅夺人生命，还改变人生。

"没得事，我们不虚（怕）。"他紧紧搂着蔺珮瑶，恨恨地看着天上那条讨厌的"狗"，把他的月亮慢慢吃了下去。

邓家的婚事自然是暂时办不成了。准备好的婚礼进行曲已被凄厉尖锐的空袭警报取代，十八个葬礼的哀伤压倒了一个万事俱备的婚礼。急于举办婚礼的邓氏家族不会知道日本人在这一年的五月，重新在作战计划书中修正了针对重庆的"五月攻势"，"五三"、"五四"大轰炸的战果，让坐镇在上海黄浦江外一艘航母上的日本海军航空队指挥官兴奋得扔掉白手套、直搓手指，一种新的战争方式被好战的日本人找到了，刺激着他们嗜血的神经中枢。飞机隔三岔五地来轰炸，白天黑夜都不停歇。一直到这一年的秋季以后，山城的雾带着悲悯的凉意，一阵又一阵地掩袭过来，空袭警报的催命叫唤才慢慢稀疏了。生活在雾都里的人们才发现，浓雾，是他们抵御天空中强盗的一个有力武器。

山城扛住了长达半年多的轰炸,在哀伤与废墟之间,人们慢慢接受了轰炸就是这个国家抗战的一部分的现实。敌机刚刚飞走不到半个小时,消防队和防护团的人们还在救火、救伤员、拉尸体,有伤亡的家庭还在哭泣,但幸存的店铺就已摆出热气腾腾的稀饭、小面、抄手(馄饨)。从防空洞里钻出来的人们,该做啥子还做啥子。街灯炸坏了,临街的住户就将一盏盏煤气灯摆在门口,为行人照路。山城本来就是一座生活气息浓郁、生命力旺盛的城市,在不能立足的地方都能盖房子,日本人的大轰炸显然也阻挡不了人们结婚过日子。于是,一场拖延已久的婚礼,在大雾弥漫的城市,如愿平安地举行。

邓子儒兑现了自己的诺言,在沙坪坝歌乐山上重新为蔺珮瑶盖了一栋两层带花园的小洋楼,那里森林茂密、绿荫匝地。许多高官——上至国民政府主席林森,下到一些部长、次长、军阀——都居住在歌乐山。防空洞就挖在屋后,有水有电有通风设备。当然了,老岳丈那边也得到了丰盛的回报,由邓子儒出资,在蔺家的后院、原来的桃树林那个地方,专门为蔺孝廉的续弦盖了一座戏楼,戏楼前有月牙形的水池,池里种荷花,两边有厢房包间,正中才是赏戏堂,里面可以放十几张茶桌。桃花早已飘零,桃林成了柴火,烦心的女儿嫁走,蔺孝廉可以安静地欣赏张月娥唱戏撒娇了。多年以后,蔺珮瑶才明白,她的青春,她的爱情,就值这两栋楼。

陪都所有的报纸头版都打了整版贺喜广告,连共产党办的《新华日报》也不例外,邓子儒和《新华日报》的一个采访部主任关系很铁,经常帮他们。在灰蒙蒙的天空下,在山城狭窄、弯曲的街道上,四辆道奇轿车开道,两辆吉姆车压阵,中间是十八顶大花轿,十六顶花轿是新娘的陪嫁,还有一个乐队,两个戏台班子随行。蔺珮瑶坐的是一顶鲜花装饰的花轿,邓子儒坐的是一顶镀金轿子。大半个重庆城的人都站在街边看热闹,嘉宾几乎都是陪都的达官贵人们。整个婚礼中西结合,既去教堂请牧师证婚,又在民生路的峨眉大饭店包席,重庆市长吴国桢做婚礼主宾,再证一次婚。来宾中有人嘀咕,哪有证两次婚的哦?但由于蔺珮瑶是基督徒,坚持要在教堂举办婚礼,而邓家呢,又需要这些排场,于是就搞得这样不伦不类的。反正有钱嘛,不怕麻烦。"残酷的轰炸并不能改变多少有钱人的生活品质,在抗战大后方的陪都,他们的生活依然是奢侈的。"一个西方记者在参加了邓子儒的婚礼后评述道。

不过,这人世间,用钱能解决的,都不是麻烦的事。麻烦的是那些内心深处剪不断理还乱的情事;更麻烦的是,战争还在继续。

旧闻录(之一)

（上海五日特电）我海军航空队"荒鹫"精锐轰炸机队继三日轰炸重庆后，不让对方有喘息之机，于四日黄昏又攻其不备的进行了大轰炸。三、四两日的大轰炸，给予抗日首都以不折不扣的毁灭性打击。

四日，由日本海军第十三航空队的增田正武少佐和十四航空队的入佐俊家少佐率领的四十五架飞机的大编队展开银翼，以夕阳燃烧的西北天空为方向，穿过云层，在重山叠峦中穿行，直飞重庆，于午后八时三十分（东京时间）到达重庆。面对忽然出现在天空的我空军大编队，重庆市区周围的数十门高射炮连珠炮般的开火。四架敌战斗机也向我袭来，但均不能伤我大日本战机毫毛。我精锐机队接连投下巨弹，每发必中。全部炸弹都落到了以防空司令部、军事委员长行营、巴县县政府为中心到中央公园一带的南北市区。只见城市数十处黑烟弥漫、烈火上升，烈焰笼罩着暮色中的重庆市区，展现出极凄惨的景象，连续的空袭已让敌都重庆笼罩在死亡气息之中。

——《东京朝日新闻》昭和十四年（一九三九年）五月六日

炸弹所能引起的一切恐怖袭击了重庆。看见的东西,如尸首、血淋漓的人,以及数十万挤不进防空洞的人们……日本的燃烧弹引起的几十处大火在一两个钟头内,延展成许多火堆,永远吞没了那些古老的街巷。在后街、小巷以及转弯抹角的殿堂里,数千男女被烤死,没有办法救。

——美国《时代》杂志·《来自中国的惊雷》,白修德·贾安娜

"五四",我正在赶写剧本。已经好几天没有出门了,连昨日的空袭也未曾打断我的工作。写,写。军事战争,经济战争,文艺战争,这是全面的抗战,这是现代战争。每个人都要当个武士。我勤磨着我的武器——笔……五时,又警报,大家一同下地洞,我抱着我的剧本……七时了,解除警报。由地洞里慢慢出来,院里没有灯火,但天空是亮的。不错,这晚上有月,可是天空中的光亮并非月色,而是红的火光!多少处起火,不晓得。只见满天都是红的。这红光几乎要使人发狂。它是以人骨、财产、图书为柴,所发射的烈焰。灼干了的血,烧焦了的骨肉,火焰在喊声哭声的上面得意狂舞,一直把星光月色烧红……

记住,这是"五四"!人道主义的、争取自由解放的

"五四",不能接受这火与血的威胁;我们要用心血争取并必定获得大中华的新生!我们活着,我们斗争,我们胜利,这是我们"五四"的新口号。

——《七月》第四集总一期·《五四之夜》,老舍

本报一部分房屋被炸坍。大公报、新蜀报,都遭受了一些损失,法西斯存心毁灭文化,所收到的效果将是为保卫文化的反攻。

夜色苍茫了,重庆被陷在黑暗中。街头、巷尾、公园、石级上新添了无家可归的人群。火还在燃烧,到处是血腥——又一笔血债更坚定了中国人斗争到底、讨还血债的决心,黑夜度过了将是光明,这是不容置疑的!

——《新华日报》一九三九年五月四日

5. 世界主义者

邓子儒在日本的法庭上曾被对方律师追问:"日中战争已经结束六十来年了,你为什么现在才想起到本法庭提起诉讼?"他当时的回答是:"不是现在才想起,从我家的亲人被日本飞机炸死、我的房产被摧毁,我就想,这笔血债一定要找日本侵略者清算。我们中国有句古话叫做'冤有头、债有主'。该你们偿还的,你们就必须偿还。天下哪里有捣毁了别人的家园,连一句道歉谢罪的话都没有的人或国家?"

像大多数人一样,步入晚年的邓子儒陷入怀旧的泥沼,在他被勾起重庆大轰炸的惨痛记忆后,他的追忆就始终弥漫着大轰炸年代经久不息的狼烟和难以飘尽的尘埃。他现在生活的这座山城如此壮美,而它的过去虽然也不乏美好,但更多的是它年复一年承受的浩劫和灾难。邓子儒便利用自己那时还担任市政协委员的身份，向有关部门提交了一份提案，希望能够重新挖掘整理出这段历史，以史为鉴，增强人们的爱国意识。西南师范大学一些研究地方史的教授们也在这个时期开始关注大轰炸的历史，并组织大学生四处寻访大轰炸幸存者，记录口述资料。这所学校的前身四川省立教育学院，战时曾多次遭受轰炸，它的校史上还记录着那一笔笔血债。邓子儒投身这一事业后才发现，这一段家国血泪史还没有被完全遗忘。

那时他们还没有想到对日索赔，只是想还原历史真相，尽到一个重庆市民的责任。有一天，一个叫钱嘉陵的年轻人找到邓子儒，说他是一家文化公司的老总，听说邓老师在搞老重庆的历史，搜集了很多老重庆的照片，他们能否一起合作，搞一个重庆老照片展？钱嘉陵说，现在中国人忽然对老照片大兴怀旧之趣了，一些文化传媒机构策划的老照片，出版的图书，火遍了大江南北。赚惨啰。

邓子儒明确地告诉这个年轻人："你想赚钱我没有兴趣，重庆的老房子、老街道在抗战时几乎都被炸平了。但你要是真想为重庆做点事情，真要带人们回到历史，我建议你搞一个重庆大轰炸的图片展览。这才是这座城市最重要的一段历史。"

那时就连钱嘉陵这样在重庆长大的年轻人，也对重庆大轰炸一无所知。邓子儒随便跟他讲几段都让他如听天方夜谭。钱嘉陵承认他的抗战历史知识仅仅来自于《地雷战》《地道战》这些老电影，他几乎不知道抗战也与自己居住的城市有关，更不知道这座城市曾遭受到的蹂躏与践踏。如果说到重庆这座现代化大都市的沧桑巨变，人们顶多把它与改革开放前后相比较。有几个人还记得民国时期重庆的模样呢？这个在飞速长高、膨胀的城市，似乎都来不及回头多看几眼昨日的废墟了。

如果说邓子儒和高校、文史馆的先生们对重庆大轰炸历史的研究还在史学层面上的话，钱嘉陵就是那个把它推向社会的人。钱嘉陵也算是一个有理想、有情怀的年轻人，或者按重庆话说鬼板眼儿很多。他设想如果由文史馆提供重庆大轰炸的老照片，他负责找一些大轰炸受害者讲述当年的故事，以文配图，这样的展览不火才怪！那个时候他想的是如何利用这笔历史遗产挣到钱。他策划了一个向较场口大隧道惨案遗址敬献花圈致祭的活动，并且定在六月五号那天邀请多家媒体参加，同时在公司里设立电话热线，接受当年大轰炸受害者的控诉。那次活动空前成功，媒体争相报道，公司的电话几乎被打爆。一些老人甚至颤颤巍巍地亲自找到公司里，好像钱嘉陵就是那个可以为他们伸冤叫屈的人。接触到这群人之后他才知道，这段历史差不多被遗忘了，受害者们所遭受的苦难和冤屈也一同被淡漠、无视，直至销声匿迹。这些人大多生活在社会底层，衰老、贫困、孤独、多病，在喧嚣的社会中他们是被漠视的一群。钱嘉陵就像个把他们从历史的尘埃发掘出来的发现者，却没有能力用他们的苦难历史昭示现在、警示未来。出人意料的是，大轰炸图片展览并没有取得预期的经济效益，公司资不抵债，最终关门。他同时发起成立了一个"重庆大轰炸受害者联谊会"，大家除了聚在一起发发牢骚和愤懑之情,便再无他法,钱嘉陵只剩下借酒浇愁一种活法了。

直到有一天,邓子儒给他打电话,说:"小钱,别喝啦,有两个日本人来重庆了。"

钱嘉陵当时没好气地说:"要我切爪(踢)他们两脚唛?"

邓子儒说:"你们这些小崽儿,说起日本人,就晓得打打杀杀,人家是来帮我们的。"

在东京地方裁判所开庭受理重庆大轰炸索赔案之前三年,两位日本律师斋藤博士和梅泽一郎在一个春日里来到重庆,那时他们一方面不受重庆人信任,另一方面又被看作是当代的"白求恩"。哪里有免费为我们打官司的律师呢?还是状告日本政府,未必他们不是日本人嗦?首次和受害者的见面会上,斋藤博士就说自己是"老重庆",中国一开放就来到重庆工作过,当年还曾和重庆市长一起吃过饭;而梅泽一郎则谦逊地用生硬的中国话说:"我是倭寇,我是你们的代理律师。打倒倭寇。"当时在场的无论是官员、中方援助律师还是大轰炸受害者都很纳闷,这两个日本来的律师,是不是脑壳起包哦?

但是两个日本律师的解释让大家释然了。他们说,我们不仅仅是在帮助你们,更是在帮助日本。日本政府直到今天,还在奉行不鉴史、不服罪、不理赔的"三不"政策。这让日本就很难获得亚洲各国的信任;日本的战争罪行如果不得到清算,日本的和平就不会长久。如果日本政府能够向中国的战争受害者实施可行的赔偿和救援,既可向世界表明,日本政府也像德国一样,是一个对历史负责的政府；我们司法界如果能为重庆的受害者伸张一次正义，也是为日本挽回一点颜面。"

　　重庆大轰炸的幸存者们过去从来不知道可以向日本政府打官司索赔，也不知道自己的苦难也是见证我们国家抗战历史的一部分。日本侵略者大轰炸犯下的战争罪行浸透了他们家族的血泪记忆，而斋藤博士和梅泽一郎却是他们第一次亲眼见到的日本人，他们和人们印象中的日本鬼子差别怎么就会那么大呢？他们和蔼、谦逊，对自己国家犯下的战争罪行有深刻的反省和谢罪。斋藤博士还介绍说，这不是他们第一次志愿为中国人打官司了，从一九九五年第一起中国劳工索赔案——花岗劳工索赔案，到湖南常德细菌战索赔案、辽宁平顶山大屠杀案等，他们都曾代理中国受害者状告日本政府。

　　随着双方的合作慢慢深入，友谊逐渐加强，人们才明白，此"倭寇"非彼"倭寇"，他们是日本政府的"麻烦制造者"，是我们的朋友、日本军国主义分子的敌人。

　　八十二岁的斋藤博士个子矮小，面色冷峻，眼神忧郁。作为原告团日方代理律师团的团长，他既是战争的见证者，也是法律界的老前辈，战后毕业于东京帝国大学法律部。中国刚刚开放不久，斋藤博士就作为率先进入中国西南市场的几家日资企业的法律顾问来过重庆。那时他对重庆的感觉是：战争都结束了几十年，这座城市仿佛刚刚从废墟中苏醒过来。"废墟"这个词，战后才出生的梅泽一郎律师不会有太深刻的印象，而斋藤博士在少年时期，曾亲眼目睹了自己的国家成为美军无差别轰炸下的废墟，也曾在《朝日新闻》这一类的报纸中看到过废墟般的异国城市重庆。应该说他对重庆的第一印象,就来自帝国海军航空队对这座城市的无差别轰炸。战争时期令他印象深刻的是昭和十五年(一九四〇年)由帝国海军航空队的摄影记者拍摄的一张照片:在九六式陆地轰炸机的机翼下,扬子江和嘉陵江包裹的山城半岛上,覆盖满了黑郁金香开放一样的冲天烟柱和滚滚烟尘,看不到一座房舍,更看不到一个人,只看到一片开满战争邪恶之花的山城半岛。这张照片的配图文字是这样描述的——

  我海军航空部队迎来夏季绝好的空袭季节,终于把"蒋介石之都"笼罩在战机的凤翼之下。号称四百余州的支那,蒋介石政权无论到何处去,只能悲叹天下已没有隐蔽的家。

  他还记得父亲捧着那张报纸,向街坊高声朗诵时的情景。邻居们一边听一边大声叫好,连系着围裙站在一边的母亲也感叹道,小伙子们干得真不错,真是太棒了!那时年少的斋藤次郎也和一帮小子高兴得直跳脚,他甚至还想过要是自己也能驾驶飞机去轰炸重庆,让父母和家乡父老为自己的战功交口称赞,那才是一个男子汉应该做的大事呢。
  但是,一个真正的男子汉要走过多少路,经历过多少磨难,读过多少书,才能从折服于一个国家与民族的光荣,到审视战争贩子以国家之名犯下的战争罪行?似乎这样的人在大和民族主义至上的日本太少太少。假如还有的话,那一定就是众口铄金的"叛国者"。斋藤博士从来不认为自己不爱大和民族,如果战争年代他正当年,也会义无反顾地走上军国主义者建立"大东亚共荣圈"的战场。所幸,斋藤次郎还没到服兵役的年龄战争就结束了。重庆的上空少了一个犯罪者,斋藤次郎也不会为对一座城市犯下的战争罪行负债终生。

一座被战争摧毁过的城市正如一个遭受过重创的人,它的"内伤"也许久久都难以治愈。斋藤博士目睹了这座城市的飞速成长,就像一个正在长个子的少年,一年比一年蹿得更高、更壮。二十世纪八十年代初期,斋藤博士仍能看到,从菜园坝到朝天门,山城的坡坡坎坎上还矗立着不少仿佛是二战时期的吊脚楼,战火的硝烟似乎都还浸透在那些歪歪斜斜的立柱、陈旧破败的木板墙上,码头上的台阶残破不全,到处是乱扔的垃圾,街道上尘土飞扬,一到雨天人行道上都是一层黑黑的稀泥,衬衣穿一天领口就黑了,至于皮鞋,被派到重庆工作的日本人被告知,最好多备几双高帮雨靴。那时的雾都山城有些像狄更斯的《雾都孤儿》里的场景,只不过人物及其故事都换成了黄皮肤的中国人。有多少大轰炸下的"重庆孤儿"呢?斋藤博士不敢想象。那时斋藤博士怀着深深的愧疚,他认为,重庆之所以还如此破败,是因为它的"废墟"太难以收拾。

梅泽一郎那次是第一次到重庆,对什么都感到新鲜好奇。头一回吃重庆火锅时,他差点被花椒麻得晕倒。梅泽一郎是个其貌不扬的中年男人,平常头发凌乱,衣着随意,小小的眼睛下两个巨大的眼袋，眼睛经常眯成一条缝，总是一副睡眠不足的样子，他的睡眠都被办公桌上那些堆积如山的法律文书和案件文稿东占一点西挪一段地偷走了。只有上法庭时，他才会西装革履，头发纹丝不乱。他在东京有自己的律师事务所，同时又兼任着"中国战争受害者对日索赔律师联盟"事务局的局长，这是一份额外的工作，向重庆大轰炸受害者的取证，与日本律师、法庭等方面的联络、接洽都要由他来负责。重庆人说他的脾气好得来像白求恩，心细得来像个女人，哪里像个日本鬼子的后代哦。

从正式代理重庆大轰炸受害者原告团的索赔案，到东京地方裁判所第一次开庭，这两个日本律师每年都要自费重庆来调查取证。他们每一次取证，都是对这座城市重新认识的过程，也是对自己的国家曾经犯下的战争罪行的再发现。日本在刻意忘记这段有罪的历史，而中国人在现代化的进程中，许多人似乎也来不及回望和钩沉了。

首次开庭后，又接连开了几次庭，重庆的受害者分批前往日本上诉，对日索赔的声势越来越大，原告团和日本律师的合作也非常顺利。重庆大轰炸受害者成功地把日本政府告上法庭，在社会上引起了不小的震动，让平均年龄都达八十多岁的原告团成员们兴奋不已。各地的媒体纷纷报道，连北京的几家大媒体都派记者去东京采访，一个电视摄制组从重庆到北京再一直跟到东京。传回来的信息让人们相信，在日本的法庭上还是有道理可讲的，受害者们多年的冤屈现在终于有地方申诉了。那些法官看上去并不是很坏，对我们陈述的受害事实还是认真听的；即便是日本政府的代理人或者辩护律师,都还算客气。他们理亏么,晓得自己造了孽个嘛。现在我们的国家强大了,小日本也怕我们嘛。无论是原告团的成员还是支持这一壮举的重庆人,都大受鼓舞。要得哦,告他龟儿子的小日本。

另一方面,原告团那些退休多年的老人们也忽然发现,生活在同一个城市的人,原来还有那么多"同病相怜"、志同道合的大轰炸受害者,个人的苦难记忆原来只是千万条不为人瞩目的小溪,现在汇集成了长江、嘉陵江,它一路向东奔去,冲向大海,冲向那个曾经犯下了战争罪行的岛国,要向他们讨回公道。生活原来如此精彩,一个普通老百姓原来也可以站在电视摄像机前,站在外国的法庭上,在万众瞩目之下,代表一座城市发言。我们的上诉不管结果怎样,至少也是用自己多年前的苦难伸张一次社会正义,让日本社会正视自己的罪恶历史。这个道理是赵铁告诉大家的,他说我们状告日本政府,不仅仅是要获得经济赔偿,我们还要彰显社会正义。不过,在文化素质普遍低下的原告团里,只有邓子儒等少数几个人能理解这个大学教授的话。

许多人参加原告团第一个问题就是:日本政府能赔我们多少?

回答是:如果胜诉,每人赔一千万日元。

又问:一千万日元折合多少人民币?

答:大约六七十万吧。

然后心里盘算一番,日你妈哟,工作到退休还没有拿过那么多钱呢。

志愿为大轰炸受害者服务的大学教授、中方律师赵铁在深入接触原告团后才发现,这个草根味十足的民间组织还真不好搞,各色人等混杂其间,钱嘉陵这样无资历无背景无资金、仅凭一腔热情的人何以服众?联谊会里管理混乱,接受的社会捐助账目不清,甚至还有人在里面沽名钓誉、争权夺利。他们大多是些退休老人和社会闲散人员,哪个又肯轻易买哪个的账呢?一些人认为,钱嘉陵的资历不足以当会长。他懂个铲铲哦,日本人来轰炸时,他老汉儿都还在穿叉叉裤(开裆裤)。好在日本律师带来了可以对日索赔的新思路,邓子儒、赵铁这样一些有知识、有文化的人加盟进来,在联谊会的基础上,又成立了"民间对日索赔原告团",钱嘉陵退到幕后,诸事由德高望重的邓子儒和有法律专业知识的赵铁去应对,这群大轰炸的受害者才总算有了主心骨。日本法庭规定必须要有日本律师执照的律师才能出庭担任辩护,因此赵铁律师作为原告团和日本辩护律师团之间在法律方面的沟通联络者,几乎每次开庭他都得来。按他的话说,我们现在去东京的次数比去北京还多。

这年秋天,斋藤博士和梅泽一郎又来到重庆,这次他们想考察一下重庆在抗战时期的防空洞,因为它们是当年重庆抵御轰炸的最后避难所。

"金竹宫"是个巨大的地下娱乐中心,位于朝天门码头的上方。从入口下去约一百步台阶,便是一个宽敞的大厅和众多的岔道。它就像个迷宫一样地令人晕眩,卡拉OK厅、迪厅、酒吧、商店、餐馆、冷饮店、服装铺里人群熙攘,年轻人在这里尽情挥霍他们的夜生活,不到凌晨不会安静下来。梅泽一郎和斋藤博士没有想到中国人聪明地把战争的遗址改造成了商业活动的场所。

邓子儒今天穿了件黑色呢大衣，里面一身藏青色的西装，深咖啡色衬衣，浅灰色真丝绣花领带，头戴一顶黑礼帽。在日本人面前，他总是时刻注重自己的仪容，像一个教养良好的老绅士。他也多次告诫原告团里的那些受害者，衣服都穿规整点，别让人家以为我们是要饭的。但他也无奈地发现，这两个日本律师看我们的眼光，既有怜悯同情，也有某种居高临下的文化优越感。当一个老人面对日本律师抠鼻孔、吃饭"吧唧吧唧"作响时，当他们酒到酣处张口闭口日妈打娘时，他又有什么办法呢？教养可不是一天就能养成的。

邓子儒告诉斋藤博士："'金竹宫'的名字来源于过去这里有个金竹寺，据说因寺庙周围有许多金竹而得名。"

梅泽一郎问："就是你在证言里提到的被炸毁的那座寺庙吗？"

邓子儒答道："不是，那是罗汉寺。金竹寺传说被洪水冲到长江里去了。"

"噢。"斋藤博士嘘了口气，"只要不是被日本飞机炸毁了的就好。"在重庆寻访时，他最怕听到诸如这条街道被烧光了，那栋建筑被炸毁了的讲述。战争的遗址已经看不见了，但在老一辈的重庆人心里，依然沉重而充满血泪。斋藤博士那时觉得自己就像站在被告席上，整个重庆城都在控告他。

邓子儒又指着一家迪厅的门对两个日本律师说："过去这里有个岔洞，可以通到西水门那边。那时的山洞当然没有这么大，也不会有这么高，洞壁都是些岩石，有些地方还漏水，公共防空洞嘛,两边有一排木头搭的凳子,但很少有人能坐得下来。空气不好啊,人又多,很容易窒息的。"

洞壁和顶棚早被华丽的装饰材料包裹得艳俗不堪,灯光五颜六色,幻若跌落于地的星空,迪厅里传来猛烈的音乐,像一阵阵爆炸开来的炸弹,但比音乐分贝更高的是年轻人的尖叫。

梅泽一郎问:"还能不能看到没有改造过的防空洞?"

邓子儒摇摇头说:"很难了。这些年修地铁,很多过去的洞子都被重新挖开来了,要么被填埋堵死了。有一些私人的小防空洞也被改造成了仓库、小商店,甚至住房。重庆的房子紧张嘛。"

斋藤博士心脏不好,现在还搭着三个支架,从一进到"金竹宫"他就紧蹙着眉头。"对我这样的老人家来说,这是又一轮'重庆大轰炸'。我们还是找一个安静点的地方坐一会儿吧。"老人不无幽默地说。

钱嘉陵对这一带烂熟于心,说:"前面拐角处有一个茶吧,安静些。"在征得两个日本人同意后大家往茶吧走。钱嘉陵又悄悄对邓子儒说:"茶吧不是茶馆哈,有些敲棒棒哦。"

邓子儒一怔,稍有犹豫,旁边的律师赵铁听见了,忙说:"没关系,今晚我请。"原告团没有一分钱活动经费,赵铁清楚。他是大学里的国际法副教授,还与人合伙开着间小型的律师事务所。在这一群人中,他算是有钱人。

两个日本律师多年来义务为中国受害者打官司,几乎算得上日本人里的"中国通"了。他们熟知中国人的散漫、扯皮、推诿、窝里斗以及低效率,当然他们也不怀疑中国人的社会责任感和民族凝聚力，这个国家的人们只是缺少某种契机和平台，一旦有了道路和方向，他们会做得比任何人都好，就像他们搞改革和市场经济一样。因此斋藤博士和梅泽一郎这次来重庆，既要和大轰炸受害者原告团的成员们总结在日本法庭诉讼的得与失，也要让这些心怀希望的人们明白，跨国诉讼是一项社会系统工程，不是仅仅靠哪个人的力量，就可以轻易获胜的。

"你们需要联合起来。"大家在茶吧里坐定后，梅泽一郎通过翻译说。担任翻译的是重庆一所大学日语专业的志愿者靳老师。"重庆大轰炸受害者索赔案开庭后，四川其他地方的受害者也都给我们来信询问，可不可以也代他们索赔。当年日军不仅仅轰炸了重庆及其周边地区，四川省作为战时大后方，成都、自贡、乐山，甚至很偏远的一个叫松潘的地方，啊，那里好像还居住着藏族人，日本飞机都去轰炸过，都有很惨重的人员伤亡和财产损失。他们也有权利向日本政府索赔，因此重庆的原告团应该把他们也吸纳进来，拜托了。"来重庆之前，两个日本律师都去那些地方调查过了。

"我们又不是政府部门，怎么喊得动他们哦？"钱嘉陵最近心里很烦，他这个"重庆大轰炸受害者联谊会"会长眼下正受到方方面面的排挤和指责。这个民间组织里的人大多来自草根阶层，有组织无纪律。一些人为一点蝇头小利都互相扯皮，如果再加上四川那边的受害者，还不知道会乱成什么样。按他的牢骚话说，遭轰炸的时候，大家还可以有难共担、同仇敌忾，要去分钱了，就有人在桌子下你踹我一脚、我绊你一腿了。哪怕这笔钱还是纸上画的一块饼呢。

"大家的诉求一致,就有可能团结起来。"斋藤博士说。他一般不多话,具体事务都由梅泽一郎和原告团的成员们商量。

梅泽一郎接着说:"大轰炸受害者联谊会成立以前,大家虽然生活在同一个城市,但都不认识。现在你们不是都成朋友了?我们发动起来的受害者越多,涉及的地区越广,就越能说明旧日本军队的战争罪行,给东京法庭施加的压力也就越大。邓先生,你如何看呢?"

"现在重庆和四川分属不同的辖区,我担心操作起来有些困难。"邓子儒说。

梅泽一郎笑了,说:"现在是互联网时代了,电话也很方便。我们打细菌战官司时,涉及中国好几个省的受害者。现在地球也只是一个村庄嘛,我们从东京来重庆,也就几个小时。邓先生,全世界的战争受害者是一家。只要有共同的目标,没有什么可以阻挡这个星球上的人们相互走近。"

邓子儒不需要梅泽一郎来讲这些大道理。他吞吞吐吐地说:"只是,这个……这个原告团的名称,是仍然叫重庆大轰炸受害者原告团呢,还是四川,或者成都?"

他们还在争这个！梅泽一郎和斋藤博士相视一笑。自从和重庆大轰炸受害者打交道以来,梅泽一郎心里最发怵也最敬重的就是邓子儒,他有知识、有教养,阅历丰富,不像原告团里那些来自社会底层的普通人。梅泽一郎在取证工作中也发现,几乎所有的轰炸惨案和战时重庆的生活状况、时间节点、文化事件,包括战时在重庆的国共双方的政治人物,没有邓子儒不清楚的。他简直就是一部重庆大轰炸的"百科全书"。但他又不像其他的中国老人,说到过去便眉飞色舞,完全沉浸在自己的回忆或虚构、想象中——这样的老人,梅泽一郎遇到的太多啦。邓子儒的家族曾经富可敌国,现在他却是个平凡普通的重庆市民。他甚至在跟梅泽一郎律师推心置腹的谈话中还说到,要是能得到这笔赔偿,他要给自己的太太蔺佩瑶买一套带电梯的大房子。现在的住房太小了,他们每天上下爬七层楼,已经力不从心啦。

邓子儒不是没有感受到两个日本人眼光里残留的轻蔑,这让他感到羞愧。虽然他们是来帮助我们的友好人士,但日本人就是日本人,中国人就是中国人,他不会轻易在日本人面前矮起,他也不会像原告团里的其他人,轻易地就把他们当作不远万里来到中国的"白求恩"。重庆人大多耿直,二两老白干下肚,和你喝酒的那个陌生人就可能成为换帖子的兄弟,何况人家自掏腰包为你打官司?刚才邓子儒提出这个问题,一是担心日本人插手中国人的事务太多太细,二是本来就乱成一锅粥的原告团再加上外地的受害者,恐怕连粥都会烧煳了。因此邓子儒权衡再三才说:"都是受害同胞,我们不怕多增加一些工作量。不过任何组织都得有个中心,这样才好办事情。"

梅泽一郎说:"重庆是主要受害地,从法律的角度讲,案件当然应该以主要受害人或主要受害地点来命名,我会尊重你们的选择。不过,相应的工作也要跟上,根据我们代理的其他中国战争受害者索赔案件的经验,我建议你们除了原告团,还要有中方的律师团、专家团、声援团这样一些组织作为支持。"

斋藤博士忽然插话:"这是人民战争,是毛主席说的'抗日持久战'。"

大家都笑了,他们到底是日本人还是中国人哦?那时人们还不了解斋藤博士的背景,只觉得这个日本老头儿看上去讷言而严谨,其实却很和蔼可亲,还时不时冒出一些中国人耳熟能详的革命口号。

赵铁说:"我们已经组织了一批大学生志愿者参加采证工作,律师团自然没有问题,我负责召集;专家团我们可邀请博物馆、史志办、高校的老师参加,他们都有很高的积极性。声援团嘛,由钱嘉陵负责搞。我们还有个想法,起草一篇宣言,要结合重庆大轰炸这段史事,在大学生中进行爱国主义教育和国防教育。"

没想到梅泽一郎在听完翻译后,脸色一下阴沉起来。他先介绍说自己是一个彻底的世界主义者与和平主义者,前一个身份让他超越了民族、国家、文化以及信仰,后一个身份则让他坚决反战,坚持和平理念。从中学时代他就参加过各种反战运动,从反对美国在日本驻军,到反对自卫队扩大化,一切跟军事、暴力有关的他都反对。

然后,他对赵铁说:"我不同意你的建议。爱国主义这个词容易让人想起革命、战争,而现在是和平与发展的年代,你们要转换观念。当年日本军国主义者就是用这个漂亮的词汇来蛊惑日本人,导致日本最终走上了法西斯主义道路。国防教育也不应该提,难道还要搞军备竞赛吗?我们要倡导的是和平主义,是反对一切战争。"

赵铁等人一开始都愣住了,这是哪儿跟哪儿的事啊?我们爱自己的国家,跟你何相干?赵铁解释说,我们对自己国家的爱总是和历史教育分不开,以史为鉴,是为了更好地观照现实、展望未来;我们的国家过去一直很落后,落后了就要挨打,这是每个中国人的共识。我们又不会去侵略别人,搞国防教育有什么错呢?总不能像过去那样,日本飞机来轰炸了还不知道如何防空吧?

梅泽一郎仍然坚持说:"过分强调一个国家的正义,便会忘记国际间的正义;教育民众热衷于军事,社会就会很危险。我们状告日本政府,是站在全人类反战的高度来捍卫和平。你们怎么能用它来宣传自己国家的军事能力呢?"他又转向翻译问:"他们没有听明白我身份的含义吗?请再次告诉他们,我不仅仅是个律师,我还是一个是世界主义者。"

赵铁、钱嘉陵这样的年轻人,从小就是军事爱好者,他们当然不会同意梅泽一郎的观点。钱嘉陵嘀咕了一句:"我们的国家军事强大了,有啥子不好呢?别个就不会来侵略我们了。"

本来梅泽一郎很欣赏钱嘉陵和赵铁。他们都是不到四十岁的年轻人,却自愿为大轰炸受害者服务,这让两位日本律师很欣慰。热衷于六十多年前那段历史的年轻志愿者,在日本已经很少很少了。但现在梅泽一郎开始用老师的口吻说教了:"钱,你的观点是狭隘的,更是危险的。我是日本人,但我反对日本的一切军事行为,我甚至希望日本没有一兵一卒,永远'不战'。你们要明白,我们都是人类的一分子,你们应该超越国家、民族的藩篱,站在全人类的角度去思考和平,反对战争。"

赵铁尽量压住火气反驳道:"梅泽一郎先生,和平、反战是我们共同认可的价值观。但你们有你们的方式,我们有我们的方式。你为什么要来干涉我们的方式呢?"

但梅泽一郎忽然一拍桌子:"我不允许你把对日诉讼引到一条宣扬战争和军备竞赛的路子上去!"

赵铁也火了,也一掌拍在桌子上:"我们是在为战争受害者打官司,怎么就成了宣扬战争了?"

梅泽一郎喊道:"你的观点是错误的!"

赵铁反唇相讥:"你也一样。"

梅泽一郎气得脸都白了,而斋藤博士却不说话,只是冷冷地看着大家,似乎他赞同梅泽一郎的观点。

邓子儒这时起身给梅泽一郎的茶杯里续了点水,然后不急不缓地说:"梅泽先生,国家的大政方针如果被军国主义分子操弄,它的每一句口号都会导致国家和民族走向战争之路。我们的国家没有过军国主义,因此我们不需要从反军国主义来达到反战的目的;世界主义这个概念,我也略知一点,好是好,但就现在来看,不过是个乌托邦。我们和你们的国情不同,请你们尊重;我们也会尊重梅泽先生的价值观。没有相互间的尊重,大家就无法合作下去了,对吧?"

斋藤博士看到气氛缓和下来了,便说:"年轻人,火气大,吵吵架,有助于更直截了当地了解对方,律师都是在争吵中找到解决问题的路子的。"他从自己的背包里拿出两张地图,就像刚才什么也没有发生一样,和颜悦色地对赵铁说:"赵律师,这是我从日本防卫厅防卫研究所战史研究室复印的两份当年日军轰炸重庆的指挥地图。那时日本的联合空袭司令部把重庆分为A、B、C、D、E五个区,你们看,A区是现在的江北嘴一带,B区是朝天门东部靠长江这一片,D区是半岛中央到嘉陵江这部分。鉴于上次开庭时被告方总是追问受害者具体地点、受害时间、经过等细节问题,因此我拜托大家在采证时,一定要逐一比对清楚,受害者是在哪个区、什么时间受到的伤害。防卫厅的战史研究室里资料太详尽了,所有的轰炸都有记录,出动了多少架次,什么机型,执行轰炸任务的时间,击落了几架中国战机,自己又损伤了多少,连投了多少枚炸弹,是燃烧弹还是爆炸弹、延时炸弹等都清清楚楚。他们不能掩盖轰炸重庆的事实,但他们会在细节上和我们较劲。"

有一次开庭时,一个受害者没有说清楚遭受轰炸的具体街巷,结果被辩方律师穷追猛打,他的证词差一点没有被法庭采信。因为他是逃难来重庆的"下江人",所陈述的街巷又是老地名,早就不存在了。让一个老人家在尘封的岁月里找出一条小巷的具体位置与现在的繁华闹市区相对应,还真不是一件容易的事情。

这是重庆人第一次看到自己的家乡出现在他国的作战地图里,那感觉就像看到你家的客厅、卧室、厨房、书房被一群强盗谋划打劫、捣毁。虽然这是半个多世纪前的作战地图了,但它们是故国、家园曾经被践踏的痛,没齿难泯,永远永远。

梅泽一郎这时拿出一份材料,说:"邓先生,我看了你对一九四〇年端午节龙舟赛被炸事件的证言,但我认为还不够详细。我们需要更具体可信的细节和证言。"

第二幕

城春草木深

第二篇

瑞典王室外交

6. 岂曰无衣

"狗日的太阳,毒辣!"

邓子儒刚坐进道奇车里,就听见司机吴小石的嘀咕。他抬眼望望车窗前明晃晃的天空,心里闪过一丝担忧。今天没有雾,日本飞机会不会来轰炸呢?这时他又听见公馆里传来一声呼唤,紧跟着奶妈曹二娘从大门台阶上迈着一双小脚,碎步来到车窗前,说:"先生,太太说,晚饭她也不回家吃了,下午去川盐银行的陈太太家打牌,晚上直接去'中苏文化协会'那边和先生碰面。"

"又是牌局。"邓子儒隔着车窗说,"晓得了。告诉太太,晚上八点,不要迟到了,今晚会有很多大作家、大诗人要来。哦,对了,让她注意空袭。"一个月前的一次空袭,夫人蔺珮瑶和几个富家太太在白理洋行陆太太家的防空洞里打牌,结果一颗炸弹正好落在洞口,把几个富家太太封在了里面。好在防空洞里有水有吃的,还有通风设备。十多个防护团的青壮小伙子挖了一个晚上才把她们救出来。淞沪抗战前从上海逃难过来的陆太太事后说,日本小赤佬,女人家的牌局也来炸,真是上不了台面的。

现在阔太太们躲进防空洞里的牌桌也不安全了,足见已经不是天上的鸟屎落在人们头上那样的概率了。连蒋介石在南山的官邸都遭到了轰炸,战时首都已无论贵贱,都被覆盖在大轰炸死亡的阴影之下,就像司机吴小石抱怨这一大早就火辣辣的太阳。天空晴朗,意味着雾都少了一层庇护,如同大雨天中没有一把伞。全面抗战已经进入第三个年头了,虽然重庆人一个日本鬼子都没有看见过,自己的城市却被炸得满目疮痍、尸横遍野。那种感觉就像你被一个影子拳手——或者一个恶鬼——一次又一次地欺负痛殴,但你却连还手的机会都没有。不是你不敢打,而是你看得到对手却够不着。

这个端午节邓子儒会非常忙碌,下午两点在长江上的龙舟赛他既是组织者之一,又是棉纱帮"过江龙"龙舟队的老板。为了打造这支龙舟队,他从自己的两家棉纱厂和一家炼铁厂里抽出那些身强力壮的工人,加上重庆码头上本帮会里的青皮后生,组建了一支像模像样的龙舟队。他为他们打造龙舟,置办行头,天天吃白米饭,隔天宰一头猪,还请来参加过往年龙舟赛的前辈做教练。邓子儒只有一句话:"端午那天,你们就是我邓某人的脸。"

不过,真正让邓子儒兴奋的还不是下午的龙舟赛,而是晚上由他襄助的一个文人雅聚,那将是会载入中国文学史的一次文学活动,看看都要来些什么人吧:于右任、郭沫若、老舍、张希曼、洪深、陈舍我、应云卫、马思聪、金山等名流巨擘,还有中国电影厂、中华剧艺社、怒吼剧团的大牌演员们。他们聚在一起,正是为了庆祝中国第一个"诗人节"的诞生。文坛的大师们认为,没有比在抗战期间将纪念屈原的端午节定为"诗人节"更合适,也更有意义的了。

邓子儒那时并不知道这个端午节将会改变许多人的命运,包括接下来的"诗人节",一些人会在这战火连天中结为患难之交,一些人的情感历程将从此迈上一条坎坷艰辛的道路,一些人将在重庆这个战时文化中心闪亮登场,成为陪都名人,就像他最近倾心推崇的青年话剧演员白羿。

想到清纯可人、洋派十足的白羿,邓子儒心中便不由得泛起一丝烦恼。早上起床时,蔺珮瑶忽然跟他说,"诗人节"晚会她想担任司仪。邓子儒当时不假思索地回了一句,你去凑什么热闹啊,司仪人选已经有了。蔺珮瑶也马上回应了一句,是那个白羿吧?邓子儒没有听出话外之音,便说,人家是北平戏专毕业的,主持这样的晚会有经验。蔺珮瑶声音一下大了起来,北平戏专毕业的就很洋派吗?不过是个戏子而已。我上教会小学时就在唱诗班唱歌了,还演过圣诞剧哩;高中时候也不是没演过话剧,当年你没来看过我的演出唛?现在又去捧别个了吧?你们这些公子哥儿就会耍这个,恨不相逢未嫁时吧?唉,重庆妹子的嘴,嘉陵江的洪水。太太连珠炮般的发问让邓子儒想发火,但毕竟心里有些虚,只得连赔不是加解释。这女人一结婚,说话就没有温度了,只有火锅里的麻辣烫。最后双方勉强达成协议,由蔺珮瑶来担当司仪,白羿朗诵一首诗歌。但是蔺珮瑶的小姐脾气也上来了,本来答应陪邓子儒去看龙舟赛的,却赖在床上不起来。这些女人啊,抗战那么大个事情,她们也只当成争风吃醋出风头的舞台。

邓子儒上午要先去市中心督邮街的渝华公司总部处理业务,道奇轿车沿嘉陵江边一条弯弯曲曲的公路蛇行,路上都是疏散去乡间的民众,有钱的坐轿子,没钱的肩挑背扛。嘉陵江上往来穿梭的木帆船,片片风帆都百孔千疮,补丁摞补丁,没有一片是完整的。这景象看上去贫穷,但硬气;脆弱,却坚韧;破败,也有序。就像刚才邓子儒看见路边一个用手揶着前行的老人,虽然没有了双腿,但他仍然要去一个没有轰炸的地方,哪怕是靠乞讨也要活下去。司机吴小石猛按喇叭要老人让路,那时除去政府和军队,整个重庆的私人轿车不到两百辆,开小轿车的司机也有人上人的感觉。邓子儒喝了一声,让人家慢慢走!要是顺路,他真想搭他一程呢。

昨天日本飞机才来轰炸过,因为有雾,在市区上空乱扔了一通炸弹,据今天早上收音机里的新闻说昨日中国空军起飞了十五架战机迎战,但没有打下一架日本飞机,只说"击伤"数架日机,自己却损失了四架苏制伊-15战机,白市驿机场一架未及起飞的飞机也被击毁。当时还在盥洗间洗漱的邓子儒深叹了一口气,不经意间咽下一口涩涩的牙膏泡沫。他还听见卧室里的蔺珮瑶也高叫一声,他们怎么就不说有没有飞行员牺牲?是啊,那些飞行员可是国家的宝贝,连蒋夫人宋美龄都把他们当自己的孩子看。在一次重庆市长吴国桢举办的聚会上,邓子儒和蔺珮瑶曾经见到过两个被请来作为嘉宾的空军飞行员,他们知书识礼、雄姿英发。这让蔺珮瑶兴奋了好几天,不断在他耳边说,他们好年轻、好英俊哦!重庆的天空就指望他们了。是的,他们都是民族精英、军中俊杰,可是我们的飞机不行啊,娘子。女人家就是只有头发长。

渝华公司是一幢临街的三层白色水泥汀小楼。一九三九年的"五四"大轰炸,日本飞机投下了重庆人还未见识过的铝镁合剂燃烧弹,那种炸弹一爆炸瞬间就烈焰冲天,释放出三千多度的高温,弹子锁都被烧成一团铁疙瘩,上下督邮街两边的那些木制房屋几乎被烧毁殆尽,渝华公司的小楼仅被炸缺一个角落。商界的朋友们都说渝华公司的地盘风水好,连日本人的炸弹也不敢落一颗,也难怪这些年人家的生意似乎一点也不受战争的影响。外人看到的都是表面现象,其实自从去年"五三"、"五四"大轰炸以来,邓家在城内的产业几乎损失了一半,更不用说那些死于轰炸的亲人。邓子儒接手渝华公司以来,经营方向已经在悄悄发生转变。邓子儒接连收购了两个棉纱厂,投资了一个炼铁厂,还入股了卢作孚的民生航运公司。他深知一个国家的战争机器要正常运转,需要强大的制造业和通畅的运输能力。他的行事风格与其父不同,过去那种依仗帮会势力占地盘经商的模式已经行不通了,现在山城的码头再大也不属于重庆,而是属于国民政府。就像你生产出来的布匹、生铁,都是政府亟须的军用采购品。你要是能够制造出一架比日本人的飞机飞得更快的轰炸机,也飞去日本轰炸东京,政府更是求之不得。当然现在我们还造不出飞机来,但可以买。买飞机要外汇,我们又外汇紧缺,幸好还可以用自己出产的宝贝去换,这个宝贝就是桐油。美国人需要桐油,我们需要美国人的飞机。"

邓子儒现在就准备开一家桐油加工厂,今天他约请了中央大学的一个航空动力学教授,希望他来主持这家工厂。这个叫陈可循的大学教授书生气十足,三十多岁,面带菜色,穿着破旧的长衫,脚下的圆口布鞋都裂口了。更让邓子儒惊讶的是他竟然背了一个竹篾背篓,还不是那些去赶场的本地哥老倌背的圆形背篓,而是乡村大嫂背孩子的那种中间有一小方座位的方形娃儿篼。

邓子儒帮他把沉重的背篓放下来,问:"教授这是……"

"书。在生活书店淘的书。昨天听说武库街的书店被炸了,书的碎纸片都飞过嘉陵江飘到江北了。今天店家甩卖残存的书,我就多买了一些。"陈教授说。

"这些强盗,书店也要炸。陈教授快请坐,咖啡还是茶?"

"咖啡?"陈教授的惊讶不亚于邓子儒看见一个大学教授背个女人的背篓进城,"你这儿还有咖啡?"

邓子儒从他脸上看出了一个人对久违的某种物品的渴慕,便问:"先生是喝南洋的咖啡,还是美国的麦斯威尔?"

"噢,麦斯威尔?"陈可循扶了一下眼镜,不经意间咽了一口口水,"Good to the last drop!"①

"先生留美的?"

---

① 即"滴滴香浓,意犹未尽"。此话出自二战时美国总统罗斯福之口,后被该公司作为广告词。

"嗯,和上月刚刚罹难的孙寒冰教授同在哈佛大学念的硕士,后来在加州大学教书。中央大学迁来重庆后,我就应聘来了。我和孙教授还是乘坐同一条船回来的,只是没想到啊……"

邓子儒顿生感动。这些人如果留在美国,是可以悠闲地喝着咖啡,不用考虑温饱,不用担心轰炸,专心做自己的学问的。孙寒冰教授的葬礼邓子儒也赶去北碚参加了,那一天他很悲伤。北碚是重庆的远郊,就因为有许多学校迁到那里,日本人的飞机就盯着这座风景秀丽的小城炸,仿佛一个强盗专门来打劫捣毁你心爱的书房。日本人之阴毒,远非一般打上门来的西方列强所能比肩。

佣人煮麦斯威尔咖啡时,邓子儒全盘说出了自己的想法,四川各地遍布桐子树,临近的云南、贵州也有很多。过去我们不知道这种东西的宝贵,只是用来点灯、刷木头,哪晓得它现在是政府亟须用去交换抗战物资的宝贝呢?我有资金,陈教授有技术,本地又有这么好的资源,我们一起大干一场吧!

但陈可循对邓子儒许诺的优厚酬劳不屑一顾,言明自己只希望在大学教书,桐油的压制提炼程序他可以无偿提供,这对于他来说简直小菜一碟。他说自己在实验室就可以提炼一些纯桐油,邓子儒照这个标准去做便是,有困难他会随时给予指导。

"全民抗战嘛,邓先生崇尚实业救国,我遵循科学救国。我的那些学生,穿越了大半个中国来重庆读书,我可不能轻易抛弃他们。他们将来是可以为国家造大飞机的。"陈教授说。

抗战前全中国有一百零八所大学,战争爆发后有五十二所迁来了四川,在重庆的就有十九所。那年月如果有人能够从空中作一次航拍,便可在国破山河在的大地上,看到一幅幅震撼又催泪的学子流亡图,从北向南,从东向西……

邓子儒想起在孙寒冰教授的葬礼上和一所大学的副校长谈起抗战的前途问题,他的悲观论调让邓子儒当夜难以入眠。"陈教授,我想请教一下,你认为我们的抗战有希望吗?"

陈教授沉吟良久,摘下眼镜来擦拭。"有一天,我们在实验室也讨论了这个问题,是从饿肚子谈起来的,因为一个教授才饿昏在讲台上。我们的大先生顾毓琇说了一句话:'如果中国的知识分子认为抗战有望,则未必能胜;但如果知识分子认为抗战无胜利希望,则抗战必败。'老弟,我们是念过书的人,我们得挺住。"

这个道理邓子儒是明白的。所谓民心,乃由"士心"引导。"士心"就是一个读书人的家国情怀、报效国家之心,也就是读书人的"士气"。"士气"不倒,民心从之。"未必能胜",但也一定要搏一把,总比束手就擒当亡国奴好。他让吴小石去扛了一袋大米送给陈可循。堂堂中央大学的教授用手抓了一把雪白的米,竟然就哽咽起来:"我都快忘记大米的颜色了。"

邓子儒叹了口气,吩咐吴小石道,再去库房扛一袋面粉来。你送教授回家,我自己去东水门。

东水门也是往昔重庆"九开八闭"的"开门"之一,历来是人们从主城区渡江到长江南岸的大码头,也是商旅云集之地。这次龙舟赛的起点就设在东水门,赛道顺长江而下。本来主办方原定的起点在东水门上游的储奇门,赛道将近四公里,经过人和门、太平门、太安门、东水门、翠微门到朝天门。顺长江划龙舟,加上人力,一般二十来分钟就可完成比赛。但重庆防空司令部担心会有空袭,将赛程砍去了一半。

抗战前,重庆的许多老城门都被拆除了,只是这些熟悉的地名人们还常挂在嘴边,如同说起一个远去的老友。东水门还有一段城墙尚存,城门洞也还在,像一个饱经沧桑的老人豁开的嘴。城墙外杂乱无序的吊脚楼傍山崖、依陡坡而建,看上去摇摇欲坠,不要说经不住日本人的炸弹,就算随便跺一跺脚都会垮塌。那些支撑吊脚楼的柱子好一些的有成人的大腿粗,寒碜些的用竹子捆绑而成。本地人称之为"捆绑房",下江人叫它"抗战房"——他们来到重庆,能暂住进这样的房子已属幸运的了。这些"捆绑房"或黢黑残缺,或歪歪斜斜,就像破衣烂衫的山城底层百姓的脚,坚韧地站在坡坡坎坎上,不惧寒酸,迎风挺立。有些"捆绑房"被炸垮了、震倒了、烧毁了,但不出一个月,它又神奇般地站立了起来,尽管依然破旧不堪,依然不忍卒睹。但那是人们因陋就简,捡拾些没烧尽的木头、板子、竹竿等物,又去长江里打捞一些上游冲下来的大木料,东拼西凑地搭建起来的。对生活于这里的人们来说并不复杂,炸垮了房子,只要人还站在山城的坡坎上,房子也就跟着站立起来了。

邓子儒记得上个月东水门才挨了一次炸,房屋自是损毁不少,当时他来看过,还让人熬了两大缸粥赈济灾民。在江湖上这是他们邓家的地盘,从铺子里飘着山羊胡的掌柜,到茶馆里的幺师,见到年轻的邓子儒都要尊称"大爷"。自从邓玄远去世后,邓子儒自然就是邓氏祖先所开袍哥山堂"天门堂""义"字辈的龙头老大了。

袍哥之"袍",源自《诗经·秦风·无衣》中"岂曰无衣,与子同袍"句,可见这个民间帮会的齐心勠力及其血性。它的源头又可追溯到清朝初年东南一带"反清复明"的秘密组织洪门。两百多年来洪门就像一股股四处漫延的水流,有江湖就有它的身影。其中一股逆长江而上,在四川各地形成独具特色、自成体系的袍哥帮会,又称为哥老会。在清末民初,社会动荡,军阀混战,四川各地的袍哥帮会一度风起云涌,叱咤江湖。辛亥年间借助四川保路运动,推翻清廷,他们率先参与;民国初年军阀无义战时,他们虽然非军非民,但结帮自保,歃血为盟,其势力由乡村而城市,由民间而商界、而官场。重庆码头上五个字辈的袍哥帮会"仁、义、礼、智、信",几乎囊括了山城重庆的整个江湖。有句俗话最能说明他们的特点:"仁字辈帽子多,义字辈银子多,礼字辈铺子多,智、信两辈刀子多。"意即在"仁"字辈的袍哥大爷多是官宦人家,"义"字辈的袍哥则是商界大佬,"礼"字辈袍哥多是做小生意的,而在"智"、"信"两辈操袍哥的,则是在江湖上打打杀杀的引车卖浆者流了。在重庆码头的江湖上,一声"控子"令你无路可走;一句"在袍兄弟",让你吃遍天下。袍哥又看你蹚的是"清水"还是"浑水"。一般来说,前三个字辈做正经生意的和为官的多是"清水"袍哥,只不过借助帮会势力搭建自己的民间基础;后两个字辈的多蹚"浑水",至于干拦路剪径、打家劫舍勾当的就更是在"浑水"里滚了。当然,国有国法,帮有帮规,袍哥最崇尚的就是江湖义气,"义"者江湖道义,"气"者袍哥气概也。此二字足可让任何一个"在袍兄弟"抛弃身家性命,上刀山下火海滚油锅,在所不惜。

现在是抗战时期,国民政府移驻重庆,党政军警势力大为加强。袍哥这种帮会组织只能是朝纲不举时才会得以滋生蔓延,毕竟你在江湖,人家在庙堂。这个道理受过大学教育的邓子儒再明白不过,他自己也不喜欢帮会那一套浸透了封建礼教和迷信色彩的规矩,什么"红十条"、"黑十款",看上去奖罚分明、教规严厉,其实就是封建家教的社会化。父亲的江湖已经老去了,被战争的枪炮打得千疮百孔了。邓子儒这样受过现代文明教育的人,自然更崇尚"德先生"和"赛先生"。不过喜欢话剧的邓子儒知道,人是可以扮演各种角色的。上午他和中央大学的陈可循教授谈论实业和科学救国,下午他来到自己的码头上,操的就是袍哥大爷的派头了。尽管有些无奈,内心也巴不得对这些袍哥大爷们敬而远之。但今天是邓子儒第一次以大舵爷的身份在父亲的江湖上露脸,他不得不顾及自己的身份。

"天门堂"的哥子伙早就在码头上为自己的龙头老大搭了个凉棚,摆上了茶具、藤椅,那儿正对着龙舟赛的出发地。几个掌事的大爷也带着一帮小老幺在东水门码头残破不全的台阶上迎接,他们看见自己的大舵爷既不带随从,也不坐小车,更不乘轿子,一身白色洋装,甩着两手(空手)就来到了码头上,跟从前的大舵爷邓玄远操的派头大不一样,让掌事的大爷们颇有些不适应。而且,这位年轻的大舵爷一来就满脸不高兴,他用手指了指凉棚问:"这是给哪个搭的?"

七十多岁的掌事大爷秦二爷双手合十答道:"邓大爷,是为你老人家搭的。"在帮会里嗨二排的大爷相当于关公关云长的角色,被称为"圣贤二哥",本帮会的历史、规矩、江湖恩怨,全在他的肚子里。

"给我拆掉。"邓子儒轻声说,"重新盖一个更大的。"父亲曾经告诉过他,在帮会里说话要慢声细语,但每个字落在地上都要能砸个坑,那才是大舵爷操的气势。

"太阳晒不到的,大爷。"

"你们这些老辈子啊,等会儿'新生活运动促进委员会'的刘副会长要来,市体育协进会的张会长也要来,还有市府里的一个处长,第二区、第五区的区长、科长都要来。你们让我一个人坐在凉棚下当宝器唠?"

这群只晓得江湖贵重不懂得汉官威仪的哈脑壳。邓子儒撇开这些遗老遗少,径直下到江边。"过江龙"龙舟队的小伙子们已蓄势待发,一条崭新的龙舟还未下水,造型夸张的大红色彩绘龙头冲着江面,正等待邓子儒去为它"点睛",旁边还有个戏班子,他们将演唱川剧《巴九寨》中的一段以壮声势。这是老传统,往年他的父亲"点睛"时,一帮人敲敲打打、又唱又跳,还要上香、祭拜,仪式差不多要搞一个多小时。邓子儒不喜欢这些老掉牙的繁文缛节,更不用说小时候父亲常常带他去看川剧,看得他磨皮擦痒,如听天书。他让人打发走了戏班子,说都啥子年代了,赛龙舟是为了强身健体,抗战建国。"点睛"就"点睛",要啥子吼帮腔的哦。政府倡导新生活,就是要扫除你们这些旧习惯。

邓子儒抄起朱笔为龙舟的龙头"点睛"时，江风微拂，场面寂然。几个老袍哥暗自摇头，面色凄惶，仿佛有种不祥之兆笼罩在江上。此刻码头左侧忽然传来喧嚣的锣钹鼓镲声。"那是木船帮的龙舟队在'点睛'了，他们唱的是川剧《别宫出征》中的一段。"有人告诉邓子儒。

秦二爷又凑到邓子儒耳边说："大爷，今年龙舟赛我们的对手些都凶（厉害）得很哦，木船帮、竹器帮、驳船帮、山货帮都有好多划龙舟的高手。你看那边锣钹敲打得天都要垮啰，呜嚯呐喊的是想在我们面前绷劲仗（示威、提气）哦。"

邓子儒白了他一眼："到了水里才晓得。"他又对着围在龙舟四周的龙舟手们说："兄弟伙，你们虚火没得？"

"过江龙"龙舟队的掌旗手赵五哥朗声说："虚它龟儿些个铲铲！大爷放心，我们绝不会拉稀摆带。"赵五哥是条敦实精悍的汉子，在父亲的山堂里嗨五排，在江湖上是颇有名望的赵五爷。几年前曾经为邓玄远滚过油锅，在官府的监狱里蹲了几年。在帮会里嗨五排的袍哥行使的是大管事的职责，训练兄弟、处理纠纷、对外交涉、迎来送往都是他的事情。故袍哥里有"内事不明问当家（三爷），外事不明问管事"之说。

这时木船帮那边过来个身着短褂、包青色头帕的青皮后生，身后跟着一个小老幺。他冲邓子儒行了一个袍哥们专用的"拐子礼"，递来一张巴掌大的"公片宝扎"[①]，朗声说："我家王大爷请邓

[①] 公片宝扎，即袍哥们的名片，上面有自己的山名、堂名、香名、水名、所属字辈等，江湖上的人一看就知道该袍哥大爷是什么来路。

大爷过去喝茶。王大爷还吩咐说,贵码头要是没有请戏班,我家大爷说,本码头的戏班可以代为效劳。"

"放屁!"邓子儒身边的秦二爷呵斥道,"人吵败,猪吵卖。规矩搞醒豁没得?抠鼻子屎吃的小崽儿,就你这闹山麻雀还想来闯码头嗦?"木船帮的袍哥只是"智"字辈的,按江湖规矩低字辈的掌舵大爷应该主动前来拜码头,还只能以晚辈自谦,不可轻易称大爷的。

那小子一点也不虚火,反而清了一下嗓子用戏腔唱道:"三块石头堆起,也是个码头,照旧停靠长江里的大船;风里浪里,江湖规矩,山上水上,都是好汉。贵码头好稀罕,点睛不唱戏,烧汤不放盐。各位大爷,你是你,我是我,羊子不跟狗打伙,我们长江里见。三哥我告辞了。"

邓子儒身边的几个掌事大爷早就气得吹胡子瞪眼睛了。这明摆着是来剪眉毛的嘛,我们的大舵爷年轻,字辈可是在那里摆起的。赵五哥早上前一步拽住那人的衣襟,怒道:"哪里来的小'天棒'?敢在这里用猪尿泡打人嗦?嘴巴子再硬,还不是蚊子叮秤砣。今天你们当家的不来报盘①,老子们让你龟儿子的猫抓糍粑脱不了爪爪!"

两人拉扯起来,那边有几条汉子也在往这边冲,邓子儒不紧不慢地喊了一声:"手松开,搞啥子名堂?有劲仗到日本人面前去绷。"这时他看见市体育协进会的张会长陪同"新生活运动促进委员会"的刘副会长等几个官员从台阶上走下来了,便转身去迎接。秦二爷跟在他身后说:"大爷,我们可不能在那些侄子面前矮

---

①报盘,袍哥隐语,指服输、认错。

起哦!"邓子儒看他一脸江湖暮气,唾沫星子都沾在了山羊胡上。秦二爷跟随父亲几十年,忠心耿耿,名震江湖。但他是否晓得,国家都到生死存亡关头了,江湖上的快意恩仇还有多大意义?

张会长根本没时间到刚刚搭建起来的大凉棚里就座,一见邓子儒就说,刚刚接到防空司令部的通知,日本飞机已经飞过来了。龙舟赛取消,你让大家赶快就近躲进防空洞。

张会长的话音刚落,市区上空就传来凄厉的空袭警报声,那声音尖锐刺耳、响遏行云,就像有一只冰冷的手攥住了人的心,将它从心房处一把一把地往下拽;也像阎王巡行前派来开道的小鬼,打着阴森恐怖的呼哨要把人们往地狱里赶。市区的最高处枇杷山上预报空袭的红灯笼也挂出来了。"灯笼高挂,炸弹来炸",这是娃儿都会的口头禅。

市府来的几个官员四处去召集各龙舟队的老大和领队来商议,其实警报一响大家都在往张会长站的地方靠拢了。

邓子儒问:"敌机飞到哪里了?"

张会长说:"刚才接到的通知说在湖北恩施。"

"可恶!我告诉大家撤吧。"那时重庆的上空尽管不能完全防御前来轰炸的日机,但已在美国人的帮助下建立了一个卓有成效的防空网。没有雷达,可我们有的是人力,日本飞机刚从武汉的基地起飞,宜昌、恩施、涪陵、丰都、长寿,一路上都有监视哨随时通过电话、电报报告重庆防空司令部。飞机还没有飞进四川境内,这边的空袭警报就响起来了。

张会长看到人差不多齐了,刚想站在一个高坎上宣布本次龙舟赛取消,木船帮的王大爷忽然说:"这才是空袭警报,日本飞机飞过来还早得很,我们搞得赢。"

刘副会长是北方人,没太听明白,就问:"搞得赢什么?"

"赛龙舟噻。一哈哈儿就煞郭了,再躲飞机都来得及。"王大爷又说。他身边也有几个老大附和道:"就是嘛,来都来了,怕个铲铲哦。先赛了再说。"日机轰炸都两年多了,重庆人躲空袭已经躲皮了,一般来说,从空袭警报(预备警报)拉响到紧急警报再度响起,中间会有一两个小时,一些胆子大的人听到预备警报时,还在茶馆里把泡的那壶茶喝完,有的家庭主妇都躲进公用防空洞了,忽然想起灶上还熬着稀饭,便哭着喊着地要防护团的人打开防空洞的门,让她回去把稀饭从灶台上端下来。当然,以陪都为中心的防空网也有不灵的时候,日本鬼子狡猾着哩,有时候,头道警报刚刚才响起,日本飞机就不知从哪个方向窜进来了。重庆人总是会不失幽默地说,那些盯飞机的龟儿子们都打瞌睡去了嘛。

"胡扯!不要命了。"刘副会长厉声说,"都给我回防空洞里去,我有重庆防空司令部的命令。"

刚才差点跟赵五哥打起来的那个后生粗声武气地说:"你的命令关我们尿相干!怕他个锤子哦,赛龙舟个嘛,一年才一回,要炸就炸死算屌。哥子伙,不虚火的走哦!我们可不能像别个那样,戏不唱,龙舟也不敢划。"他一边说一边挑衅地看着"过江龙"龙舟队。

"过江龙"龙舟队的掌旗手赵五哥哪受得了这个,他把手中的彩旗一挥,大吼一声:"我们'过江龙'这杆旗子不是夹在屁股后头的,敲铛铛磬①的啷个抵得过大锣大鼓。兄弟伙,不虚!"

他这样一喊,其他龙舟队的人马几乎都举起了手里的桨,喊着叫着往江边走。不仅袍哥帮会的龙舟队下去了,湖广商会、江浙商会、兵工厂、电力厂,最后连政府部门和两所学校的年轻人也跟着走了。

张会长对身边的一个人说:"去叫宪兵来把他们赶回去。"

邓子儒说:"会长,日机过来至少还有两个小时,我们抓紧一点,也许来得及。再说了,万一这次日本飞机是去炸合川呢,炸梁山呢。昨天他们才来炸了重庆,哪有紧到(跟着、接连)来炸的哦。"

张会长脸上淌汗了,他松开领结,使劲咽下一口口水,说:"我可担当不了这么大的责任,要遭枪毙的!大家都有家有口的,轰炸一来哪个不呼爹喊娘的满世界找自己的亲人。邓先生,你难道也不顾自己的家了吗?"

蔺珮瑶那天下午并没有去打牌,早上起来心情就不是很好,倒不是和丈夫拌了几句嘴,而是她从衣橱里翻出的十几件旗袍或裙子都不能让她满意,虽然它们不是从香港定做的,就是上海鸿翔公司来的大裁缝为她量身订制的,但蔺珮瑶总觉得不适合今晚的晚会。那些莅临"诗人节"的作家诗人们可能不会有一身像样的衣裳,但与会的"下江女人"一定会不少。她们总能穿出一些引领山城时尚的服饰,哪怕是一条披肩,也会亮瞎全场人的眼,更不用说那些电影明星、话剧明星们。那个叫白羿的,清明节陪都演

---

① 铛铛磬是一种小型的打击乐器。

艺界为难民搞募捐晚会,天也不是很热,许多与会的小姐、太太们大都穿一身中袖锦缎旗袍,白羿却穿一袭银色乔其纱连衣裙,且还是短袖、一字领,大胆暴露,款式新颖,还佩戴着坠至胸前的两串洁白圆润的象牙珠,彰显出她那颀长粉白的脖子,更夺人眼球的是她还戴了一顶珊瑚编制的花冠,既洋派十足又颇具新生活运动情调。人们在美国片中看到的夏威夷女郎,仿佛就是这样的打扮。她当然就成了难民募捐晚会上的女王,尽管蔺珮瑶认捐了一万法币,超过了整场晚会募捐到其他与会者的善款总和,但男人们的眼光仍然在白羿身上。

　　自去年结婚以来,蔺珮瑶的爱情和爱国热情一样逐日递减——她一直在努力让自己相信,嫁给邓子儒是因为爱情,正如她也一直在内心纠结,是不是因为已为人新妇了,就没有了当年的一腔爱国热情。如果不是日本飞机来重庆轰炸,战争对她这种富家太太的生活几乎不会有多大影响。日本人不来,各地军阀还不是隔三岔五地打仗。"天下未乱蜀先乱",蔺珮瑶童年少年时期,没少听大人说打仗的事情。她和一帮太太每周都有她们自己的堂会,不是跳舞就是打麻将,纸醉金迷,通宵达旦。不能说她们不爱国,也不能说她们不爱自己的丈夫,她们只是一群被这混乱的世道搞得失去了生活方向的人。像蔺珮瑶这种爱情至上主义者,当爱情逝水东流以后,就找不到生活的意义所在了。

　　不过按邓子儒的说法,打仗归打仗,该做生意的还做生意,该生娃娃的照生娃娃。昨晚在床上,邓子儒旧话重提,说家里老太婆又在问,儿媳身上什么时候才有喜。蔺珮瑶没好气地回了一句,等打跑了日本人再说。邓子儒阴郁地说,要是打不赢日本人呢?那更不能生。蔺珮瑶的火气又上来了,说我可不想我们的国家多一个亡国奴。邓子儒也被惹毛了,强行爬到蔺珮瑶身上,动手解她的睡衣,说即便成了亡国奴,老子也要当男人。两人在床上撕扯翻滚,蔺珮瑶抵挡了一阵,终于罢手了。她不是不能继续,这个个子还没有她高的小男人,她完全可以把他踢下床去。她蔺珮瑶什么事情不敢做?但身为人妻,有些事情不得不妥协。不得不在男人快乐地呻吟时,自己泪湿枕巾。蔺珮瑶婚后才明白,每一桩婚姻都有面子和里子,就像人要有外套和内衣。对富贵人家来说,外套从来都很重要。

比如今天这个场合,蔺珮瑶想。他们夫妻在陪都名流云集的"诗人节"上携手登场,一个有钱有势、有爱国热情,一个风姿绰约、光彩照人,他们是重庆社交场所公认的金童玉女。一个才刚刚二十岁的女子不能拒绝这样的虚荣,就像不能拒绝人家廉价或真诚的赞美,还要面带迷人的微笑。蔺珮瑶最后还是听从了奶妈曹二娘的建议,挑选了一件水滴领、圆襟、短袖、高开衩的旗袍,浅蓝色的乔其立绒面料上点缀着几朵大写意的织锦梅花图案。这是上月才在香港定做的,今晚显然更适合中式风格的打扮。但蔺珮瑶觉得腰收得不够,一身优美的曲线都打折扣了。曹二娘说,太太既然要进城,何不去民权路上找鸿翔公司的那个大师傅帮忙收一下?曹二娘是从小把蔺珮瑶带大的奶妈,和她相处的时间比她的亲妈还多,蔺珮瑶嫁到邓家后自然也把曹二娘带过来了。无论是生活起居还是个人问题,曹二娘总能给蔺珮瑶提出合理的规劝或建议,就像她今天为太太挑的这件浅蓝色旗袍,让蔺珮瑶在多年以后都相信:蓝色,代表着爱情。

就在挑旗袍的时候,蔺珮瑶接到一个不寻常的电话,让她改变了下午的安排。电话里的声音很低很直接,说又回到重庆了,想约蔺珮瑶见个面。蔺珮瑶脱口而出:"回来了!你不要命了唛?"

"干革命的人,都不要命。"电话那头传来淡淡的一笑。

这个神秘的电话激起了蔺珮瑶心中埋藏许久的激情,这种激情曾经是因为年轻、好奇、刺激,以及对某种公平正义的寻求。就像在嘉陵江里畅游过的人,现在又想跃入其中了。她磨蹭到十一点才坐车出门,先去民权路上把旗袍交给上海大师傅,约定下午五点钟去取,然后再去不远的民生路,那里有一家苏州人开的"陆稿荐"。这家随着"下江人"一起在重庆落户的老字号饭店,开始还让重庆人觉得拗口,不晓得店名是啥意义。后来像蔺珮瑶这样的"好吃狗"发现它的酱鸭和酱汁猪头肉相当入味,她让高玉华来"陆稿荐"和她见面,是因为她了解高玉华的行事风格,越是上流人士爱去的地方,越安全。

蔺珮瑶找了包间刚坐下,高玉华就到了。还是那身朴素得像一个劳动家庭妇女般的打扮,短发,阴丹士林布旗袍,而且看上去很疲惫,似乎几天都没睡个好觉,那感觉就像又要去逃亡了。简单寒暄后,高玉华就说:"我们的书店昨天被炸了,死了三个员工。"

"书店?"蔺珮瑶有些吃惊。上次逃出重庆时,她说要去成都做事,怎么又回重庆开书店了?

"我现在武库街的生活书店工作。"蔺珮瑶对面的这个女人略带狡黠地一笑,"对了,以后叫我魏蓝吧。魏征的魏,蓝天的蓝。"

"你们改名换姓要经过父母同意吗?"蔺珮瑶忽然有了新的好奇。

魏蓝沉吟片刻,才说:"我父母还在沦陷区,怎么去征得他们同意呢?"

"你们的组织让你们叫什么就是什么了?组织又不是你们的父母。"

"组织比父母还亲。"魏蓝说。然后她岔开了话题,问起蔺珮瑶这一年多的近况。她对他们婚后的情况盘问得很仔细。因为她也知道蔺珮瑶在南开时那场轰轰烈烈的初恋,蔺珮瑶称他为L君。L君是世界上最帅气英武的男子,他上前线去了,他战死了。每当这段少男少女的浪漫初恋说到后来,蔺珮瑶就有些闪烁其词、言不由衷。不过,那时魏蓝不认为这些高门大户人家的子女懂得什么爱情,他们充其量只有小布尔乔亚式的情感,到谈婚论嫁时还不是突不破父母之命、门当户对这一套封建传统,就像思想激进的蔺珮瑶最终还是嫁了个重庆的大富商一样。魏蓝那时也绝对想不到,爱情这个东西,并不因为你是革命者还是非革命者,它的本质就有多么不一样。它其实就是空气中的氧气,永远都存在并且不可或缺。人不能片刻没有氧气,人也不能一天没有爱。当然,现在魏蓝关注蔺珮瑶的家庭情况,既从安全考虑,也因为她的书店需要帮助。

"是这样,妹妹。"魏蓝平常不苟言笑,实际上有一张很伶俐的嘴,"昨天被炸后,我们书店的经理一夜之间头发都白了一半了。今天上午我们还在倒腾库房,处理没有烧毁的图书。我们不想离开重庆,我们要把书店继续开下去,开给日本人看看,他们毁灭不了我们的文化!员工们都说要和书店共存亡,房子炸垮了,我们再盖;书炸没了,我们再进货。瑶妹,我知道再次向你寻求帮助,我很为难、很为难……"

蔺珮瑶并不想告诉她自己被军统抓过的事情,她是那种有侠义情怀的女子。"说啥子嘛玉华姐,哦对了,魏蓝姐,哎呀,我以后叫你蓝姐吧,怪不习惯的。你们需要钱,是吧?"

"是。我们经理让我来问问,你……你们或许可以来入一股。开书店也是为了坚持抗战嘛。刚才瑶妹说,你先生很热心抗战的,也是个爱国商人,是吧?"

蔺珮瑶心里肯定是愿意帮助她的,没有魏蓝这样的革命者,重庆的生活多么无聊啊!生活书店那点营生,按邓子儒的实力,拔一根毫毛都可以开它十家八家的。但在家里蔺珮瑶并不管钱,她只管如何花钱。当然只是花在她的穿着打扮和吃喝玩乐上。入股去经营一家书店,她还得去求丈夫同意。看来昨晚在床上的妥协也是必需的。

午饭才吃到一半,空袭警报就尖锐地响起来了。蔺珮瑶把手中的一块鸭翅膀往盘子里一扔,说:"龟儿子的催命鬼,人家吃个饭也来捣乱,婆烦得很。"

魏蓝说:"还是赶紧走吧,我们去较场口那个防空洞。"

"那里人多，空气又不好。走，我带你去川盐银行的防空洞。经理的太太是我的朋友，有空袭的时候我常去那里打牌呢。"

那时重庆的防空洞分三种类型：一是政府部门的，一是有实力的商家或私人自家掏钱挖的，再有就是公共防空洞了。前两者设施条件较好，有水有电有通风设备，但需要凭证件或洞主允许才能进去，你在里面开会、办公、打麻将、跳舞都可以。而对普通百姓开放的公共防空洞条件就差得多，狭小、阴暗、潮湿，且人多拥挤、嘈杂不堪、空气污浊，常有人宁愿待在外面随便躲一躲碰运气，和死神赌一把，也不愿进公共防空洞。在死亡面前，人也是分了三六九等的，即便是战争时期。

川盐银行的董事经理曹万君的太太何嫦娥和蔺珮瑶都是重庆社交场所的"七姊妹花"中颇有脸面的人物，有她们扎起的场合，那才叫重庆上流社会的圈子。当然，还有一个更高端的圈子需要这些富家太太们去扎起，那就是孙中山夫人宋庆龄、蒋介石夫人宋美龄、冯玉祥夫人李德全、周恩来夫人邓颖超等，当她们去战时儿童保育会第一保育院、陆军医院、难民所看望孤儿、伤兵、难民时，"七姊妹花"也会侧身其间，蔺珮瑶是里面年龄最小的，有一次蒋夫人还拉着她的手说："好伶俐可爱的小美人啊！"

早有佣人通报给了何嫦娥，她站在防空洞门口迎接蔺珮瑶和魏蓝。"你不是说不来打牌了吗？还是手痒嗦？"

蔺珮瑶没好气地说："被砍脑壳的日本人赶来的。"她又指了指身后的魏蓝，继续说："我的高中同学，我亲爱的蓝姐。"蔺珮瑶怕何太太看麻衣相，故意亲热地挽起魏蓝的胳膊。

何太太上下打量了一下魏蓝,感觉到她不是她们一路的,但还是满脸堆笑地说:"欢迎、欢迎,来、来,请进。"

魏蓝还没有进过这样宽敞舒适、空气清新的防空洞,一只大石缸里竟然还养着金鱼。多少人在公共防空洞里连喘口气都难啊。

佣人送来茶水、甜点,女士们叽叽喳喳地凑在一起看一本香港的电影画报,不一会儿外面就传来地动山摇的轰响和震动。洞顶的泥沙簌簌往下掉,根据以往的经验,炸弹好像落在下半城一带。

何太太忽然说:"好像是炸在东水门。糟糕,那里在举办龙舟赛!"

"我的妈呀……"蔺珮瑶捂住了自己的嘴。

7. 与子同仇

六十六年以后,步入耄耋之年的邓子儒在东京地方裁判所作为证人出庭时,还能清晰地回忆得起一九四〇年端午节的每一个细节,回忆得起那些江湖上的兄弟伙互不相让、豪气干云的袍哥气概,回忆得起在空袭警报凄厉的余音中,二十四条龙舟在江面上一字排开,发令枪一响,"扬枹击节雷阗阗,乱流齐进声轰然"。他还回忆得起当江面上的龙舟鼓声雷动、彩旗猎猎、百舸争渡、浪花翻飞、呼声震天时,船上和岸上的人们已然忘记了战争的创痛,忘记了失散的亲人,忘记了饥饿的肚子,忘记了死亡的威胁。生活忽然恢复了久违的欢乐美好、精彩生动。小孩子们在呐喊,大人们在鼓掌,年轻人沿着江岸追随着龙舟,跌倒了再乐呵呵地爬起来继续奔跑。那幸福祥和的气氛,如同在过年。人们不能没有自己的节日,就像荒凉的沙漠里总要有一口泉水,浩瀚的海洋里总要出现一个小岛,那泉水能让人在绝望的旅途上继续走下去,那小岛能让快要溺毙的人找到生存下去的希望。

邓子儒印象最为深刻的是那天重庆的天气。龙舟出发时,天空忽然晴朗起来了,太阳的光芒直射江面。也许是因为现场的气氛太火爆了,他感到了热。他把西装外套脱下来挥舞,为江里自己的龙舟队鼓劲。舟行二百米后,"过江龙"已经和木船帮的"浪里滚"脱颖而出、不分伯仲了。邓子儒不知不觉地也顺着江边跑,那时他感到满江流淌的都是欢乐和激情、热血和阳刚。天空多么蔚蓝啊,对岸的南山多么青翠啊,长江多么明朗辽阔啊,山城高低错落的房舍多么轮廓分明、亲切可爱啊。在大雾弥漫的季节,山城的人们看不清一箭以外的人和物,看不清江对岸的景色,看不清长江和嘉陵江怎么在朝天门码头的江面上拥抱、嬉戏。现在,天空舒展开了它时常紧蹙的愁容,就像一个美人揭开了面纱笑意盈盈;大地敞开了它温暖的怀抱,仿佛一个父亲宽阔的胸膛任你撒欢;长江里的鱼儿扑啦啦地跃出了水面,不知是想跟龙舟赛一赛,还是在给桨手们助威鼓劲,连江岸上斗大的鹅卵石都在跟着龙舟欢快地奔跑。天上有一千颗太阳,地上有一万丈雄心,长江水已经被煮沸,两岸青山也为之倾倒。许多年后邓子儒也没有想明白,在这样一个碧蓝如洗的天空下,在这么多欢乐的人群头顶上,太阳为什么会忽然会跌落在人间。

日本海军航空队的九六式轰炸机群在天空中翅膀挨着翅膀,呈一个大写的黑色"人"字,但这是一个不受欢迎的"人",是一个踢门入户闯进宴会大厅的莽汉,他瞬间就打落了一千个太阳,也涂鸦了天空的蔚蓝。地上的人们为龙舟呐喊的余音犹存,"过江龙"和"浪里滚"如同两个手挽手的好兄弟,你往前探一下龙头,我就朝前伸一下舟身;两只龙舟的鼓点节奏一样,鼓声却一声盖过一声;桨手们划桨溅起的浪花还悬停在空中晶莹剔透,一条高兴昏了头的大鲤鱼跃到龙舟上,还没来得及翻身跃回水里;多年来蛰伏在长江里的水龙王被水面的喧嚣惊醒,刚刚探出头来想看看热闹……如雨的炸弹便倾盆而下,那是它自盘古开天辟地以来,从未见到过的灾难,即便在它暴怒撒野时,也没有如此残忍迅猛地吞噬过大地上的生灵。

一直顺着江边跟着龙舟奔跑的邓子儒看见前方有个小男孩站在一块大石头上,使劲挥舞着一个捞鱼的尖尖篼,他没有听清小男孩在喊叫些什么,只看到红光一闪,小男孩飞在了空中。

邓子儒被巨大的气浪掀倒在江边的鹅卵石滩上,眼前一阵发黑,仿佛从白天跌落到了黑夜,仿佛火辣的太阳摔碎在了人间。他缓过气来时才发现,刚才欢乐的世界瞬间破碎成死亡的深渊。一架接一架的日本飞机掠过狂欢的人群,掠过那些抛到江里去的粽子,掠过舟头迎风飘扬的旗帜,掠过一阵紧似一阵的鼓点,掠过那些引颈张望的脑袋,掠过一个诗的国度对一个诗人的纪念……炸弹尖叫着一颗接一颗地落下,落在江面上的升起冲天的水柱,落在岸上的红光闪耀,砂石、弹片到处飞溅。邓子儒还没来得及爬起来就冲江面上的龙舟高声嘶喊:"回来!你们快回来!"他跌倒了再爬起来,爬起来跑两步又摔倒,最后跌跌爬爬、爬爬跌跌地喊、喊、喊……直到喊得杜鹃滴血,直到把凡尼登西裤磨穿、膝盖磨破。他看见有的龙舟翻沉了,有的已经看不到桨手,江面上漂浮着人头、彩旗、锣鼓、折断的桨片、断肢残臂和断成几截的龙舟。他还看见有一只被炸断的龙头带着一团烈火,从长江里飞升起来,在江面上空划着怒火冲天的轨迹,旋转着飞行,龙嘴喷着愤怒的火焰,似乎想一冲上天……

"回来啊!你们快回来……"邓子儒泪流满面,语不成声。

划行在记忆深处的龙舟一去不回,高贵勇猛的生命逝如江水。半个多世纪后,邓子儒还在为一九四〇年端午节的龙舟赛老泪纵横、义愤填膺。他在证言中说:"第一轮轰炸过后,江面上赛龙舟的人们被日本飞机的轰炸激怒了,他们没有畏惧,继续自己的比赛。就像刚才我们的证人唐老三说的那样,所有龙舟上的鼓点越敲越急,不是为了逃命,也不是为了去争第一,而是要让你们日本人看看,我们中国人不害怕轰炸,不屈服你们的淫威。

"那一天,是以生命去证明一个民族抗战意志的一天。没有谁能喊得回那些赛龙舟的人们,是同胞的鲜血告诉了他们在战争的烽火里,以死相拼、以命相抵,一个民族才有存活下去的希望。轰炸中缩一下脖子,也许是本能,也许很简单,但面对冰雹一般落下的炸弹、直面死亡狰狞的面孔,迎风挺立,勇往向前,这才叫一个民族的尊严和勇气。"

邓子儒没有夸张。在一阵混乱之后,江面上的龙舟重新调整好了航线,继续往前冲。鼓声更加昂扬,彩旗愈发骄傲,一条条龙舟如同划过水面的利剑,轻快锋利,毅然决然。比赛更加精彩,岸上的人们岂肯离去？健儿们同舟共济，人们岂能不同生共死？"岂曰无衣？与子同袍。"尽管警察吹着哨子，宪兵挥舞着木棒，想将岸上的人们驱散开去，但在飘拂的硝烟和到处的哀号呻吟中，人们的呼唤渐渐汇集成同仇敌忾的呐喊："划呀，划呀，快划呀，划给小日本看看啊！"几个穿童子军服装的小崽儿直接跳进了江里，一边游一边挥舞着拳头。

人在绝境中时，唯一能拥有的，就只是那股硬气了。

第二轮日机来袭前，邓子儒在江边看到，"过江龙"和"浪里滚"仍然齐头并进，"过江龙"舟头上挥舞锦旗的赵五哥本来应该背对龙头，面向桨手，用手中的令旗配合舟尾的鼓手协调桨手们的划桨频率。但他却反常地挺立在龙头，面向日机飞来的方向，把绣有"过江龙"三个大字的彩旗抡圆了舞动，就像要舞起一江的愤怒，与天上的日机对决。在他的头顶前方，一架日机嘶吼着斜插下来，飞机的太阳徽看得越来越清晰，它的机头直冲着赵五哥的脑门。赵五哥昂首龙头，以旗为枪，绝不矮起，更不拉稀摆带。仿佛这不是生死关头，而是在戏台上表演一般潇洒英武，更像是对耀武扬威的日机的蔑视。关云长过五关斩六将，张翼德长坂坡喝退三军，也不过就是这等气概。赵五哥英雄盖世的彩旗催快了龙舟的速度，舞动了桨手的勇气，煽起了岸上观战的人们的激情。长江再次为之轰鸣，两岸青山再次为之击节。爬在地上的邓子儒不再呼喊了，他已经喊不出声来了，只是用手掌一掌一掌地击打着大地。"雄起啊五哥！快啊，快啊，快快快啊……"

天空中传来机关枪"哒哒哒"的爆响，好似一连串的高升爆竹。子弹打在水里,长江淌血,一排排眼泪喷泉般弹跳而出;子弹打在龙舟上,木屑横飞,龙在呻吟;子弹打在赵五哥的头上,脑浆四射,天灵盖如帽子一样飞落。但那面"过江龙"的锦旗并没有飘落,它还插立在龙头,迎风招展。赵五哥人倒下了,它不倒,龙舟就继续向前,尽管能划桨的人已经不多了。"浪里滚"上也没有几个人了,他的鼓手就是那个刚才来闯码头的小子,现在他只有一只胳膊了,但他还在拼命地击鼓。鼓面上全是血啊!鼓槌一敲,血珠四溅,鱼龙惊心。那绝不屈服的鼓点,既为自己的龙舟,也为"过江龙",更为今天的龙舟赛。他在江湖上的大名叫唐三哥、唐三爷。此刻即便被打断了一只胳膊,他也不会向日本飞机矮起,哪怕一寸。

　　哀伤的眼泪让长江水涨,仇恨的怒火令江水开锅。但人家在天上,你在地上,你能有什么办法呢?一个少年嘶喊着"我日你小日本的仙人板板",捡起一块鹅卵石往天上投去。那鹅卵石飞得又高又快,仿佛脱离了地心引力,一直追着刚才那架杀了赵五哥的飞机……

　　在后来的回忆里,邓子儒多次提到这个用石头打飞机的小崽儿。他说他相信正是这块神奇的石头,引来了我们自己的飞机。天空中忽然传来一阵强大的轰鸣,那是世界上最有力的声音,是邓子儒一生中听到过的最悦耳的音乐——任何声音都可以成为音乐,哪怕是最猛烈的爆炸。我们的空军杀过来了!一架中国空军的苏式伊-16战机似春回大地的雨燕,一个燕子衔泥般的俯冲,紧紧咬住了那个天上的杀人犯。纵然重庆的天空如此宽阔,但已没有一条是强盗的生路。日机急速地爬升,左拐,再右拐,但苏式伊-16像一个复仇的杀手般机敏、迅猛、果决。当人们再次听到爆竹般的机枪声响起时,心情顿时如过年时放鞭炮一样开心了。因为他们看到日机凌空爆炸,碎片满天飘落。那是重庆上空最令人痛快的一个"大礼花",喜悦激动的泪水再次让长江水涨三尺。

水花飞舞,弹片横飞;天上地上,生死竞技。龙舟上有人被击倒,有人受伤,鲜血染红了桨,染红了舟头的鼓,染红了壮实的手臂,染红了江面,但所有这一切都不重要了。龙舟一往直前,鼓声呼应着天空中中国战机的轰鸣,而我们的战机似乎也有了感应,奋战得愈加英勇,甚至不惜用机身去冲撞返身扑过来的日机。他们在天上追打、缠斗,目光却都在大地上。一个要将死亡降临人间,一个要把浩然之气写在天空。

龙舟赛结束了,夺得锦标的龙舟正在凯旋,但天上的比赛还在继续,更多的中国战机加入了天空中的厮杀。日机还在继续投弹、扫射,但几乎没有人躲避,连警察和宪兵也忘记了他们的职责,和人们一起引颈张望,指指点点,冒死观战。看飞机打仗是重庆人那个年代难得的"眼福"。去年的"五三"大轰炸,尽管几乎半个重庆城被摧毁,近千人死伤,但无数重庆人目睹了三十架国军战机迎战四十五架日机的壮烈空战。一些市民的房屋被炸毁了,亲人被炸死炸伤了,心里注满的是家仇;当看到我们的飞机被击落时,心中燃烧的就是国恨了。从今天空中鏖战的态势看,敌众我寡,我们的飞机既小又落后,像几只机敏的小狗在一群庞然怪兽中穿梭撕咬,我们不缺乏的只是勇气和牺牲。但地上的人们相信,有他们的呐喊助威,给天上的"飞将军"扎起,我们的飞机将会飞得更快,我们的飞行员将会更加勇猛。每一个走上战场慷慨赴死的壮士,背后一定会有千万双眼睛,耳边一定会有四万万声呐喊——

  岂曰无衣?与子同袍。王于兴师,修我戈矛。与子同仇。
  岂曰无衣?与子同泽。王于兴师,修我矛戟。与子偕作。
  岂曰无衣?与子同裳。王于兴师,修我甲兵。与子偕行。

首届"诗人节"成立晚会在"中苏文化协会"的小礼堂举行。先期到会的诗人作家们都在纷纷议论下午的龙舟赛和长江上空的空战,连国民政府监察院院长、大诗人于右任,以及冯玉祥、陈立夫、梁寒操、郭沫若等大人物到场后,也加入到人们的谈论中。这个说日本飞机太残忍,连我们赛龙舟都要来炸,那个说亲眼看到日机如何被打下来的,还说他目睹了国军飞行员的英姿,连风镜的样式都看到了。下午的伤亡情况也让大家义愤,于右任说他刚从陆军总医院慰问回来,晚饭还没有来得及吃呢。这样吧,老夫也少吃一顿饭,把晚饭钱捐出来。我提议,我们这个"诗人节"晚会,增加一个内容,为遇难同胞和受伤者募捐善款。这个建议得到大家的一致响应,有人找来一个纸箱,于右任先生先掏出十元法币放了进去。蔺珮瑶和白羿自然当了募捐人,这样的事情她们做得太多了。两个貌若天仙的美人抬着纸箱,绕场一周,箱子里已有不少的纸币和铜板了。

晚会开始前冯玉祥将军把老舍拉到一边,悄悄耳语一阵。人们只看到大作家高喊一声"太好了",还猛一击掌。然后老舍找到晚会主持蔺珮瑶,说:"丫头,过来。"老舍先生总认为娉娉婷婷、清丽可人的蔺珮瑶还是个大学生。蔺珮瑶今晚也是第一次见到大名鼎鼎的作家,不过眼前的老舍先生穿一身洗得褪了色的长衫,看上去更像一个尽职尽责的管家,或者中学老师。他戴着黑框眼镜,嘴唇略厚,脸上总是挂着温和的微笑,既儒雅又敦厚。见到熟人便作作揖、拍拍肩、拉拉手。现在他拉着蔺珮瑶的手,在人群中到处找白羿。蔺珮瑶那一刻想:这温热的手掌里紧握的笔,是怎么写出那些锦绣文章来的呢?

"今天这么好的气氛,等会儿还有个重要嘉宾来,原定白羿朗诵屈原的《怀沙》,就改为《诗经》里的《无衣》吧,既给大家鼓鼓士气,更是以此激励我们这位尊贵的客人。"老舍先生说。

蔺珮瑶问:"老舍先生,是哪个啊?"

白羿却一脸迷惑地问:"无衣……"

"'岂曰无衣?与子同袍',记不得了?"老舍先生笑了。

"背不全嘛。"白羿一脸窘迫。

老舍先生说:"你等着,我去给你讨幅大家的字,作为你今晚的犒赏哦。"

"中华全国文艺界抗敌协会"的总干事老舍先生具有极好的

人缘,他把被众星拱月般包围着的于右任老先生拉出人群,附在他耳边一阵低语,髯翁(于右任的号)老人抚须长笑。"好,好,太好了。备纸笔。"俄顷,到了陪都后不轻易给人写字的于右任院长便书写了一幅《无衣》。

老舍将字递给白羿时说:"诗成鼓角惊天地,笔走龙蛇迈古今。于院长的字可是价值连城的。"

白羿展开来读了一遍,说道:"字当然是好字,但我怎么找不到感觉呢?"

老舍先生笑盈盈地说:"等会儿你见到我们的嘉宾,就能找到朗诵此诗的激情了。"

几个大人物为了改一个节目忙上忙下,这让大家都很好奇。是哪个要来啊,如此兴师动众?邓子儒早就一瘸一拐地来到了会场,他不知从哪里借了件长衫,看上去已没有了白天的潇洒。蔺珮瑶问他受伤了吗。他只是说,不咋个,摔了个跟斗。蔺珮瑶向邓子儒介绍与她同来的魏蓝,说这是她上南开时同宿舍的好姐妹。邓子儒只看了看衣着朴素的魏蓝,嘴里说着"好、好、好",转身又忙去了。他是晚会的襄助者,要张罗的事情还多,菖蒲、粽子、香烟、水果、瓜子、米花糖以及茶水,还有主席台要如何布置、凳子该如何摆放,他都要安排人去做。邓子儒问老舍先生,您还请了个啥子大人物来啊?先生含笑不语。大家都知道老舍先生是最会抖包袱的,他和梁实秋先生说相声,那才叫盖世无双,文坛一绝。今天梁先生在远郊北碚,不然邓子儒真想请两位大师说上一段呢。

会场上邓子儒还看见了陈可循教授,他正和蔺珮瑶、魏蓝站在一起。邓子儒有些惊讶地问:"你怎么来了?你们怎么会认识?"

陈可循笑盈盈地说:"教航空动力学的教授难道就不能喜欢诗歌?"他又指指魏蓝,继续说:"上午我买的那些书就是魏小姐折价处理给我的,让我省了半个月的生活费呢。至于你的太太嘛,我刚通过魏小姐认识。你们可真是珠联璧合的爱国夫妻。"

邓子儒拱手道:"大教授谬夸了。贱内年少无知、视野狭窄,陈教授以后要多多指教才是。"

蔺珮瑶那时还不太知道陈可循的本事,丈夫刚才的自谦也让她稍有不快。她最看不惯丈夫的少年老成、江湖习气。啥子"视野狭窄"哦,本小姐要是不结婚,还不是可以像蓝姐一样成为一个敢作敢为的新女性。她不温不火地应了一句:"重庆本来就很拥挤个嘛,有缘的人总会碰到一起的。"

蔺珮瑶那时还年轻,她不会知道,缘这个东西,是在时光流逝中,生命里越来越坚韧的那根筋。即便有一把能够抽刀断水的利刃,也不能轻易斩断它。

晚会开始时,蔺珮瑶才发现自己这个司仪并没有多少事情可做。那么多大师巨匠次第登场,她这样的小女子只相当于剧场里的引座员。于右任被推为晚会的主席,作开场演讲,老舍先生介绍了设立"诗人节"的意义,郭沫若先生为大家讲述屈原的生卒考及生平,人人都口吐珠玑、精彩生动,她有当学生的资格就不错了。但她并没有失望,因为这个晚上在蔺珮瑶未来的人生中将注定不寻常，注定刻骨铭心。就像人生回忆中的那些碎片，有的碎片是玻璃、是木屑，有的则是珍珠、是钻石。

当老舍先生上台说"现在，我要特别向大家介绍一位重要的嘉宾"时，蔺珮瑶率先看到了站在会场入口处的三个军人，一个是身材壮硕的冯玉祥将军，一个是将军的副官，站他们中间的则是一个年轻挺拔的军官。蔺珮瑶还没来得及看清楚他的相貌，就像触电一样抽搐颤抖起来。她的世界开始倾斜了……

有些人的身影，就是茫茫人海中的灯塔；就是那个相隔了万水千山，也始终近在眼前的人。她先是左眼皮忽然莫名地跳动，仿佛被心脏的跳动拉扯着一起舞蹈，紧接着是牙齿磕得"咯咯"直响，然后是嘴唇……她的呼吸急促得仿佛空气中的氧瞬间就被某种强大的力量吸走了。

老舍先生继续着毫不吝啬的褒扬："他虽然不是诗人，不是作家，但他是把战斗的诗行写在蓝天上的大英雄。他就是今天击落日机的我空军第四大队飞行中尉、飞将军——刘、云、翔！"

原来老舍先生卖了这么大一个关子，比大变活人还令人震惊和欣喜。掌声、欢呼声雷鸣般响起，虽然没有舞台追光，但大家的眼光早已把英雄的身姿照亮。这完全掩饰了蔺珮瑶那一瞬间的失态，她已经退在了人群之外，退到光环边缘的阴暗中，她更情愿把自己隐匿起来，去一个无人知晓的地方，从黯然神伤，到痛哭失声。

实际上她做不到这一点。她的身子摇晃了几下，像是要摔倒，站在身边的魏蓝连忙搀扶住她。她看见蔺珮瑶脸色苍白、浑身哆嗦、眼光迷蒙、周身是汗,真是水做的女儿身啊。魏蓝低声喊:"瑶妹,瑶妹!"然后她不得不拦腰一揽,将蔺珮瑶一把搂住,她才没有瘫到地上。这时魏蓝也看到了那个被衣冠楚楚的男人们和打扮得花枝招展的女人们围拥着的大英雄,内心里也忍不住一阵惊悸。

魏蓝平生第一次感到:自己今晚穿得太寒碜了。

8. 前度刘郎今又来

一九四〇年的端午节，一个三年前从朝天门码头狼狈出逃的青年在重庆上空一战成名，成为家喻户晓的大英雄。他已经不叫刘海了，有了一个英武的名字——刘云翔。在蔺珮瑶内心深处，刘海只是失踪。他失踪一年，活着的希望就有百万分之一；失踪三年，也有三百万分之一；即便是永远失踪，他也活在自己心中。她坚信茫茫人海中，自己的恋人就在天涯的那一头，无垠夜空下，有一颗星星的微弱光芒同时照耀着他们不死的爱。无数个月圆月缺，都是骗人的把戏，唯有星星的光芒，亘古不变。不知是她的虔诚祈祷还是哪一路神祇的恩赐，上帝把她的初恋恋人锻造成了一个空军英雄。他真的驾着一架绿色的战鹰飞来了，而且还将击落一架日机作为献给她——也是献给重庆的——见面礼。这是她在所有的小说中都没有读到过的浪漫,更是所有的文学作品都无法解决的人生难题——

初恋恋人回来了,你却结婚了。

邓子儒并不知道妻子的难题。他见证了龙舟赛的惨烈和血性,目睹了刘云翔击落日机的辉煌,他理所当然地成了刘云翔的狂热崇拜者。当天晚上,他就热忱地邀请刘云翔去他家里做客,还说他经历了这一天的轰炸之后,看到了民众抗战的勇气和决心,又有幸结识了奋勇抗敌的大英雄,更坚定了他心中的一个伟大梦想——为刘云翔写一部话剧。我要让更多的人看到,有我们的大英雄在,日本飞机岂敢轻易来山城逞猖狂!"但使龙城飞将在,不教胡马度阴山。"对了,我的灵感来了,话剧的剧名就叫《龙城飞将》!那时他像一个偶然寻觅到一句好诗的诗人,兴奋得手舞足蹈,完全没有注意到蔺珮瑶苍白如纸的脸,不断颤抖的嘴唇,也忽略了刘云翔一脸的不自然和看着他的妻子时手足无措的样子。三年前他们为强大的家族势力所迫,为爱抗争失败,从此天各一方,生死两茫茫;现在他被人群所簇拥,相逢却不能相认,比三年来相隔的距离更遥远!而将他们的爱情完美击败的那个胜利者,现在正拉着刘云翔的手在人群中到处找文学老师。老舍先生,老舍先生,快来帮我指点一下吧,我要为我们的大英雄写一部话剧《龙城飞将》,这个名字好吗?

年轻时代的邓子儒既充满激情又颇具文艺气质,邓家虽说是名门望族、袍哥世家,但祖训有"三不"——不赌博、不吸烟(吸鸦片)、不纳妾。这也是这个家族自重庆开埠以来就一直屹立不倒的重要原因。邓子儒不是一个纨绔子弟,但却是一个相当任性的青年。上大学时和同学们打赌,想知道女人咋个生娃儿。他竟然买通了医院的医生,穿上白大褂冒充医学院的实习生,混进了妇产科。他是个求知欲极强的青年,兴趣众多,涉猎广泛。执掌渝华公司并不是他的人生理想,只是他家里上有三个姐姐,下面两个妹妹,邓家这么大的家业不交给他又能交给谁呢?

端午节后的第二个周末,刘云翔在盛情邀请下来邓家做客了。为了避免难堪,他还约了他的同僚周志雄,两人开了一辆英式吉普车,身着黄色哔叽军服,肩扛空军中尉军衔,头戴大盖帽,腰扎武装带,佩中正剑,裤缝笔直,皮鞋锃亮,英气逼人地莅临邓公馆。刘云翔胸前还戴着国民政府军事委员会颁发的"飞鹰勋章"。邓氏夫妇和魏蓝倒屣相迎,管家、仆人、奶妈、丫鬟分列两排,场面极为隆重。魏蓝是蔺珮瑶特意邀请来的,因为她也不知道当着丈夫的面该如何面对自己的初恋恋人——这可是比闯宪兵的岗哨更难过的一关,她需要魏蓝帮她壮胆。刘云翔也发现了蔺珮瑶那幽怨的眼神,她的眼周浓抹的胭脂,无法遮掩一个人暗自啜泣留下的泪痕;她强扮的笑脸,虽然灿烂,却似秋风里飘落的枫叶——凄美而落寞。但他自己何尝不是如此!他表情僵硬,动作夸张,在和邓子儒握手后,蔺珮瑶那边脉脉含情,正要将手伸过来的一瞬间——她还以为他会来一个西式的吻手礼呢,但刘云翔"啪"地一个立正,抬手敬了一个军礼。

"邓太太,你好!"

邓子儒和周志雄都哈哈大笑。邓子儒说:"她又不是你的长官,刘大英雄礼重了,礼重了。"

蔺珮瑶也一时难掩尴尬,淡淡地说了一句:"大英雄,以后叫我珮瑶好了。"

刘云翔仍用标准的军人口吻说:"请不要称我大英雄,我叫刘云翔,刘备的刘、云天的云、翱翔的翔。这是我现在的名字,也是我战死后的名字。"

这当然是特意说给蔺珮瑶听的。你过去的刘海哥已经死了,现在的刘云翔也随时会战死。

大家愣了一下,邓子儒赶紧圆场:"哎,初次来家做客,不能这样说哟。你是我们的战神,永远都会战无不胜、攻无不克。来、来、来,里面请、里面请。"

席间,寒暄客套之后,酒过三巡,大家绷紧的肌肉都放松了。邓子儒拉开了话匣子,说他自从见到刘云翔后,他天天晚上都在想他(这话似乎应该由蔺珮瑶来说),准确地说,是在构思他即将要写的那部话剧中的英雄人物。他说他已经找了重庆话剧界的风云人物应云卫应老板,著名编剧洪深、吴祖光,他们听了他的故事和构想,都鼓励他把这出戏写出来,他们会全力支持。云翔兄弟有所不知吧(他现在和刘云翔称兄道弟了),应老板是我的大哥,此人广交江湖豪杰,连蒋委员长都请他喝过茶。应大哥的《保卫卢沟桥》你看过吧?去年在国泰大戏院上演时,台上的演员慷慨陈词,台下的观众激情高呼,那个阵仗啊,看得人热血沸腾、眼泪长淌。应老板说,你这故事写出来,保准陪都万人空巷、一票难求。吴祖光大哥说,兄弟,我怎么就碰不到这样好的人物和故事呢？要么我来写，你投资。当然，他是开玩笑，这是我的话剧，我倾家荡产也要把它搞出来。吴大哥极有才华，艺术家气质浓郁，酒量也堪比李白。他写的《牛郎织女》《风雪夜归人》，都在国泰大戏院热卖。《牛郎织女》那部戏中还把一头真牛都牵到舞台上来了，全场轰动，真是太有想象力了。

整个席间几乎都是邓子儒一个人眉飞色舞、滔滔不绝地讲，众人静静地听。他完全没有注意到在这安静之下，有两双眼睛在默默地凝视，有两颗心在痛苦地倾诉——

你现在生活得很好嘛。

我是身不由己，行尸走肉。

原谅我没有给你写信，我对你的父亲有承诺。

我的海哥哥，你至少也应该报一声平安啊。

就当我死了，你会过得更好。

我的爱不死，你就没有死。

三年前船翻没有死，现在上天作战，随时都会死。

你记住，我绝不要你死在我前面，这样我的爱就会陪我一辈子。

他们用目光躲躲闪闪地交流，但都能读懂对方心里的话语。刘云翔在未来的某一天将会告诉她，他乘坐民生公司的那艘船在瞿塘峡确实遭遇了船难。他仗着年轻，从小在海边长大水性好，黑夜中抱着一块船板，顺着长江一直漂了几十里地，才被人搭救起来。在江流中挣扎漂流的那段时光里，他的脑子里一直在想她。他想我不能死，我还没有为国家做一丁点事情，我要成为一个英雄，重新回到蔺珮瑶身边。

今天,他做到了。可是啊……

邓子儒今天的家宴设在西式餐厅里,餐桌上铺了洁白的绣花桌布,摆上精美的酒具和西式刀叉、碟盘。他坐上席,蔺珮瑶和刘云翔分坐两边,刘云翔身边坐的是魏蓝,蔺珮瑶身边是周志雄。席间,刘云翔忽然感到自己的脚被一只尖尖的皮鞋碰了一下,又碰了一下,他的心都快蹦出来了,比在天上和日机相互追逐都还要紧张。对面的蔺珮瑶却若无其事地埋头切一块牛排,只是用叉子点了他一下,而邓子儒此刻还在兴致勃勃地讲述要写给他的话剧呢。这让刘云翔感到人生真是既残酷又荒谬。

那时,他想:我还是赶快战死吧!

那晚回白市驿军用机场的路上,刘云翔开车,周志雄醉意阑珊,一条腿斜跨在敞篷吉普车车门外。"刘中尉,今晚我可是大开眼界了。重庆还有这等人家,哈哈。"

周志雄是南洋华侨,自愿回来报效国家。他和刘云翔同届受训,在天上又是刘云翔的僚机,两人生死兄弟,自然无话不说,包括他在重庆城里的几个相好,都会告诉刘云翔。不能说这个家伙就是个花花公子,到处挥霍人们对国军飞行员的崇拜。按他的话说,我们这些把命系在天上的人,是漂亮的"水晶玻璃球",看着光鲜,可什么时候掉下来摔得粉碎都不知道哩。平安降落了,女人的温柔乡就是我们的备降机场。

"脚拿下来,小心遇到宪兵。"

"刘哥啊,那个小娘子对你不错哦。"

"你说哪个?"刘云翔一怔。

"邓老板的夫人啊。飞行员的眼睛嘛，还看不出这些有钱人家的太太内心的寂寞？啊哈，'花开堪折直须折，莫待无花空折枝'。长机，这是你的备降机场。"

　　"吱"的一声急刹，刘云翔把车停在了公路中央，双手紧握着方向盘，就像要用力将它拔起来。长长地呼出一口气后，他扭头怒视还在惊讶中的周志雄，用压住了一口就要喷发的火山的力量，低声怒喝："周中尉，把脚给老子拿下来！"

　　周志雄没有说错，那个年代的国军飞行员的确就是一颗颗珍稀宝贵的"水晶玻璃球"，他们是全中国的宝贝，却从事着世界上最危险的职业。你要承担多大的责任，拥有多大的荣耀，便要面临多大的牺牲。上帝在此方面绝对公正。刘云翔所在的驱逐机四大队被称为"中尉大队"，并不是说队里的飞行员军衔都是中尉，而是太多的中尉军官等不到晋级就已经为国捐躯了。一九三七年淞沪抗战中的"八一三"中日首次大空战，于八月十四日创下六比零（一举击落日机六架，自己无一架被击落）辉煌战绩的空军英雄高志航、乐以琴、沈崇海、李桂丹等一大批优秀飞行员，在刘云翔驾机翱翔在蓝天时，他们的英魂都已经在天国里激励着他、召唤着他了。没有谁能够乐观地认为自己可以活得过今年，甚至明天。当空袭警报响起，起飞的命令传来时，大家在战备值班室匆匆背上降落伞、戴上飞行风帽，如果还来得及和战友道别，只会说上一句"天上见"。这句话的含义极有可能就是天国里再做生死兄弟了。

　　武汉会战结束后，刘云翔才调防到重庆。他并没有指望在重庆参加第一场空战后就见到蔺珮瑶,他只希望,当她从报纸上得知他为国捐躯的消息,她能来他的墓碑前献上一束鲜花、掬一把思念的眼泪。他甚至给蔺珮瑶写了一封生前绝不会寄出的信,放在一个黄色的航空邮袋里,每一个飞行员都有这样一个交代身后事的航空邮袋,里面有他们的遗书、赠给亲人的钱物、留给恋人的信物等。他在信里既一泻千里地叙述了这几年自己的思念(一个已经战死了的人,还有什么话不能说呢?就当它是天国里的祝福),又冷静地说明了自己不能在生前来找她的原因。他改用现在这个名字,不是为了告别过去,而是要让她忘掉自己。他在信的最后写道:"就当这个已经为国战死的人,是你认识的千万个将热血奉献给了抗战的中国人吧。他的背影已经远去,他的面目已经模糊,他只是天上一朵消散了的云。"

如果抗战胜利了,他还侥幸活着,是否还可以重拾自己的爱?刘云翔不是没有设想过,不过,这样的幻想大约相当于人能提着自己的头发飞到月球上去。可他怎么也没有想到蔺珮瑶这么快就结婚了,更不会想到她的丈夫还把他当好兄弟。他情愿他们是一场公平竞赛中的对手,但生活并不给他这样的机会。

那天晚宴之后蔺珮瑶来白市驿机场探望刘云翔,是魏蓝陪她一起来的。她们带来了鲜花、糕点、葡萄酒、威士忌等一大堆东西,好像国军的空军食堂生活不好一样。魏蓝也特意打扮了一番,穿了一件颇有质感的白丝绸旗袍,上面绣着梅花图案,再套一件浅蓝色外套,本来个子就高,稍一收拾看上去也娉娉婷婷的了。蔺珮瑶更不必说,小翻领的米黄色碎花西式连衣裙加一条洋红色的披肩,配宽大的女士凉帽——重庆人称之为"美龄帽",因为蒋夫人出门时最喜欢戴这种款式的帽子。当她们的车停在军官宿舍前时,年轻的飞行员们像过节一样挤满了刘云翔的宿舍,两位女士就像降落在他们当中的天使。

大家就在宿舍里边吃喝边闲聊,飞行员们都那样年轻、青春飞扬,像大学里的学子。虽然天天和死神打交道,但谁的脸上都看不到一丝惧色、一点消沉。蔺珮瑶对刘云翔说,我丈夫本来也要来的,但有事走不开了,他让我转告你,希望你有时间再来家里做客。他要开始写那个剧本了,但还有好多问题要请教你。刘云翔说,我有什么值得写的哦,写写我的这些兄弟们吧。喏,这位林少尉,昨天他的飞机被打了三十二个洞,还击伤了一架日机,最后平安降落。林少尉接话说,刘中尉的飞机还不是中了十几枪。蔺珮瑶一身惊呼,哎呀,你中枪了?魏蓝也紧跟着追问一句,伤着没有?刘云翔看了她们一眼,说我这不是好好的吗。

周志雄提议大家去跳舞,魏蓝顿时有了为难之意。蔺珮瑶知道她不擅长跳舞,在南开时,学校专门为女生开有舞蹈课,蔺珮瑶学探戈和踢踏舞,魏蓝连一曲华尔兹都学不会。

在大家闹哄哄地欲起身时,魏蓝忽然说:"我给大家唱个歌吧,《松花江上》。"

顿时全室肃然。那个年代这支歌就是齐心勠力的抗日激情,就是乡关万里的家国情怀。"我的家,在东北松花江上……"歌声一出口,人已泪湿衣襟了。

所谓"座中泣下谁最多,江州司马青衫湿",这是因为歌入心入情,入到家仇国恨的骨髓里了。在魏蓝唱到"爹娘啊,爹娘啊"的哀泣咏叹时,刘云翔忽然以手掩面,泣不成声,还有几个飞行员也泪流满面,但都没有刘云翔那般伤心。蔺珮瑶正感到有些异样,坐在她身边的林少尉说:"刘中尉的母亲去年'五四'大轰炸中被炸死了。"

蔺珮瑶的眼泪终于也忍不住夺眶而出。他成了重庆的孤儿了,将来谁来疼他、爱他……

军营探望之后,蔺珮瑶和刘云翔恢复了书信往来,蔺珮瑶的信很密集、很绵长,而刘云翔的回信却很简短、很匆忙。他在战备值班室里回信——

  天气很好,心情却很糟,日机随时都可能来。我抛手里的一个铜板,正面代表好运,背面代表厄运。我却从不敢看,把答案交给上天吧。过去我不会这样,可从见到你后,我怎么会变得来有些瞻前顾后了呢?我并不怕死,我们大队的弟兄,迟早都会战死的。但是啊,我们也多么想再活一些日子,多么想看到日本鬼子被赶出我们的领空和国土。我也多么想每天都能平安地降落,回到宿舍展读你的来信。这个时刻,我才感到世界如此美好,生活如此美妙。

蔺珮瑶的来信总是铺满隐约的柔情和无尽的担忧——

早上几点起床，昨晚几点睡觉？中午吃的什么呢？在天上肚子饿了有吃的吗？我不准你说"战死"这样的词。重庆有一颗心时时刻刻在为你祈祷，重庆的天空是你赢得勋章的战场，重庆就是你的洞天福地。我常常长久地仰望天空，幻想着能看见你的战机倏然降临，停在我的窗前，告诉我你又击落了一架日机的消息！这些年我不常进教堂了，有时连礼拜也不去做。因为我认为上帝没有保佑我的爱情，没有站在苦苦相爱的有情人一边。他把他的恩宠给了有权有势的人。《马太福音》里说："凡是有的，还要加给他，叫他更加富有；凡是没有的，连他所有的，也要夺过来。"这是什么道理，我一直想不明白，因此我赌气懒得去教堂了。但上帝再次拯救了我，我得偿心愿。我要为你募捐一架飞机，我做到了；我要穿越阴阳之隔，见到我的恋人，他赐给我了。我信了，再次在十字架前跪下。自从再次见到你，我天天早晚都去磁器街的教堂，去祈求上帝保佑我们的战神，把死神彻底战胜；赐予他力量，多击落日机；赐予他平安，天天在安详宁静的月色中恬然入睡。让他睡个好觉吧，让他明天平安地度过，没有警报尖叫，没有升空作战，没有死神威胁。我甚至祈祷山城的雾季快些来吧，祈求上帝带来风，带来雨，带来雷电，带来密实厚重的浓雾，把我的城市保护起来，让日机不能再来作恶。我愈发相信祈祷的力量。我买了一条白色的蜀绣真丝围巾，绣上了"云中翱翔,立功平安",随信一同寄来。我已请我的牧师为它作了加持和祝福,请系上它飞上蓝天,它会保佑你的。除此,我还能为你做点什么呢？对了,今天花园里的海棠花开了,我想起南开中学范孙楼后面那一片开满海棠花的花圃,你常在花圃前踱步背书,我在教室的窗户里眺望你的背影,那真是世界上最美好一幅画呢。

你一定要记住:重庆的大地上有一双眼睛永远在凝望着你!

日本飞机越来越狡猾了,和我们玩躲迷藏的游戏。昨天我们升空早了,等日机到来时,编队所有的飞机都快没有油了,只有降落。眼睁睁地看着日本飞机在重庆的上空胡作非为。我们能上天作战的飞机越来越少了。你及家人都平安,我心甚慰。

今天日机又来轰炸,我躲在家里的防空洞里为你担心,不知道你是否在天上与敌机鏖战？我要是能站在你的身边,像当年在足球场上那样为你加油,该多好！嘻嘻,我递给你擦汗的手绢你再不会拒绝了吧？我在想入非非时看见《国民公报》上的一篇文章,号召全国同胞再次掀起捐赠五百架飞机运动。上面还说重庆的作家文人们已经开始行动了,只有用我们的飞机才能制伏强盗的飞机。报纸上还给大家算了一笔账,说如果买美国飞机,大约需要法币五万万(即五亿)元。我四万万同胞其实不需要每人都捐,财富在一万万元以上的,就算有十个人,每人捐出十分之一,就是一万万元;财富在一千万元以上的以百人计,每人捐出十分之一,又是一万万元;财富有一百万元以上的以千人计,捐出十分之一又是一万万元;财富有十万元以上的以万人计,捐出十分之一又是一万万元;财富一万元以上的十万人,捐出十分之一也是一万万元。这样算来,穷人不用勒紧裤带,五百架飞机的钱就募集到手了。我把这篇文章给那天也在防空洞里的几个太太看,其中一个笑话我说,中国的事情,不是能用这么简单的算术就算得清楚的。真是气死我了!我说不是都在喊共赴国难吗,你们这些有钱人不算清楚国家的账,日本人就要来找你们算账了。

平安归来,放心。但像一无所获的农夫,心情极坏,我中队林少尉今天为国捐躯,全队同悲。击伤日机一架,可恨战机爬升力跟不上,惜未能将之击落。

9. 打向老师的耳光

我不会为你,更不会为中国人出庭作证,我不愿看到我们日本,在法庭上成为中国人的被告。这也是我几次拒绝你造访的原因,请原谅。斋藤先生,战争是两个国家之间的事,我只是履行了一个日本国民应尽的义务。不要指望我向中国人当面赎罪。但我经历的战争故事,也不想带进坟墓。尽管这是在你坐在我的榻榻米上之前,我才改变的主意,这还是看在斋藤君也经历过战争的分上。我们都是一群有历史的人啊!你刚才提到自己年少时对我们海军航空队的羡慕,曜,真是让我感到欣慰,尽管你现在要代表中国人控告我们。

世事变化真是无常啊,当年为国征伐的英雄现在成了被告、罪犯!斋藤先生,你理解一个老兵的内心吗?那是一条被两面煎的鱼,一面是战火的烧烤,一面是良知的煎熬。所以,你可以把我说的当作你需要的证言,但请别让我出庭。拜托了!

　　中国真是幅员辽阔啊,帝国军人的脚步似乎永远走不到它的尽头。甚至连我们海军航空队,也不能把它广袤的大地尽收在战机的羽翼之下。对国民政府的陪都重庆作战时,我们需要从汉口的W基地起飞,去程有七百八十公里的航程,大约需要四个小时,回程三个小时。我是九六式中型轰炸机上的通讯兵兼射击手,我多次想到过自己也许不会再有后三个小时的回程。这并不会让我感到悲哀,只能让我深感荣幸。我将化作万朵樱花,盛开在帝国新开拓的航线上,看着我的战友们驾着他们的战机,将蓝天上樱花盛开的航线延伸再延伸,一直延伸到扬子江的尽头。花是樱花,人是武士。这是那时每个帝国军人常挂在嘴边的一句话。每次出征,机翼下的扬子江就是我们的航线,我们几乎不用看航线图。哟西,它是一条多么美丽而古老的大江啊!像一个婀娜多姿的丰腴女人,在苍翠的大地上横陈开来、铺展开去,让每一个雄心万丈的男儿,都想一头扎进她的怀里。日本没有这样绵长蜿蜒的大河,最长的河流信浓川也不过三百六十七公里。那时我相信这条美丽蜿蜒的大江在帝国海军航空队的机翼下,大日本帝国就要拥有了。你从飞机的舱舱里望出去,身边都是战友们强大的机群,太阳就在我们的后上方,前方是我们即将要去征服的大地。我们真有天神子民的感觉啊!当年我就是那样想的,而且还经常自豪得泪流满面。

　　扬子江两岸的山峦,即便从天上看下去,也真是壮阔无比!飞机过了宜昌,就是有名的三峡。一九八七年我曾经参加一个旅行团,坐游轮从武汉到重庆,经过壮丽而险峻的三峡时,耳边不时传来人们惊叹不已的赞美。也许只有我,脑海里始终回想着一九四〇年九六式中型轰炸机的轰鸣声。在这条江上,我们曾经追逐着那些像老牛一样逆水缓行的火轮,还有那些打满了补丁的帆船,那是比投弹打靶还容易的游戏。当年那些小火轮满载重庆政府的战争物资、军队、机器以及难民,在三峡的激流险滩中夺路逃命。但他们哪里跑得过天上呼啸而来的帝国海军航空队的飞机和炸弹?在一些险滩处,一队一队的中国人甚至用绳子来拖拽那些蜗牛一样上行的木帆船或者搁浅的小火轮。从天上看下去就像一块块腐肉上爬满的蚂蚁,而另一些蚂蚁正在试图移动这些腐肉。炸弹投下去,水柱冲天腾起,船翻沉了、肢解了,人也消失了、被江水瞬间吞没了。我们听不到下面的哀号,看不到血肉横飞的场面,感受不到你刚刚杀了一个人或很多人的恐惧,只感到无比惬意,就像你在篮球场上投进了一个远篮。当飞机上的机枪射击时,我们又像挥舞着一条条火鞭子的战神,把下面的人一鞭一鞭地往死亡地狱里赶……唉,战争远去了,但老兵内心里战争的喧嚣永远都不会消失。飞机引擎声,重庆军高射炮叭叭叭的爆破声,掠过机舱的机枪子弹嗖嗖嗖声,战友中弹时的惨叫,还有那些投掷到地上的炸弹,听不到声音,但你可以看到烟柱花一样地冲天开放,房屋倒塌,瓦砾遍地,蚂蚁一样的人群四散逃亡。你轻而易举地就让很多人去死,但你身上却溅不到一滴血,听不到一声哀号,看不到一张死亡狰狞的面孔。很多时候如果没有重庆军飞机的骚扰,我感到这根本就不是战争,不过是一场胜负早已决定了的棒球比赛而已。一场大学生球队对小学生球队的比赛。

昭和十四年(一九三九年)到昭和十六年(一九四一年)间对重庆的轰炸最为频繁,我们希望蒋介石的重庆政府在我大日本帝国海军航空队的轰炸震慑下,举起投降的白旗来。那时派遣到支那的陆军已经到了极限,日本本土只剩下近卫师团了,陆军打到武汉就再无兵力继续进攻重庆。应该由我们海军航空队来结束"支那事变"以来久拖不决的战局了。井上少将给我们的训示是要在"巴黎、伦敦投降之前降服重庆"。我们哪里是在跟重庆军作战,是在和德国人"比赛"呢。只要后勤补给跟得上,只要重庆的上空没有令人讨厌的浓雾,我们隔三岔五就去重庆飞一趟,军官们叫"收拾重庆日课",我们就是去课堂上扔炸弹的坏孩子。这座看上去像江户时代的古老城市到后来被"收拾"成了一片废墟,犹如关东大地震后的东京。你问我哪一次的轰炸印象最深刻,就像你要我回答小学时老师在课堂上都讲了什么一样困难。不过,总有记忆犹新的老师和课堂。

为什么斋藤先生要提到昭和十五年(一九四〇年)中国人端午节那天对重庆的轰炸呢?啊,你不提到它,我回忆的大门不会打开。这是个折磨了我一生的日子。它不是一个噩梦,也不是个美梦,但却是像一块烧得通红的烙铁,在我被战争搞得已经麻木了的灵魂上狠狠地烙下了印记的日子。

因为我们在那天,把老师狠狠揍了一顿。

为什么要这样说?唉,人的一生多么漫长啊,有多少罪孽需要你在晚年天天跪在家里的神龛前忏悔,才能洗得清呀。斋藤君,但愿我今天对你的告白,也是一次洗罪。

　　我记得那天飞往重庆去的路上,是个不好也不坏的天气,云雾像一层薄纱飘荡在三千米左右的天空。透过这片巨大的薄纱可以看到地面上河流、山峦、房舍隐隐约约的轮廓。根据潜伏在重庆的谍报人员发来的情报说,这一天重庆政府将组织民众在扬子江里赛龙舟,会有许多民众参加,一些政府要员也会出席,基地指挥官明确地要求出征的飞行员,今天例行的"收拾重庆日课",目标就是中国人的龙舟节。因为那时"江之半岛"上已经看不到一幢完整的建筑了,在航拍图片上看的到处是断壁残垣,与其说那是一座城市,莫如说像一片破败不堪的树叶,飘零在两条大江之间。我们的飞行指挥官横山队长曾经在一次准备会上说,真希望把这片破败的树叶炸沉到扬子江里。井上少将看着他,许久才问,横山君,怎么才能让一座城市沉没呢?横山队长一时愣住了,半响才嘀咕道,帝国要研究出威力更大的炸弹,只要一颗,就能把一座城市毁灭得干干净净,就像抹掉餐桌上的一粒米饭。井上少将冷笑一声,对支那人来说,南京还存在吗?一座让他们蒙羞的城市,就永远沉没在历史的深渊里了。

　　那时我们怎么会想得那么远?我们总是带着愉快的心情出战。那天重庆的天气也特别让人兴奋,刚过长寿县,天空就晴朗起来了,前方重庆半岛的轮廓看得清清楚楚。本来按轰炸条例规定我们应该在六千五百米左右的高度投弹,可是连带队的指挥官横山少佐的飞机都率先降低了高度。他当然是为了将炸弹投得更准确。这就像你看到前方有一个美丽女人,你总想走得离她更近一些。呵呵,空中轰炸在那个年代还是个新鲜的战术,我们被称为"带有翅膀的炮兵"、"飞行在天空中的骑兵"。海军航空队里都是些骄傲的家伙,他们有时感到在高空投弹太不够刺激了,或者因为有雾、云团,或者为了用机枪肆意地扫射地上的人群目标,便大胆地下降到三千米、两千米,有个叫荒木的家伙有一次俯冲到一百米,飞机的气流把地上中国人头上的草帽都掀翻了。我们就叫他"摘支那人帽子的荒木"。到昭和十五年(一九四〇年)八月零式飞机出战以后,驾驶新型飞机的那帮家伙们把中国人的飞机打得不见了踪影,我们海军航空兵战队的轰炸机就越飞越低了。俯冲、扫射、轰炸,就像不是在和敌人作战而是在上一堂堂训练课。新来的学员们都是些年轻气盛的好小伙子,他们在重庆轰炸中学到的这些技巧,很快就在太平洋战场上用来对付美国人的军舰了。有个叫川口的小子,和我来自同一个地方,小我四岁,后来参加了神风敢死队。唉!

　　实在对不起,我又扯远了。年岁大的人,注意力就像手里的鳗鱼,一不留神就溜走了。当年我的上司横山队长总是在轰炸机临近重庆时大喊:"注意,天皇的勇士们,别再想家乡的姑娘了。梦中的情人就在前方,去敲开她的门吧。"哟西,我们那时每次出征,真的就像毛头小子首次去约会一样激动,恨不得大干一场呢。横山队长是我们海军航空队的王牌飞行员,战友们恭敬地称他为"东方武士"。他技术高超,作战勇猛,从"支那事变"开始就一直在中国上空作战。跟着他干就像你在球场上有一个好队长一样踏实和骄傲。我们那时都崇拜他。

那一天,"江之半岛"上那片破败的树叶看上去已经没有多少轰炸的价值了。但我们早有既定目标,中国人在过自己的节日,在纪念一个两千多年前的诗人,好像眼下的战争并不存在。这意味着,他们并不把帝国海军航空队放在眼里。我们是在天空中飞翔的狼群,而羊群却在扬子江里划船玩耍,这明显是一种挑衅。

我们从空中看到,扬子江两岸围满了蚂蚁一般的人群,江面上有二十多条龙舟,像一支小小的舰队。耳机里传来侦察机的报告,说发现重庆军的飞机迎面扑来了,但我们并不在意,就像我们不太理会他们低效能的高射炮一样。况且,面对机头下方那样多的中国人,我们只想尽量多地杀死他们,用火鞭子把他们统统赶进扬子江。把他们的节日变成哭声震天、尸横遍地的出丧日。

那天的轰炸真让人难忘。不是因为我们取得了巨大的战果,而是中国人对我们的蔑视。九六式轰炸机群俯冲下去时,扬子江两岸的人群几乎没有慌乱或溃散,江面上也没有一条龙舟减速,连稍做避让的动作都没有。仿佛一场精彩的比赛没有结束,运动员不下场,观众也不愿意回家一样。参赛的龙舟队形一点都没有乱,从瞄准镜上看下去,就像一把把锋利的小刀笔直地划过江面,划过一条洗练的中国丝绸。龙舟的航迹和轰炸航线几乎一致,因此我们几乎不需调整航向。炸弹投下了,呼啸着坠落。片山少尉每推动一下投弹杆,都会欢快地大喊一声:"去啊!我的小心肝。"

乞巧节①心愿达成啊!我们从一千多米的高空回望,只看见炸弹落在江面,水柱一根一根地在龙舟间升起,似乎有两条龙舟翻了,人头在江中漂浮。但令人惊异的是其余的龙舟竟然没有乱了航迹,仍然笔直向前,仍然在江面上划着优美的直线。"真是一场精彩的比赛。哟西,我们再来一次。"横山队长命令道。九六式中型轰炸机群兜了一圈,又重新折回到攻击航线。

这次我们是从舟头方向迎面扑下去,我在耳机里听到横山队长命令道:"高度下降到五百米,航向二十,用机枪杀死他们。"我看见横山队长的飞机翅膀一倾斜就降下去了,我的飞机也紧随其后。横山队长的飞机首先开火,狂暴的机枪子弹暴风骤雨般扫射下去,将一只龙舟从舟头打到舟尾,人肉横飞,木屑飞舞,真是"剑圣"千叶周作②"砍肉又断骨"的好"刀法"。

但是横山队长的飞机很快就被一架重庆军的伊-16飞机咬尾了,它什么时候冲过来的,我们几乎没有注意到。横山队长将机头拉起来,然后又做急速的S形飞行,可那架伊-16紧紧地咬住他,并且猛烈地开火。我在自己的飞机上都感受得到那阵弹雨像一条龙喷出的烈火,横山队长的飞机还没有飞到最高点就凌空爆炸了。日本海军航空队的"东方武士"像一朵盛开的樱花,瞬间就凋谢在重庆的上空。我还记得在这次出征前,横山队长刚接到家

---

① 乞巧节,即中国的七夕节,这是中国牛郎和织女的传说与日本古老习俗的融合。日本的七夕节始于圣武天皇天平六年。这一天人们把写有诗歌、心愿的色纸系在竹竿上,并相信许下的愿将会得以实现。

② 千叶周作,日本德川幕府时代末期的武士,因其剑术高超而闻名于世。

信,他们家门口端午节时挂出的鲤鱼幡旗已经有两条了①,就该供奉他自己的偶像啦!

"横山队长……"耳机里传来一阵悲愤的噪声。我听到正驾驶水井上尉暴怒地喊叫:"我们下去收拾这些支那猪!"

我的飞机呼啸着俯冲下去了,像一条从山坡上冲下去的红了眼的公牛。我调整了机枪,紧紧盯住了最前面的龙舟。它的航迹多么优美啊,像一条悄然在水面上滑行的小龙——世界上如果真有龙这样的动物,我想今天看见的就是了,它是超越了生命和死亡的东西,是有神性的"动物",我甚至看见了桨手们翻起的水花,看见了他们壮实的臂膀,看见了他们脸上的汗珠,还看见了他们眼睛里以死相搏的决绝和坚毅……

他们似乎连向天上的死神张望一下的工夫都没有啊。

"喂,川崎,你这混蛋在干什么?射击!射击!"

我听到水井上尉的嘶喊。但我把机枪抬向了天空,仿佛在寻找重庆军的飞机。水井上尉几乎是在咆哮了,因为激动嗓音变得粗野而尖锐,仿佛有一支剑封在了他的喉咙处。我的眼睛有些湿润,索性把耳机摘了下来,不再听水井上尉的狂喊。

这些不知道屈原的家伙,真是粗鄙呀!我现在还能羞愧地承

---

① 日本人也过端午节,他们把端午节称作"端午の節句",在节日名称上还保留着中国文化影响的痕迹。只是明治维新后,他们把原来的农历端午节改在公历的五月五日,其习俗除了学中国吃粽子、挂菖蒲以外,还在家门口挂出绸布或纸糊的鲤鱼幡旗,家中有几个男孩就挂几面鲤鱼幡旗。每年到了端午节,有儿子的人家都要在家中布置好"五月人形"(ごがつにんぎょう),既可能是显现尚武精神的偶人,也可能是家族中值得骄傲的武士。

认,那天手指按在二十厘米旋转机枪的按钮上,的确想到了中国诗人屈原。"世溷浊莫吾知,人心不可谓兮。知死不可让,原勿爱兮。明告君子,吾将以为类兮。"

我在读小学时就听我爷爷说,屈原就是吟诵着这样优美的诗句投江的啊。一个诗人,死得比一个武士还要凄美壮丽,难道我们不应该在他的忌日稍微放尊敬一点吗?不过,我落地后受到了水井上尉的严厉申斥,还加左右两个耳光。水井上尉说,难道你忘了吗?支那人的士气,正是我们的作战目标。轰炸重庆,不仅仅为了消灭他们更多的人,更是为了征服他们的士气。在我们的轰炸扫射下,他们还在扬子江里划船戏水,这难道不是对帝国海军航空队的羞辱吗?

你在课堂上扬手打了老师一个耳光,谁受到的羞辱更大呢?水井上尉打我的耳光,反倒让我好受一点。尽管我为此被关了三天禁闭,还差点被调离航空队,只是后来人手紧张,我才重新上阵。不过越到后来我越发现,重庆城永远不可能被炸沉在扬子江里,"江之半岛"上的那些房子,分明被炸毁了,但你再次去轰炸时,它竟然奇迹般地又立起来了。而且这座城市还越炸越大,尤其是等到第二年雾季结束以后我们再回去,就会发现机翼下面好像是一座崭新的城市。有一次在重庆的上空我忽然产生了可怕的幻觉,重庆半岛不再是一片破败不堪的树叶,而是一条正在吸水的龙啊!扬子江和嘉陵江环抱着它,哺育着它,它的生命力就像那两条大江的水量一样旺盛。记得我们的司令官有一次狠狠地训了我们一顿,他说重庆的谍报人员发回来的报告称,重庆的公共汽车在轰炸后十分钟就恢复了运行。你们的炸弹都扔到扬子江中去了吗？唉，人们重建家园的速度，总是快于世界上任何毁灭的力量。帝国海军航空队可以炸毁重庆的一幢幢建筑，烧光一条条街道，把机翼之下的城市像蹂躏一只紧拽在手里的温顺兔子一样反反复复"收拾"（投弹兵片山君说就像他在慰安所里"收拾"身下"女子挺身队"的高丽慰安妇），把弹雨之下蚂蚁一般四散逃亡的中国人炸得尸骨如山、血流成河，但我们永远征服不了中国人的士气。这种士气是一个诗的国度才拥有的骄傲，这样的国家能够在帝国海军航空队无差别的"细密暴击"下照常举办纪念一个诗人的龙舟赛，这与其说是一种士气，不如说是他的国民的诗意。成吨成吨的炸弹、燃烧弹也炸不毁、烧不尽人们骨子里的诗意。谁能毁灭人们骨子里的诗意啊？就像世界上的任何力量也不能毁灭一个人心中刻骨铭心的爱，就像我们的战争虽然失败了，但我们还有武士气节，还有诗意。我至今还记得我的母亲在供奉"五月人形"时唱的武士歌谣："此身时去时还，跨清风渡丽水，唯明月仍在天。莫论胜败功绩，人情皆一时，只看山寒海水清。"

到我晚年以后，每当端午节，我的儿子们、孙子们在家门口兴高采烈地挂鲤鱼幡旗时，我就会想起那年端午节扬子江上空的轰炸。唉，要是你在挂鲤鱼幡旗时，别人来轰炸你的家，你该如何想？

旧闻录（之二）

　　按照山口司令官最初的决定，六月中旬以后攻击队出动全部兵力集中攻击重庆，每次航空侦察拍下的重庆照片都有变化，重庆已经变成惨不忍睹的废墟，我们每天把五十吨乃至一百余吨的炸弹投向居民集中的地方，市街成为一片瓦砾和残垣断壁。军官们将连续轰炸称为"重庆定期"……

　　——《中攻·海军中型攻击机》，岩谷二三男，原书房，一九七六年版

　　（中央社讯）复旦大学教务长孙寒冰及职员汪兴楷，学生陈思枢、王茂泉、王又柄、朱锡华、刘晚成等，二十七日中午被炸惨死。孙氏，江苏南江人，年三十九岁，美国哈佛大学硕士、华盛顿大学学士。归国后，历任复旦大学法学院院长、教务长，暨南大学商学院院长、中山大学教授等职。驰名出版界之《文摘》半月刊，系孙氏一手创办，数年风行海内(外)。孙氏遗妻及子女四人。其遗骸二十八日大殓，于(右任)院长、孔(祥熙)副院长皆派员前往致祭慰唁。

　　——《中央日报》一九四〇年五月三十日

（中央社讯）本月六日，寇机袭渝，被我神勇空军击落多架，惨遭败北。昨（十）日复集合残余一百二十六架，分批西窜，图扰我端阳佳节，借施报复。午后一时许，我空军适时升空，分头迎击，在璧山附近上空，与敌机三十六架遭遇，当即以猛虎攫羊的姿态，突入敌阵，枪声起处，敌机两架随之起火，黑烟飘渺，随风坠落于璧山狮子岭，其余敌机四散奔逃，窜入云中……下午三时许，敌机四十六架闯进市区上空，适逢"新运总会"举办之龙舟赛在长江江面举行，百舸竞渡，万人观赛，残暴日机滥施暴行，轰炸扫射，令人发指。幸逢我空军四大队追击至此，以闪电之战术，穷追猛打，施暴日机急欲逃窜，被我神勇战机以最大速度，随影急追，日机在我猛烈弹雨中当空爆炸，着火焚毁。江岸观战之民众，无不拍手称快，振臂欢呼。其余日机，溃不成队，纷纷遁逃，我空军健儿，于胜利微笑中，优游转返，凯旋而归。

——《新民报》一九四〇年六月十一日

（本报特写）市区热闹的场合，在昨天敌机的疯狂轰炸下形式上是被毁灭了，但这是物质上的牺牲，我们精神仍是焕发的，敌人如此的残暴，只有坚强我们民众抗敌决心。

章华大剧院在火焰中怒吼，国泰电影院只剩下了躯壳的一部分,储奇门外的平民住宅都躺在瓦砾中,那些门窗都睁大了眼睛,痛恨敌人的兽性。

武库街,(对)普通人说起来,那是一条文化之路,在敌弹狂炸中,书页飞舞,生活书店在火光熊熊中,救出了大批抗敌书籍。

(有些人)因为胆子比较大些,好多个人在打铁街,没有进防空洞,终于牺牲在敌弹下面。死者惨状:半个头没有了,一条腿飞掉了,整个身子去了半截,还有手臂都完了。这笔血债,我们是要向敌人清算的……木行街的电线上也在滴着无辜者的热血……

炸后重庆,在集中人力之下,各方面的秩序都完全恢复了。所遗留的仅是敌弹造成的废墟。那是叫:"重庆市民记住,这个血仇我们是要报复的。"

——《国民公报》一九四〇年六月十三日

(本报山西某地二十三日专电)第十八集团军总司令朱德、副总司令彭德怀,以敌机连日狂炸战时首都重庆,害我无辜,顷特率全体将士电慰重庆全体同胞,并以连日大军出击平汉正太同蒲等路之大胜利,以回答敌之惨暴兽行,为被难同胞雪恨。原电文如下:
重庆新华日报转重庆市全体同胞公鉴:

据中央社电,敌机百七十余架。于二十日下午狂炸我重庆全市,投大量燃烧弹,市区大火,精华付之一炬,和平居民，死伤无数。闻讯之下，愤恨莫名，适于该日晚，我军为粉碎敌寇新的进攻，集中大军，开始向正太、平汉、同蒲等路，大举进攻，三日以来，平汉同蒲两路已不通车，正太路全线车站、桥梁、铁路、铁轨、水塔、电信、工厂、矿场等均经我彻底破坏，并占领天险之娘子关，敌之平津、保定、石家庄、太原、大名、新乡各地交通全被截断，并以现正进行之大战胜利，贡献于重庆全市被难同胞之前，以报复敌之惨暴兽行，而为被难同胞雪恨。谨电布达，诸维鉴照。

朱　德　彭德怀　梗午

——《新华日报》一九四〇年八月二十五日

10. 山城之灯

每当夜幕降临，山城重庆变得无比妩媚，尤其是嘉陵江和长江两岸的滨江路上华灯绽放，与市区高楼五光十色的灯光相互辉映，映射到波光粼粼的江面，如美艳少妇脉脉含情的目光。那些灿烂如花的灯火或在雾中迷蒙诱人，或在朗朗月空中熠熠生辉，勾勒出一座城市迷乱而又梦幻的轮廓。灯火的海洋哪座大城市都不缺，比如北京的长安街、上海的外滩、香港的维多利亚湾、东京的银座、纽约的曼哈顿，但它们都是在平面上的铺展，除非你从高空俯瞰，才可以感受到它的壮观。而山城的灯火是立体的、多层次的，是夜色中的海市蜃楼，是人间的太虚幻境。

这年春天，两个日本律师再次来到重庆调查取证。晚上休息时，原告团的邓子儒、赵铁、钱嘉陵等人陪同他们去南山一棵树欣赏重庆夜景。从山上往下望去,远方灯火辉煌的城市如同天堂。这座城市的壮丽与简陋、光荣与苦难、丰富与深奥,和它的火锅一样既五味俱全、神秘莫测,又粗犷豪迈、特色分明。你要么被它麻辣昏了头,要么对它充满怀想。

梅泽一郎对同行的斋藤博士说:"重庆的灯火,就像一个参加盛装晚会的女人,珠光宝气,神秘撩人。"

"这是重庆的守望之眼。我小时候顽皮,常常夜不归宿,母亲总会让我家门前的灯一直亮着。我回来时远远看见那盏灯,就像看到妈妈那双焦急不安的眼睛。而重庆的灯火呢,仿佛有千万个母亲,在等待没有回家的孩子。"

梅泽一郎面对灯火阑珊的城市忽然说:"斋藤君,我想为重庆之夜写一首诗了。"便掏出纸笔来写了一段骈文体诗歌:"良夜微风起,银河星飘落。妆扮雾都景,照得守望人。"

"好诗。"斋藤博士赞叹道。他知道梅泽一郎精力充沛、爱好颇多,曾自修过日本的骈体诗。一个律师在繁忙的工作之余是需要一些浪漫情怀的。在东京的全日本律师协会每年的年终团聚会上,梅泽一郎都有诗朗诵的节目,有一年他在举杯朗诵中,竟然醉倒在舞台上了。

斋藤博士从温暖的回忆中又陷入伤感的叙说:"下午我看到原告团的一份材料说,一个小男孩在日本军的飞机来轰炸时,因为玩大人的手电筒,被当成给日本飞机打信号的汉奸抓起来枪毙了。不知道这孩子的妈妈还在不在,还会不会为他点燃一盏回家的灯?一个母亲的守望,我们男人是永远不知道的。"

梅泽一郎应道:"是啊。真难以想象六十多年前重庆的夜景——也许几盏惊恐的孤灯都会成为日军的轰炸目标,战争与和平的区分其实可以简单到城市的灯光是否安详柔和。"

他把写好的诗稿收进包里,不无得意地说:"我以后要出版一本专门描写重庆的诗集。"尽管他们都不是第一次来重庆了,两人却都背一个双肩包,像个初来乍到的旅游者,对什么都感到好奇。梅泽一郎那个包至少有十多公斤重,里面有相机、摄录机、录音笔、笔记本、文字资料等,走到哪里拍到哪里,连重庆人往小面碗里大把撒佐料都要记录下来。似乎他要为一座城市包罗万象的生活留下记录,以作为法庭上的证据。

"邓先生,战时的重庆也实行灯火管制吗?"

邓子儒说:"当然。各种防空措施都管制得很严,甚至到了过分的地步。我记得有一段时间老百姓连头上的白头帕都不敢戴了,那时的四川人,尤其是乡下的农民习惯在头上裹一块白头帕,防风挡汗,但这也被认为会招来日本飞机。后来人们对轰炸习惯了,就不那么害怕了,你炸你的,我该过什么样日子还过什么样的日子。"

斋藤博士说:"轰炸是一门人生课。我们刚遭到美国飞机轰炸时,也曾惊慌失措过。但更多的是迷茫,日本怎么也会被炸呢?军方不是一直宣称到处都在节节胜利吗?我的感受是,日本对重庆的大轰炸,却让这座城市的士气愈发高昂;而东京被炸后,连那时还是孩子的我都知道,我们快要输掉战争了。"

那天晚上把日本律师送回酒店后,翻译靳老师一脸不高兴地说：“你们去日本打官司，虽然给中国人长了脸，但同时也丢脸丢惨了，你们晓得不？”

邓子儒愕然：“此话咋个说？”

靳老师说：“那个唐老三，竟然去骚扰日本妇女，幸好人家是帮助我们的友好人士，没有跟你们较真，不然这个老不要脸的就要进监狱了。”

靳老师也是在和日本律师闲聊时才得知这个让重庆人丢尽了颜面的插曲。龙舟赛被炸案开庭的第二天，按计划对日索赔原告团在日本律师陪同下，和日中友好青年团以及东京的两个反战团体，一起去日本外务省外面游行示威并递交抗议请愿书。唐老三和邓子儒原本是主角，但那天早上起来唐老三说血压很高，头晕得不行，只好把他留在"支持中国战争受害者协会"副理事长菊香贞子家里。像往常一样，邓子儒、赵铁、唐老三在东京期间一直都住在贞子小姐家。见过菊香贞子的重庆人都很敬重她，每次去东京打官司的重庆人都得到过她的盛情款待。况且她上次来重庆后，已经和邓子儒、蔺珮瑶成了好朋友。照理说人家也是四五十岁的女士了，唐老三怎么也该放尊重一点。但那天菊香贞子在给他递水服药时，唐老三摸了贞子小姐的乳房。开始贞子小姐以为是不小心，没有理会，因为语言不通嘛，菊香贞子小姐担心唐老三无聊，还翻出家里的影集给他看，两人坐在沙发上时，唐老三又去摸人家的大腿。

"这个狗日的老骚狗，当年咋个不把他的两只手一起炸断哦！"钱嘉陵大叫起来。

"别鬼喊呐叫的。"邓子儒制止道。他努力回忆那天游行回来后菊香贞子的反应,似乎没有什么异常。他还记得在回国前日本友人为他们饯行的晚宴上,菊香贞子一身盛装,雍容华贵,谈笑自若,让他想起年轻时妻子的神态。他当时给她敬酒时就是这样说的。贞子小姐浅浅一笑,说你们中国人都很爱自己的家。那日本女人保养得真是好,皮肤白皙,身段匀称,仪态万方,风姿绰约,看上去就像三十多岁的美艳少妇。邓子儒不明白的是,他们还在日本时贞子小姐为什么不告状?梅泽一郎来重庆为什么不提出抗议?不得不佩服这些日本友人的宽容,邓子儒想。

靳老师说:"也许是唐老三没见过日本女人服侍男人的那种殷勤阵仗,便为老不尊了。"

"都八十多岁的老果果了,还那么骚气勃勃的。"赵铁也恨恨地说。

"我们自己要争气啊,不要真像人家说的,是一群乌合之众。一到别人的国土上,重庆就在看着我们呢。"邓子儒叹了一口气。

唐老三是个精瘦精瘦的老人,在一九四〇年的端午龙舟赛中邓子儒目睹了他的一只胳膊被打断,曾为他的英雄气概所折服。这个曾经来闯过邓子儒的码头的唐三哥、唐三爷,在他的江湖远遁后,就慢慢活成一个连名字都没有的孤寡老人唐老三了。原告团成立时,邓子儒在一家敬老院找到了他,两个经历过战火的老人时隔半个多世纪重逢,论起当年江湖上的英雄豪情,说起那年的龙舟赛来,如同摆刚刚发生的龙门阵。邓子儒当时感叹道,那一场龙舟赛,把你一生的命运都改变了。唐老三用一只手抹一把鼻涕,说从前老子们在长江上,风里浪里讨生活,洪水天也能把一条船像赶牛一样赶回岸边,现在我连一盆洗脚水都端不起来了,还去打啥子官司哦?算尿啰,老子们这个样子还不是活了一辈子。邓子儒鼓励他道:"不能算。这是日本侵略者欠你的血债,我们要去找他们讨回来。"

这个孤独一生的老人像一棵枯老的树,干硬的树干里浓缩了岁月的苦难,连残缺的丫枝也让人眼睛刺痛。他的皮肤焦黄、粗糙,额头上、手臂上青筋暴涨,一看就是那种为了挣到每一个铜板都要使出全身力气的底层劳动者。他粗鄙、鲁莽、简单,没文化却有勇气,在日本的法庭上说话日妈打娘、老子连天。但这也是没有办法的事情,人家遭了一辈子的罪,又没有念过书,斗大的字也不识几个,八十多岁的老人家了,能把先前准备的证言背下来,把事实陈述清楚,已属不易。好在留日的中国学者白莲女士并没有把那些重庆俚语原汁原味地翻译过去。尽管行前邓子儒和赵铁一再告诫唐老三,我们一旦踏上日本的土地,代表的就是国家的形象,你那些重庆烂崽儿的毛病,要收着点,可不能给我们重庆人丢脸。法庭上的那些日本人从骨子里是瞧不起中国人的。因此我们既要不卑不亢,更要理直气壮。我们不是讨口子,我们是来给中国人争口气的。唐老三问,啥子叫不卑不亢?邓子儒白了他一眼,说就是不要太骄傲,也不要太邋遢。我再拜托你一次,穿西装时把衬衣扎进裤腰里好不好?袖子不要动不动就挽上去好不好?上回开庭梅泽一郎力邀邓子儒再次来日本,也许正是基于这样的考虑:一个有价值的粗鄙原告和一个有文化的儒雅团长,多少会相互有所弥补吧。

唐老三上诉那天的辩论曾一度充满了火药味,参加出庭的原告团成员回来后讲得津津有味,邓子儒在法庭上的证言有理有据、言之凿凿,让对方无话可讲。唐老三毕竟文化水平低,在作完陈述回答对方问题时,被日本政府的代理人塚木敏义作为突破口,差点让被告方占了上风。

这个塚木敏义是日本外务省的右翼"知华派",对中国事务很精通,还自修过汉语。他是梅泽一郎的老对手了。几年前,梅泽一郎代理的中国常德细菌战索赔诉讼时,塚木也是作为被告方的代表之一。似乎日本官方认为,对付这些来自中国的原告,派几个课长级别的官员来就足够了。梅泽一郎经常加班到半夜,然后到小酒馆里喝上两杯再回家,有几次碰到也是一脸疲乏地来喝酒的塚木,那时他们会坐在一起对饮几杯,扯些闲话,共同和酒馆里的妈妈桑打趣逗闹,但他们都绝不谈各自的工作。

塚木敏义是个身高体胖、注重仪表的政府公务员。那天他在法庭上着笔挺的西装戴着领结,头发一丝不苟、光可鉴人。他看上去很严肃,但不难发现他向原告问话时骨子里透着的傲慢。他盯着唐老三足足看了半分钟,让没有见过多少大世面的老人神色有些慌乱,然后他才缓缓地问:"原告,你刚才提到有许多单位参加了昭和十五年(一九四〇年)的龙舟赛,这个活动是重庆国民政府组织的呢,还是民间的自发行为?"

唐老三愣住了,抓了抓耳朵才说:"我咋个晓得呢,我们的船老大说,今年长江上还是要赛龙舟。往年赛龙舟,我们木船帮回回拿第一。船老大问我们敢不敢去。那年我二十出头，没有我不敢做的事情。我想为我们木船帮长脸，就去了。"

塚木说："这场龙舟赛连主办方你都不清楚，你所陈述的实情之真实性就值得怀疑了。这就像你说你应邀参加了一个宴会，但事后你却记不清主人的名字。谁能相信你有没有参加这个宴会呢？六十多年前的事情了，人都会忘记一些真实的细节，难免会根据现在的想象去补充，是这样吗，原告？"

辩护席上的梅泽一郎高声说："反对。法官阁下，原告一条失去的胳膊难道是用想象打断的吗？"

旁听席区传来一阵轻微的笑声，审判席上的吉田法官踌躇了片刻，才说："反对有效。但原告方应该提供更详尽的细节和证据。"

"请允许我来回答这个问题。"邓子儒从证人席上站了起来，在获得法官的许可后，他有条有理地说，"法官先生，一九四○年端午节的龙舟赛是由'新生活运动总会'和'重庆体育协进会'联合主办的，我那时是重庆体育协进会的副理事长。那天报名参加龙舟赛的共有二十四个单位，川江航务管理处负责水面纠察和救助，岸上由警察局和宪兵三团负责维持秩序。本来在龙舟赛结束后还有横渡长江的比赛，但日本飞机轰炸后，这个活动也取消了。如果被告方的律师先生有兴趣，我这里还保留有当年的日记可供审验。"

邓子儒从背包里掏出一本黄中带黑的日记本，举在手上，就像举起一段沉重的岁月。

但塚木敏义对邓子儒的日记并不感兴趣，他颇为自信地说：

"据我所知,贵国的新生活运动开初是由国民政府军事委员会委员长蒋介石先生发起并领导的,一直具有浓郁的官方色彩。那么这次龙舟赛就是由官方组织的啰?"

"没错。当时的政府就是想借助龙舟赛鼓舞民众士气,强身健体、团结抗战。"邓子儒几乎不假思索地回答道。

"可是邓先生,如果一个政府在战争状态下,把自己的民众无辜地置于轰炸之中,它有没有责任呢?"

"反对!"梅泽一郎再次提高了声音,"被告这是混淆了加害者和受害者的责任关系。"

"反对有效。"吉田法官说。

"你这是强盗逻辑。强盗闯进了家门,难道还反怪人家的门没有关好?"邓子儒也愤然追问。

塚木敏义感觉到了邓子儒是个不好对付的角色,便又转向了唐老三。"请问原告,一条龙舟上有多少人?"

"三十几个吧。"

"三十几?三十一人还是三十九人?"

唐老三想了想,说:"恁个多年前的事情了,我啷个记得清?可能是三十多个吧。应该是三十五六个左右。"

塚木如炬的目光盯着唐老三,问:"应该是?可能是?好了,我们先不说这个问题。我再问原告,刚才你在陈述中说两条龙舟被炸翻了,人都落在了江里,还被日本军的飞机用机枪打坏了一条龙舟,那么,那天的轰炸中有多少中国人死亡,又有多少中国人受伤?"

梅泽一郎喊:"反对!"

"反对无效,原告必须回答问题。"

"我……我后来听说大卡车拉走了两车尸体。"唐老三被庭上有些火药味的交锋吓蒙了。

"听说?两车尸体?每辆车装了多少尸体呢?"

"反对!"梅泽一郎不等法官发话就急速地说,"法官阁下,鉴于原告当时已经受伤昏迷,被告这些提问是毫无道理的。"

"反对……无效。"吉田法官停顿了片刻才说,"原告方最好能提供具体的死伤人数。"

塚木继续说:"法官阁下,原告指控旧日本军的飞机在端午节那天滥杀无辜,但却无法提供具体的死伤人数。就像他们指控南京事件中旧日本军杀害了三十万中国人一样。三十万人是一个多么庞大模糊的数字。这三十万人的姓名、职业、年龄、社会关系、被杀经过、时间、地点等都混沌不清,我们如何认可?"

"连南京大屠杀你们都要否认,这世界上就没有公理可言了。"证人席上的邓子儒愤怒地一摔手上的材料。

唐老三也禁不住冒了一句重庆话:"狗日的龟儿子些打横爬哦,还来这里打个锤子的官司。"

法庭里一阵骚动,吉田法官不得不高喊:"请保持肃静!"

梅泽一郎说:"我反对。南京事件与本案无关。"

"反对有效。被告不能用与本案无关的事件类比,提问须事涉本案。"

这时被告辩护律师松本茂站了出来。"原告,你刚才在陈述中说,在划龙舟时看到了日本飞机上的太阳旗徽,是这样的吗?"

唐老三有点冒火,就像跟人吵架一样高声武气说:"看得清清楚楚。好多人都看见了,还看到了飞机驾驶员,他们戴着眼镜,还有人说看见那些开飞机来炸我们的日本人在笑哩。"

松本茂不经意地笑了。"法官阁下,我查阅了昭和十七年(一九四二年)海军省编制的《日本帝国海军航空史·战史篇》,里面有关'重庆作战'一节中说,重庆军地面防空高射炮的射程在一千五百米至两千米之间,而重庆国民政府空军的伊-15和伊-16苏式飞机由于受其吸氧装置限制,最高只能飞到五千米。因此旧日本帝国海军航空队的作战条例规定,在重庆轰炸作战时,应保持在六千五百米高度投弹。原告,你能看到六千五百米高空上的人在笑吗?回答我!你并没有看到过飞机上的太阳旗徽,更没有看到飞行员,是不是?你在撒谎,是不是?"

唐老三在松本茂一声高过一声的追问下怔住了,喃喃说:"他们……他们有时候真的飞得很低,日本膏药旗看得清清楚楚。"

"有时候?法官阁下,原告的证词许多地方都是不严谨的,缺乏具体可信的数据,这让我方不能不怀疑原告陈述的真实性。我的问话完了。"

吉田法官这时转向原告方,问道:"原告方还有什么问题吗?"

梅泽一郎和邓子儒以及本方律师团的人交换了一下意见,然后从证据中抽出一本书和一叠复印件说:"法官阁下,我这里有中方证人邓子儒于二〇〇一年出版的一部个人回忆录,书名叫《少年弟子江湖艺》,因为邓先生当年是重庆有身份、有地位的一名绅士,也是那次龙舟赛的组织者之一,书里第三章就记录了昭和十五年(一九四〇年)端午节重庆龙舟赛的筹备、比赛、日机轰炸情况以及善后处理的全部过程。我这里还有同年六月十一日、十二日重庆国民政府的《中央日报》、共产党的《新华日报》,对这次龙舟赛遭到旧日本军飞机轰炸的报道复印件。此外,我们刚刚取得了旧日本军老兵川崎正雄的证词,他参加了昭和十五年对重庆端午节的轰炸,是海军航空队的通讯兵兼射击手。他的证言可以告诉我们,当年旧日本军的飞机在重庆的上空到底飞得有多低,对这次龙舟赛的轰炸究竟有多么地残暴!"

这次庭审我方证言、证据无可辩驳,大胜而归,对方最后是灰溜溜地离开了法庭。恁个清楚的事情,让他龟儿子的赔钱,他敢不赔我们哦? 唐老三回来后逢人就讲,把自己当成了跨海征战日本的英雄。好提劲哦,电视台的人随时斗(都)跟到你拍,除非你睡觉和上厕所。老子们在法庭上骂那些龟儿子,他们屁斗不敢多放一个。在东京的大街上游行,警察还给我们开路,提劲惨,高兴惨。从未见过大世面的唐老三感觉自己也成了个大人物,唾沫横飞地向人们讲述这些在日本"好提劲"的事情。这个老人家,从来没有受到过如此关注,以至于连荷尔蒙也膨胀起来了。

大家分手后,钱嘉陵和赵铁坐同一条轻轨线。在轻轨站,钱嘉陵忽然说:"老子要去捶唐老三这个老龟儿子一顿。"他晚饭时喝了些酒,酒劲现在还没有消。

赵铁拉住了他,说:"你还嫌不够乱嗦? 胡子眉毛都白了的老人家,你咋个捶得下去哦。"

但钱嘉陵怒气难消,执意要去。他说:"老子们为了原告团,连婚都离了,这些老家伙们咋个还不争点气!"

钱嘉陵没有夸张。那个大轰炸图片展做亏本后,他又一头扎进民间对日索赔的事务中来了,老婆还指望他挣钱养家呢。但钱嘉陵是那种用执着来证明自己的价值的人,两口子终于还是吵吵闹闹地离了婚。原告团的官司打胜了,钱嘉陵才能证明自己还是有点能耐的人,不然他的儿子都会瞧不起他。

赵铁怕他真惹出事来,同时也想去找唐老三核实一下到底是什么情况,便说:"好吧,要打我们两个一起去打。"

两人到了养老院,一进门就听见棋牌室那边传来唐老三大声武气的喊叫声。钱嘉陵说:"这个老杂种,这么晚还那么干精火旺的。"

他们把唐老三叫回他的房间,那是一间十来平方米的小屋,一张床,一个柜子,两张木椅,一方小桌。这个老人孤苦一生,没有过上几天好日子。刚才在轻轨上赵铁反复劝导钱嘉陵,连人要有悲悯情怀这样的话都说了,但一个大学教授跟钱嘉陵这种在社会上闯荡的人,情怀自是不一样。最后他只得说,你实在要捶唐老三的话,就先捶我一拳。钱嘉陵只得恨恨地看着他,无话可说。

唐老三看上去不是那种慈眉善目的老人,他的目光始终是刚硬的,或者说凶巴巴的。这样的老人命硬,脾气也硬,输了一辈子,但又从不服输。这次去日本上诉,是梅泽一郎给他出的机票钱,联谊会请他来开会商量办签证等方面的事情,他不知从哪儿找来两百多元的出租车票,要钱嘉陵给他报销。钱嘉陵说重庆是北京唻？你打的是奔驰还是宝马哦？唐老三抓起一个茶杯就砸向了钱嘉陵，说老子们的飞机票都有人出，你还不给老子出这点出租车票钱嗦？

赵铁尽量用询问证人的口吻轻言细语地问唐老三那天在菊香贞子家的情况，唐老三唾沫星子横飞地说："那个日本婆娘家好干净哦，脱了鞋子光着脚踩地板上，日怪得很，还一踩一个爪爪印。搞得人家不断跪起擦地板。"

"菊香小姐对我们原告团的人好不好？"赵铁又问。

"好，好，嘿好嘿好。没有人家帮忙，我们切东京那样的大地方，路都找不到。人家那个热情，不摆了。她给你端杯茶来，老是弯腰点头，还给你跪起，让你喝茶，嘴巴里嗨、嗨、嗨的，那身上的味道又好闻，皮肤又光滑……哦哟，老子们没有闻到过这样的骚味。"

赵铁和钱嘉陵皱起了眉头，钱嘉陵把拳头攥紧了。赵铁忙悄悄地压住了他的手。

"那天你生病了？"赵铁问。

"是噻，早上一起来头就昏昏的，勒（那）个勒（那）个，血压上去了个嘛，不然老子们就去大街上游行了。"

"菊香贞子给你吃了药后，头还昏吗？"

"不昏了。别个日本的药来得好快，不像我们的降压药，吃你妈屁一大堆，屁事不管用。"

"唐老三，你头不昏了，手有没有摸错地方呢？"钱嘉陵实在忍受不了啦，气汹汹地问。

"啥子?"唐老三显然有些虚火了。

钱嘉陵大喝一声:"你龟儿是丁丁猫儿(蜻蜓)变的哇,除了眼睛没得脸,硬是不要脸。你以为我们不晓得嗦?警察都要来抓你龟儿子了,你这国际玩笑开大了!"

唐老三真被吓着了,从床沿上滑到了地上蹲着,像阿Q一样。"老子们……只是摸了她一下嘛。那个日本婆娘……骚得很。"

赵铁也忍不住了,喝道:"唐老三,你败坏了我们原告团的名声,你晓得不晓得?你骚扰女性,是犯法,你晓得不晓得?要是人家告你的话,你怕是要蹲日本的监狱了。你还晓得羞耻不?"

"他们搞了那么多中国女人,我摸一下也是抗日嘛。"唐老三嘟哝道,干脆打横爬耍赖了。

钱嘉陵冲过去就把他拎起来,按在了床上,挥拳就要打,赵铁忙上前拦住他。"不要动手!钱嘉陵,你疯了嗦?"

钱嘉陵被拖到一边,还气咻咻地说:"真不该让你个老杂种去日本,丢人现眼的龟儿子。不是看你年纪大,老子们早就想捶你一顿了。"

唐老三斜靠在床上,忽然就老泪纵横起来,他抹了把苍老的泪。"我……我唐老三,活了一辈子,从来没有哪个女人对我恁个好过,连女人都没有摸过……只摸了一哈,就……犯法了嗦……"

他哭得伤伤心心,无助而凄切,仅有的一只手既要揩眼泪又要揩鼻涕,还要去拿床头柜上的茶缸,在他喝水时,眼泪、鼻涕毫无遮拦地滴落在茶缸里。两个年轻人望着老人另外那只空空的袖管,顿时就无话可说了。

第三幕

感时花溅泪

第三篇

行政法と民訴法

11. 陪都孤儿

我叫李莉莎，一九三二年四月六日出生在上海，今年八十岁。现住在中国重庆市江北区绿意世界小区十六幢十九楼五号。一九四一年四月十号，我的父亲李德民、母亲赵玛丽带我去市中心的国泰大戏院看话剧。那部话剧听说嘿好看，里面有嘿多明星。我父亲头天晚上抱了一床席子去排队，排了一个通宵才买到了票。十号那天下午是首演，我们全家高高兴兴去看戏，我左手牵着父亲，右手牵着母亲，穿着雪白的小裙子，头上还扎着两条小辫，很多人都说这个小女孩像个天使。我父亲留学英国，回国后在上海当电机工程师，我的母亲是一名音乐教师。一九三七年"八一三"上海开始打仗，我们从上海逃到南京,到年底日本鬼子又攻打南京,我们从南京逃到了武汉,第二年日本人打到武汉前,我们再从武汉逃到重庆。我们一家跟你们日本人不晓得是哪辈子结下了冤仇,老是追着我们炸。就连我们在重庆国泰大戏院看戏,你们都不放过我们(开始啜泣)。

　　我还记得那出戏演的是我们重庆人咋个抵抗日本飞机的轰炸,还有中国飞机跟日本飞机打仗,大家看得嘿解恨嘿高兴。戏台上一会儿是警报声一会儿是飞机的轰炸声……这个时候,有个人跑到戏台上叫大家赶紧跑,说日本飞机来轰炸了。开初大家以为那是在演戏呢,谁也不走。那个人紧到喊,快跑啊快跑,日本飞机真的来了,紧急警报已经响起来了！喊着喊着他都跪下来给大家作揖了。我听到父亲说,不对头哦,要出事。父亲身边的一个人却说,这是在演戏个嘛,不要当真。后排也有人在喊,莫吵莫吵,不要影响我们看戏。这个时候……戏院外面轰的一声巨响,我们都被震得从椅子上跳了起来,戏台上的道具也震得稀里哗啦地掉下来,天花板上的大吊灯也震碎了,玻璃渣子到处乱飞。我母亲一下就把我拉进她怀里,我还想伸出头去看热闹,母亲又使劲把我按回去,护着我……我听见我母亲的心脏跳得"咚咚咚"地响,还听见有人在喊,哟,演得好仗劲喔！像真的轰炸一样。这个时候,剧院里已经开始乱了,有些人起身想跑,有些人还想继续看戏。我母亲抱着我,父亲又护我和我母亲,大家挤成一团。这个时候啊……这个时候,挨刀的日本鬼子的一颗炸弹,从剧院的天花板上正正地落下来了(长时间地哭泣,法庭里寂静无声)……我醒过来的时候……我醒过来的时候,看见我的妈妈斜躺在椅子上,一张脸都破成两半了……我喊,妈妈,妈妈!你咋个了……我想用手去把她的脸合拢,可是啷个弄都……都合不拢啊!我不晓得啷个搞起的,手上捏着了我妈妈的眼珠,那眼珠滚烫滚烫的啊……我……我又想把眼珠子给我妈妈安回去,装不上去……我妈妈眼窝里的血像打开了的水龙头,把眼珠子一下就冲出来了。到处都是血、血、血……我又喊爸爸,快来帮帮我们……可是我找不到我的爸爸了,身边都是死人、死人、死人……没有头、没有手,一堆一堆的啊(从间断哭泣到嚎啕大哭,忽然浑身抽搐、直至昏厥,倒在原告席上)。

东京地方裁判所的吉田法官也许从来没有遇到过这样悲痛欲绝的原告,法庭里骚动起来,他有些后悔没有及时打断原告的悲惨陈述,让她停顿一下,缓解缓解情绪。几个来自重庆的中国人已经从旁听席上冲过来搀扶起李莉莎,往她嘴里灌一种白色药丸,不断掐她的人中。让他不解的是他看见一个人用一块像牙医用的硬木片撬开她的嘴,强行塞到原告的牙齿之间。这时原告的辩护律师梅泽一郎高喊:"法官,我请求休庭十分钟。"吉田法官仿佛才如梦初醒,忙宣布说:"鉴于原告健康情况,本庭暂时休庭。"

这是东京地方裁判所第十三次开庭审理重庆大轰炸受害者的诉讼案件。并不是每次开庭都有来自重庆的原告出庭,他们总是会因为签证、经费,或者身体原因来不了日本。就像这次要请李莉莎老人来出庭,梅泽一郎和重庆原告团的人可费了大劲啦。一般人异地打官司都难,更何况跨国诉讼呢?原告团的人们也没有料到这场诉讼会如此漫长,长到在他们生命的尽头,似乎都还看不到一丝希望的曙光。官司已经打到第五个年头了,重庆、成都以及四川各地一百八十八名对日索赔的原告,现在已经有十来个老人相继去世。但让梅泽一郎感到欣慰的是:活着的人没有放弃。

法庭叫来了急救车,想把李莉莎老人送往医院,但她苏醒过来后坚决不去。她说:"我死也不要死在日本人的医院,我已经好了。走哦,我的话还没有说完。"

梅泽一郎其实也不希望李莉莎老人入院,今天的法庭效果太好了,这正是他所希望的。吉田法官和对面的被告代理人及辩护律师都不再打瞌睡了,李莉莎老人更精彩的控诉还在后面哩。他对李莉莎说:"大婶,你一定要冷静、冷静。慢慢说,不要急,说不出话了就喝一口水。拜托了、拜托了!"梅泽一郎深深地鞠躬,再鞠躬,脸上的汗水已经湿透了衬衣领子。刚才跟吉田法官和被告方紧急磋商时,他们都表示应中止审理,择期再开庭。他们说得容易,拖到下次开庭,至少又是几个月以后,八十多岁的老人家怎么经得起再一次旅途的折腾呢?因此,尽管面对日本政府的代表塚木敏义对吉田法官说"在原告有生命危险的情况下,原告方仍然坚持开庭,未免缺乏起码的同情心"的指责,梅泽一郎依然硬起心肠说,我方坚持开庭,一切后果由我方承担。

不好意思了,法庭里的各位老师(重庆人对人的尊称),我一激动就会犯这样的毛病。那天轰炸过后,我被好心人送到医院,我的白色小裙子,全都成红色的了。我的头上、脸上都受了伤,左手的一块肉被弹片削掉了,你们看看我的手,现在都伸不直啊。在医院住了两天,医生说这个小娃娃没有事了,叫她家里人来接走。可是我哪里还有家人啊?医院派人把我送回家里,我才看到我爸爸、妈妈的尸体都停在屋子里了。也不晓得是哪个好心人帮忙送回来的。我们是逃难到重庆的"下江人",爸爸在江北的一家工厂上班,妈妈在家带我。我们在重庆又没得一个亲戚。我一个九岁的小姑娘,过去有爸爸妈妈在,不缺吃不缺穿,现在手上还裹着纱布,连埋爸爸妈妈的力气都没有了啊(开始哭泣,梅泽一郎忙递给她一杯水)。我只有……我只有跪在路边,说好心的叔叔伯伯啊,求求你们帮我把爸爸妈妈抬出去埋了吧(哭泣,喝水,又长时间哭泣)……后来,政府的防护团来了几个人,把我父母亲抬走了。他们走得嘿快嘿快,我跟不上。我说叔叔你们等等我嘛,我跑不赢你们。他们说,人都臭了,你个小娃儿不要跟来了。我想我总要晓得他们把我爸爸妈妈埋在哪里吧。但是转过一个街口,有一辆汽车停在那里,他们就把我爸爸妈妈往车上一扔,就像扔一件啥子不值钱的东西。汽车开走了,我更追不到了,我拼命喊,等等我、等等我啊。爸爸妈妈你们走了我啷个办哦(哭泣,梅泽一郎把水杯递过去,几滴眼泪掉进了水杯里)……

吉田法官这时说:"原告,本庭允许你坐下,休息一会儿再陈述。"

我后来才晓得,他们把我父母拉到江北的黑石子去埋了。轰炸中被炸死的人,没有亲人的都埋在那个地方了。重庆人叫它"万人坑",也不晓得到底埋了多少人。我回到家里哭了几天几夜,不睡觉也不吃东西。好心的邻居给我送碗稀饭来,我的眼泪落在碗里,稀饭就更稀了。没过几天房东来了,说你爸爸妈妈都死了,你也交不起房租,自己出去找地方住吧。我被赶出来,成了一个到处流浪的孤儿,在人家屋檐下、在路边的黄葛树下睡觉,到饭馆外面的潲水桶里捞吃的,有时野狗也来跟我抢,我都不晓得被咬了好多回。我童年印象中最恨的两样东西,一是日本人的飞机,再就是重庆大街上那些嘿么凶嘿么凶的野狗。

有一天下雨,天气冷飕飕的,我找不到地方睡觉。有个老太婆一个人住在一栋被炸垮了的烂房子边上,用几块破布搭了个棚子挡雨。她招呼我进去住,问了我的情况,嘿同情我。她家的老汉儿(此处指丈夫)也在轰炸中被炸死了,有个儿子在棉纱厂做工,问我愿不愿去工厂当童工。只要有碗饭吃,干啥子我都愿意啊。第二天老太婆就把我送到了工厂,还告诉我人家招工的人问我的年龄时,我要说自己已经十六岁了,还要偷偷跷起脚尖,显得个子高一点。她还把能找得到的烂衣服都往我身上裹,让我显得壮实一点。结果人家还是不要。九岁的小娃儿哪个能像十六岁的大姑娘嘛?老太婆就把自己手腕上的一只玉镯子褪下来递给了那个人,说求求你帮帮她吧,她是我家的童养媳。我那个时候不晓得啥子叫童养媳,只觉得人家帮我找了碗饭吃,就是天底下最大的好人了。

  我再也没有书念了,在工厂里当挡纱工,开初人个子小,够不到纱台上的纱,要跷起脚尖来做工。每天工作十二个小时。恁个累的活,回到宿舍却睡不着觉,同宿舍的女工回来倒头就睡。我在流浪的时候就很少睡觉,怕野狗来把我拖走;当童工后还是没有瞌睡,白天呢也照样干活。脑壳里总是"轰、轰、轰"地响,像日本飞机的轰炸声,有时我又听成是我妈妈的心跳,轰炸时她把我护在怀里,那是我听到的妈妈最后的声音,一辈子都忘记不了。想到这些我就忍不住流眼泪,就哭。我时不时还要犯一种毛病,白孜孜地会昏倒,浑身发抖、打颤颤,旁边的人要用筷子啦布团啦这些东西塞进我嘴里,怕我咬断自己的舌头,但醒过来后呢,就啥子事情都没有了。人们都说我抽"羊儿风"(癫痫病)。我好背时哦,人前人后都抬不起头来。我长到十六岁的时候,就和老太婆的儿子结了婚。我丈夫是个老实本分的人,在工厂里烧锅炉。他们一家都对我嘿好,我有"羊儿风",半边脸在轰炸中破了相,长成大姑娘后,人家叫我"半边美人",我还有啥子可挑剔的哟。可是呀,我妈妈曾对我说过,以后我们的小莎莎长大后要像爸爸一样,去英国留学。

　　结婚后我婆婆到处给我找中医抓药吃,都不管用。还是睡不着觉,还是抽"羊儿风",连医生都婆烦我了。到一九四九年后,工厂送我去重庆的精神病医院看病,医生给我开药吃,我每天才可以睡上两三个小时。我一辈子都想好好地睡一个觉啊!我到四十岁就从工厂病退了,只能拿很少的一点退休金,这点钱吃药看病都不够。天天晚上人家睡觉我就想,我这是造了哪个的孽哦,我的爸爸妈妈死得怎个惨,老天爷咋个也不可怜可怜我哦(又开始啜泣,喝水)!过去我父母信上帝,我小时候就在上海的教堂里受洗,还取了个洋名,但上帝咋个一点都不可怜我们呢?上帝也被你们日本的飞机炸跑了唛?不可怜我就算啰,也不可怜我的儿女。人家嫌他们的妈有"羊儿风",怕有遗传。我儿子到四十岁都说不上媳妇,女儿三十多岁了还嫁不出去。后来儿子找了个残疾人,女儿嫁到农村乡下。都是我造的孽影响了他们的啊。

不，不是啊。不是我造孽，是你们日本人的轰炸造的孽。去年夏天我在街上被一辆汽车撞倒了。当时他们把我送到医院，医生给我做全身检查，在照X光片时，医生发现我的左耳朵背后有一块米粒大的弹片！他们又找神经科医生来会诊，那个医生告诉我，就是这块弹片切断了你的睡眠神经，所以让你一生都头疼、睡不着觉，你这个病不是"羊儿风"。挨刀的日本飞机啊，我都活到七十九岁了，才晓得脑壳里还有块弹片。当初啷个不把我一哈（一齐）炸死哟，让我遭了一辈子的罪！

（声音忽然高亢起来）我要问问你们日本人，我们在好好生生地看戏，没有指你，又没有摇你，白孜孜地来炸我们，凭啥子嘛？你们日本人炸弹一丢，把我们的戏院炸了，屁股一拍就飞走了。从那天以后，我就再没有看过戏了，不但不能看戏，连父母都没有了；从那天以后，我就不再是爸爸妈妈的小天使了，不但天天饿肚子，连瞌睡也没有了！

李莉莎的陈述结束了，整个法庭就像一个听故事入了迷的人，似乎还想再继续听下去，或者沉浸在故事里出不来了。梅泽一郎长嘘了一口气，对面的塚木敏义曾经两次掏出手绢来揩眼角，这个混蛋的心总算不是石头做的。梅泽一郎和斋藤博士在重庆做调查取证时，湿过好几块手绢了。今天在法庭上梅泽一郎虽然担了很大的风险,但李莉莎老人的表现太棒了,连吉田法官都没有限制上诉人的时间,任由她说下去,这是对日索赔的原告中陈诉时间最长的一次。现在该他来把这个"重庆孤儿"的故事继续讲下去了。

"法官先生,这是一个'没有了睡眠的原告',是一个被大轰炸夺去了双亲,还夺去了作为一个正常人最基本的生存权利——睡眠——的普通中国人,更是一个把战争伤害浓缩成一粒深藏在脑袋里的弹片、侥幸地活到今天为我们作证的受害者。我们都会有失去双亲之痛,但有谁能够想象旧日本军的轰炸会让一个小女孩在剧院里和自己的父母瞬间阴阳两隔、伏尸痛哭?就像你们不能想象东京国立歌剧院遭到轰炸忽然变成人间地狱一样。我们也都会失眠,但又有谁能够想象一个孩子从九岁多就一直失眠,直到快八十岁了才知道这其中的原因?剥夺一个人正常的睡眠难道不甚于谋害一个人的生命吗?你三天三夜不能睡觉时,你一定会这样想,而如果你长达六七十年都不能正常入眠呢?法官先生,我这里有重庆医科大学附属医院为原告拍的头部X光片,请看看吧。当年那块弹片从原告的右前额打入,神奇地穿过她的前脑,游弋到左耳后部。医生证明正是由于这块弹片的游弋破坏了原告的脑神经。过去原告在重庆精神病医院一直被当作癫痫病人,医生长期让她服两种抗神经病的药,'氯硝西泮片'和'苯妥英钠片',前者用于控制各种癫痫、失神发作、痉挛症等症状,后者用于治疗全身僵直、阵挛性发作、癫痫持续状态等,可见那时的医生也没有找到病根。我在原告家里看到,服药的药瓶都堆积了两箩筐。这是我当时拍的照片。吃了这么多的药只能让原告每天可以睡上一两个小时,原告已经对此种药物形成了严重的依赖,就像刚才她在法庭上发病,人们不得不给她服药一样。

"法官先生,这是一粒多么邪恶的弹片,它就是旧日本军队对重庆实行无差别轰炸的铁证。它还在原告的脑袋里,这是任何人、任何政府也无法否认的。还有很多很多这样的弹片,在成千上万中国人的亡魂里。根据旧日本军在《海军航空本部支那事变日志》中的记载,在对重庆的轰炸中使用最多的是六十公斤的六号陆用炸弹和二百五十公斤的二十五号陆用炸弹,以及被大量使用的燃烧弹,还有用海军舰炮炮弹改装的重达八百公斤的巨型炸弹。以二十五号陆用炸弹为例,里面装有九十七点六公斤高爆炸药,爆炸后能产生一万块弹片,以十五度至二十度的角度飞散,爆炸中心四十五米范围内无人能存活,两百米范围内大面积杀伤。落在地上可以炸成一个深一点五米、直径八米的大坑。法官先生,这样的一颗炸弹,落在了重庆国泰大戏院的剧场里,落在了那时的小天使李莉莎的身边。我们都知道,剧院上演喜剧,也上演悲剧。而重庆国泰大戏院却在昭和十六年(一九四一年)四月十日那天,不幸地上演了一出由日本海军航空队导演的惨绝人寰的悲剧。

"法官先生,我们在前面的庭审中曾经出示了一个参加过重庆大轰炸的旧日本军老兵川崎正雄的证词,他的上司那时希望能用一颗炸弹就把重庆城炸沉到扬子江里去。但具有讽刺意味的是,靠一颗炸弹就毁掉一座城市的悲惨没有在重庆上演,而恰恰降临到了广岛和长崎。但那时骄横的帝国军人怎么能预想得到这场噩梦呢？就像他们也想不到后来东京也会遭受到美国人反反复复的无差别轰炸一样。'把他们炸回到石器时代去'，这是美军战略轰炸之父李梅将军当年的狂言。我们日本人，玩了一场'飞去来器'的游戏，只不过这样的游戏太惨烈了。战争这部机器是制造死亡和毁灭的，死亡和毁灭也同样要吞噬最先开动这部机器的人。这难道还不足以令我们反思吗？

"二战结束以来，文明社会都在讨论和着手处理战后遗留问题，那些口若悬河的政治家们可曾想到原告长达几十年的失眠就是最典型最具体的'战后遗留问题'？如果这个个案能得到解决，我们才能有勇气且自豪地说，我们日本是个勇于深刻反省战争、热爱和平的民主国家。"

梅泽一郎陈述完后，旁听席上响起一阵掌声。之后，法庭归于寂静，吉田法官问："被告方有什么问题要问原告吗？"

今天还是外务省官员塚木敏义和松本茂代表日本政府出庭辩护。他们互相对视了一下，就像都是无法回答老师问题的学生。其实他们都清楚，这场法庭辩护，不辩护就是最好的辩护。就像面对一个穷人，你不能再去指责他裤子上的补丁补得还不够端正好看。你情愿视而不见，还稍显最低限度的同情心。

塚木说："没有问题了，法官阁下。"

代理律师松本茂也说："没有。"

梅泽一郎可不愿意放过敲打对手的机会，站起来说："法官阁下，被告方最近几次庭审态度极为敷衍，不是心不在焉，就是对我方的上诉内容不置一词。塚木敏义先生代表的是日本政府，拿的是纳税人的钱,难道他不该履行自己的职责吗?松本茂似乎也忘记了他的服务对象。我只能理解为:要么他们承认我方陈诉的受害事实,也即承认旧日本政府有罪,应该予以中国的受害者赔偿;要么就是他们没有嘴。"

松本茂脸色苍白地站起来说:"我反对!"

吉田法官说:"反对有效。原告律师不能进行人身攻击。"

梅泽一郎乘胜追击:"好吧,我承认他们是有头脑有嘴巴的高级动物,我也看到塚木敏义先生刚才在原告的陈述中两次揩眼泪,但是我们为什么得不到眼泪里的答案呢?"

"法官阁下,我的职责是代表外务省出席庭审,我的眼泪纯属个人的同情心,庭审的情况我会如实向外务省反映。原告律师有越权辩护之嫌。"塚木敏义反驳道。

"本庭要求原被告双方之代理律师就原告陈述的受害事实进行辩论,希望双方律师相互体谅尊重。"吉田法官环视了一下法庭,又问,"原告方证人还有什么要补充的吗?"

"有,法官阁下。"证人席上站起来一个优雅端庄的老年女士,合体的衣着,满头浓密的银发烫成波浪状,端庄白皙的脸上化着淡妆,不是一般上了年纪的女性用化妆来遮盖脸上的岁月,而是仿佛轻轻的几笔就为岁月增添了魅力,尤其是那双集东方女性柔美、深邃、黑亮之大成的眼睛,以及眼眶周围的每一个细部,眉毛、眼窝、眼角、眼帘、眼睑,就像一个能够吸引宇宙一切物质的黑洞,也像一汪高原湖泊及其周边相得益彰的景致——森林、雪山、草甸、小木屋,看上去让人心旷神怡。吉田法官愣了一下,中国也有此等气质的人？在他的印象中，中国人就是像唐老三、李莉莎这种仿佛刚刚吃饱了饭，可以出来看看稀罕，找人吵吵架、聊聊天的土包子。他们衣着简陋、言谈粗鄙、缺乏教养——吉田法官年少时在漫画中看到的中国人大多是这个样子。他神思恍惚了几秒钟，才说："证人，请说出你的姓名，居住地，职业，作证的内容。"

"我叫蔺珮瑶，家住中国重庆南岸区弹子石崇尚公寓二十幢四号楼七〇五室。我是一名退休中学教师。我要向法庭提供的旁证材料有：第一，民国时期重庆市防空司令部的《日机袭渝暨伤亡损害表》，时间是一九四一年四月十二日，里面有四月十日那天人员伤亡的准确数字，包括国泰大戏院剧场里的死伤人数；第二，一九四一年四月十一号《新华日报》和《新蜀报》对国泰大戏院遭到野蛮轰炸的专题报道；第三，当天上演剧目的海报一张，剧本原稿一部分，供法庭参考；第四，国泰大戏院被轰炸前的老照片两张，分别为正面和侧面，国泰大戏院一九四一年三月一日第四次股东大会人员的名单及股金分配名单，在这张名单中你们可以看到我的丈夫邓子儒的名字，相信你们对他也不陌生；还有一张抗战时期在国泰大戏院上演过的九十四部话剧的名目。尽管这里面的许多话剧现在都不再上演了，但它们是一个民族在大轰炸下的文化证言。侵略者尽可以野蛮残忍，但我们不能不演话剧。仅仅看这些剧目名你们就该明白：日本为什么会战败。"

这次开庭原告团团长邓子儒因为身体不适没有前来，蔺珮瑶既是作为证人，也算代丈夫尽一次义务。更何况李莉莎身体状况不好，身边需要一个女性随时照顾。

"请……呈上来吧。"吉田法官没有料到这个看上去温婉如水的女证人说话如此有条有据、咄咄逼人。他翻了翻法庭书记员传递过来的材料,然后说:"本庭会认真研读这些材料。现在,本庭宣布:退庭!"吉田法官法锤一敲,起身离开了审判席。在退出法庭之前,他还扭头看了看证人席,眼光捕捉到了那个睿智高贵的中国女士,这让他对自己都感到奇怪。

旧闻录(之三)

重庆卫戍总司令部调查四月十日敌机袭渝情况暨伤亡损害表

一、空袭经过情形：本日敌机一百〇八架,分三批袭川。第一批三十六架,于十时三十四分,在潼关发现,经雒南、商县、安康、广安、合川、铜梁,于十二时四十分在北碚投弹……第二批十余架。在十二时五十五分在湖南燕子坪发现,经新塘、黔江、彭水,于十四时五十余分在涪陵投弹经石柱逸去；第三批五十四架,于十四时二十二分在利川发现,经梁山、忠县、邻水、长寿,于十五时三十分在市区、江北一带投弹后经石柱逸去。本市在十四时三十五分发布空袭警报,十五时二十五分发布警急警报,十七时发布解除警报。

二、投弹地点：中一路,中四路,牛角沱,柴家巷,上清寺,大田湾,江北美亚绸厂,江北廖家花园,望龙门外民生码头,保节院街,施家河,马房街,虎乳街,领事巷,自来水公司,英国领事馆,英国大使馆,石板坡法领事馆,兴隆巷,芭蕉院,临江门双溪沟。

三、投弹数目：爆炸弹一百五十七枚,燃烧弹八十七枚,合计二百四十四枚。

四、伤亡人数:国泰剧院中弹,伤:男九十八人,女一百○二人;亡:男一百二十一人,女一百三十人。其余投弹地点伤亡人数,伤:男四十四人,女六十七人;亡:男三十三人,女六十九人,合计伤亡六百六十四人。

——民国三十年(一九四一年)四月十二日参二科调制(摘自重庆市政府档案)

(海军基地林田特派员十四日电)在渡洋轰炸三周年纪念日公布了海军重庆轰炸队今年大空袭以来约三个月的惊人战果:

由市丸、大林、山本、菊池各部队长率领的精锐主力,在天气条件允许时轰炸四川各地。这次攻击总天数为三十八日。真是空前的连续轰炸,总机数超过三千三百架次,使人想象出那是覆盖重庆的海一样的大编队的威容。攻击目的是覆灭重庆,投下的炸弹约两千吨,平均一次投下八十吨的大量炸弹和燃烧弹。电灯、水道、电话全被毁灭。敌政府明显的政治、经济、军事机关几乎全部毁灭,要人们各自散去,敌方总部及看似蒋介石住宅等重要地区也受到五六次反复轰炸……

——《东京朝日新闻》昭和十五年(一九四○年)八月十五日

随着冬季结束雾季过去,敌人的轰炸机又来了,从酷夏到晚秋，空袭已成为生活的一部分。甚至和人们的日常生活合拍。早上一起床空袭警报就响起来了，人们提着包裹，带着水壶铁锅进入防空洞，在那里度过一天。有时炸弹就在附近爆炸，能够听到唰唰的独特的声音。有时远处响起爆炸声，那是轰隆隆炸弹炸响的声音。每天都轰炸五六次，最多时达二十多次。还有一次连续七昼夜不受任何反击地轰炸，人们长期在防空洞里，有些人死去，特别是儿童经不起酷热和极度的疲劳，拉痢疾而死。

——《无鸟的夏天》，韩素英，上海人民出版社二〇一二年版

（本报特写）当前天的余烬还没有完全熄灭的时候，昨天下午，敌机又在重庆市区倾下了大量的燃烧弹。火区从上大梁子起，通过小什字，再向左折向龙王庙街、小梁子一直到会仙桥；再从苍平街附近的瓦砾中把没有烧尽的残梁断柱重新点燃起来，连接到青年会，整整画了一大圈子。火焰熏红了城区半个天空……这地区虽不太大，但也包含着一整个复杂的内容。市商会、人力车行、妓院、商店、新华日报营业部、商务日报馆、开明书店——一个中国的缩影——完全不分彼此的在日寇的暴力下受到了摧残！被摧毁的千余幢房屋，这是辛勤的建设与残酷的破坏的对比，这是时代的悲哀！

记得许多人曾经为银行区的没有被炸而惊奇的,但今天的事实却告诉我们,日阀对银行家并没有和对我们小百姓稍有两样,当你不愿做人奴隶的时候,他的暴行是一视同仁的。

有一个外国记者说过这样一句话:"日本人辱没了人类的各种有价值的性质。"日本人岂仅辱没各种有价值的性质而已呢? 日本人——就是指那些肉食猛兽们,他们早已谈不上什么人性,根本不能列入有智慧、有理性的人的种类了。

重庆的精华,大部分在火中毁灭了! 同时,也毁灭了那些陈旧的腐烂的。那散布霍乱的较场口的小食摊,那流着浓臭的沟水的十八梯,那藏匿了许多污秽堕落的女人和游手好闲的男子的模范市场,那浪费了几多金钱的西餐馆,那陈列着珍贵西点的沙利文,那刀叉铿锵声达户外的国泰饭店,那几十元一晚的大招待所,那黝黑而潮湿的贫民窟。我们决不因重庆在火中的毁灭而悲观,我们要在旧重庆的废墟上建立起新的、正轨的、坚强的、合理的新的重庆!

我们正告凶猛残暴的敌寇,旧重庆的毁灭不是投降,这是准备在血和火的锻炼中,哺育新生的坚强的力量来答复残暴的死敌!

——《新华日报》一九四〇年八月二十一日

12. 空军坟

一九四〇年的夏秋之际,重庆的天空总是飘洒着愤怒而哀伤的眼泪。那一年雨多、雷大,以至于人们常常分不清哪是天上的雨、哪是眼眶里的泪、哪是落到地上的雷、哪是炸在灵魂深处的炸弹。日军大本营确定了对中国战时首都的战略轰炸是"解决日中战争的关键"这一战略目标,日本海军的一些高级航空指挥官甚至认为,它具有与一九〇四年"日本海海战"一样的意义。他们认为,重庆的国民政府在猛烈的大轰炸下屈服了,中国就屈服了,日本军队就可从中国战场抽身出来,去征服更多的国家和地区了。其实那时日本和中国一样,都看不到战争结束的希望在哪里。中国的有志之士们坚信抗战一定会胜利,但彻底赶走侵略者的日期却是一个未知数。而狂热的日本海军航空队的将军们,却以为他们找到了结束战争的良方,这就是对国民政府陪都重庆的"战略政略轰炸",从毁灭这座城市的中枢机关、重要资源、房屋建筑、交通要线,到尽可能多地杀死它的人们,以达到最后目的:征服中国人的抗战意志。"支那人的士气,就是我们的轰炸目标。"指挥官们无数次发布命令说。重庆的人们将会看到,"日本飞机翅膀连着翅膀,比下雨前的蜻蜓还要多地飞来"。

对刘云翔来说,重庆上空的作战,既是为国家民族而战,也是为自己的初恋恋人撑起一片安全的天空。还有比这更强大的激励吗?他的战机始终被重庆城里的一双眼睛深情遥望;而他从天空中俯瞰两江环绕的那片半岛时,也总有凝望故土般的温热感叹、淡淡忧伤。虽然他心中并没有一丝再续前缘的奢望,不要说蔺珮瑶已经结婚,就是她还在等他,最终等到的结局极有可能就是他在一方墓碑下,而她在墓碑外。驻防在重庆的空军四大队的兄弟们,已经接待了太多悲伤欲绝的寡妇和痛哭流涕的年轻姑娘,这可是比上天和日本人作战还要难以完成的任务。去年一个兄弟殉国了,他的妻子天天以泪洗面,绝食并打算殉情。队上的兄弟们把世间所有的宽慰话都说尽了,也毫无作用。最后全队弟兄齐刷刷地跪在她面前,说:"嫂子,你什么时候吃饭,我们再吃。要么我们违抗军令被关禁闭,要么饿着肚子上天跟日本人打仗,同样也可以为大哥报仇。"那些嫁给了空军飞行员的姑娘们,就像手里攥着一只漂亮风筝的人人羡慕的孩子,但谁也不会理解她们失去风筝后的悲凉。

而那些脆弱的风筝,在战火纷飞的岁月里,太容易飘零了。

一九四〇年九月十三号,是个秋高气爽的日子,重庆的上空无遮无拦。日军五十三架轰炸机分三个批次前来轰炸,前一天战时首都已经承受了四十八架日机的饱和轰炸了。重庆的人们并不知道,这是日军海军航空兵大本营又一轮"收拾重庆日课"的开始,重庆的各大报纸只是将之称为"疲劳轰炸"。轰炸已然成为日常生活的一部分,人们有疲劳、有害怕、有惊慌、有哀伤,但就是没有屈服。

这一天却是中国空军最为黑暗的一天。刘云翔驾机迎敌前没有时间扔硬币,起飞命令是匆忙下达的。本来按重庆防空司令部的作战计划,由驻扎在遂宁机场的空军第四大队、第三大队和驻扎在白市驿的共三十架伊-15和伊-16组成四个编队去迎战敌机。下午一点三十分左右,我方战机刚赶到璧山上空,耳机里就不断传来战友们不祥的惊叫:"我后机舱盖被打飞!""我左机翼折断!""敌机在上方,天啊,我被击中了!"

刘云翔紧张地瞪大了眼睛,在白色的云团里寻找日机。在他的下方,可以看到战友们被击中的飞机拖着左一条右一条的黑烟急速坠落,而敌机却连影子都看不见,这仗打得实在窝囊。他呼唤〇三二五号僚机周志雄注意观察,将高度提升到五千五百米。他刚翻上一团白云,便看见自己右上方有一白色的亮点,转眼间一个侧转就向他扑下来。刘云翔刚来得及呼喊一声:"〇三二五号,注意,两点钟方向敌机!"就感到自己的左后翼"砰"地一震,他当时想,中弹了。待回头一看,飞机半边左后翼刀削一样不见了。这种情况可从来没有遇见过,每次战斗,机翼、机身都会被射穿几个洞,只要不被击中油箱和人,飞机仍然在云间坚持战斗。

可现在飞机顿失平衡,歪歪斜斜地往下坠。他判定,击中左后翼的不是几颗七点六二毫米的机枪子弹,而是一发炮弹。难道日机开始装备机炮了? 刚才那个白色亮点现在像一把劈过来的亮晃晃的战刀,"唰"一下就从他的头顶一掠而过,速度快得让他连对方飞机上的机舱盖都看不清。过去和日军的轰炸机交手,大家缠斗在一起,有时一方从云团里钻出来,忽然迎头碰见或者并行飞行,双方都能看见对方惊讶的神情。现在连对方的样子都没有看见就被打下来了,真是奇耻大辱! 刘云翔那时只想尽力保护好飞机,争取迫降。他呼唤周志雄,但他再也听不到僚机的回答了。

刘云翔的飞机拖着一股白烟盘旋着下坠,耳机里全是求援的呼喊,飞机爆炸的声响,战友们中弹时的惨叫。大地向他迎面扑来,他的脸上不知是紧张的汗水还是羞愤的泪水。发动机还没有熄火,只要飞机还能飞,没有进入螺旋状态,他就有可能活命。他的飞机像一片树叶般飘落,他也可以选择跳伞,但他不愿意。他听到蔺珮瑶募捐飞机的故事时,就暗下决心:今后人在机在,人亡机亡。他已经在心中把自己的战机称作"珮瑶号"了。

快要失控的飞机飘飘晃晃地往大地坠落,刘云翔想这就是自己的命运——飘荡,从东北飘到西南,从故乡荡到异乡;飘荡,从生飘到死,从死荡到生。

迫降前的一瞬间,刘云翔终于发现一块篮球场大小的稻田,他努力控制着飞机对准它冲了过去。强烈的风撕扯着他的头,蔺珮瑶送给他的那条蜀绣围巾忽然飘散开来,蒙住了他的脸,风扯动着围巾在他的耳边急速私语,仿佛在倾诉一个人压抑了多年的爱和恨，又仿佛为他遮挡住了死神狰狞的脸，让他嗅到了女人的体香。

"来呀……"他大喊一声，只听得"轰隆"一声巨响后，就什么都不知道了。

位于重庆南岸区的空军抗战纪念园坐落在环境清幽的南山上，重庆人叫它"空军坟"，二〇一〇年刚刚修葺一新。从二十世纪四十年代时起，为保卫重庆阵亡的二百四十二名空军烈士都安葬在这里，不仅有中国空军将士，还有苏联和美国的空军飞行员。对重庆人而言，这是一个地名，是久远的历史还开启着的一扇窗口，而在刘云翔心里，这是他的战友们的血衣葬地，是战友们永远的"军官宿舍"。

"从来没有想到自己能活这么久，真不如那时就战死了，就能和大家一起葬在这里。看这块墓碑，周志雄中尉的，这是我的僚机，在白市驿的军官宿舍里住在我隔壁。唉，我现在没有资格和他再睡同一排'宿舍'啰。'九一三'那天，他跳伞了，但日本飞机追着他打，把他的降落伞打燃了……唉，我们那时都是些'水晶玻璃球'啊！"

历史老人刘云翔站在一块墓碑前，仿佛是一个站错了人生位置的人。山风吹拂着他银色的白发，像一面小小的苍老而柔软的旗帜。他身着一件米黄色夹克，系着领带，腰板硬朗，目光犀利，神态坚毅，器宇轩昂，一看就是那种接受过高级训练的人。

一同前来凭吊阵亡空军将士的有日本律师斋藤博士、梅泽一郎和菊香贞子,还有原告团的赵铁律师、"重庆大轰炸受害者联谊会"的钱嘉陵和三个志愿者,其中一个是研究飞虎队在华抗战的民间学者李中华,这个四十多岁的中年人,做生意挣了些钱,就自己出钱搞了家飞虎队博物馆,还得到过陈香梅女士等国际知名人士的肯定和支持。他对当年中日双方的飞机型号、性能、火力配置,每一次空战的经过都能如数家珍、娓娓道来,仿佛自己就是历史的经历者,而且还是站在一个总览全局的高点上。总有这样一部分人,他们生活在当下,灵魂却在历史的尘埃中舞蹈。他们并不是为生活而读历史,只是为历史所感动。他们是拒绝遗忘的一类人。

三个日本人带来了一大束鲜花,献在抗战纪念园的主题碑下。来这里祭拜是菊香贞子提出来的,斋藤博士开始以身体疲倦为由不想来,但到临走时,他又改变了主意。赵铁律师发现他们并没有鞠躬,不像以往他们凭吊较场口"六五"大隧道惨案遗址时,总是有真诚的谢罪鞠躬。

钱嘉陵悄悄问李中华:"他们不想向我们的空军烈士鞠躬吗?"

李中华想了想说:"毕竟是日本人,跟我们的感情不一样。"

赵铁应了一句:"已经是不错的日本人了,也许他们只同情战争中的无辜受害者。"

刘云翔瞪了他们一眼,用重庆话说:"虽然是友好人士,但他们还不配。哪个给我一支烟,让我的志雄兄弟抽一口吧。"

钱嘉陵忙掏出烟来,点燃后恭恭敬敬地递给刘云翔。刘云翔戒烟有二十来年了,他看看手里的烟,举到鼻子前闻了闻,点燃后试着吸了一口,缓缓吐出来,然后放在周志雄的墓碑上,说:"周中尉,凑合着抽吧,抱歉忘了带一包你喜欢的'骆驼'牌来。我早抽不动啰,你还那样年轻,能吃能睡,带着自己的爱为国战死。多好啊!"

所有的墓碑都是一排一排平铺在地上的,依着山势坡度沿着一层一层的台地铺排开去,像一列列静卧的士兵。今天是个大晴天,有白云也有蓝天,重庆的上空难得如此澄明、透彻。在抗战年代,这是个随时就要投入战斗、血洒长空的日子,是宁静的日常生活随时都要被尖锐的空袭警报和接踵而至的炸弹撕裂的日子。生活在和平时期的人们怎么能体会得到烽火连天的岁月中,一片晴朗的天也会让人感到莫名的恐惧和忧伤。太阳火辣辣地照射大地,有几丝微风吹来,烟头忽明忽暗,燃得出奇地快。钱嘉陵有些惊讶地说:"刘爷爷,你的战友听见你说话了呢。你看他在抽烟,英雄生前烟瘾一定很大。"

刘云翔说:"他只有平安降落了才抽上一两支,缓解一下紧张情绪。他的女人们不喜欢他口中有烟味,他是一个标准的绅士呢。"

"女人们?"赵铁问,"有很多女人爱他吗?"

"准确地说,他爱很多的女人。这个家伙是个猎艳高手。我还记得他下葬的那天,至少有四个女人哭昏了过去。"

钱嘉陵说:"那英雄死有所值了。"他发现刘云翔不高兴地看了他一眼,忙改口道:"空军英雄嘛,想来也是那时女人们崇拜的对象。"

"我们不是为了人们的崇拜去战斗。"刘云翔说。

"是、是、是。"钱嘉陵忙点头说。

这时菊香贞子问:"这些坟墓都是空的吗?"

"有许多都是衣冠冢。飞行员那时有一个称谓,叫'水晶玻璃珠',掉到地上的人哪里还有完整的,有的只能找到一截腿、一撮头发,甚至一些衣服碎片了。"刘云翔不想告诉日本人的是,"文革"时南山上的空军坟几乎都被毁了,墓碑被当地百姓撬去做基石。二十世纪七十年代的一天,他曾偷偷上来看过,周志雄的墓被盗了,水杉木棺材被人打开了。盗墓者能找到什么呢?也许是某个女人给他的信物吧。刘云翔记得当时是他亲手放进去的,具体是什么他却怎么也想不起来了。

每块墓碑上都没有碑文,只有名字和一行生卒年月。菊香贞子感叹了一声:"周好年轻,才二十二岁。刘先生,我看到好几块墓碑上阵亡时间都是一九四〇年九月十三日,我记得似乎也是你迫降负伤的日子,那天的仗是不是打得很激烈?"

"零式飞机,你知道吧?"

菊香贞子不无骄傲地说:"当然知道了,神风突击队的飞机,当时世界上最好的飞机。刘先生和零式飞机打过仗?"

刘云翔知道在这几个日本人面前,绕不开自己生命中最屈辱的一天。菊香贞子来参观这个陵园,是为了更顺畅地打开他尘封的恋爱史,而斋藤博士和梅泽一郎来,也只是出于礼节性的尊重。不过今天他不想倾诉,只想安静地陪陪自己的战友们。因此他对李中华说:"你来告诉她那天的经过吧。"

李中华谦逊地说:"刘老,你老人家在场,我咋个敢说话喔。"

"你说。我听。嘉陵,再给我一支烟。"

刘云翔的口气不容置疑,李中华只得说:"刘老,那我就班门弄斧了哈。零式飞机当时也叫'十二式舰载战斗机',由日本三菱重工设计制造,一九四〇年七月才首飞成功,同年八月就派到了中国战场。因为那一年是日本的皇纪二六〇〇年,取了后面的两个零,所以就叫'零式'了。在零式飞机为轰炸机护航之前,日本轰炸机只能靠自身的火力防护,他们往往以密集的上下两层编队、靠机上的机枪形成交叉火力,而我们的战法是冒死冲进它的编队火网,打乱它的队形,以各个击破。当时我们拥有的苏式伊-15、伊-16和美制鹰式战机基本上可以和日本轰炸机打个平手。但零式飞机一出战,在机动性、火力配置、爬升力、转弯半径等性能方面,都超过我们的飞机整整一代。零式飞机还在世界上第一次使用了二十毫米的机关炮,一击中飞机,就不是射穿几个洞了,而是整个机身解体、爆炸。我听刘老说当时他的飞机左后翼一下就被打飞了,也是不幸中的万幸。"

刘云翔坐在一块石凳上,吐了一口烟,说:"我情愿没有这份幸运。"

几个日本人不解地看着他,老人却目光空蒙、神色平和,像一个悟透了生死的智者。

"其实我们不是不知道日军有新式飞机出战,只是不知道它到底有多厉害。当年日本人为了给零式飞机找个前进机场,在海军航空本部的强烈要求下,陆军部队在一九四〇年六月就攻占了湖北宜昌,这样零式飞机到重庆的作战半径就缩短了三百多公里,使它能更有效地进行空战。一九四〇年的八月十九号,零式飞机第一次为轰炸机护航,我方为审慎起见,没有与之接触,重庆市区遭到比一九三九年的'五三'、'五四'更残酷的大轰炸,十五条街道在燃烧,一万多间房屋被摧毁。到了九月十二号,日机再次狂轰重庆,由于担心日本新式飞机参战,重庆的防空司令部还是没有下命令起飞拦截。但陪都惨遭轮番轰炸,这是我们空军的耻辱!老百姓都在戏说,我们的飞机躲空袭去了。好像蒋委员长都发火了,责问防空司令部是干什么吃的。到了第二天,也就是九月十三号,一个不吉利的日子,日机又来了。我们这回要跟他们决一死战了。你可以认为是防空司令部的将军们失去了理智,也可以看成这是一种拼它个鱼死网破的血性。我们集中了所有能作战的飞机上去,期待也能打下一两架敌机来给国人有个交代。但血性不能代表战果。那一天,日机在六千五百米的高空发现了我们在五千米高度上的飞机。按当时在重庆观战的陈纳德将军的说法是,零式飞机仗着自己优越的性能,如同恶鹰扑进鸡群,中国空军飞行员在什么情况都不明了的状态下,就一架架被击落,其中也包括他在昆明训练的美国飞行员卡基斯·莱特的鹰式战斗机。我们的飞机被击落十三架,损伤十一架,牺牲飞行员十八名,而日军飞机无一被击落。我们输了一场零比二十四的战斗。真是一场中国空军的灾难啊。在一块田里,竟相继落下来两架飞机。至今老百姓还叫那地方为'飞机田'。"

"你说的不完全对。"刘云翔像是从睡眠中醒来一样,两眼放光,"我方击伤了他们三架,其中一架还在迫降时损毁了。"

"对、对、对。"李中华忙更正道,"日本人当时还吹嘘说他们击落了我们三十架飞机哩,他们也喜欢虚报战果的。不过当年零式飞机的确称霸一时。不要说我们,在太平洋战争爆发之初,美军在太平洋战场上也被零式飞机打得七零八落的,几乎损失了三分之二的战机,等到了一九四三年,美军研制成功更先进的P-51野马式战斗机,才找到制胜零式飞机的路子,令它不得不在战争快要结束时,只能成为以机撞舰的自杀式飞机。"

梅泽一郎这时问:"没有了制空权以后,重庆靠什么抵御轰炸呢?"

李中华苦笑道:"天上只有靠雾,地上只有靠防空洞了。"

"不。"刘云翔说,"我们还有话剧。"

从南山回来后,菊香贞子被刘云翔的气质深深吸引,蔺珮瑶爱情故事的主角终于穿越时间隧道,迈过岁月的迷雾悉数出场了。尽管她认为邓子儒也是很优秀的中国男人,但刘云翔身上不经意间散发出来的那种悲情气质,让这个日本女人有说不出来的怜惜和同情。战争结束后的经历,刘云翔也不愿意对菊香贞子多说一句。"抗战胜利后,我就解甲归田了。去北碚当了一名中学英语老师,直到退休。"这就是他对自己后半生的全部概括。"那么,你为什么不结婚呢?"这才是菊香贞子最关心的问题。而她得到的回答是:"一个战争中的幸存者,上帝让他活下来,同时也让他错过生命中的许多美好。"

菊香贞子从刘云翔的嘴里挖不出更多她所需要的故事,她只有再去找蔺珮瑶。不过,这次她来重庆的时间相当不凑巧,邓子儒已经在医院住了一个多月了,老太太每天都要跑一趟医院,像哄孩子一样一口一口地喂他吃饭,看得菊香贞子既感动又大为疑惑。他们的儿女们就住在这个城市,但菊香贞子却没有见到一个后辈到医院。蔺珮瑶的解释是,他们工作忙。我现在还跑得动,不要影响他们。倒是那些原告团的团员和赵铁、钱嘉陵他们常来看望他们的团长。菊香贞子想:他们正在步日本后现代化的后尘,满头银发的老人,独自面对喧嚣的尘世。只是这样年岁的老人,在日本早就进养老院了。

菊香贞子年轻时做过记者,在NHK电视台工作过,跑遍了世界各地,连非洲那些动乱的国家和部落都去过了。"因此蔺妈妈不要以为我是个日本人,就吃不得苦。"这是她在蔺珮瑶的家里说的话。她几乎天天来蔺珮瑶家,陪她一起去买菜、做饭,到医院探视病人。

蔺珮瑶的家是一套不足一百平方米的小套间,坐落在南岸区一个混乱无序的小区里,各式轿车挤满了所有的通道,甚至连单元门口都会塞进一辆停泊的车辆,让人不得不侧身而进。这样的小区在建的时候,显然没有预料到中国会这么快就进入了汽车时代。菊香贞子总觉得中国和日本就像两个互相追赶的兄弟,她问蔺珮瑶是不是也有这样的想法,蔺珮瑶想了想回答说,如果非要说是兄弟的话,是两个互相不服输的兄弟。

从蔺家一间房间的窗户可以远眺长江北岸渝中半岛上鳞次栉比的高楼,晚上看过去更是如同天国里的幻景。建筑风格各异的楼宇被人们用灯光勾勒出色彩迷幻的线条,壮观奢华,气势宏伟,极富现代都市气息。而转回头打量屋子里的电器、家具,看上去却都已过时,至少用了二十年以上,但收拾得整洁、规整。狭窄的阳台上还种了一排花和绿色植物,连墙上都吊了几盆盆栽植物,像个精心布局的微型空中花园。菊香贞子曾经问过蔺珮瑶,我听邓先生说过,对面半个城过去都是他们家的,现在你们却住到郊区来了,有没有感到某种不平衡呢？蔺珮瑶当时笑笑说:"我们这把年纪的老人家,怎么背得动半个城的重量。"

　　每当菊香贞子坐在蔺珮瑶家陈旧过时的沙发上时,面对客厅墙体上那些陈年水渍,她就想:需要多么豁达的心,才能承受这人生的沧桑巨变。繁华落尽、褪去铅华,这个昔日名媛、大家闺秀可否还有一丝惋惜、几分惆怅？

　　这天,蔺珮瑶在灶上熬稀饭,菊香贞子在一边洗菜。她忽然问:"蔺妈妈,你还没有告诉我你当年婚礼的豪华景象。"

　　八十六岁的蔺珮瑶在狭窄的厨房里用一把勺搅着锅里的稀饭,心淡如水地说:"什么豪华啦热闹啦,都是一场游戏,游戏结束了就散了。我想不起来啦。噢,我倒想起婚礼上的一场意外。"

　　"意外？日本飞机又来轰炸了？"

　　"那倒不是。办婚礼的峨眉大饭店的大堂是欧式的,两边有弧形的长楼梯,按仪式新郎、新娘要各持一支红蜡烛,在大厅里的钢琴伴奏下,打扮得像小天使一样的花童牵着我长长的婚纱,我和邓子儒在伴郎、伴娘陪同下,各自从大堂两端的长楼梯上走下来,来到大堂中央后,再共同点燃一支巨大的鲜花簇拥着的红烛。但我的蜡烛走到一半时莫名其妙地熄灭了,当时大家都很尴尬,邓子儒的脸都白了,没有谁知道该如何弥补。我也僵在那里,倒不是被这意外吓蒙了,而是想:这是刘海的在天之灵吹灭了我的蜡烛,他的那双深邃温柔的大眼睛,正在天上看着我。这个想法让我幸福又晕眩,再也迈不出一步。嘉宾们都愣住了,婚礼司仪在大堂中央喊,蔺小姐,请往前。而我就像被施了定身法一样呆立在众目睽睽中,我甚至想扔掉蜡烛转身逃走。这时邓子儒快步走下楼梯,来到我这一边,很优雅地跪下,用他手里的蜡烛把我的点燃,然后用另一只手牵起我的手,温存地说,珮瑶,来,我们一起去把大蜡烛点燃。那一刻我心里还是有些感动,觉得这个男人是个很宽厚的人。唉,走吧,我们该去医院送饭了。"

半个世纪前的豪华婚礼,现在已然熬煮成一锅炖在灶上的稀饭。该喝这稀饭的人,是幸运的,也有许多的不幸。

菊香贞子这次来重庆最吃惊的是邓子儒衰老的速度就像长江三峡的流水,一眨眼,生命之舟已过了万重大山,精气神儿仿佛都被雨打风吹去了。这个老人气息奄奄地躺在病床上,似乎都萎缩了一圈。菊香贞子几天前去看望他时,他曾握住她的手说:"贞子小姐,我怕是看不到我们的官司胜诉的那一天了,但我相信我们的人不会放弃。"那一刻菊香贞子的眼泪含在眼眶里,既有一眼看透一个人一生命运的悲怆,又有身为一个日本人的深刻负疚。

她们出门前,菊香贞子说,我们坐出租车去吧。蔺珮瑶却坚持要坐公共汽车,说不必那么浪费啦,我们老人坐公交车是免费的,只是你要出一块钱。我天天坐,方便得很。

在公交车站,她们遇到了穿一身运动衣的刘云翔,一副刚晨练回来的样子。他好像已经等了许久。互相打过招呼后,刘云翔接过蔺珮瑶手里的保温桶,搀扶着她上车。

菊香贞子问:"刘先生也去医院看邓先生?"

刘云翔有些不自然地说:"我来送送她。"

蔺珮瑶脸上荡漾出少女才有的羞涩,"这个老刘就是犟得很,不听招呼,自己的腿都不利索,还天天来接送,我又不是小孩子。"

刘云翔低声说:"你视力不好嘛,要听话哈。"

在菊香贞子眼里,这是少男少女才会有的那种站台接送、卿卿我我的情调。这一对银发飘拂的老情人,要走过多少岁月,经历多少故事,才能达到今天这种心如止水、相敬如宾、守望相助的境界?

到了医院,刘云翔却不上楼,他说他已经探望过那个老哥子了,去多了给人添麻烦,他就在医院的院子里等。菊香贞子忙说,我留下来陪刘先生吧。蔺珮瑶也不多说什么,接过保温桶就进住院部去了。

邓子儒和刘云翔这两个堪称优秀的中国男人,菊香贞子更欣赏刘云翔。尽管这是她第一次见到刘云翔,尽管在受到唐老三骚扰后,她一度对中国人没有了好感。但日本女人的隐忍、温和让她有机会接触到方方面面的中国和形形色色的中国人。在她生活的圈子里,中国以及中国人,不是值得同情的,就是需要提防的。但不论是思想左翼还是右翼的日本人,面对中国人都有一种高高在上的文化优越感。是因为他们曾经很落后,还是因为他们曾经被日本征服过?菊香贞子难以分辨清。她是在和蔺珮瑶交往后,被她的身世和魅力强烈吸引,才不断到重庆来。她隐约感到,重庆大轰炸受害者们的人生故事,可以诠释战争的另一面——一个正在被这个社会日渐遗忘的一面。而有选择地故意遗忘,正是日本社会显得日益危险的前兆。

他们坐在一个小花园的葡萄架下,刘云翔说,我去买两瓶矿泉水吧。菊香贞子说,不用,我们随便聊一会儿。刘云翔说,昨天晚上我们已经聊得够多的了,在过去,我要是和一个日本人说这么多话,一定会被当成亲日的汉奸。

"在日本我还被看成亲华派呢。"菊香贞子笑着说,"刘先生,我听说你从原来居住的那个地方,北碚,是吧?搬到南岸来了?"

刘云翔显得稍不自然,答道:"嗯,这个嘛……人老了,离主城区近一点,就医啥的,方便。"

"请恕我冒昧,是为了离蔺珮瑶女士更近一些吗?"

刘云翔回避了菊香贞子的眼光。"她……她做过白内障手术,最近眼底又黄斑病变,视力不好,血压又高……他们家老邓这几年参加原告团的活动,把身体搞垮了。我们是多少年的老朋友了,抱团相助吧。我们的世界和现在这个世界不一样,没有多少人能理解。我们不但是战争的幸存者,还是生活的落伍者、被淘汰者。我们就自己收拾清楚吧。"

"刘先生在重庆还有亲人吗?"

"没有。过去我是重庆的孤儿,现在我是重庆的孤老头。"

"哦,我很遗憾。刘先生,我还听说,战争时期邓先生还专门为你写了一部话剧,就是李莉莎女士在东京地方法庭的指控中提到的那出话剧。在我看来,这真是件不可思议的事情。照理说你和邓先生是情敌,但你们却相处得像兄弟一样。"当过记者的人,问话喜欢单刀直入。

刘云翔望着医院里来来往往的人流,缓缓地说:"那是因为,我们那个时代的人,除了爱情,还要爱国家,更要救亡图存。共产党和国民党这对老冤家都走到一起共同抗日了,我们个人的那点恩怨,不算什么。"

"那天在南山上,你说重庆抵御空袭的力量中还有话剧。我真难以理解。要什么样的民族性格,才能在大轰炸下,能坦然走进剧场?这和重庆人乐观的天性有关吗?"

"不。和我们有太多的苦难需要呐喊、需要宣泄有关。"

13. 咫尺天涯

一九四〇年的秋天,邓子儒和蔺珮瑶在歌乐山的中央医院见到刘云翔时,他的头上还裹满纱布、腿上还上着夹板,这还是他们请求了三次才被准允的会面。并不是军方不让见,而是刘云翔自己。谁愿意以一个战败者的身份接受别人的怜悯呢?要么是英雄,要么是烈士,刘云翔一直认为自己在蔺珮瑶面前只有这两种角色。一个女人不能爱了,你只能把最好的一面留给她,但残酷的现实却让刘云翔展示出最狼狈的一面。

邓子儒夫妇带来了鲜花、罐头等一大堆慰劳品。邓子儒说:"你仍然是我们的英雄,这次虽然没有把日本飞机打下来,下次再上天把他龟儿子些揍下来就是。胜败乃兵家常事嘛。我听军令部的一个朋友说,那天的空战日本好像出动了最新式的飞机,我们的飞行员已经够勇敢的了,人家飞机好,飞得又高又快,这也是没有办法的事情。现在的战争不是光靠勇气就可以取胜的了,连拿破仑都说过,上帝站在物质力量强大的一方……"

"哎呀,你少说两句吧。"蔺珮瑶打断了丈夫的话,她进病房后,恨不得一头扑进刘云翔的怀里。这几天她真是心如刀绞,你的恋人打仗负伤了,你却不能去病床前喂一口饭、递一杯水,不能宽慰他、温暖他。世上没有比这更让人痛心的事情了。她看他的目光是疼爱的、怜惜的、温情的,而他偶尔看她几眼,目光里却尽是羞愧和忧伤,像一个没有完成老师作业的大孩子。

"腿伤没有事吧?"蔺珮瑶坐在病床边,大胆地握住了刘云翔的手。

刘云翔不自然地缩回来了,阴郁地说:"连医生都不确定我还能不能飞,要看恢复情况。"

"不能飞,就太好了!"蔺珮瑶失声叫了起来。

"你在说啥子哦?"邓子儒不解地问,刘云翔也用懊恼的眼光看着她。

"你就不用去冒险了,每次上天作战,人家多为你担心啊。"

"妇人之见。"邓子儒说。

"我不要你担心。"刘云翔生硬地说。

邓子儒此刻作出了一个将要让他后悔一生的决定。他说:"云翔老弟,你先在医院安心疗伤,等出院后,就来我家休养一段时间吧。珮瑶反正也没有什么事情,正好照顾你。我呢,嘿嘿,也不是没有私心,我要为你写的话剧刚开了一个头,可我一点都不熟悉你们飞行员的生活,你们的身世是咋个样的,你们如何上天打仗,又有怎样的情感世界,哈哈,你们会爱什么样的女人呢?还有,你们平常如何吃饭睡觉、打牌喝酒,我都要请你一一告诉我。你住到我们家里来,我们就有时间慢慢摆了。"

"真是太好了!"蔺珮瑶又激动得击掌欢呼,把病房里的人都吓了一跳。邓子儒不太明白今天妻子为什么总是一惊一乍的,但妻子的赞同让他感到欣慰。

刘云翔当然也为这个提议感到高兴,他不愿意待在医院里,更不愿意在出院后去荣军疗养院。但他又有几丝隐约的担忧、害怕,有些幸福当它降临时,人总怕自己不配,总担心它是一个即将破碎的梦。他只是忧伤地说:"败军之将,有什么值得写的呢?"

一个月以后,雾季来临,重庆的天空平静下来了。刘云翔头上的伤好得很快,断了的三根肋骨也愈合了,腿伤还需要一段时间,他的左腿胫骨折断,膝关节髌骨粉碎性骨折。医生给出的结论不是很乐观:先休养半年到一年再说。

刘云翔在医院的那段时间,除了蔺珮瑶以外,魏蓝也经常来探望。先她是和蔺珮瑶一起来,然后就是自己几乎天天往医院跑了。魏蓝上班的书店在市区,但她不惜搭两个小时的公共汽车到沙坪坝,走路上歌乐山。他们是东北老乡,自然有许多关于家乡的话题。有时蔺珮瑶在场,会感到自己成了一个多余的人,他们用东北话唠嗑,用乡情掩饰躲躲闪闪的暧昧——这是蔺珮瑶极不情愿又万般无奈地看到的场景,像亲姐妹在一刀一刀地割自己的心。他们难道会相爱吗?有谁可以阻止他们相爱吗?魏蓝不是一个一心扑在革命事业上的人吗？这样的人也需要小布尔乔亚式的爱情？蔺珮瑶不知道答案。女人天生具有对爱的敏锐直觉，一个眼神，一个表情，一句话，一个身体动作，她就知道谁和谁心中有爱了。如果这份爱和自己有关，她在空气中都能嗅到爱的味道。比如像魏蓝，每次来探望刘云翔时的穿着打扮都不一样，旗袍越收越紧，她甚至还学会了描眉、抹口红！而她过去是个多么不会收拾打扮的人啊。蔺珮瑶以极其复杂的心情看着两人的话越说越热乎，心越走越近。她的内心里慢慢泛起人类最古老的妒恨，她甚至想，如果他们再走近一步时，就告诉刘云翔：魏蓝是个共产党。

不过，不论别人是哪个党派，蔺珮瑶都不会出卖朋友——就像她在军统的审讯室里为魏蓝乘火，但她也不会出卖自己的爱。可刘云翔还是自己的爱吗？

是。也不是了。

这世上的情事就是这般剪不断理还乱，抽刀断水水更流。不是没有得到的总是最好的，而是曾经的沧海仍在风起云涌、潮起潮落，过往的巫山依旧雄踞心间、乱云飞渡。

一个阴雨绵绵的傍晚，她们一同从医院出来。这些日子，她们总会在刘云翔的病房里不期而遇，然后一起待到医生下逐客令。姐妹俩既有一种心照不宣的默契，又有一种小心的提防。分手时蔺珮瑶忽然说："真冷，我送你进城，我们去湖北人开的'四象村'吃饭吧。"

魏蓝看着阴暗的路灯下雨兮兮的街道，稀稀落落的行人，说：

"谢谢了。七点还有趟末班车,我回书店还有事。"

蔺珮瑶已经察觉到魏蓝总在回避她,从躲开她询问的目光,到避免与她单独相处,更不会把神秘刺激的事情交给她去做了。"对了,蓝姐,我正要跟你说书店的事情呢。我们家邓先生有个好的想法,我们坐下来边吃边说。"

这可是个大事,魏蓝提及此事已经过去了几个月,蔺珮瑶那边都没有回音。生活书店在今年的轰炸中又受到两次重创,同仁们仍在坚守,在废墟边搭个简易棚卖书。现在既然对方主动提及,魏蓝当然愿闻其详。尽管现在她是多么地忧伤。下午蔺珮瑶把一个橘子剥开来,一瓣一瓣地喂到刘云翔嘴里,刘云翔吃了一瓣就不好意思再吃了,她就轻轻拍着他的脸,说:"乖,要听话哈!"那份亲昵、轻佻让她妒火中烧。这些资产阶级的小姐,家里有个男人了,还在外面寻浪漫。

最终,魏蓝还是上了蔺珮瑶的车。两人在饭店坐下来后,蔺珮瑶说,我家邓先生认为,抗战时期坚持开书店是非常重要的事情,民众需要觉醒,文化更需传承,陪都作为全国抗战的文化中心,不能没有书店。只是日机轰炸之下,书店炸了开,开了又炸,精神虽然可嘉,但损失谁也负担不起,我们得想个变通的办法。他认为,我们应该以店为中心,四处设点,在市中区、沙坪坝、南岸、江北、北碚、江津这些地方,尤其是大学区和文化人集中的地方,多设一些零售点。所谓点,就是一个简易棚下的书摊,白天卖书,晚上收起。日机来轰炸了,收起书摊躲进防空洞,日机走了再出来卖,不外乎是多一些投入、多雇些人而已。邓先生说如果你们认为这个办法行得通,那么他愿意入股来做这件事。

魏蓝一拍脑门,说:"哎呀,到处都在宣传跟日本人打游击战,卖书怎么就不能打游击呢?脑子真是不开窍。"

蔺珮瑶冷冷地说:"再聪明的人,都有脑壳起包的时候。"

"脑壳起包"这样的重庆方言,魏蓝已经听得懂了。过去的蔺珮瑶可不会跟蓝姐这样说话,总是蓝姐告诉瑶妹,你应该这样说、应该那样做;你说的不对,事情并不是你认为那样的;这个事情我就交给你去办吧,你要小心点,随时注意身边的人,等等。她把蔺珮瑶当妹妹,更把她当自己组织的外围成员。女人一结婚,就不一样了吗?魏蓝想。但她却没有想到,女人一旦陷入情事,更会不一样,甚至也包括她自己。

席间,她们谈近来各自的生活,谈轰炸中的种种人间惨剧,谈报纸上看到的战场局势,谈飞涨的物价,谈某本书的热销,谈政府最近加大力度打击走私,查禁有钱的男人们追捧的鸦片、洋烟、洋酒以及有钱的女人们亟须的奢侈品——法国化妆水、香港口红、美国蕾丝袜。就是不提刘云翔,既不谈他的伤情,更不谈有关他的爱情。魏蓝知道他们的初恋,蔺珮瑶也明了魏蓝的忧伤——一个正在单相思的人,脑门上总是写着一个若隐若现的"爱"字。在两人都无话可说、陷入尴尬时,魏蓝真正想说的是:妹妹,你要帮帮我,你和刘云翔有情无缘,请你成全我的爱吧。而蔺珮瑶想拉住对方的手,也说出自己掏心窝子的话:蓝姐,难道你还看不出来吗?他的心中并没有你。因为你不是他的初恋,他没有为你关进过猪笼。一个人没有为你愿意去死,你就赢不到他的心。

这对曾经肝胆相照的姐妹,怎么说得出这样的话来呢?雨夜中,她们寂然分手,转身各自偷偷抹泪。

第二天上午,蔺珮瑶早早就来到医院,给刘云翔带来了家里熬的银耳莲子羹、吉庆祥的包子、一盅豆浆、两根油条——这些都是"下江人"来到重庆后才带来的早餐革命,过去的重庆人早上一般吃头天的冷饭。病房里很安静,感谢上帝,今天她抢在蓝姐的前面,昨天魏蓝带来了红枣泥稀饭,刘云翔吃得很开心。

"海哥,早上好!昨晚睡得好么?"在没有外人时,她总是亲昵得如同回到了单纯美好的从前。

蔺珮瑶摆开带来的东西,刘云翔忙说:"我自己来吧,珮瑶,医生说我可以出院去休养了。"

蔺珮瑶强压心中的激动,脸色潮红,目光凌乱起来。"你有什么打算吗?"

"荣军疗养院我是不打算去的,太吵。魏蓝小姐说,她可以帮我在乡间找一处安静的院子。"

蔺珮瑶的脸阴沉下来了。"哪个给你做饭、洗衣呢?你的腿还不方便走路吧。"

"请个佣人就行了。"

"我家里佣人一大堆,再加上一个我,难道还伺候不了你?"

"我不要人伺候,也不想给你添麻烦。更不想……搅乱人家的生活。"

"海哥哥啊,是哪个搅乱了我们的生活喔……"蔺珮瑶一声"海哥哥",眼泪就下来了。

"瑶妹,别这样。那……那么,你说我该怎么办?"

蔺珮瑶以不容置疑的口气说:"跟我回家。你怕啥子嘛?都死过一次的人了,还有啥子好怕的!再说,你邓大哥也非常欢迎你来家里养伤的。"

邓子儒亲自带车来接刘云翔,蔺珮瑶在家里准备接待即将莅临的贵宾。邓府今天大宴宾客为刘云翔接风压惊。贵宾中有著名作家老舍先生,著名诗人艾青先生,话剧界的名流应云卫、吴祖光、欧阳予倩、洪深、陈鲤庭、金山、陈波儿、白羿、舒绣文等,还有国泰大戏院的老板夏云瑚先生以及几家报社的总编、主笔,可以说几乎囊括了陪都文化界的半壁江山。邓子儒希望借此向这些文化大家们表明,自己并不是玩票的,也是个热心抗战文化事业的重庆人,他要写的话剧,是有生活有原型的。英雄有出处,师出有高人。蔺珮瑶只请了一个客人,这就是魏蓝。她有些得意,又有些愧疚,更有点向魏蓝展示一下自己作为她的竞争对手的实力。她以为魏蓝不会来,但是她来了,似乎是从箱子底翻出了最好的一件旗袍,作了最精心的打扮。不过,跟今天到场的女宾们比起来,魏蓝还是显得土气,以至于蔺珮瑶不得不佩服这个女人的勇敢。

刘云翔没有料到邓家会搞这样大的排场,他显得很拘谨,手脚都不知道往哪里放好。几个月前的端午节,他是作为英雄簇拥在名流们中间,现在他算什么呢?一个挂着拐杖的败将而已。尽管人们并不这样看,仍然带着崇敬的热情欢迎他。老舍先生亲自去搀扶他,将他安排坐在自己身边,大诗人艾青先生抱着他的双肩,连声说,英雄、英雄,你是我来到重庆见到的第一个抗日英雄,我要为你写一首诗。应云卫先生打趣道,不但是英雄,还英俊得很哦,邓先生,你的戏干脆就叫刘英雄来演男一号得了,没有谁有他眉宇间的英武之气。老舍先生附和道,打过仗的人和我们这些坐而论道的书生就是不一样,就像读过书和没读过书的人,自有云泥之别。

这场盛大的家宴为刘云翔而设,谈论的却是陪都的话剧演出。尽管后来传为佳话的"雾季公演"还没有开始,但自这些文化人一来到重庆后,陪都的抗战话剧运动已方兴未艾,山城的人们也越来越喜欢这种他们在抗战前不能轻易看到的"文明戏"。老舍先生和应云卫应老板是话题的主角。应老板酒过三巡便三句话不离本行,请老舍先生抽空为他写一个本子。老舍先生已是微醺,话一出口便满堂皆乐。他说,去年医生就让他戒酒了,因为他喝了酒头痛,但不喝酒呢又心痛。所以为了保证自己还有一颗正常跳动的心,还是破戒为好。正如他已破了戒烟的承诺,因为在这个承诺之前他还有一个承诺,先上吊,后戒烟。为了让自己多活几天,为应老板赶活儿,就还得抽烟。可今儿个烟价一天涨十块,连"长刀"牌这种又霉又臭又硬的烟也给老夫涨到一百元一包了。我这样的穷作家连这个也抽不起啰。应老板,没有烟,我可写不出文章来。应云卫先生马上说,老舍先生,写剧本期间,我每天奉送一包"骆驼"给您老。老舍先生笑言道,应老板不愧既是大导演,也是生意人,干吗不说到抗战胜利为止,一天送一包"骆驼"啊?大伙儿大笑,起哄说,对对对,老舍先生的剧本哪有那么好约的,应老板就答应了吧,写下字据来。应老板抓抓自己的脑袋,尴尬地说,实不相瞒,我抽的烟可能比老舍先生好一些,也不过是蜀益烟草的"主力舰",还是子儒老弟经常接济的呢。没钱的时候,我也想戒烟,当然我也得先去上吊。

邓子儒发现大家都看着他,忙端起酒杯站起来说:"各位老师,你们都是中华的文化精英,民族的脊梁,是英雄好汉岂能为一杯酒、一支烟难倒,以后老师们的烟酒,找鄙人就是了。蜀益烟草公司也有邓某人的股份,像'主力舰'这样中等烟,兄弟我保证免费供应,直到抗战胜利为止。来,先干了这杯!"

"豪爽!"老舍先生喝彩道,一饮而尽。

应云卫也把酒喝了,带头鼓起掌来,随后说:"老舍先生,我这小兄弟年轻有为,在商不言商,热心话剧。您老得多提携提携。"应老板总是在最合适的时候说最得体的话。

老舍先生哈哈一笑,说:"人家曹禺先生写《雷雨》时才多大?二十三岁而已。邓老弟有激情、有才华,还有什么事情干不成呢?你只管凭了激情大胆去写,就像我们这位空军英雄一样,把困难、畏惧像打日本飞机一样击落下来。"

邓子儒忙谦恭地为老舍先生添酒,说:"先生耳提面命,后生受益匪浅了。"

老舍先生说:"我还真指望你们年轻人呢。我是不行的了,一天的时间被分割得七零八落的,我是他们的听用,谁都好使。到处开会、参加活动,为报纸赶稿,为流亡作家找房子,像艾青这样的大诗人来到重庆,只能借住在青年旅社,我们全国抗敌协会管不管?当然要管。诗人要吃苦,但不能没房子住饿肚子嘛。不然他连写茅屋为秋风所破的诗情都没有了啰。"

艾青先生端着酒杯呵呵笑。他几个月前来到重庆时,的确是举目无亲、身无分文,没有全国抗敌协会的帮助,还真是投告无门了。他举起酒杯道:"老舍先生,我们大家的活菩萨,我敬您。"

老舍忙起身道:"哎哟喂,我可不敢当。您酒喝好。"

这时应云卫冲老舍先生打趣道:"听用,你也不能让我等饿肚子啊,我这儿等您的这张好牌打出来哩。"

老舍先生道:"去、去、去,你真是催命鬼投胎转世。我们先把邓老弟的戏磨出来。我这厢呢,已经有一个构思。抗战打到第四个年头了,我想写一出四幕剧,每一年写一幕,以表现出国人在全面抗战第四年中逐步觉醒、战斗的历程。不过具体人物、情节还是白板一张。待我慢慢来嘛。"

"先生的构思太巧妙了、太伟大了!我就先敬先生一杯,预祝先生的大作早日完成。"应云卫忙端起酒杯站了起来。

老舍先生举起杯来,笑呵呵地说:"酒先喝,流产了你可别怪我这媳妇不够贤惠!"

蔺珮瑶作为女主人,就坐在刘云翔旁边,她不断为他夹菜,给他介绍陪都文艺界的这些名流们,就像他们都是她家的常客。但她越是殷勤,就越显出那种夫荣妻贵的虚荣,越让刘云翔浑身不自在。他甚至有些后悔自己作出了一个错误的决定,像一个穷小子来到了富人们的厅堂,还得面对富太太的情债无法偿还。所幸在座的许多作家的文章他都读过,导演、编剧、演员们的电影、话剧他也看过不少，那个白羿，是好多兄弟们的梦中情人呢，周志雄今天在场的话，一定会像蜜蜂见到花儿一样嗡嗡叫了——唉，我的好兄弟，你在天堂的灵魂安息了吗？我现在活着多无趣啊。像应云卫先生拍的《八百壮士》、《保卫卢沟桥》、《怒吼吧，中国》，他在学校、军营里都看过，每次都看得热血沸腾。在他还是一名文艺青年时，也曾经把能拍出这样电影的人看作神明一般高大、神秘，甚至也梦想过要做这样对国家有用的人。现在他和他们同桌喝酒吃饭，他们向他敬酒时对他尊敬有加，甚至也到了崇拜的地步，这让他又有恍然若梦的感觉。一个随时准备为国赴死的人，理应受到人们的尊崇，但现在他没有这样的机会了，这让他感到受之有愧。

晚宴结束后，便是一场家庭舞会，刘云翔只能坐在一边观看。蔺珮瑶陪他坐了一会儿，便不断被男宾们请去跳舞。这样的舞会怎么能少了女主人呢？你去吧，别管我。他反复对她说，她才依依不舍地走下舞池。留声机里放着欢快优雅的华尔兹，西装革履的男人们和裙裾翻飞的女士们歌尽桃花、翩翩起舞。刘云翔发现魏蓝孤身坐在他对面的沙发上，落落寡欢的样子，几个男士请她跳舞都被她婉拒了。他发现她的眼睛在偷偷注视他，可她仿佛没有勇气坐过来。在这个名流云集的场合，他们是同一类型的普通人。但她似乎比他更能适应，中场茶歇时，魏蓝展示了她的交际才能：她和老舍先生谈论他的小说，向他反映读者们的意见，就某本书的封面提出自己的建议，说得老舍先生不断点头称是；她向洪深先生请教话剧写作的经验，让这个面色一直很忧郁的剧作家也眉飞色舞了；还有那个看上去很冷艳的白羿，魏蓝竟然也和她相谈甚欢、笑声飞扬。在刘云翔的最初印象中，这个其貌不扬的女子只是个严谨有余、活泼不足的小老乡。但有的女人，她们自有一种隐藏的能量，与相貌无关，与身世无涉，她们就是你身边的简·爱——独立、反叛、矜持，有个性、有追求、有尊严。在病床上他不是没有感受到从魏蓝身上发射出来的爱的气息，他很想告诉她，我们不在一个通讯频道上。追求他的女子何其多，但他有自己的频道，尽管频道那一头，已然是一场错误。

他看见在舞场中旋转的蔺珮瑶，那流波一样的眸子总是望向他这边。这个女人在别人怀里，但她时时在暗示你，她是属于你的。一堆干柴下面埋有火种，时间的流逝、风雨的吹打、尘世的掩埋都没有让它熄灭，谁还能阻止它的燃烧？日本飞机在天空中用死亡编织的火网，你要去撕破它，只能以命相拼。人间男女感情纠缠的情欲之网，刘云翔尚不知道该如何去挣脱它，只能相信：活着，爱就不会死；死了，爱还存在。

席终人散时，邓子儒送给女宾们一人五斤白糖，男宾每人两条香烟。大家尽兴而归，人人争说邓老弟豪爽大方。名流们也要食人间烟火，也有七情六欲。尤其在生活清苦的战时首都，白糖也要凭票才买得到，一个人一月才一斤。白羿说她做梦都想喝糖开水，政府配给的平价米吃得嘴里成天都是苦的。邓先生，你戏的女主角我来演，你按月供白糖就好了。邓子儒激动得连连拱手致谢，太好了、太好了，小事一桩、小事一桩。今后随时差人送到白小姐府上便是了。然后他快步走到衣帽间，找出白羿的薄呢外套,殷勤地为她披上。在光彩夺目的白羿面前,邓子儒就像个卑微的门童。

刘云翔这时发现,蔺珮瑶的眼里有了不一样的内容。但她很快转过来脸来看着他,目光里充满了哀戚之色,好像在说,看看吧,我就嫁了个这样的男人。

邓公馆是一幢西式的楼房,人们称它为珮园。这幢献给新婚妻子的礼物,连名字也体现出丈夫的爱。它呈"凹"字形,中间是大厅、公用房间,邓氏夫妇住在左边的第二层,右边楼房为客人房间,管家和奶妈、佣人等住楼下,楼上的房间多数都空着。刘云翔被安排在二楼顶头一间半圆形的大卧房,面对前面的花园,从花园远眺,可以看到山下的嘉陵江和江北杂乱的房屋、起伏的山岗。这座陌生的城市在刘云翔心里既有误把他乡当故乡的亲情,也有他求学生涯时的青春时光和美好初恋,更有他不堪回首的凌辱和失败。他爱过它,也恨过它;他不愿回首,又时时惦记。它弯弯曲曲、坡坎相连的街道破败肮脏,却又生活气息十足;它勤苦、坚韧、粗犷的人们有低等动物一般的生存适应能力和与之相应的丛林法则,又是中国人中最聪明、最进取、最敢作敢当的一群。如此零乱又破碎、诗意又浪漫的回忆堆积在刘云翔的心头,每每令他面对这座城市,欲罢不能,欲爱还休,就像面对蔺珮瑶哀伤的目光。

刘云翔多次从天空中俯瞰过这座被两条大江雕塑出来的山城,人们当初为什么非要在这么逼仄的地方建立一座城呢?他想不通。它的街道毫无章法,房子盖得不讲道理,在坡坡坎坎上建得密密麻麻,上层屋基压着下层屋檐,有些地方看上去又是黑色的屋顶一层层地从江边的山脚堆砌到山顶,像穷孩子捡些碎片烂瓦堆成的积木。美丽壮阔的大江,破败贫穷的城市。一座城如果建在山坡上,又不是漂亮壮观的水泥大楼,都是民众随心所欲搭建的低矮捆绑房、吊脚楼,无论你从哪个角度看,它都把最破败、凋敝、零乱、贫寒的一面暴露无遗了。你要么对它心生厌烦,要么为它掬一把悲悯的眼泪。这里的人们生活得多不容易啊,多么有韧劲啊!可日本人还来轰炸,街道上的房子一倒一大片,像推倒了多米诺骨牌;一烧也是一大片,似火烧连营。有时刘云翔他们和日机搏杀后,返回市郊的白市驿机场,飞临山城上空时,看到下面刚刚被蹂躏的城市,火光冲天,狼烟遍地,到处断壁残垣。心中的羞愧与恨啊,就像眼睁睁地看到自己的母亲惨遭凌辱,而你却没有尽到保护之责。那一根根升向天空的烟柱,是母亲向天淌出的黑色眼泪,那城市街道上硕大的弹坑,就是母亲胸膛上被强盗拳脚交加后的累累创伤。耳机里有时会传来战友们压抑的呜咽,闻之令人动容,那份羞耻感通过无线电波都能感受得到。每每这种时候,两江环绕的山城半岛就成了一只流泪的眼睛,长江和嘉陵江都盛不下那哀痛的眼泪。如果有机会以机撞机,与日机同归于尽,刘云翔绝不会犹豫。在壮烈地死与屈辱地活之间,没有谁会选择后者。

"我中队的弟兄都会这样做,我们的前辈也这样干过,我也曾经有过这样的机会。那天我在穿过一团乌云之后,忽然发现和一架日机在并行飞。那是一架日本九七式重型轰炸机,刚刚投完炸弹,像个就要逃离犯罪现场的罪犯。这种飞机比九六式中型轰炸机马力更大,速度更快,火力也更强大,我们很难把它打下来。它的侧面机枪正在向我射击,我的机身被机枪子弹打得'砰砰'直响。我当时想都没有多想就一头向它撞去。但日机的驾驶员害怕了,猛一个右转舵来了个急速爬升,我的飞机爬升力到了极限,只能眼睁睁地看着那家伙跑了。"

　　刘云翔入住珮园的第二天,邓子儒就迫不及待地想敲开他的回忆之门。他那时还不知道,他可以向这个尊贵的客人敞开自己家所有的门(甚至连书房、卧室他都带他参观了),但刘云翔记忆深处的一些门窗对他却永远是封闭的。这不是能否坦诚相待的问题,而是每个人内心深处的情史,只有上帝才可以知道。

　　是个阴天,他们在花园的草坪上喝上午茶。蔺珮瑶抱一本书坐在一边静静地听,邓子儒在一个笔记本上记。他昨晚对刘云翔说,这一个月内,我把公司的业务都交出去了,时间都留给你。我们天天喝茶摆龙门阵,你要是想到处走走的话,我们就开车出去逛。等我感到可以动笔写了,我就搬到北碚去和老舍先生住在一起,随时听他的教诲。家里这边珮瑶可以照顾你。

　　有些信任是一把双刃剑,伤了自己,也让受信任之人鲜血淋漓。这个道理要人们心里淌了血才会知道。邓子儒是自信的,以至于到了自负的地步。他被自己要当一名话剧作家的强烈情绪所笼罩,为此他可以忽略这个世界的一切。他把自己关在书房里,在纸上描绘他心目中的空军英雄,而身边的那个飞行员却像一个偷渡者,挣扎在情欲的大海中,不知道该不该上岸。他的妻子在空旷高大的房子里像一只行事缜密的猫,悄无声息地出现在刘云翔身边,给他送来一杯牛奶,送一盒美国巧克力,送洗好的衣服,送新买的某本书、当天的报纸。这些本是佣人干的事情,蔺珮瑶却总是对佣人们说,交给我吧,你们粗手大脚的,不要影响客人休息。刘云翔的房间阳台上有一张西式沙发,可坐可躺,阳台前方的风景一览无余。他坐在上面,望着山下灰色带子一般的嘉陵江,怀想那些和恋人在江边手牵手的燃情岁月,而伊人此刻却伫立阳台,把栏杆拍遍,两颗心却已咫尺天涯了。

再次相逢以来,他们陷入了千言万语却无从说起的绝境。

一天下午,外面飘着绵绵细雨,天色晦暗,雨丝如针,刺得人内心生疼。刘云翔躺在沙发上读一本书,看着看着就睡着了。蔺珮瑶悄悄走进来,在阳台上站了一会儿,回首再看小睡中的男人,便忍不住用温热的目光吻他脸上的轮廓、吻他的眉他的眼、吻他的鼻子他的嘴唇,然后吻他突出的喉结、吻他微微起伏的胸膛,还吻他还上着夹板的左腿……她忽然有了拥他入怀的冲动,她在他身边蹲下来,轻轻地抚摸刘云翔,从脸颊、鼻子、下巴,到胸部、腹部,再到他的伤腿。她庆幸她的海哥哥始终在沉睡,哪怕她抚摸的力度越来越大,哪怕她的手掌慢慢地从那条伤腿的膝盖处不听话地往大腿内侧深处游走——她的心狂跳不已,觉得自己就是世界上最邪恶的天使。这个天使现在想去捕捉伊甸园里的那条蛇……

"你在干啥子?"

蔺珮瑶的身后忽然传来丈夫炸雷一样的声音,其实邓子儒只是在兴头之上撞进门来随口问的一句话,在蔺珮瑶听来简直就是晴天霹雳——她刚才进来竟然忘记关门!刘云翔也醒了,一探身坐了起来,蔺珮瑶的手还在他的两腿间,他的血瞬间全冲上脑门了。但蔺珮瑶却惊人地镇静,那只手飞快地滑出来,再用另一只手在他的腿上拍打了两下,说:"我在给刘先生活动活动筋络,医生说夹板上久了,肌肉会萎缩僵硬的。"

"哦,这种事让曹二娘来做就是了。"邓子儒手里拿着一叠稿子,兴冲冲地对刘云翔说,"老弟,我写完了!哈哈,我邓某人也是可以当一个作家的。龟儿子的,我太高兴了,今晚我们要好好喝一杯。"

那两人都有从悬崖边被一把拉回来的万幸感。蔺珮瑶站起来,双手放在腹前,说:"是吗?那就太好了。赶快读来听听,我来读?"

"这个嘛,还要修改呢。我只是想请刘老弟先看看,像不像那回事,然后我再去北碚请老舍先生指教。"邓子儒像捧着婴儿一般捧着那叠稿子。

刘云翔"吭哧"了一声,仿佛还没有从刚才的梦中醒来。"我……我又不是作家,岂敢……真是不好意思,真是……辛苦你了。"

"我先给你摆摆吧,这是一出四幕剧。"邓子儒拉过一条凳子来,又对妻子说,"你去叫曹二娘泡壶茶来。"

蔺珮瑶离开前,用略带顽皮的眼光看了一眼刘云翔,似乎在告诉他,不要紧张,这个家伙现在的心思全在他的剧本上。

邓子儒的第一稿剧本基本上就是刘云翔个人的成长史,他当年如何从东北流亡到重庆,又如何报考了航空学校,成为了一名飞行员;他在端午节那天如何奋勇击落了敌机,又在与日本新式飞机的交战中迫降受伤,后来他养好了伤,重上蓝天,在一次空战中为了保护战友,用自己的飞机撞下了一架日本飞机,最后荣立战功。他只是把刘云翔的名字改成了"刘云飞"。

"你看,写得像你吗?"邓子儒不无得意地问。

"太像了!"蔺珮瑶击掌道。

"为什么非要像我呢?"刘云翔幽幽地问,"我有那么多好兄弟都捐躯在重庆的上空了,他们的爱情,他们的遗恨,有谁知道呢?"

"哎呀,对了,我忘记写这个人物的爱情了!"邓子儒如醍醐灌顶,一拍脑门道,"这样的大英雄怎么会没有女人爱呢?一出戏怎能没有女主角!我还答应过白羿哩。嘿嘿,刘老弟,给我讲讲你的爱情吧?有姑娘爱你吗?"

长时间的沉默后,刘云翔才看着窗外,缓缓说:"我想,有吧。"

"啥子叫有吧哦?一个巴掌拍不响,爱情又不是一个人的事情。你爱那个姑娘吗?"邓子儒迫不及待地追问。

"我这样的人,有资格谈情说爱吗?"

"咋个没有资格?是哪个?说嘛老弟,是怎样的一段爱情故事?我们给你保密。我听说重庆的好多女娃儿都爱你们飞行员哩,不管是结过婚的还是没有结婚的,不管是富家太太还是学校里的女学生。"

如果邓子儒此时转过脸来，他会看到妻子煞白的脸。他再细心点的话，他将发现刘云翔一直不敢面对他真诚的眼睛。那是一个人对另一个人心虚、愧疚的表现。

　　这时蔺珮瑶发话了："哎呀，你这个人真是的，人家的私事也要打破沙锅问到底嗦，包打听唛？"

　　邓子儒呵呵地笑了，说要当一名称职的作家，就是要像包打听一样深入到人物内心的深处，把人物内心中深处最隐秘的情感挖掘出来。这可不是我说的，是应老板告诉我的，老舍先生也说过类似的话。

　　蔺珮瑶说："都说人心隔肚皮，你又不是人家肚子里的蛔虫，你咋个晓得人家爱哪个不爱哪个？这世界上的爱情啊，最说不清楚。"

　　邓子儒点头称是，说这个问题看来要去请教老舍先生了，他是咋个描写书中那些人物的爱情的呢？我明天就去。

　　这时曹二娘来通报说，魏小姐前来拜访太太。

　　蔺珮瑶感到有些奇怪：她怎么不请自来了？是心里还挂记着刘云翔吗？但她还是起身去迎接。邓子儒在整理文稿时，看见刘云翔探起身来往楼下张望，他忽然狡黠地问："嘿嘿，兄弟，这个魏小姐在追求你吧？哈哈，别以为我看不出来哦，珮瑶说你住院期间她天天去医院看你。你们相爱了？哈哈，这方面我的判断向来是很准的。"

　　"不，你错了。"刘云翔用肯定的口气说。

14. 我本将心向明月

邓子儒的剧本一直拖到第二年初才基本改定,大师们都给出了很宝贵的意见。老舍先生说,你这剧本情节太单一,只写了空军,没有写到民众,抗日是全民族的事情,你的视野要放得更开阔一些,我们演抗日话剧,目的就是要唤醒民众。应云卫应老板说,一出戏没有感人肺腑的爱情怎么行呢?你得加一条爱情的线索,而且还应该是主线。吴祖光先生说,你的故事还不够传奇,缺乏想象力。老弟,传奇是情节发展的推动力。洪深先生说,剧本的戏剧冲突还不够,既要有天上的冲突(战斗),也要有地上的冲突(人与人之间,感情与感情之间)。

大师们说得都有道理,但对一个初涉此道的文艺青年来说,别人只是告诉了他种稻谷的原理,要想收获金灿灿的稻米,还得经历从撒种、育苗、薅秧、插秧、施肥、锄苗、灌溉,再到收获这样一个漫长的过程。好在邓子儒是悟性特别高的人,有名师指点,脑子一点即通;他也是个很执着的人,更有初生牛犊不怕虎的无畏勇气。他四处奔走在大师们的寒门之间,不耻下问,虚心求教,改剧本改得两眼发绿,嘴唇起泡,印堂发暗,彻夜失眠。他对蔺珮瑶感叹道,这作家也真不好当哈,不但管不了家,连自己的身体都管不了啦。

蔺珮瑶说:"你这还只是玩一票,不愁吃穿,那些真正的作家,还得靠这个本事养家糊口哩。"

邓子儒仿佛很认真地说:"要不,以后你来掌管渝华公司,我去当一个专职作家好了。作家这个行当虽然辛苦,但我越发觉着它更有价值。"

"你做梦唉?我可不做这个梦。"

"嘿嘿,娘子啊,你不过就是早上起来去公司里晃一晃,签几个字,画几个押,其余的事情有下面的人去做么。我不想公司里的那些杂事来婆烦我,我要去当一个安安静静的作家。"

他为自己这个说法感到新鲜、激动,还真就这么干了(就像他结婚前的任性一样)。好长一段时间他成了个遁入空门的和尚,到处找不到他人。偶尔打个电话回来,蔺珮瑶问他在哪里,他说在某个乡间改剧本。蔺珮瑶又问,公司里有笔货款收不回来,几个襄理急得跳脚,该怎么办?他就指示说,你去找码头上的哪个袍哥大爷,让他叫人去传个"宝片"(公片宝扎)就行了。隔几天蔺珮瑶又在电话里问,胡襄理说最近猪鬃的期货行情看涨,这是政府要拿去换外汇的紧缺物资,要不要买入一百万股?他便说你想买就买,别拿这些破事来烦我了。老子在改剧本呢。

好吧,男人们一旦对某些事情上了瘾,第一个忘记的人就是他的妻子。蔺珮瑶和刘云翔度过了一段相对自由、安静、闲适却又内心凌乱的时光。两人一起在珮园的花园里漫谈,带刘云翔去找中医按摩,陪他回白市驿的空军基地,看看还有哪些兄弟还活着(兄弟们告诉他,自从零式飞机出战以后,每当空袭警报响起,他们也要"躲警报"了,把飞机开得远远的,以至于老百姓都笑他们是"躲警报的飞机");去外面的饭店吃饭,在烛光下共进晚餐;一起看电影看话剧,为人家的悲欢离合掬一把同情之泪,再暗自叹息自己的命运;重新在嘉陵江边的乱石滩上散步,只是再不能手挽手,再不能一起跳过那些大大小小的石头,再不能肆无忌惮地欢笑、奔跑,甚至也不能幻想共同的未来。多数时候,他们相视无言、彬彬有礼,发乎情、止乎礼。晚上在公馆的楼梯口,他们互道晚安,一个往左,回到自己的婚床;一个往右,回到他孤独的梦乡。许多话欲说还休,许多感慨深埋心底,许多遗恨空对明月,许多冲动雾中飘散。

就像这个晚上他们去看美国电影《乱世佳人》,郝思嘉说的一句台词让蔺珮瑶忍不住眼泪夺眶而出。"失去某人,最糟糕的莫过于,他近在身旁,却犹如远在天边。"

黑暗中,刘云翔悄悄递过来一块手绢,她接过来了,随即想拉住他的手,但他坚决地缩回去了,就像当年他在球场上轻慢地推开她的那块丝绣手帕。

晚上回到家,又实行灯火管制了。半夜,忽然电闪雷鸣、雨横风狂。蔺珮瑶掌一盏风灯,穿着绸缎睡衣,裙裾飘飘地来敲刘云翔的门。

"谁?"

"是我。"

"什么事?"

"停……停电了。"

"哦,经常有的事。"

"海哥,我……我害怕。"

"别怕,瑶妹,回去睡吧。"

"海哥哥,开开门吧,陪陪我。"

"雨小了,雷也不打了,回去睡吧。"

"海哥哥!"

"瑶妹,我……我睡下了,我不能啊!"

"海哥哥,你不开门,我就在你门口站到天亮。"

"你就站吧。我睡军官宿舍时,习惯外面有人站岗。"

一个小时后,风停雨歇,一轮明月高挂在窗外。刘云翔衣着整洁地打开了门,那个倔强的瑶妹还站在外面不停地咳嗽,刘云翔被门外的咳嗽声折磨得心如刀绞。她扑进他的怀里,用拳头擂他,他一动不动,眼泪温热地滚出来,滴在她的发梢,滴在她冰冷的睡衣上,再渗进她的肌肤,就像溅上的火星,引燃了那堆存放已久的干柴,烧得她浑身颤抖、欲火熊熊。她用胸脯顶着他往大床方向前进,用自己的嘴去找他的嘴。他且战且退、顽强抵抗,就在快要"失守"床边这道最后的防线时,他用拉动飞机操纵杆爬升到极限的力量,一把将女人从情欲的云端上拉下来,轻轻地放在床上……

然后,刘云翔深深地吸了口气,走到阳台上,拿起茶几上的一支烟,点上,猛吸几口,望着外面黑沉沉的夜空,将腹腔底下的情欲随同烟雾一起吐出来,缓缓说:"瑶妹,就当我已经战死了。即便现在还活着,很快的,我就会死去。因此我不能……"

蔺珮瑶躺在床上期期艾艾、泪眼迷离地望着他。她看见他转过身来,脚步缓慢而沉重,仿佛正行走在沼泽地里。她伸出了双手……

刘云翔来到床前,目光复杂,五官忽然变得狰狞起来。他俯身拉开了床头柜的抽屉,取出一支飞行员用的左轮手枪,"啪嗒"一声打开了扳机。

他又走回阳台,在那张沙发上坐了下来。"我的母亲在一个妓女家当佣人,她告诉我说,女人的身子都是被这个世界上的臭男人玷污坏了的,身子坏了,女人也就坏了。你要是长大后去做那种臭男人,就不是我的儿。瑶妹,我以我母亲的在天之灵起誓,我绝不会玷污你的婚姻,否则,我还不如一枪崩了我自己。"

蔺珮瑶泪如雨下,用被子捂紧自己的脸,号啕大哭。

这才是世上最难的爱情,邓子儒怎么写得出来?"我本将心向明月,奈何明月照沟渠。"蔺珮瑶不是看不起丈夫的剧本,而是痛恨这捉弄人的命运。就在那个雷雨之夜的第二天,魏蓝又来登门拜访了,她可真是执着啊。那时刘云翔已经能脱离拐杖走路,但还不是很方便。魏蓝重提去乡下休养的动议时,刘云翔马上就答应了,而且,他们下午就离开了。刘云翔就像逃离一个温柔陷阱般一去不回头。

家里一下空了,那是一种落寞加虚无的空荡,旧泪痕加新泪花的忧伤。在蔺珮瑶感到这个家愈发像个囚禁她的爱之牢笼时,邓子儒的电话打回来了。两人说了些家事后,蔺珮瑶说:"刘先生昨天离开我们家了。"

"哦?他还一直在我们家?"电话那头仿佛有些惊奇。

蔺珮瑶有些慌乱,停顿了片刻,便反将了丈夫一军。"是你请人家来的嘛,还说要帮你写剧本。你这个主人都不归家,人家跟主人辞行的机会都没得。"

电话那边沉默了一阵,好像才想起有这么一档事。"那他为什么要走了呢?"

"是魏蓝姐来接他的,他说要跟她去乡间休养一段时间。"

"哈哈,我说嘛。"电话那边仿佛轻松下来,"我看他们两个是爱上了。"

"爱个屁!"蔺珮瑶冲口而出,但她马上知道自己说漏嘴了,恨不得把这话从电话里收回来,"刘先生怎么会看得上她?你别说得二不挂五的了,生活里的爱情不是你瞎编的剧本。"——越说越漏了。

邓子儒说了句大师级的话:"生活可永远大于我们的想象。好多发生在生活中奇奇怪怪的爱情,人咋个知道得完哦。"

蔺珮瑶长时间沉默,无话可对。后来听筒那边说,亲爱的,我明天回来。

邓子儒回来后，一点也没有看出妻子脸上的异样，一点也不在意自己的婚床差点"失守"。他一坐下来便比手画脚地对妻子说戏——

我终于找到修改剧本的突破点了，大师就是大师，一眼就看出了我的戏哪里不行。我重点修改了后半部分，前面还是表现主人翁的家世和成长史。第三幕和第四幕的情节是这样的——端午节空战让刘云飞成为人人赞美的英雄，一个大学女生狂热地追求他，但却遭到家人的极力反对，因为她的父母认为空军飞行员虽然了不起，但随时都可能战死，怎么可能让他们的宝贝女儿幸福呢？再说他们已经给她选好了一个婆家，那是一个有权有势的家庭，一桩门当户对的婚姻。他们被强行拆散了。第四幕，再一次空战后，刘云飞的飞机坠落在川东的深山老林里，人们认为他牺牲了，为他开了隆重的追悼会。女大学生被家庭逼迫着与那个富家子弟成婚。新婚之夜，她在朋友的帮助下逃了出来，因为她不相信自己的恋人就这样死了，独自前往川东寻找自己的恋人，哪怕只是找到一具尸骸，她也要将他背回来，和他的母亲葬在一起，然后她自己再投嘉陵江。她在深山里被一群蹚"浑水"的袍哥土匪所绑架，送到土匪窝里，准备给他们的大舵爷当压寨夫人。但女大学生发现刘云飞竟然也在山上养伤，原来他的飞机迫降到了土匪的地盘上。愚昧的土匪们把他当作一个"大肥猪"（富家子弟），以为可以好好勒索一把。女大学生被强行跟土匪舵爷成亲，在拜堂时，女大学生忽然拿出一把小刀来，以要自戕逼退了众土匪,然后她给众土匪宣讲抗战局势,申明民族大义,讲说刘云飞的英雄业绩,终于说动了土匪大舵爷,他带领自己的武装参加了抗日的队伍,还亲自带人送刘云飞归队。剧终时,有情人终成眷属,刘云飞重上蓝天。

"亲爱的,你觉得这条爱情线索感人吗?"

蔺珮瑶早已听得泪水涟涟,说:"太感人了啊!那个女大学生,她……她可比我勇敢多啰……"

邓子儒哪里听得出妻子的弦外之音,得意洋洋地说:"我还是有当作家的天资的。老舍先生说的民众抗日的觉醒,吴祖光先生说的绿林好汉的传奇,应老板要的爱情故事,洪深先生要的天上地上的冲突,还有白羿小姐要的女主角,女大学生的角色当然非她莫属了。哈哈,都在这一稿里了!我明天就去找应老板看本子,他老哥一点头,我们就开排。"

"就是不知道刘先生……同意这样写他不?"蔺珮瑶哭得稀里哗啦。

"你都被感动成这个样子了,我更有信心了。噢,亲爱的,别哭了,这是戏。生活不是这样的。"邓子儒掏出手绢来为妻子擦眼泪。

蔺珮瑶哽咽道:"是,可生活中的爱情,比你写的还更难。"

"没有比这更难的了吧?"邓子儒一愣。

邓子儒忘记了他说过的话,生活永远大于人们的想象。其实这也不是他说的,是莎士比亚说的,看过《哈姆雷特》的人都知道。但他已经没有时间来细想这个深奥的问题了，他的剧本获得大师们的一致赞赏，应老板承诺由他来亲自导演，白羽答应出演女主角，著名话剧演员金山出演男一号。这几乎是当时陪都话剧界的最强阵容了，邓子儒就像一个等在产房外的准爸爸，迫不及待地盼着"婴儿"降生。他忽略了妻子的感受，抛开了公司的业务，疏远了江湖上的兄弟，成天和应老板及剧社的演员们滚打在一起。应云卫导演一到排戏现场，就跟平常那个嘻嘻哈哈、左右逢源、人见人爱的应老板完全不一样了。他抠细节、改台词、琢磨情节、折腾演员，常常因为一个小情节、几句台词也要排半天。一张太师椅道具他感觉不像，也要让人跑遍全城去给他找到。飞机的道具有谁做过？应云卫找来画报上的照片，交给跟随了剧组多年的木匠兼美工王师傅。王师傅左看右看，然后说，对不起，应老板，我做不了。应云卫第二天就带着一袋米、两瓶酒和自己才四岁的儿子，让儿子冲王师傅纳头拜干爹。弄得王师傅忙拱手道，行了、行了，应老板，你那飞机我给你造一个。

那期间邓子儒也不轻松，他既是编剧，随时要和应大导演一起修改剧本，又是后勤总管，剧社的吃喝拉撒，他都全包了，后来干脆让整个剧社搬到他家在柴家巷一处空闲的四合院里，小时候邓子儒在这里住过几年，那里离国泰大戏院很近。这个四合院由主楼和两边厢房及前面的门厅组成，主楼两层，上层给女演员们住，下层住男演员，右边厢房是厨房和饭厅，左边的几间房间权当排练室和演员们背台词、喝茶休息的地方。剧社搬过来后，这里就成了陪都文化界经常聚会的一个场所，作家、诗人、画家、音乐家,甚至流浪艺人,都来这里喝茶、聊天,或者蹭一碗饭吃。有一天连国民政府国防部第三厅厅长、大诗人郭沫若先生也带着一个勤务兵来看应老板,让邓子儒激动了好几天。因为应老板特别把邓子儒拉到郭沫若先生面前,说这个小老弟热心话剧事业,又急公好义,我们正在排他写的戏,吃他家的饭,住他家的房,还花他家的钱。嘿嘿,当然了,等我们这出戏赚到钱了,会还他的。邓子儒忙拱手道,应老板言重了。我只是跟老师们学习,为抗战作点奉献。

这点吃饭钱对邓子儒来说算什么呢?应云卫有所不知的是,这个超级话剧票友受到自己第一个剧本被如此器重的鼓励,有一天来到国泰大戏院的经理夏云瑚先生的办公室,寒暄之后开宗明义地说,夏老板,我来入一股吧。你可以出让多少股,价格你定。夏云瑚先生其时也不到四十岁,思想新锐、开放,以豪爽、果决,有魄力、重义气享誉江湖。早在一九三六年,他就和几个富商集资十四万银元,于第二年建成了国泰大戏院。他当然知道这个重庆棉纱巨头家族的实力,只是奇怪这个年轻的渝华公司掌门人为什么好好的生意不做,却成天跟那些穷艺术家滚打在一起。当然,有人来投钱,哪个开剧院的老板不喜欢呢?况且他和邓子儒年龄差距并不大,两人又都是重庆地界上颇有名望的少壮派商人。几乎没有什么讨价还价,两人就投资入股一事一拍即合。国泰大戏院目前面临设备老化,通风不好,灯光落后,木制座椅藏污纳垢、臭虫比观众还多等诸多问题。好吧,这些问题我来解决,算我投入的股金。邓子儒成竹在胸地说,仿佛他早就把这些问题想明白了。我们可以去香港订制英式的六盏磨砂大吊灯,再买一些壁灯,剧院大堂的照明就富丽堂皇了,舞台灯光也在香港买最好的;通风问题我请教了中央大学的一个教授,他建议我们把附近防空洞的冷气抽过来,又凉快又清新,花一笔钱买鼓风机再安装管道就是了;座椅里的臭虫嘛,过去我们当学生的时候,是拿到蒸汽室蒸。我听说夏经理也这样干过,但剧院一千五百多张座椅,怎么蒸得过来啊,再说你今天蒸了,明天观众又带进来了。干脆统统换掉,改用铁制座椅。

　　一个人对一桩事到了痴迷的地步,怎么会在乎钱呢?甚至连家都不顾及了。邓子儒是一个做事绝对有激情的人,他的计划是:在焕然一新的国泰大戏院里,隆重地推出自己编剧并投资的话剧处女作——《龙城飞将》。

　　这将是一场完美的演出,精彩的抗战剧情,强大的演员阵容,全新的国泰剧场,大制作大投入,连群众演员都有近百人。后来邓子儒甚至走火入魔到非要出演一个角色不可。应老板抓挠了一下光光的额头,说老弟,请恕我直言,依你的扮相,在剧中最多只能扮演一个跑龙套的毛脚土匪。邓子儒哈哈一乐,我知道自己不是金山,演个土匪足够了、足够了。

　　应云卫一九三八年就流亡到重庆,自入道以来,他也算是演艺界的老江湖、大佬级的人物了。拍戏多部,阅人无数,但还没有见过邓子儒这样豪迈执着的重庆人——有钱、有文化、有追求、有爱国热情。昨天他和国泰大戏院的老板夏云瑚先生一起来剧社,向大家宣布,前两天的报纸上说,重庆中央银行发起了"击落敌机一架献金一角运动",即我空军每击落一架敌机,员工便献金一角。民众反响热烈,纷纷要求加入。我们文化人岂能落后?我和邓老弟、夏老板商定:我们的首场演出为募捐义演,普通门票价格定为两元、四元、八元、十元,再售卖荣誉门票,分别为一百元、两百元、四百元、一千元,义演收入全部捐给政府去买飞机,募捐目标是十万元法币。那时重庆一般公教人员的收入也就几十元法币。义演当然好,应云卫有些担心,这个价格是否过高了呢?荣誉门票卖得出去吗?邓子儒自信地说,你们别小看了重庆人的爱国热情,普通门票的销售由夏老板负责,荣誉门票的事情我来管,卖不出去我就全包了。

夏云瑚先生问:"应老板,这戏什么时候能上演啊?"

"你急什么,好戏是磨出来的。"应云卫用手里的烟屁股点燃下一支烟。

夏云瑚说:"我不是催你,但宣传、造势,要做在前面啊。"

"两个月后吧。"应云卫说。

"我的应大导演,那时雾季早结束了!"夏云瑚急了。

应云卫看了他一眼,说:"你叫我亲爹也没有用。"

每年四月中旬左右雾季结束,意味着重庆的上空将没有任何庇护。我们已经没有空军的保护了(尽管从前它也是有限的),天知道这一年重庆将要面临多么严重的轰炸。但应云卫才不管这些呢,艺术标准永远第一。"他要来炸就炸嘛,我们照样演我们的戏。难道我们还怕了他们不成?"

在重庆地界上,几乎没有邓子儒办不到的事,但有两件事情他没有办法掌控。这便是应老板的脾气和重庆的雾季。应大导演拍戏时较真起来的那个牛劲,牛也得给他磕头。去年他导演的《复活》,观众坐满了剧场,开演的预备铃声都响了,他忽然发现台上的沙发不是西洋式的,非要让剧务赶紧重新去找不可,找不到就不准开幕。剧院经理都给他下跪了,他也不让步。至于重庆的雾季嘛,那可是老天爷说了算的事。这些年日本飞机从上一年雾季开始到来年雾季即将结束,早就像困在笼子里的野兽,瞅准机会就会扑过来。现在已经是三月份了,去年(一九三九年)四月二十四日日机就开始前来轰炸,前年一月十五日日机也来炸过。雾都山城也不是天天都被大雾笼罩,偶尔也会晴上一两天。日本飞机可不乐意雾都的人们晒太阳,踏青,在难得一见到的阳光下喝茶摆龙门阵,当然更不会乐意你在战争期间、在他们肆意妄为的轰炸下看话剧。

邓子儒想:让他龟儿子来炸吧,就当是我们再赛一次龙舟。老子们不虚。

15. 落在剧院里的炸弹

《龙城飞将》首演日期终于定在四月十号,下午晚上各一场,下午的首演是为抗战"献机运动"的义演,不但所有的普通门票一售而空,就是价格高昂的荣誉门票也一票难求。国泰大戏院经理室的电话几乎被打爆,连电话局的接线小姐一听要接国泰大戏院,都会主动说,没有票了,先生;小姐,你明天再打吧,也许还有票。陪都的人们对这部戏的热情早在一周前就被煽动起来了,报纸、电台都有连篇累牍的报道和大幅广告,加之国泰大戏院和投资方、演出方为抗战捐出首场全部收入的义举,更是让人们钦佩其大义,支持其壮举。抗战话剧在那个年代就是贫乏、苦难生活中的兴奋剂,也是紧张、恐惧轰炸下的镇定剂。生活纵然非常不易,能否活着也是个问题。但没有关系,我们先看话剧。

蔺珮瑶也买了两张一千元的荣誉票。"那一张当然是为你买的。"她给刘云翔打电话时说。他这段时间在白市驿的空军基地，在军医官的帮助下做左腿功能的恢复训练。他那天和魏蓝离开邓公馆后，并没有随她去乡下疗养，基地命令他归队，他当天就回去了。蔺珮瑶相信他说的是真话，因为当天晚上，魏蓝就打了个电话来，一句话都没有说，只是在电话里啜泣，那哭声或许是在责怪她、控诉她，或许是来寻找某种同病相怜的慰藉。蔺珮瑶那一刻忽然很同情她。尽管她们两人对同一个人的爱内容不同，但结局都是一样的。

刘云翔在电话里说："我就像个被老师表扬错了的学生，真没有脸面出现在这样的场合。"

蔺珮瑶说："话剧里的人物嘛，是许许多多空军英雄的综合体，上中学时你又不是没有演过话剧？你必须来的，演员谢幕时，还有一个安排，你要上台接受演员们的献花。"

"这可万万使不得。人家都是些大明星，我算什么？"刘云翔吓了一跳。

"还有谁比你更有资格接受人们的掌声和鲜花呢，我的海哥哥？你未必不晓得，我们演这场话剧，就是为了让更多的中国人走上抗战前线？我中午来接你哈。"

电话那头沉默了一会儿，才说："不用。我自己开车来。"

蔺珮瑶刚放下电话，铃声又响起来了，她一阵激动，想是刘云翔又打回来了。欲言又止，止又欲言，就是他们重逢后的常态。她抓起电话，急切切地叫了一声"海哥"，但电话那边几乎同时传来一声柔软温情的呼唤"子儒哥……"

蔺珮瑶的心一下就凉了,待回头一张望,邓子儒幽灵一般站在她的身后,她顿时有兜头被淋了一盆冰水的惊悚。"你……你的电话。"

蔺珮瑶递出电话后踱步到客厅窗户前,不用问就知道是白羿的电话。邓子儒在接电话时,像是魏蓝有时在电话里跟她的同志们通话。从事秘密职业的人其实和正在体验神秘情感的人一样,都有需要隐蔽起来的东西。人或许都有属于自己的隐秘世界,他内心可能已经云谲波诡、四海翻腾,你却永远看不到。人生如戏,人不是在演别人,是演自己;戏如人生,戏在演别人,说的还是自己。但自己演的自己,和真实的自己,也会互相不认识。这两个"自己"之间,永远都有差距。这是上帝给人类界定好了的界线,政治家们凭此有工作做,艺术家作家们也因此有饭吃,他们总是希望得到人们的最高赞赏——演(写)得跟真的一样。可人们就不想想,他们在社会上表现出来的那张面孔,也不完全是他自己。

邓子儒放下电话,神不守舍又有点做贼心虚地说:"亲爱的,我得去一趟柴家巷那边,有点事。"

蔺珮瑶回答说:"想去就去嘛。"那一刻,她想喝口酒,或者点上一支烟——尽管她从不抽烟。

蔺珮瑶心里装着别人,邓子儒心里装的也不完全是他的话剧,还有白羿。这是深埋在心底里的单相思,是生活在地球上的人思念月宫里的嫦娥。蔺珮瑶也算是重庆社交场上的时尚女人了,但跟"下江人"白羿比起来,就如同乡镇上的漂亮村姑和城里的摩登女郎。白羿是话剧舞台上的明星,也是银幕上的大众情人。她来到重庆后,雾都好像也被她的风采照亮了。这样的女人闯江湖是有风险的。她刚来重庆不久,有一次应老板带剧团去一个郊县演出,川军的一个旅长要白羿留下来单独为他唱戏,白羿不从,躲在化妆间里,应老板为她挡在门前。川军旅长用枪顶着应云卫的下巴,应老板说,你可以打死我,也可以让白小姐为你唱戏,但她的一个结拜兄长是军令部的中将,重庆市市长是她的干爹,你可有这样的福气?

邓子儒也知道自己没有这样的福气,哪怕他散尽万贯家财。但有的女子,当你把她当女神一样供着的时候,她就是爱情的信仰。信仰就是那种让岁月不老、爱心不死的东西,哪怕一颗炸弹,准确地击中了信仰。

四月十日的下午,春天的阳光和煦明媚,两江半岛上城市的轮廓清晰,嘉陵江水碧绿,长江水稍浑浊,但也呈现出一种温柔的灰蓝。两条江水在朝天门码头外的江面上相拥,泛起层层欢快的波浪,阳光舔上去,浮光跃金,一江碎银。蔺珮瑶在国泰大戏院门口见到了驾车来的刘云翔,还是那样一身笔挺的军装,大檐帽下一张冷峻英武的脸。

他给她带来了一盒美国巧克力,作为答谢之礼,然后问:"还有票吗?我两个兄弟马上就到。"

蔺珮瑶说:"你看看这外面围着的人,都是想找票的。不过我可以帮你问问夏经理,你咋不早点说嘛。"

那时国泰大戏院每有好戏上演,一些没有买到票的人宁愿站在外面等演出结束,然后看过的人津津乐道地讲给没有看到的人听,与他们一起分享精彩的剧情。戏迷也跟球迷、钓鱼迷等痴情者一样,围观也幸福。

国泰大戏院的内部装饰已经焕然一新了,观众们被它的洋派、豪华震得啧啧连声。邓子儒在前面和后台忙得团团转,迎接前来捧场的官商朋友,江湖上的各路神仙,他还要招呼群众演员,监督道具到位情况,连锅盔(一种烧饼)他都安排买了两百个,稀饭也准备了两桶,老荫凉茶四桶。他的戏只在第三幕,但他早早就把戏装换上了,头缠青布包头,上穿黑色家织布短褂,腰系一根麻绳,下身粗麻布裤子,打绑腿着布鞋。这种"棒老二"的打扮让他新鲜不已。朋友们笑他道,邓老板要打劫我们唛?邓子儒拱手得意地回答,客串一个小角色,过把瘾嘛。兴奋莫名中他忽然大喊一声,糟了,我的台词忘记了!其实他就三句半台词——"兄弟伙,这是头从天上掉下来的大肥猪哦!快给老子们绑起来。""小娘子,你就从了我家大爷吧,当压寨夫人可是有吃有喝。""小姐,原来你跟这个开飞机的是一家嗦?"还有半句"要得"。但好不容易想起了这些台词,却把前后顺序搞乱了。他跑去问白羿,白羿正在化妆间描眉,她淡淡地说,子儒哥,不要紧张,到了那个场景你自然就想起来了。你的情感要跟着剧情走。

情感……邓子儒望着白羿,就像看天上下来的仙女。

剧场内,观众已坐满。刘云翔和蔺珮瑶坐在荣誉票区,第五排正中。陪都的要人们和文化界名流们的赠票都安排在晚上,这是应老板临时的动议,他说一部新剧目的首场,演员难免紧张,影响发挥。

大幕拉开,全场寂静,在小提琴独奏《松花江上》美丽忧伤的旋律中,灯光转暗,枪炮声打破了松花江上宁静的夜,狼烟弥漫,中华民族的灾难降临……

不知从什么时候开始,蔺珮瑶的手悄悄抓住了刘云翔。他没有拒绝,也轻轻地握住了她温软潮湿的手。你的手掌里为什么会有那么多的汗? 在此后的漫长岁月里,刘云翔都会在回忆中一遍又一遍地追问。

人生的许多剧情在回忆中有的会逐渐变得模糊直至淡忘,有的则会愈发清晰、美妙、诗意,甚至神化、虚构、想象也能成为回忆的一部分。因此人们需要艺术,需要文学,需要小说、诗歌、电影、话剧等载体来廓清往昔岁月中的剧情,来强化生命中的美与崇高、苦难与坚韧。都说生命是一条流淌的河流,回忆就是这条河流上的小舟,满载着人们生命的体验。

第二幕结束,中场休息。剧场里人声鼎沸,许多人不愿离去,许多人的泪痕还历历在目。"高潮还在后面哩。"蔺珮瑶对刘云翔说,"他后来在大师们的指点下又做了很多改动,这个人做事还是有一股子韧劲的。"

"包括当年追求你吗?"刘云翔的话语里不无醋意了。

"是嘛,他那种一掷千金的做法,哪个受得了。"蔺珮瑶话一出口便有些后悔,便略带娇羞地打了刘云翔一拳,"哪个喊你死哪儿去了都不让人晓得嘛。唉,算了,我去买两瓶汽水。"

她在外面碰到了一身戏装打扮的丈夫,他正在四面作揖,答谢各方朋友的捧场,看上去像个卑微的小丑(而一身戎装的刘云翔多么伟岸啊)。她正有些心凉,想转身离去,邓子儒洋洋得意地冲她喊:"珮瑶,剧场效果怎样?观众反应好吗?"

蔺珮瑶不温不火地说:"好极了。"

"哈哈,精彩的还在后面哩,我马上就要登台了。哎,等会儿我说完台词,你可要带头给我鼓掌啊!"那个时代的观众很淳朴,遇到台上的演员说完精彩动人的台词,他们就会鼓掌、叫好,甚至高呼口号。

"你可真是疯扯扯的,把自己当刘云翔啊?"她看到丈夫一愣,才反应过来,"哦,把自己当刘云飞啊。真是的,这两个名字太容易搞混。"

邓子儒嘿嘿一乐,说:"本来就是以他为原型写的戏嘛。哎,他觉得演得像他吗?"

蔺珮瑶看着自己的丈夫,无言以对。

第三幕一开始,剧情已经紧紧攫住了观众的心。蔺珮瑶的手不知什么时候已经在刘云翔的手掌里。之前他们一起看了那么多次话剧和电影,从没有像今天这样如恋人般缠绵。刘云翔动情了,舞台上的那个人就是自己吗?蔺珮瑶也沉醉了,身边的这个人终于找回来了吗?就像剧情中的那个女主角,她走过那样多的山山水水,历经了那样多的磨难挫折,王子和公主就要幸福地生活在一起了。

蔺珮瑶一度想:人家能做到的,自己为啥子不行……

可是,人们总是难以分清戏里和戏外的差别。剧中的女大学生正被强迫与土匪举行婚礼,全剧场的观众都反对她当压寨夫人,都期待有哪个英雄好汉来解救她。孤单的弱女子正被强扭进洞房,尖锐愤怒的呼叫响彻剧场……

忽然,邓子儒慌慌张张地跑到前台来,舞台上的人都愣住了,不知道剧情的观众以为来了个小丑,后排甚至传来一阵轻松的笑声。观众中只有蔺珮瑶知道还不该到他出场的时候。"这个没上过台面的家伙。"蔺珮瑶不满地嘀咕了一句。

邓子儒神色慌乱,满头是汗。他大声说:"紧急警报已经响了,日本飞机就要来了,大家赶紧跑啊!别进洞房了,快跑啊!"

他还是穿着土匪的戏装,也许由于太紧张了、太惊恐了、太投入了,人们都把他的"表演"当作剧情的一部分,剧场里没有一个人起身离开,反倒都在引颈张望。

邓子儒又转过身去驱赶舞台的演员们,不断高喊:"日本飞机来了,快去防空洞! 别办婚礼了,赶快走啊!"他去拉扮演女大学生的白羿,白羿一闪身躲开,喝道:"你要干什么嘛?"(人们以为这也是一句台词,后排甚至有个多嘴多舌的观众接了一句:"他不要你进洞房噻。")

邓子儒急得把头上的青布包头一把扯下来了,像挥舞鞭子一样驱赶台上的演员们:"走、走、走! 躲防空洞里去啊! 日本飞机就要来了!"演员们都在躲他,他先是像个小丑,现在却像个疯子一样在舞台上团团乱转,台下的人们看着都乐了,觉得这一段插曲精彩极了。

邓子儒最后给大家跪下了,声嘶力竭地喊:"各位同胞,同胞们啊！日本飞机就要来轰炸了。这不是演戏,是真的、是真的啊!"

后排有人喊了一声:"我们晓得,演得太真了！好!"

刘云翔抓紧了蔺珮瑶的手,问:"情况好像不对头。这不是剧中的情节吧?"

蔺珮瑶也有些紧张了,磕磕巴巴地说:"好像……好像没有这个情节。"

话音刚落,外面就是"轰隆"一声巨响,剧院刚买的英国磨砂灯玻璃震碎了,舞台上的道具坍塌了,白羿一声惊叫,许多人捂着了耳朵……

刘云翔站起身来,对身后的观众大喊:"大家快离开这里,日本飞机来轰炸了,这不是演戏！不是演戏!"

然后他转身护着蔺珮瑶,欲往外走。但剧场里已经乱了,到处都是挤成一团的人头、惊慌失措的面孔、战栗发抖的身体,还有恐怖尖锐的嘶喊。在下一颗炸弹轰然炸响之前,刘云翔把蔺珮瑶按倒在两排铁椅子之间,用宽厚的身体覆盖住了她。

"日本人的那颗炸弹,把我们大家都炸醒了。"半个多世纪过去了,蔺珮瑶仿佛刚从那场噩梦中醒来,她对菊香贞子说,"我是指,把我们的爱从废墟中炸醒了。之前我们都躺在虚荣的暖被窝里,只会做'恨不相逢未嫁时'的遗恨之梦。其实我们早就相逢了,不是不嫁,而是强大的家族势力不让你嫁。人要经历一次生死劫之后,也许才会知道什么才是自己的挚爱。"

这是一个很凉爽的夜晚，蔺珮瑶请菊香贞子来国泰剧院看英国TNT剧团上演的莎翁名剧《罗密欧与朱丽叶》。看完之后，两位女士意犹未尽，就在附近找了家咖啡馆喝咖啡。唉，永远的罗密欧和朱丽叶。莎士比亚说："在命运之书里，我们在同一行字之间。"看戏时蔺珮瑶发现菊香贞子不断用湿纸巾擦眼睛，而她自己有几次也忍不住老泪流淌。一个人的爱情为什么总会和他（她）身后的家族、门第有关呢？这个古老的难题为什么人们到现在还不能解决呢？这是这部经典直接击中她们心灵深处的地方。菊香贞子说，我上大学时演过这部戏。蔺珮瑶说，巧了，我上中学时也演过。我演朱丽叶呢。菊香贞子莞尔一笑，我女扮男装，演罗密欧。两个女人像遇见了知己，同时举起了咖啡杯，一个说，为罗密欧；一个说，为朱丽叶。其实，她们都在为自己相似的命运，饮下那一口苦涩中带着醇香的咖啡。

直到目前为止，蔺珮瑶对菊香贞子的情史还一无所知，而她却不断地来重庆，把蔺珮瑶和刘云翔的爱情故事翻了个底朝天。蔺珮瑶对此并不在意，在她的眼里，菊香贞子还算年轻，她还可以去爱。蔺珮瑶希望这个异国女子能从她的爱情遗憾中得到经验和教训，给自己一个有爱的晚年。

在原址上重新修建于二十一世纪初的国泰剧院极具后现代建筑艺术特征，中国古典建筑艺术中的斗拱构件、叠落悬挑这些手法，被当代的建筑设计者们巧妙地借鉴、化解、升华，便形成了现在的国泰剧院建筑风格及正门上方一簇熊熊燃烧的烈火。这团烈火由一根根粗大的红色和黑色的方梁悬空构架、交替穿错而成。红色构件方梁的顶端均阳刻一个大大的篆体"国"字,黑色方梁顶端则是同样字体的"泰"字,地上的人们仰望"国泰"两字,仿佛感到它们是被烈火推送在历史的天空,栉风沐雨,岿然挺立;又像是戳盖在人们记忆深处的永恒印章,空灵又飘逸,厚重而庄严。现在它的官方称谓是重庆国泰艺术中心,和重庆美术馆毗邻,但人们还是习惯地称它为国泰剧院,或国泰大剧院。

菊香贞子一看到它的外观就被震慑住了,说东京国立歌剧院的造型风格也很现代、奇特,但它看上去太西化,缺少日本民族的特点,没有这种把现代与传统完美结合的震撼感,太有力量感和视觉冲击力了。她最后还感叹道:"真想知道过去的国泰大戏院是什么样子。"

"当然不能跟现在的新国泰剧院相比,但它也是那个年代重庆最时尚高大、最让人怀想的建筑。"蔺珮瑶脸上泛起回忆美好年华时才有的那种温馨表情,"它是一幢中西结合的三层建筑,正面呈'山'字形,红色墙体、罗马窗、大玻璃门,那时许多人都把那扇大玻璃门当镜子照哩。这个地方本就是市中心的繁华地带,所以国泰大戏院的门前总是人群熙攘,轿车、黄包车、轿子来来往往,叫卖各种小吃的小贩,站在街角打秋风的浪荡子,妖娆的富家太太和小姐们,散发传单宣传抗日的学生,来这里交换情报的共产党的情报人员,我认识的一个朋友就是地下党,她喜欢在国泰大戏院这种地方和她的同志们接头。当然了,还有约会的年轻恋人,爱看热闹的小孩,以及嘴巧的乞丐。那时不要说进国泰大戏院看戏了,光是它的大门外,就是一场场精彩的活报剧。而国泰大戏院于我来说,不是它上演过的许多精彩的话剧、电影,也不是我的先生编写的那部话剧,而是那天的轰炸,是刘云翔!"

说到最后,老人的语气坚定、高亢起来,仿佛昨日重现。在旧地重游中忆往昔,是老年人战胜遗忘的唯一良方。菊香贞子明白蔺珮瑶请她来国泰剧院的真正目的。这里曾经是历史的大剧场,也是人生的小舞台。日本政府可能已经忘记了旧日本军轰炸一座剧院的事实,但对面的白发老人还在,他们就不能抵赖。

菊香贞子抿了一口咖啡。"生活、爱情于每个人来说都不是件容易的事,加之战争、轰炸、死亡、离散。我们这些出生在战后一代的人,可能根本无法理解你们那个时代的情感。蔺妈妈桑(她们愈发像一对有品位、情感相互依赖的母女了),请告诉我,旧日本军的那颗炸弹,怎么炸醒了你的爱?"

"当那颗炸弹落到剧院里时,我没有感到来自大地的震动,而是感受到了一个人的心跳。"蔺珮瑶说这话时,苍老的脸上现出少女般的羞涩,甚至还飘上了一层薄薄的红云。

"他伏在我的身上,紧紧地抱住我。噢,我还没有被人这么紧地拥抱过。包括在初恋时,那时我们的拥抱总是慌张的、青涩的,好像生怕被人撞见。而那一刻的拥抱,是要死就死在一起的拥抱。用诗人们的话来说,是生命的拥抱啊!我后来想,要是我们一同被炸死,我相信我们都会无怨无悔。就像罗密欧和朱丽叶,拥抱着殉情而死。还记得罗密欧的那段台词吗?'眼睛,再睁开一次吧;手臂,再拥抱一次吧;嘴唇,这呼吸的门户,用一个吻留下死亡永恒的痕迹吧。'但是啊,我们没有那样的命运。刘云翔有经验,没有拉着我到处乱跑,不然早被四处横飞的弹片打死了。我们躲在两排铁椅子中间,都听得见弹片打在椅子背上噼里啪啦的声响。呵呵,这还得感谢我的丈夫,是他在演出前刚刚换下了从前的木椅子。"

"你们受伤了吗?"

"我一点事都没有,刘先生被剧院顶部掉落下来的瓦片砸伤了头,鲜血直冒,把我那天穿的一条新百褶裙都染红了。他拉着我从废墟中爬出来,剧场里已经成了人间地狱了啊。人群像炸了的蜂窝一样地互相拥挤、践踏、夺路奔逃。我们跑出剧院时,日本飞机还在投弹、扫射,炸弹落在我们的前面、后面,机枪子弹打在青石板街道上,弹头到处乱跳,一碰着人,人就倒了;打在屋顶上,黑色的瓦片一条线一条线地跳起舞来。街道两边的房子一栋接一栋地垮塌、燃烧。我真的没有感到害怕,因为始终有一个宽大的胸膛依偎着我,为我挡住了一切,连一颗石子儿都没有溅到我的身上。多年来我时时回忆起这一幕,没有害怕,只有温暖。"

"唉!"菊香贞子长长叹一口气,"我不知道这是战火纷飞中的浪漫呢,还是苦难。"

老人优雅地笑了。"如果命中注定我们必须在战火中互相搀扶、生死相依,我情愿这逃亡之路一直到我的人生尽头。"

菊香贞子也笑了。"妈妈桑真是彻底的浪漫主义者。"

"我都要活过九十了。现在脑子还没有糊涂,记忆里装的东西,再不说出来,就没有人知道了。到老糊涂了的那一天,你说得再好,人家也当是小孩子的屁话了。就像我们家现在那位。"

邓子儒现在已经有老年痴呆的症状了,菊香贞子这些年目睹了这个她一度很敬重的中国男人不可挽回的衰老。她这次来重庆他已认不出她了,前两天还把她当成自己的女儿,问她为什么不带他的外孙来。

菊香贞子忽然想到一个问题:"妈妈桑,国泰大戏院被炸那天,邓先生没有事吧?"

蔺珮瑶神情淡定地说:"他去保护那个明星白羿了。他们也是从剧院的废墟中爬出来的,包括那个大导演应云卫。嘿嘿,生活才是充满戏剧色彩哩。自从白羿流亡到重庆后,我就知道,他暗恋上这个洋派十足的明星了。男人啊,总是去追求那些个没有得到的东西,身边的就不重视了。有句中国话说,吃不到嘴里的肉才最香。"

"你当时,就不在意吗?"

"有一点吧。不过呢,我也懒得去在意,因为我的心思也不在人家身上。扯平了吧。"

"噢,我知道从前中国的妇女都很传统的,三从四德,对吧?妈妈桑那时思想就很现代呢。"

蔺珮瑶像个老顽童一样晃着脑袋说:"我从小就是个叛逆的坏孩子,千翻儿得很哦!"

"千翻儿?怎么解释?"

"哈哈,这是重庆俚语,就是挺调皮、挺能折腾的那种人,孙悟空,知道吧。他就是个大千翻儿。"

"噢,我明白了。"菊香贞子望着老人,想象她年轻时会是一个怎样大闹天宫的孙悟空？但她现在是个多么温和、沉静的老人啊。哪怕说到过去波澜壮阔的情爱史，她的内心仿佛也是一潭风平浪静的湖泊。

"邓先生写的这出话剧，演了一场就没有再演了吧？"菊香贞子再问。

"哪里哦，轰炸过后第二天，我们继续上演。"

"什么？这怎么可能？"菊香贞子惊讶不已，"轰炸来了，普通百姓首先该做的是疏散、躲避到安全地区，你们竟然还舍不得自己的话剧？"

"我们那时没有能力打下日本飞机，但我们还有力量继续呐喊。你被一个强盗打倒在地上了，你是爬起来抗争呢，还是躺在地上毫无血性地哀号？叫痛？第二天他们就在剧院的旁边搭了一个露天的简易舞台，免费演出。只是在'观众须知'里郑重告诫市民们：如听到市区传来空袭警报，请不要误认为是戏中剧情，请有秩序地离场，日机轰炸比我们演的更真实、更残酷。"

"这真是那个年代才会有的幽默。"

"我们重庆人天性就是乐观的。四川榨菜你知道吧？嗯，就是一种咸菜。战争时期重庆街头有道菜叫'炸弹汤'，其实就是榨菜肉丝汤。'炸'和'榨'同音，炸弹丢多了，也就成了重庆人生活中的一道'菜'了。被炸的第二天，我去帮忙，国泰大戏院的周边已经是一片废墟了，应老板要我去那些炸垮的房子里找几样道具来。我在一栋烧得只有几根立柱的破房子前看到一个烫了发、穿着旗袍的小姐，正在一个还剩下半边玻璃的穿衣镜前描眉、扑粉哩。而她身后不远的地方,就有一具躺在门板上的尸体,担在两条木凳上,上面蒙着白色的布被单。我问,小姐,能借我两张椅子作道具吗?我是国泰大戏院的。她回过头来看我,眼圈发青发黑,却挤出一个惨淡的笑容来,说你看我家里哪里还有一件像样的家具哦?对了,你把放尸体的那两条凳子抬去用吧。我从小就怕死人,但头天我死里逃生过一次了,已经见到了太多生死一瞬间的转换。我忍着阵阵令人恶心的尸臭,和她一起把门板抬下来,放在废墟上。我问,是你的亲人吗?她轻声回答说,是我老汉儿。我们一人扛一条凳子去后台时,她还说,把国泰大戏院炸了倒好,我们可以露天看话剧了。昨天我一直等在外面呢。"

"我明白你那次在东京地方法庭上说的那句话了,'侵略者尽可以野蛮,但我们不能不演话剧'。这样的战争,日本是打不赢的。"菊香贞子深叹了一口气。

第四幕

恨别鸟惊心

16. 黑太阳

十八梯是一个极具山城特色的地名,是搭建在新旧两个重庆间的一把"梯子"。它其实是指从江边上到较场口那十八层台阶,每层台阶又有七八步到十几步不等的台阶,台阶一般有三四平方米的平地,供那些在码头上挑水的、当棒棒的、抬轿子的、扛大包的停下来换一换肩、歇一歇脚、喘几口气。码头在他们下方,城市在他们头顶,他们用力气把码头和城市连接起来。在过去,它是凭力气吃饭的人讨生活的"天梯",人们通过这把梯子往来"上半城"和"下半城"。它也是把重庆的过去和现在连接起来的一条通道:在"上半城",解放碑商圈鳞次栉比、耸入云天的高楼大厦令人晕眩,流金淌银、繁华奢侈;而仅仅一华里之间,移步十八梯,走下一级又一级台阶,老重庆特有的吊脚楼、捆绑房、穿斗房、夹壁墙房等各式低矮、凋敝、破败的房子随坡就势,一路矮下去,直至长江边。在十八梯的两侧,又延伸出一些更为狭窄、弯曲的幽深小巷,以及生生不息的底层生活。只不过在城市飞速发展的今天,十八梯也面临新生的阵痛,许多老房子摇摇欲坠了,许多老住户搬走了。一个新的开发计划正悄然降临:拆迁,空余满目苍凉、断壁残垣;重生,梦回老街旧巷、岁月怀想。

"这是重庆城的贫民区?"梅泽一郎问陪同他来十八梯走访的赵铁等人。

赵铁说:"不,它是老重庆在今天的缩影。再等几年,政府会把它打造成一个文化旅游点。"

"幸好我们来得及时。"梅泽一郎笑了笑。

今天他们要拜访一个还住在十八梯的大轰炸受害者。在老重庆人的记忆中,十八梯和一九四一年六月五日发生的大隧道惨案紧密相连,那是重庆城永远的痛。

他们在十八梯下回水沟一间低矮的夹壁墙房子里,见到了那个叫张振贵的老人。屋子狭小、凌乱、昏暗,客人几乎找不到落座的地方。每次找大轰炸受害者取证,梅泽一郎都要用自带的摄录机摄像。屋子里的光线显然不行,赵铁建议说我们到外面去谈吧。

好在房子外面还有一小片空地,赵铁搬来几把凳子,支一张小方桌,泡上一壶茉莉花茶,然后从自己的包里拿出一瓶泸州老窖,一包怪味胡豆,一包花生。他知道老人好酒,上次张振贵说一辈子都没有喝过比江津老白干更好的酒。赵铁往两个玻璃茶杯倒满酒,说:"大爷,我们今天喝个高兴。"张振贵有些受宠若惊,连说让你破费啰、破费啰,眼光却像打量一件宝贝般不断往那酒瓶瞄。

梅泽一郎架好摄录机,几个路人站一边围观。张振贵显得很拘谨,手脚都不知道往哪里放好,赵铁鼓励他说,大爷,你就当我们喝茶摆龙门阵。

张振贵是个精瘦、矮小的老人家,皮肤粗糙,面色晦暗,手臂上、额头上青筋暴涨,是那种即便已活到八十多岁了,但为生活付出的所有汗水,也不足以让他有福气颐养天年的苦命老人。他看上去憨厚、卑微、贫寒、胆小怕事,和干精火旺的唐老三完全是两种类型。赵铁为了动员他接受梅泽一郎的取证,至少跑了五次十八梯。这个老人家总是说,我是土都要埋到脖子根儿的人了,还去跟那小日本打啥子官司哦?他们要是讲道理,当年就不会来炸我们了。你们做梦哦。他甚至还说,你把他们惹毛了,再来找我们的领导反告你一状。你没有告倒他,他倒把你告倒了,你们的麻烦就大了。

梅泽一郎调试好摄录机,向赵铁做了个OK的手势。赵铁说:"张大爷,我们开始摆龙门阵哈。"

"摆啥子龙门阵嘛?"张振贵看着摄像机镜头,一阵紧张。

"给我们讲讲大隧道惨案那天的事情吧。"赵铁说。

没想到张振贵老脸拉下来了。"我跟你说过了,我不想说那天的事。一说我就脑壳痛。"然后他把头扭向一边。

梅泽一郎费解地望着赵铁,赵铁向他摆摆手,示意他耐心点。然后他端起茶杯说:"来,我们喝口酒。"

张振贵一口喝下半杯,咂着嘴说好酒啊,我叫我婆娘再去炒两个菜。

赵铁说:"不用麻烦大妈了,嘉陵,去买点卤鸡翅膀来。"钱嘉陵答应一声就走了,转眼他就买来一大包各式卤菜。张振贵已经喝下第二茶杯酒,谈话的火候到了。

"大爷,那你就给我们摆一摆当年挑水的事嘛。现在都用自来水,我们年轻人不晓得你们挑水工的日子是咋个过的。上次你说你挑水也能在重庆买房子,这活路怎个赚钱嗦?"赵铁说。

老人脸上有了自信之色。"嘿,只要你有把力气,舍得干,那个年头也饿不死人的。那年月重庆自来水不多,只有有钱人家才用得起,日本飞机又经常来轰炸,把水塔啦水管啥的都炸了,人们吃喝用的水就靠我们去长江里挑来,用明矾把脏东西沉到桶底,水干净了再卖给人家。从下半城挑一挑水到上半城,能赚一角钱,一天最多挑二十来挑,靠这把力气可以养活我的老母亲、我婆娘和一个还不到三岁的儿子哩。"

"大爷,上次你说,日本飞机轰炸重庆时,你是还挑水灭过火?"

张振贵已经微醺,话匣子打开了。"那是当然的了。我们挑水工有自己的行帮,也有公会,遇到日本飞机来轰炸,房子到处都起火,没有水灭火哪个办?那个时候重庆消防车嘿少啊,搞消防的人用架子车拖两个大桶,里面的水用人力压出来,可以射一二十米远,我们叫'龙吐水'。那大桶里的水就靠我们这些挑水工去挑来,飞机还在炸也要去挑,火封了街道也不虚火。都火烧房子了,哪个不急呢?这些活路都是尽义务,不要钱的。我们从长江挑水上来,要爬几百步台阶,累得腿都打闪闪,汗水一汪一汪地流。有时候一条街都是火,地上到处是烧焦的死人、受伤喊叫的人。有一回,我挑水刚爬上一道坡,就看到一条女人的大腿血糊糊地搭在一个岩坎坎上,还穿着玻璃丝袜,里面塞满了一叠一叠的钱啊。"

赵铁动了感情,说:"大轰炸之下,女人和孩子是最可怜的。"

钱嘉陵接了一句:"大隧道惨案中女人和孩子死得最多。"

张振贵不说话了,目光哀戚地望着十八梯坡下黑黑的一片片残缺不全的屋顶。梅泽一郎的镜头聚焦在这张布满苦难的脸上,长达一刻钟。

在又喝下一茶杯酒后,张振贵深埋在记忆深处的苦难,终于缓缓流淌出来了——

"民国三十年五月十一(一九四一年六月五号)那天,重庆好背时哦!背时到太阳都是黑的啦。那天下午刚下了一阵雨,人们都说今天日本飞机不会来了,天都要黑了嘛,这一年日本飞机还没有在晚上来轰炸过。但哪晓得天没有黑太阳黑了,那颗太阳从云层里钻出来,黑黑的一团,人们都稀奇得很,啷个太阳是黑的呢?未必天狗也要吃太阳嗦?就在这个时候,城里响起警报了。我那时正在临江门码头挑水,才爬上几道坎,就被防护团的人拦住了,说不要走,等哈儿去救火。我们就躲在一棵黄葛树下,六点多响起空袭警报,七点不到日本飞机就来了,也不多,七八架的样子,从南山后面飞过来,飞到城里就到处丢炸弹。我那时嘿心焦,不是怕自己被炸到,而是担心我老母亲、我婆娘和我的小崽儿。

不晓得他们去防空洞没有。可是我又不能走开。那天也日怪（奇怪）得很,第一批飞机刚刚丢完炸弹走了,我们正说该去救火了,第二批飞机又来了。也是七八架,盯到重庆城炸,我们又没有飞机跟他们打,只有挨。我本来还想,救完火就赶紧去找家人哩。好不容易挨到八点过,这批飞走了,狗日的又来了一批。这些砍脑壳的日本鬼子那天是扭到起重庆城费了(纠缠不放)。我正毛焦火辣的时候,一个军官跑过来说,赶紧赶紧,让这些人去大隧道那边救人,那边出大事了！我一听心都凉了。大隧道就在我家附近,平常我们都是去观音岩那个洞子里躲轰炸。大隧道是个公共防空洞,条件差点,但不要钱。我问那个当官的出啥子事了。他说闷死人了,你们快去救人。我挑水担子也不要了,和大家一起拔腿就往大隧道那边跑。那年头防空洞里常有闷死人的事情,有时是炸弹刚好落在洞口,把人堵在里面;有时是里面通风不好,天气热人又多,几个十几个的遭闷死。可是啊,哪次都没有天上有黑太阳这天闷死的人多啊！我跑到大隧道观音岩那个洞口时,就像是跑到了地狱门口。

"那时候,天已经黑尽了,有盏煤气灯挂在洞口边的木栅门上。差不多有几百人挤压在洞口处,把洞口封死了。人和人一个缠到一个、一层压着一层,有些像河里的木头被冲到闸口,堆积在那里,下又下不来,回又回不去,就那么一层摞一层。可那都是些人啊。有的伸出个头,有的露出一条腿、一只手,有的半个身子吊在外面,有的双手在外面乱抓乱挠。压在底下的人已经没有了声音,堆在上面的人拼命想往外挣,但他们又被压在下面的人死死拉着、抱着、卡着；挤在前面的人想挣脱出来，可他身边的人又把他的身子卡死了。每个人都像被鬼抓住了身子，就是从人堆里挣不出来。呼天抢地的那个喊叫哦，把人的心都喊落了。那声音不仅来自洞口，还从洞子里面传来，好像一大群人被鬼撵路一样。更要命的是从那洞口里冲出来的气味，又热、又臭、又酸，还烫人！我形容不来它究竟有多臭、多烫人，反正我这辈子再也没有闻到过比那更让人脑壳发晕的味道！我当时被看到的情景吓晕了，以为是在做噩梦。好日怪哦，人和人哪个会恁个背时地挤成一堆呢？哎哟，我脑壳痛……"

"大爷，慢慢摆，先喝一口酒。"赵铁递上茶杯。

"嗯，泸州老窖，听说了一辈子，还没有喝过呢。赵老师，让你破费啰。那天晚上要是有口酒就好了。哪里有酒哦？水都没得一口。我想，我的老妈婆娃娃儿肯定在里面啊，他们咋个受得了这个！我和几个防护团的年轻人冲到洞口去拉人，可是怎么拉得动哦！我活了一辈子了，到现在也搞不懂人和人挤在一起，为什么就拉不开？我去拉一个人的手，是个学生娃儿哩，他的脸色死白死白，大张着嘴，鼻子跟眼睛都挤得堆在一起了。我使劲拉他，拉不动，他就像焊死在人堆里了一样。我再使劲拉，他的脸变得更白，舌头伸得老长老长，像是吊死鬼。我听到他虚弱地说，大哥，求求你，别拉了。狗日的日本人害得我们好惨。他说完头就歪在一边了。我看见和他卡在一起的一个人的头，就在他的胳肢窝下，这个人是我的街坊孙老五。我就问孙老五，看到我妈没有，我婆娘娃儿在不在洞子里？他憋得眼睛都要鼓出来了，但他还是点了点头。我就更慌了啊,我抱着孙老五的头往外拔,可根本拔不动。我怕把他的脖子扯断,又问他在哪儿看到我的家人。他嘴里吐着白色泡沫,说不出话来了。我也被那气味熏得头昏眼花的,只好先退出洞口,到外面来换口气。防护团的那些人,还有几个当兵的,也想往外拉人,还用绳子套着人拉,但就是拉不出一个来。那天真是日鬼了,洞子口真是个鬼门关啊。

"有几个当官的坐着小汽车来指挥救援,他们说,拉出一个人来奖励五块钱,后来又加到二十块,可那个时候钱再多也没用啊。我听说其中有一个就是重庆市的市长吴国桢,他骂我们救助不力,自己也撸撸袖子去洞口拖人,手下的一帮人都去帮他,还不是照样拉不出来一个。那些当官的,第三批日机来轰炸前,空袭警报一响就都跑了。

"隔了一会儿,有十几个身体好的年轻人,从人堆的头顶爬出来了。在洞口的那堆人和洞子顶之间,还有不到一米左右的空间,他们被堵在洞子深处,没有被挤倒。他们踩着别人的头、肩膀、身子拼死逃出来,身上被抓得一道道的血痕,脚上、大腿上到处是被人咬的牙齿印,衣服也全都被扯烂完了。还有一个挺着大肚子的女人,也被好心的人们举到别人的头顶上,让她爬出来。她被拖出来时身上连一块遮羞的布都没有了。

"我想,人家爬得出来,我就能爬进去。我把褂子脱下来撕了,浸湿了水捂在嘴上,狠起心去爬那堆人山。我对那些还有口气的人说,大哥、大叔、大嫂、大姐,对不住你们了,我要去找我的婆娘娃儿,找我的老娘。我就踩着他们的身子往里爬,他们死鱼一样的眼睛盯着我,让我很多年以后都做噩梦。梦里一直有嘿多嘿多双鼓起来的眼睛,飞起来追你。哪个受得了这个哦!哎哟,我脑壳好痛啊……"

张振贵不喝酒了,开始哽咽。"我在人堆里看见了我的儿子,他只有一个头露在外面,我儿子已经不会哭了,脸憋得通红。我大喊,大娃大娃儿,你妈呢?儿子说,爸爸,我出不到气。我去拉我儿子,才在人缝中看见他妈妈就在下面。我婆娘是一直把儿子拼死举在肩膀上的啊!我再咋个喊她也喊不答应了。我对我婆娘说,桂芬,我先拉出儿子,再来救你哈(老泪流下来了)。我要先推开压在我儿子身上的那些人,可他们就像麻花一样地绞在一起。老天爷啊,那天你好狠心哦,你让一个当老汉儿的和阎王去抢一个才三岁的小娃儿。阎王在那一头,当老汉儿的在这一边。阎王力气大,老汉儿也有力气,但他哪个能从死人堆里扯得出自己的心头肉!这边一扯,老汉儿肚子里的肠子都扯紧啰,扯断啰。我儿子说,爸爸,我热啊。还说,爸爸,快带我回家呀。我痛!他说一句,我的肠子就断一截。你们哪个有本事把自己的肠子扯断?我那天都扯断好几回了……

"外面有几个军校的学生娃娃找来些水往人堆里泼。我接过一桶水,将水浇到我儿子头上,喂进他嘴里,开初他还能咽下去几口,后来就喂不进去了……桶里的水浇完了,就用我的眼泪浇。到后来,眼泪也流干了,我儿子……我儿子也没有气了。老天爷啊老天爷!

"到了十一点左右,洞口堆挤在一起的人再也喊不出声音了。

有喊叫声时,我们在外面听到都害怕;现在没有声音了,更怕!我儿子的脸变成了奇怪的青紫色,绿阴阴的像戏里的小鬼,裸露在外面的皮肤也变成黑蓝色的了,烫得一摸就淌水,口里还吐出带血丝丝的泡沫。一大堆人挤在一起,就像一起抱着缠着睡着了一样。我也不想活了,连哭的力气都没有了,想大家就死在一起吧。和我一起干挑水活的莫强根,看我爬上人堆里的,就在外面喊:振贵,莫哈戳戳(傻)了,快下来!人都蒸熟了。蒸熟啰蒸熟啰……可是我婆娘娃儿还煨在里面啊!我就守着我儿子的尸体不肯走,也没有力气爬出去啰。我那个时候看到了我早死的爹,他也让我赶紧走。我说,爹老汉儿,我要救我的儿子。"

张振贵长时间地啜泣,眼泪滴进酒里,赵铁想给他换一杯,但他把它一口喝了。

"我醒过来时,已经在朝天门码头了。原来第二天白天,政府派来当兵的把堵在洞子口的尸体好歹解开了。我后来听说,政府派了几十辆卡车来运那些无人认领的尸体,先拉到朝天门码头,再用船运到江北黑石子去埋。我被当作死人扔在码头上,江风一吹,把我吹醒了。刚醒来时还以为自己在地狱里,那个害怕哦,现在想起来都浑身起鸡皮疙瘩。周围都是肿胀变形的尸体,都光溜溜的,身上没有一块好布。那天太阳还大,尸臭满天啊。几百个人站在一起,还不咋个,几百上千个死人,山一样堆在你身边,就是地狱的样子啊。我在尸体堆里摇摇晃晃站起来,把那些抬尸体的人都吓跑了,一个来不及跑的小伙子跪下来求我,说你死都死了,就去那边好好待吧。这边天天挨轰炸日子也不好过……

"我没有找到我的母亲,只在尸体堆里找到了我婆娘和娃儿。我一手抱着我儿子,背上背着我婆娘回家,平常拥挤的巷子里见不到一个街坊邻居,想找个人来帮忙都找不到。我一个人坐在空荡荡的屋子里,眼前飘着的都是大隧道里的那些阴魂。他们的身子陷在人堆里,阴魂却飘出来了,在重庆的大街小巷到处找回家的路。有些阴魂飘回家,却发现一个活着的亲人都没有了,他们就成孤魂野鬼了。我害怕呀,不晓得自己是死了,还是活着的;不晓得是在自家的堂屋里坐着,还是在阴间哪道鬼门关里关起的。我看到阎王派来的那些小鬼,穿门入户,拖起那些成了孤魂野鬼的街坊邻居就往地狱里跑。他们喊爹喊妈的不想去啊!我怕这些小鬼也来拖走我的婆娘娃儿,就找了根火铲守在他们身边,我一边哭,一边和小鬼们打架,一直打到天都亮了,小鬼们才跑了。我以为我打赢了,可是我婆娘娃儿啷个还是没活下来呢?"

半年以后,张振贵站在了东京地方裁判所的原告席上。在陈述大隧道惨案的经历时,他已经不再头痛,也不再胆怯,甚至连他淌下的眼泪,都闪烁着讨回公道的正义光芒。走上日本法庭的中国人,一开初总是不知道这条路该如何走,要走多远,迟疑、畏惧、徘徊、没有信心。但一旦他们站在法庭上,多年以前的苦难和冤屈,瞬间就支撑起了他们心中强大的民族自信和尊严。

"重庆在看着你们。"这是邓子儒对他们的告诫。

梅泽一郎认为,重庆"六五"大隧道惨案是可以跟旧日本军在中国制造的平顶山惨案①和潘家峪惨案②等滥杀无辜的人道灾难相提并论的战争罪行。单为这次开庭他就去了五次重庆,准备的材料可以装满一辆小货车。平顶山惨案和潘家峪惨案的中国受害者对日诉讼案他也参与了,但不是主辩律师,只是协助其他日本律师工作。这一次他要在同行们面前好好表现一下了。今天他西服笔挺,头发光可鉴人,一副成竹在胸、胜券在握的自信神态。

"法官阁下,刚才原告陈述了自己在昭和十六年(一九四一年)六月五日,旧日本海军航空队对重庆大轰炸时制造的'六五'大隧道惨案的悲惨经历。请允许我再补充一些当年残酷的战争史实。旧日本军支那方面舰队司令官岛田繁太郎认为,'解决日支事变已进入战略阶段的最后五分钟'。这'最后的五分钟'就是要依靠空中轰炸,彻底摧毁重庆城,让重庆国民政府屈服,以达到

---

① 一九三二年九月十六日,日军将抚顺煤矿附近的栗家沟、平顶山等村的村民和矿工三千余人集中实施了灭绝性的屠杀,其中三分之二是妇女、儿童,四百多户人家几乎被杀绝,八百多间民房被烧毁,幸存者有一百余人,其中大部分因为无人救治而伤重死亡,最后只有四五十人幸存。惨案幸存者一九九六年向日本法院提起诉讼,要求日本政府予以赔偿并谢罪。二〇〇五年冬季,日本高等法院虽然承认了惨案的事实,但仍驳回了诉讼请求。

② 潘家峪是河北省丰润县(今河北省唐山市丰润区)的一个山村,是共产党领导下的抗日根据地,一九四一年一月二十五日,日军血洗潘家峪,全村一千七百口人被杀掉一千二百三十人,二十三户被杀绝,九十六人受伤,全部财物被抢劫一空,一千二百三十五间房屋全被烧毁。一九九二年,潘家峪村民自发组成对日索赔团。二〇〇七年,日本最高法院首次回应对日索赔诉讼案,认为根据《中日联合声明》第五条,中国人的个人索赔权已然放弃,在法律层面上,原告没有理由提出诉讼请求,此案目前仍未结案。

结束战争的目的。而且,这一年由于零式飞机掌握了重庆的制空权,重庆国民政府的飞机几乎不能对日本海军航空队的轰炸造成任何威胁了,因此他们可以肆意在重庆上空飞行盘旋、反复投弹扫射。旧日本军的飞机不仅白天轰炸,晚上也不让人们有片刻安宁。他们总是分批进击,就像刚才原告陈述的那样,一批飞机投完炸弹后,第二批又跟进了。他们的目的,就是要把无辜的人们封死在闷热的防空洞里。正是在这种灭绝人性的'细密暴击'下,重庆'六五'大隧道惨案发生了,不仅张振贵的家人一个接一个地因窒息死去,数千重庆无辜百姓因为躲避空袭,也被活活闷死在那个死亡隧道里。这跟集体屠杀手无寸铁的平民百姓,是同样残忍、血腥、恐怖的战争罪行!"

"我反对!"被告方律师松本茂站了起来,"法官阁下,战略轰炸是战争的一种手段,跟集体大屠杀有别。"

"反对无效。"审判席上的吉田法官几乎没有看松本茂,转向梅泽一郎那边,"原告方律师的陈述完了吗?"

"没有,法官阁下。我还有问题需要询问原告。"梅泽一郎从辩护席上走下来,站在张振贵面前,用温和的语气和目光鼓励他,"原告,请你告诉我,在战争时期,遇到轰炸时,你和你的家人一般采用哪种方式躲避空袭?"

"日本飞机头一次来轰炸的时候,我们躲在桌子下面,以为那样就可以保命。后来挨炸多了,看到炸死的人多了,才晓得往防空洞里跑。政府鼓励大家打了不少洞子,每家每户都要出人出力,然后才发给你进洞证。只不过那年头,穷人有穷人的防空洞,富人有富人的。"

"那么,大隧道是个提供给平民百姓的公共防空洞?"

"是。主要是居住在下半城一带的穷苦人,还有石灰市、较场口一带做小生意的人。"

"你在大隧道里躲过空袭吗?"

"经常去。十八梯的那个洞口就离我家不远嘛。出事那天,我要不是在外面挑水,肯定也会在洞子里。"

"原告,是不是每次轰炸,大隧道里的人都很多?"

"差不多都挤得满满的。"

"那为什么六月五号那天,会发生那样大的惨案?"

"那天空袭时间特别长嘛,天气又热,日本飞机来了一趟又一趟,警报紧到不解除,人又出不来。就遭了嘛。"

"你给我们描述一下这个防空洞吧,它有多宽、多长、多高?又有几个出口?里面的条件又是怎样的呢?"

"大隧道有三个出口,十八梯一个,演武厅一个,石灰市一个,都串在一起的,加起来怕是有五六里长吧。洞子有两米来高,宽也有两米左右吧,两边有木板凳,先去的人可以坐着,后去的就只有站起了。洞子墙壁都是些岩石,有的地方还滴水;有些地段有电灯,有些地方又是点的煤气灯。空气不好,人在里面待久了,就会被熏得头昏眼花。加之小娃儿总要拉屎撒尿嘛,有时空袭时间长了,大人也憋不住,也在里面乱拉尿。搞得洞子里啥子味道都有。最婆烦的是小娃儿哭闹,大人都难受,娃娃些啷个不哭哦。我记得有一次一个娃儿哭个不停,身边的人就喊,不要哭了,别把日本飞机招来,再哭就把你们赶出去。那个当妈的就用手捂住娃儿,结果等空袭结束时,娃儿被他妈捂死了。"

法庭里一片骚动,但这不是梅泽一郎需要的,他连忙转移了话题:"原告,大隧道惨案发生后,你失去了妻子、孩子和母亲,你的生活发生了什么样的变化?"

"我成孤老汉儿了,天天做噩梦,想我的家人。我病了大半年,没有人给我送药送饭,差点饿死在家里。有天一只耗子来啃我,咬下我耳朵上的一大块肉,痛得我从昏睡中醒来,才爬到大街上去讨口饭吃。我也不晓得我得的是啥子病,反正浑身没有力气,挑不动水了,胆子也变小了,一路过十八梯那个洞子口,我就会白孜孜地昏倒,好像那洞子里有鬼来抓我去,害得我好多年都不敢走那里过。那些年我只能打点零工,能填饱肚子的那天,就是最好的日子了。直到我们重庆解放了,政府才给我安排了一个工作,在煤站打煤球,后来才找了个女人,好歹有了个家。"

"原告,你的街坊邻居中,在大隧道惨案中遇难的人多吗?"

"多惨啰。十八梯周边的那些小商铺,好多都开不了门。惨啊,惨。我隔壁孙老五家,街对面苏富贵家、林罗德家,死绝户啰,都是三代、四代同堂的大家庭喔。那些天大街上也冷冷清清的,看到的鬼比人还多。有一个开公共汽车的,在城里走了几站,都没有人上车。车上空荡荡的,吓得他把方向盘扔下跑了,说自己拉的是一车孤魂野鬼。"

"原告,你知道大隧道惨案究竟有多少人遇难吗?"

"当时国民党政府说,只死了不到一千人。他们说谎喔,我看到的尸体都堆成了山，哪儿才止一千人？报纸上说有三四千，老百姓说有一万多人。我啷个分得清楚喔。反正我家只剩下我一个了。那天处理那些尸体，从受害者手上、脖子上抹下来的手镯、戒指、玉石、金项链都装了几大箩筐！"

梅泽一郎这时转向了吉田法官，说："法官阁下，在昭和十六年（一九四一年），重庆国民政府已经挖掘了一千八百多个防空洞。据《新华日报》一九四一年六月四日头版刊载的一篇文章介绍，昭和十四年（一九三九年）时，一颗日本炸弹可以炸死五个半中国人，到了昭和十六年（一九四一年），三颗半炸弹才能炸死或炸伤一个中国人。因为那时重庆的防空洞已经能够为约四十五万人提供庇护，旧日本军大轰炸造成的死伤数目已逐渐减少了。大雾、防空洞，是重庆人抵御轰炸的两道盾牌。但旧日本军在雾季结束之后，用连续性的疲劳轰炸，击穿了重庆的最后一道盾牌。这些绞尽脑汁的杀人计划仅仅是为了杀死更多无辜的中国人吗？日本飞机那时也向重庆市区撒传单，其中有张传单上是这样写的：'炸不死就困死，困不死就饿死。'重庆'六五'大隧道惨案究竟死了多少人，至今还没有公论。研究此段历史的有关专家认为在三千人左右。而当年日本的报纸还将这个惨案当成一个重大战果，吹嘘说轰炸造成了一万多中国人死亡。足见旧日本军政府认为，炸死的中国人越多，他们的战果就越大。如果他们有能力把重庆变成一座死亡之城，他们一定会竭尽全力去做。

"法官阁下，贴着太阳徽的旧日本军轰炸机给重庆城带去的，不仅仅是一颗颗夺人生命的炸弹、燃烧弹，还有一颗'黑太阳'。

这颗'黑太阳'窒息了成千上万人的生命,造成无以计数的家庭家破人亡。到了该彻底清算这笔反人类的战争罪行的时候了,否则,日本的太阳终将蒙羞。"

法庭里寂静下来,人们似乎还在回味梅泽一郎的话。该轮到被告方律师松本茂出场了,他今天显得颇为自信,刚才梅泽一郎精彩的陈述好像丝毫没有影响到他。他踱步到张振贵面前,问:"原告,你告诉我,那天大隧道里你的家人,还有其他的死难者,到底是怎么死的?"

张振贵看着这个西装革履的日本律师,一开初有点像穷人面对一个有钱人一样地自卑。他舔了舔干涩的嘴唇说:"是……是闷死的嘛。"

"为什么会闷死呢?"松本茂不慌不忙地问。

"人多个嘛,又拥挤噻。"

"为什么要拥挤?"

"为啥子挤?因为你们日本飞机来轰炸我们么,我们只有躲进防空洞才能保命嘛。"张振贵有些生气了,觉得这个日本律师明知故问,他感到受到了戏弄,声音也就大了起来。

"原告,那个防空洞有三个出口,对吧?"

"对。"

"每个出口都堵死了吗?"

"都堵死了。只是有的洞口死的人多些,有的少些。"

"原告,那天有炸弹落在哪个洞口了吗?"

"没得。"

"有炸弹击穿了你们的防空洞吗?"

"没得。"

"有日本飞机的机枪扫射、封锁了任意一个洞口吗?"

"没得。"

"那他们挤什么呢?"松本茂忽然提高了声音,把张振贵吓得身子缩了一下。

"我……我后来听活出来的人说,一开初,洞子里空气不好了,里面的人想出来换口气,外面没有进洞的人又说飞机来了,就往洞子里挤,两边的人挤在一起,有人倒下了,一个拉着一个地倒,越倒越多,结果一个都跑不脱了。"

松本茂脸上露出一丝得意的笑容。"这就是说,防空洞的三个出口,都因为人们相互拥挤、践踏而封死了,让人既出不去又无法进行救援,还导致里面空气更加稀少,人们更难以逃出来。就像原告说的那样,他连自己的儿子都救不出来。是这样吗?"

"是。"

"其实,你的儿子,你的妻子,还有你的母亲,都是被你们中国人自己挤死的。是不是?回答我!"他最后加重了语气。

张振贵的身子再次缩了一下。"是……"

"我反对!"梅泽一郎坐不住了,再这样问下去,今天的庭审就要走样了,"大隧道里人们的拥挤是因为有空袭,没有空袭,人们怎么会去大隧道?被告方律师颠倒了是非……"

"反对无效。被告方律师可以继续提问。"吉田法官冷漠地说。

"我想起来了。"张振贵忽然大声高喊,"我听洞子里出来的人说,日本飞机投了毒瓦斯,人们才开始互相拥挤的。"这是原告证言中本来没有的内容,张振贵被对方律师穷追猛打,觉得自己丢了重庆人的脸了。他晓得前几次来日本法庭上诉的受害者原告,陈述的受害事实都受到了梅泽一郎的表扬,为什么自己今天就这么倒霉呢?他想为大家、为自己扳回一分。

法庭里安静了半分钟,梅泽一郎心里直叫"坏了、坏了"。旧日本军在重庆大轰炸中有没有实施细菌战的问题,律师团正在调查中。帮中国人打的湖南常德细菌战官司进行了十来年,细菌战受害者可不像大轰炸受害者,有比较明显的人证和物证,取证之艰难非常人可以想象。梅泽一郎不是不知道重庆大轰炸中日军投放了细菌武器的传闻,但目前他还没有找到确凿的证据。没有结论的事捅到法庭上,只会让自己更被动。

松本茂是个何其精明的人,他看出了梅泽一郎的忧虑,对方的上诉证言里本来就没有"毒瓦斯"的内容,他判定这是原告随意性的发挥,这等于对方自摆乌龙。天赐良机,他不会轻易放过。

"原告,你听说?听谁说?"

"大隧道惨案发生后,好多活下来的人都在说,洞子里有毒气。"张振贵没想到对方律师跟他较真了。他的阵脚乱了。

"好多?难道你就不能举出一个具体的人来吗?他的姓名、职业?"松本茂步步紧逼。

"有个……有个叫苏宏光的人,住我家隔壁的隔壁,是做篾器活路的。他说开初洞子里还是有秩序的,后来时间久了,有人喊日本人投了毒瓦斯,大家就开始乱挤了。"

"这个叫苏宏光的人,他是否吸入了你说的毒瓦斯?如果有,是什么症状?"

"他说洞子里的空气嘿糟糕、嘿烫人。让人头痛得要爆炸了,我在洞子口想救我的婆娘儿子时,也是这种感觉。那个气味,不是人间的气味。"

"原告,你说的这种难闻的气味,它有颜色吗?"

"没得。"

"它是一团一团的烟雾吗?"

"不是。"

"那么,它是大隧道里产生的,还是从外面进去的?"

"当然是洞子里面发出来的了。外面要是能灌进去一点风,就不会死那么多人了。"张振贵不知道自己已经中套了,还说得振振有词。

"法官阁下,刚才原告已经告诉我们了,旧日本军的飞机既没有炸穿发生惨案的防空洞,也没有炸中洞口,但他又指控日军飞机投了毒气弹并造成了防空洞里人们的拥挤和死亡,那么,这防空洞的毒气是怎么来的呢?原告,你回答我。"

"我……我咋个晓得!反正人们出不到气个嘛,洞子里憋死了人个嘛。"张振贵脸上的汗水下来了。

"你都不知道的事情,怎么能在这里指控呢?你前面陈述的那些事情,又有多少是真实的呢?法官阁下,原告的证言前后矛盾,不可采信。且原告有作伪证的嫌疑。"

"反对!"梅泽一郎站了起来,急速地申辩道,"法官阁下,关于毒瓦斯，我有相关材料补充申诉。"

"反对有效。原告律师可以就此问题作出说明。"吉田法官说。

梅泽一郎连忙从自己的案卷材料中找出一份来。"法官阁下，在昭和十三年（一九三八年）十二月二日，旧日本军的参谋总长闲院宫载仁亲王向陆海军统帅部下达了'大陆指第三四五号'命令，具体说明了关于航空作战的指示。其中特别提到：'在支那各军可以使用特种烟——包括赤弹、赤筒和绿筒。但在使用时须避免在第三国人居住的市街使用，严格保密使用，注意不要留下任何痕迹。'这个命令里的特种烟就是指毒瓦斯，赤筒和赤弹装的是砒霜类的二苯氰砷，属喷嚏性毒气，绿筒是催泪瓦斯的代指。日中战争期间旧日本军使用了化学武器是不争的事实，已有许多史料和证人可以证明。"

"反对，法官阁下，我们现在审理的是重庆大隧道案中日军有无使用毒瓦斯的问题。"松本茂说。

"反对有效。原告律师的申诉应回到本案中来。"

"法官阁下，由于在战争期间旧日本军在战场上使用过化学武器，饱受轰炸的重庆国民政府不得不有所防备。在昭和十四年（一九三九年）的轰炸中，国民政府当局曾警告市民不要去捡日军投下的带毒的香烟，一个美国记者对此也曾有过报道。在重庆国民政府一九四四年编写的《七年来重庆防空纪实》中也有记载：'重庆是战时首都，敌机极大可能使用毒气弹。一九四〇年当局就发布命令，为防止毒气侵入公共防空设施，要在入口处布置幕帐，发生空袭时进入防空洞一定要戴防毒面具。'战争时期重庆的市面上到处都能买到防毒面具和防毒口罩。由此可见，重庆的市民对日军的毒气弹是有一定认识的。当大隧道里的温度不断上升，空气日趋稀少，呼吸越来越困难，人们的意识逐渐模糊时，毒气弹的传言就很可能被当真。他们只是些没有多少文化知识的普通百姓，挣扎在死亡的边缘，我们现在怎么能责怪他们对化学武器不能作出明确的认定呢？就像我们在今天，不能指责他们在闷热憋气的防空洞里丧失了理智，互相扯掉衣服，赤身裸体，没有了廉耻感一样。法官阁下，我的原告只是陈述了自己的感受，没有作伪证。"

梅泽一郎回到自己的座位上时，背心都湿透了。这是最为艰难的一段陈述，张振贵可能不知道在日本的法庭上被判作伪证意味着什么。他有把一艘将要倾覆的小船重新驶出险滩的庆幸。

吉田法官问："被告方律师还有什么问题要问原告吗？"

松本茂转向法官席，说："法官阁下，我不用提问了，本次庭审辩论的是所谓大隧道惨案，但原告并不在隧道内，他至多只能算一个旁观者。隧道内的真实情况，原告方并没有提供足够让人信服的证据。而我这里却有这起事件真相的材料当庭陈述。"他走向自己的座位，拿起早已准备好的一叠材料，他感觉自己在两个回合中已经占了上风，他要乘胜追击了。

"法官阁下，刚才原告方律师说是旧日本军的轰炸造成了重庆的大隧道惨案。不错，那天重庆上空确实有轰炸，重庆的大隧道也的确发生了死伤甚多的惨案，我承认这是一起不幸的事件。但它的真相又如何？

"第一个真相是：重庆文史单位公开发表的一些关于'六五'大隧道惨案相关文章的数据显示，这个巨大的公共防空洞最大定员为六千五百五十五人，但惨案发生那天大隧道里涌进了一万至两万人。许多市民甚至还带着家私、金银细软，大包小包地挤进这个隧道。尤可指责的是，这样一个庞大的公共防空体系，里面竟然没有安装一部电话，没有官员管理，没有通风设备！这等于是把一群绵羊赶进一个封闭的空间里，但却没有牧羊人。重庆国民政府难道就没有疏于管理的责任吗？

"第二个真相：噢，对了，不是没有通风设备。在一份国民政府一个官员的报告中说，本来惨案发生前半个月就已经安装好了一台通风机，六月三日还试运行了一次，报告说运行良好，重庆政府的防空司令部工程处计划在六月五号下午两点验收——请记住这个时间，这是在惨案发生前的四个小时。但因工程处未能约到某个电机工程师，工程处的一个官员以自己不懂电机原理为由，自行终止了验收。这台本可以在当天启用，救下许多人性命的通风机竟然被弃之不用，任凭空袭来临时大隧道里的人们窒息而死。这难道应该完全归罪于日机轰炸，而不是追究那些玩忽职守的人罪责吗？

"第三个真相：在《陪都市民为六月五日敌机夜袭发生隧道惨案给国民政府各机关团体的呼吁》中，有这样一段关于防空洞里情况的描述：'避难民众进洞三时许，空气不能流通，出汗发热，空气阻塞，人人愿意出洞透换空气，以免气塞待毙之惨痛！殊不知防护团及宪警将洞门封锁，勿许外出透空气！况且锁洞之人，离洞他去。不久,洞内空气更加阻塞,(人们)紧闭在洞内,大声呼喊开洞门,外面无一人照管,声气喊破,无人开洞门!'刚才原告也在陈述中提到了,洞内喊声震天。他说的是实情。可是那个掌管着洞门钥匙的人在哪里?那些担负有保护民众、维持秩序之责的宪警在哪里?

"第四个真相:在《重庆卫戍总司令部关于大隧道闷毙多人的原因及抢救情形致行政院的报告》中,是这样描述大隧道里惨案发生时的情形的:'妇孺力弱者多压于底层,身强力壮者亦因人潮拥挤被压倒于上层。洞内之人闻洞口发生惨剧,不知所为何事,咸竞相向洞外逃奔,因而增加洞口之堆压。故洞口附近人层竟堆压至四五层之多。洞口既被堆塞,洞内空气更感不够,因此窒息而死者多人,酿成如许之绝大惨案。'尤其在防空洞的三个出口,没有人遵守秩序、有绅士风度了,争相逃命的人都成了他人的地狱。由此我们可以得出结论,根本没有什么毒气弹,惨案的发生是中国人自相拥挤造成的,就连原告本人,不是也爬到其他受难者的头顶上去了吗?"

"反对!被告方律师不能攻击我的代理人。"梅泽一郎站起来说。

"反对有效。"

松本茂感觉到自己抛出的四个真相已经扭转了法庭辩论的局势了,语气更加凌厉地说:"女士们、先生们,战争时期东京难道没有遭受过比重庆更惨烈的大轰炸吗?重庆长达五年半的轰炸不过死了一万多人,东京一次大轰炸就死了十万人!但是你们可有听说东京的防空洞发生过一桩人为的窒息惨案？我们大和民族历来崇尚有尊严地死、高贵地死。重庆大隧道的悲剧难道仅仅是因为旧日本军的空袭吗？这不是战祸，是人祸。想一想中国人是如何在交通高峰期挤地铁的吧，你把中国人在地铁车厢门前挤成一团的情形放大十百倍，就是昭和十六年（一九四一年）重庆的'六五'大隧道惨案。我甚至可以肯定地说，再来一次战争，他们还会相互拥挤、践踏，类似的悲剧还将重演。"

以能言善辩著称的梅泽一郎彻底被击垮了，他怔怔地望着对方，一时连"反对"的话都说不出来了。这是他律师生涯里的滑铁卢。旁听席上以赵铁为首的几个中国人听完翻译后，已气得脸色铁青。

赵铁实在按捺不住了，忘记了一个律师在这样的场合应该遵守的本分。他喊道："我抗议，你这是在侮辱中国人的人格！"

两个前来旁听的中国游客也站起来喊："打倒小日本！"

吉田法官一敲法锤，厉声道："肃静！法警，把违反本庭纪律者带出去。"

几个法警走向旁听席，他们架起刚才喊口号的那两个中国游客就往外走。赵铁为保持尊严，自己站起来，边走边忍不住冒出一句重庆话："在这种不讲理的地方，还审个锤子！"

旧闻录（之四）

（福冈电话）十二日福冈市某机关收到报道：蒋政权对在我飞机连续猛烈轰炸下日渐成为废墟的重庆之惨状难以忍受，发表悲鸣又难堪的"公告"。外国新闻记者报道亲眼目睹的被轰炸的重庆的死相。其原文如下：

从五日晚七时三十分到六日上午之间，日本飞机前后四次历时十三个小时，对重庆进行了大轰炸，其中以从五日晚九时十五分到十一时这段时间的轰炸最为激烈。日机巧妙的利用照明弹照亮市区后连续投下炸弹，引起了非常大的混乱，除防空战斗人员外，所有的人都进入了防空洞避难。不幸防空洞也被炸弹击中，其入口被破坏，以致约万人窒息而死。这次日本飞机的空袭，是一九三九年空袭以来给重庆造成损害最大的一次。

六日下午目睹了重庆轰炸现状的VP通讯员（这类通讯员一般为日寇安插在重庆的汉奸或间谍）报道了如下实况：

日本飞机这次的轰炸是未曾见到过的大轰炸。残存的重庆方面之重要机关几乎被毁灭。特别是城中心附近的火势最为激烈,消防队员中也有不少人伤亡。防空洞内的死者数千人,使人想到就像凝结的沙丁鱼。当受到第一次轰炸时,大部分居民被指定到西门外的山岳地带避难。留下来承担防卫任务的军队、警察、消防队员等因第二次第三次接连不断的猛烈轰炸而遭受极大的损失。各处尸体横陈,死者人数数也数不清,乍一看,至少有一平方公里的地区变成了死城,其惨状确实可以描绘为"死相"。

——《东京朝日新闻》昭和十六年(一九四一年)六月十三日

谈到五日晚隧道惨案,我们首先要向死难者致沉痛的哀悼!向死难者的家属致亲切的慰问!此次隧道窒息惨祸,死伤甚众,这是一件痛心的大事,本报当即对此事发表意见,为保障民命而呼吁,因遵令未予披露。翌日各报多有所列,本报对此事又就管见所及,写就时评短评,但均奉令免登。兹以民命所系,事关重大,对各方面尚未论及之问题一抒所见,以供有关方面之参考。

……此次隧道窒息惨案发生后,中央社即据防空司令部公布,将惨案发生原因,委之于四乡人士狃于痼习,来城甚多,致发生惨案,而对防空当局之责任,只字未提,市民甚以为异。查防空隧道窒息惨案发生,已不止一次。记得去年左营街隧道发生惨案之时,蒋委员长对改善洞中设备,保障以后不再有类似事件发生,即有所指示。不料时隔一年,惨案重演,而且一次比一次严重,这可见防空当局并未从此得出应有的教训,作出应有的成果来。渎职之咎,自难辞却……

数日来,本市同业为市民安全所作的呼吁,亦即是为保存抗战力量所贡献的意见,给当局对此事处理以必要之参考,用意至善,但处境至难。各方面事实报道不实不详,引起社会人士不满不安。故宣传当局应给言论应有之自由,使舆论作正确之报道,庶此次惨案之审查工作,更能获得舆论必要之督促与帮助,以便得出大家所期待的正确结论。

——《新华日报》一九四一年六月十日

这儿的断壁残垣,我们毋庸掩饰,不过重庆和英国人一样,满不在乎。炸毁的地方,他们已大半重新建设起来了。实际上,对于他们满目疮痍的城市,我们感到骄傲。因为这是他们为争取自由而付出的代价,同时它的存在也象征我们愿意付出这个代价的符号。在重庆若是住在一间完整的屋子里,几乎是一种极坏的享受……我们所重视的以及中国人民所具有的明显美德,是勇敢的心和不能摧毁的精神。并不是所有远东的炸弹足以挫折中国人民的精神……他们和英国人一样，以不可动摇的坚毅和永久的愉快来接受这些炸弹，每颗炸弹带来的爆炸、死亡、毁灭和废墟，看起来使他们的团结更加密切，使他们一贯到底的决心更加坚固。

——英国驻华大使卡尔在中国国际广播电台的演讲

17. 洗罪

日本本州秋田县大山町的群山已经进入深秋季节,山林像是用彩笔浓墨重彩地描绘了一遍,在湿漉漉的秋雨中似一幅刚画好的巨幅油画。那些在树林中隐隐约约的木屋就是画中极富诗意的诗眼,在林深幽暗、空山寂静中,一缕炊烟,几声狗吠,满眼肃杀的世界便生动起来了。

斋藤博士、梅泽一郎、赵铁和一个来自重庆的留日学生李勤勤是上午从东京坐新干线赶过来的。昨晚斋藤博士接到日军老兵川崎的儿子川崎重太的电话,说他的老父亲已到弥留之际,希望见一见那个还在帮中国人打官司的法学博士,他有话要说。

川崎重太开车到火车站来接他们。他也是一个年过六旬的老人了,头发花白稀少,少言寡语,还在一家株式会社当工程师。

他说父亲一个人搬到山上的小木屋等死,是不想给后辈添麻烦。大山町一家私立医院的医生隔天来看他,而川崎重太一周上山一次。每次来,老川崎总是说,很抱歉,还没有死成。

车停在小木屋前的院坝里,两只秋田犬朝着汽车狂吠。赵铁在重庆也养了一只秋田犬。今天他愿意来,很大程度上是因为秋田这个地名让他想起了自己的爱犬。他不认为这个冥顽不化的日军老兵会为他们的诉讼提供多少有用的东西,他已经反复研读过斋藤博士整理的"川崎证言"了。"抱残守缺的右翼,死不悔改的老军国主义分子。"赵铁准备在今天为轰炸过自己家乡的罪人川崎正雄盖棺定论。

在赵铁看来,这座林中小木屋和川东地区的农家小院没有多大区别,只不过收拾得整洁些罢了,当然里面的电器看上去也更现代化一些。老兵川崎躺在一张木椅上,头上戴着无檐线帽,腿上盖着厚厚的毛毯。这是一个奇瘦无比的老人,生命之光在他身上流失的速度既一目了然,又触手可及——就像掌缝中的沙子,窸窸窣窣地随着夕阳的光芒一起晦暗下去。赵铁握着他冰凉的手时,第一反应是我在跟一个杀人犯握手,第二反应是心中泛起的怜悯之心——这是个只剩下几口气的老人了。当老川崎得知这两个中国人来自重庆时,他的没有了温度的眼光里闪过几丝畏缩,仿佛遇到追上门来的债主。

几个日本人相互问候后开始轻声交谈,李勤勤在一边为赵铁翻译。前面部分谈话的大意是,老川崎说他在电视上看到了前两天的开庭情况,重庆那个隧道里一次死了那么多人,真是一起不幸的事件。

赵铁咬咬牙帮,悄悄对李勤勤说:"他们只会说这个,咬死不认罪。"

李勤勤低声附和了一句:"就是。过去是小鬼子,现在是老鬼子。"

赵铁感到他们似乎并没有打算就某个重要的问题进行一场讨论。赵铁太希望这个老鬼子谈一谈他当年轰炸重庆时的个人感受,那时他还算一个有教养的日本人,至少他还知道屈原。但这几个日本人在谈论天气、山上的物产、秋田县的某个议员在国会的表现,以及老川崎每天要做的功课——在屋里的佛龛前焚香静坐。赵铁特意观察了那个佛龛,看不出供奉的哪路神祇,像个乡村土地庙里供奉的本尊神像,但是收拾得干净整洁,香炉很大,纯铜铸的。佛龛前还有个蒲团,有几卷经书。川崎重太说老川崎天天在蒲团上一坐就是几个小时。他会为被自己亲手杀死的亡灵超荐么?会为自己犯下的罪孽忏悔么?赵铁不能确定。恶贯满盈的人到了晚年皈依佛门,大多是害怕地狱之苦,期图能在有生之年把自己的罪孽洗清。"洗罪",赵铁记得老川崎在给斋藤博士的证词中提到过这个词,但似乎他更情愿躲这深山老林里悄悄地反省自己的罪孽,而不是勇敢地在阳光下向众人坦陈。向神忏悔和向人赔罪,差距到底有多大?也许这不只是勇气问题,而是跟人品有关。许多人情愿在心中供奉一个神来忏悔,也不愿意面对一个人说出自己的罪孽。赵铁想:自己站出来忏悔、赔罪,天国的大门也会为你洞开。

也许是因为有两个中国人在场,老川崎的话始终不多。他并不像赵铁推想的那样,是一个有倾诉欲望的日本老人。天快黑时,川崎重太建议大家去山下的村里吃晚饭,酒由他负责。赵铁想:那意思是我们这么远来看他老爹,饭钱还得大家AA制了?尽管他也知道一些日本人的习惯,但由于对老川崎有陈见,他看什么都别扭。

没想到只剩下几口气的老川崎说也要去。川崎重太找来一辆轮椅,重新开出一辆拆去了后座的皮卡车,把轮椅抬上,固定好——看来他经常这样拉着老川崎到处跑。在一个带温泉的小酒馆里,川崎重太为大家点了日式自助火锅。日本人喝酒就像他们的口头禅一样,"自己的事情自己解决"。他们一般不劝酒,自斟自饮,但向你举杯相邀,喝多少是你的事。赵铁自认为还是有些酒量的,但没有想到这几个日本老头儿也特能喝,而且还下得很猛,连行将就木的川崎正雄也喝了两盅。不过他就像一个"回阳人"一般,酒把他从气息奄奄的濒死状态中拉回人间一点了,脸上也有了血色。他甚至还主动跟赵铁碰杯,说年轻人,秋田的清酒,是男子汉的酒。

李勤勤是个活泼可爱的重庆女孩,高挑靓丽,机敏善谈,极大地活跃了席间的气氛,而且她还挺能喝的。斋藤博士先醉了,唱起了日本的"演歌",李勤勤给赵铁介绍说这相当于日本的民谣。大约这是一首在日本耳熟能详的歌谣,赵铁看见老川崎的嘴唇也在嚅动,似在跟着歌曲的旋律、歌词的意境回到某段人生岁月里——在春风和煦的三月走在回乡的路上,在青春诗意、无忧无虑的校园遇见纯如玉兰的女生,在陌生险恶的异国他乡思念故国的父母,在晚年的秋雨绵绵中感时伤怀……赵铁看见斋藤博士和老川崎眼里都有了泪花。他想:当年川崎正雄执行轰炸重庆的任务时,在他用机枪向城市里夺路逃命的人群胡乱扫射后,回到自己的基地,他会不会也唱起这支听上去旋律很忧伤动人、直击人内心最柔软处的民谣呢?当然会,哪怕他刚刚杀死了几十个重庆人。

梅泽一郎看上去也有些高了,上次开庭让他有深深的挫败感。来的路上他很少说话,只说要好好检讨、好好检讨。现在他举着酒杯摇摇晃晃地来到老川崎的轮椅前,说:"川崎先生,你让我想起了我的父亲。"

"那么,令尊大人也是天皇的士兵?"老川崎一双眼睛似乎轻易地就洞穿了历史。

"是。他是五十九师团的关东军。"赵铁大吃一惊,怎么从来没有听梅泽一郎说起过呢?

"关东军回国后有个'中国归还者联络会',令尊大人也参加了?"

"是。而且还是我的家乡熊本分会的会长。"梅泽一郎不无自豪地说。

"中国归还者联络会"是一个反战的日军老兵组织,他们反思战争,批判军国主义,质疑天皇的权威,反对美国在日本驻军,反对"修宪",声援中国的战争受害者等。在日本的右翼看来,他们都是被中国共产党洗脑了的日本人。

"难怪你们要帮中国人打官司了。"老川崎嘀咕了一句。

"川崎君,我不知道令郎重太先生如何看待你的过去。我在上大学时,参加了反战运动,才开始审视父辈们的历史。"

"难道它不是一段为国征伐的光荣历史么?"川崎正雄的目光变得冷硬起来。

李勤勤把这句翻译给赵铁后,梅泽一郎发现赵铁向老川崎怒目相视,他甚至也看到了李勤勤眼光里的厌恶。梅泽一郎向他俩摆摆手,示意他们保持安静。然后他说:"川崎君,我的父亲当年也是这样认为的,并深感光荣地走向战场。那个年代哪个日本年轻人不是这样的呢?川崎君在天空中作战,看不到一点战争的血腥和残忍。我父亲在军中的第一课,是上司让他刺杀一个怀有身孕的中国妇女。父亲想到了我的母亲,他出征前我母亲已经有四个月的身孕了,那是我的大姐。所以他怎么下得了手呢?但他必须去做。川崎君,这就是你们的战争。就像你在昭和十五年(一九四〇年)重庆端午节的轰炸中想到了屈原一样,那一时刻你感到了为国征伐的光荣了么?请告诉我吧。"

梅泽一郎毕竟是律师,要么把他需要的话引出来,要么让你无话可说。

"日本天皇的《终战诏书》颁布后,父亲的联队烧毁了军旗,成建制地向进入满洲的苏军投降。父亲和他的战友们被押解到西伯利亚服苦役,再严酷的气候、再繁重的劳役,都不让他感到苦难,反而认为是他的光荣,是为了国家。饥饿、伤寒、冻伤、野兽、繁重的劳动,还有苏军对待战俘的暴虐,父亲讲,多少日本的棒小伙子死在西伯利亚的冰天雪地中啊。到了一九五〇年，我父亲幸运地成为共产党中国的战犯。'幸运'这个词是我父亲亲口告诉我的，不然他很快就会死在西伯利亚，那时他的大腿只有胳膊粗，浑身的骨头都要穿破皮了。在中苏边境的绥芬河车站办移交后，我父亲被人从俄国人四面漏风的货车车厢里抬进了中国人的列车。他以为自己是在梦里，或者上了开往天堂的列车。中国人让他们坐客车车厢，座椅上蒙着干净的白布，一人一个座位，刚一坐下服务员就端来了饭菜，白米饭、土豆肉丝、青菜汤。父亲说自从进了西伯利亚战俘营，他们天天啃黑面包，已经几年不闻米饭的香味了。一个年轻的女护士来到父亲的身边，问他是什么病，哪里不舒服，还问车厢里的其他人，还有谁有病没有。我们有专门的病号饭。来人呀，把这个病号送到卧铺车厢去。那个时候，父亲和他的战友们都不知道自己是战俘呢，还以为是回到家乡的荣军。但也有人悲观地认为，这是中国人给我们的'最后晚餐'。火车一停下来，他们就会架起机关枪，实施集体屠杀了。唉，我们日本人从不理解'以德报怨'这个中国成语。

"在辽宁省抚顺战犯管理所，我父亲吃了三个月的病号饭，终于把身体养好。能不好吗？天天白米饭，有鱼有肉，甚至还有一杯牛奶，伙食标准比看管他的中国管教人员还好，他们还只能吃高粱米呢。在这个管理所，日本人就像参加了一个培训班，交代、认罪、忏悔、写检查，过去干的一切就一笔勾销了。我父亲说，中国是一个讲政治原则的国家，而我们日本是个喜欢文过饰非的国度。他们写的检查，只要按照管教人员的要求写，多加一些带有政治色彩的修饰词做前缀就可以了。比如你不能简单地写去站岗,而要写'为日本帝国主义的侵华战争去站岗';写自己受上司命令杀一个女人,就要写成"万恶的军国主义分子命令我去杀死这个女人"。管教人员一再向日本人重申:他们要把军国主义分子和广大的日本劳动人民区分开来。战犯管理所里有许多聪明的家伙,为了减轻自己的罪孽,为了能早日回家,不惜说自己祖宗三代都是贫苦农民,如何如何苦,受地主老财的欺压,受了军国主义者的蒙蔽走上侵略中国的战场。他们这一套很受管理所的干部喜欢,把他们当成深受压迫的日本劳苦大众。有个犯有很多血案的混蛋,还是个中佐,从陆军小学一路读到陆军大学,十足的战争狂,大家都知道他的军刀曾经一次劈下十几个中国人的头,但他把自己说成是个北海道辛苦捕鱼的渔夫,反正也没有人揭发他,他就这样过关了。"

斋藤博士接了一句:"军国主义者,这是一个多么宏大的词汇啊,难道只是指在陆军省、海军省制订作战计划的那些家伙们吗?"

"当然不是,可以说很多人利用了中国人的善意。一千多名移交到中国的日本战俘,除了病死的,一个也没有被杀掉。据说共产党中国的周恩来总理专门有指示,'一个不杀,一个不判无期'。本来第一次调查取证结束后,中国检方要求判死刑的七十名,判无期以下的一百一十名,但都被周恩来否定了。这个人才是个大政治家,了不起。检方最后只起诉了四十五人,最高的才判二十年。其实,六年以后,所有的战犯都获得了大赦,回到了日本。中国人啊,真是淳朴仁厚。"

"我记得川崎君是从国民政府军队那边回到国内的,可能没有梅泽君父亲那么波折吧?"斋藤博士问。

川崎正雄没有回答,只是拿起面前的空酒杯,做要喝酒状,他儿子赶忙给他酒杯里续上了一点酒。他喝下了,仍然没有话。

"川崎君,我理解你的沉默。"梅泽一郎动情地抓住了老川崎的手,"我懂事以后,在家里也是天天要面对一个寡言的父亲。在我八岁左右吧,我们一家去泡温泉,我看到了父亲腿上的枪伤。我问他是怎么来的,他说是在中国作战时受的伤。我追问他的战斗故事,但总是被他三言两语就搪塞过去了,似乎那是一段不堪的回忆。当我再长大一些时,父亲带我参加'中国归还者联络会'的活动,我在那里见到许多像父亲这样的老兵,听他们说自己在中国战场上的经历,我才开始对这场战争有所了解。我问父亲,你杀过中国人吗?第一次问时,我挨了一耳光;第二次问,我已是中学生,父亲不打我了,只是低头沉默;第三次问,是在我上大学后,父亲才流着眼泪告诉我他刺杀那个中国孕妇的事。我父亲说,小子,现在我轻松下来了。可以面对你追问的目光了。那一刻,我才觉得自己父亲的伟大。川崎君,没有哪个人生来就是残暴的,我的父亲在家里是个多么温和的人啊,母亲说他从前连一条鱼也不敢杀,但他怎么会变成杀害一个孕妇的恶魔呢?川崎君,要求得到宽恕,必须要说出真相,让我们辨认出每一个历史的细节,这些由点点滴滴的细节构成的真相,就如同万千条溪流汇成的大河,它就是真实的历史,谁还能掩盖它呢?谁又还能否认它呢?拜托了!如果我们有选择地忘却我们发动战争的历史,那么我们离下一场战争就不会远了。难道不是这样吗,川崎君?于你本人来说,说出了真相,就是迈向忏悔的第一步。忏悔了,谢罪了,良心才能得到安慰,也才能获得受害者的宽恕。我相信川崎君和我的父亲一样,太知道战争的悲惨和荒谬了,为了日本的未来,为了日本的后代永享不战的和平,把这种悲惨事实告诉我们的后辈吧,请把那些荒谬揭露出来吧。我的父亲说,我们不告诉后代自己做的错事,他们就会再去做,这个国家就会再次走向战争。他解脱了,临终前显得很安详。我父亲的遗训是:到中国去,为那些战争受害者做点什么。"

赵铁长长地嘘了一口气,这个世界上没有无缘无故的爱,也没有无缘无故的恨,更没有不带身世背景和历史托付的"白求恩"。即便他是一个世界主义者,也是有渊源的。他向梅泽一郎举起了酒杯:"敬你父亲。"

赵铁一直拿不准在梅泽一郎滔滔不绝地讲述时,老川崎有没有睡着。他有两只很大的眼袋,似乎一生的怨恨都装在里面了,细小的眼睛被周边堆砌的皱纹包围、紧锁,中间一线死水微澜,有时从里面透出阴冷的余光,似乎带着冥府里的寒气,让人不寒而栗,有时它又像夕阳落山后的几抹余晖,已无法挽留了。

老川崎终于说话了:"请不要审判我,我这风烛残年的老人,经不起灵魂的拷问;也不要让我再去回忆真相,我所做过的事,让我的国家去下定论吧。拜托了!"

他勉强地一躬身,然后哆嗦着手从怀里掏出一张纸来,递给梅泽一郎。"这是我的遗嘱,改了三次了。既然你们是律师,就拜托你们照此执行吧。里面第四条写得很清楚,两千万日元,捐赠给你们的'中国战争受害者对日索赔律师联盟';第五条,川崎重太要替我去重庆,祭奠那些大轰炸的受害者,并向他们献花、敬香,这样他才能享受遗嘱第一条至第三条的权利。"

"父亲……"川崎重太显然也是才知道遗嘱的内容,满脸诧异。

"我们砸了人家的门窗,踢翻了人家的饭桌,让中国人过节时都充满了哀号。去吧,让你的川崎老爹死后在那边也好受一点。"老川崎冷冷地说。

位于东京银座外堀大街的梅泽一郎事务所在一栋银灰色建筑的大楼,临街,对面是索尼大厦。此刻,一辆宣传车正缓缓行驶在外堀大街上,宣传车的两侧挂满了横幅标语,上面的内容和车上的大小四个喇叭里歇斯底里喊出来的口号一致:"梅泽一郎是国贼!""非国民斋藤次郎、梅泽一郎滚去中国!""重庆大暴击是谎言!""重庆人是不要脸的乞丐!"

这是东京一个极右组织的宣传车,它绕着梅泽一郎事务所兜圈子已经三天了。每当东京地方裁判所开庭审理重庆大轰炸受害者的诉讼,他们就开着宣传车到事务所周边的几条街道示威、喊叫。有辆警车始终随行,并不是为他们开道,而是当他们有什么过激行为时,车里的警察就会出来制止。这跟梅泽一郎组织重庆的受害者和东京的声援团体在大街上游行示威一样,警察们不干涉你举标语喊口号,也不阻止支持索赔的左翼人士和反对索赔的右翼分子隔着一定的距离互相叫阵、喊口号,但不得有肢体冲突,不得妨碍交通。来到日本的赵铁和重庆的大轰炸受害者多次参加过这样的示威游行,无论是到外务省还是在东京地方裁判所外围,一开初他们感到很新鲜、很自豪,视其为从未有过的体验。老子们在日本也上街游行过了。但现在遇到人家游行来反对你,心里就不是个滋味,甚至相当气愤。尤其是当听到右翼分子谩骂斋藤博士和梅泽一郎、罔顾史实、污蔑重庆人时,就难免不恨入心头、怒上眉梢了。

"在日本,这是他们的权利。让他们骂去。"梅泽一郎关紧了事务所会议室的窗户,将外面的噪声降低到最小。这间会议室很小,十来个人开会,都还得有人要站着。

坐在会议室上首位置的斋藤博士不当回事地笑着说:"我被骂成'国贼'、'非国民'已经十几年了。从报纸、电视,到外面这种大喇叭。"

今天是由梅泽一郎主持召开大隧道惨案庭审检讨会,与会者有日本律师团的成员和重庆大轰炸受害者原告团的人士,还是由志愿者李勤勤担任翻译。梅泽一郎一直认为上次开庭是我方的一次失败,这样糟糕的庭审在他的律师职业生涯中还未有过。"我方简直被打得落花流水。"他对赵铁说。

赵铁在此次庭审之后,也不是没有反省。对方指责大隧道惨案是"人祸",也不是完全没有道理。与日本人的守秩序、讲礼貌比起来,我们当然有很大的差距,现在都不能比,何况战争年代?一个有良知的中国人的忧愤在于:当你身处"地球村"时,你看到了自己的诸多不足,还不仅仅是物质贫富的差异,也是根深蒂固的陋习如影相随。就像那些在日本的各大商场闹闹嚷嚷地抢购电饭煲、马桶盖的中国人,让日本人一边偷着乐,一边翻白眼。赵铁并不反对人们买日本货,但你哪怕是买一把剃须刀,也得不失教养和分寸。和中规中矩的日本人比起来,我们总是显得有些毛手毛脚、自乱阵脚。也许这是一个国家进入现代化前必须要面对的难堪吧。

梅泽一郎在检讨会上首先反省了自己,说虽然做了大量的案前工作,但对被告方的反驳还是准备不足,对方律师在质询我方证人时,他作为辩护律师没有起到更有效地保护证人的作用。我方从加害、受害、因果关系,以及驳斥对方掩盖历史事实方面,在法庭上已经充分、详尽地作了举证,让法庭和世人知道了重庆大隧道惨案的历史事实,但在证实加害的具体情节上,我们却让对方钻了空子。

"我们缺少了一位大隧道里的幸存者证人。"梅泽一郎看着赵铁说,"要是他能出庭作证,向法庭陈述防空洞里的真实情况,对方也不至于那么肆无忌惮。"

"本来找了三个幸存者证人的,但是他们都不适宜出庭,你知道的。"赵铁回答道。这三个证人一个已经病入膏肓躺在病床上起不来了;一个脑子糊涂、口齿不清;一个因为对这场诉讼不感兴趣,说根本不相信日本人会赔钱,我才不会花这笔冤枉钱去日本打啥子官司呢,你们是瞎子点灯白费蜡。如果这样的证人在日本,梅泽一郎可以向法庭申请,让证人履行公民义务必须出庭作证。张振贵作为证人是赵铁和梅泽一郎一起确定的,他虽然不是大隧道内的幸存者,但他家人都在惨案中遇难,身体状况尚好,思路还清晰,能说会道,属于那种会摆龙门阵的人。在赵铁心目中,他不是最理想的证人,却又是目前情况下的唯一人选。这场庭审哪怕早开庭一年,赵铁手上都还有更适合的人选可用。那段历史的经历者都已是八九十岁高龄的人了,说走就走了。日本法庭就是在拖延中,让我们的历史见证者一个个地死去。

"我认为,我们的工作还做得不够扎实。"斋藤博士发言了,"我不相信在重庆找不到大隧道里的幸存者。下次开庭,我们一定要起用新的证人、新的史实驳倒对方。重庆原告团和律师团的同志们,要团结起来,要摒除陈见,要为我们共同的目标继续努力奋斗!"

斋藤博士平常话并不多,但经常会说一些让中国人都不太适应了的革命口号,后来他才告诉大家,他年轻时参加过日本共产党,也算是个日本的"老革命",只是后来日共发生了分裂,他就退出了。至今他还坚信日本应该建成一个"社会主义民主国家"。每当这个老人"唱高调"时,大家都可能会付之一笑,觉得他可爱得像个老小孩,但今天赵铁却认为这是在指责他及重庆原告团的工作做得不够好。他和这些日本友好人士虽然相处很久了,也很敬重他们,但他心里始终绷着一根系着民族自尊的弦,一不小心就拉断了。

"如果像辩方律师那样强词夺理,我们做再多的工作都是秀才遇到兵,有理说不清。战争都结束这么多年了,不讲理的日本人还是不讲理。"

斋藤博士脸色严肃,语调严厉起来。"赵律师此话不对。我们在法庭上陈述大轰炸史实,不就是在讲理吗？一个律师的职责,不就是以讲明道理来维护基本人权、实现社会正义吗？"

"可是在你们的法庭上,有社会正义吗？我表示怀疑。"赵铁也气咻咻地说。

斋藤博士"啪"地一拍桌子,问道:"那你是干什么职业的？你来日本是做什么的？"

赵铁也不示弱,也一拍桌子,站起来大喊:"我只是见证了你们日本法庭的无耻！"

"混蛋！你退缩了？害怕了？你还是一个男子汉吗？"斋藤博士脸都气白了,终于拿出了日本大律师训斥下属的派头。

"你……你骂人……"赵铁骂娘的话差一点也脱口而出了,只是看到对方稀疏的白发,一脸的老人斑,他像费力地咽下一口要吐出来的痰一样,把脏话吞进肚子里去了。

"为老不尊！"赵铁一擂桌子,坐下后头扭到一边。

梅泽一郎坐在赵铁的对面,中间是一张不大的工作台,斋藤博士坐他身边。他先拍拍气得仍在发抖的斋藤,俯身在他的耳边急速地嘀咕了几句,然后站起来,摆动双手说:"如果我们在这里争吵,那就不用检讨什么了。我建议散会,我希望和赵律师单独谈一谈。"

他们出了会议室,梅泽一郎带着赵铁、李勤勤来到大楼里的一家咖啡吧,这里门面并不大,像是专门为上班族在午休时放松的地方。他们找了个安静的角落,赵铁不喝咖啡,只要了杯立顿红茶。

"赵桑,不要跟老人家生气了。"梅泽一郎坐下来就说。

赵铁的情绪其实已经平息下来了。"我没什么。但斋藤先生不能骂人,我们是合作者,对吧?"

"我替斋藤博士向赵律师道歉。请原谅。"梅泽一郎一躬身,又说,"不过在日本,前辈对晚辈、上级对下级不满意的时候,常会这样。李小姐在日本多年,应该明白这一点。赵桑,哪个男人不爆粗口呢?"

赵铁说:"好吧,我不介意。我也冲动,不该冲老人家发火,我会向他当面道歉。这事过去了。"

"我们日本律师,是很敬重法庭的。日本政府否认战争罪行的史实,如果我们不通过法庭上的陈述揭露出来,澄清历史的真相,又怎么能达到还人间以正义和公道的目的?赵桑,我们是律师,法庭就是一个男子汉的战场,不管它有多么地严酷和艰难,我们都不能轻言放弃。"

"我只是怀疑,我们在一个错误的地点、错误的时间打一场正义的战争。"赵铁说。

"如果战争是正义的,在什么地方打、什么时候打都不重要了。对吧,赵桑?"梅泽一郎从公文包里拿出几页打印纸来,递给赵铁,问,"我们不明白的是,为什么不让黄思齐先生作为本次庭审的第一证人?这是他的证言。根据他的陈述,他当年就在大隧道里。你们为什么排斥他?你们抗战时,共产党还能跟国民党结成联盟一起战斗,现在你们怎么就做不到了呢?"

噢,原来他们的手伸到我们内部来了。可能没有比日本人更了解中国人窝里斗的劣根性的了,赵铁比刚才挨斋藤博士骂更感到丢脸。黄思齐原来也是原告团的成员之一,但却是个喜欢搬弄是非、沽名钓誉又脾气古怪的老人。最近一段时间他趁邓子儒生病，便到处活动，要求改选原告团"领导班子"，一些人被他的游说所迷惑，而以钱嘉陵为首的一些人又看不起他的为人，力挺邓子儒。双方争来斗去，把这个民间团体搞得乌烟瘴气，一开会就相互对骂争吵。赵铁不明白这些都已退休多年的老人们为什么还那么在意这一丁点的社会职务，原告团团长是要尽社会义务和责任的，是要有担当的。黄思齐从前是仓库保管员，论文化程度、论教养气质、论以德服人，哪一点能跟邓子儒相比？早年间曾因为监守自盗，蹲过一段时间的监狱。这个老人一开会就挖鼻孔、抠脚丫，说起话来脏话连篇、二不挂五的，这样的人怎么上得了台面？但黄思齐又是个有些能耐的人，打着重庆大轰炸受害者的名义到处拉社会赞助，拉到的钱又不上交，还隔三岔五找原告团的财务报餐费、打的费、复印费，搞得原告团的志愿者怨声载道。在征得邓子儒和赵铁同意后，钱嘉陵召集大家开会将其除名。但人家也没有闲着，自己拉起一帮人另搞了个大轰炸受害者组织，不但到处攻击邓子儒领衔的原告团是"汉奸组织"，钱嘉陵是"骗子"，赵铁是"野心家"，还私下跟梅泽一郎联系，把家丑外扬了。

赵铁用外交辞令的口气说："这是我们内部的事务，希望日本律师团不要插手。我们推荐给日本律师团的证人，是通过重庆大轰炸受害者原告团、律师团共同商议确定的。贵方如果与重庆其他大轰炸受害者联系，我方一概不予承认。"

梅泽一郎叹了口气，他明白，他不能找到比赵铁他们更好的合作者了。前几年因为爱国主义和国防教育的提法问题，双方僵持不下，后来还是聪明的赵铁提出了个折中方案，以后对日索赔的宣传内外有别，对内宣传讲爱国主义和国防教育，对外着重强调和平教育。而和平则是双方都期望的。

梅泽一郎只是不理解为什么中国人不能做到齐心协力。他在重庆时也见过黄思齐，他对他的能说会道、擅长表演也心存狐疑。这个胡子都白了的老人有说哭就哭、说发怒就发怒的本事，梅泽一郎有时觉得他就像个在重庆的农贸市场里吆喝卖东西的小贩，只是他贩卖的是自己的苦难。但他提供的材料又让梅泽一郎感到有点价值，尤其是他在大隧道里的逃生经历，似乎很有说服力。

梅泽一郎饮完杯中的咖啡，说："大隧道惨案不是一次开庭就审得清楚的。如果我们能找到新的证人，或许还有扳回一分的可能。赵桑，我们不能让斋藤博士失望，他的时间不多了啊。"

"你什么意思？"赵铁警觉地问。

"斋藤博士上月查出了肺癌，晚期。医生说最多半年。"

"什么？"赵铁惊讶得张大了嘴。

"斋藤博士在法庭上奋斗了一生，为中国的战争受害者也奔走二十多年了。我真希望能给他一场完美的胜诉。"梅泽一郎动了感情，眼里噙满了泪花。

斋藤博士曾经担任过两届全日本律师联合会的会长。日本的律师实行自治，所有的律师都必须强制加入这个联合会，以便于自律和管理。但即便如斋藤博士这样德高望重的大律师，也因为帮中国的战争受害者打官司，不断受到右翼分子的攻讦，从报纸电视上的谩骂到投递给日本律师联合会下设的纲纪委员会多达三千多份的"惩戒申诉"。按规定每一份"惩戒申诉"当事律师都必须亲自到纲纪委员会作出申辩。这将耗去他多少时间和精力,没有人知道,他也从不多抱怨什么。尽管赵铁明白,在这场与老人们同行的回望历史之旅中,无论是斋藤博士,还是原告团的原告们,都是左手紧紧抓住阳界的最后几抹生命之光,右手在和死神殊死搏斗的老人。有一次经历让赵铁印象深刻,像经典电影里的画面。一个夏天的下午,斋藤博士肩挎一个大喇叭、手持话筒站在东京街头的人行道上,向匆匆而过的行人宣讲重庆大轰炸的史实。赵铁和几个日本的志愿者则向人们散发资料。天气很热,没有多少人愿意接过他们的资料,也没有多少人愿意驻足哪怕一分钟,听一听斋藤博士的宣讲。东京人真是冷漠啊,一个八十多岁的老人家,汗流满面,沙哑着嗓子,一遍又一遍地吁请他们停下脚步来,回头看一看日本有罪的历史,可是他们大多不屑一顾。赵铁知道自己是在从事一项伟大的事业,但感觉就像一个在重庆的街头散发小广告的小贩。而那些日本志愿者,却一如既往地认真,向每一个接过资料的行人深深鞠躬,仿佛拜托了他们一件好不得了的事。斋藤博士的嗓音越来越疲惫,赵铁担心他的心脏,便建议说,博士,我们走吧。天气太热了。没想到斋藤博士正色道,赵律师怎么能如此对待自己的工作?企划书上写明了今天的街头宣传是两个小时,我们必须遵守,早走一分钟都不行。

此刻,他感到刚才挨斋藤博士的骂是应该的。

"湖南常德细菌战诉讼案,打了十年才结案。天知道我们重庆大轰炸受害者的索赔诉讼,还要打多少年?你们日本人做什么事都讲效率,偏偏法庭判案那么拖沓。"赵铁忧心忡忡地说。

梅泽一郎苦笑道:"这就是日本政府的狡猾了。他们宁愿增加全日本律师的资格晋级人数,也不多增加一名法官、检察官的名额。不论是民事案件,还是刑事案件,审判的长期拖延已成常态化,一桩民事案动辄打七八年,许多当事人拖不起了,宁愿和解了事;而更荒谬的是刑事案件,存在着'人质司法化'的现象,即在审判期间,检方控告拖得越长,犯罪嫌疑人就一直处于被拘留状态,他想还不如早点认罪,判个三五年,总比拖上八年十年好。法院就是要拖得你打不起官司,不愿打官司。"

"要把我们的证人都拖死吗?"

"不排除这种可能性。日本的司法名义上是三权分立、独立的,但它终究是听政府的。可是不能因为它是一堵石墙,我们是鸡蛋,就不去砸倒它。"

"梅泽先生!"赵铁忽然提高了声音,让梅泽一郎一愣,"有两个你也认识的人,大隧道惨案发生那天就在隧道里,只是……他们不愿出庭作证。"

"是谁?"

"是……刘云翔先生和蔺珮瑶女士。"赵铁就像被刑讯逼供后屈打成招,羞愧地低下了头。

"是吗?"梅泽一郎仿佛在大白青天的猛然遇见两个从遥远的梦中倏然降临的老熟人,不知今夕何夕了。他长久地盯着赵铁,然后才喃喃地问:"赵桑,为什么?"

18. 私奔

一九四一年六月五日,是蔺珮瑶计划告别重庆这座破败灰暗、死气沉沉的城市走向新生活的日子。魏蓝已经安排好了一切,晚上九点,她们将在佛图关下的望江茶馆接头,过了佛图关后,一辆夜行货车将把两男两女接上,连夜直奔成都。行程早已经过缜密的规划,最后的目的地令人神往——延安。这是那个年代许多不满现状的有志青年向往的地方。

尽管魏蓝一再叮嘱蔺珮瑶,她和刘云翔应该各自分头前往那家接头的茶馆,不要带太多的行李,以免引起怀疑,组织上会为他们准备好一切。但对蔺珮瑶来说,出门哪是那么容易的事情,何况是出远门;更何况,是一场投身革命加浪漫意味十足的私奔。

这是很寻常的一天(魏蓝也多次告诫蔺珮瑶,不要慌乱紧张,一切要做得跟平常一样)。早晨,窗外的鸟儿一如既往地鸣叫,邓子儒起来梳洗,蔺珮瑶还赖在床上,做沉睡状。其实她几乎一夜未眠,又不敢让丈夫察觉出异样,连翻个身换个睡姿都很小心。这让她第一次感到装睡是一件多么辛苦的事情,而睡在一个没有了爱的男人身边,跟睡在牢笼里又有何区别?假装睡累的是身,假装爱累的是心。自由啊自由,爱情啊爱情,马上就要得到它的人们怎么能睡上哪怕一分钟!

"哎,别睡了。你今天不是要出去吗?"邓子儒嘴里还含着牙膏泡沫,从盥洗间里出来说。

蔺珮瑶在被窝里一激灵,他怎么知道我要出去?我告诉过他我要出门吗?她的脑子飞速地转动,终于想起来了,昨晚吃饭的时候,邓子儒说明天上午他要去商会参加一个活动,问要不要一同去。蔺珮瑶当时搪塞了一句,不想参加你们男人的聚会,又抽雪茄又谈生意的,我要和魏蓝姐去南开中学看老师,有外地的同学回来了。

蔺珮瑶装作睡意蒙眬地说:"再睡会儿,还早嘛。"

这是一个需要掩饰的早晨。她不想面对一场背叛强作镇静,不想把卧室当成戏台,让看不见的神嘲笑她拙劣的演技、拷问她脆弱的神经。这场婚姻本来就是一个强扭的桃子,在桃花开放的季节,并不是为那个摘桃人而绽放;而当爱情尚未成熟的果实被雨打风吹去时,另一只手聪明地捡了个大便宜。但就像这世界上没有免费的午餐一样,占了便宜的人终归得偿还。蔺珮瑶并不觉得邓子儒有多么可怜,正如她也不会认为自己有多么不忠一样。

一个视婚姻为牢笼的人只有砸碎枷锁的幸福,而绝不会还有对它的一丝留恋。她不知道北平、大上海的那些名媛明星们,当她们要离开自己的家庭勇敢地走向新的彼岸时,她们是如何做到的。报纸上把她们描述为追求真爱的"新女性",坊间的传闻又将她们形容为离经叛道的"红颜祸水"。比如那个集浪漫与才华于一身的陆小曼,当她离开自己的丈夫王赓扑向大诗人徐志摩温情的怀抱时,她会不会也有一个像蔺珮瑶今天这样既不是很伤心,也不是很矛盾的早晨呢?可能人家不会像她这种家庭妇女般的优柔寡断吧。名流们总是做非常之人,行非常之事。她心头忽然涌上一股豪迈之情:名媛能做到的,我蔺珮瑶也能做到。人一旦走出了那不寻常的一步,都可以成为英雄,书写传奇。

　　丈夫去到衣帽间,从衣柜里找衬衣、吊带裤、领带。他今天似乎有些心烦意乱,翻找衣服时不断嘀嘀咕咕,动作很大,蔺珮瑶在床上都知道他至少在穿衣镜前试了六条领带,换了四件西服,才让镜子前的那个男人看上去顺眼一点。最近一段时间,一向乐观豁达的丈夫也开始忧心忡忡了。昨天他对蔺珮瑶说,日本人的轰炸让邓家不少产业饱受重创、灰飞烟灭。三家饭店被炸没了,纱厂的机器炸成了废铁,一船桐油、两船棉纱被炸沉在长江里,城里的那些房产,几乎都是废墟了。更要命的是,最近的几单大宗期货买卖失手,损失不是几幢房子、几家工厂的价值可以相比。蔺珮瑶对这些并不感到心痛,战争时期嘛,多少人家破人亡,至少她的生活品质还没有受到丝毫影响。她只是有些同情眼前的这个男人,战争夺去了他的万贯家产,但他的心思还在话剧上。商界的朋友都在囤积大米和白面,转手就是一本万利的买卖。但邓子儒就是不去做,说这是发战争财,是在间接帮日本人。平心而论,这是个好人,但好人不一定就是好丈夫,他就要失去自己生命中的另一半世界了。不过呢,也许白羿今天会跟他一起去参加那个聚会,说不定根本就没有什么聚会,只有和白羿的幽会。这样一想,蔺珮瑶就既伤感又释然了。这世上本没有什么爱情的牢笼,因为爱是自由的。

"我走了。"邓子儒最后选了一身米黄色的西装,从头到脚,神采飞扬。像他当年追求她时,来南开中学接她时的样子,爱意写在全身的每一个细节上,哪怕是西装上衣口袋里探头露脑的白手绢,都饱蘸了一个男人的情欲。他回身望向大床那边,莫名其妙地说了句:"今天外面的鸟儿叫得好怪哦,就像出不到气一样。"

歌乐山上的邓公馆周边都是茂密的树林,日机的轰炸似乎让鸟儿们也知道躲避了。蔺珮瑶没有注意到林子里鸟儿鸣叫的异样,她今天只想把自己变成一只鸟。

鸟儿就要飞向自由天空之前,还会留恋一下自己的窝吗?蔺珮瑶爬起来,披头散发地倚靠在床头,打算目送一个背影从自己的人生中离去。

"它们在催你赶快走。"她慵懒地说。

邓子儒脸上现出一个奇怪的表情,似笑非笑。蔺珮瑶心里忽然泛起一丝怜悯,在他就要转身的一瞬间,她鬼使神差地撒了一次娇:"来亲人家一哈嘛。"

邓子儒仿佛有些难为情。"我已经穿好衣服了。"

"未必你要脱了衣服才亲别个(重庆话里的"别个",在不同的语境里,有时指自己,有时又代指别人)唛?"

邓子儒显得有些拘谨地走到床前,伸手揽住了妻子的肩,将嘴唇凑了过去,而蔺珮瑶借着抹去脸上的一缕头发,巧妙地避开丈夫的嘴唇,只把自己的脸贴了过去。他们都听到了两颗心飞速逃离的脚步。

即便到了晚年,风霜染白了双鬓,邓子儒还在为那颗叛逃的心感到心寒,为自己在这个早上精心扮演的猎人角色感到羞耻;即便到了晚年,岁月漂白了所有的爱与恨,蔺珮瑶也会在寂静的深夜里为一只被折翅的鸟儿哀泣。

但这是充满了错误的一天。蔺珮瑶上午九点下楼时,惊讶地发现丈夫还坐在饭厅里喝咖啡,还拿着一张《新蜀报》气定神闲地看着。

"我不去了。"邓子儒抢先说,目光审视着蔺珮瑶的慌张。

"啷个……又不去了呢?"

"汪会长上午要去见委员长,聚会改期了。你什么时候出门?"

"我……等一哈,再说……"蔺珮瑶心乱得都快蹦出来了,"我……我先吃早饭。你吃过了?"

"要不我陪你去南开?"邓子儒目光炯炯地盯着自己的太太。

"你去干啥子?"蔺珮瑶叫了一声,她马上意识到自己的失态,又补充了一句,"我们同学聚会,你又不认识。"

"你的同学我可认识不少呢。"

"烦不烦嘛？人家同学叙旧,你夹在中间,话都找不到说的。曹二娘,端早饭来!"蔺珮瑶使起了小姐脾气,一般来说,这一招在家庭生活中很管用的。

"到处战火纷飞的,哪个还有心情叙旧哦!"他冲妻子的背影说。

蔺珮瑶不搭理丈夫了,让曹二娘把早饭端到花园里的桌子上,她已经无法面对丈夫询问的眼睛。她在检视自己今天的穿着打扮是否会暴露什么。她穿了一件立领的白色丝绸衬衣,脖子上系条黑底暗花丝巾,外套一件紫色马甲,下穿一条凡尼登马裤,配长筒靴,头上还戴顶贝雷帽。这身打扮是跟孔祥熙家的二小姐孔令俊学的,按重庆话说是十足的"操妹儿"、假小子。蔺珮瑶有一次去郊外骑马,意外看到孔二小姐的这身行头,人家是蒋夫人身边的红人,也引领着陪都上层社会的时尚潮流。那天她回来跟邓子儒描述时,邓子儒鼻子哼了一声,说她是女的还是男的啊。今天蔺珮瑶如此装扮,不要说会让丈夫诧异,就是去母校会同学,也似乎显得有些扎眼、不合时宜。但谁晓得那个挨刀的赖在家里没走呢？管他的了,今天该哪个挨刀,就该哪个当"背时鬼"。

"背时鬼"原来在花园的草地上。她看到了那只今早叫得很急促的鸟儿,原来它的翅膀不知为何折断了,在草丛中艰难地蹦跳。蔺珮瑶喊了一句,哪个龟儿手痒啊,敢在这里打鸟？伺候在一旁的曹二娘连忙说,太太,没人敢的。可能是从别的地方飞来的吧。曹二娘昨晚从主人那里得到了一对金镯子,外加一百个大洋。她不明白主人为什么会那么大方,为什么又忽然对一只受伤的鸟儿那么在意。

"逮住它,给它敷点药,让它飞走。"

折翅的鸟儿最终还能飞向自由的天空吗?蔺珮瑶不知道。她现在满脑子想的都是如何尽快脱身。按原定计划她该在邓子儒离开家后,立马就进城去找刘云翔。这也是一个违背了魏蓝指示的临时决定。因为昨晚她在整理行装时,忽然发现指甲油没有了,口红好像也没有带够。延安那个地方,肯定没有这些美国来的东西吧?女人在出远门时,总是恨不能把衣柜、首饰柜、化妆箱的东西都搬走,魏蓝的嘱咐早就忘到九霄云外了。她收了一个大皮箱,这也是她必须等邓子儒离家后,才走得出这个家门的原因——哪有跟同学聚会带上大皮箱的?现在还没有出门,就被堵在家里了。通往延安的道路怎么就那么难呢?

半个月前,当她告诉魏蓝想和刘云翔一起去延安时,魏蓝除了惊讶就是恼怒。魏蓝一直在动员对现状深感失望的刘云翔投奔一个新的天地,这是组织交给她的任务,其实她知道,魏蓝未尝就没有个人的考虑。一个女人揣测另一个女人的心思,几乎就如观手掌上的爱情线,尤其是当她们都深爱着同一个优秀的男人时。魏蓝当时脱口而出,你有家庭,你怎么能去?蔺珮瑶轻轻一笑,跟你们干革命的人,哪个不是抛弃了家庭的呢?魏蓝被噎住了,半天才说,你能不能去,我还要请示组织,去延安可不是一场小姐太太们的春游。蔺珮瑶觉得自己完全可以掌控这个共产党派来的说客,因为爱情的砝码牢牢地掌握在她的手上。她说,蓝姐,去延安即便不是你说的春游,也是一场生命中的浪漫。我们是为了爱才去延安的,要么我们都去,要么都不去。这是我和云翔商量好了的,不信你问他。魏蓝叹了口气,瑶妹,你参加革命的动机多么不纯啊!蔺珮瑶现在想来都感到好笑,我们的爱是纯洁的就足够了么,革命不过是一份职业,就像去上班一样。

刘云翔养好了伤,就随部队转场到了遂宁机场。自从零式飞机出战以来,他们已经没有多少飞机能够跟日本飞机作战,仅剩的飞机不得不分散隐蔽在重庆周边的几个机场,三四个飞行员才有一架飞机,还不敢轻易上天。加之苏联政府和日本签订了《苏日中立条约》,苏联不再卖给国民政府飞机了,国军空军雪上加霜,飞行员们只能窝在地上打牌酗酒、学总裁讲话,刘云翔已经苦闷了许久了。

所幸在这个烽火连天的春夏之际,爱情在陪都的废墟中万物复苏般生长。在经历了国泰大戏院的那场轰炸之后,蔺珮瑶再次印证了刘云翔才是她生命中生死相依的人。炸弹落在国泰大戏院之时,自己的丈夫在哪里?在白羿身边。而那天的轰炸之后,他又在哪里?一夜未归。邓子儒后来解释说,他们从废墟中爬出来时,白羿吓坏了,一个夜晚都在哭泣。她的下巴磕破了,不知道会不会影响以后在舞台上的形象,所以他就陪了她一夜。可谁来宽慰劫后余生的妻子呢?外面下着淅淅沥沥的春雨,室内是剪不断理还乱的离愁别恨与感时伤怀。刘云翔在邓公馆坐了一夜。两人先喝了些葡萄酒压惊,然后喝着茶等邓子儒归来。他只来了个电话,问明蔺珮瑶已平安到家,就再没有消息了。人没有一同经历过劫难,不会明白生命无常、真爱无价的道理。刘云翔头上破了一个大口子,鲜血从纱布里不断渗透出来,像爱的印记,让蔺珮瑶心疼不已、感慨莫名。这不屈的头颅和伟岸的身躯,为她挡住了多少横飞的弹片和瓦砾?当一个人愿意为你毫不犹豫地奉献生命时,他的爱无以复加。

在那个春雨潇潇的晚上,旧日的桃李已被雨打风吹去,再寂寞的枝头也经不住春风吹拂、春雨滋润。直到天都快要亮了,蔺珮瑶湿了三四块手绢,曹二娘已经睡了,再没有下人送手绢来了,刘云翔才捧起了那只纤弱的手,慢慢地将它放在自己的嘴前……

那轻轻的一吻,融化冰雪。

刘云翔第二天就回部队了,带着对昔日恋人如今的爱人的浓郁思恋,带着从今以后要为爱人而战的强烈责任。这场看上去不易获胜的战斗既是针对日本人的,也是面对蔺珮瑶的婚姻牢笼。要一架多大马力的战斗机,才能让他们的爱在战火纷飞的乱世中起飞呢?

复燃的旧情是不能撕破的伤口,也是见不得火星的干柴,更是不能捅破的那层纸,它或许厚如长城,或许薄如蝉翼。它是心灵深处最不能触碰的痛点,是压垮道德伦理壁垒的最后一根稻草。情欲漫过了堤坝,堤坝就没有用了。

他们鸿雁传书,感情急速升温,最后终于作出了私奔延安的决定。不仅仅因为在国统区,他们的爱情没有指望。刘云翔早就对军营里的腐败、上司的平庸、抗战的消极愤懑不已,他还因为给《新华日报》的一个记者透露了去年"九一三"空战国军指挥系统的盲目、莽撞、混乱,最终造成了中国空军不应有的大灾难之内情。《新华日报》发表了一篇立场相对客观中立的《九一三空战之反思》，就立即遭到国民党报刊审查部门的封杀，报纸被迫开了"天窗"。此事最后追查到刘云翔头上，他受到了上司的严厉申斥，连军统的特务也来盘问他，这让刘云翔深感耻辱。老子们在天上浴血奋战，地上的小人却在扯后腿。这抗战是哪个在打？是他妈的军统那些人吗？那个年代的飞行员都是骄傲的，陆海空三军就他们的战绩最辉煌，蒋夫人宋美龄也时时宠着他们。刘云翔有击落敌机四架、击伤五架的战功，再击落一架日机他就是国军空军中的"王牌飞行员"了。这样骄人的战果让他在军营里学习总裁讲话之类的课目时从来不参加。总裁讲话既不涉及战术要领，又不能让我们的飞机飞得更快，我干吗要学呢？当然，类似的言论也让刘云翔在军中的日子愈发不好过。

共产党方面此时也加紧了对刘云翔的工作。魏蓝在跟刘云翔的通信中告诉他，延安亟需他这样的人才，我们将建立自己的空军。苏联政府已经不卖飞机给国民政府了，等我们有了自己的红色飞行员，老大哥会支援飞机给兄弟党的，因为我们都是为劳苦大众服务的政党。这对刘云翔相当具有诱惑力，飞行员没有飞机，就跟士兵没有枪一样。你让他如何投身到抗战中去？

其实，每个人的内心世界里都有一部或多部关于过去的"旧电影"。蔺珮瑶的"旧电影"可以起名为《一九四一年夏季的浪漫与苦难》——黑白片，时空交错，人物众多，情节复杂，苦难潜伏在浪漫华丽的外表之下，青春的激情挥洒在死亡的追逐之中，战火让爱情升华,战火也让有情人分离……

这天中午,这部"旧电影"进入到最乏味又暗藏玄机的部分。邓子儒夫妻俩吃了一顿索然寡味、又各自心怀鬼胎的午饭,以至于吃到一半,蔺珮瑶忽然想呕吐,她真的冲到卫生间哇哇大吐,把胆汁都吐出来了。邓子儒满腹狐疑地站在她身边,为她捶背。蔺珮瑶眼含泪花喝道:"别碰我,我难受得很。"

邓子儒说:"那就别出去了。"

蔺珮瑶白了丈夫一眼说:"关你屁事!"

她去床上躺了一会儿,迷迷糊糊中忽然发现丈夫立在床前,正用手摸她的额头,吓得她一个激灵爬了起来。邓子儒一脸关切地问:"你没有啥子事吧?我要出去一会儿。"

蔺珮瑶就像得到大赦一样,不无欢快地说:"走你的嘛!"

"我让曹二娘给你端杯牛奶来。"邓子儒微微一笑。

"我不要,我还要睡会儿。"她重新躺下,翻过身去,用被单蒙住了头,就要渡过难关的快感,她可不想让丈夫看见。

下午三点多,蔺珮瑶精神抖擞地迈出了离家出走的那一步,午饭时的病态荡然无存。汽车开出邓公馆时,她连回望一眼的心情都没有。这个时候她才想起魏蓝交代的应该单独去与她碰头的叮嘱。算了吧,和刘云翔一起走有什么不好的呢?她急迫地想去万国大饭店见刘云翔,她想让刘云翔陪自己去临江门的一个上海私贩那里买指甲油哩。昨天下午刘云翔就从遂宁机场偷偷溜回了重庆,两人匆匆见了一面,由于有魏蓝在场,他们连手都没有拉一下,只能用炽热的目光相拥。魏蓝在絮絮叨叨地交代各种注意事项时,他们也没有听进一句完整的话。现在蔺珮瑶渴望立即投入他的怀抱,亲他、吻他,向他诉说她昨晚整整一夜是如何想他,幻想即将面临的新生活,她是如何害怕又是如何向往。

车到万国饭店门口,司机问,是在这里等太太吗?蔺珮瑶说,你先回去吧。司机又问,那啥子时候来接太太呢?蔺珮瑶看了一眼这个忠心的老司机,忽然有个荒谬的想法:要是能带着这辆车去延安就好了。她那么多心爱的首饰、衣服、鞋子就可以带走几大箱了。她有些伤感地说:"回去吧,等我的电话。"

她敲开刘云翔房间的门时,刚才的愁绪一扫而空。门一关上,两个人就拥抱在一起,长长的亲吻,就像他们初恋时一样。这也是恋情被迫中断以来,他们第一次肌肤相亲。

"都要出远门了,你的打扮还是那么……娇艳。"

"终于可以和你一路同行了,人家能不打扮一下吗?"

"噢,瑶妹,我们是要一同走向战场的,前方的路,还不晓得有多艰险。"

"没有比我们已经走过的路更艰难的了。长江和嘉陵江今天汇合了啊,海哥哥。"

当两条大江汇聚在一起时,是一种难以用语言描述的激荡、吸纳、交融和碰撞。在枯水季,它们远隔千山万水,深藏相互的思念,悄无声息地向共同的目标慢慢走近,人们几乎察觉不出两条不同源头的大江平静水面下涌动的暗流,它们迟疑的步履在漫长的旅程中时而封冻、时而回旋,它们的倾诉只有水里的鱼儿知道,它们的追求只有掠过江面的风才赶得上。当终于汇聚在一起时,它们并没有欢唱,只是相依相偎,在风平浪静中默默地融入对方,一切就像一场隐秘的偷情。

现在是洪水季节了,两条大江躁动不安,不舍昼夜地一路奔跑着终于拥抱到了自己日思夜想的情人,它们波涛汹涌、感情丰沛,如泛滥的情欲摧枯拉朽、势不可挡。已经没有什么能够阻挡它们在朝天门外宽阔的江面上奔腾、冲撞、翻滚,尽情地将重逢的眼泪挥洒成冲天的浪花了。

江河如此,何况人乎?两个历经悲欢离合、战火熏染的痴情者不知不觉中就滚到了大床上,拼命地亲吻、抓挠、挤压、吸吮……与刘云翔的迟疑、羞涩、犹豫不决相比,蔺珮瑶显得更急迫、勇敢、激情四溢。刘云翔还是童子身,怀中扭动起伏的身子让他感到像面对潮起潮涌的海浪,兴奋莫名、张皇失措;而蔺珮瑶已是轻车熟路、拨云撩雨,"罗襦宝带为君解,燕歌赵舞为君开。"在经历了两个月前国泰大戏院的那次轰炸后,他们曾经在书信往来中讨论了爱情为什么会"死灰复燃"得那么快、那么炽烈。这是一次化学反应。刘云翔曾经在信里写道,时间酿造了它的品质,苦难催生了它的能量。就像日本人投下的燃烧弹,是铝和镁两种金属粉末,当它们在爆炸中被引燃时,烈火就不可阻挡地燃烧起来了。蔺珮瑶也曾眼含热泪地写下这样的话:"那就让它把我前一段错误的婚姻烧毁了罢!"

爆炸吧,燃烧吧,把负重的过去、黑暗的牢笼都烧毁了吧!她的身子如温柔的海浪,一浪高过一浪地覆盖了他;她的热吻滚烫得足以熔化钢铁。她现在是逃出牢笼的鸟儿,幸运地把未来交给了一个飞行员。他们将一同翱翔在自由的天空,蓝天白云在他们的身下,她坐机舱的前面,刘云翔在身后温柔地依偎着她,驾驶着奔向光明前程的自由之鸟。飞机在天空中划出华尔兹的舞步,她的白色纱裙从机舱里飘拂出来,白云为之翻滚,百鸟紧随鸣唱。这是一架满载着浪漫情欲的飞机,轰鸣着在一张大床上准备起飞。

"不、不、不!"刘云翔衣衫不整地抽身出来,"瑶妹,我不能这样。等到了延安,我要正式娶你,我们让共产党人做我们的证婚人。等到那一天,我们再一起走进婚姻的殿堂。"

刘云翔面红耳赤,跪在床上,面对已裸露出半个身子的爱人说。蔺珮瑶此刻双颊绯红,梨花带雨,雪白的乳房已是挣脱了牢笼的白鸽,振翅欲飞……多少豪情盖世的英雄,曾折戟在这温柔乡;多少浪漫多情的才子,曾迷失在这玉峰间。刘云翔不是英雄好汉,也不是风流才子,他只是一个对自己的爱执着到无以复加的清白处子。不到延安,不失其身——不仅指他自己,还事涉蔺珮瑶的贞洁。在他眼里,尽管蔺珮瑶已是有夫之妇,但因为坚信这爱是纯洁的,她就是洁白无瑕的;因为相信新的生活是共同追求的幸福彼岸,过往的一切就只是生命中必须付出的代价。因此,这爱的高潮需要在一个庄严的仪式、郑重的承诺兑现之后,爱才是最高贵的,性也才最完美。

"放屁!你为什么对我那么狠!都到这一步了,这难道不是我们的婚床吗?"蔺珮瑶头发凌乱地爬起来,挥手就给了刘云翔一个耳光。这已经是他第二次"临阵脱逃"了,更是第二次伤害一个深爱他的女子的心！如果说第一次刘云翔将她拒之于门外，是因为他们分离得太久，沧桑演变得太剧烈，蔺珮瑶的婚姻是横亘在他们中间一条难以逾越的鸿沟，那么现在，鸿雁已经搭起了一座鹊桥，鸿沟已被无畏的勇气踏平，万贯家产、优渥生活都敢于抛弃，他凭什么不能多给一点点的爱？有多少女人，能够经受得起两次同样的伤害？

刘云翔被打蒙了，他默默地转过身去，把宽阔的背朝向女人，任由蔺珮瑶长江水一般的眼泪，从失意的"婚床"漫上他的双肩。

19. 昔日王谢堂前燕

六月五日上午,魏蓝还在江津白沙镇和一个保长吵架。此时她的公开身份是"重庆市妇女慰劳分会乡村服务队"的指导员,从属于"新生活运动促进总会妇女指导委员会"(简称"新运妇指会")。三个月前,她奉组织的命令离开了生活书店,加入了这个由国共两党、多个民主党派及社团共同参与的为妇女服务的抗日团体,宋美龄是委员会的主任,共产党方面的邓颖超、康克清、孟庆树等都是委员。这个组织是为妇女解放和抗战服务的,魏蓝这天就是为几个抗日家属的抚恤金专程来到了白沙镇。那个叫王道川的保长已经有两年多没有为抗日烈属发放抚恤金了。

"魏指导员,我有啥子钱发给这些婆娘们哦?县上的抚恤款项都没有拨下来,我手上还不是只有空气。你让我抓一把空气发给他们唛?"

他们在镇公所里会面,魏蓝身后站着国立女子师范学院的十来个女大学生,还有三个牵着娃儿、衣衫褴褛、面黄肌瘦的农妇,她们的丈夫或儿子都在三年前战死在台儿庄,开初她们还能从政府那里按月领到一些抚恤金,还受到乡邻们的敬重和资助。但随着年深日久,人们的生活越来越艰难,她们能够得到的帮助就越来越少了,连政府好像都把她们忘记了。

这场谈判绕来绕去,王保长都只有那句话,他手上只有"空气",没有钱。魏蓝不想跟他再纠缠了,她晚上还有重要的事情。她今天穿着一身黄布军装,腰扎武装带,她打算快刀斩乱麻了。

"我不想再听你瞎扯了,也不想再跟你讲全民抗战的大道理。政府颁发的'联保连坐'法想来你比我更清楚,违抗政府抗战意志、破坏民众抗日热情、贪污抗日烈属抚恤款项等,该当何罪你也应该知道。我们妇女慰劳分会喊不动这里的警察,但可以叫来重庆的宪兵。你现在有两个选择:要么明天宪兵来你家捉人,要么拿出钱来。"

"把我抓去我也只有空气呀,你抓个铲铲哦?锤子大爷才虚你们这些女娃儿!"王保长两手一摊。

魏蓝冷笑一声,说:"好嘛,你要流氓就别怪我们不讲道理了。我们已经查实清楚了,你和三个甲长家里都养得有肥猪吧?田里有鸡鸭鹅吧?灶房里还有谷子吧?"她转身对女学生们说:"我们走,牵他们的肥猪去。"

王保长一拍桌子:"你们是'棒老二'唛,大白青天的敢拉人家的肥猪?"

魏蓝掏出一张纸来,往王保长面前一拍,说:"看清楚点,这是江津县党部给你的训令!"

魏蓝有时也对自己的身份感到迷惑,有时又为之感到自豪。一方面她是共产党的地下党员;一方面她又是"新运妇指会"的干部,拿着这个机构的薪水,行使的则是一个政府公务员应该尽的职责。她痛恨国民党自上而下的贪污腐化、专制集权,但又不得不在今天这样的场合,打出这个政党的公文。"身在曹营心在汉",是一种充满挑战性的隐忍人生,"明修栈道,暗度陈仓",又必须具备智慧、勇气及超强的周旋能力。当魏蓝带领学生们喊着口号闯进王保长的家里拉肥猪时,她让围观的民众看到了这个芝麻小官的昏庸、无能、渎职、虚伪,又救助了底层最柔弱无助的民众。有朝一日,当她能够以共产党员的身份再回到这个乡村时,人们心里那本是非公道账,已不需要你再多说什么。

那个年代的乡村对有知识的学生是很敬重的,他们有知识有文化,是国家民族的未来,这个道理连头包白帕子的乡野老妪都明白。更何况江津的白沙镇自抗战以来,各类大、中、小学校纷纷迁来此地办学,小小的一个乡镇就汇聚了四十来所学校,一万多名师生,还有迁来此地的国立中央图书馆、国立编译馆等高级别的文化单位。大学教授、艺术家、研究学者、莘莘学子从战火纷飞的沦陷区筚路蓝缕、颠沛流离,辗转栖息于白沙镇简陋小巷的瓮牖桑枢、农家茅舍。以至于这个因抗战而"学兴"的小镇,被誉为与沙坪坝、北碚齐名的陪都三大文化区。在白沙镇坑洼不平的小街上随意碰到几个穿长衫的人,可能都会发现他们不是来自北平的教授,就是上海颇负名望的音乐家、画家、作家。"昔日王谢堂前燕,飞入寻常百姓家",这也是抗战时陪都的一大"文化景观",它并不优美,只是在悲壮中透着一股永不服输、傲然挺立的骨气,在战火中传承文明、弦歌不绝的韧劲。

魏蓝到白沙镇不仅仅是为了牵那个小贪保长的几头肥猪,"杀富济贫"、伸张正义,她还肩负更重要的使命——接走另一个即将奔赴延安的人,中央大学航空动力学教授陈可循。此人为躲避军统特务的追捕,正隐居在白沙镇国立编译馆他的一个同学家里。因为他在中央大学的讲台上讲空气动力学的同时,又抨击了国民党的专制腐败,向学生大谈民主宪政,被视为思想危险分子。陈可循向魏蓝求助,他以一个理科教授的缜密思维,早就判断出魏蓝是共产党那边的人,因此他在与魏蓝的通信中问,难道中国就没有一个为民族救亡和民族复兴真正担起责任、廉洁奉公的政党吗?魏小姐有何高见就教于我?魏蓝的上级及时指示她,抓紧做这个教授的工作,延安需要这样的高级知识分子。

下午三点,魏蓝在白沙镇的码头上见到了陈可循教授,他们将乘三点半的小火轮,七点左右可到重庆东水门码头,然后去佛图关下面的望江茶馆与刘云翔、蔺珮瑶会合。如果一切都按魏蓝的周密计划行事,在指定的时间做指定的事情,延安将会多一个优秀的飞行员。但就在魏蓝他们登船前往重庆时,蔺珮瑶正去万国饭店见她的海哥哥。她的小布尔乔亚情调终究令她不能在一个战争与革命的年代迎来自己的爱情。

陈可循穿粗布长衫,手挽一个蓝布包袱,胡子拉碴,面色晦暗,与一个落魄书生无异。魏蓝迎上去,落落大方地挽起了他的手,陈可循显得有些不自然,魏蓝低声说:"陈教授,码头上人多眼杂,我们得扮成夫妻进城的样子。"

"夫妻……"陈教授的眼眶顿时潮湿了。

魏蓝知道,上个月的一次轰炸中陈教授的夫人和孩子罹难。那天日本飞机轰炸了沙坪坝文化区,所幸那时陈教授正在学校上课,等他回到租住的房子时,那里已经是一片废墟了。这个身怀一腔报国之志的大学教授连遭厄运,神经几近崩溃。这一段时间以来,魏蓝几乎每天给他写一封信,帮助教授在创伤当中舔翅抚痕、重新寻找人生的方向。

长江水已经有些浑浊了,小火轮顺风顺水,劈波斩浪驶向山城。魏蓝换了一件短袖旗袍,她已是个具有丰富经验的地下工作者,总能在人群中把自己像一滴水一般融入大海。小火轮上的旅客大多是学生、职员以及进城办事的农民。鸡鸭、粮食、蔬菜东一堆西一团的,人的汗味和牲畜的味道混杂一起。魏蓝没有发现形迹可疑的人。

"你带的行李也未免太简单了。"魏蓝低声说。

陈可循教授苦笑道:"从沙坪坝逃出来后,这已经是我的全部家当了。这身长衫还是我同学送我的呢。"

"没有关系,我们会为你安排好一切的。到了那边,过有饭同吃、有衣同穿的生活。"

"没有贫富、等级差别了?"

"没有,大家都是平等的,为了一个共同的目标奋斗。"

"那可太好了。"陈可循看看四周,低声说,"马克思的《资本论》我读了,还有列宁的《国家与革命》、《怎么办》,毛泽东的《论持久战》和《新民主主义论》,我相信他们说的话。"

"你只有相信,才能走上那条道路。"魏蓝悄悄地握住了陈可循的手,感到他的掌心里很湿,"不要怕,我会保护好你的。"

"我……"陈可循避开了魏蓝的眼光,他的心咚咚直跳。一段时间以来,这个相貌并不出众的女子的脸总是浮现在他的脑海里,尽管他还沉浸在丧妻失子的哀痛中,但这个形象总是倔强地挥之不去。现在他握住她的手,感受到了女子久违了的温柔,甚至还有一种古老的冲动让他感到害臊——不是想把这个依偎着自己的女人揽入怀中,而是渴望像个孩子一样扑入她的怀抱。

小火轮快要驶近山城时,一轮残阳正缓缓地沉入西边的群山之中,天还很透亮,仿佛也被刚才下过的那阵不大不小的雨洗涤了一遍,高天上一些云朵被西沉的太阳镶了一层闪闪发亮的金边。长江上小火轮、渡轮、帆船、渔船往来穿梭,江面浮光跃金、渔歌唱晚。一座城市如果有一条大江环抱滋养,就像有一支永恒的歌在日夜萦绕吟唱,山城得天独厚之处在于它倚枕的不是一条大江,而是两条。它汇集的就是天地之灵气,江河之雄浑,人文之丰沛。一叶扁舟也会在这大江大河中吟唱出绝美隽永的歌谣。

但就在这样一个难得宁静的夏日傍晚,空袭警报声在长江两岸此起彼伏地响起,像厉鬼的呼啸,似怨妇的哀号,连长江里的鱼儿都慌乱起来了。

"真见鬼！偏偏这个时候遇上空袭。"魏蓝抱怨道。她感到陈可循教授有些慌乱，下意识地抓住了她的胳膊。

他磕磕巴巴地说："天都快黑了，他们还要来炸啊？"

她拍拍他的手，像个大姐姐似的说："不要怕，我们还要去延安哩，我们死不了。"

此刻离目的地东水门码头还有七八华里，他们乘坐的小火轮在加速，鸣叫着和日本人逼近的飞机赛跑。江面上的帆船、小渔船都纷纷往岸边靠，小火轮吨位大一些，必须停靠在码头上。但江面上夺路奔逃的大小渔船阻挡了小火轮的航线，它不得不避让、减速，像个醉汉一般地行走在江面上。

空袭警报和紧急警报之间的那个时间段，是人们和死亡搏杀的最后机会。有的人惊慌失措，有的人满不在乎，有的人双腿发软，有的人迎风挺立。魏蓝他们乘坐的小火轮上已经混乱成一片，一些人站在舷梯边向天空中张望，一些人拥挤在舱门出口，几个头缠白帕的老妇人跪在甲板上，不知该向哪方的神祇寻求保佑。她们口里念念叨叨、祈求不断："大慈大悲的观音菩萨啊，我这一辈子没有造啥子孽啊，我行了恁个多善事，做了一辈子的好人，求求你保佑我们这些善男信女啊！"

"愚昧。"魏蓝嘀咕了一句，码头在远方依稀可见，也许再有一刻钟就可靠岸。她发现陈可循竟然在发抖，便对他说："不要去跟他们挤，我们到底舱去。"

底舱里已经挤满了人，他们在舷梯边找到一个角落。魏蓝认为这个位置相对安全，如果上面有危险了，就再往下面挤，如果船被炸中了,也可从这里冲出去跳江。

但日机今天来得太快了,成"人"字形的日机每三架一组,从南山后面幽灵般扑了过来。他们目标明确,一些扑向市区,一些向江面上的船只轰炸扫射。一架日机已经盯上了小火轮,它先是投了两颗炸弹,所幸都未炸中,冲天的水柱升起,犹如一场大雨倾盆,水花跌落下来,溅湿了甲板上人们的衣裳,让他们如同中弹一般惊慌。一些人从船头跑到船尾,另一些人又从船尾跑到船头,死神追逐之下,哪里有更安全的地方呢?在甲板上祈祷的那几个农妇不断被人挤倒,但她们爬起来继续更虔诚地磕头作揖。接着,这架飞机怪叫着扑了下来,爆竹般的机枪声中,子弹倾泻而下,甲板上奔逃的人被打得飞起来,跌落江中。尖叫声四起,人群更加混乱,有的人已经开始往长江里跳了。

"我去把她们拉下来。"魏蓝挣脱了陈可循的手——他一直紧紧地抓住她的胳膊。

"你别出去!"陈可循话音未落,魏蓝已经冲上了甲板。他看见魏蓝逆人流而上,迈过几具横陈在甲板上的尸体,一手拉起一个农妇,大喊道:"你们到下面去,上面危险!"

陈可循那时想:这个女子哪来这么大的勇气?

刚把两个农妇拉下来,第二轮扫射又来了,子弹打得小火轮"砰砰"作响,瑟瑟发抖。魏蓝返身想再往上冲,陈可循死死地抱住了她。"你不能再去了!"

"我死不了!"魏蓝喝道。

"可是……可是他们都死了。"陈可循带着哭声喊。

魏蓝朝甲板上一看,那里已经没有能站立的人了。还有三个没能拉下来的农妇,有一个已经看不到她的头,血像喷泉一样地从脖子根处往外涌。没有比这更血腥残酷的画面了,陈可循像个孩子似的抱着魏蓝大哭起来,魏蓝只得不断地安慰他。幸好自己今天在场,不然这个书生教授如何应对得了这样的场面。还是上级领导英明,他们前几天就明确指示她:必须专人把陈可循教授护送到联络地点,绝对保证好他的安全。

忽然"咣当"一声闷响,小火轮猛地往前一扎,底舱里的人们被震得滚作一团。他们两个都翻倒在人堆里,魏蓝听见有人喊:"遭了,船触礁了!"

水眨眼就漫进了底舱,魏蓝从人堆中爬出来,拉起陈可循就往甲板上跑。船离岸边只有不到五十米的距离,但它已经开始倾斜了,下沉是迟早的事情。天上的日机还在一架一架地扑来,魏蓝问:"会游泳吗?"

"会……点。"陈可循磕磕巴巴地说。

"我先跳,你跟着我跳!"

"我……我不敢……"

"死不了的,我会帮你。"

"我……我……"陈可循想:她怎么老说死呀死的啊,越说越让人害怕。

"哎呀,没时间了!"魏蓝一躬身,双手往陈可循腋下一抄,竟然将他举起来,推了下去,然后她撩起旗袍,跨过栏杆,纵身跳进了长江。

魏蓝的水性其实还不如他,他还会点自由泳,魏蓝只会几下"狗爬式",但他在江里手脚瘫软、神志混乱,不知道这是一场噩梦,还是在人间地狱里闯了一遭。日机在他们头顶上轰炸扫射,身边是沉浮的尸体,鲜红色的江水,到处是哭爹喊娘的尖叫。一个人抓住了他,要把他往地狱里拖,这个可怜的人或许已经死了,但他需要一个黄泉路上的同伴。陈可循只看到一个血肉模糊的头,他用死人的力气抓住一个活人,陈可循怎么能挣得脱?江水如一床巨大的被盖压上来,眼前是黄的、红的、黑色的令人窒息的世界。他大喊:"魏小姐!魏蓝……"

是魏蓝将他从深渊里捞了出来。她游过来,像头母狮般怒喝:"放开他!"然后挥起一拳打在那人头上。那只紧拽着他的手松开了,那人一翻身沉到江里。魏蓝扯着他的长衫衣领,扑腾着往岸边游。可是他们越挣扎,就越一起往下沉,就在他们仿佛已经触摸到死亡的边缘时,魏蓝大叫一声:"嗨嘿,我们死不了!"

"我们死不了",这是多年以后陈可循面对逆境时,总会想起的一句话。人一生总会面临许多生死关头,无论是战争、政治,还是天灾人祸,纵然人命如蚁,民不堪命,但人的生命多么坚韧啊!人向死而生的智慧和勇气又多么深不可测啊!像陈可循这样的书生,需要有人传递给他这种不怕死的勇气和鼓励。就像空气也是一种力,需要特定条件的催生、转化;就像当他以为自己将要淹死在满眼浮尸的滚滚长江中时,魏蓝就如圣经故事中的那个大力士参孙,披头散发地一把擎住了他,令他慌乱的双脚找到了支撑——原来他们已经能在水中站立了。

那天的东水门码头一片混乱,许多人白天从南岸进城来办事、逛街、走亲访友,下午又下了一场雨,天上云层很厚,眼看着一个平静的周日就要过去了,人们料想日机不会来了。可当太阳奇怪地变黑时,空袭紧跟着就来了。要赶回南岸的和想去郊外躲空袭的人们才绝望地发现,渡轮在晚上六点就停渡了。成百上千的人在码头四周的坡坡坎坎上奔跑、拥挤、哭喊,成了日机肆意轰炸扫射的活靶子。什么叫"人为刀俎,我为鱼肉",航空动力学教授陈可循那天有痛到骨子里的羞耻。我们的飞机在哪里?陈可循,你太没有用啦!读了那么多书,喝了那么多年的洋墨水,竟然还没有为自己的国家造出一架可以保护民众的飞机!

晚上八点四十分,魏蓝和陈可循狼狈不堪地赶到了佛图关下的望江茶馆。城里的空袭警报还没有解除。日机来了一趟又一趟,除了防护团、宪兵、警察以及消防人员外,街道上行人稀少,店面关门闭户。望江茶馆是地下党的一个联络站,老板姓郭。他见到魏蓝就说:"今天日怪了,小日本的飞机盯到起炸。怕是走不成了。"

魏蓝问:"那两个人来没有?"她一路上都在惦记刘云翔和蔺珮瑶。

郭老板说:"没有。我一直开着门的,怕他们找不到。警察都来喊了两次要我关门了。你们先去里屋换身衣服,然后吃点东西吧。"

魏蓝脑海里浮现出昨天他们分手时,蔺珮瑶和刘云翔依依不舍的目光。她当时心里涌上一股强烈的妒恨。这个世界上要是没有蔺珮瑶以及她所代表的资产阶级该多好啊！她奉组织的命令一手促成自己心仪的男人与一个资产阶级阔太太私奔,这一切又多么荒谬啊！现在她不会这样想了,她甚至希望他们两个手挽手地站在她的面前。

晚上九点多钟,一个黄包车夫满身大汗地来到望江茶馆,他是从较场口拉着空车一路飞跑过来的。他气喘吁吁地对魏蓝说:"老板说,今晚不走亲戚了。你们赶快找地方'歇凉'去。"

魏蓝急得忘记了说隐语,一把抓住这个交通员的胳膊就问:"怎么回事？你不是一直蹲在万国饭店外面吗？"

"水涨了,你们赶快离开这里。空袭前,七八个黑衣人——我不知道是不是军统的人,进了万国饭店。没等多久就响起了空袭警报,我正在着急,就听见到处喊'逮到、逮到',有四个黑衣人又从饭店里冲出来,在饭店周边的几条巷子里窜来窜去,还有两辆小汽车也跟着到处乱转。我等了一会儿,想去饭店里打听,但人家不让我这种人进去,我只好去找老板了。"

魏蓝顿感天旋地转,心比她下午头顶轰炸还要在长江里拉扯陈可循时更慌乱。她的直觉告诉她:蔺珮瑶给她闯祸了。

20. 大隧道之殇

一九四一年的初夏,混乱、动荡、血腥、喧嚣、疲乏、闷热,城市在日复一日的重击之下,废墟满城,狼烟遍地。重庆的上空连一只鸟儿也没有了,只有日军的轰炸机和雨点般落下来的炸弹。日本人要么一次就来上百架的飞机,重庆人说那是飞在天空中吃人血的"盐老鼠"(蝙蝠),要么就是七八架或十来架飞机从早到晚轮番轰炸,把人们白天黑夜都堵在防空洞里,有家难回,寝食难安。灾难是这座城市的共性,有多少人倾家荡产、家破人亡呢?没有人知道。人们的承受力和忍耐力都到了极限,但依然在咬紧牙关死扛。既然轰炸已成为生活的一部分,就把它当作每年都要发的大洪水好了。水性好的人,洪水天也敢下江去游泳,就像心中有了爱的人,烽火连天中也同样要去追求自己的爱。

一九四一年六月五日的空袭警报是为这座城市拉长了音调的丧钟,也为刘云翔毕生追求的爱情拉响了警报。在万国饭店三〇四房间,他们听到了空袭警报,但蔺珮瑶还不愿意离开刘云翔的怀抱,不以为然地说别理它、抱紧我,他们的痴心话儿仿佛还没有说完。他们刚刚恢复了理性,正在抓紧填补因为匆忙的选择带来的种种漏洞,梳理出了差错的爱情编织的百孔千疮的情网。一切都是那么茫然,那么未知,好像是被命运的鞭子抽着东躲西藏,哪里还想得到猎人正在收紧网口,捉奸捉双?房间外都响起了急促的拍门声了,蔺珮瑶还说,这些服务生慌啥子慌,日本飞机来还早得很哩。刘云翔毕竟是军人,更警觉一些,他没有直接开门,先透过猫眼看到了外面几个杀气腾腾的黑衣人以及站在后面一身米黄色西装的邓子儒,这才感到大事不妙。

山城的房舍大多依山傍崖而建,即便你住在一楼,可能也在别人的房顶上,而你住顶楼时,也许出门就是一条道路。刘云翔的房间虽在三楼,但窗户外便是一道坡坎,坡坎下就是一条小巷。

刘云翔推过一个衣柜顶着门,对此时才有些惊慌的蔺珮瑶说:"不是来叫我们躲空袭的,我们赶快走!"

"是哪儿来的'天棒'?"

刘云翔没有时间给她解释,外面已经在踢门了。他披上西装外套,拎起蔺珮瑶的坤包,往她手上一塞说:"是你家来的人。"

蔺珮瑶的脸顿时惨白,嘴唇哆嗦:"家里……"

刘云翔推开窗户,对蔺珮瑶说:"跟着我。我先跳下去,在下面接着你。"

他们跑到一条小巷里时,第二道紧急警报响起来了。刘云翔发现蔺珮瑶竟然还穿着高跟鞋！她以为陕北高原的黄土路是重庆的大街么？她的高统马靴在出门前收到那只大皮箱里了,因为她想还要和刘云翔去临江门买指甲油。这种女人哪怕只在街上走几步路,也要从头到脚仔细思量、精心打扮一番。现在他们在巷子里随着躲空袭的人流奔跑,在这个时候才跑警报的人们,一定是事出有因、迫不得已。

蔺珮瑶对这一带更熟悉一些,她气喘吁吁地说:"我们去川盐银行的那个防空洞,转过这条巷子就是。"

但刘云翔发现两个黑衣人从巷子口朝他们跑过来了,拉起蔺珮瑶便往一条岔巷跑,身后一片"逮到、逮到"声。较场口这一带相对平缓一些,集聚了五花八门的小本生意人,听听这些小街道的名字就可知道这是一个什么样的世界:磁器街、木货街、草药街、棉花街、筷子街、打铁街、打铜街、鸡市巷、麦子市……这些密如迷宫的小街小巷有的在轰炸中已经成了废墟,有的在断壁残垣中依旧生意兴隆。它们是城市的毛细血管,给山城输送最鲜活的血液,最生动的底层生活;同时,它们也滋生最肮脏的毒素,吸纳最难以见人的丑恶。

警报声声,追杀阵阵,似乎每条小巷都有追赶他们的人,似乎天上地下都不能容忍这一场浪漫的私奔。两人慌不择路地跟着那些挑着担子、背着包袱、携带着家私细软的人们不知不觉就跑下了十八梯,那里有大隧道的一个入口。像蔺珮瑶这样的富家太太是从不会到空气恶臭的大隧道躲空袭的,刘云翔也是第一次进公共防空洞。过去每当有空袭,他不是在天上保卫这座城市,就是在部队的战备工事里。但现在他们哪里还顾及得了那么多,身后追赶的脚步已让人心惊肉跳了。刘云翔的想法很简单,进了大隧道后,利用人多眼杂再脱身。

老天在此时不知是帮了他们,还是害了他们。刘云翔和蔺珮瑶是最后一批跑进十八梯隧道口的人,天上已经传来飞机的轰鸣声了,在隧道口执勤的防护团的人将刘云翔往里面一推,然后也挤身进来,把洞口的一扇木栅栏门从里面锁住了,任由后来的人呼天抢地喊也不再开门。洞口拥挤得就像最后一班公共车,搭上末班车的人都在为自己庆幸。蔺珮瑶那时已经忘记了洞子里浓郁的汗臭和自己快要爆裂的心,因为她看见邓子儒带着几个黑衣人已经追到了洞子外,她还看见了丈夫落魄、恼怒、绝望的眼睛。她听见邓子儒大喊:"珮瑶,你要跑哪里去?你给老子出来!"

蔺珮瑶此刻就像在一场激烈的比赛中刚刚胜出,错误的婚姻已然被抛弃,现在她要给这个可怜的男人一个决绝的告别了。

她朝他竖起了中指,毫不顾及自己的身份地大喊一声:"你个哈戳戳的宝器,追你个锤子!"

邓子儒也在人群中看到了刘云翔,大声怒喝:"姓刘的,你听着,不管你跑到哪里,老子都要杀了你!"

刘云翔那一刻忽然感到了害怕。在天上的枪林弹雨中与日机搏杀,他从来不知道怕,因为始终有一股强大的浩然之气在支撑着他。而面对邓子儒,他感到羞愧。如果现在让他俩决斗,他情愿邓子儒一枪打死自己。他只能拉着蔺珮瑶往洞子深处挤,人们看着这一对衣着光鲜的人儿,有的人主动给他们侧身让路,有的则说,这些有钱人,自家有防空洞不去,跑来跟我们小老百姓挤啥子挤哦。刘云翔不断给人道歉,对不住对不住,借个道,谢谢了。他其实心里羞愧难当、五味杂陈。大轰炸下人们的生活原来是这样的!作为一个空军飞行员,没有守护好他们的天空,还来跟他们一起挤防空洞,真是奇耻大辱。蔺珮瑶说,别进去了,洞口空气好一点。但刘云翔还是拼命往里挤,直到蔺珮瑶又开始呕吐起来。"空气太恶浊了。"她眼冒泪花地说。

刘云翔不得不停下来,周边都是汗涔涔的人头和一张张大口喘气的嘴。刚才蔺珮瑶吐了他一身,她根本没有弯腰的空间。呕吐物顺着刘云翔的上身一直淌到他脚下。他的脚还顶着一个阴丹蓝布包袱,是一个中年男人的。他喘着气说,哎哟,太太,那里面是我的账本啊。刘云翔连忙道歉,说你跑空袭还带着账本来?那人无奈地摇摇头,不带在身上要是给烧了呢?我还默到起(以为)在洞子里可以做几笔账哩。

蔺珮瑶继续呕吐,已经吐不出什么东西来了,只有痛苦地干呕。刘云翔说:"我们再往里挤挤吧,里面或许人少一点,空气会好一些。"

蔺珮瑶已经浑身瘫软了,靠着刘云翔说:"海哥哥,我要死了。"

"别说瞎话。"

"四年前……我们、没有被我老汉儿,丢进嘉陵江……现在、总算……可以、一起死了……我,高兴。"

"瑶妹,我在你身边,你不会有事的……你要挺住!"

"这是啥子鬼地方哦?我们跑到地狱里来了唛?"

那时,没有谁会想到从十八梯进了大隧道,就是在往十八层地狱里走。隧道里灯光昏暗,人声嘈杂,大人喊小孩子哭。这是一个巨大的蒸笼,是一个塞满了沙丁鱼的大罐头,在外面的轰炸和燃烧弹的烈焰中慢慢地要将一洞子的人蒸熟、烤焦。头顶上的一排瓦斯灯光线越来越弱,刘云翔知道这是空气逐渐减少的征兆,这让他感到今天的情况相当严峻。他拉扯着蔺珮瑶奋力地往里挤,洞子里每一寸空间都塞满了人的躯体,脚下也不清爽,箩筐、背篼、包袱、皮箱、藤箱,甚至还有人背进来一头小猪。他们那身上层人士的打扮让洞子里的那些贫民百姓多少有些敬畏。他们至多说,老爷,你挤到我的娃儿了;太太,这个箩筐你不能踩啊,里面有我家的碗筷。这些躲空袭的升斗百姓,恨不得把一个家都搬进防空洞里来,让本来就狭小不堪的大隧道更加拥挤。但即便是蔺珮瑶这个阶层的人也应理解,他们在大轰炸中也实在损失不起了呀。

当空气愈发稀薄、发烫时,洞顶的瓦斯灯耗尽了洞子里最后的氧气,死一般的黑降临,人们就像被活活地盖进了一口大棺材。绝望的尖叫声如涨潮一般升起,然后又像退潮一样,刹那间鸦雀无声,仿佛死神把所有人的脖子一把扼住了。洞子里沉寂了半分钟,有个女声高叫了一声"妈妈呀——",然后恐慌像瘟疫一般迅速蔓延,混乱如洪水决堤,冲垮了人们最后一丝矜持。母亲在呼唤孩子,女人在哀求男人,男人们在寻找挣脱黑暗的出路。

有人说日本人投了毒瓦斯,有人说洞口遭封死了。黑暗中看不到人脸,只感受得到冲来撞去的躯体和到处乱抓乱撕扯的手。

刘云翔和蔺珮瑶被人群推搡、撕扯,像两根稻草在一股暴动的洪流中飘来飘去、推来扯去。但刘云翔始终簇拥着蔺珮瑶,用有力的双臂为她挡住那些到处乱抓乱挠的手、失去了平衡的身子。她的双脚已经踩不到地面,即便脚有落处了,也可能是踩在某个人的脸上、腹部或者背上。在众声喧哗中只有刘云翔的声音还是那么镇定,不断地告诉她:"别怕、别怕!我在你身边!我在你身边!"

他们被人流裹挟到一个角落,刘云翔抓住了一个镶嵌在洞壁上的灯座。那灯座是生铁铸的,感觉还很牢实。这才是他们的"救命稻草"。刘云翔死死地抓住灯座,使他们再不被人流裹挟走。刘云翔感觉蔺珮瑶就像一朵被揉碎了的白玉兰。他心疼得牙都快咬碎了!

他的手触摸到岩壁时,感到了些许凉意,将脸贴上去,竟能呼吸到丝丝稍感新鲜的空气。更为珍贵的是,一滴水滴到他的脖子里,原来洞顶有个渗水孔!这是绝境中的一线生机,他把衣衫凌乱的蔺珮瑶拉过来,让她背贴着岩壁,用自己的手臂护着她。"张开嘴,快,张开。"

救命的一滴水啊!尽管它半分钟左右才会滴下一滴来。许多年后,蔺珮瑶看到"甘露"这样的词,就会想到大隧道里的那一滴水,想到刘云翔坚强的臂膀、宽阔的胸膛,为她挡住了隧道里挤来拥去的人流。在烽火乱世中有一个勇敢的爱人在身边,足以平定内心所有的狼烟，抵御外界无端的侵害。

"同胞们、同胞们！请不要拥挤……同胞们啊！"一个尖细的女声划破了黑暗，盖过了隧道里的吵嚷，仿佛一下就把大家焦虑、慌乱的心一把攥住了。在战祸连年、救亡图存的岁月，一声"同胞们"的呐喊，可以让无数苦难无助的心灵瞬间找到依托、支撑和宽慰。就像一块块散乱无序的砖，因了这样的呼唤，就矗立起了巍峨的长城。

刘云翔猛然醒悟过来了，再这样挤下来，他不但保护不了蔺珮瑶，隧道里所有的人都会因为互相践踏拥挤致死。他不能不站出来振臂一呼了，就像他当年上中学时那样。

"同胞们、同胞们！大家请听我说。我们不要拥挤了，否则就是自相践踏，是我们自己在残害自己的同胞啊！这不正中了日本人的奸计吗？大家请安静下来，保持镇静、镇静！洞子没有炸垮，日本人的毒瓦斯就进不来。没有毒瓦斯！大家不要慌，不要再乱跑乱动了，空气自然会好一些。同胞们、同胞们啊，我们要有秩序，我们要有中国人的仁义和勇气。空袭很快就会过去的，不要怕、不要怕！"

他的嗓门本来就很大，又用尽了全身力气在呐喊。隧道里慢慢安静下来了，可以听到一些附和声和相互救助的声音。别挤了，这里有老人。哥子，求你扶我起来。别动，我脚下面还有个人，我们拉她起来吧。这个娃儿是哪个的？把他举在肩膀上。有人按亮了一支手电光，在黑暗中忽然给人们带来了飘忽不定的希望。马上就有人说，拿手电光的，照一照周围，看看有岔洞口没得?又有人说,这里有个怀娃儿的女人哦,肚子恁个大了,不要挤了,来照一哈她嘛。看看还好好的不?

刘云翔感到自己的呐喊有效果了,多好的同胞啊。他清了清嗓子,继续说:"同胞们,请互相传递下去,不要拥挤,不要慌乱。空袭会结束的,大家马上就可以出去了。我这边头顶的岩壁在滴水,有需要润一下嗓子的,请过来,不要挤,让老人、女人和孩子先过来。拿手电光的那位先生,请帮忙照一下。"

有个声音在黑暗中说:"这儿也有水滴下来,大家轮到起来哈。"

那个怀孕的女人终于被她丈夫找到了。她丈夫哭兮兮地说:"我咋个办哦,我婆娘已经上气不接下气了,要遭憋死啦。"

有个苍老沙哑的声音说:"把她抬起来,从头顶上传出去吧。"

洞里的人群和洞顶之间还有约一米的空间,混乱大多是由于那些身强力壮的人想往这个空间里挣,而被压在下面的人又死死拽住他们的身子或腿。现在大家不挤了,这一方空间或许就是逃生的通道。但前提是,你得从人们的头顶上跨过去,而那些被你踩在身下的人,不要拉拽、撕咬、慌乱。

孕妇在微弱的手电光照射下,被抬上了人们的头顶,无数双手伸出来,将她往外传递。她的丈夫也被举上去了,有个人乐观地说:"回切好好照顾好你婆娘,让她给你生个大胖小子,长大了替我们报仇打小日本。"当丈夫的泪流满面地说:"大哥、大嫂,大爷、大叔,谢谢了、谢谢了,你们都是好人,你们的菩萨心肠我们八辈子都忘不了啊!"

有消息传来说洞子口那边更乱,挤倒的人堆成了一堆,把洞口封得只剩一条缝了。黑暗中恐慌再次蔓延,有人在呻吟,有人在哭泣,但是秩序没有乱。

刘云翔身边是个光头的老汉,他手上有一块帕子,脸上揩一把汗,又当扇子扇几下,不断说:"狗日的小日本,狗日的小日本。"

光头老汉扇起的些微的风让刘云翔受到启发,他再次高喊:"同胞们,身上还有衣服的,头上的帕子、帽子都摘下来,我们大家往洞口方向扇风。大家一起来,不要慌乱。来,听我的口令,一、二、三,一、二、三。"

这一招还真有些管用,洞子里的空气是浓稠的、恶臭的、凝滞的,令人窒息、叫人绝望。现在人们多少能感受到些许空气的流动了。恐慌稍稍得到一点平息,至少人们已经明白,镇静和保持秩序,或许还能有救。

洞子重新归于安静,只听得到人们挥动手里的衣服扇风的呼呼声,还有刘云翔越来越弱的号令声。这时,刚才那个最先尖声呼喊"同胞们"的女声又开腔了。"同胞们,我们来唱支歌吧!"她大约是个学生,就像蔺珮瑶她们当年走上街头宣传抗战,总是歌不离口一样。

马上就有人接话道:"气都喘不过来了,还唱歌?真是遇得到哦。"

　　五月的鲜花开遍了原野,鲜花掩盖着志士的鲜血……

那个女学生首先低声唱了起来,歌声哀而不伤,美而空灵,让深埋在黑暗中的人们一下幻想到了五月鲜花遍开的原野,想到了原野上走过的纯情少女,她裙裾飘拂,头上还戴着鲜花编制的花冠……

刘云翔和蔺珮瑶首先加入了合唱,歌声一起时,蔺珮瑶已经泪流满面了。这支歌她过去唱过无数次,但从来没有像现在这样感觉它是那样地凄美、悲壮、崇高。来吧,让我们崇高而凄美地去死吧——

> 为了挽救这垂危的民族,
> 他们曾顽强地抗战不歇。

唱到第二段时,更多的人加入了进来——

> 如今的东北已沦亡了四年,
> 我们天天在痛苦地煎熬。
> 失掉自由更失掉了饭碗,
> 屈辱地忍受无情的皮鞭……

歌声能让大隧道里快要窒息的人们减少一点痛苦吗?不。多年以后,刘云翔用苍老的嗓音给日本律师梅泽一郎再次唱起《五月的鲜花》时,依然不无伤感地说,唱歌让我们更加呼吸困难。一个被勒紧了脖子的人能唱歌吗？从物理学上说显然不能。但要是这个人要反抗死亡呢？歌声就是他最后的尊严。

  再也忍不住这满腔的怨恨，
  我们期待这一声怒吼。
  吼声惊起这不幸的一群，
  被压迫者一起挥动拳头。
  这震天的吼声惊起这不幸的一群，
  被压迫者一起挥动拳头。

  歌声慢慢地弱下去了，那支手电光的光芒也暗淡下去了。刘云翔看见人们挥舞的手臂也垂落下去了……接下来是人们不屈的头颅，颓然地耷拉在了胸前，死神终于如挡不住的瞌睡一样降临了。五月的鲜花开败在一片多灾多难的土地上，五月鲜花盛开的原野里本来有一朵最为绚烂夺目的爱情之花，它本该灿烂自由地开放，却不幸被战争摧毁了。大隧道里沉寂了下来，歌唱自由、爱情、原野、反抗的歌声被窒息在心灵深处，世人将再也听不见这凄美动人、坚韧不屈的绝唱。

  歌声消失了，生命也就熄灭了。

  唯有一双双寻找生命出路的眼死不瞑目，瞪圆了瞳孔在黑暗中游弋……

  "海哥哥，你欠我一个婚礼。"

  这是蔺珮瑶在丧失意识之前说的最后一句话。老天爷啊，上帝啊,掌管着这世界上各式爱情的爱神啊,在这战火纷飞的乱世,追求一次真爱已经够难的了,如果你要我们殉情而死,就让我们死得痛快一点,有尊严一些吧。

刘云翔的眼泪终于下来了,为不能兑现自己的承诺而哀伤。他想用一个吻来道歉、偿还、赎罪,却发现那是一个他一生也抵达不到的吻,尽管蔺珮瑶仍然在他的怀里,但他却送不出那个告别过去、告别未来、告别苦难、告别浪漫的情死之吻。他的头如铅般沉重,身子仿佛在急速地坠落。他有过一次在战场上跳伞的经历,在伞没有打开之前,人的心被一只无形的手一把攫住往上提,而身体却像一根草一样在空中孤独地飘浮、下坠,对着死神的怀抱迎面撞去。现在他又跟死神这个老熟人交上手了,他准备认输了。他多么爱怀里这个女人啊,他多么想好好地呵护她、陪伴她一生一世啊,可是他却连回报这份苦难爱情的一个吻都做不到。

做不到了。延安,这个可以改变爱情和命运的地方,也去不到了。蔺珮瑶从他的臂弯里软软地滑下去,他再无力气把她搀扶起来,自己也慢慢地瘫软下去了。他跪在女人的身前,头顶着洞子的岩壁,用隆起的背扛住了这个地狱般的世界。

21. 相助

　　万国饭店三〇四房间在一九四一年六月五日下午,发生了些什么样的故事,邓子儒耿耿于怀了一辈子。这一年的轰炸开始以后,《龙城飞将》在陪都坚持上演了几场,终因日机轰炸越来越频繁不得不中止,然后他又随剧组去成都及周边几个中小城市巡演,可那些城市也隔三岔五地被轰炸。最后应云卫应老板说,日本人看大家太累,让我们各自回家休息。伙计们,散了吧,该回家看老婆的看老婆,该谈恋爱的谈恋爱,等雾季来了再说。我这个夏天呢,想好好去乡村钓鱼。邓子儒回到重庆时,家已不复往昔的温度,他发现邮差几乎天天都来送信,而妻子不再出去跳舞、打麻将,每天写信的时间甚至长于他写剧本。就是他们谈恋爱时,也没有这么频繁的书信往来啊。加上夫妻关系日趋冷淡,大小姐脾气十足的妻子常常在床上将他拒之于千里之外,他们有多久没有同房了?他竟然已经想不起来了。都是生活无虞、饱食终日的正常人,结婚两年多了,他们连孩子都没有生一个,邓子儒的母亲早就不满意这个妖冶新潮的儿媳妇了,没有多少文化的老母亲对蔺珮瑶的评价是:"肚脐眼儿打屁——腰(妖)里腰(妖)气。"在漫长无趣的失落之夜,邓子儒难免会心生怨气:难道夫为妻纲这点伦理也不讲了?难道这点正常生理的需求被别人满足了?如此一想,他的心便寒气顿生,醋意大发。一个吃醋的男人和一枝出墙的红杏,应该算是这个世界上最糟糕的夫妻关系。

醋意大发的丈夫有某根神经特别发达,他能够在夕阳西沉中听到妻子内心深处的叹息,在花儿的绽放中看到一颗背叛的心,在鸟儿的鸣唱中捕捉外面世界的诱惑,在虚情假意的家长里短里感受到冬天的凛冽寒风穿胸而过,连一只蜜蜂飞过,他也能找寻到它刚才栖息在哪朵花的花蕊里,更何况那些在大轰炸中也毫不躲避掩饰的战地情书。

他截获了其中的一封信,妻子的私情昭然若揭,更让他愤怒、失望之极的是对方竟然是他视同手足、捧为英雄的空军飞行员。这种羞辱就像有人冲着他的脑门撒了泡尿。他当时的第一反应是叫司机把码头上的秦二爷接来,带上江湖上的兄弟伙,去把那个开飞机的做了。但他的管家钟四哥说:"大爷,你想重新安一个家吗?"

邓子儒一愣,脑海中闪过白羿高冷的容颜。她可以演他的戏,但他们根本就不是一路人。不管他多么有钱、多么痴情,他永远也只配当一个仰慕者。有一次在江津巡演时,晚上他们在月光下到长江边漫步,邓子儒冲动地拉起白羿的手,想把它捂在自己的心上,让她感受自己那颗狂跳的心。但白羿举重若轻地在他的脸上轻轻拍了一下,说子儒哥,江边有些凉了,回去吧。小心感冒发烧。那一段时间他确实"烧"得厉害,几乎就要忘记家里的蔺珮瑶了。如果说在演技高超、洋派十足的白羿面前,蔺珮瑶只是一个村姑,他邓子儒不过是一个有钱有势的土鳖罢了。这样的女人是花瓶,是舞台上的角色,不是生活中的妻子。

他的"高烧"退去后,指望妻子也能回到生活的正轨中来。他们都还年轻嘛,谁没有点心猿意马、浪漫情怀?谁不干一点哈戳戳的事情?因此,即便面对移情别恋的妻子,邓子儒也只有咬牙切齿地说:"不想。"

钟四哥又问:"那么,大爷想重新娶一房吗?"

"不想。"邓子儒真没有这个打算,这还不是因为家族、家规,而是当你发现一件东西就要失去时,才感到原来自己是多么地在意它,更何况自己的妻子。他对蔺珮瑶已经爱到骨子里了,他不想伤筋动骨。

能当管家的人一般社会阅历都相当丰富,且善于揣摩主子的心思,并能为主人出谋划策。钟四哥说:"大爷,去年沙坪坝杨家花园的三姨太裹上了一个大上海来的小开,杨老爷心急火燎地出手,将小开沉江里,三姨太自杀,杨老爷还被政府捉去关了一阵,官司吃大了,闹得杨家在江湖上颜面丢尽,人财两空。大爷现在是陪都有身份、有地位的人,还说等两年就去竞选市政参议员。那个开飞机的也不是码头上说打就打、说杀就杀的等闲之辈,事情闹不好就通天了。这趟浑水我们还是不要去蹚。"

邓子儒觉得钟四哥说得都有道理，但自己心中的那股恶气又该如何消弭？袍哥帮规里"弟淫兄嫂"是大不敬，要三刀六个眼，或自己挖坑自己埋。但战火早已打碎了袍哥们的江湖规矩了。邓子儒无助地望着自己的管家问："那你说我该哪个办？"

因此，蔺珮瑶只有在事后才会知道，六月五日上午家中发生的一切，就像一场埋伏，她不知不觉就进入了猎人的准星。没有一丝征兆，没有任何警告，大小姐当惯了的人，总是从不在意别人的脸色，也不在乎周边环境的变化。许多往事，人们要在事后才能慢慢看清它的全貌。就像"水落石出"这句成语，逝者如斯，季节轮转，河底隐藏的石头方显峥嵘；而人间纠缠的爱恨情仇，时间自然也会把一团乱麻的头绪梳理清楚。大隧道惨案那天，她的司机回到家后就被邓子儒叫去问话，还没有动"家法"，他就全招了，连太太带了多大的箱子都说了。邓子儒那时才预感到一场私奔正在这个没有了温度的家发生，之前他还认为这一天只是蔺珮瑶的一场浪漫的幽会。他还在找最佳的时机下手。按管家钟四哥的建议，这样的家丑宜私下解决，既不要太伤太太的心，也不能让那个龟儿子再占便宜。等哪天刘云翔进城时，把他带到袍哥的山堂里"吃讲茶"，让他晓得马王爷头上有几只眼。但人间的情事，世上再聪明的脑袋瓜都难以窥测。谁能料到战火纷飞的乱世也会有人要私奔呢？邓子儒决不答应，哪怕为此杀人。

当他看到刘云翔和蔺珮瑶在追逐中一起奔逃时，他是真的动了杀心了。有哪个当丈夫的，能忍受眼睁睁地看着自己的妻子与人私奔的奇耻大辱？他们躲进了防空洞后,他吩咐手下的兄弟伙,给我守住大隧道的三个出口,老子不信他们就不出来了。

但严重的问题是他们出不来了。所有困在大隧道里的人都面临窒息、蒸烤的危险时,邓子儒也慌了。当初阻挡他进洞的木栅栏被劈开后,一堆垂死挣扎的人却封住了洞口。这是闻所未闻、见所未见的悲惨世界。妻子在里面会怎么样呢？下午他和钟四哥谈起蔺珮瑶早晨的呕吐,管家一句话点破了夫妻间冷漠了许久的那堵墙。太太不会是有喜了吧？天哪！我啷个脑壳是方的呢？邓子儒大叫一声。他能不把自己的妻子夺回来吗？

天上日机还在不断骚扰,炸弹东丢几颗、西扔几个,连防护团的人、维持秩序的警察宪兵,都不得不暂时躲避一下。防空警报满城响,探照灯射出道道白光,地面微弱的高射炮火拖曳着一串串白亮的光飞向无垠夜空,像一去不回的萤火虫。这些顽强又孤单的萤火虫,要去咬住那些天上横冲直撞的恶魔,把他们揍下来,实在是有些力不从心。市中心有几条街道在燃烧,城市的半边天空都是血红色的。敌机还投下惨白的照明弹,将山城破败的景象照得惨不忍睹。而心情更破碎凌乱的则是邓子儒,他带着手下的几个兄弟冒着随时被炸弹炸翻的危险,从十八梯洞口跑到演武厅隧道口,那里不过是十八梯隧道口人间地狱的另一页,外面的人根本进不去；他又跑到石灰市洞口,情形同样混乱不堪,来自洞口的阵阵恶臭扑面而来,几乎要把人熏倒。卫戍司令部和重庆市政府的官员们围在洞口前束手无策。这帮饭桶。邓子儒恨恨地骂道。这时他看见人群中有一个认识的人——重庆市警察局督察处的陶处长。邓子儒一把抓住他说:"陶处长,我老婆在里面,救救她呀!"

陶处长满头大汗,袖子挽得老高,一脸诧异地问:"邓太太怎么会跑到大隧道里去了?"

"哎呀,说来话长,想个办法嘛陶处长。快叫你手下的警察去拖人啊!"

"人都扯断了,邓老板。日怪得很,今天重庆咋个恁个背时哦!"

这时一个警察跑来报告说,重庆卫戍司令部自己挖的防空洞曾经和大隧道连通了,不晓得现在还是不是通的。

陶处长大喊一声:"那我们赶快去看看!"

一行人赶到卫戍司令部,邓子儒带自己的人紧跟在后面,但没有想到岗哨不让进。陶处长都要掏出枪来打他了,幸好一个他认识的值班中校军官出来,他说那个洞子口早封死了。卫戍司令部乃军机重地,防空洞怎么能和社会上的混在一起呢?

那时重庆主城的地下几乎被掏空了,每个单位都在挖自己的防空洞,又缺乏统一规划,弄不好就跟别人的串在了一起。邓子儒忽然脑子灵光一闪,附近有个纸烟业公会,会长是他结拜的任大哥。有一次他听任大哥说,纸烟业公会挖防空洞时也跟大隧道挖通了,只得加了道铁板门隔开来。任会长还说,我可受不了大隧道里的那些气味。

天无绝人之路,邓子儒带着陶处长和他手下的人冲进纸烟业公会,有警察在,他们畅通无阻。那个防空洞并不长,他们很快就来到了铁门处。管铁门钥匙的人却不在,陶处长指着那把锈迹斑斑的大铁锁说,给老子砸开!

铁门打开,浓重的臭气扑面而来,所有的人都被熏得背过身去,两个年轻点的警察就像被一阵强风刮倒了一样,一屁股坐在了地上。陶处长缓过劲来才说:"妈屁哟,这是啥子味道哦?等透哈气我们再进去。"

邓子儒可等不起,他跟陶处长要了两把手电筒,对身边的两个兄弟说:"我们进去。"

铁门里边躺了一堆不知是死还是活的人。他们的手都血肉模糊,想必是拍打、抓挠铁门时弄伤的。隧道里更像一座巨大的坟墓,男女老幼,东一堆西一团,裸尸相枕,伤心惨目。邓子儒往十八梯洞子口方向摸去,他估计蔺珮瑶他们进洞晚,应该离那个洞口不远。

在一个拐弯处,邓子儒在倒叠在一起的人堆外面发现了一只乳白色的高跟鞋,谁会穿着这样的鞋子跑警报、进大隧道?除了蔺珮瑶。况且这还是他和蔺珮瑶去香港时,在弥顿道的一家意大利人开的皮鞋店买的。他总算看到了躬着背、跪倒在地上的刘云翔。他们的身边还躺着七八个生死未知的人,刘云翔的身上还压着两个人,一个横陈在他的小腿处,一个直接倒卧在他的背上,而蔺珮瑶就在他的身下,邓子儒得感谢这双价格不菲的高跟皮鞋,不然他根本无法找到他们。

邓子儒喘着粗气搬开刘云翔,他软软地倒在一边了。妻子头发凌乱、衣不蔽体,就像刚刚受到了一次粗暴的蹂躏。邓子儒心疼得眼泪直流,他先摸摸妻子的鼻息,竟然还有点游丝一般的气息。"她还有气。"邓子儒脱下自己的衬衣,把妻子包裹起来,然后对身后的两个弟兄说,"快,抬出去。"

他们跟跟跄跄地把蔺珮瑶抬了出来,就像刚刚逃出了地狱一般,趴在纸烟业公会的洞子口大口大口地呼吸新鲜空气。有个弟兄找了把扇子来,拼命在蔺珮瑶头部扇风,陶处长过来看看说:"还是要抬到外面去,让江风吹一吹。"

夜空之下,长江边,邓子儒从来没有发现山城夏季的夜晚如此凉爽,其实那晚气温依然很高,闷热、潮湿,空气死水般黏糊糊的,但它是新鲜的,是可以活人的。

"邓大爷,太太醒过来了!"一个兄弟高叫道。

"老天爷啊!"邓子儒一声长叹,跪在妻子的身边,他看见她微微睁开了眼睛,然后轻轻地咳嗽了一声。

"珮瑶、珮瑶!"邓子儒喊。

"海哥……"蔺珮瑶又咳嗽起来。

"是我、是我啊!"他抱住她的双肩,使劲摇晃着她,心里有一件宝贝被人夺走、现在终于又抢回来了的踏实感。

"海哥。"她的嘴唇动了动。

妈屄的,那个狗日的把你害得那样惨,差点连命都没有了,还想你的野男人啊!邓子儒差点就叫出来了。他扔下蔺珮瑶,站起来恨恨地说:"给老子把这个烂婆娘丢到江里去!"

"大爷……"手下的几个兄弟束手无策。

城市仍然在燃烧,半个江面都是暗红色的。空袭警报已经解除了,陪都恢复了暂时的宁静。邓子儒对着长江吐着自己心中的恶气。刘云翔还在洞子里,刚才推开他时,邓子儒来不及想自己情敌的死活——他诅咒他死九次！如果他还有多余的力气，他会狠狠踹刘云翔几脚，或者扇他几个耳光。"弟淫兄嫂"的龟儿子，忘恩负义的混账东西，老子不杀你，天杀你。

长江水在火光的映照下缓缓地流淌，没有波浪，没有漩涡，更没有一点喧嚣。但一个人的内心却在翻滚激荡：宽恕是一个个优美起伏、操行高尚的波浪，嫉恨则是一个置人于死地的阴险漩涡；仁爱是阳光下一朵朵粲然开放、赏心悦目的浪花，杀戮则是水底涌动的邪恶暗流。每个人的内心世界里，其实都有一条爱恨交织、邪恶与高尚混杂流淌的河，都有坦荡开阔的水面和深藏不露的杀机。

高尚的行为是人生中难得一现的彩虹，有的人一辈子也没有见过几次，有的人在狂风暴雨之后自己成为了彩虹。邓子儒返身回到纸烟业公会的洞口时，陶处长不知从哪儿找来一个防毒面具戴在头上，正指挥手下的人往外拖死人。

陶处长问邓子儒："回来干啥子哦，都死光光了。"

邓子儒说："我还有个人在里面。"

陶处长问："你的啥子人？"

"仇人。"邓子儒怒气冲冲地说。

他从陶处长那里抓过防毒面具，义无反顾地冲进了洞子里。他跑得跌跌撞撞、怒气冲天，不像是去救人，而是要去找人拼命。他边跑边想：老子要去踢他几脚，好好教训这个龟儿子！老子要把那狗日的吊起来问他，朋友妻、不可欺，这个做人的道理懂不懂？老子要把这个禽兽不如的飞行员……妈屁的，你个狗日的还是个飞行员呐！

他在死人堆里找到了刘云翔,他哪里还像个飞行员,简直是一堆烂肉!邓子儒忍不住想呕吐。他强忍着恶心将他从人堆里拖出来,不管他死活,他都要把他弄出去,不然他的怒气难消、良心难安。这是他一生的义举,足以让他自豪一辈子,足以让爱他的人,甚至恨他的人,都会冲他竖大拇指。在浸透了死亡之气的黑暗隧道里,只有上帝看得见,他跟跟跄跄地背负着一个比他个子更高、块头更大的(他的妻子曾经多么迷恋这健壮的躯体)男人,艰难地前行,就像耶稣背负起沉重的十字架走向骷髅地。有几次他坚持不住了,和那个躯体一起摔倒在地,他爬起来,只有喘出的气没有吸进来的气,他的脑袋涨得要爆炸,眼珠子都要鼓落出来了,他一度怀疑连自己爬出去的那口气都没有了。他要放弃了,但他心中的那个神不允许,在黑暗中还有一双眼睛在鼓励他、鞭策他。为了不让他的神责备,为了不让这双眼睛失望,他即便死在隧道里,也心安理得。自我救赎的意义在于,你既要救别人,也要救自己。

刘云翔被邓子儒背出来后,当天凌晨就醒过来了。他的世界鬼影憧憧,一群陌生人将他架到一处深宅大院里,有人往他身上浇冷水(这让他如沐甘霖),有人又骂骂咧咧地揍他(这又让他感到莫名其妙,难道我落入敌人之手了吗?曾经有战友飞机被击落后跳伞落到沦陷区,被日本人抓到后通常会遭受一通暴打)。他那时头脑还是昏沉沉的,人被绑在一根柱子上。到了晚上,有人将他解下来,押到一间宽大的屋子里,有几个穿黑衣的人在院坝里持着火把。他的脑子彻底清醒了,这让刘云翔想到了多年前嘉陵江边的那个夜晚,虽恍若隔世,但杀戮的气息依旧。

他被按坐在一张长木桌前,两个大汉站在他的身后。屋子里光线很暗,没有电灯,只有几盏大油灯,在他的右侧是一个神龛,神龛背后的墙上画的是右手持大刀、左手抚须的关云长。神龛前除了两盏长明灯外,还有一堆贡品,有白米饭、桃子、糕点、水果糖,甚至还有几块美国巧克力。这帮不伦不类的家伙。刘云翔眼光里充满了轻蔑,现在他是上过战场的人了,面对这些江湖上的场合,都像是在看戏。

但当他对面的一扇黑门打开后,进来的那个人却不能不让他感到羞愧。邓子儒一身塔夫绸青衣,身后跟着两个满脸杀气、短褂赤膊的男子,其中一个老者白色的胡须飘到胸前,由于既不浓密也不够长,因此即便他努力想装出关云长器宇轩昂的模样,终究还是显得英雄气短了。

邓子儒脸色晦暗、目光游移,不知是因为疲倦还是身心受到惨重打击,他竟然拿不出压倒对手的那股狠劲儿来。本来理在他这一方,对方已落入他的掌心,他只要动一下嘴,就要了刘云翔的命。但他却似乎缺乏这个勇气,他唯一不缺的,或许只是疑惑。

生活竟然如此荒谬,这个坐在对面的人,还是自己视同手足的兄弟吗?他曾经多么崇拜他、喜欢他,让他住进邓公馆里养伤,让太太照料他,自己躲在缙云山上为他的英雄业绩写剧本,不惜血本将他的光辉形象搬上话剧舞台。他一直是他心目中的英雄,但他却扮演了拐走别人老婆的角色。这个混乱的世界上还有英雄吗?他妈的!

那么,好吧,就让我们按江湖上的规矩来做一个了断吧。

"珮瑶她……还好么?"刘云翔面带愧色地问。

"不关你的事!"邓子儒喝道。

刘云翔长吁了一口气,然后说:"邓先生,请你把我送回我的部队去。"蔺珮瑶安全了,大家都还活着,就当做了一场噩梦。尽管他的噩梦还没有完,但他不想跟这帮人演戏,他有足够的勇气蔑视他们。

"放肆!"站在邓子儒后面的那个老者发话了,"你搞醒豁没得?这里是我大重庆码头上'天门堂'的山堂,还不给老子们跪起,叩拜本堂的邓大爷。你龟儿子在我们的山堂里只是'二姑娘来拜年——有你的席坐,没你的话说'。来哦,让这个倥子跪到起讲!"

站在刘云翔身后的两个汉子捉住了他的胳膊,一下将他从座位上拎起来,双手一反剪,脚下一绊,就迫使刘云翔跪在了地上。

刘云翔大喊道:"我是国民革命军空军第四大队的中尉军官,你们私设刑堂,侮辱革命军人,是要坐班房的!"

邓子儒知道刘云翔是说给他听的。他冷笑一声:"哼,你也配称革命军人?"

刘云翔脖子一扬,反问:"不配?你难道不知道?"

邓子儒一下愣住了,竟然无话可说。他一只手指点着刘云翔,嘴唇哆嗦几下。"你……你你你……"他忽然将手收回来,捂住了自己的脸,失声痛哭。搞得他身后的两个掌事大爷直摇头。那个白须飘拂的秦二爷深深地叹了一口气,凑到邓子儒耳边轻声说:"大爷,大爷息怒。这事交给我们办就是了,大爷先请回吧。"

邓子儒双手往桌子上一搐,大喝一声:"我自己的事,自己会管！放开他,你们都给老子出去！出去！"

押着刘云翔的两个人松开了手,刘云翔整理了下衣襟,重新坐回到座位上。秦二爷说:"大爷,按帮会里的规矩……"

"锤子规矩！出去。看不起你家大爷嗦？我自己来。"邓子儒眨眼就从身上掏出两把左轮枪来,往桌上一拍,"看到没得？这个是吃素的唛！"

邓子儒将一把左轮枪往刘云翔那边一推,如同把一个黑色的死神推到他面前。然后他把自己面前的枪拿起来,略显笨拙地扳开弹仓,又按回去,说:"姓刘的,你我兄弟一场,今天恩断义绝。是你有负于我,还是我仗势欺人,苍天在上,自有明断。拿起枪来,我们来看看,哪个是龟儿子？"

邓子儒身边的人都吓住了,不晓得他们的大爷要咋个耍法。秦二爷忙说:"邓大爷,袍哥不是这种操法的。国有国法,帮有帮规,我'天门堂'有'红十条'、'黑十款',随便拿出一个条款来,都要把这个骚鸡公(指下流、淫乱之人)洗白十次。"

"这不是江湖上的事,是老子的家事。听懂没得？"邓子儒拿枪对准了秦二爷。

几个袍哥看见他们的大爷脸色铁青,知道不好再招惹他了。秦二爷像唱戏一样喊了一句:"大爷雄起,我们在外面等到收尸！"然后他使了个眼色,袍哥们便退出了山堂。

屋子里安静下来,邓子儒现在可以直视刘云翔的目光了,他的枪口对准着他,微微晃动。

"把枪拿起来！"他嗓音低沉,说得毅然决然。

"是你把我从大隧道里背出来的吗？"

"是又咋样？"

"为什么？"

"为了向蔺珮瑶证明，我比你更爱她。"

"包括现在？"

"对头。敢把枪拿起来吗？"

刘云翔轻轻叹了一口气，将桌子上的左轮枪拿起，娴熟地弹开弹仓，将里面的子弹全抖出来，手腕一抖，弹仓归位。

"你玩过枪吗？"

"把子弹装上。"邓子儒不想回答这个问题。

"你杀过人吗？"刘云翔又问。

"没吃过猪肉，还没见过猪跑？"邓子儒显然有些气短了。

"邓先生，在你杀我之前，我想把话说清楚。不是我要夺走你的太太，而是家族封建势力拆散了我和蔺珮瑶。我们在南开上高中时就相爱了。我为了这份爱，被蔺家的人装过猪笼，沉过嘉陵江。你有这样的经历吗？你用派克笔在支票上轻松地签上自己的名字，就赢得了蔺珮瑶的好感。但是请记住，你并没有赢得她的爱，直到今天。因为你从前不是她的初恋，现在也不是她的真爱，而我是。老兄，一个人的爱这两条都不占，何来爱情？对此，我很抱歉。"

邓子儒就像听到一个惊天大秘密。"你们……我、我写剧本时，你怎么不告诉我这些？"

"生活可不是你们演戏那么简单。"

邓子儒想起来了,他在写剧本时,和妻子曾经说过类似的话,生活中的爱情,可比舞台上演的戏复杂多了。这是他说的还是蔺珮瑶说的,他已经想不起来了。他只依稀记得,他问过刘云翔的爱情经历,但好像并没有得到明确的答复。在他的剧本中,那个空军英雄刘云飞被一个女大学生所爱,而一个富家弟子依仗家族势力强娶女大学生,在他们的新婚之夜女大学生逃了婚,去寻找她的初恋……

哎呀,妈屁哦,我这不是在写自己吗?狗钻沙锅,自己笼起了。真个是人生如戏、戏如人生嗦?

邓子儒手中的枪口垂下去了,他从未有如此严重的挫折感和失败感。在重庆这个码头上,他的生活如在长江上顺风顺水地行船。如果不是战争,祖辈父辈打下的基业足够他大展宏图。如果不是战争,爱情怎么会如此支离破碎、家庭又怎么会这样风雨飘摇?如果不是战争,他这样日进斗金的商人,怎么会走火入魔地写什么空军英雄,引狼入室?这该死的战争啊!

刘云翔这时却把枪拿在了手上,瞄准了邓子儒。他冷静地说:"老哥,来吧,我欠你一枪。"

邓子儒如同被人从梦中唤醒,从疑惑走向决斗的战场。生活中总会出现一些强大的对手,要么你战胜他,要么你甘拜下风,还会有另外的可能吗?

"你的枪里没有子弹。你还想羞辱我吗?"邓子儒决定在强者面前,找回自己的尊严和勇气。

"好吧。"刘云翔从桌子上捡起一粒子弹,将它装进左轮手枪的弹仓,然后一搓弹仓的转轮,"哗啦啦"一阵金属磁性的声响,转得人的心都随同它一起疯狂。

"啪嗒",云翔将弹仓抖进枪身中。"还记得我第一次到你家时,说刘云翔这个名字迟早要进入为国捐躯者的名单,但没想到会成为花下鬼,真是没出息到家了。来吧,我们都是赌命的人。我的爱情出了差错,你的也未尝不是。或许你的运气会好一些?"

"这不公平。"邓子儒脸上的肌肉已经绷紧了,但他还是努力保持着风度。

"公平了。"刘云翔苦笑一声,"就把它当成一种道歉吧。中国式的。"

两人隔着的那张长桌,也不过三米的距离,他们都听得见对方紧张的呼吸,看得见对方放大的瞳孔、微微抽搐的嘴唇、咬紧的腮帮、额头上细密的汗珠。对决斗的双方来说,这是必须要打出去的一枪,不然内心永难平静;这是必须要以命相搏的一枪,不然此生不但无颜面对那个他们共同深爱着的女人,更会丧失一个男人的尊严。

"你先来吧。"刘云翔说。

"不,一起来。我喊一、二、三,该下地狱的下地狱,该上天堂的上天堂。"邓子儒硬气朗朗地说。他忽然不害怕了,觉得这一生要想重新赢得蔺珮瑶的爱,在此一搏。

"一!"邓子儒喊,他们同时举枪瞄向对方。

"二!"枪口前,两人的大脑都一片空白。

最后,邓子儒用了毕生之力大喊一声:"三……"

22. 摇篮旁边的坚持

这一年元旦前夕,梅泽一郎和菊香贞子再飞重庆。这些年梅泽一郎和斋藤博士几乎会到重庆来和大轰炸受害者们一起欢度新年,既总结一年来的工作进展,也安排下一年度的上诉计划。有两次,两个日本律师什么也不做,只是在重庆及其周边地区东走走西看看,或者应邀去原告团的成员家做客吃川菜,仿佛就是来休假的。原告团的人们就不明白了,大新年的,他们怎么就不和家人在一起呢?

只不过,这次斋藤博士只有一张遗像随同梅泽一郎来到重庆了。这个为中国的战争受害者奋斗了二十多年的老人家,上一周刚刚在东京去世。

"重庆大轰炸受害者联谊会"为斋藤次郎博士布置了一个灵

堂,原告团的成员们从来没有聚得这么整齐,连成都、乐山、自贡等地方的原告团成员和自立门户的黄思齐,还有一些志愿者和学者专家,以及和斋藤博士打过交道的重庆人,都前来吊唁,把不大的灵堂挤得满满的。钱嘉陵本来想把黄思齐的人赶出去,但被赵铁阻拦了。他说,人家是来吊唁逝者的,人之常情嘛。相信他不是来砸场子的。斋藤博士的遗像仍是那副冷峻的面容,那一撮白中带黄的小胡子骄傲地微微上扬,微启的嘴唇似乎还有许多话要说。

简短的悼念仪式结束后,梅泽一郎宣读了斋藤博士的临终遗言,大意是,他能为重庆大轰炸受害者服务很荣幸,对不起重庆大轰炸的受害者们,他尽力了,很遗憾不能再和大家一起战斗。尽管日本右翼势力还很强大,但我们要团结起来跟他们斗争。坚持下去,不要放弃。他会在天堂里等待大家胜利的消息。最后,梅泽一郎动情地说:"过去,我都是和斋藤博士一起来重庆与大家见面,我们也一起为中国的战争受害者并肩奋斗了二十多年,现在,我是一只折翅的鸟儿啦。但我仍然要继续努力,完成斋藤博士未完成的事业。拜托大家跟我一起努力吧!"

灵堂里有许多人都在默默地淌眼泪。邓子儒是由蔺珮瑶和刘云翔搀扶着来的,三颗白发闪亮的头颅那么紧密地挨在一起,真是让人心酸的一幅画面。自去年大病一场后,邓子儒留下中度脑梗的后遗症,一只手总是不停地颤抖,眼光木然,表情呆滞,静静地看着斋藤博士的遗像一言不发,眼泪没有下来,嘴角的口水倒先下来了。在这个老年人居多的团体里,死亡,不过是从客厅到卧室这几步路的事。

梅泽一郎接着对大隧道惨案庭审不尽如人意的结果作了诚恳道歉，又从一个律师的角度分析当下日本政府的态度。日本法院也是日本政府养活的，会维护政府的，但我们不要怕。我们的法庭斗争要与法庭外斗争相结合，通过庭审、市民集会、议员访问、游行示威等方式，敦促日本政府正视历史、认真解决战争遗留问题。因此，重庆大轰炸受害者民间对日索赔诉讼，既是坚持历史正义、不忘记历史的抗争，同时也是中日两个民族实现和解的桥梁。尽管这是一场鸡蛋和石头的对决，尽管我们的力量微薄，但也要通过对日索赔活动让日本人民知道这一段历史，用民间的力量去反制日本军国主义复活。即便我们的官司打输了，也是在还原历史真相、坚持社会正义。我有一个民意调查，在我们重庆大轰炸原告团去日本诉讼之前，东京的市民只有百分之三的人知道重庆大轰炸，现在已经上升到百分之二十八了。这就是我们对日诉讼的成果。

梅泽一郎又说："我这里还有一个好消息告诉大家，日本政府已经承认在慰安妇问题上负有责任，并向韩国方面发起的一个名为'和解、治愈'的慰安妇援助基金会提供十亿日元（约五千三百八十万人民币）的资金。基金会再把钱分发给那些还活着的慰安妇及其亲属。但日本政府发言人认为这不应理解为赔偿金。"

梅泽一郎介绍了韩日两国政府在慰安妇问题上达成初步协议的经过，同时指出了韩国人在二十世纪九十年代就开始对日索赔，已经抗争了三十多年，韩国政府和各民间团体、学术团体都参与了此事，每周三都坚持在日本驻韩大使馆门前游行示威，并设立了一座慰安妇的雕像。韩国人还建立了救助慰安妇的慈善基金组织等等,这种民间的慈善组织在政府间的渠道不畅通的情况下,就可以成为日本政府或民间补偿金的落脚地。尽管日本政府还没有公开道歉、反省战争罪行,但我们还是可以借鉴韩国方面的经验,先成立一个大轰炸受害者基金会,表现出实现和解的诚意,我负责将这个意见转达到日本法庭。"

听完翻译后,原告团的人们有一些小小的激动。赵铁询问道:"韩国慰安妇索赔的信息我一直都在关注。日本政府不把这笔钱认定为赔偿金,是因为既然赔偿了,日本政府就必须承认自己的战争罪行,承认了就得道歉、谢罪。是这样的吗?"

梅泽一郎说:"我认为,韩国人找到了解决问题的路径——尽管它可能不是最佳的。但我们还是应该先让日本政府出钱,其他条件以后再谈。这样我们的官司胜诉的希望就会很大。"

菊香贞子插话说:"重庆的朋友们,我认为我们应该放弃战争时期的思维,现在早已不是战争与革命的年代了,是和平与对话的时代。如果说过去的旧日本军国主义政府是你们的敌人,那么现在的日本法庭,甚至日本政府就是你们需要对话的对象。在法庭上我们是需要斗争,但也要争取最大公约数。"

"贞子小姐的观点代表了大多数支持你们的日本人的意见。"梅泽一郎接上话又说,"在当今这个大家都在谋求和平与发展的时代,和解是第一步,治愈战争创伤是第二步。我们得分步走。"

赵铁回应说:"我认为恰恰相反,要治愈战争创伤,日本政府首先要对自己发动的侵略战争作出深刻的反省并道歉、赔偿,然后才能实现中日两个民族的和解。我们打这个官司,不仅仅是为了钱。我们当初达成的协议难道梅泽一郎忘记了吗?还原历史真相,实现社会正义。我们要求日本政府首先要给所有的大轰炸受害者道歉、谢罪,然后再是赔偿。"

梅泽一郎反问道:"如果能先获得一点赔偿,为什么不要呢?据我所知,重庆大轰炸的受害者们,生活并不都是很富裕。"

赵铁提高了声音:"和你们日本人相比,我们现在是不富裕,但并不只是为了钱才状告日本政府。这个道理难道还需要我一再重申吗?"

梅泽一郎用手往周边一指:"赵律师,请问问你的代理人吧。"

梅泽一郎这一比画,就像在火药堆中划了一根火柴,会场一下就炸了。原告团的许多老人们听得不明不白,有的甚至以为日本已经答应赔偿了。一些人说,老子们为了去日本打官司,背了一屁股的债,有钱不要是哈的嗦?另一些则说,这个钱要不得,我们要听赵律师的。道理讲明白,谢罪、道歉是最要紧的,哪个稀罕他龟儿子的钱哦,小日本莫想蒙混过关。持不同意见的双方又开始相互争吵。一些人坚持要公开道歉加赔偿;一些人则说如果答应赔钱,也差不多是一种道歉,何必非要那种形式,我们已经拖不起啦。

惯于搅局的黄思齐也开始发难了,说自己就是一个大隧道惨案的受害者,但被原告团别有用心的人排挤到一边。有的人洞子(指大隧道)都没有进去过,死人堆是啷个样子也说不清楚,还跑到日本去屁侉卵侉的,丢我们重庆人的脸云云。赵铁不得不打断他的话,说你一大把年纪的人了,说话要负责任,别在这里指桑骂槐的。去日本的上诉人是经过原告团集体讨论研究决定的。黄思齐反唇相讥,你个屁娃儿嘴上毛都莫得几根,老子们在洞子里喘不到一口气时你老汉儿都还在穿开裆裤,你懂个屎哦。原告团的一些老人当然要站出来为他们的律师说话,张振贵早就按捺不住了,指着黄思齐的鼻子吼道,说你个老龟儿子,莫以为大家不晓得你那些偷鸡摸狗的馊事,政府现在不办你龟儿是饶了你一条老命。那个被称为"半边美人"的李莉莎也说,恁个大岁数的人了,说话不要动不动就打人脸。大家正吵得不可开交时,"一把手"唐老三忽然冲到梅泽一郎跟前,抓住他的胳膊大喊:"你们吵个铲铲啊!老子们切日本打官司花了一大笔钱,刚才梅泽老师说日本政府在耍赖,不认账,人家是石头,我们当哈戳戳的鸡蛋,硬是要让我们鸡飞蛋打唛?麻雀儿捡糠壳,空欢喜一场唛?还打你妈个屁的官司啊!锤子哦,让这个日本人先把老子们的钱赔回来!"

赵铁和钱嘉陵都急了,连忙去劝阻唐老三,说你别闹了,站一边去。唐老三还想争辩,却发现坐在梅泽一郎身边的菊香贞子用鄙夷的眼光正瞪着他。唐老三一下就泄气了,灰溜溜地不再胡闹。让赵铁感到惊讶的是,竟然有几个去过日本上诉的老人也赞同唐老三的胡搅蛮缠,他们说,对头对头,官司我们不犀打了,亏大本啰。日本人先赔我们的路费,今天就要他说清楚,不然不让他走路。有个人甚至指着邓子儒说,邓团长,你表个态噻。而邓子儒仍然是那副痴呆、木然的表情,目光空蒙无助地望着乱糟糟的会场,仿佛一个不懂人间险恶、复杂的小孩。黄思齐带来的一帮人则唯恐原告团不乱,开始起哄了。是个啥子原告团哦,团长不像团长,团员不像团员,乱七八糟的,散伙算屎啰。

梅泽一郎尽管听不懂重庆话,但中国人的怒火烧到他身上来了,这是他万万没有想到的。这些重庆人的火气来得真是快啊,过去他们对他多么尊敬啊,每次来重庆,都享受着救世主般的待遇——尽管他并不喜欢。我怎么忽然就成了重庆人的敌人了?

赵铁猛地把手中的一卷材料往桌子上一拍,大喊道:"都别吵了!你们站出来状告日本政府,是给中国人长脸的,还是丢脸的呢?"

会场上安静下来,大家都有些发愣。梅泽一郎冷冷地说:"赵律师,你要尊重民意。民意是什么,你不懂吗?"

赵铁双手按在桌子上,厉声说:"我们中国人的民意,你又懂多少了?梅泽一郎先生,我必须再次提醒你,我们原告团内部的分歧,我们自己会解决。"

"请大家静一静,请大家静一静!"一直没有说话的菊香贞子忽然站起来大喊,翻译靳老师及时把她的话传出来,人们一下被这个端正靓丽的日本女人的凛然之气镇住了。"我有一首歌想请大家听一听。是斋藤博士临终前唱的。"

她拿出一个小小的录音机,按下开关键,斋藤博士沙哑苍老的嗓音就像从另外一个世界传来,让人不能不肃然起敬。其实斋藤博士那一咏三叹、低沉忧郁的歌声,原告团的好多人再熟悉不过,过去他来重庆时,喝酒一喝到位了,老人家就会唱这首名为

《三池母亲的摇篮曲》的歌。这个日本老共产党员唱它的目的只有一个:我们要坚持下去。

《三池母亲的摇篮曲》是一个叫荒木荣的矿工音乐家创作的。斋藤博士年轻时曾受日本共产党的派遣,担任一个劳工团体罢工事件的辩护律师。当时日本九州的三井三池煤矿爆发了工人大罢工,受到警察和社会暴力团体"山口组"的围攻,发生了流血事件,死伤十多人。在三池罢工斗争最高潮的一九六〇年五月,来自日本全国各地的声援队伍聚集三池,一些激进的文艺青年团体也到罢工现场为工人们助威。荒木荣访问了当地大谷公司的工人宿舍,听取了留守在家的主妇们对罢工的看法。她们向他倾诉了对工会组织分裂的后悔、对警察的憎恨,以及对坚持斗争的男人们的爱意。荒木有感而发,含着泪水作了这首歌曲。在当时日本的劳工界,它曾经风靡一时。

歌曲播放完了,赵铁示意翻译由他来解释歌词大意,他打开自己的记事本,用浑厚的声音将歌词朗诵了一遍——

> 阴冷的雨夜,我瞪眼直到天明,沉默寡言的你围着篝火。好想送你一座木头小屋,还有千人针①、寒衣、鸡蛋酒。
>
> 挥舞起小小的拳头,孩子们愤怒叫着"警察滚回家

---

① 千人针是日本人的一种迷信品,长约一米,上面由一千个女人每人缝制一针,做成一条腰带,让出征的男人系在腰上或头上,主体大多为白色,不过黄色、绿色、蓝色等也可,线为红色。

去吧",矿工兄弟们的反抗和愤怒,将传递给孩子们和他们的子孙。

三池熊熊燃烧的烈火,会燃遍每个角落,坚持下去啊我的男子汉。父亲们正义的行动,将迎来胜利的黎明。我的孩子,安心睡吧。

赵铁读得自己的眼睛都湿润了,说:"你们这些老人家啊,我拜托你们了,可别辜负一个比你们先走了一步的老人的期望。"

梅泽一郎一直在擦拭眼镜,从镜片擦到镜托,再到镜框、镜腿。这是他在法庭上遇到难题时的一个习惯。他重新戴上眼镜后,目光仿佛又坚定有神了。

"拜托大家不要灰心,正义在手的人,就掌握着希望和胜利的筹码。我们不是一直都在失败,坚冰也不是没有融化的可能。是像韩国解决慰安妇问题那样,先争取部分赔偿金,还是继续去日本法庭坚持正义,让日本政府道歉、谢罪并赔偿,该你们作出抉择了。邓先生的意见如何呢?"

赵铁认为,这是比梅泽一郎煽动"民意"更阴的一招,他明明知道邓子儒头脑已经不清醒了,让他来表态,无异于让一个少不更事的孩子来作一个重要的决定。他差一点就大喊起来:做人不要这么过分,好吗?

所有人的眼光都落在表情呆滞的邓子儒身上,会场上响起一片"嘤嘤嗡嗡"声,黄思齐那边的人开始七嘴八舌,他现在晓得个铲铲哦。手指头都数不清楚了,还数得清日本人赔我们的钱嗦?

邓子儒依旧表情木讷，嘴角不停地颤抖。这是最为艰难的一刻。蔺珮瑶环视会场上自己同胞形形色色的眼光，又伏在丈夫的耳边把刚才梅泽一郎的话重复了一遍，然后轻轻拍了拍他的肩膀。

"赔偿。谢罪。"邓子儒用颤抖的声音说。

会场上响起了掌声，连黄思齐那边的人也被感动了，纷纷鼓掌。黄思齐犹豫了一下，终究觉得在大是大非面前，总不能站在日本人一边，也鼓掌叫好起来。

梅泽一郎这时站起来，深深地向大家鞠躬，说："你们中国人有处理战争遗留问题的情感和态度，作为你们的代理律师，我深表钦佩，并尊重大家的意见。感谢各位的坚持！我们要像三池煤矿的母亲们在摇篮旁边唱的那样，'矿工兄弟们的反抗和愤怒，将传递给孩子们和他们的子孙'。我们是在为大家的未来战斗，不管结果如何，一起干下去吧。赵桑，你们的口号是什么，来，大家一起来喊一喊。"

赵铁说："生命不息，索赔不止！"

赵铁领喊，大家一起振臂齐呼，刚才四分五裂的会场现在呈现出了团结的气象。梅泽一郎、菊香贞子也跟大家一起高呼。日本人在励志的时候喜欢高呼口号，原告团的许多老人都经历过几十年前那个到处口号震天的年代，现在他们呼起口号来，好像当年的青春记忆又找回来了。

这天的活动快结束时，梅泽一郎径直走到刘云翔身边，深深地鞠一躬，郑重其事地说："刘先生，我想和你好好谈一谈。请多关照！"

重庆的鹅岭公园是主城区的一个制高点,如果把两江夹峙的山城看成是一条吸水的龙,朝天门是龙嘴,鹅岭就是龙脊。站在龙脊上的两江亭,便可一览长江、嘉陵江风光。这个世界上没有多少地方,可以让人同时俯瞰两条气势磅礴的大江,正如没有多少人,可以同时涉足两条河流。鹅岭之名,来源于山势之狭窄,犹如鹅之颈项。这里还有一道古关隘——佛图关,雄奇险峻、危岩高耸、关隘威严。关下有一古道,向东通向两路口,连接主城区,向西通往沙坪坝,绵延成巴蜀大地上的成渝大道,一直到成都。千百年来,有多少商旅路人、英雄好汉、文人骚客,行走在佛图关的古道上,已无典籍可寻;而半个多世纪前,几个年轻人试图通过佛图古关前往成都、延安,却不幸止步于前。他们的命运,也从此改写了。

在两江亭的茶楼上,刘云翔和梅泽一郎相向而坐。相同的英文能力让他们可以用同一种语言交流。这是个有太阳的上午,只不过雾都冬季的太阳形同虚设,在雾霭中露出一个惨白的圆盘,悬在灰色天空中毫无温暖可言。两条大江如同静止在城区两侧的苍龙,时而有货轮鸣着悠长的汽笛从江面驶过,平添了这座江岸城市的生气。

"现在再也看不到那些补丁摞补丁的小帆船了,过去从天空中看下去,它们就像跃在江面上的鱼儿。"刘云翔感慨地说。

"刘先生可能是从空中俯瞰这座城市最多的人了吧?"

"那不一定。"刘云翔微微一笑,"可能某个当年参与了重庆大轰炸的日本老兵,也是时常在空中俯瞰着这座城市。只不过他们是要把人们驱赶出来杀死,而我是要努力保护这座城市的人们有一顿安静的午饭、晚饭,或者睡一个好觉。"

"有个叫川崎正雄的九六式中型轰炸机上的机枪手,龙舟赛那天,他的中队长就是被刘先生击落的。我一直想让你们见一次面,但这个老家伙不敢来重庆,也不愿出庭作证。当然他的身体也不行了,想让他的儿子来代他谢罪。本来这次要随我们一起来的,可临走时他又有事走不了。明年他会来的。"

"我看过他的证词。"刘云翔望着右手边的长江说,好像在回忆当年的那些片段。

"刘先生认为他说的是真实的吗?"

"基本上是真实的吧。战争真是个奇怪的东西,每一个走上战场的人,都肩负国家赋予他的正义感和责任感。而这两个高尚的情感,战争的幸存者多年以后才会明白对还是错。但还是有很多人至死也不明白,就像你说的那个老川崎。"

"是的。更可怜的是那些战死的士兵。他们以为是为国而死,无上光荣。但国家错了,他们的生命也就错误地牺牲掉了。"

两人长时间没有说话。刘云翔今天穿了一件短夹克,里面只有一件毛衣,大街上许多年轻人都穿着羽绒服,这个老人似乎一点也不惧寒。如果忽略他的腿疾,他依然身手敏捷、目光有神、脑子灵敏、说话逻辑清晰。梅泽一郎想:这个老人大约可以活过一百岁。

"我知道刘先生是中国东北地区人,因为战争来到这座城市,中国人都是讲落叶归根的,刘先生难道就不想在晚年回到自己的故乡吗?"

"这里就是我的故乡。"刘云翔肯定地说,"我爱这座城市,爱了快七十年了,现在对它依然还是初恋时的感觉。"

"是因为蔺珮瑶女士吗?"梅泽一郎坐在椅子上,挺直了腰,然后一个鞠躬,"请原谅我的直率。"

"不完全是。"

"那还有什么原因呢?"

"我为它战斗过,但在它面前,我却是个失败者。"刘云翔长长嘘了口气,才说,"我不甘心。"

"噢,刘先生,我记得多年前日本有份调查说,百分之八十的日本男人在生活中幻想过与某个女子私奔,但真正能做到的,还不到十万分之一。战争年代的私奔,是不是更容易一些?"

"战争与革命的年代嘛,人们的生活本来就动荡不安,比和平时期显得更没有秩序。稍有思想的人,都渴望去一个新天地,换一种活法吧。更何况我们那时还念念不忘抗日救亡呢。哪个地方可以实现自己的抱负,人们就会往那里奔。延安和重庆,那时给人的感觉就像天上和地上。延安好比我们驾机升天时,在云层上方的天堂,干净、透明、充满希望;而重庆呢,灰暗、肮脏、混乱、腐朽、堕落。延安就是中国的未来和希望,连去延安考察的美国人都看到了这一点,更何况我们当时还是有热血的青年呢?为了继续抗战,有许多人来到重庆,又有不少人失望地想离开。每个人的人生中都有一段黑暗的隧道,有的是形而上的,有的是具体真实的。有的人走了一辈子,也穿不透这隧道里的黑暗。"

天已向晚,长江和嘉陵江都镀上了一层淡淡的金辉,江两岸的楼群在暮色中有一种骚动中的安详。这座城市年年都在长高,那些随处可见的大吊臂就是城市的助长拔高者,一年过去,一片高楼就如雨后的庄稼拔节生长。尤其是长江、嘉陵江两岸的楼房,让两条大江显得日益瘦小下去,浩荡江水穿行在风格万千、五光十色的高楼峡谷,平添了城市的千古传奇和绝代风华。刘云翔请梅泽一郎吃重庆的老麻抄手,就从附近的餐馆要来的。他们还不想离开这个可以俯瞰城市和大江的地方。

他们又要了一壶茶。梅泽一郎桌子前一堆瓜子壳。他认为,只有在重庆,喝着浓浓的绿茶,嗑着生瓜子,才能真正拥有那种重庆人的悠闲。东京的生活节奏,哪有时间给你嗑瓜子?

梅泽一郎摘下眼镜,用一块手绢揩拭,然后很真诚地说:"刘先生,我没有想到一场浪漫的私奔会终止在大隧道里,真是残酷啊!"

"这是我的命。"刘云翔冷冷地说。

"我在日本时也学会了你们在大隧道里唱的那支歌——《五月的鲜花》。真是好听啊,像我们那些歌咏樱花的歌,中国人原来也可以死得像樱花一样凄美。"

"我不同意梅泽先生的说法。"刘云翔正色道,"向死而生,慷慨赴死,历来是中国人的美德。我们追求的是死亡的意义,而不是它是否有美感。成仁成义,死何足惜。'死或重于泰山,或轻于鸿毛',这句中国先贤的话梅泽先生应该知道。像樱花一样飘零的死,美则美矣,但至少在我看来,死而不问义,只唯美,未免太轻了吧?"

梅泽一郎有在法庭上被对手抓住了破绽的难堪。他笑了笑，说："啊，生死的哲学，或许不同民族有不同的看法。日本人对死亡的认知多源于日本的神道教，看重死亡之'洁'。樱花开七日，决然辞人间，这是多么壮美的'洁'啊！刘先生可以不同意我们的死亡美学，我尊重。但我不理解的是，你为什么不去东京的法庭上唱《五月的鲜花》？那些开败在大隧道里的鲜花，何尝不'洁'？但是真相却被大隧道里的黑暗吞没了，被不愿站出来作证的人遮蔽了，导致松本茂律师在法庭上那么瞧不起中国人，影响法官作出公正的判决。刘先生，作为大隧道事件的亲历者，你难道没有责任吗？重庆大轰炸受害者的官司已经打了快十年了，离宣判日期越来越近，你难道不着急吗？"

刘云翔被将住了。这个日本律师在他面前极尽谦卑恭敬之能事，但论及到原则问题，却一点也不留情面。自"文革"结束以来，刘云翔还没有被人如此当面诘问过。他感到了羞愧。

"我这老残之身，出不了远门啦。"刘云翔拍了一下自己的左腿。实际上他的左腿只是稍微有些瘸，但由于他随时保持着军人的气度，常常让人忘记了他的残疾。

"这不是理由。"梅泽一郎更加直率地说，"我听赵铁律师说，去年他曾动员邓子儒先生在大隧道惨案庭审中再次出庭，但他说这是'家丑'，蔺珮瑶女士也谢绝了赵律师的邀请，说一提起那段经历就要反胃。前面刘先生说过，对重庆这座城市始终保持着初恋时的感觉，同时又承认自己是不甘心的失败者，我真羡慕刘先生的这种情感——顺便说一句，我客居东京，虽然我也讨厌它，但我不认为自己是个失败者。我年轻时就像巴尔扎克《高老头》中的那个拉斯蒂涅,要和喧嚣的大都市拼一把。当然我不是拉着贵妇人的裙角往上爬的那种人,我靠自己的努力。我们都在获得,同时也在失去。刘先生的失败感到底从何而来呢?是因为被这场被战争中断了的爱情?这么多年过去了,你们难道还没有从这场感情的纠缠中挣脱出来吗?情场对手之间古老的嫉恨,难道可以绵延人的一生?"

"不,你错了。"刘云翔终于找到机会扳回一分说,"你还不了解中国人的感情。在我和邓先生之间,嫉恨是有的,但更多的是守望、是相助,即便是在战争时期。"

长江和嘉陵江,在远方窃窃私语。

23. 守望

"珮瑶跑去哪里了?"

"她和小红买菜去了。"

"小红好久都不来看我了,当了奶奶就觉得自己了不得了,她还有老汉儿哩。"

"小红是家里的保姆,她才十七岁。"

"没孝心的东西,不带萱萱来看我。我四代同堂,我想萱萱。"

"昨天你大孙女东萍才带萱萱来看过你了嘛。"

"去叫珮瑶回来吃饭。她跑哪里去了哦?"

"她去买菜,回来就做饭给你吃。"

"她跑了,不要我了。"

"她没有跑,她的东西都还在,你看看嘛,这是她的风衣,这是她的老花眼镜,还有她的毛衣、手套、鞋子、降压药、茶杯。她咋个跑得了嘛。"

"珮瑶跑去大隧道里躲起来了。"

"不是,她只是和小红去买菜,一哈哈儿就回来了。"

"她去延安买菜唛?"

"她去农贸市场买菜。"

"我要去延安找她回来。"

"她没有去延安,她就在重庆,就在家里。"

"延安我去过,风大,东西不好吃,哪有重庆好。"

"对头,啥子地方的东西都没有重庆的好吃。"

"珮瑶最喜欢吃重庆的豌杂面。"

"重庆的小面,大家都喜欢。"

"她说去买双皮鞋给萱萱穿,结果她穿上皮鞋就跑了。追都追不到。"

"她是去买菜,不是去买皮鞋。"

"蔺珮瑶是和刘云翔一起出去买皮鞋的唛?"

"没有,她是和小红去买菜。"

"昨天电视上还有延安……"

"那是电视。"

"我晓得,昨天好多人都去延安了。"

"那是在电视上去。"

"他们去了,电视把他们拍下来了。就像我们当年演话剧,演的就是那时的生活。"

"好吧,就是恁个回事吧。"

"刘云翔去延安了唛?"

"没有去……成。"

"刘云翔跑哪里去了?"

"刘云翔就在你面前。"

"你是刘云翔?"

"是,我就是刘云翔。"

"哦……"

菊香贞子饶有趣味地在一边看着两个九十多岁的老年人对话,这些年来她努力学汉语,已大体能听懂中国人说话了。邓子儒先生已完全糊涂,说话前言不搭后语,时空混乱;而刘云翔宅心仁厚,谦卑如一个老男佣,仿佛已是这个家庭里的一员。

邓家家庭结构发生的变化让菊香贞子颇感意味深长。九十一岁的刘云翔带着一个小保姆住进了邓家,理由是蔺珮瑶已经无力照料邓子儒,他们家又请不起保姆,而他的退休工资一个人也花不完。邓子儒夫妇微薄的退休金一多半都交给了医院,他们的子女有各种理由不能和这一对多病无助的老人住在一起:大儿子和二女儿已经退休,要帮自己的儿女带孙子;三女儿常年多病,也病退了;最小的儿子一家住在长寿。他们都从事着普通的职业,教师、商店营业员、公共汽车售票员、轮船上的水手等。似乎没有一个后代继承了他们父亲的经商能力、艺术才华,也没有他们母亲的大家风范、典雅气质。富不过三代,这是邓子儒晚年常常自嘲的话。蔺珮瑶这种时候便会回敬一句,能四世同堂,你还有啥子不满足的呢？的确,有时邓子儒会觉得自己这一辈子还算"成功人士"吧,家业虽然不丰厚,但也庞大;子女虽说很普通,但都健康。在他们成长的年代,没有学坏,已属不易。只是当儿女们都步入老年后,还要照料上面的老父亲和老母亲,也让他们感到力不从心了。邓家的长孙女邓东萍倒经常带她的女儿萱萱过来照料,而其他的孙子外孙们忙着挣钱结婚、买车、还房贷,这个四世同堂的家庭,只是在照片上团聚。蔺珮瑶说,这些年连吃年饭人都不齐了。只有那个忠心耿耿的老情人刘云翔毫无惧色地加入到这个暮气沉沉的家。有一次,他不失幽默地对菊香贞子说,现在他(指邓子儒)不会担心我们私奔了。

菊香贞子深感好奇,一个人能在耄耋之年还深藏着一颗不老也不死的爱心吗？这要多么强大的毅力、多么深厚的用情、多么传奇的经历、多么刻骨铭心的爱,才能让人皓首白头也没齿难忘?

蔺珮瑶买菜回来后,刘云翔挽起袖子、系上围裙就下了厨房,刚才还念念叨叨的邓子儒,看到妻子回来了,又像不认识一样,坐在客厅里那把已经发黄的藤椅上兀自发呆。蔺珮瑶的视力太差,要凑到面前,才看得清丈夫的神态。她不无关切地说:"你这个老邓,屋里开着电暖风,你就不要戴帽子了嘛。小时候你没有听大人说过,在屋子里戴帽子长不高的哦。"但就是这样一句玩笑话,竟让邓子儒对妻子怒目相视,然后一把将头上的线帽扯下来,狠狠地扔在了地上。

"我冻死,你就高兴了!"

当着菊香贞子的面,蔺珮瑶不好发作,她干笑两下,将帽子捡起来,然后转身进了厨房。刘云翔在里面都听到了,说:"别怄气,老小孩嘛。"

蔺珮瑶嘀咕了一句:"他不会冻死,我早晚要被他气死。"

菊香贞子为缓和气氛,坐到邓子儒身边,用生硬的汉语说:"邓先生,喝茶,请。"

邓子儒木然地看着她,问:"萱萱……幼儿园放学了?"

"我是菊香贞子,你的朋友。我从日本来。"

"日本……"

"是,你,去过。忘记了?"

"日本在延安?"

"不,不,延安是,中国的,日本,在海,那一边。"

"哦,日本……日本……"

"日本,战争,轰炸重庆,呜呜呜,日本飞机。想起来了?"菊香贞子连比带画,她想:那么痛到心灵深处的苦难,怎么说忘记就忘记了呢?人的记忆是多么地有限!

"龙舟赛,国泰大戏院,惨!大隧道,死得惨。"老人突兀地说。

终于在遗忘的黑暗隧道里找回一些往昔的苦难时光了,尽管它可能像星光一样微弱。人要有多么深重的苦难、多么顽强的毅力,才能将随着生命一起衰竭的记忆再度激活?

饭菜端上来了。蔺珮瑶做了回锅肉、麻婆豆腐、水煮鱼,外加两个蔬菜,这些都是菊香贞子喜欢的川菜。邓子儒第一次到日本时,菊香贞子曾带他到东京的一家中餐馆吃麻婆豆腐。当时邓子儒就说,这算啥子麻婆豆腐哦?有麻婆之名,无豆腐之味。以后你到重庆我的家里来,我亲自下厨做给你吃。当时菊香贞子惊讶地问,你会烹调?邓子儒呵呵一乐,有十多年,我什么事情也不能做,就在家里给我妻子做饭。菊香贞子记得邓子儒解释不能做事的原因是因为中国那时正在搞"文革",他们单位的年轻人都在造反闹革命,而他这样的人是没有资格革命的,只有躲在家里学烹调。

一张不大的方桌,邓子儒和保姆坐一边,菊香贞子和蔺珮瑶坐一边,刘云翔反客为主地坐在上首位置,没有谁感到不自在。蔺珮瑶总是叮嘱小红为邓爷爷夹最软和易入口的菜,你邓爷爷牙不好,回锅肉他嚼不动,豆腐他可以多吃,鱼刺你要帮他挑出来。她不厌其烦地说,仿佛刚才什么都没有发生。而刘云翔则往蔺珮瑶碗里夹菜,还细心地把她碗里的花椒、辣子之类挑出来。她的眼睛不好。每当菊香贞子看他时,刘云翔就要这样低声向她解释,就像他做了一件不想让人知道的好事。但他做得又是这样自然,自己的筷子麻利地伸到蔺珮瑶的碗里,蔺珮瑶也甘之如饴地享受这种服务。有时她会嗔怪道,别给我夹菜了,老年人要少吃点懂不?邓子儒则在桌子对面木然地望着他们,瘪着嘴说:"珮瑶喜欢吃豌杂面。"

有趣的一幕,难解的人生。菊香贞子现在已经知道了刘、蔺的初恋,知道了邓、蔺的婚姻,知道那场未遂的私奔。她还想知道,在战争与革命的年代,这个古老的三角关系如何分分合合、聚聚散散。这场爱的死结,就像当年发生大隧道惨案时,那些纠缠在一起的人们那样,因为对活着的执着,结果谁也无法逃生。

而爱情,在人生中又有多少无法冲破的黑暗隧道、无法厘清的情感头绪?

午饭后,蔺珮瑶执意要送菊香贞子回酒店。菊香贞子不忍心让一个老太太送自己,百般推辞婉谢,但蔺珮瑶悄悄说,我在家里婆烦得很,出去走走还好些。菊香贞子想:也好,她们或许可以利用一个下午好好聊聊。她又多了一句嘴:"刘先生同我们一起去吗?"

"不了,我在家里陪陪他。午睡后我们要去外面坐茶馆。"刘云翔指了指神情木然的邓子儒。

蔺珮瑶说:"别管他们了,那是他们两个老哥子每天的必修课。"

外面很冷,雾气很重,仿佛山城冬天的雾也是有温度的,冰凉、阴湿、浸骨。浓雾包裹着那些森林一样的楼房,让一些高楼看不到顶;浓雾也包裹着人的心,让人的心情仿佛浸泡在冰水里。菊香贞子这次来重庆后发现,蔺珮瑶的情绪相当低落,不再是从前那个乐天知命的老太太了。她的脸上总是难掩负重哀戚之色,想必家里有那样一个病人,任谁也不会轻松到哪里去。但菊香贞子认为,这并不是老人忧伤的主要原因。她为她感到担忧。

她们打车到菊香贞子住的喜来登大酒店,甫一下车,门童抢上前来开车门,为两位女士引路,温暖的气息扑面而来,大堂里有一台巨大的三角钢琴,一个穿燕尾服、扎着蝴蝶结的钢琴师端坐琴前,清脆悠扬的音符在静谧的大堂里轻柔地飘飞。蔺珮瑶驻足听了半分钟,又向富丽堂皇的大堂四周打望,待她发现菊香贞子在看着她,便略带羞涩地一笑:"莫扎特的《加冕》,弹得不错。生活好像又回到从前了。"

菊香贞子说:"妈妈桑,我们去咖啡厅喝一杯?"

"还是先去你房间吧。"

菊香贞子发现,往昔的富家小姐似乎和眼下这个社会已经疏远了,曾经的荣华富贵和当下与己无关的繁华与奢侈相对应,难免会有几丝苍凉和失落从岁月的皱纹里浮现出来。在蔺珮瑶去日本时菊香贞子就有所察觉,这个老人有极为深厚的涵养,尽管她只靠微薄的退休金生活,她的生命可以凋零,优雅却从不会缺失。这种人就是在生活最为窘迫、命运最为不堪的时候,也不会丧失尊贵。只是生命中的另一半倒下了、糊涂了,还清醒着的人也会慢慢被拖垮。对这些渐渐被遗忘又无能为力的老人们来说,生活正在呈现出冷酷严峻的一面。一对空巢老人的家庭,即便换个灯泡也是个大难题。就像蔺珮瑶急于想回到菊香贞子的房间,甚至是下午出来的目的,不过是希望能在酒店里好好洗一个热水澡。家里的煤气热水器坏了,打电话叫人来修,但总是推三推四的,好不容易等来了工人师傅,又说热水器的发热管坏了几个,放出来的冷水多热水少。换一套发热管吧,师傅又说这样的热水器厂家早不生产了,没有零配件,除非你们重新买一个。蔺珮瑶双手一摊,微微一耸肩说:"你知道,这要一大笔钱。重庆的冬天也不是很冷,夏天很快就到了。"

她并不感到有丝毫的难堪,仿佛一个贵妇人说她暂时不需要那颗价值上千万的钻石。其实菊香贞子觉得重庆的冬天比东京还难受,它没有暖气,屋里屋外一样冷,空气潮湿而阴冷,人常有浸泡在冰水里的感觉。在蔺珮瑶家待着,总感到四处冷风乱窜,哪里有在酒店舒服啊?刚才菊香贞子问,妈妈桑来过喜来登酒店没有?蔺珮瑶的回答是,经常路过,从来没有进来过。

蔺珮瑶在浴室足待了一个小时,才穿着雪白柔软的浴衣出来。"真不错,早就听人家吹,喜来登酒店咋个咋个好,连毛巾都有丁香味。四十年代我去香港,住 Queen Hotel(皇后大酒店),我看也没有这家酒店让人感到舒适。酒店嘛,是漂泊者的家,品位是第一的。"

菊香贞子说:"我年轻时候,有一多半时间都在世界各地漂泊,我特别在意酒店的美容室和咖啡厅。"

蔺珮瑶的头上还包着块浴巾,她把它解下来,轻轻地搓揉、擦干。菊香贞子发现老人的头发其实并不多,如果不经过精心地修饰,它们就是一丛秋风中的荒草。也许敏锐的老人感觉到了菊香贞子眼光中的怜惜,她略带羞赧地说:"晚饭后我带你去解放碑的一家美容店吹头,看我现在这个头发凌乱的样子,像个讨饭婆。哈哈。"

菊香贞子道:"好啊,从我第一次见到妈妈桑,就觉得妈妈桑的发型做得真是精致、好看。仿佛每一根头发都经过精心设计、打理过的。你有自己的固定美发师?"

蔺珮瑶笑了笑,说:"我现在连保姆都要别人帮我请,哪还能讲那些排场?价钱太贵的美发店我可去不起。但我总能找到重庆最有品位的美发师。噢,中国闹'文革'的时候,我们学校的造反派批斗我有三大罪状:一是从前专门去香港给我的洋娃娃定做新衣服;二是每天用牛奶洗澡;第三条嘛,就是都解放了,还要烫发。哈,那个时候没有美发店了,你猜猜我用什么东西烫发?我在家里把一根根铁丝烧烫,然后让邓先生帮我把头发卷在铁丝上做花。用现在的年轻人的说法是,头可断,头发不能乱。"

"噢,那可真不容易。"

"是啊,掌握好铁丝的温度很重要,闹不好就把头发烫糊了,邓先生为此经常挨我的骂。"

"妈妈桑从前真的用牛奶洗澡?"

"唉,那是造反派们编的,大约是看我的皮肤白皙吧。在香港给我的洋娃娃定做衣服倒是真的,我小时候有很多从香港、上海买来的美国、法国、英国的洋娃娃。可是他们批判我的时候,我连自己孩子的衣服都要打补丁。我还给我班上那些家庭穷困的学生补过袜子呢。我们已经被改造成真正自食其力的劳动者了,这些造反派们却看不到。那真是一个不讲道理的年代,好在都过去了。"

"想象不出妈妈桑补衣服的样子。"菊香贞子感叹道。

"我的针线活儿做得不错呢。我还会织毛衣、毛背心、毛线裤、毛线帽子、毛线手套、围巾等等。凡是穿的、戴的,我都能织,别的家庭妇女能干的活儿,我也都能干。生活真是磨砺人啊,有钱花不是多大的本事,没钱花,还得把日子过下去,让一家人不挨饿受冻,让孩子们正常成长,不要学坏,那才是大本事。"

菊香贞子看到老人一直在揩头,便说:"妈妈桑为什么不用吹风机先吹一下呢?"

没想到老人诧异地问:"你带吹风机出门?"

"洗漱柜里有啊。"

"噢。看我这个老土,这个酒店可真想得周到。"蔺珮瑶自嘲道。

菊香贞子起身去浴室为蔺珮瑶取吹风机,她发现酒店配置的许多东西老人动都没动,她只用了半块香皂、一小瓶洗发香波。"妈妈桑,这些洗浴液、护肤液、化妆水、香水啥的,你为什么不用呢?"

跟进来的蔺珮瑶难为情地说:"已经给你添麻烦了,不能再让你破费了。"

"妈妈桑不经常出门旅行?"菊香贞子递过吹风机,不无怜悯地问。

"旅行?哈哈,让我想想我有多少年没有离开过重庆了。就从一九五〇年算起吧,到上次去日本,天哪,都六十来年了!"老人似乎有些懊恼地说。

"不可思议。"菊香贞子说。

"我命中走不出重庆。"

"包括那次失败的延安之行?"

"贞子小姐,你又要让我的血压升高了。请去给我冲杯速溶咖啡好吗?谢谢!"

蔺珮瑶在穿衣镜前吹干了头,重新坐下来喝咖啡。面对准备好录音笔、采访本、翘首期待的菊香贞子,才缓缓地说:"你知道,当你要出远门去一个陌生的地方,开始收拾行装时,当你和你的同行者讨论即将要到来的行程时,你便会发现,原来你们什么都没有准备好。"

"妈妈桑,你是指哪方面的准备呢?"

"噢,那些在书信中描绘的种种美好未来,在字里行间抒发的浪漫情怀,当真正走近它们时,才感觉那是另外一回事。这具体到一支口红或指甲油,刘云翔说,听军中的同僚讲,延安那边生活清苦得很,土八路无论男女,都得自己织布打草鞋,哪里还能够擦口红涂指甲,这些小资产阶级做派是要受到批评的。"

菊香贞子笑了,说:"我想是这样的。日本的前共产党领导人坂野参三,战争时期就在延安,我看过他的一些回忆文章。那个时候的延安的确清苦。"

蔺珮瑶说:"我当时怎么知道那些?我说我可不是去找骂的,我是去追求自由的。刘云翔当时就忧心忡忡地说,瑶妹,你得改变自己的生活方式了,我们都得改变,不然参加不了他们的革命。那个时候年轻啊,以为自己了不起得很啊。我可以参加革命,但哪个也别想改变我的生活方式。一个女人不抹口红不擦粉,不穿旗袍高跟鞋,不打麻将不跳舞,这是革了哪个的命哦?我记得当时我就这样问刘云翔。他说,我们为了更好地参加抗战,命都不要了,难道就不能牺牲一点生活习惯?我生气地说,我们是为了爱才去延安的。要说抗战,哪里不能参加抗战?我在重庆就没有为抗战作贡献唉?飞机我都捐了一架哩!"

"是你丈夫为你捐的。"菊香贞子毫不客气地指出。

"对。"蔺珮瑶轻轻叹了一口气,说,"实际上,当你要刻意去忘记一个人的好或者坏时,这个人就像一座大山,总是阻挡在你的面前,你很难绕过去。"

"包括邓先生和刘先生,他们的情感世界也绕不过你这座大山。"

"我们都陷入佛教里说的'我执'的迷障中了吧,谁也无法解脱。邓子儒把刘云翔救出来后,警告刘云翔说,我发誓,只要我活着一天,你就别指望从我手中抢走蔺珮瑶。刘云翔当时说,我也发誓,只要我活着一天,我会一直在她身边。"

"一直在你身边。为一句承诺奉献了一生的人,是有福的。"菊香贞子抿了一口咖啡,鼓起勇气说,"妈妈桑,我现在不确定的是,一个女人,有两个男人真心地爱了她一辈子,这对她来讲是一桩幸福的事情呢,还是一件大麻烦?"

"岂止是麻烦?简直就是人生的不幸,既带给我,也带给别人。我这样的人,有时真怕面对那些个承诺。还记得那个说要陪我去找刘云翔的高中同学吗?他的承诺也不是草率的,他的生命却在轰炸中瞬间消失了。当一个人要爱上另一个人时,只有上帝才知道他要担多大的责任。"

"爱都是有责任的,爱也和恨相连。"菊香贞子给蔺珮瑶的杯里续了一点开水,"妈妈桑,战胜心中的妒恨比赢得爱更不容易,这就像战争中的胜利者和失败者如何在战后实现和解。这是我最关心的问题。我听梅泽一郎说,这两个深爱着你的男人曾经举枪相向,有人受伤吗?"

"他们都打出了那一枪。"枪声已尘封了近七十年,但捍卫尊严的子弹仍然飞在回忆的深处。蔺珮瑶缓缓地说:"和解的唯一途径是,一方要有强大的勇气承担责任,一方要有足够的气量宽恕。

邓子儒扣动扳机时,将枪口朝上,子弹打在了天花板上。而刘云翔竟然也是同样的选择,只不过他那一枪是空的。六分之一的概率嘛,但他也不想让他的邓大哥担这个风险。多年以后我分别问他们为什么要这样做,刘云翔的回答是,我怕你伤心,而我家老邓说,只有日本人才能杀死我们的空军飞行员。这两个男人啊,都有自己永远解不了的难题。

菊香贞子现在已经能在蔺珮瑶不带任何感情色彩的描述中,透过大半个世纪的黑暗隧道,看到两个中国的年轻人在朝天门码头上的怆然分别,不是"桃花潭水深千尺",而是长江里的暗流在两人的心底里汹涌、较劲。一个在自己的码头上表现出来的霸气是有我就没有你的爱;一个寂然登船离去的高大背影仿佛也在宣示我还会回来,因为这座城市有我的初恋。初恋的种子在哪里播下,爱就会在哪里生根发芽、开花结果。

"刘先生后来为什么不独自去延安?"菊香贞子追问道,"妈妈桑,我知道,那时在你们中国人心目中,延安就是进步、革命的代名词,你们没有去成延安,命运就此改变。但我以为,对那个年代有信仰的革命者来说,都不会轻易放弃自己的追求。妈妈桑,请恕我冒昧,他因为你而放弃了?"

蔺珮瑶想了想才说:"战争时期一个爱国者其实只有一个选择:如何更好地报效国家。我们不是那些穷得叮当响的革命者,顶多是小资产阶级的革命者。良知未泯,有正义感,有爱国心,痛恨社会的腐败和不公正。我们那时不懂那些党派啦、政治啦啥的。刘云翔和邓子儒或许比我懂一点,男人嘛,政治是他们杯中的酒。有几个男人不好酒呢？不过,他们就像不会喝酒的人老是被别人拉到酒桌上,被酒灌醉。唉,这一辈子可没少吃苦头。"

"哈哈,绝妙的比喻。"菊香贞子赞叹道。

"我们如果去了延安,命运会怎么样？谁知道呢？命运是最不能假设的东西,就像你不能假设一朵浪花在哪里开放。我们不过是长江里的一滴水啊。一步之遥,可能就是人生最漫长的距离。魏蓝和那个教授陈可循当晚也没有走成,不过第二周,她还是把陈可循教授带走了。这个书生后来成了人民政府的一个大科学家,还当过西安一所大学的校长呢。魏蓝一直以为我们临阵脱逃,直到重庆解放后我才跟她解释清楚,那时她已经是重庆市政府的干部了。哦,对了,有一年陈教授从西安专程跑来重庆向魏蓝求婚,我还被拉去当说客呢。而魏蓝还在指望刘云翔答应她的爱,但时过境迁,刘云翔更不可能爱上她了。后来魏蓝还是跟陈教授成了一家,调去西安工作了。很戏剧化吧。"

"人们都找到了自己的归宿,刘云翔呢？"

"刘云翔回到部队不久,就到昆明去了,或许是他主动要求去的。陈纳德的飞虎队正需要他这样的飞行员。那一年世界进入了疯狂状态,纳粹德国进攻了苏联,日本偷袭了珍珠港。重庆人的说法是:这是在打群架乱甩锭子(拳头)唛？但不管怎么说,一直在战争中独撑危局、苦苦奋战的中国人看到了抗战的新希望。美国人不再对援华抗日遮遮掩掩,日本成为中美两个国家的共同敌人。大隧道惨案发生半个多月后,美国总统罗斯福宣布美国人志愿赴中国、英国服务是合法行为;再一个月后,罗斯福总统批准以五百架飞机装备中国空军。刘云翔很快就被选派到美国亚利桑拉州的卢克空军基地受训,学开美国人的P-40型战斗机。到他受训回来时,已经是一九四三年了。他回来后参加了中美空军混合联队,重庆、昆明、桂林、芷江到处飞,满世界打仗。战争年代啊,一个人的消息就像风中的蒲公英一样。"

"你们就再没有联系了吗?"

蔺珮瑶神情黯然地说:"还记得《飘》中的一句话吗? Later, respectively, wander and suffer sorrow!(从此,各自飘零,各自悲哀!)我当然也会经常想他,但却'不寄云间一纸书',只是随时关注报纸上空军战死者的消息,我怕看到那个名字,但又渴望知道有关他的哪怕是只言片语的信息。但是没有,没有啊。这个人就像失踪了、不在人间了。那一年的年底,我当妈妈了。一个中国女人,当了母亲后,也就收心了。中国有句话叫'嫁鸡随鸡,嫁狗随狗',你明白吗?我的第一个孩子也经受过大隧道惨案的考验。天哪,我可真能生孩子,三十岁以前,一口气生了四个!"蔺珮瑶最后一句话说得似乎怨气重重。

"那你们是什么时候才又见面的呢?"

第五幕

此情可待成追忆

24. 告知函

日本东京地方裁判所致"中国战争受害者对日索赔律师联盟"事务长梅泽一郎：

我们很遗憾地通知阁下，原定于平成二十六年（二〇一四年）六月十日对重庆暴击受害者民间索赔案之判决，因案情复杂，本裁判所需再度充分研讨、谨慎审定，故判决延期。宣判日期另行通知。敬请海涵。

旧闻录(之五)

（本报讯）昨天晚上的重庆，成了一个欢声的大海！一个精神的原子弹落到重庆来了——日本宣布投降！

这一个消息没有人再查问它是从哪里来的，由这一个人传给那一个人，由这一处传到那一处，重庆的一百二十万市民立刻都受到震动。

下午三时左右，就有些美国兵出现在街头，疯疯的叫喊，见了人就拉着来握手，那些中国人虽然听不懂美国话，但是显然有种特别的预感："日本投降了吗？"

等两路口中央社的号外贴出来，立刻街上就集合了许多人，狂跑、狂叫。跟着爆竹响遍了每条街道，车涌到街上来，人涌到街上来。这是八年来没有见过的场面，没有人能分辨得清各种声音，没有笔墨能形容这种场面。

军令部的墙边刚搭好了些阳竹席，有些人一面在狂呼，一面用棍子拼命在敲打；没有爆竹，他要发出这点声音来发泄感情！有些人提着洋瓷盆，大敲特敲，有些店子有锣鼓的，就大大小小的人一齐在乱敲乱唱。没有调子，没有谱，狂敲！狂叫！狂欢！

……昨晚英国新闻处正在放电影，忽然有一个声音从银幕后传来:"报告你们一个好消息,日本已投降了!"影场立刻起了一场骚动,许多人冲出来了。各戏院也开了大门,大家连戏也看不下去了。

酒瓶不知被打破了多少。精神堡垒附近,竟有人连凳子也打烂了。

狂欢写不尽,欢声听不尽!总之,一九四五年八月十日夜间,重庆是成了声音的大海了!

同样的,东京恐怕也已成了一个声音的大海,不过荡漾的不是欢声,而是哭声。

——《大公报》一九四五年八月十一日

昨日(九号)下午七点钟左右,日本投降的消息被美国新闻处证实,美军总部的大孩子们,首先跳了起来,开起吉普车沿街直闯,漫街遍巷的人,拥塞着,欢呼着。街上出现多辆的汽车,每个人都在漫无目的的漫游,爬上他们所能攀上的每一辆大卡车、吉普车。车子也是一样,从上清寺到小什字,又从小什字开回来,领取着鞭炮飞溅出来的火星的灼热以及两旁人墙里掷出来的热狂的呼叫。人全疯了!快乐啊!

街头上是一片狂欢的人海,每个人对每个人,每群人对每群人,都打着招呼:"啊!啊!"互道祝贺。大家的感情在泛滥!升华!熟朋友们见面了,破例的张臂拥抱,起码也亲密的互相拍拍肩:"要回家了!"

人的潮水几乎吞没了全部的马路,热情的急雨遍洒着和我们并肩作战的友人。当盟友的吉普车艰难而又愉快的在人海劈开一条航路时,两旁的人潮向他们洒着热情的愉快的暴雨:"哈罗! 哈罗!""顶好! 顶好!""啊! 啊!"响成一片。千千万万的大拇指一起翘了起来……

"号外! 号外!"即刻,各报贩被包围在人群里了;几分钟之内,抢售一空。想不到这简短的几十个字,带来了他们渴望已久的最后胜利。公共汽车上,商店的门口,都是"号外"。就在"号外"的号召之下,人们都翘首的诵读着:"日本无条件投降!"

议论是庞杂的,而愉快却是一样。两个挑担卖瓜的乡下人,幸运着自己能参加这个城里的狂欢;遗憾的说:"乡下恐怕还不知道呢! 仗不打了,生活会好了。"

十点半钟,中(山)一路有人发起火炬游行。十二点,铜鼓声还在街上咚、咚、咚! 鞭炮还很多噼啪噼啪! 汽车还在吼叫! 什么时候才能安静呢? 这是一个兴奋的不眠之夜。胜利与和平到来的远比我们预想的早,我们迎接他不免有些手忙脚乱……

——《中央日报》一九四五年八月十日

各娱乐场所门前人山人海,许多年轻的小姐太太们,每遇盟友便被拥抱跳舞,旁观人都不约而同的伸着食、中二指,做着V字形,向盟友喊着:"顶好! 顶好!"

全市的餐馆酒楼,座无虚席,猜拳行令,响彻云霄。糖果店的食品供不应求,忙坏了伙计,笑坏了老板。凡是曾贩卖过鞭炮的店子,都因为炮竹售完,深恐无货供应肇祸,纷纷闭门大吉。结果,还有几家专贩鞭炮的店号大门,被狂欢的人打的粉碎。老板认为是喜气盈门,宪警在旁则鼓掌大笑……

从昨夜起,无线电的唱片,也多为胜利凯旋之声。如"大回潮"、"平贵回窑"、"群英会"、"凯旋故里"等。

这两天山城最忙碌紧张的地方,已从银行钱庄,转移到通讯社和各家报馆。报贩也成了"街头红人"。各报社号外虽如雪片飞来,但仍被抢购一空,供不应求。一个报童笑哈哈的说:"报纸居然也有了黑市!"

——《国民公报》一九四五年八月十二日

日本要求投降了,抗战快要结束了,同盟国是胜利了,中国人民是胜利了。现在的一个大问题是我们怎样来保证这八年来流血流汗牺牲千万生命所换来的胜利成果。

我们抗战的目标是为了民族的解放,我们必须贯彻民族解放的目标,从此建立一个真正独立自由的国家。一切卖国的汉奸必须严惩,一切汉奸思想、卖身投靠的思想必须肃清,任何一种形式的法西斯思想或殖民地思想必须彻底清除。

我们抗战的目标是为了民主自由,只有民主才能够团结,只有团结才能够复员还乡,才能够和平建设。因此,召开各党各派会议,成立民主的联合政府,准备人民普选,建立人民的民主的新政府,这是不容再缓的。

　　抗战胜利了,我们的建国也必须胜利!

　　　　　——《新华日报》一九四五年八月十二日

25. "V"

"剑外忽传收蓟北,初闻涕泪满衣裳。却看妻子愁何在,漫卷诗书喜欲狂。白日放歌须纵酒,青春作伴好还乡。即从巴峡穿巫峡,便下襄阳向洛阳。"

一九四五年八月九日下午,刘云翔在设在重庆的美军野战医院的病床上得到日本战败的消息。收音机里的播音员用狂喜的颤音大声播报:"日本投降了!投降了!消息来源确实,已从美军新闻处得到证实,那里的电话已经接不通,但每一条线路,每一个话筒,都在传递着同一个惊天消息,日本投降了!战争结束了!我们胜利了!"这个播音员竟然喜极而泣,片刻之后,他便即兴来了一段"诗圣"杜甫的《闻官军收河南河北》。全世界没有比他更称职的播音员了。

病房里顿时沸腾了，能下床的伤病员全都蹦了起来。刘云翔这次是左腿贯通伤，半个多月前，日本飞机上的一颗七点七毫米侧向机枪子弹击中了他，差点就打断了他的左腿胫骨。这已经是他第三次负伤了，只不过后两次受伤一次是在昆明治疗，这次虽然也在重庆养伤，但却没有人给他送早点和鸡汤来了。尽管他所住的医院和蔺珮瑶也不过十来华里的距离。战争早已把这对生死恋人越推越远了。

街上传来震耳欲聋的喊叫，刘云翔邻床的美军飞行员华莱士少尉，右手还吊着夹板，却一个鲤鱼打挺地蹦到了地上，大喊："Go home, Go home！I'll go home！"（回家，回家！我要回家了！）他冲到窗户前，推开所有的窗户，声浪潮水般涌起来，这个家伙就像一条被洪水卷走的鱼，眨眼就从窗口消失了——他那天从三楼窗口跳进了欢乐的人群，再次摔断了三根肋骨。

美国和中国的医生护士们冲进病房，尖声欢叫，和每一个伤病员拥抱、亲吻。连那些平常很拘谨的中国女护士，也跳起来扑进那些大块头美国伤兵的怀里。输着液体的伤员根本等不及了，一把拔去了针头，张开了双臂。一个拥抱、一个亲吻，都是胜利对这些断肢残臂的人最珍贵的"勋章"。

刘云翔的伤口还没有拆线，腿上还上着护板，一个美国护士玛格丽特小姐扑过来亲吻了他，转眼就蹦蹦跳跳地和一些伤员冲出病房去了。刘云翔也挣扎着站了起来，他找到一根拐杖，一瘸一拐地跟着欢乐的人群冲出了医院。

刘云翔那天还穿着病员服，开初还有三两个病友、护士在他身边,但一来到大街上,他们马上就被冲散了。所有的人都在欢笑、拥抱、蹦跳。一队扛枪路过的士兵得知日本投降的消息后,瞬间就忘记了军纪,忘记了军容,忘记了长官的口令,摘下军帽高高扔向天空,忘情地和人们一起狂欢。但他们也忘记收起枪上的刺刀,在忘乎所以的快乐拥抱中有两个人被刺死、八个人被刺伤。战争与和平,瞬间就实现了转换,没有人来得及适应。以含蓄、内敛为美德的中国人,在此情此景中,将多年来的压抑、屈辱、愤懑、伤痛全部释放出来了,他们的豪放、激情、狂喜一点也不输那些站在敞篷吉普车上的美国大兵。这些美国兵一手拎着酒瓶,一手往人群里扔巧克力,刘云翔身边的一个中国女护士还被吉普车上的一个美国大兵一把提了上去。在这人山人海的欢乐海洋里,谁还顾得了谁啊,谁还找得到谁啊,谁又还……想得到谁?

他不知不觉就被狂欢的人群裹挟着到了上清寺的国府路,这里早已是一片欢乐的海洋,他的拐杖早就不知道扔到哪里去了,他或许也不需要它了。腿伤的疼痛已被快乐彻底击退。一个穿学生旗袍的女学生一把拉住他,在挤来挤去的人群中两人竟然还跳了一曲华尔兹,他感到自己跳得流畅极了,身随旋律转,脚踏舞步走,一点也没有乱,如同他在天空中驾机邀朵朵白云共舞。一曲终了,还赢得周围热烈的掌声。虽然穿着病员服,还是在坑凹不平的街道上,但他就像穿着笔挺的军礼服,在军官俱乐部的舞厅里翩翩起舞一样兴奋、自信。

当然,这个世界总有一个人,是你在喜悦和最悲恸的时候,特别希望能够与他(她)在一起,哪怕只有眼泪,哪怕一句话也不说。刘云翔再兴奋、再激动、再"被胜利冲昏了头脑",他情感深处的那根脆弱敏感的神经,仍在温柔而疼痛地弹拨。这是在重庆,这是在青春灿烂闪耀过的地方,这是在个人的爱情完败而民族的抗战大获全胜的时刻……刘云翔放开手臂里的舞伴后,望着狂欢的人群,忽然忍不住想哭。

挤满人群的大街上那些蠕动的汽车走得比蜗牛还慢,车上有中国人也有美国人,有军人也有平民,有打扮得花枝招展的女士也有衣着朴素的苦力,人们已经不分彼此,欢乐是他们共同的情绪和语言。但是,刘云翔此刻已经听不到身边的喧闹和欢笑了,看不见眼前的人山人海了,他仿佛感受到了某种召唤。这就像在苍茫的大海上孤舟漂泊的人,总知道有一盏灯塔永恒地矗立在海天之际;在干涸的荒漠里只身跋涉的旅人,总相信有一处甘泉在默默地守候;而在茫茫的人海里,在众里寻他千百度的蓦然回首之间,也总有一个身影带着爱神的旨意翩然降临……刘云翔如同在浪花飞舞中看到了最耀眼夺目的那一颗,在乱花迷眼中发现了最灿烂的那一朵,他的心、他的热血瞬间凝固……

蔺珮瑶和她的丈夫邓子儒站在一辆敞篷吉普车上,站在他们身边的是几个话剧界的导演明星们,有应云卫、白羿、吴祖光、金山、蓝马等。他们显然作了些准备,蔺珮瑶一袭白色纱裙,头戴白色的蕾丝编织帽,背上背着两翼夸张的白色翅膀,打扮成和平女神的模样;白羿一身蓝色裙装,头上戴着花冠,打扮成春姑娘。这些平常都很矜持的文人们大约刚喝了好多酒,每个人都红光满面、手舞足蹈、狂呼乱叫,癫狂到无以复加。邓子儒右手挥舞着几面中、美、英、苏的小旗子,左手拉着妻子的手,一同高高举起一个道具火炬。白羿像外国女郎一样不断向人群献飞吻,又从车上抓一把彩色的纸屑撒向人群,引来了阵阵山呼海啸般的喝彩;应云卫举着一个用金色彩纸裱糊了的"V"字形道具,像个快乐到疯狂的大孩子,声嘶力竭地喊:"胜利!胜利!胜利!Victory!Victory!Victory……"

这辆独特的吉普车自然引人瞩目,顿时成为欢乐海洋的中心。但吉普车又被一辆扎满红线的大公共汽车堵住了,这辆"彩车"也许是在匆忙中完成的,人们都来不及找齐装扮一辆彩车所需的彩带,只是把一团一团红线绑在车窗上。车里有些人在挥舞双臂,但更多的人则站在车顶上又蹦又跳。有人在上面大喊:"让和平女神和春姑娘上来吧!让我们的明星们上来吧!"

这声呼喊很快得到大家的赞同。白羿和蔺珮瑶几乎是踩着人们的肩背、头顶,被一双双高举的手臂举上了公共汽车。现在蔺珮瑶和白羿并排而立,一个带给人们和平降临的喜讯,一个带给大家万物从此复苏的希望。整个山城都为这两个美丽非凡的尤物陶醉了。

"啊!啊!啊!和平女神万岁!和平万岁!"

"哦!哦!哦!春姑娘万岁!春姑娘我爱你!"

胜利带来山洪暴发般的疯狂,胜利也卷起长江深处的暗流。和平女神在人头攒动的世界里披阅人世沧桑,在战争的废墟上给人们带去重建家园的希望,在刘云翔的心里沐浴着爱的春风,熠熠发光。她胖了些,不不不,她丰满起来了,更有一个女人的韵味了。女神就应该是这样的,既要有少女的清纯芬芳,也要有母性的温情慈爱。她明媚的眼波、洁白的牙齿、桃红的嘴唇、满月的容颜,还有丰满的胸脯,充塞了这胜利了的天空。

自大隧道里他们的爱被"窒息",近四年烽火岁月,一千四百多个日日夜夜里点点滴滴汇集成的思念,刘云翔早已是"征鸿过尽,万千心事难寄"。一九四三年他从美国受训回来后,日本飞机几乎不敢来重庆轰炸了,他的战场在云南、湖南、陕西、山西、广西、海南、江苏、浙江,甚至远到滇缅战场和台湾岛。他常常早上从昆明巫家坝机场起飞,晚上夜宿在印度的汀江机场,昨天还在山西上空作战,今天又转战到广西桂林了。山城宁静的天空在他的身后,重庆的白市驿机场、广阳坝机场都是他的备降机场,但却不再是他情感的栖息地。每当飞临重庆上空,他的心都会莫名地颤动,他的目光都会充满温热。山城在他的机翼下安详宁静,云雾飘拂在城市的上空,两江拥抱的城市就像被一个温柔的梦包裹;废墟越来越少,房舍越来越多,长江嘉陵江上的帆船、火轮行驶得不慌不忙。雾都再不需要浓雾来掩盖自己的虚弱,人们再不需要躲在防空洞忍受空气的恶臭甚至窒息的威胁,朗朗乾坤下孩子们自由自在地在江边摸鱼捞虾,大人们心无旁骛地上班做生意。那些喜欢话剧的人们,不再担心剧场会无端落下一颗大炸弹,不再担心生活中的悲剧会比那些剧作家们绞尽脑汁才写出的剧目更悲惨、更难以承受。

那个时刻刘云翔只有自豪,没有伤感。为了让自己的恋人有一方和平的天空,即使战死他乡,又何足惜!

但看到蔺珮瑶和邓子儒那一刻,他真希望自己已经战死了。活到战争胜利有什么意思呢?死在战场上才是好男儿。他隐约预感到,惨烈的抗战终于胜利结束了,他的情感"抗战"也将再度开始。它会同样惨烈,却不知道胜利会在何时何地。看那两个站在车顶上欢庆胜利的人儿多么珠联璧合、相亲相爱啊!这个胜利是他们的,是他用自己的绵薄之力为他们、为所有的中国人换来的。从今往后,天下太平了,邓子儒会挣到更多的钱,生意事业将在和平的天空下如日中天;蔺珮瑶会有一生一世花不完的钱也享不尽的福。当她在闺房里百无聊赖时,当她在花园里看花开花谢时,当她在牌桌上虚度光阴时,当她在纸醉金迷的舞场上裙裾翻飞、歌尽桃花时,她会偶尔想到我吗?民族危亡时大家都会齐心勠力,战争结束后,不好说了。

因此,纵然此刻瘸着一条腿的刘云翔再不是当年那个豪情盖世、意气风发的空军飞行员,纵然多年战火的锤炼已让他在枪林弹雨的生死搏杀中也能冷静如常,像吹茶碗里的一抹残茶一般把死亡轻轻吹开,但现在他却离不开那行进在胜利海洋里的彩车,离不开和平女神——他心中的女神——对他的导引。因为他从没有放弃自己的幻想,从没有放弃自己的爱。有的人的身影,如果她被阻隔在崇山峻岭之外,如果她消失在茫茫人海中,如果时间慢慢淡化了对她的思念,她或许就是一个逝去的梦,沉淀在记忆的深处。但某一天她从长眠的深海中浮现了出来,你瞬间就完蛋了。所有为了忘却而刻意构建的墙,分崩离析。

他跟随着彩车从国府路到林森路,又到中山路,再到了督邮街口的"精神堡垒"（现在的解放碑所在地），那里有一个用灯光装饰出来的巨大"V"字母。天已经黑了，但满世界通明，蔺珮瑶和邓子儒手里已经不是道具火炬，而是一支火把，火光映红了两人的脸，看上去那样地年轻、生动、和谐、美好。让刘云翔心里隐隐作痛。

他几度被人流挤到彩车一侧，离蔺珮瑶也就三四米的距离。有两次，他忍不住大声喊："珮瑶！瑶妹，是我……"但这声音就像在山呼海啸中扔到大海里的一块石子，没有人看得到，也没有人听得到。

"瑶妹，瑶妹，是我！我还活着，我们都还活着啊！我们都看到抗战的胜利了！看到了，看到了……我也看到你了，你看到我了吗……"

有两次他挤到了彩车的车门边，他拍门，仰头高喊，喊得杜鹃泣血，声嘶竭力。他的伤腿令他爬不上彩车，也没有人帮他。彩车走远了，刘云翔慢慢追不上它了。不是由于人太多让他靠不拢彩车，而是因为他腿上的伤口已经撕开了，血一直顺着他的腿在流淌。开初他以为是汗水，这沸腾的世界里谁不是汗流浃背的啊！但他撩开裤管时，发现脚背和布鞋全都被浸成暗红色的了，他才知道情况有些不妙，才知道痛。他的主治医师美国人戴维先生曾告诫刘云翔，这期间需要静养，穿过大腿的子弹虽然没有打断骨头，但破坏了大腿里的一些神经组织，它们很脆弱，很难修复，搞不好你就开不了飞机啦。

那个时候刘云翔哪里还会顾及到这些，四年前那个夏季，他并没有服输,现在他也不会。他一瘸一拐向着彩车的方向追去,有人把他挤倒了,他再爬起来;有人群挡住了路,挤不过去,他就从另外一条小街小巷绕过去。他的腿越来越痛,他的脸上已布满泪痕,但有一股钢铁般的信念强劲反弹,固执地雄踞在他的心间——这是我的女人,这是我被战争夺去的爱;战争结束了,我该找回自己的爱了。

这就像那些在战争爆发后被迫离开了故乡的"下江人"一样,他们现在也该回家了。

刘云翔终于在一家叫"国际"的舞厅外找到了他们。这群耀眼的明星们不在舞厅里跳舞,而是在外面的空地上与民同乐,数百人围着他们欢呼叫好。舞厅的老板顺应民意,在外面挂了两盏大气灯,乐队的乐师们也和大家一起狂欢。刘云翔仍然挤不到蔺珮瑶跟前,不是因为人太多,而是根本没有他的机会。蔺珮瑶和白羿是场子中央的明星,蔺珮瑶刚跳完探戈,马上又被一个美国兵拉下场跳踢踏舞。她舞得多么疯狂啊!她疯狂得多么像一个才十七岁的花季少女啊!她的花季在这胜利的夜晚开放得多么绚烂妖冶啊!刘云翔本来应该是下一个翩然而至的绅士,向她伸出温情的手,轻揽她的腰肢步入舞场中央。然后告诉她,今晚的一切都是美梦成真,你的海哥哥回来了。胜利最终属于我们。

可是啊,他已经跨不出那一步,他的左腿竟然麻木了,是那种在冰水里浸久了的僵硬和无知觉。真是糟糕。他躲在黑暗里撕破了一只裤腿,把伤口紧紧地扎起来,他痛得满头大汗,差点没有叫唤起来。他找到一棵黄葛树,倚在树根下,大口地喘气,让眼前飞舞的金星慢慢散去。人群中的恋人在旋转、旋转,但就是不会转到他这个方向来,他和她的距离如此地近,但他从来没有感到自己如此力不从心、狼狈不堪。他再次泪流满面。

他竟然昏过去了,或者是睡过去了?他不知道。等他醒来后,"国际"舞厅门口已经曲终人散了,喧闹还在别处继续。夜已深,黄葛树下只剩他一个人,像个落魄的流浪汉。也许因为刚才失血过多,他现在浑身乏力,无法站立起来。

有两个扔爆竹的小孩来到他身边,一个孩子问:"叔叔,你喝醉了嗦?"

刘云翔苦笑一声,说:"孩子,麻烦你帮我找一根竹棍来好吗?"

这时孩子的妈妈找过来了,大声喊孩子回家。另一个小女孩说,妈妈这里有个叔叔喝醉了。那母亲赶忙厉声说:"快过来,离酒疯子远点!"

刘云翔只得拼尽了全身力气喊:"大姐,我没有喝酒。我受了点伤,需要帮助。"

那个母亲听出了刘云翔的东北口音,才过来说:"哦,是个'下江人'嗦。啷个啦?"

刘云翔在孩子母亲的帮助下终于站了起来。女人说,我去帮你叫辆黄包车吧。刘云翔说,哪里还有黄包车,车夫都游行庆祝去了。女人问,你住哪里啊。刘云翔不得不说,我是美军野战医院的伤兵,旧伤复发了。

女人的话里有了热情。"是伤兵嗦?哎呀,我们今天的胜利有你的血汗哦。我去叫个警察来。他们会帮你的。"

刘云翔忙说："不用了,我还要去找个人。大姐,请你帮我找根棍子啥的来吧。我能走。"

女人诧异地问："还要找哪个哦？你都这个样子了兄弟,赶快回你的医院去吧。"

最终刘云翔还是拄了一根竹竿,紧随着好不容易才找回来的爱的气息,在不夜的山城一路寻去。

"四象村"是战争爆发后湖北人来重庆市中心地带开的一家有名的饭庄,现在虽然已近凌晨了,大堂仍然灯火通明、人声鼎沸。刘云翔这时才感到了饥饿,肚皮贴到后背般的饿,让人发昏、发飘的那种饿。下午从医院出来到现在,他滴水未沾、粒米未进。从一扇打开的窗户望进去,那里有一个名流云集的饭局。邓子儒和应云卫坐上首席,其余的人都是陪都的作家、导演、诗人、演员、记者、画家。这些人有的刘云翔认识,有的不认识,他只要认识蔺珮瑶就够了。邓子儒显然是做东的人,他频频举杯,他高声大笑,他高谈阔论。国家民族的未来在他的指点江山下,将向着和平、民主、繁荣、宪政方向发展；战争责任必须追究,日本不说让他龟儿子割地赔款,至少我们要收回台湾、收回琉球群岛；发动战争的罪犯应该受到严厉审判,日本天皇制度应该废除,并和其他战争罪犯一同接受审判；中国军队应该和盟军一道驻扎到日本去,不然军国主义得不到彻底根除；当年那些策动轰炸重庆的军国主义分子,应该押到重庆来审判……

在邓子儒侃侃而谈的时候,刘云翔的眼光始终没有离开蔺珮瑶。她又换了一身行头了,大红色的乔其纱裙子,白色的披肩,头发挽了一个发髻盘在头顶,看上去高贵、典雅。她就坐在丈夫身边,大家闺秀的模样(与她下午在车顶上的疯狂已判若两人),没有多少话,只是偶尔附和几句,有人来敬酒了就起身应酬。她吃得很少,她笑,她不语,她理她右耳的耳环,她和坐她另一侧的一个男士交谈,她的一颦一笑,都照亮着这个胜利的夜晚。有几次她慵懒地靠在椅背上,目光空洞地望着一个虚无的地方,似乎累了——哦,亲爱的,你在想谁?

他伫立在街上,看得如此痴迷,仿佛那是一个星光闪耀的舞台,他是剧场里的观众。他不知不觉就向"四象村"走过去,忘记了还瘸着腿,忘记了自己已是蓬头垢面、衣不蔽体——他的裤管高一只低一只,一边的袖子也被扯下来当绷带了,黑白条纹的病员服上衣的扣子只剩下两颗,几乎就是敞胸露怀。他的脸上汗渍、泪痕东一道西一条,他那时哪里还顾及得了自己的形象,他满脑子的蔺珮瑶,满脑子千疮百孔的浪漫情怀。他不知道自己正在干一件一生中最愚蠢的事情。许多年以后,他还在为这个晚上在"四象村"受到的羞辱而懊悔,弄不明白自己当时为何会出此昏招、自取其辱。他走进那间洋溢着欢声笑语、高谈阔论、美酒和美人、名流和绅士的餐厅里想做什么呢?跟那些作家、导演、诗人、记者们说战争胜利了,我们一起来喝一杯?跟蔺珮瑶说,你的海哥哥回来了,来偿还我欠你的债?跟邓子儒说,抱歉,日本人打走了,我回来了,我们两个的战争还没有完?最后,再向大家郑重宣布,战争期间,我刘某人戎马倥偬、无暇他顾,现在战争结束了,我要追求自己的生活和爱情了?这些豪言壮语在心里可以说得振振有词、理直气壮,但现实却不给你机会,即便给了,你说出来可能又是另外一套语言了。

只有在时间雕刻了人们脸上的皱纹,岁月淘洗了人间喧嚣的红尘,刘云翔才会知道,胜利虽然来之不易,但它来得太突然了,他几乎来不及好好想想和平之后的生活,战争就结束了,蔺珮瑶就出现了,爱情,这个生命中苦苦追寻的东西,就回来了。战争的突然爆发和战争的戛然结束,对普通人来说,都如同一场梦,只不过前者是噩梦,后者是美梦,在梦与现实之间,人们都需要时间这座桥梁来摆渡。梦里和梦外并不只是眼睛一眨的问题,而是不同的世界,不同的人生。就在昨天,他还跟邻床的华莱士少尉说,那架打伤我腿的日本飞机我看到它的编号了——二〇三五。这个狗娘养的,以后在天上撞见它,你们可要留给我。要是谁比我更有幸把它揍下来了,我请客。

梦境之外的现实往往比人们预想的残酷。刘云翔其实只走到"四象村"的大堂门口就被拦下了。一个穿短褂的汉子拦住了他,问:"喂,兄弟,你要干啥子?"

刘云翔鬼使神差地回了一句:"什么干啥子,这不是饭馆吗?"有谁进饭馆的门会被拦下来呢?

人家已把他当成要饭的叫花子了。那汉子说:"唉,兄弟,你就别往里走了,里面的先生太太们正吃得高兴。胜利了,我给你舀碗'胜利饭'吧。来呀,给这位兄弟赏碗饭来。"

刘云翔全身的血都冲到脑门了,意识一片空白。为国家出生入死这么多年,还从没被人当成过叫花子。两年前他跳伞落在滇缅交界处怒江峡谷的一个民族地区,左脚踝关节骨折,在原始密林里苦等了四天才见到一帮傈僳族人。他们开初把他当魔鬼,把他捆起来,送到他们的头人那里。那时他并没有感到羞辱,也不害怕,因为他穿着飞行服,身份是空军飞行员,背上还有"血符"——来华助战洋人,军民一体救护。虽说他不是洋人,但他是中美空军混合联队的飞行员,飞行服上也会有这块"血符"。他相信自己只要不是落在日占区,就一定能够获救,就一定是他们尊敬的空军英雄。果然,这些傈僳人的头人一见到他就将他当上宾了。八个傈僳族汉子一路护送,他坐了一周的轿子才回到汉族人的地区。

一个跑堂的飞快地端了一碗饭来,上面只有几片青菜,连筷子都没有。也许他们打发叫花子就是这样的吧。刘云翔本该一掌打翻了饭碗,义正词严地呵斥他们,你睁大眼睛看清楚点,老子是国军飞行员、上尉军官。但那碗饭太香了,肚子里仿佛就伸出一只手来,不顾廉耻地一把接了过来。他低头的那一瞬间,才发现自己这身破衣烂衫,外加那根竹棍,说自己是空军军官,岂不被人当作骗子? 人是衣裳马是鞍,以这种邋遢模样去见几年不见的恋人,跟一九三九年那个端午诗会上,他一身笔挺戎装、以刚刚击落日机的空军英雄形象出现在蔺珮瑶面前,真是云泥之别啊!

不过,这世上有一千一万个道理,也要先填饱肚子再说。何况他失了那么多的血,几乎就要虚脱了。既然人家说了是"胜利饭",庆祝胜利嘛,有福同享。下午他还看到一家糖果店的老板,指挥他的店员将大把大把的糖果撒向满街欢庆的人们。人的心劲儿一泄气了,手根本就不听意识的使唤,几把就将碗里的饭抓来吃了。把空碗还给人家后,才看见那个汉子和跑堂的还堵在门口。汉子说:"走吧,看你也是个'下江人'。兄弟,战争结束了,赶快想办法回家,以后说个媳妇,日子会好起来的。"

　　肚子填饱了,羞耻感也回来了。刘云翔连争辩的勇气都没有了,更不用说闯进邓子儒的庆祝宴会,当众申明自己的爱情。他默默地转身,艰难地离开,再也无颜回头。街道上不识趣地刮过一阵凉风,将刘云翔最后一根勉力支撑的神经吹断了。脸上滚过两行温热的泪,他任眼泪淌,流到嘴边,他就把它咽下去。终于走到一个安静的小巷拐角处时,他才坐下来,双手掩面,放声痛哭了一场。

26. 组织

这年秋天的一个傍晚,菊香贞子在东京的一家商场看中了一款围巾,她想起了远在重庆的蔺珮瑶,不知她会不会喜欢这种款式和颜色,就拿出电话打过去。没想到接电话的却是刘云翔,那边的声音很嘈杂,他说他正在去医院的公共汽车上,因为蔺珮瑶住院了。什么病?血压上去了,降不下来。人发晕,头疼欲裂,茶饭不思。电话里喧嚣的背景下,菊香贞子都可以感受到刘云翔的焦虑。

菊香贞子马上想到了脑溢血、脑梗、心梗、中风、偏瘫……

当晚她就联系了梅泽一郎,两人一合计,邓子儒已经不行了,蔺珮瑶是他们的关键证人和原告,东京地方裁判所的判决一拖再拖,谁能保证一个九十多岁的老人不会在睡觉时溘然长逝?这种事情从他们为中国战争受害者打官司以来,遇到的太多了。他们立即就买了到重庆的机票,第二天在东京成田机场碰了面,菊香贞子对梅泽一郎说,一听到蔺珮瑶女士住院,我比听到我的母亲生病都还要紧张。

他们在重庆江北机场下机后,马上打的直奔医院。刘云翔已在医院门口迎接他们。这是家什么医院啊,在一家诊所侧面有个小门,从那里爬上一段灯光昏暗的楼梯,拐过几道弯后才看见几间病房,显然是老住宅楼临时改造的。刘云翔看到了两个日本人诧异的眼光,便说:"这是家社区医院,不用排队挂号等医生,来了就可以看病。珮瑶说只是输点液、吃点药,养几天就好了,坚持不去大医院。没想到惊动了你们,真是抱歉。"

这个老童男,心比海绵还软。老情人一点病,把他吓得像个没进过医院的大孩子。菊香贞子很想和他开开玩笑。蔺珮瑶看见她出现在病房门口时,竟然欢快地叫了一声:"嗨,我昨晚还梦见你了,我带你去吃豌杂面,没想到你今天就来了。"她躺在病床上,还打着点滴,额头上捂着一块降温的毛巾,一见到他们就一把将它扯下了。

菊香贞子笑吟吟地说:"你的故事我还没有听你讲完呢。"

蔺珮瑶跟梅泽一郎打招呼:"梅泽先生,我没有你们想象得那么糟糕吧?辛苦您了。"

梅泽一郎轻松地笑了,说:"邓太太看上去比我们想象的好,气色也不错。看看,这是我们给您带来的药。"

蔺珮瑶这时就像个得宠的小姑娘。"我就知道是老刘吓着你们了,让你们大老远飞来看我。我没有什么事的,就是他大惊小怪。"

梅泽一郎说:"我正好也要来重庆,有要紧的事情通报给大家。"

"哦,是要开庭判决的好消息吗?"蔺珮瑶问。

"不是。邓太太先养好病,我们以后慢慢谈。"梅泽一郎说。

"噢,我都知道菊香贞子小姐要打开录音笔了,哈哈。"蔺珮瑶今天的情绪特别好,连刘云翔都感到有些奇怪。也许躺在病床上的人,总归是太寂寞了吧。

菊香贞子忙说:"妈妈桑,不急不急。重庆的秋天不错的,我计划待好长一段时间呢。等妈妈桑出院后,我要和妈妈桑一起去泡北温泉,上次我们就约好了的。"

"我的血压又要上去了。"蔺珮瑶很欧化地一耸肩。

刘云翔在一旁略显笨拙地说:"珮瑶……血压高,不能泡温泉。"惹得蔺珮瑶和菊香贞子都笑了。

菊香贞子说:"那我们去那风景很优美、森林很茂密的……什么云山?"菊香贞子现在对重庆已经很熟悉了,几乎可以当一个日本旅行团的导游。

"缙云山。"蔺珮瑶说。

"对对,缙云山。是个疗养的好地方。妈妈桑应该在那里有一幢小木屋。刘先生,这个事情应该由你来完成。"

刘云翔笑而不语,看见梅泽一郎和菊香贞子都在等他答复,才缓缓说:"我有一套房子的,不过已经卖了。我过去教书的那所中学,就在缙云山下。"

菊香贞子转向刘云翔,问道:"这也是我想弄明白的问题,你是怎样从一个飞行员转行当了一名教师的?"

刘云翔停顿了片刻,淡淡地说:"这有啥,战争结束了嘛。"

一周以后,蔺珮瑶出院,菊香贞子请赵铁律师帮忙,开车将她和蔺珮瑶送上了缙云山。赵铁找了一家森林环绕的农家乐,包吃包住,每天才两百元。虽然不是菊香贞子心仪的那种小木屋,但她们房间的阳台面对一汪碧绿的水池,以及周边浓密的森林。蔺珮瑶说,住在这样幽静的地方,血压不降下来才怪了。

菊香贞子打开笔记本,掏出录音笔,有些顽皮地说:"那么,妈妈桑,我今天的问题就不考虑你的血压了。我们这次专门谈一谈战争结束以后的刘云翔,好吗?"

蔺珮瑶不无幽默地说:"那刘先生需要一颗降压药了。"

菊香贞子很快就进入工作状态,一本正经地问:"刘先生为什么不继续留在军队里?他那天在病房里说的理由不足以说服我。按理说他这样有战功、有才华的人,应该是大有前途的。是因为追求自己的爱,还是不想参加打内战?"

"他开不了飞机啦。这都怪我,在欢庆胜利的那天,没有听到他叫我。其实那天我真的想到了他,那种时候我能不想他吗?我想他是否还活着,我想他听到战争胜利的消息时该如何狂喜,我想他此时此刻,身边是不是有一个女人与他一起分享胜利的喜悦。我甚至还暗暗吃醋呢。我那天也流泪,好多人都在流泪,但有谁知道我眼泪里的含义?中国有句老话叫心有灵犀一点通,可是那天上帝为什么只让他看见了我而不让我看到他？不然我就可以帮他了,他的腿就不会瘸了。上帝啊,这太不公平了！我太有罪了！"

蔺珮瑶有些激动了,菊香贞子忙给她递了一杯茶。"妈妈桑,慢慢说。"

"他那天天都快亮了才回到医院,美国医生把他痛骂了一顿,立即送到手术室治疗,但他的左腿还是没有保住。这个人打仗的经历也奇怪得很,三次受伤,都是左腿,一次迫降膝盖粉碎性骨折,一次跳伞踝关节骨折,一次大腿贯通伤。上帝好像忘记保佑他的左腿了。战争结束不久,他所在的中美空军混合联队也解散了,美国人回家,联队里的中国军人有的转入国民党军队,有的转行去开民航飞机。刘云翔那时已经是空军里的'王牌飞行员'啦,他本来可以去当教官,或者干地勤,但他非要留在重庆当个老师。一个老兵,还是个瘸子,不喜欢钻营,也不喜欢政治,还有比当老师更合适的职业吗？"

"妈妈桑,很抱歉,我并不想再次让你的血压升高。来缙云山之前我和刘先生谈了一个晚上,关于你们的爱情和人生,他谈了很多。还有一个你不知道的秘密,刘先生希望由我来告诉你,他说这也是他的忏悔。"

蔺珮瑶淡然一笑,说:"对一个老人来说,已经没有什么人生秘密会让人惊奇了。刘先生肠子里有几道弯几道拐,我全知道。他还能有什么秘密呢？你说吧。"

一九四九年十月初,雾都重庆阴雨绵绵,大雾弥漫,而在崇山峻岭之外却战事正酣。共产党已经在北京成立了新生的人民政权,而西南还在国民党军队构筑的"大西南防线"拱卫之下。重庆守得住吗?《中央日报》上连篇累牍刊登的不是重庆能不能守得住的问题,而是要将它再度建设成反共复兴基地的高论。当年日本人都没有攻进四川和重庆,那些土八路既没有飞机也没有多少坦克大炮,他们必将被我英勇无敌的国军挡在秦岭脚下,大巴山之外,大西南将再次成为国家中兴的大后方,就像当年国民政府在这里坚持到抗战胜利一样。可是《中央日报》那些御用笔杆子们一边唱着高调,一边不得不绞尽脑汁为前方接连不断的丧城失地打圆场。进入十一月以来,《中央日报》的标题大多充满不能自圆其说的荒唐感。《川湘鄂防线血战中,"共匪"进攻受挫》,但没过两天便是川东南门户秀山县城"失陷"的消息;《宋希濂兵团凭乌江天险力战共军,战事成胶着状态》的报道头天刚刚见报,便又传来乌江西岸的酉阳、黔江、彭水等地"失陷"的坏消息。上周还在唱高调贵阳城固若金汤,这一周不但丢了贵阳,连遵义也"失守"了。国军兵败如山,政府气数已尽,共军兵锋从四面八方直指重庆,这是重庆街头上拉黄包车的车夫、下苦力的棒棒都晓得的现实。他们不用读报纸,这一段时间来那些带着大箱小包的财物和金银细软在各个码头、车站、机场上辗转逃命的有钱人已经明白无误地告诉了他们:重庆城守不住了。"你们有钱人都跑了,重庆府斗(都)剩下穷人了,以后我们做啥子生意呢?"一个拉黄包车的问他的雇主。那个一脸苦相的家伙怨气冲冲地说:"你们还做锤子的生意,共产党让你们都当老爷。老子们再不走,明天就是我拉黄包车,你坐车了。"

一九四九年十一月十九日下午,缙云山麓下的北碚,看不到山顶连绵的翠色山峰,城区笼罩在灰色的雾霭中,让人无比压抑。在杜家街兼善中学的操场上,英文教师刘云翔正指挥自己的篮球队打比赛,一群半大小子在他们的瘸腿教练指点下打得生龙活虎。这个教练也会为一个漂亮的进球高兴得蹦起来,完全忘记了自己的腿疾;有时本方的一个队员断球成功,带球直冲篮下,他会瘸着腿在场边一路跟进,一边大喊:"走!走!走!传!传!传!"

兼善中学有个有名的"赫尔斯球队",打遍北碚各校无敌手,即便到重庆城区去比赛,也跟一向重视体育的重庆南开中学不分伯仲。兼善中学的师生都晓得,他们的刘老师虽然不是体育教师,腿也有残疾,但他带的球队,有一股军人的霸气和韧劲。能进入"赫尔斯球队"的孩子们都有莫大的荣誉感,他们每天凌晨五点起床,五点半在球场上跑操、练球,然后才是早自习、早餐、上课。下午放学后,还有两个小时的训练。有的小球员累得趴下了,刘云翔上去就是一马鞭——经常手持一根马鞭是他与其他教师最为不同的地方,也是经校长特许的。"孬种,起来!子弹没把你打倒,你就不能趴下!"这个当过空军军官的老师,自然给学校带来一些与众不同的硬朗之气,但孩子们都很敬佩他、服从他。

抗战胜利后刘云翔能到兼善中学教书,得益于这所学校的创办人、著名实业家卢作孚先生的鼎力相助。卢作孚先生有一次带民生公司的员工去医院劳军慰问伤病员,就此认识了刘云翔。那时刘云翔已接到了美国军医开具的停飞报告,今后他只能做些地面上的工作,如果他还愿意继续留在军队的话。那期间是他最为沮丧的"黑色日子"。病房里的每个人都在谈论回家、抗日勋章、战后和平的日子、上大学、梦想中的新娘、田地、父母、工作……而刘云翔几乎不出病房,几乎不说话,也几乎没有笑。他要么昏睡,要么靠在床头发呆。以至于美军医院里的战场创伤医生都来为他做心理疏导,刘云翔只感到又好气又好笑。你们他妈的有谁晓得老子在胜利日那天的遭遇?瘸了一条腿至于让老子那么伤心吗?也许有人将刘云翔的情况告诉了卢作孚先生,因此那天劳军时就对他特别地关照,座谈时将刘云翔安排在自己旁边,对他嘘寒问暖。交谈间卢先生谈起了自己响应梁漱溟、晏阳初等大师倡导的"平民教育"之号召,于一九三〇年创办起来的北碚私立兼善中学。刘云翔随口就接了一句:"舍得干,读兼善。"卢先生大喜,问刘英雄怎么知道我的校训?刘云翔告诉他,你那是为穷人办的学校,当年我从东北流亡过来,差一点就报考了先生的学校。只是后来……卢作孚先生离开时,留了一张名片给刘云翔,说刘先生是国家功臣,不能上天开飞机了,没有关系。现在和平了,国家百废待兴,亟需建设人才,若刘先生不弃,敝公司有的是位置为刘先生留着。一周后,刘云翔去民生公司找到了卢作孚先生,说铸剑为犁,马放南山,我这行伍之人,还乡归农,又腿脚不便,先生可否愿我这半残之身去兼善中学觅一教职?

到远郊北碚来当一名中学教师是刘云翔经过深思熟虑的,他需要找一个安静的地方好好想一想自己战后的人生,小心存放那颗屡受重创的心灵。本来卢作孚先生希望他就在城里民生公司的总部就职,但刘云翔执意要去北碚。他需要一点距离,他害怕离蔺珮瑶一家太近,把持不了自己。临渊羡鱼,又无网可结;无路可退,总不是个事儿。

但有些人、有些事始终是人生中绕不开的坎,就像命运这盘棋里,有的棋子落在棋盘上了,许久都是一颗闲子儿,可它终有转变棋局——命运——的时候,不是你的,就是他的。

就像此刻本来与战事无关的球场上,忽然闯进来一辆美式吉普,拖着一声刺耳的刹车声停在场边。在那个年代只有三类人会把车开成这种要急着见阎王的样子——美国大兵、党通局(原来的军统)的特务、开过飞机的飞行员(他们多是跟美国人学的)。球场上的孩子们都停住了奔跑呐喊,紧张地往车的方向张望,空气一下凝固起来了。他们不会忘记,上周三的一个早上,也有辆吉普车冲进了校园,带走了他们的两个老师。今天又会是谁呢?

吉普车上跳下一个戴大檐帽、穿米黄色军风衣的青年军官,他的帽沿压得很低,风衣敞开,领子高高竖起,脚蹬一双锃亮的高统军靴,手提一个飞行皮箱,一副美国军人的派头。

那军官来到刘云翔的面前,"啪"地一个立正、敬礼。"老长官好!"

刘云翔正了颜色,张口就骂:"混账东西!这里是学校,开车就不能慢点吗?站一边去,别影响孩子们打球。"

军官应诺了一声,乖乖站到场边观战。

这个贸然造访的军官是刘云翔在中国空军中美混合联队第三大队第二十八中队的兄弟邵福林。那时刘云翔是第二十八中队的上尉副中队长,邵福林还只是个少尉飞行员,他也到美国受过训,只是晚刘云翔一届,有过击落两架日机的战绩。尽管他现在扛着少校的军衔,但在刘云翔这样的老"王牌飞行员"面前,他永远是小弟,永远都要叫刘云翔"老长官"。

球赛结束后,刘云翔解散了球队,孩子们用异样的眼光看着他们的老师,有的羡慕,有的疑惑。刘云翔招呼邵福林过来,问:"今天带什么来了吗?"邵福林常来刘云翔的学校,非常清楚一个教师在这物价飞涨、经济崩溃的年代生活的清贫,因此每次来都会给老长官弄一些空军的配给品。这次他给老长官拎来一打美国牛肉罐头、一箱挂面、两瓶威士忌。

刘云翔抓了两个罐头,递给球队队长,又外加两把面条,说去食堂找大师傅,弄给大家吃。

学生们高高兴兴地走了,刘云翔带邵福林回自己宿舍。那是一间不到二十平方米的小屋,虽贫寒却整洁,最值钱的东西大约就是书桌上的那台美国"鹰"牌电子管收音机,市面上大约要卖五十美元一台。

"最后的'美援'了,老长官。"邵福林把带来的东西一一放进一个木头食品橱,语气凝重地说。

"你要离开重庆?"刘云翔冷冷地问。

"谁不想离开呢,老长官?未必你甘心在这小地方待一辈子?"邵福林打开了一瓶威士忌,找来两个杯子,倒上酒,递给刘云翔,"来吧,老长官,人生无常,战事也无常。哪个想得到今天?"

"打算去哪里?"刘云翔喝下一口酒后问。

邵福林一口把酒干了,没有回答刘云翔。"昨天我飞任务,回来时绕着重庆周边飞了一圈。我的天,重庆的东、南、北三个方向的道路上全是共军的队伍,洪水一样地冲过来了。我们当年打日本人时都没有见过这么多地面上行军的部队。都说共军要从秦岭那边打过来,部队都调那边去了,谁想得到人家会从湖南、湖北、广西过来?国防部那帮蠢货不是吃屎长大的,就是共产党的人。老长官,我们时间不多了,我都听得到共军行军的脚步了。"

"那你赶快走吧。"都是曾经的生死兄弟,刘云翔不希望他成为最后的炮灰。

邵福林又往自己的杯子里倒了半杯酒。"老长官,这个时候了,树倒猢狲散,大家都在想捞一把就跑。昨天轰炸大队的一个副大队长,装了两箱美钞飞香港了,两箱美钞啊!他妈的。美国人怎么会相信我们能打得赢?现在不是打日本人的时候啦,看看这人心,看看长官你这样的爱国者,都不跟党国玩了。老长官,我们得为自己留条后路。"

"你想怎样?"

邵福林又喝干了杯里的酒,说他念及多年前跟老长官的生死情谊,在这国破山河在的危急关头,想拉刘云翔一起捞他一笔。怎么捞呢?当然我们官还不够大,不能直接从金库里、军需库里批个字就发财。我们可以靠自己的能力挣钱。珊瑚坝机场有一架缺零少件的C-47运输机,原机组人员都飞台湾了,现在闲在那里。

眼下重庆的一些富人都在忙着夺路逃命,中央航空公司和中国航空公司的舱位早就被军政大员们包了,舱位已预订到一九五〇年元旦以后——但愿那时重庆还在国军手里。但那些富翁们哪个会相信国军的战斗力和报纸上那些反攻复兴的牛皮话?邵福林说有几个重庆的有钱人托他搞一架飞机带他们去香港,带走一个人给一根金条。你算算吧,大哥。这是末日来临前最后的航班,也是世界上最昂贵的机票。

刘云翔抿了一口酒。"这跟我有什么关系?"

"老长官,我不会飞 C-47 呀,你会飞。"

在中美空军混合联队,刘云翔所在的第二十八战斗机中队是专为轰炸大队护航和作战的。有时运输机大队的人手不够,就拉刘云翔上他们的飞机,因为刘云翔在美国受训时,开初他学的是驾驶 C-47 运输机,那时驼峰航线上需要大量的飞行员。但刘云翔还是更偏爱驾驶战斗机,他觉得在蓝天上和日机一对一地格斗,才是一个真男儿应该做的事情。更何况他与日本的零式战斗机有不共戴天之仇,而美国人开始大量装备部队的 P-40 型战斗机已可以和日本的零式飞机抗衡,性能远超他驾驶过的苏式伊-16 战斗机。因此在他的一再要求下,才重新回到战斗机飞行员的行列。

刘云翔看着邵福林期待的目光,叹口气说:"我腿瘸了,飞不了啦。"

邵福林说:"看刚才大哥在球场边的样子,都可以上场打中锋了。老长官,我知道你一直在做理疗,效果看起来不错哦。等我们到了美国,我再给老长官找最好的医生。人手上有了硬通货,哪里都不犯愁啊!"

刘云翔看着被梦想中的金条映照得两眼发光的邵福林,语气坚定说:"对不起,兄弟,你找错人了。"

那天晚上,邵福林把天下的许诺、好话、哀求都说尽了,就差没有跪下。缺少零件的C-47已经找人从其他飞机上拆换。这种事情我们在打抗战时干得多了,老长官又不是不知道;机械师的人选也已经物色好,老长官只要肯答应,我做老长官的领航员兼通信。起飞前先一人两根金条,到了香港后让他们交齐剩余的,想想吧,C-47至少可以装四十来个人,除了付给那些修飞机的家伙、机场的宪兵、飞行控制室的调度等相关人员,我们一人挣十根金条轻轻松松的。老长官如果不喜欢离开重庆,捞完这笔你再回来。我是不打算在军队里干了,这个国家乱成这样,我还是想去美国,我们当年那些美军战友,回去后开民用飞机,日子过得滋润着哩。老长官,我们一起去美国吧,凭自己的本事吃饭,不再为哪个政党效力。我们为国家出的力,已经够多的了,该考虑自己啦。老长官,能溜的人都脚底板抹油远走高飞了,军营里尽剩下些没本事的。最可怜的是朝天门码头外的那些海军弟兄,他们出也出不去,打又不经打,军舰停在江里迟早是共军炮火的菜。可惜了那些军舰了,所幸我们还有一双翅膀。

但是刘云翔始终不为所动。理由只有一个:他既不想离开这个国家,也不想再飞。在和平的岁月里当一名老师挺好的。

实际上那时刘云翔像许多痛恨国民党腐败、专制,渴望变革,期待民族复兴的中国人一样,对即将到来的新生政权充满憧憬和向往。兼善中学有个"铁藜社",聚集了一帮关心国家大事的青年教师,其实这是个共产党的地下组织,其中有几个教师跟刘云翔关系非常好,他隐约感到他们是共产党。他常参加他们的聚会,读书,郊游,演讲,"反饥饿、反内战"游行等进步活动。

第二天中午吃饭时,大家在谈论迫在眉睫的解放,刘云翔无意中提到了邵福林来找他的事情。地理科的黄老师当时没有说什么,下午放学以后,黄老师便敲开了刘云翔的门。他一进来就神色严肃地说:"刘老师,组织上需要你去把这架飞机开回来,交给人民。我们来一起干吧。"

"组织……"刘云翔忽然感到了某种信任。他知道黄老师的那个组织里的人和他虽然同为教师,但和他还是有区别的。尽管大家常在一起谈论国事时局,有些活动还是会有意避开他。刘云翔是一个很有傲骨的人,也对政治缺乏热情,现在他们认同他了,把他看作组织这个群体中的一员,需要他去把那架飞机开回来"交给人民",而不是为了几根金条。这是多么巨大的信任,又是多么崇高的责任啊!

黄老师此时代表地下党组织跟刘云翔谈话,就像换了一个人,不再是从前那个嘻嘻哈哈的人,也不再是和他一样拿着微薄薪水的穷教员,他所说的话,都是组织希望他能理解并去完成的。这是一种信任,更是一种温暖。新的人民政府已经在北京宣告成立,大西南的解放已经指日可待,一个民主、自由、统一、强大的新中国即将屹立在世界的东方。这是我们共产党人经过多年的浴血奋战换来的。刘老师应该知道,就在这个月的九号,国民党的中央航空公司和中国航空公司在香港的两千余员工和八十架飞机通电起义,当天就有十二架飞机在央航总经理陈卓林和中航总经理刘敬宜率领下飞往北京、天津。人心所向啊刘老师！我们需要把这架飞机开回来向重庆解放献礼。它是人民的飞机,理应还给人民。刘老师,请接受组织交给你的这个光荣的任务吧,你将会成为人民的功臣。

刘云翔觉得这个计划太大胆了。共产党都是些敢想敢干的人,只有这些人还在脚踏实地地为自己的理想信仰奋斗。这世上有人为追求信仰,有人为追求金钱,人格高下,一清二楚。他需要加入他们的组织吗？就像当年他想投奔延安一样。那时他是为了爱情,为了抗日,现在为了什么？自抗战胜利以后,国事不堪,内战连绵,他已没有了报效国家的豪情壮志,只是深陷在自己的情感迷障里,苟且偷生,行尸走肉。现在组织需要他为国家、为人民效犬马之力,他岂能拒绝？

刘云翔想了想才说:"我不是不可以去做这件事。但要把一架飞机飞上天,可不是像开一辆汽车那么简单,要涉及到诸多方面,通讯、气象、导航、降落等。哦,对了,飞机该降落在哪里呢？"

"你可以降落在任何一个已经解放了的机场。武汉、长沙、芷江、甚至南京、上海。组织上会为你安排好一切。"

27. 背叛

  一九四九年十一月二十五日夜晚的雾，刘云翔终生难忘，它不淡不浓，带着某种奇怪的味道。雾怎么会有味道呢？这是刘云翔想了一辈子也没有想明白的问题。但那天的雾的确显得神秘莫测，就像那个时代的象征：混乱、迷惘、颓丧、破败，看不清远方，也看不到未来，人们只顾及得到眼前。世界仿佛陷入混沌状态，要么沉沦，要么新生。下午他从北碚出发，黄老师带了一辆军用吉普车送他。开车的竟然是个穿军装佩戴军衔的国军陆军中校，黄老师对刘云翔说，这是李同志，我们的人。那个中校冲刘云翔笑笑，便专心开车。"我们的人"看来到处都是了。

  在过嘉陵江的渡轮上，刘云翔和黄老师伏在渡轮的栏杆上看远方黛色的山和碧蓝的江水。天空中飘起了细细的雨丝，远处江天一色中不知是雾化作了雨,还是雨变成了雾?刘云翔感觉江上的雾也是淡蓝色的,有种旷世的忧伤。刘云翔神色严峻,眉头紧锁,黄老师便悄声对刘云翔说,我们已经查清楚了,想坐这架飞机逃跑的人中,有好几个重庆工商界的重要人物,我们希望他们能够留下来,与我们一起共同建设新中国。还有两个我们通缉的战犯,也应该把他们交给人民审判。刘老师,你的责任重大啊。组织上已经安排了两个我们的人上这架飞机,他们会配合你的工作。起飞后你就飞湖南芷江机场,那应该是刘老师在抗战时再熟悉不过的一个机场了吧。

黄老师说完递过来一个牛皮纸包:"飞芷江的航线资料都在里面了。"

刘云翔打开翻了翻,航线图、气象情况、塔台频率等都有了。那边的人看来已做好一切准备工作,他不是一个人在战斗。刘云翔笑笑:"黄老师放心吧,这趟任务并不比我当年驾机升空迎战日本飞机更艰难。"

他想:这样一个办事极有效率的政党,将来国家何愁建设不好。

蓝色的雾意味着什么?刘云翔总想破解这天地间的密码。黄老师这时也问,今天的雾会影响起飞吗?刘云翔说,以目前的能见度来看,勉强能达到起飞的要求,就不知道起飞时的情况会怎样了。

珊瑚坝机场在长江的江心里,它实际上是一个大沙洲,冬天枯水期时,它的东西有约两公里长、南北一公里宽。重庆是山城,找块平地建机场不是那么容易。一九三三年四川军阀刘湘主持川政时,便在这个大沙洲上建了飞机场。抗战时它是拱卫重庆领空的四个机场之一,刘云翔驾驶伊-16时曾经常在珊瑚坝机场起飞迎战日机。不过珊瑚坝机场因为和主城区隔江相望,故多用作民用机场。从珊瑚坝机场起飞和降落就像在航母上一样,四周都是水,周围还是城区和大山。起飞时得逆江而行,顺着长江水道飞,飞机拉起来后还得尽快爬升,不然就会撞向重庆城区的最高峰——鹅岭了。飞行技术不过硬的人,轻易不敢在珊瑚坝上起飞降落。

有一座栈桥和珊瑚坝机场相连,那里有两道宪兵的哨卡。黄老师在过哨卡之前下车,分手时他握紧了刘云翔的手,说:"刘云翔同志,重庆在等着你。"

刘云翔感受到了那只手的力量和温暖,他被称作"刘云翔同志"了,一种责任感油然而生。还有一种感觉让他内心五味杂陈,这些年来他一直在这座城市守候、等待、望穿秋水,现在这座城市在等待他的消息,就像有一双眼睛在看着他,它时而是那座两江环抱的山城,时而是蔺珮瑶深情款款的泪眼——自从在大隧道里蔺珮瑶说他欠她一个婚礼后,一双饱蘸着凄婉、哀伤泪水的眼睛,时时刻刻在他的脑海深处凝望。那么多年了,那伤情的泪水从未干涸。

他愿意为这双眼睛而战。

但在那个夜晚,这双眼睛还被雾都的浓雾所笼罩,被若有若无的雨丝所掩饰,让刘云翔分不清哪是迷雾重重中的爱、哪是生死情人的泪？山城的冬雨凄凉刺骨，像一根根细小犀利的冰针，总是扎在人心最温暖的疼痛处。在以后漫长的岁月里，刘云翔将慢慢看穿岁月中的迷雾，看到那双眼睛里泪珠闪耀出来的爱的光芒，在把栏杆拍遍中一点一滴地把这些"温暖的疼痛"捡拾起来，反反复复地回忆、咀嚼、品尝。

刘云翔在机场边一排临时搭建的竹木房里见到了邵福林。珊瑚坝机场由于只在枯水期才可以用，夏季一发洪水，人们就将这些房子拆除搬走，珊瑚坝就只剩下一方江心岛，因此这个机场的建筑都是临时性的。刘云翔跟随邵福林来到飞行控制室，一个上尉军官斜坐在椅子上，双脚跷在前方的桌上。见到官阶比他高的邵福林也不站起来行礼，只把脚放了下来。他从抽屉里拿出已填好的飞行申报表，机场的调度将据此放行。但他并不立即交给邵福林，又从桌子上的一个文件夹里拿出一张手写的名单，推到邵福林面前，说："他娘的，有三十多个人呢，都是些'大肥猪'，兄弟我担那么大的风险，就这个数？"他冲邵福林晃了晃一根指头。

邵福林不作声，从裤兜里掏出两根金灿灿的金条，"啪"一声扔到桌上，上尉笑了笑，把金条扒拉到抽屉里，才将飞行申报表交出来，然后说："长官好运。"

邵福林把刘云翔带到另一间飞行员休息室，从柜子里给他翻出准备好的飞行服、伞包等物件。说事先约好的机械师临时撤伙啦，不过没关系，我们少一个人分钱。刘云翔想起黄老师说的今晚乘坐这班飞机的人中有"我们的人"，他们会是谁呢？是兼善中学"铁藜社"的老师吗？他们能帮我吗？

"福林,把那份乘客名单给我看看。"

"老长官,你还不相信我吗?刨去那些该付出的,剩下的你我二一添作五。妈的,控制室那个狗娘养的,真会趁火打劫。快快快,穿上,刚才得到的消息,共军已经打到南温泉了,来得真他妈快。那些等着上飞机的阔佬们,都慌得要尿裤子了。"

刘云翔犹豫了一下,没有坚持。他知道长江南岸的南温泉一带群峰连绵、重峦叠嶂、山势陡峭,《中央日报》曾吹嘘它是国军的"新长江防线",至少可以坚守三个月。不过以目前国共双方的攻防态势来看,刘云翔推测解放军攻进重庆城区大约还需要一周的时间,也许会更短一些,谁知道呢?先把自己的事情办好,给新重庆一个见面礼。

他穿好飞行服,戴上飞行帽,有一股久违的豪情又回来了。终究是割舍不掉的飞行情结啊,他想。只不过从前他穿上这身戎装时,想到的是杀敌报国,也会想到坠机、跳伞、死亡,想到战场上可能遇到的各种情况,想到心中的恋人,甚至想到自己的墓碑,以及墓碑前的一枝玫瑰、一根香烟。每一个战斗机飞行员登机出战,都是在邀死神共舞,有男子汉的热血,有军人的荣誉,也有忧伤,甚至恐惧。正是因为有这么多纷繁复杂到难以言表的情感,刘云翔是多么喜欢教师的那份宁静生活。

他们拎着伞包往停机坪走去,天空中下起了阴冷的雨,雾好像又兜头罩下来了。雾渲染了夜之黑,夜加重了雾之厚,让人感到压抑、诡异。机场的探照灯在夜空中划来划去,光柱被浓雾包裹、被夜色吞噬,雨丝在光柱里变成了千万根冰冷的针,直刺人心。在机场的入口有一道哨卡,两个宪兵把守在那里,一一验证即将登机的人们。有穿呢大衣的男人、穿貂皮大衣的女人,也有穿笨重棉长袍的。他们提着大大小小的皮箱,神色凄惶、紧张、惊恐、哀伤。故园将在今夜被他们抛弃,家业从此不复存在,未来在浓雾中,谁也看不明白清晰,战火逼近了,只有逃亡。他们是上一个时代的得利者,新的人民政权对他们会怎么样,他们不知道。况且这场即将到来的革命,早已被宣传为就是冲他们这些有产阶层来的。不但要"共"他们的财产,还要"共"他们的妻子。重庆的官绅们早就在传言他们的妻子或者姨太太们在共产党来了后,将会面临"少配老"、"小配大"的命运。那些当年从江西打出来的土八路,一直在打仗,是见不得女人的。

刘云翔因为惦记着那两个"我们的人",便往那群乘客中多看了几眼。惨白的灯光下,一个穿裘皮大衣的女人一手拎一个小皮箱,一手牵着一个七八岁的小男孩,正通过关卡。她戴着驼绒帽子,大衣敞开,围着一条鹅黄色的大围巾,下穿一条棕色马裤呢马裤,配短帮马靴。她脸色惨白,嘴唇上的口红很浓,满脸的焦虑。她过了关卡后,回身等待自己的家人,一个老妈子怀里抱一个,手上还牵一个,正在接受宪兵的检查。女人去接老妈子怀里的孩子,身边的男孩却往刘云翔他们这边跑,大约是想看他们身后的飞机。女人转身大喊了一声:"培培,回来,莫乱跑!"

那身影像雾中寂然开放的花朵,那声音却穿透了岁月,像一颗温暖的子弹击中了刘云翔,然后是一千个炸雷在他脑袋里同时炸响,他几年来苦心孤诣构筑的情感防线,就像国军的"大西南防线"一样,顷刻间被轰得支离破碎、土崩瓦解。

这躲不开的情债啊!

她竟然是四个孩子的母亲了!在老妈子身后,穿黑呢大衣的邓子儒拎了一个巨大的皮箱,怀里还抱着一个更小的孩子,累得他口里呼出阵阵白气。他像条丧家之犬,头发凌乱,神态颓丧,没有了当年和刘云翔举枪相对时的精气神。蔺珮瑶虽然看上去也很憔悴,但仍像一个夜明珠般在一群逃难的人群中熠熠闪光。那光芒瞬间就把刘云翔那颗封冻的心融化了。

此刻那一家人站在空地上,望着停机坪上的那架飞机指指点点,邓子儒把头上的礼帽摘下来扇风,看上去焦躁而可怜。有一道铁丝网将乘客通道和机师隔离开来,没有宪兵的命令他们不能登机。刘云翔应该感谢这道铁丝网,因为他绝对不想在这种时候与他们见面。

他还怎么开这架飞机?他岂能让蔺珮瑶亲眼目睹自己的背叛?不是背叛国民政府,也不是背叛生死兄弟邵福林,而是背叛自己一生的爱!尽管这份爱到现在还不被承认、不被接纳,但他不能在她的眼里看到一丝对自己的失望。他可以背叛整个世界,但他不会背叛自己的爱。这已经是他多年以来内心深处爱情的诺言。

雾都的大雾为什么不再浓重一点呢?让他看不清初恋恋人凄惶惊恐的脸,看不见那逃亡的一家人狼狈无助的窘境。解放军为什么不再来快一点呢?如神兵天降忽然出现在跑道那头,让 C-47 再也不能起飞,试图逃亡的富人们乖乖回到他们的家。

"刘云翔同志"没有立功,但也不会愧对自己的爱。

苍天啊,谁来帮他解决这个难题?

当过军人、上过战场、经历过无数次生死考验的刘云翔从来没有像今天这样优柔寡断、畏缩不前;也从来没有面临过在选择革命和坚守自己爱情底线的两难中,要作出壮士断臂般的抉择。

难道你命中注定,只能当一个旷世情种?你看看那边那些富人们,战争时期他们发国难财,政权更迭时他们逃之夭夭。他们从来不知道小民百姓生活之艰辛、命运之卑微,而他们骄奢淫逸的生活正是由我们的血汗去滋养。刘云翔小时候见的富人多了,他们大腹便便、高人一等,在简兰兰这种女人身上挥金如土、夜夜笙歌。母亲含辛茹苦供刘云翔上学,不是要他做一个有钱人,而是希望他做一个有骨气、对国家有用的人。我们都是人,但生活在一个不平等的社会。革命的目的,就是要迎来一个公平、正义、自由、民主、富强的全新的中国。这是黄老师这样的革命者在"铁藜社"经常说的话。当外敌入侵时,一个热血青年理应走上战场,而当国家的变革到来时,须眉男儿又岂能儿女情长?

如果你现在选择放弃,跟那些轻易地拜倒在简兰兰裙裾下的软骨头男人有什么两样呢?

邵福林在飞机的舷梯边喊:"老长官,登机了。"

刘云翔回头看他一眼,又扭头看站在那边的"特殊乘客"。

邵福林又喊:"大哥,快点啊!"他跑步过来,帮刘云翔捡起落在地上的伞包,说:"老长官在清点人数嗦?走吧,兄弟我不会跟大哥打妄言的。放心啦,还多上了两个,共三十六人。"

刘云翔忽然恨恨地说:"一个也跑不掉!"

邵福林理解错了刘云翔的意思,笑了笑。"没错,三十六根金条,一根也不会少。"

他们登上飞机驾驶舱,作起飞前的准备,乘客们也开始登机了。邵福林快活地说:"黄金之旅就要开始了。"

跑道上的指示灯在雾中似小鬼的眼睛,前方像一个无底的深渊。飞机引擎轰鸣,显得慌张而愤怒。刘云翔推动操作杆,加速,再加速。在他感到飞机就要冲进长江里时,机头一昂飞上去了。邵福林紧张的神色舒缓了下来。"老长官,我就相信你的技术。这晦气重重的雾都,老子们再不来啦。"

刘云翔说:"那可不一定。"

"难道大哥还指望国军打回来吗?"

"做梦。"

"对,党国做白日梦的家伙可不少。"

"你休息一下吧。"飞上天后,刘云翔一直在想航向问题。他如何骗得过一个和他一样经验丰富的飞行员呢?

"我要去'收票'了。"邵福林笑笑,起身离开了副驾驶位,还拍了拍挂在腰间的左轮枪,说,"谁要跟老子啰唆,老子就把他赶下飞机。"

刘云翔回了一句:"你是抢人啊?"

"唉,大哥,国家都被人抢了。我们不过是抢点小钱而已。"

半小时后,他回来了,手里拎一个沉甸甸的航空袋。他说都在里面了大哥,到了香港我们先他娘的好好喝几杯庆祝一下。他还学那些阔佬们交出金条时的各种神态,有的很坦然,认为这是他们该付的账,有的则很心痛,手都在哆嗦。其中有对阔佬夫妇带着四个孩子,还有一个保姆,那个家伙交出一包金条时,我看到了他眼睛里的泪花。哈哈,他的老婆可真漂亮。我跟他说,先生,为了你的太太,你付再多的金条都值得。

刘云翔恨得咬紧了牙关。

一个飞行员最浪漫的梦,就是驾驶着飞机,带上自己心爱的人,一起翱翔在蓝天白云间,飞向自由,飞向未来……

现在,蔺珮瑶第一次坐上了他的飞机,这个梦差不多成为现实了,但为什么却如此千疮百孔、凌乱不堪啊?

天空苍茫,大地黑暗,飞机像一只孤鸟,航行在无垠的夜空,月亮在机舱的左上方。是一弯残月,令人备感孤独。

邵福林戴上耳机,诧异地问:"怎么没有了声音?"

然后他开始呼叫香港机场,但耳机里仍然一片死寂。"见鬼了,刚才还联系得上!"邵福林扔掉耳机,开始这里捣鼓一下、那里拍打几下。

刘云翔说:"别折腾啦。C-47你不熟,本来就是一架破飞机,我们凑合着飞吧。"

邵福林说:"没有导航,你怎么飞?"

刘云翔说:"天上还有星星哩。"

优秀的飞行员可以依据星象为自己导航,邵福林不是专职的领航员,白天他还可以根据地面目标靠目视导航,晚上没有了香港塔台的无线电导航,他就只有任凭刘云翔飞。如果不出意外,飞机降落了,邵福林才会知道这次航程的终点,不是"黄金之旅",而是"革命之旅"。

四个多小时后,当刘云翔说准备降落时,邵福林才发现右后起落架放不下去。又没有机械师,两人都急出一身汗。飞机在芷江机场盘旋,他们在做放下右起落架的最后努力。那时东方已微微发白,邵福林怎么会不熟悉芷江机场周边的地貌呢?他一声惊呼:"老长官,我们飞到共军的地盘上来了!"

刘云翔以毋庸置疑的口气命令道:"航向十五,准备单轮着陆!"

邵福林大喊:"老长官,拉起来!拉起来!不能着陆!不能啊大哥,一着陆我们就全完了!"

刘云翔不理他,揿动了几个开关,调整了频率,通讯恢复了。

"芷江塔台,芷江塔台,我是C-47机五四六,我的高度三千,航向十五,我要降落了。"

"五四六,五四六,我是芷江塔台。准许降落,欢迎回到人民的怀抱。"

刘云翔开始压下机头,对准了芷江机场的跑道,跑道上有排成一行行的篝火,隐约看得到一些人影。邵福林愤怒得五官都扭曲了,他似乎看到了自己的黄金梦像一个泄了气的气球,而刘云翔就是那个戳破气球的人。这个行侠仗义的老长官、大哥已是昔日旧友,今日断人财路的仇人。他掏出了手枪,顶住了刘云翔的脑袋。

"老长官,通讯是你关闭的?"

"我要降落了。"

"你要投共吗,大哥?"

"开枪吧,在我降落之前。"刘云翔专注地盯紧跑道,他甚至希望他有勇气打出那一枪。

一九四五年七月二十日,在湖南上空,刘云翔率领的第二十八中队在执行为轰炸机大队护航任务时和十几架日本零式飞机遭遇,邵福林的飞机不幸被击中油箱,飞机着火,在天空中拖曳出一条长长的黑尾巴。刘云翔在无线电里命令他赶快跳伞。邵福林回答,有日机在我左右,兄弟我今天与飞机共存亡了。日本飞机最喜欢射杀跳伞的中国飞行员,比他们打下中国飞机还来劲。邵福林听刘云翔说,跳吧兄弟,我在你身边。邵福林飘荡在空中时,看见他的长官单机和四架日机缠斗,在他的天空撑起了一道防线。刘云翔的大腿就是在这次战斗中被击伤的,邵福林去美军医院看望他时哭着说,大哥,兄弟欠你的啊!刘云翔笑着说,打仗嘛,生死兄弟,谁欠谁啊。

"啪嗒"一声,邵福林的枪掉在了驾驶室里,望着前方扑面而来的大地,失声痛哭。

左机轮落地时,飞机一个弹跳,然后又落地,再跳;机身倾斜,刘云翔拼尽全力把稳舵,把前轮压下去。飞机像喝醉了酒的醉汉,在滑行中不可遏止地歪斜下去了。右侧机腹着地,惊天动地的一声巨响,跑道上飞沙走石,机舱里叫声四起。邵福林泪流满面地大吼一声:"去死吧!"

C-47终于像一条晾晒在岸上的大鱼,横陈在跑道上,再不怒吼,也再不桀骜不驯。机舱内的尖叫声也渐渐平息下来了,刘云翔长长地喘了口气。跑道上已经有一群穿黄布军装的人跑过来。

刘云翔扭头对邵福林说:"对不起,兄弟。我要把这架飞机交还给重庆。"

邵福林抽泣着说:"大哥,你不是不知道,要把这破飞机修好容易吗?这他妈的又不是修一辆黄包车。"

刘云翔拍拍他的肩。"我会告诉他们,让你去香港。"

太阳出来了,一队解放军士兵已经围住了飞机,有人在拍驾驶舱的门。刘云翔起身去开门,一个穿长衫的男子激动地抱住了他,说刘云翔同志,恭喜你!你为人民立大功了。

他一定是黄老师说的"我们的人"了。刘云翔问:"机舱里的人都安全吗?"他心里惦记的人,当然不好开口直接问。

"安全!安全!乘客的情绪都被我们稳住了。"那人还在兴奋中,说,"刚才怎么了?好像降落时出了点问题。"

"没什么,一只轮子放不下来了。我和我的兄弟只好强行着陆。这是邵福林,没有他,这架飞机回不到人民手中。"

一群人已经在机下等他了,其中还有人手里捧着鲜花。但刘云翔坚持要等机上的乘客都下了飞机、检查完毕后他才离机,还说这是他们飞行员的习惯。乘客们从机尾下来,拖家带口,大包小箱,如同难民。解放军让他们排好队,逐一登记。他们显然刚从一场梦中醒来,一个个都惊慌失措、目瞪口呆。刘云翔看到了那家人,看到了邓子儒的愤怒沮丧,看到了蔺珮瑶的狼狈落魄。最大的那个孩子依偎着她,她怀里紧紧抱着另一个女孩,女孩还在哭泣,蔺珮瑶不断地拍打安慰她。而她自己同样也是惊魂甫定、花容失色。她不停地四处张望,身子似乎还在颤抖。一辆卡车正从远处驶来。他们花了大价钱、冒了大风险逃亡,却想不到因为一个人的改弦易辙,所有的努力都不过是枉费心机一场。

唉,抱歉了……

刘云翔掏出飞行墨镜戴上,眼泪还是从镜框下流出来,让邵福林看见了。

邵福林再次理解错了他的老长官,恨恨地说:"刘云翔,现在我们谁也不欠谁的了。"

现在,菊香贞子细心观察蔺珮瑶听到这个故事高潮部分时的反应。一个被最亲近的人埋藏了半个多世纪的秘密揭开以后,她会恍然大悟,大骂刘云翔的背叛?或者一声叹息,懊悔不已?命运被人左右,是这个世界上最令人窝火的事情,况且那个夜晚之后,邓氏一家的生活轨迹就被改变了。可是这个老太太为什么还一副心如止水的模样?

"他有什么需要忏悔的呢?这不过是命运罢了。命运就是这山涧的云雾,变幻莫测,人怎么能够左右它呢?命运还是一个严肃的老人,能得到他宠爱或垂青的人并不多。"蔺珮瑶轻声地说,语调比雾还轻,"人又怎么知道在人生中的每一步、每一次选择,哪些走对了,哪些做错呢?一步之差,便是春梦一场。但无论对与错,都要用一生去承担。我们都是些命运出了差错的人,可是哪个的人生又不出点错呢?"

"妈妈桑认为刘先生的选择错了?"

"不,他选择了,无论对错,我都尊重。"蔺珮瑶肯定地说,"我那时并不十分愿意离开重庆。只是邓子儒听信了国民党的宣传,说'共'产我不怕,'共'我的妻可不行。这个老邓抗战初期时也有不少共产党方面的朋友,在我和刘云翔去延安未遂后,他就对共产党有看法了,总认为共产党就是要夺走他妻子的那种力量。当我们决定要走时,我真的想到了刘云翔。尽管我还不知道他在何方,但我预感到我一旦走了,我们今生或许就再也见不到了。不管今后我们各自如何飘零,重庆是我们相爱又相离的地方,总该有人在这里等待吧?这就像你和初恋恋人的一个约定,纵然时间在流逝,身份在变化,约会的地点却已经种到骨头里了。因此,当我们坐着解放军的卡车回到重庆时,我心里不是失望或愤怒,而是又重新升起了希望。我这才发现,自己是多么爱这座城市,多么离不开这有雾、有山,到处是坡坡坎坎,还有两条大江拥抱的故乡,因为我要在这里等一个人啊!这里需要一双守候的眼睛。"

"妈妈桑,你等了多久?"

蔺珮瑶沉思良久,似乎要把那最沉重的一页翻出来,需要静心闭气,积蓄勇气。

"一九五〇年冬天,大家都面临全新的生活。旧政权那些有一技之长的人都得重新进入西南军政大学重庆分校学习。有一个星期天,我去洗衣房洗衣服,噢,我们的洗衣房可不是你所理解的有公共洗衣机的那种。一排水龙头,一个公共盥洗台,大家伙儿洗脸刷牙洗衣服都在那里。我洗衣服的时候总感觉有什么不对劲,心里莫名地慌乱,好像有什么事情要发生。我是共产党来了后才学会洗衣服的呀,那些黄布军装又厚又重,重庆的冬天水很冷啊,咬手。我洗得腰酸背疼、手指生疼。对,我们都得穿军装,那是那个时候最时尚的衣服,男的穿四个兜的黄布军装或蓝色干部服,女的穿小翻领的列宁装,没有裙子旗袍了。我有个习惯,每当干什么事情感到困难时,我就会回想过去的那些好时光。那天我莫名其妙地想起了南开中学的蒸汽房,当然我想到的是战争爆发前的那个暑假,我们去蒸汽房蒸宿舍床板里的臭虫,刘海和我在蒸汽房外的树林里见面……那情景就像另一部话剧,与我现在的生活毫无干系。我在回想中去院坝里晾晒笨重的军衣。那是个阴天,晾衣服的铁丝一根根牵在院坝里,有一床花布床单是同宿舍的一个女伴的,已经干了,我想帮她收回去。我揭开床单时,对面是一个穿黄布军装的高个男子……"

蔺珮瑶忽然老泪纵横,张了张嘴,却只发出两声喑哑的哀号,像个失去一生所爱的无助老人。人生漫长,故事会有很多种人所不知的结局。人只有活到最后,才可以将自己的人生故事把泪披阅,一一品尝。多少年来,她一直在人前、在日本人菊香贞子面前保持着一个世家小姐、大家闺秀非同凡响的气质和风度;多少年来,她一直紧锁心扉,深埋上一个时代的爱情,把刻骨铭心的爱当作是别人的故事,即便回忆、即便讲述,也是云淡风轻、谈笑自若。然而,"锦瑟无端五十弦,一弦一柱思华年",当此情已成追忆,当年的惘然、迷惑、抗争、探寻以及飞扬的青春都以失败告终,往事怎堪伤感几回,人心又能承受几许?

老人双手捂紧了自己的脸。

菊香贞子掏出手绢来,递过去,轻轻地搂住了蔺珮瑶。

一团白色的雾霭从眼前的湖面上飘过,极富梦境般的诗意。菊香贞子不能理解的是中国人内心的含蓄与隐忍。含蓄到爱深沉湖底,隐忍到白发在时光中飘零。

蔺珮瑶平静下来后,菊香贞子才说:"妈妈桑,我们出去走走吧。这个小湖边的空气真好。"

蔺珮瑶却说:"山上有座寺庙叫缙云寺,贞子小姐可否愿意去敬一炷香?"

"太好了。我会为妈妈桑、邓先生,还有刘先生祈愿。"

"谢谢。不过我们都是信基督的,寺庙里的神,我们只是止于欣赏。"

"神护佑一切善良的人们。"

缙云山上的小径清净幽深,路上蔺珮瑶介绍说缙云寺有一千五百来年的历史了,唐朝一个皇帝曾为它赐名为"相思寺"。菊香贞子说,哈哈,他一定是个浪漫的皇帝。蔺珮瑶回答道,这个我倒不知道,因为山上有传说中的"相思竹"、"相思岩"、"相思鸟"。菊香贞子颔首道,哦,都与爱情有关吗?蔺珮瑶说,美好的传说总是与爱情有关。

在缙云寺,菊香贞子恭恭敬敬地敬香,蔺珮瑶在一边等她。作为基督教徒,她是不会轻易进寺庙的。退休以后,她和邓子儒每周都会去教堂做礼拜、唱圣歌。他们在教堂里净化自己的心灵、忏悔自己的一生。"上帝所结合的,人不可以拆散。"每当读到

《圣经》里的这段话，蔺珮瑶的心情便从万般复杂到渐次归于宁静。年轻时信仰可有可无，不知敬畏，唯有从蹦蹦跳跳到步履蹒跚，才慢慢懂得人一生所走的路，信仰就是一种修行、一种砥砺。在灵与肉的纠缠中，人不可一日无修为。

从缙云寺出来，菊香贞子说要去看一看"相思岩"。有什么故事吗？蔺珮瑶说我不知道，天下的相思大体一致，但又书写不尽。

菊香贞子没有料到"相思岩"其实是一面很普通的崖壁，上面布满了青苔和一些蕨类植物。下方一个提示牌上有一段话——

此山有相思岩，生相思竹，形如桃钗。又有相思鸟，羽毛绮丽，巢竹树间，食宿飞鸣，雌雄相应，笼其一，则其一随之。

菊香贞子听蔺珮瑶一一解读给她听，她感觉到了她语调的变化，尤其是说到"笼其一，则其一随之"时，老人的神情黯淡下去了。竹也相思，鸟也有情，何况人乎？

刚才爬了一会儿山，菊香贞子提议在"相思岩"前的石凳上坐一会儿。山风阵阵，竹影婆娑，幽静的世界里相思在蔓延。

"妈妈桑，我不明白的是，在和平的年代里，你和刘先生终于见面了，为什么不走到一起呢？"菊香贞子突兀地问。一个当过记者的人，是不会放过难得的采访机会的，哪怕采访对象血压还在往上蹿！当然，菊香贞子也认为蔺珮瑶其实很乐意和她一起沉浸在往事的回忆里。有些回忆，需要有人分享。

"你又来了，真是上辈子欠你的。"蔺珮瑶不无嗔怪地说。她的脸色有些泛红，不知是刚才爬山走路累的，还是血压又上去了。那些经年往事，会不会与此有关呢？没有人知道。但一提到过去，她的目光就空蒙起来，呆望着前方的"相思岩"，它的背后就像是阿里巴巴的藏宝洞，只不过里面珍藏的不是财富，而是珍贵的回忆。

"在新生的人民政权里，我们的身份都发生了巨大的变化。我们是需要改造的旧资产阶级知识分子，而刘云翔是新政权的功臣，还给他颁发了勋章。那天他是来军政大学为我们讲课的。但你想想，我在下面听，他站在讲台上怎么讲课？我们都坐进教室了，带课的老师才来说，请来作报告的那个功臣忽然发病，回去了。哈哈，这大约是刘云翔第一次当逃兵。"

"是够难为他的。不过，既然刘先生是立了大功的人，为什么后来又当了一名教师了呢？"

"他这个人啊，是不懂政治的。他先是在解放军的航空学校当教员，后来政治运动来了，先是劳动改造了几年，然后还回北碚教书，只不过不在兼善中学了，而是去了一个乡镇中学教英文和物理，喏，就在这缙云山背后。"

"你们怎么保持联系，常写信吗？"

"不，你以为还是旧时代吗？那年月政治运动隔三岔五地来，哪个还敢有过去的那种小资产阶级情调？中国有句话叫'饱暖思淫欲'，革命者批评我们这些小资产阶级知识分子喜欢'无事生非'，嘿嘿，现在回过头去看，还真就是那么一回事。我要养四个孩子,他们都在长身体的时候啊,那些年如何让他们吃得饱,这才是一个母亲的天职呀!我们家也没有保姆了。三十二岁以后,我才开始学着去做一个母亲,开始学当好一个家庭主妇,开始每到周末计算这一周的开销是否超支,下一周口袋里的那点钱够不够用,老大是不是该买双布鞋,老二的衣服能否改小一点给老三穿,老邓要抽的烟哪里可以买到更便宜一点的。一个铜板恨不得掰成两半用,像一个精明的会计。"

老人不说话了。菊香贞子回翻自己的笔记,忽然发现了一个问题:"嗨,邓家的产业过去不是号称价值半个重庆城吗?革命后,难道就一点也没给你们留下?"

蔺珮瑶淡淡地说:"其实经过抗战和之后的几年战争,我们已经没有多少家产,我们在后几年战争中损失的财产,超过日本飞机轰炸造成的损失,国民政府的经济崩溃了,我们这些商人还不是一样跟着遭殃。解放军快打到重庆时,不要说'邓半城',连一条街的产业都难以维持。按我们家老邓的说法,生意做到最大之时,就是所有的钱都要赔光之际。一九四九年初我们就开始变卖家产,三文不抵两文地卖,不是想逃香港嘛。老邓也退出了他父亲经营的江湖,帮会里的遗老遗少和兄弟伙,该打发的打发,该遣散的遣散。共产党来时我们在重庆几乎没有什么产业了。他后来参加了工作,在文化局当剧作家,而我去一所中学当英文老师,我们自食其力,不再是剥削阶级了。我们成功地背叛了自己的过去,这让我们后来少受了好多苦。老邓也终于干上了他一心想从事的话剧事业,我身边也再没有比我穿得更好更时尚的人,大家都是一身干部服么。我再不用为该穿什么样的衣服出门而发愁了。我们那时吃供给制,什么都是政府配给,每月只有三块钱零花钱,这种感觉当时还让我们很新鲜、很自豪呢。"

菊香贞子听不懂什么叫"吃供给",也不理解每月只有三块钱的薪水,蔺珮瑶这样的女人该如何花。"你们逃香港时交付的金条,都还给你了吧?"

"还了。但一九五〇年抗美援朝,政府号召大家保家卫国,出钱出力。我们也要积极响应不是?老邓把剩下的七根金条都捐给政府买飞机。哈哈,我们总是有捐钱买飞机的情结。老邓说,现在我们干干净净进入一个新社会,不去背那个剥削阶级的骂名。"

"难以想象。"菊香贞子双手一摊,仿佛那些财产是从她手上交出去的。

"很简单,时代变了嘛。人啊,自己有一条命,国家也有一条命。我们中国人总是会把自己的命运和国家的命运联系在一起。战争来了,你得为国家而战;革命来了,你得跟着国家一起革命;天下大治了,老百姓的日子才会平安。人生是个小舞台,国家是个大舞台,你只是一个小角色,你得服从大剧情的安排。连我们家老邓都说,要感谢共产党,把我这饭来张口衣来伸手的大小姐改造成了一个好母亲、好妻子。哈哈。"

"可是,妈妈桑,人内心深处的爱,是可以被改造的吗?"

"你这个人啊,总是让我的血压往上蹿。"

"妈妈桑,请原谅。"菊香贞子再次欠身道歉。

她们身边的竹林传来窸窸窣窣的絮语,像久远的声音在向大地倾诉。"有一段时间,生活真的很艰难,我的心中也充满了恨。恨刘云翔,也恨邓子儒,恨生活中的种种混乱和不公。我们知道他被迫转业后在北碚教书,但我们没有通过一封信,他当然也不好意思给我们写信。我恨了他好几年,恨到一到夜晚就独自流泪,恨到一回想起过去人就要发疯、崩溃,恨到最后……竟然是恨不起来了。唉,恨变成了思念。"

老人又流泪了,菊香贞子忙递去一张纸巾。

蔺珮瑶拭去眼泪,神色舒缓下来。"到底不是陌路人。'文革'结束后,刘云翔平反恢复名誉,老邓也恢复了工作,还当了两届市政协委员。国家的灾难总算过去了,我们也都老了。有一年夏天,老邓说,我们去北碚看老刘吧,我晓得你心里还惦记着他。我当时骂了老邓一句,你脑壳起包了嗦!老邓说,我脑壳起包不要紧,你心头的包要消下去。这个老邓呀……我们那次去北碚,两个老哥子都喝得大醉……"

菊香贞子分不清中国政治运动的时间段,便问:"这次见面,又时隔了多少年?"

"一九八一年六月五号,三十年了。那个当年穿军装的青年军人已经是一身粉笔灰的老教师啦。我们家老邓还趁着酒兴吟诗一首,我还记得其中几句——'犹忆旧园青竹短,惊看双鬓白丝长,笑谈别后冤遭屈,喜得相逢寿以康。'噢,如果你还记得的话,这一天也是'六五'大隧道惨案四十年的周年日。我们并不是故意挑这个日子去的,但是啊,生命中总有些你回避不了的东西。不是你碰巧了,而是命里的约定。"

菊香贞子肯定地说:"我相信。"

蔺珮瑶望着菊香贞子,说:"我的牧师告诉我,我们每个人都要背起自己的十字架。我的十字架有多重,别人看不见,只有我自己知道。你现在离我这样近,我却连你的五官都看不清楚了。我只看得见过去,它就是我的十字架。我背起它,不是越背越重,而是越来越心怀感恩。"

28. 不死的证言

东京的一个春雨之夜,有些寒冷。梅泽一郎加班到十一点多,才走出自己的办公室。大街上已经行人稀少,冰凉的雨淋到脸上,梅泽一郎才发现忘记带伞。他裹紧风衣,径直走进日比谷区那家叫"屋之桥"的小酒馆。重庆大轰炸受害者对日索赔案下周就要开庭宣判了,梅泽一郎已经付出了所有的努力,作好了最后的心理准备,现在就像等待放榜的学子。因此,在这个周末的雨夜,他想好好喝一杯再回家。

塚木似乎在那里恭候他多时了,他向他招手,邀请他坐到他那一边去。梅泽一郎有些不情愿,但还是在塚木对面坐下了。他们不是敌人,只是法庭上的对手。十多年的诉讼让两人一路较量下来,也有了办公室同事的那种感觉,只不过他们各自坚持的东西是多么的不一样。梅泽一郎听说塚木马上就要高升到外务省亚洲大洋洲局任高级专员了,那是他奋斗了多年的一个位置。梅泽一郎要了一碗鱼丸面和一盘熏鱼、一小瓶清酒。酒菜上来后,他举起酒杯说:"恭喜塚木先生。"

塚木倒也不显得而洋洋自得,似乎心事很重。他一反过去两人在酒馆里不讨论工作的习惯,喝下自己的酒后便说:"下周法庭就要宣判了,真是一场漫长的战斗啊。梅泽君的白发可是增添了不少。"

梅泽一郎说:"不是增添得多与少的问题,而是彻底花白。塚木先生当年走进法庭时,还是一个初出茅庐的小子呢。"塚木这些年隆起了两个大大的眼袋,眼角裂开几条纹路,也发体了,成为一个有些沧桑感的男人。

塚木叹了一口气说:"我们都在从事一桩毫无意义的工作。两个邻居为过往已久的事争吵不休。于今天有什么意义呢?于未来又有什么好处呢?况且这样一桩公案,国际上早有界定。只有中国人才会老揪着过去不放。"

"塚木先生难道还不明白吗?不是中国人的问题,而是日本的问题。"

"日本很正常啊,在当今这个和平与发展的时代,总是对过去耿耿于怀的人才显得不正常。"

看来今天要把法庭上的辩论搬到酒桌上来了,尽管梅泽一郎不认为这是一道"好菜"。他正色道:"塚木先生,二战之后,作为战败国的日本一直想成为正常国家,甚至想在联合国安理会常任理事国中占有一席之地。但是为什么会遭到许多国家,尤其是亚洲国家的反对呢?我们日本人的内心还残留着陈旧的中国观和陈旧的中国人观,蔑视中国,蔑视亚洲,唯我自大。蔑视别的民族,自负自傲,不知不觉地就会与过去的帝国日本之梦连接起来。日本的政治家们有没有想过:希望自己被尊重,必须尊重那些值得尊重的民族。一个民族成熟的标志之一,是它既能为本民族历史进程中的丰功伟业骄傲自豪,也能正视并反省它阴暗的甚至是有罪的一面。可是,你没有勇气反省历史罪责,你就显得不够成熟;一个不成熟的民族,又何谈'正常'?"

塚木把自己酒瓶里的酒倒给梅泽一郎一杯,说:"你尝尝我这个。梅泽君,日中关系正常化以来,我们对他们已经不错了。从无息贷款、低息贷款,到技术输出、合资企业,中国的市场上到处是日本的产品和技术,这难道不能算作一种补偿吗?他们不能一手接过日本的好处,一手去捅日本的伤口。梅泽君,我承认那些大轰炸受害者确实可怜,也值得同情,但那是国家间的战争。如果每一个战争受害者都向加害国要求赔偿,虽然也许体现出了某种正义,但这种正义对成千上万刚刚醒悟过来的中国人来说,极有可能埋下再度纷争的火种。战争时期中国有四亿多人口,直接受到战争影响的至少也有两亿吧?都来索赔,难道他们想让日本政府破产吗?难道他们希望中日之间再度争吵不休,最后招致战争状态吗?村山富士首相一九九五年的讲话后,在日本出现了'中国诉讼热'。从慰安妇、细菌战、'七三一'部队人体试验、南京事件,到劳工诉讼、山西大屠杀事件、重庆暴击案等等,日本的法庭挤满了前来上诉的中国人,外务省和法院要面对堆积如山的上诉材料和雪片般的抗议书。这难道是我们需要的日中友好关系吗?"

梅泽一郎反驳道:"你烧了人家的房子,不去谈论放火的罪因和赔偿,而是狡辩放火的理由和担心房子太大了,里面毁坏的东西太珍贵了,甚至烧死的人太多了,我们赔不起,我们也羞于认罪。让我们去做点别的吧,和受害者做生意,把过时的生产线卖给他们,让他们也得到发展,我们的良心也就得到安慰了。可是,法律的公正何在?世界的正义又何在?"

塚木不说话了,兀自喝酒。轻轨列车在他们的窗前急速地驶过,外面的街道上春雨潇潇,凄迷冷清。在梅泽一郎快要吃完时,塚木招呼酒保过来:"再来一瓶刚才的酒,今晚我请梅泽君吧。"他付了账,脸上现出一个温和真诚的笑容,让梅泽一郎有些诧异。

"有时在法庭上,我看到你为那些中国人辩护,会想:这个家伙还是日本人吗?有些思想激进的人士叫嚷着让你们滚去中国,骂你们是'国贼'、'非国民',我也会在心里赞同。一个日本人怎么能不站在自己国家的立场上说话做事呢?"

梅泽一郎心平气和地说:"我不在意他们这样说。历史往往告诉我们:能够审视自己民族有罪或阴暗一面的人,一般都是这个民族的思想者和启蒙者。被我们日本人称为'大正民主之父'吉野作造早在上世纪初就说过:'今日之日本,具有和平的日本和侵略的日本带来的两面性。'不幸的是,我们走上了战争之路。在战争时期,那些口号喊得最响亮的爱国分子,正是把日本引向了灾难的人,而被骂成'国贼'的反战人士,尽管他们的声音那么弱小,处境那么艰难,却是在一条布满荆棘的道路上探寻真理和道义。"

塚木举起了酒杯,说:"喝吧,梅泽君,这是向你致敬的酒。我现在不知道该佩服你呢,还是同情你。但我可以肯定的是,你是日本的好国民。你在为日本,我也是。只是我现在无法判断我们谁做对了,谁做错了。"

梅泽一郎微微一躬身,把酒一口干了,说:"谢谢。但愿吉田法官能够作出正确的判断。"

"历史会有判断的。为了日本,一起努力吧。拜托了!"塚木也躬身回礼。

那个晚上两人都喝得大醉,偏偏倒倒地出了酒馆,在寂静的大街上互相搀扶,像一对老酒友。在地铁口分手时,塚木敏义抱住梅泽一郎的双肩说:"梅泽君,你成就了我,中国的那些战争受害者成就了你。你现在是名律师了,时不时上电视、报纸,国会议员都怕你。无论下周的判决会怎么样,我们都是赢家。哈哈!"

塚木敏义的身影消失在自动扶梯下面了,梅泽一郎才想起该说的话。混蛋!我可不是为了出名才接手这个官司。但话到嘴边,终于也没有勇气喊出来。

东京地方裁判所外面的樱花再度开放的时候,来到这里的重庆人再次感到了它的冷漠,尽管它依然怒放得热烈、娇艳,但高悬于人们头顶的樱花已不再浪漫、不再有扶桑国的诗意和温度，它就像路上遇到的一个傲慢贵妇，你可能连一丝好奇心都不会有了。

　　人行道上走来一队拉着横幅、举着标语牌、喊着口号的重庆大轰炸受害者。几个警察在两边维持秩序，为他们指定游行路线。匆匆路过的行人大多视而不见、听而不闻。有两家中国的电视台和一家日本电视机构的人员一直在跟踪拍摄。走在前面的有蔺珮瑶、刘云翔、李莉莎、张振贵等老人，紧随身后的是赵铁、钱嘉陵等来自重庆的律师、志愿者、战争受害者亲属、抗战研究学者，日本支持中国战争受害者的民间团体和反战人士、梅泽一郎的律师团队。不到一百人的游行队伍中最引人瞩目的是前排的蔺珮瑶和钱嘉陵怀中抱着的两幅遗像——邓子儒和唐老三。邓子儒一个多月前在睡梦中溘然长眠，唐老三则是半年前在敬老院下象棋时一头栽倒在棋盘上，就再也没有醒来。这天下午三点，东京地方裁判所将对重庆大轰炸受害者民间对日索赔案作出一审裁决。尽管邓子儒和唐老三这两个耄耋老人为此奋战并苦等了近十年，但终于没有等到这一天。两位老人的遗像，就像已在天国里的人还在关注着人间的消息，要么心怀遗恨，要么激励后来者。

　　抱着丈夫遗像的蔺珮瑶哀而不伤，满头的银发在东京大街上并不温暖的春风中轻轻地飘拂，菊香贞子在一边陪伴着她。而刘云翔则坐在轮椅里，这些年他的腿疾让他不得不依靠轮椅。邓子儒的遗像是他的一张晚年照，拍摄于他中风之前三年，那时的他看上去精神矍铄、气质儒雅，薄薄的嘴唇微微上扬，短小的下巴透着老年人的谦逊，细小的眼睛有洞悉一切之后的仁慈与宽厚，眼角的皱纹稀疏但深刻,一如他沧桑的人生,随便挑出一个片段都足以动人。他的寂然辞世于他、于亲人都是一种解脱。人生虽然不尽如人意,但能做到儿孙满堂、寿终正寝,也算是一种完美。就像蔺珮瑶对前来吊唁安慰她的人所言,我们家老邓死得没有恐惧、没有痛苦,虽然是死在混沌中,但也是上帝对他的恩宠。他正在去天堂的路上哩,连回头看我们一眼的工夫都没有。每当说到这里时,蔺珮瑶还是忍不住要抹一把眼泪。

　　被划定好的游行线路并不长,就在东京地方裁判所两侧的人行道上。梅泽一郎曾经担心会有右翼团体来骚扰,还特地请"支持中国战争受害者协会"的一个副会长,带了几个对中国友好的人士随行。这个叫武藏太郎的副会长从前是东京都"横岗"级别的相扑选手,"横纲"可是相扑运动员的最高级和终身荣誉。他带来的人体重大都在两百公斤上下,还穿着宽大的西装、系着领带、戴着墨镜,往哪里一站都相当有震慑力。钱嘉陵甚至悄悄对赵铁说,要是那些右翼分子来滋事,我们这些胖哥朋友摔翻他们几个倒好了呢。赵铁白他一眼说,未必你还能去打帮锤吗?这是在日本。他想想又说,法庭判决出来后,不管对我们有利还是不利,你都别乱冲动哈。我们赢要赢得起,输了,也要输得有尊严。

　　梅泽一郎手持话筒走在游行队伍的前列,振臂领呼口号,显得信心十足。他必须给身边的中国人希望,就像他也在不断让自己充满坚定的信念一样。塚木那天在酒馆里说的那些话让梅泽一郎还是有些感动,他也相信历史将给出最为公正的判断。因此,日本法庭的判决结果会怎样,他已经不在乎了。只是那些千里迢迢、数次来日本打官司的原告们,在这场为时近十年的跨国诉讼中,让他们有的散尽了养老积蓄,有的甚至耗尽了生命。他们已经竭尽了全力,现在只能祈祷。祈祷日本法庭会秉持正义和公道,祈祷日本政府的良知和责任感。他们的受害事实,放在世界上任何一个法庭,都铁证如山;他们的证人证言,面对世界上的任何一个法官,都不容辩驳。如果法庭是讲理的地方,我们已经讲清楚了连一个三岁孩子都能分辨的道理;如果法官是主持公平正义的人,被侮辱和受到伤害的人就有理由乐观。

刘云翔是持悲观态度的人,他不相信日本政府,不仅仅因为他和日本人打过仗,而是这个当年的战败国并没有服输、认罪。你不可能去跟一个不服气的人讨公道,要让日本服气,除非你像美国人对他们那样。刘云翔曾跟赵铁讨论过这个问题,他说,日本人绝没有想到是他们教会了美国人用燃烧弹来对付平民住宅,美国人也不会想到把骄横的日本人打得越痛,他越服输。这是一个见了棺材才会落泪的民族。一九四〇年我们把日军海军航空队四大王牌飞行员之一山下七郎的飞机打下来了,还活捉了他。国民政府航空委员会为了鼓励年轻的飞行员,将俘虏拉到重庆周边的几个机场示众,让他交代自己的作战经历,包括飞机性能、空中格斗技巧等。这个家伙老实极了,你问什么他都说,都点头哈腰,哈依哈依连天,甚至还说自己本不愿来中国打仗,年少时只是想当一名棒球选手。但他却在一个雨夜伙同几个被俘的日本兵杀死了看守逃跑了,想顺着长江逃回武汉的日军航空基地,所幸在半路上被我们抓获了。在他的身上竟然搜出了他画的我军各机场的草图,上面的停机坪方位、防空阵地,连飞行员宿舍都标得清清楚楚,让航空委员会的人看得冷汗直冒。"百足之虫,死而不僵",军国主义阴魂犹在,刘云翔不认为现今的日本是战争受害者可以讲道理的地方。尽管梅泽一郎、菊香贞子也让他看到了日本人热爱和平、反省战争的一面,可我们总不能因为有个"白求恩",就把一个遥远的国度自认为是盟邦。

但他必须陪伴蔺珮瑶走过人生的这一站。就像他一生的爱情,他很少乐观过,却仍然要承受命运对他一次又一次的打击和嘲弄。爱情可以失败,但爱却能够永生;人生也许屡战屡败,生命却要永远保持尊严和希望。因此,当蔺珮瑶决定要带着丈夫的遗像去东京的法庭出庭并等候一审判决时,他说,我陪你去吧,无论判决结果如何,我都要在你身边。

现在,他摇着轮椅,紧随在她的身边,在东京的料峭春寒中,相互搀扶,走进法庭。在进门时,法警要求大家把所有的随身物品都放在一个塑料篮子里过安检,这是进日本法庭的规定,过去都是这样。蔺珮瑶交出了身上的手机、钱包、相机等物品,却把邓子儒的遗像紧紧抱在怀里,径直走向安检门。一个法警打着手势,要蔺珮瑶把遗像放到篮子里接受检查,但她斩钉截铁地回答道:"No!"

法警愣了一下,再次往安检台后面的物品存放处示意,还鞠了一躬,礼貌又执着,似乎不容商量。

蔺珮瑶不理他,执意往安检门里走。法警伸手拦住她,蔺珮瑶大喝一声:"让开!"

紧跟在后面的菊香贞子过来,对法警嘀嘀咕咕了一番,法警依然很坚决地摇头。

蔺珮瑶问菊香贞子:"他想干什么?"

菊香贞子说:"他说凡是随身物品都要接受检查,并且,遗像不能带进法庭。妈妈桑,请配合。"

蔺珮瑶火了,举起遗像大声喊:"这是物品吗?这是我的丈夫!"

刘云翔也愤愤地说:"这是我们原告团的团长。我们是来完成他的遗愿的。你必须让他站着进去!"

中方原告团的人明白了老太太的意思,刚才主动把唐老三的遗像放在安检台上的钱嘉陵眼疾手快地又取回来了。对头,过去我们都是站着进法庭的,人死了,也不能躺下认栽。

梅泽一郎和日本律师团的几个律师也赶过来了,开初他们还想劝原告们遵守法庭的规定,但后来发现这次中国人惊人地团结和悲情,不让我们抬着遗像进法庭,我们就罢庭。梅泽一郎恍然大悟,中国人不是在意气用事,邓子儒的在天之灵,有权利见证这场经过艰苦卓绝的奋斗才等来的判决。

双方僵持不下,今天来的媒体也比往常多一些,此刻长枪短炮全对着这边。两个老人的遗像被高高举起,特别抢镜头。原告团的人就势展开抗议宣讲,说日本法庭拖延判决,让这桩官司打了近十年,我们的证人都在拖延中去世了,难道还要在这里羞辱我们吗?在其他地域执勤的法警都往这边跑,带班的法警课长和庭长也出来了。梅泽一郎和他们一番交涉后,日本法庭终于罕见地妥协了。放行,遗像准许抱在怀里,但在法庭上不能有举起遗像示威的行为，否则，法警将予以驱逐。

一行人器宇轩昂地走进了一〇三民事法庭。在进法庭前，刘云翔看到一个有些年纪的法警注视着邓子儒和唐老三的遗像，悄悄地敬了个礼——想必他对这两个老人并不陌生。

这是东京地方裁判所对重庆大轰炸民间对日索赔案的第三十二次开庭。在近十年的光阴中，这栋灰色大楼外的樱花花开花谢，乱红飘零；而远涉重洋前来讨还公道的大轰炸受害者们，数度站在法庭上，用生命为历史作证。满头青丝的已稀疏花白，白发老者已怆然作古。"流光容易把人抛"，善良的人们仍然相信真相、正义、公道不会"把人抛"，否则，我们这个世界的良知何在？

按照今天的法庭程序，控辩双方律师将进行最后的陈述，原告方和被告方也可简要发表自己的观点。然后，法庭在合议后，作出一审裁决。

下午三点，法庭准时开庭。依然是吉田法官担任主审法官。原告们发现他蓄起了仁丹胡，这并不让他显得更沉稳威严，反而让他看上去更像个穿着法袍的"鬼子"。难道他不知道蓄着仁丹胡的日本人曾给中国人带来多少惨痛的记忆吗？或许他正是想以此来表明自己的历史态度？刘云翔感到了不妙。今天他和蔺珮瑶坐在原告席上，他悄悄握住了蔺珮瑶的手，他发现她的手很凉，那是她心寒齿冷的表现。

梅泽一郎昨天特意理了发、修了面，今天看上去整洁、精神。他在开场白中说："九年零八个月的诉讼，今天终于等到有答案的时刻了。法官阁下，在您作出判决之前，我不想就重庆大轰炸受害者们的被害事实再作任何陈述。因为在时隔七十多年后,因旧日本军在战争时期无差别轰炸造成的重庆、成都、自贡、乐山、松潘等地的加害事实,我的办公室里就有五吨多的文字资料,近十年来我们在法庭上也进行了三十一次陈述和辩论,我相信已经让尊敬的法官阁下充分了解了这件索赔案的部分加害事实。因此,今天我只想利用最后的机会,陈述一个理念——全球正义,以及它对今天的日本何其重要!

"众所周知,我们生活在一个全球化的时代,经济的全球化必然导致政治的全球化。它使人类生活在一个如政治学家们所说的'重叠的命运共同体'中,发生在一个国家的事件,将不可避免地对另一个国家的国内政治或民生产生影响。正如今天我们在这里的判决,将会影响到中国的一群战争受害者和一切有正义感的人们对我们的看法和评价。我们是在全球化的大背景下审视并反省历史,我们的良知、道德和历史责任感将接受全球正义的拷问。重庆有千万双眼睛,在看着我们,世界也在看着我们。

"依照政治学者们的观点,有两种责任关系在全球正义理论中发挥着至关重要的作用,这就是'后果责任'和'补救责任'。第二次世界大战刚刚结束时,德国存在主义哲学家、被誉为'新德国精神导师'的卡尔·西奥多·雅斯贝尔斯就对战争罪行作了法律的、政治的、道德的和形而上学意义上的梳理。他认为法西斯战争是国家或民族的一种政治罪行,全体公民共同分担了这种罪行,不论统治他们的政权性质如何。因此,所有的德国人没人能够免除政治责任,因为正是他们支持并享受到了纳粹法西斯主义带来的一切现实，全体德国公民都应该在战后被要求作出赔偿。正是以这种高尚的理论作为基础，战后德国政府对遭到纳粹大屠杀的犹太人支付了八百亿马克，主要以转移支付给以色列政府的方式进行；德国人以纳粹主义为羞耻，将之扫进历史的垃圾堆；我们也看到，早在一九七〇年，联邦德国总理勃兰特在波兰的犹太人死难者纪念碑前下跪道歉。他跪下了，德国从此赢得了世界的尊重。

"从德国的经验中我们可以知道，一个国家应该为历史上的非正义行为负起责任，正如一个人应对他人生中某个阶段的过错承担责任一样，如果他是一个高尚的人，他甚至应该为其父辈、祖辈的非正义行为负起责任。比如我的父亲杀了人，尽管他已经承担了法律责任，但我至少应该向受害者家属道歉、谢罪吧。在政治学里这被称之为'继承性责任'。正如我们继承了财产，也得继承债务。如果我们的前辈有令人羞耻的非正义行为，这笔债务到了今天我们该不该偿还？我们不偿还，那么我们既和我们的前辈一样让人唾弃，也让我们的下一代为我们感到羞耻。这就是一个'代际责任'问题。人类文明之所以能够代代相传，就是先辈们的美德被尊重并坚守，并要求我们的下一代也要尊崇。因此，信守'代际责任'的承诺，是美德上的要求。我们岂能漠视自己的责任，同时又要求我们的下一代坚守对美德的承诺，这难道不虚伪吗？

"直到今天，日本还没有产生出一个有足够勇气和智慧的领导人，能够像德国的政治家那样，对自己发动的侵略战争作出公正的、合乎道义的、让世人信服的谢罪和道歉。犯下了错误如果不认罪、不反省、不做出符合世界公义的行动,日本就很难获得亚洲各国的信任;战争罪行如果不得到清算,日本的和平就不会长久。日本的政客们没有这样的智慧,我们司法界能否为重庆的受害者伸张一次正义、为日本挽回一点颜面呢?我们大和民族难道就没有勇气为自己过去的战争罪行承担起忏悔和补赎的责任吗?向中国的战争受害者实施可行的赔偿和救援,既可向世界表明,日本政府是一个对历史负责的政府,也是我们坚守'反战'底线,维护世界和平的最佳表现。如此,我们才能肩负起'后果责任'和'补救责任'的光荣,实现民族间的和解,也才能走上正义之途。"

阳光从一〇三法庭西面的窗户射进来,照在梅泽一郎的左侧,让他看上去像一个虔诚的布道者。他的法庭陈述词在两个月前就和赵铁、刘云翔、蔺珮瑶他们讨论过。本来梅泽一郎仍然想从"战后问题处理"和"历史清算"入手,但赵铁说,他刚看到几本有关"全球正义"的书,作者都是二十一世纪享誉世界的政治学者,代表了最先进的文明观。赵铁一针见血地说,我们的官司现在不是法律问题,而是政治障碍。梅泽一郎的陈述如果不能说服法官,至少也能揭露日本政府不鉴史、不道歉、不谢罪的嘴脸。梅泽一郎找了一周也没有找到这些书的日文译本,连著名的岩波书店也没有引进,最后只好买来英文原著。他苦读了一个月,才给赵铁发来邮件说,看来在"全球正义"里日本自我排除在外。一向注重"耻感"文化的日本人,在"继承性责任"和"代际责任"这些把羞耻撕开了来论述、把责任当自我背负的十字架面前,会不会脸红心跳呢?但今天至少他看到了塚木敏义躲躲闪闪的目光。

法庭安静极了,梅泽一郎环视四周,旁听席上是一张张神情凝重的脸。法官们在审判席上面无表情,端坐成三尊泥塑,不知道他们是否会为他刚才的陈述有一丝感动?对面被告席上的塚木敏义时而两眼望天,露出两个眼白;时而低头看桌上的材料,似乎不敢直视梅泽一郎。辩护律师松本茂则一直低头看材料,好像那些在走进法庭之前才开始熟悉案情的老油条律师。

"请允许我再讲一个小故事。三年前,我应邀在美国旧金山参加一个反战的集会,我在发言时谈到了自己这些年为战争受害者所做的一些工作。我走下讲台时,一个澳大利亚的老人过来对我说:'我曾经当过你们日本军的战俘,战争结束后我发誓今生再不和任何一个日本人打交道或者握手。但是,今天我听了你的发言后,我要和你握手。'那一刻我明白了一个曾经犯下侵略战争罪行的民族,为了赢回尊重,就应该做得更多、更主动!谢罪和赔偿,实际上就是对受害群体表示认可和尊重,是主动递过去的和解之手。

"有一个伟大的日本人说过的话,我们不应该忘记,这就是诺贝尔文学奖获得者大江健三郎先生。他在授奖答谢辞《我在暧昧的日本》的演讲中说道:'把国家和国人撕裂开来的这种强大而又锐利的暧昧,正在日本和日本人之间以多种形式表面化……暧昧的进程,使得日本在亚洲扮演了侵略者的角色。而面向西欧全方位开放的现代日本文化,却并没有因此而得到西欧的理解,或者至少可以说,理解被滞后了,遗留下了阴暗的一面。在亚洲,不仅在政治方面,就是在社会和文化方面,日本也越发处于孤立的境地。'大江先生还认为,我们日本人,'作为一个置身于世界边缘的人,应如何从自己的意愿出发展望世界,并对全体人类的医治与和解作出高尚的和人文主义的贡献,这才是我们需要认真思考的问题'。

"借助大江健三郎的'日本暧昧观',我在此还要多说一句,日本面对欧洲和亚洲的双重标准。大家应该还记得,在战争期间发生的'帕内号'炮舰事件①,如果说国家的战争行为是公权力的行使,没有针对个人赔偿的义务,那日本政府当年为什么会赔偿给美国人呢?难道他们的性命就比中国人的更宝贵?这就是日本可耻的'暧昧'。

"今天,坚持和平、彻底反战的日本知识精英们已经看到:亚洲的历史清算一日未了,'战后'就不会终结。参拜靖国神社,修改'和平宪法',美军还驻扎在日本,自卫队扩大化,尖阁群岛(钓鱼岛)纷争,政治家频发妄言,拒绝谢罪、赔偿,就是'战后'没有结束的证明。我们应该知道,没有对侵略战争这一人道责任的深刻反省,就没有日本民族的未来。日本结束'战后'的方式将有'战争之路'或'和平之路'两种对立的选择,对于前者,我相信不是日本全体国民的选择;而后者,正是我们的所愿。但走上'和平之路'的第一步,就是要实现以真诚谢罪、道歉、赔偿为基础的战后和解。"

---

① "帕内号"炮舰事件,指在一九三七年十二月十二日,南京大屠杀事件发生前一天,日本飞机炸沉了航行在长江上的美国军舰"帕内号",遭到美国政府的强烈抗议,日本政府迅疾赔偿了美国伤亡军人二百二十一万美元。

由于今天法庭只是原被告双方的最后陈述，没有辩论环节，因此梅泽一郎的滔滔宏论如江水下泻，直抵人们心灵中最牢固的那道大坝。一个世界主义者常常是跨越了民族藩篱、超越了民族情感的，他的心中只有坚守正义的情怀。坐在旁听席上的赵铁想：当年白求恩如何为中国人民服务的，他没有见到过。这个二十一世纪的"白求恩"，赵铁既跟他拍过桌子，又常常想紧紧地拥抱他。

轮到被告方律师松本茂出场了。他的脸色有些晦暗，不知是因为昨晚没有睡好，还是刚才梅泽一郎的陈述让他生气——谁也不愿被人指责为缺乏责任感和美德。他既不能再傲慢地轻蔑法庭上的中国人，又不愿屈尊表现出谦逊。尤其是看到邓子儒的遗像时，他的目光游移而躲闪，就像一个不敢面对债主的欠债人。他目睹了这个老人为一桩事业耗尽了生命，他的内心既有钦佩，也不乏怜悯。这些中国老百姓，终究不懂当下的国际政治格局。法律条款是死的，是规范这个世界的网，但要捕哪条鱼，得由政治家们说了算。梅泽一郎搬出的那些政治学者们的理论，不过是书生们描绘的乌托邦罢了。

"尊敬的法官阁下，本案近十年的诉讼让我们重新认知了一段历史，旧日本军从昭和十三年(一九三八年)年二月到昭和十八年(一九四三年)八月，在重庆市和四川省的各地进行轰炸，造成重大的人员伤亡和财产损失。原告认为此种行为违反了当时的国际法，即《海牙陆战条约》第三条以及《空战规则法》等当时作为国际习惯法的内容；还指控我国民法关于不法行为的赔偿规定及原则,《中华民国民法》关于不法行为的赔偿规定。另外,二战后,原告认为我国在立法上不作为,未制定相关救济法律;同时行政不作为,怠于采取救济措施等等。请法庭允许我代表被告作以下陈述。"

松本茂感到今天自己的法庭陈述有些吃力,喉咙发紧,舌头有些僵硬,想表述某个意思时仿佛总被一股无形的力量将思路拉扯到另一边去,或者拦腰斩断。他后来终于明白了,是法庭里的那两幅遗像在干扰他,就像两个老人注视着一个说谎的孩子。尽管他坚信自己并没有说谎,他是在为国家和大和民族辩护。但还是免不了心生抱怨,那些混账法警,为什么不恪守自己的职责?

后来,松本茂索性站到法庭中央,背对邓子儒和唐老三的遗像,这样让他感觉好一些了。

他开始论述国际法、《日本民法》、《中华民国民法》为什么不能用来作为原告们的法理依据。"无论哪个国际法,都是国家与国家之间的法律准绳,并没有赋予被害人个人直接向加害国请求损害赔偿以及道歉的请求权。在国际法中,个人状告国家是不存在的,'国无答责',仍然是世界通行的一种法理。就像君权神授一样,你不能去质疑神的意志。而《日本民法》中的国家赔偿条款是在战后的一九四七年才制定的,原告们受到的损害却是在战争之中,战争是国家和国家之间的公权力行使,没有法律上的根据认可国家对个人在战争中的损害有赔偿和谢罪的义务。因此,不得不说原告的请求失当。至于《中华民国民法》中的赔偿条款,虽然是在战争中的法律,但是很遗憾,由于中国特殊的国情,原告们现在是中华人民共和国的公民，前一个时代的法律条款怎么还能在今天延用呢？原告们还指控日本国会至今搁置了战争损害对个人的赔偿补救法案，以及行政不作为。我要说的是，日本国会没有必要为个例单独立法，日本内阁也没有这样的义务。即便如原告方律师所言，在《日中和平友好条约》和《日中联合声明》里中方放弃的是'国家间的赔偿'而没有放弃其国民的'民间赔偿'。其实我们都知道这是日中在此问题理解上的歧义，在法庭上我们已经辩论过多次。在终战后，我们已经通过与台湾的国民政府签订的和约在法律上得到了中华民国政府放弃赔偿的承诺，而和北京的中华人民共和国政府签订的《日中联合声明》，也在政治上解决了这个问题。所以，尊敬的法官阁下，驳回原告们的上诉，坚守战后日本所达成的结束战争的各项和约及条款，正是为了持久的和平和日本美好的未来。"

这个世界上有许多谬论可以装扮成冠冕堂皇的真理，这个世界上也有许多人娴熟地说着一套自己也不相信的话语。梅泽一郎记得在十年前常德细菌战的索赔案中，东京地方法庭在原告和律师团队的大量举证中，不得不认定这是一种国家犯罪，日本政府负有责任，但在判决时却仍然搬出二十世纪初期明治宪法下的"国无答责"和个人无权状告国家等陈腐的法理。这就是他们遇到战争受害者索赔案的标准答案，他们还开什么庭呢？还在国际社会装什么"民主国家"的样子呢？这些在另一个法庭上口口声声为民主、人权、公义辩论的家伙们，他们的心中其实有不同的法律尺度。

尽管松本茂的陈述似乎也在走过场,但法庭里的中国人还是听得昏昏欲睡。没有辩论,没有智慧的交锋,没有对真相的梳理、核实,任何单就法律条文的阐释都是催眠的、枯燥乏味的。直到松本茂回到了自己的座位,吉田法官才醒悟过来该进入下一个环节了。

"现在,请原告方作法庭陈述。"他面朝原告席,努力让自己的语气冷峻、认真。这个中国老太太这些年也老了不少,他不无怜悯地想。

在控辩双方作长篇大论的陈述过程中,刘云翔一直为蔺珮瑶感到揪心。他怕她控制不了情绪,血压升上来了;他也担心她在法庭上触景生情,说起丈夫的未竟事业就泣不成声——这样的时刻他在重庆时经历过多次了。一个人在晚年为一桩事业奋斗到死,最终只能化作遗像上期待的双眸,让身边的亲人也不忍多看。他更担忧蔺珮瑶说到过往的艰难岁月,轰炸、离乱、逃亡、迷惘、抗争,以及一次又一次地被炸碎了的青春梦想,被扭曲了的人生命运,被染白了的满头青丝,被蹉跎了的倾国倾城容颜。人心倘若不是钢筋水泥浇筑的,又何以盛得下这么多的苦难?

蔺珮瑶沉稳地站了起来,她今天决定用英文陈述,并不是为了减少翻译环节,而是她想说的有些话,不想让自己的同胞听到。

"法官先生,首先我要感谢法庭的仁慈和宽容,让我丈夫的遗像能够进入法庭参加旁听。他的在天之灵,正在等待你们公平、正义的判决。而在我座位右边的这个九十六岁的老翁,是我的初恋恋人,他也和我一起在等待。"

沉闷的法庭忽然骚动起来，几台电视摄像机一齐对准了蔺珮瑶，法官、控辩双方的律师、旁听席上的日本人一下被这不同凡响的开场白和那悦耳动听的英文吸引住了，就像一群渴望听到精彩故事的孩子。

蔺珮瑶捋一捋鬓角的银发，尽量挺直了腰，目光苍老却依然柔和，说到"初恋"一词时虽然不失优雅磊落但仍略带羞涩——这种在暮年人生中的羞涩，洞穿了这个老妇人一生的情爱，就像一个暮年英雄的壮烈情怀。而在梅泽一郎看来，蔺珮瑶女士的姿态、眼神，简直就是一个怀春的少女，他甚至看到了两团淡淡的红云飘上了老人白皙的脸庞，一直洇浸到她眼角两端细密的鱼尾纹末梢处，才悄然收敛，像一段慢慢融进岁月深处的隐匿情史。梅泽一郎从来没有看到过一个年过九旬的老妇人还能如少女怀春般充满激情、魅力动人。

"七十七年前，在我们相爱的时候，我十七岁，他十八岁。人生最为美好的篇章，刚刚被一缕春风打开，枝头的花儿含苞待放，青春的诗行墨迹未干。这位老先生当时刚刚高中毕业，是个热爱自己国家的人，他本来报考了重庆大学地质系，幻想将来当一名走遍名山大川的地质工程师。但战争来了，你们日本人舞刀弄枪，开着飞机来了。他就改变了自己的青春志愿，要去当一名保卫国家天空的飞行员。他给我留下一封信，让我等他，等他完成一个男儿的报国之志，再回来娶我。我们以为战争很快就会结束，我们那时不知道战争意味着什么，你们的轰炸机来投炸弹了，我们的孩子还在数天上的飞机好玩，我们甚至以为躲在蒙上一床棉被的餐桌下就可以抵御日本人的炸弹。可是先生们,我看你们都是博览群书的饱学之士,《战争与和平》看过吧?《飘》读过吧?电影《魂断蓝桥》也看过吧?无须我列举更多文学大师们关于战争的描写,我相信你们已经知道战争中的一对恋人,或者一个女人将要面对的是什么。战争全面爆发两年之后,战火烧到了我的家乡重庆,我的恋人已光荣地成为了一名保卫重庆天空的空军英雄。遗憾的是,战争已经改变了我们很多,就像我那时生活的城市,被轰炸摧毁得面目全非、遍体鳞伤。但是我们的爱还在,如一朵花儿在废墟中傲然挺立。可日本人的飞机,连这一点小小的浪漫也不容许它存在。在我们互舔伤口,准备重新扬起生活的风帆时,你们的轰炸把我们逼进了爱情的死亡隧道里,战火中的鸳鸯被炸得天各一方。等我再次见到自己的恋人时,我已经是四个孩子的母亲了……

"我相信你们都有过自己的初恋,但你们怎么会知道一个女人那个时刻的感受?你们,又怎么能够依据你们案头上的这样法那样法,去赔偿一个女人失去的爱情?就像你们永远也计算不出该用多少日元去赔偿李莉莎女士被那块弹片……剥夺了一生的睡眠!

"我并不在意你们赔不赔钱,我一生下来就不缺钱花,现在也不需要花钱。我只是要告诉你们,一个女人一生的爱,被你们的轰炸毁灭了!重庆大轰炸这一段血泪史,日本侵略中国的历史,你们可以刻意抹杀、假装忘记。但请记住:只要我们还活着,我们就是历史的证言;我们死去,证言留下。"

法庭上长时间寂静,只听得到老人急促的呼吸。有两滴浑浊而沉重的眼泪从老人的眼角处流淌下来,流得很慢很慢,似乎需要八九十年的光阴,那眼泪才会洞穿丰沛的人生,滴落到苦难的大地。

蔺珮瑶忽然改说起了重庆话来,那是她的故乡给这个法庭最具"乡土特色"的严厉质询:"狗日的龟儿子些,你们这群哈戳戳的宝批龙法官,脑壳都起包了唛?恁个多的家庭房子被炸垮了,亲人被炸死了,离散了,你们还在这点儿扯把子打横爬,你们这些哈八儿眼睛都瞎了唛?良心都被狗啃了唛?"

翻译此时无法把这些话传递过去,日本法官和律师都面面相觑,不知该如何面对一个嗓门越来越大、情绪越来越激昂的老人。她身后的赵铁伏身过来轻轻说:"蔺老师,请冷静一点。这是在法庭上。"

坐在蔺珮瑶身边的刘云翔不高兴地对赵铁说:"你就让她骂!未必就允许他们来我们的城市乱扔炸弹,还不允许一个老人在他们的法庭上骂人嗦?"

菊香贞子能听懂蔺珮瑶的大部分重庆话,她认为没有什么不妥当的。有一次她和蔺珮瑶在重庆的农贸市场,看到两个妇人骂架,那种高分贝的喧嚣,仿佛天都要被那尖厉、快速、机关枪横扫般的嗓音刺破了。蔺珮瑶看到菊香贞子震惊的样子,便笑着为自己的同胞打圆场说,我也像这样吵过架。重庆女人吵架大约是全中国最厉害的,吵到最后不动手算是给对方留面子了。菊香贞子问,妈妈桑是知书识礼的大家闺秀,怎么会跟人吵架呢?蔺珮瑶的回答是,在我成为母亲以后,生活就是一场战斗。

菊香贞子也听梅泽一郎说过，重庆就是一座战斗的城市，它在不可能成为城市的地方建起了高楼大厦、通衢大道。大江大河塑造了他们的性格，山城的坡坡坎坎磨砺了他们的意志，因此它的人们具备旺盛的战斗力也就理所当然。更何况，在这个可以载入史册的日子里，接下来发生的事情，让菊香贞子这样温良恭俭的日本女人也认为，一个老人在法庭上的怒骂，是因为人间的不公道，连上帝也看不下去了。

吉田法官请被告代理人作陈述，但塚木敏义站起来说，他不需要陈述了，他将尊重法庭的判决。然后他坐下来，用一只手撑在左眼眉骨那里，挡住了自己半边脸。旁听席上有人看见他的眼睛里有了泪花。

经过一刻钟的休庭后，法庭进入最后宣判。三位日本法官从法庭一侧的一间会议室出来，神色凝重地在审判席上落座，摄像机、相机镜头和人们期待的目光一齐对准了审判席。吉田法官没有抬头看原告席，也没有看被告席，更不看旁听席。他展开由助手放好的卷宗，用低得不能再低的声音说："本法庭对重庆大轰炸的历史事实予以认定。驳回原告上诉，一切费用由原告方承担。具体内容见本庭'判决要旨'。"

然后，他起身快速离去。吉田的话音还没有落地，他身边的两个法官松村健二和宏野明就已经站起来了。他们就像不屑与人多言的"外星人"，也像要慌忙逃离犯罪现场的罪犯，还没有等善良的人们反应过来，他们就从这场世纪审判中隐遁了。

法庭里的中国人几乎都蒙了，他们用眼光寻找中方翻译，可是他也没有听清楚法官究竟说了些什么。事后有细心的人证实,十年的诉讼,换来的仅仅是日本法庭四十二秒钟的判决词——不是他们傲慢,就是他们心虚。

菊香贞子听明白了,她先用英文向蔺珮瑶和刘云翔重复了一遍,然后又用日语对翻译说了一遍。面对原告们震惊、失望,最后是愤怒的表情,作为一个日本人,她羞愧得无地自容——岂止是羞愧,简直是羞耻!

"混蛋!无耻!"菊香贞子对着法官们离去的背影大喊了一声。然后,她转身抱住还在发愣的蔺珮瑶,眼泪簌簌而下。

梅泽一郎听完判决后,先是像中枪一样瘫坐在椅子上,双眼望着天花板,相似的场景电影画面一般在他的脑海一帧一帧地闪过。从一九九五年开始,二十来年了,共有二十七件中国民间对日诉讼,法院对于日方加害和中方受害的历史事实,大多都进行了承认,有过胜诉记录的只有五件,其中四件发生在一审,一件发生在二审。但所有胜诉案件在随后的二审或最高法院审判中都败诉了。

"暧昧的日本",无耻的法官!

但梅泽一郎很快便恢复了平静。他看见被告席那边只剩下塚木敏义还呆立在座位上,正用不无同情的目光望着他,似乎想等他走过去接受他的安慰,或者拍拍他的肩,说声"抱歉"。今天开庭前他还对梅泽一郎说,终于要有个结论了,晚上我们再去喝一杯。梅泽一郎从辩护席上站起来,并不理会塚木等候的目光,径直走到法庭中央,他身后跟着律师团的小野、井上、成泽等十来个人,他们似乎就像排练好了的一样,齐刷刷地向法庭里的中国人鞠躬、致歉。

"我们要上诉,你们同意吗?"梅泽一郎举起了拳头,

"上诉!上诉!"所有的中国人和日本人都挥舞起了拳头。

梅泽一郎用生硬的中文喊道:"生命不息,索赔不止!"

他眼含热泪,再次鞠躬。

29. 一直在你身边

清明前一周,蔺珮瑶就开始给孩子们打电话,让他们准备好车,清明那天去给邓子儒上坟。这是你们父亲过世后的第一个清明,家里的人一个也不能少。她在电话里一再叮嘱。可是清明前两天,二女儿说她儿子一家要去仙女山春游,宝贝孙子要参加一个健康儿童的全国海选。这是儿子一家的大事,她和她老伴来就是了。四儿子又从长寿打电话来说,这个清明节一家约好开车去湖北度假,这是早就计划好的,给老汉儿上坟嘛,不一定非要清明节,以后回重庆时,随时都可以去的噻。

蔺珮瑶放下电话就开始抹眼泪,这种时候总有一块手绢默默地递过来。刘云翔是她打电话和接电话的"专职秘书",打出电话需要帮她拨号码,接电话时需要他来按下接听键。无论是座机还是手机,蔺珮瑶都已看不见上面的数字。

"死了连坟前烧香磕头的人都不齐,还说啥子养儿防老哦?"她抱怨道。

"没有人烧香磕头,人就不死了唛?"刘云翔逗趣道。

"老不正经的,不准你说死。"蔺珮瑶挥手打了刘云翔一下,破涕为笑。

现在家里安静下来了。邓子儒走后,两人决定不要保姆了,他们可以自己照料自己。蔺珮瑶的大孙女曾说要搬过来照料他们,但蔺珮瑶一口回绝了。我好不容易才安静下来,拜托你们别来烦我啦。从日本回来后,两个老人把从前位于七楼的房子卖了,从南岸搬到了江北,换了一套一楼的二手房,房子更小、更旧,周围也没有一个他们认识的人。换房后还剩下两万多块钱,子女们建议她买份人身意外险吧。蔺珮瑶呵斥道,我生活中的意外多了,我还不是活到今天?这些钱我还要留着再去日本打官司。子女们背后抱怨说,老太婆过去不风流,老了咋个就疯扯扯的呢?算啦,这把岁数的人了,爱咋个就咋个。

生活从来没有像现在这样宁静、轻松、安详,像夏日山谷里缓缓沉落的斜阳,在最后的灿烂中悄无声息地熄灭,不需要人赞美,也不需要人同情,更不想听到一丝非议、一点杂音。两个老人一个行走不便,一个近乎失明,但这是两颗终于合在一起的心,是不离不弃、如影随形,一个永远在另一个身边的人生承诺。刘云翔现在驾驭手扶轮椅就像当年驾驶战斗机,在琐碎的、有限的生活空间里轻快自如地滑行。他们一起出门,刘云翔摇着轮椅在前,蔺珮瑶扶着轮椅推把在后,他说朝左边,她就往左推,他说要上坡了,她就用已然衰老的力气拼死往上顶。他不让她使力,说自己能行,她就会幽默上一句,你这条老"导盲犬",前爪爪拖着后爪爪走哇？在生活中很难说他们谁在照顾谁,他们只是像"人"字一样在人生的最后一程互相支撑。他们去菜市场买菜,他告诉她菜的成色,老了还是嫩了,新鲜的还是隔夜的,这是五花肉那是后腿肉,然后由她决定买还是不买。回到厨房时,刘云翔负责择菜、洗菜,蔺珮瑶摸索着切菜、炒菜,只是厨房里摆放的那些瓶瓶罐罐不能乱了顺序,不然就会闹出笑话,或者出事故。有一次刘云翔把酱油瓶和醋瓶的位置放错了,结果蔺珮瑶拌的凉菜酸得刘云翔直叫牙齿都要脱了;又一次刘云翔削水果的刀没有放回原位,老太太以为那是汤勺,一把抓在刀刃上,食指和中指立即鲜血直流。类似的错误隔三岔五地发生,不过是这对"老来伴"的生活笑料而已。

  当然,他们也会讨论一些严肃的话题。夜深人静的时候,两人平静地躺在床上,十指相扣,内心平静如水。有时他们会回忆坎坷但诗意的青春。少男少女时代的爱情算什么美好哦,爱情总是需要时间的历练和苦水的滋养,需要走过万水千山风吹雨打,才会像一颗核桃一样,虽然满身皱纹了,但核桃仁是饱满的、成熟的。刘云翔一本正经的话总是能让蔺珮瑶"咯咯"直笑,抚摸着老情人苍老的脸说,你这颗老核桃都熟过头啰。刘云翔则会说,不生虫就好么。有时他们也会展望美好但不乐观的未来。人生的终点越来越近,生命的时光流走得飞快,苦苦相爱的人才刚刚登上黄昏时浪漫的列车,沿途的风光还没有看够,车说到站就到站了,天说黑就黑了,也许你连跟身边的人道声告别都来不及。你感到惋惜吗?不,我有找回自己的爱的庆幸。只是要是我先走了,你咋个办哦?在你还是飞行员时,我就说过的,不允许你死在我前面。那好办,一起走就是。要得,一起走。七十多年前在你家的猪笼里就该一起走了。唉,七十八年了啊!狗日的……她恨恨地骂了一句,指甲深深地挖进他的掌心里。

清明节那天,邓家的后代们开来三辆车,还租了一辆中巴车,虽然来得不齐,但老老少少也有二十多个人。本来蔺珮瑶建议刘云翔不要去了,但他说,今天不是有车吗?平常要去公墓看望一下我这老哥还不方便呢。蔺珮瑶儿女一辈的人称刘云翔"刘叔",孙辈以下的一律称他"刘爷爷"。邓子儒还在世时,他仿佛已经是他们家庭中的一员,现在他们很坦然地接受了他,甚至还心存感激。如果没有这个"老相好"在老太婆身边,麻烦事就多了。

公墓里青烟缭绕,鞭炮阵阵。后辈们按顺序敬了香、磕了头、烧了纸钱,就算是完成孝道了。然后他们对蔺珮瑶说,我们去停车场等你们,你们慢慢来。

墓碑前只剩下坐在轮椅上的刘云翔和站他身后的蔺珮瑶了。蔺珮瑶执意要在清明节带全家来扫墓,其实心中还有几句话需要在这个时刻说出来。说了,今后她的内心才会安宁。

"邓子儒,我现在跟刘云翔生活在一起了。他是你的好兄弟,更是爱了我一生的人。你抛下我走了,我身边有你兄弟照顾,你在那边应该感到高兴啊。人有爱或没有爱,都是一生。正如贫也好富也罢,也是一生一样。我们都没有什么可怪罪的了,天国的大门,会为我们这些有罪的人一起打开。"

蔺珮瑶说完这些话后,神奇的是刚才还晴朗的天空忽然就阴下来了。清凉湿润的春风掠过墓地,墓碑两侧的青草微微摇动。

"他晓得你的心思了。"刘云翔心有戚戚焉。

蔺珮瑶在邓子儒的墓碑前重新点燃了三支香,说:"一个爱情出了差错的可怜人。"

刘云翔接口道:"谁不是呢?"

蔺珮瑶回过头来,两人相视无言。尽管她什么也看不清,但她相信她看到了刘云翔眼里的幽怨。因为他补充道:"有个作家说过,丧钟为我们大家而鸣。老哥子,等着吧,我们很快就来了。"

远方春雷隐约传来,春风带来了清明时节悲情的细雨,活着的忧伤和死亡的诗意伴随着雨丝细密地在阴阳两界交织。人生是一场相聚,也是一场告别。无论是亲人还是情人,无论在天涯还是在海角,也无论在一方墓碑后还是墓碑前。

蔺珮瑶推起轮椅,说:"走,我们回家,看路。"

刘云翔回答道:"好。注意,前面有道坎。"

蔺珮瑶欢快地应道:"晓得,多少沟沟坎坎都过了,不怕。"然后她伏在刘云翔的耳边,用少女般天真顽皮的口吻说:"海哥哥,你记住,你欠我一个婚礼。"

二〇一六年九月二十八日凌晨五点一稿完于北京
二〇一六年十月三十日二稿改于重庆
二〇一六年十二月二十二日五稿定于昆明

后　记

致敬重庆

1

　　向一座城市致敬的最好方式,也许就是为它写一部书。一如当你爱上一个人,就想为他(她)写一首诗一样。

　　三十六年前,我开始在重庆的求学生活,那一年我十八岁。在一个夏末湿热的傍晚,火车驶进混乱不堪的菜园坝车站。在车站广场仰望山坡上鳞次栉比的房屋,上层的屋基压着下层的屋檐,黑瘦的柱子站在陡峭的坡坎上,像一只只坚韧的脚,支撑着黢黑的木板房,勾勒出一座城市粗犷的轮廓,既破败错杂、密实险峻,又生机勃勃、人间烟火味十足。城市悬浮在半空中,灯光星星点点,远远望去,有海市蜃楼之幻景,又如一个热气蒸腾的梦境。而我就是那个贸然闯进城市之梦的愣头小子,带着两件简单的行李、满身的汗味和青春的稚气置身在这喧嚣火热的山城。这是我第一次离开故乡到一个陌生的城市学习和生活,就像来到一片新大陆,要在这里开垦人生的处女地,播下理想的第一颗种子。男儿十八,青春飞扬,无所知也无所畏,正是独自出门闯世界的好年华。何况那时的大学生荣幸地被称为"八十年代的新一辈",是那个年代名副其实的"天之骄子",因此也不识深浅,更不知敬畏。世界虽然尚不在手上,但这个世界正被我们所拥有、所改变、所创造。我深感庆幸的是,在国家改革开放之初,那列命运的火车把我带到了山城重庆,让我在它的怀抱里求知、学习、成长,让我透过一座城市的变迁看到变革中的世界,并在四年的大学生涯里渐次体验它的深度和高度,还有它难以言说的温度。这座城市的温度于我来说,并不仅仅指它特色鲜明的气候,还包括在漫长岁月中回眸它时眼眶的热度,回忆它时内心的温暖,以及听到一句地道的重庆话带来的某种温馨感受。

我的母校西南师范学院(现西南大学)在风景秀丽的重庆市北碚区,它似乎是个独立于山城重庆的世外桃源,也是远离喧嚣的尘世专心读书的好地方。不过大学四年我却不是个听话的好学生,我只花了三分之一的心思来对付功课和考试,另用了三分之一的时间在球场上,还有三分之一的工夫则在专心写小说。大学四年下来,只"赢得"满满一纸箱退稿。那时是"少年不识愁滋味,为赋新词强说愁",但仍然怀揣着要当一个作家的梦想。真要感谢那样一个单纯火热的年代,青春是诗意浪漫的,读书是可以改变命运的,文学的理想始终是高贵的,未来永远是充满希望的。校园里没有铜臭味,没有颓废与迷惘,也没有人"拼爹"。大家都像一张白纸那样纯洁,在四年的大学生涯中尽情描绘自己的未来,只不过有的人画得中规中矩,有的人画得像印象派、立体派,让人看不懂他老兄将来要向何方发展。我大约就属于那种让先生们看不懂的学生。人不算太笨,但也不聪慧乖巧,经常逃课,成绩平平,亦无多少特长,属于那种让老师叫不出名字的学生。

但我相信,那个年代几乎每一个学子都怀揣着隐秘的远大理想,大学的一大好处在于:它培养了一个人读书的方法和自由独立的判断,前者让他受用一生,后者教人在离开校园后走自己的人生之路。

大学毕业后我离开重庆,远走云南。作家梦让我坚信我这样少不更事、经历苍白的愣头青必须行路万里,饱尝风霜雪雨,阅尽天下风情,才可有笔下的锦绣文章。也是在一个酷热无比的夏天,同样一趟命运的火车把我拉到了云南高原。这又是一片新大陆,我和初进校门一样的赤手空拳,一样的新鲜、好奇和要跟世界搏一把的豪情万丈。重庆这片曾经的新大陆,被我迫不及待地抛在身后了。火车驶离山城时,我连回望它一眼的心思都没有。一个立志要走天涯的浪子总会把经过的地方当成人生的客栈,无论是一个村庄还是一座城市,哪儿黑哪儿歇,四海为家,随缘而安。直到今天,我也不否认这也是一种生命的精彩和浪漫。只是多年以后,当思乡之情在夜深人静时掩袭而来,当青春年代的色彩在回忆里渐渐模糊、泛黄变旧时,重庆这座城市,在重庆学习生活的岁月,慢慢地变得像故乡一般令人眼热了。我想我的那些志在四方的同学们也和我一样有这样的感情。从每十年一聚的同学大聚会中你就可以看到,尽管青春的容颜已不在,尽管从两鬓斑白到满头华发,但他们回到重庆、看到母校时眼眶里的热度,足以抚平岁月的沧桑,足以消融浪迹天涯的疲惫,就像一个游子回到故乡——准确地说,是回到我们"青春的原乡"。

这就让重庆这座城市在我的人生旅途中与众不同,它不再是一座与己无关的城市,它是一个"老情人",当你和它再次相遇时,你会有扑入它怀抱的冲动,你想和它举杯相邀,把酒言欢,将经年的往事慢慢叙说、细细道来。

2

要感谢重庆出版集团的陈兴芜总编辑。二〇一五年春天我为我的第一部抗战题材的长篇《吾血吾土》到重庆做最后的补充采访,陈兴芜总编辑专程来看我。

在交谈当中,陈兴芜总编辑直截了当地说,你写抗战题材,为什么不为重庆写一部书呢?"重庆大轰炸"就非常值得一写。陈总编的话令我怦然心动。

重庆在抗战历史中作为国民政府的陪都举足轻重,尤其是重庆的抗战文化,那么多的大师巨匠在抗战时期都聚居在重庆,作家有茅盾、老舍、巴金、冰心、梁实秋、林语堂等,戏剧家、导演、演员有夏衍、阳翰笙、应云卫、吴祖光、洪深、金山、白杨、秦怡等——这样的名单可以开出一长串。他们以自己手中的笔、以舞台上的演出宣传抗战、弘扬一个民族不屈的精神。重庆在抗战时期有名的话剧艺术节和"雾季演出",就是在战火的硝烟中粲然开放的文艺之花。尤其是重庆在抗战中所经受的长达五年多的大轰炸,在中国还没有哪座城市像重庆这样遭受到过如此惨烈的无差别轰炸,也没有哪个城市像重庆这样,在大轰炸中将文化的坚守和国家民族的救亡图存紧密地联系在一起。而文化抗战,正是我愿意在表现抗战的书写中关注的问题。因为我们的国土可以丧失,军事可以失利,士兵和百姓可以牺牲,但我们的文化,却从不曾被征服,也永远不可能被侵略者征服。重庆的文化抗战,就是抗战历史中最为鲜活、最为动人的篇章之一。

在重庆出版集团的鼎力支持下,二〇一五年我几乎移师重庆,住进渝北区的一个小区里,像一个重庆人一样地生活——买菜做饭,吃小面,烫火锅,在拥挤不堪的车流人流中从江北到南岸、从渝中区到沙坪坝四处奔波。我离开这座城市已经整整三十年了,这三十年来重庆城的变化不要说我这个外地人,就是老重庆也常常会迷路。我需要重新接上地气,重新找准这座城市的气息和温度,尤其是需要重新发现这座城市的历史与文化。一座城市的性格,一定和它的文化积淀有关。正如一个人的性格,和他的文化背景和学识涵养相连一样。坦率地说,在重庆上大学的那四年,我囿于校园高墙之内,对这座城市的历史文化所知甚少。梁实秋先生的"雅舍"、老舍先生写《四世同堂》的旧居,其实就在我们学校的大门外,走路去也不过十分钟的路程,但我竟然都没有去瞻仰过。教科书里对此方面也甚少提及,我更缺乏那种做学问究根到底的精神。那时我们正热衷于纷至沓来的西方各种现代文学流派和主义,朦胧、怪诞、荒诞、魔幻才是最先锋、最新潮的。现代已经不够了,还要加个"后",似乎才不会落伍、老土。一个年轻的学子总是容易好高骛远、喜新厌旧,总是会忽视脚下这片土地,总是对传统的东西不论好坏充满叛逆。现代文学是一门专业必修课,但我不知逃了多少课,能考试及格,已属万幸。茅盾、巴金、老舍、郁达夫们,当然得让位于海明威、福克纳、戈尔丁、卡夫卡、加缪、罗伯格里耶、博尔赫斯、阿斯图里亚斯、马尔克斯们。我们几乎忽略了文学和传统文化的关系,文学和自己民族历史的关系。现在想来,大学那四年,对重庆的历史文化视而不见,则颇有虚度光阴、"暴殄天物"之遗恨了。而当时却认为自己聪明得不行,叛逆得有个性。实则是我们在校园里经常揶揄同学的话——"假老练"而已。

只有经过世事的磨砺、时间的淘洗、岁月的流逝,人才会发现经典的东西永远都在那里,光辉的历史并不因为沧桑演变而逊色半分。而曾经逃离的故园,会在时光的打磨下,闪耀着日久弥坚的动人魅力与光芒。一如重庆这样的"青春原乡",即便吾辈已然青春远遁、韶华不在,但它依然在云飞雾走、岁月静好中守候并召唤一个远方游子的归来——即便不能回到青春年代里,也要穿越雾都的重重迷雾,回到这座山城的记忆深处。

回到重庆的采访和书写是一次愉快的发现之旅,前程未卜并充满挑战,一如我当年回到藏区、走向大地。在城市的喧嚣中,陌生感和孤独感其实和身处旷野中没有多大区别。每当我面对山城灿若银河的灯火,我总会想起荒山野岭里那些孱弱孤单的灯火,在深厚无垠的黑暗中,它常常就是彼时彼景的守望之灯,你必须行到它的光照之下,才会有一杯热热的酥油茶、一碗辣辣的青稞酒。而山城的灯火太奢侈、太浪漫,从天上到江面,层层叠叠,铺天盖地。缥缈乎太虚幻境,巍巍乎琼楼玉宇,人便有乱花迷眼、误入仙境之敬畏。但一个作家的职责就是要在这繁花般的世界里,找到那条通往历史纵深处的回归之路,钩沉一座城市的昨天,以观照它的今日。山城的灯火灿烂之下,城市的记忆并没有随着流光溢彩的江水流走;每一扇窗户的后面,动人的故事也不会随着白发的飘零遗忘、泛黄。我寻找那盏历史的守望之灯,祈请它引领我走过了万水千山的脚步。这将是对一片熟悉而已陌生了的"新大陆"的再次发现,也是一次青春的回眸。

3

关于重庆大轰炸,重庆的文史界和新闻出版界已经做足了功课,出版了汗牛充栋的相关书籍。尽管这个话题在二十世纪末期才逐渐被人提起并发掘出来,一些历史人文学者、作家艺术家,以及执着于拒绝遗忘的人们,已经做了许多卓有成效的工作。但当我开始涉猎这个题材时,我依然为自己对抗战历史中这一段的无知感到汗颜,依然为像重庆大轰炸这样重大的历史事件,在抗战胜利结束后长达半个多世纪被遮蔽而感到遗憾。我的母校的前身——四川省立教育学院,抗战时校址在沙坪坝,也曾遭受过惨烈的轰炸,师生无辜殒命,校舍断壁残垣,而我在读书时对这些史实浑然不知。这是必须要补的一课,我就像抗战时期来到重庆的"下江人",面对纷繁错乱的历史头绪,慢慢地、艰难地辨析这座城市的过去。历史老人在山城的浓雾中冷笑叹息,皓首白头、创伤犹在的大轰炸经历者在沉重不堪的回忆中悲伤哭泣。如果抛开身边繁花似锦的升平景象,你会发现,战争的创伤,还在这座城市的某处地方,隐隐作痛。幸存的战争受害者,还在某个黑夜的孤灯下,独自垂泪。

但我们要是就苦难而写苦难,就有可能陷入祥林嫂式的误区。用大历史观审视苦难、反思战争,公正公平地处理好战争遗留问题,才会更珍惜和平。第二次世界大战甫一结束,同样饱受战祸的西方世界立即进行了深刻的战争反思,从政治制度到历史追问,从哲学思考到文学反映。在西方哲学史上被誉为与康德、黑格尔同为三大高峰之一的德国哲学家、心理学家卡尔·西奥多·雅斯贝尔斯,将战争罪行作为政治罪行之一种来界定,并指出所有生活在这种政治体制下的人,"没有人能够免除政治责任",也即战争责任。因为"该国家的权力统治着我,而且我生活在其秩序中","我们对我们的政权,我们政权的行为,在这一世界历史形势下战争的开始,以及那类我们允许从我们中发迹的领导者,都负有政治责任。基于这一理由,我们要用我们的劳动和工作能力对胜利者作出补偿,而且,补偿的数量要达到战败者能够承受的最大极限"。[①]雅斯贝尔斯认为,全体德意志公民应共同分担战争发动者的政治罪行,不管他们是否狂热地支持过战争,但他们都享受到了战争带来的好处,至少他们没有反对。作为这个体制下的公民,他就应当承担责任。这就有了德国这样的国家从集体屠杀犹太人到全民族的整体赎罪,有了法西斯主义成为世界公认的人类毒瘤并被口诛笔伐、深深埋葬。而反观东亚的两个最大交战国中国和日本,一个是被侵略者、战争的受害者,一个是侵略者、战争的发起者,但对这场是非曲直分明的战争,依然存着领土纷争(如钓鱼岛)、道歉赔偿、正确对待历史责任、政治人物参拜靖国神社、军国主义阴魂犹在等诸多问题。任何一个富有正义感的中国人始终都想不明白一个最简单的问题:日本作为侵略中国的国家,挑起战争的罪魁祸首,它为什么不道歉不谢罪不鉴史?难道

[①] 转引自〔英〕戴维·米勒:《民族责任与全球正义》,杨通进、李广博译,重庆出版社2014年版,第132页。

这是一件很难的事情吗？日本的军国主义和德国法西斯主义作为发动二次世界大战的两个邪恶的幽灵，为什么后者被彻底打倒并不齿于人类了，而前者却在那个岛国上跃跃欲试妄图复活，并且一再挑衅中国人的历史尊严和情感底线？

过去，我们一直忙于国内事务，现在，是该进行更深刻、更进一步的战后反思了。

应该承认，战争文学是最好的战后反思形式之一。过去我们所见到国内的战争文学，更多地是从家国命运、人性、人的命运等方面来反思战争，或者描述随着战争一同而来的革命。我们是个多么善于内省的民族，我们的文学作品中对战争责任的追问，在我看来，甚少于对战争残酷性的描写。而大海对面那个给我们带来深重战争灾难的侵略国家，现在却企图在全球化的进程中把自己的战争罪行洗白得一干二净，能狡辩的则狡辩，能抵赖的则抵赖，能遗忘的就刻意地遗忘，甚至不惜把自己打扮成战争的受害者。中国人忽然发现，铁证如山的事实，譬如南京大屠杀如此巨大的民族创伤，居然在某些日本人口中并不存在；日本侵略中国的历史，在日本的教科书里被粉饰为一种为了国家兴亡的必然行为；东京的靖国神社里，甚至连被国际法庭判处极刑的甲级战犯也俨然成了大和民族的"英雄"。他们否认历史，拒绝谢罪，其最终目的其实只有一个——逃避战争责任，重启日本的帝国梦想。

在重庆的采访期间，我有幸接触到了重庆大轰炸民间对日索赔原告团的朋友们。中国的民间对日战争索赔行动始于在二十世纪九十年代中后期，已然觉醒的中国人再不能容忍自己的父辈祖辈所遭受到的苦难被忽视、被歪曲、被不公正地对待，再不能漠视日本右翼对历史的歪曲颠倒和一再挑衅中国人民的尊严底线，对日索赔行动在华夏大地方兴未艾、风起云涌。从中国劳工索赔案、南京大屠杀、"七三一"部队人体细菌试验案、慰安妇索赔案、细菌战受害者索赔案、平顶山大屠杀，到重庆大轰炸受害者索赔案等，共有二十多起对日索赔案直指那个应负起历史战争责任的政府。

　　我相信对无数中国人来说，战争索赔是一个陌生的名词。过去我们的国家积贫积弱时，凡有对外的战争，大多是"割地赔款求和"的结局。我们已习惯于受到了侵略，还要向侵略者赔偿。连难得的几次反抗侵略的胜利，也不得不以再次签订不平等条约收场。如始于一八八三年的中法战争，两年后老将冯子材在广西镇南关大败法军，但最终中国的西南大门还是被迫向法国人洞开。第二次世界大战中国人民历经十四年浴血奋战，以完胜日本侵略者而告终，但战后问题的处理却因各种复杂多变的国际政治局势而让日本逃脱了战争赔偿。一九五一年在美国主导下的《旧金山对日和约》确定了日本战后恢复重建的地位，但对中国等广大受到日本侵略的亚洲国家来说，却仍然是一个让日本逃避了战争责任的"不平等条约"，我们国家也从来不承认它的合法性。可是日本政府却实实在在地免除了天文数字般的战争赔款。

　　战争索赔，这是一个复杂的国际问题、法律问题，可对一个战争受害者来说，却只是讨个说法这样简单的道义问题。在与重庆大轰炸受害者们的接触中，我才慢慢地发现，这群白发苍苍的对日索赔者，实际上在向我们这个社会传递着某种久违了的精神气质——维护民族尊严的勇气和做一个堂堂正正的胜利者的自信。你发动了战争,戕害了我的亲人,毁坏了我的家园,我战胜了你,恢复了和平,理所当然地要追究你的战争责任。如果连这一点都做不到,这个星球上的和平又还有什么保障呢?文明世界的正义又在哪里呢?

但事实却并不是那么简单。重庆的一个普通的大轰炸受害者,绝对想不到对日本的战争责任追究与索赔会牵涉到东西方两大阵营的博弈,并且这种博弈从二战甫一结束就开始了。在美国人的制度设计和军事庇护下,日本成为"最好的战败者"。但这种"好"只是对西方世界而言,对日本战后的恢复重建而言。今天日本的法庭,绝不会对一个万里迢迢前去打官司的战争受害者表现出哪怕一点点的"好"。

实际上许多重庆大轰炸受害者已经看到了这一点,但他们仍然要一次又一次地自费去日本伸张正义和公道。尽管他们中的大多数已经步履蹒跚、白发飘零,尽管一些受害者在漫长的诉讼中含恨地命赴黄泉,尽管所有的对日索赔诉讼都以败诉告终,但是人们没有放弃。一个受害者在接受我的采访时说:"我们不去打这个官司的话,那些日本人不会晓得他们在重庆犯下的罪行。"

如果一些人、某个民族忘记了历史责任,那么就让我们的苦难去唤醒他们的记忆,用法律、道义去追问他们有罪的灵魂。这是一个民族的正义行动,是一座城市的声音跨越了国界的呐喊,是一个个普通平凡的中国人自觉肩负起来的民族尊严和世界正义。中国人到日本,并不仅仅只有游客和买电饭煲马桶盖的扫货大军,还有这样一群肩担道义的人,他们是二十一世纪的"抗日远征军"。他们是历史的见证者,正如本书中一个人物说的那样:"只要我们还活着,我们就是历史的证言;我们死去,证言留下。"

我希望自己的书写能为这些证人与证言留下鲜活形象的注脚。在真实宏大的历史和超乎人想象的人生命运面前,一个作家可能只配当一个注释者。重庆大轰炸是一件如此重大的历史事件,我接触到它时,战争已经结束了七十年。而当年的幸存者,大多是一些耄耋老人了。中日战争中有那么多重大的历史事件,如"九一八"事变、"七七"卢沟桥事变、滇缅战场、重庆无差别大轰炸等,其实中国的作家对此已经书写了不下半个世纪了,只是还没有好到能入大江健三郎这样的大师的法眼。或者说,好到让一个日本的普通读者读了你的书,也能心服口服地承认:日本发动的战争是有罪的,是该担负起战争责任的。我在东京逛有名的岩波书店的一个分店时,看到关于太平洋战争、东京大轰炸、广岛长崎原子弹爆炸、南太平洋战事、缅甸战场的书籍,一排排、一架架,可谓汗牛充栋。而跟中国有关的书籍,最多的就是《水浒》和《三国演义》了。《人民文学》主编施战军鼓励我一定要好好将这个题材写出来,那时我感到了某种责任和使命。尽管这段史事于我来讲,还像包裹在雾都山城的浓雾里,但我相信时间和毅力终将会让历史的迷雾散去。

我近些年来致力于抗战历史的书写,总是在历史老人白发苍苍的微弱光芒中寻找前行的道路。这光芒在纷繁的尘世中若隐若现,在典籍的书堆里如火种般坚韧而温暖。我自认为是一个对现实缺乏把握但还有点历史感的人,这种感觉让我对自己的写作还不至于失望。过去我在提笔写作前总是行走于大地,现在我更多地穿行在时间的经度和纬度里,寻找那些遗失的珍珠和还在闪闪发光的记忆碎片。在重庆这座以火锅闻名的城市里,我的激情一次一次地被激活,仿佛每一个细胞都膨胀沸腾起来了。我想一个人如果找回了自己"青春的原乡",也应该是这样的罢。更加之重庆人与生俱来的豪爽、热情、耿直、包容,以及远离故园三十多载后重新找回来的"乡土乡情",这种又远又近、又陌生又熟悉的感受,或许就是某种最好的创作状态。在乡情中的写作,总是最惬意的。

　　要感谢我在重庆生活和写作期间为我提供帮助的朋友们——重庆出版集团的编辑,重庆大轰炸受害者民间对日索赔原告团,以及原告团里还在不屈地坚持上诉的大轰炸受害者、志愿者、律师,我相信一切有良知和正义感的中国人永远站在你们一边;感谢我的母校西南大学,以及西南政法大学、重庆师范大学的老师们;感谢我在重庆的大学同学,他们和我有着兄弟姊妹一般的情谊,还有许许多多热心重庆抗战历史文化的朋友们,共同的历史责任感让我们走到一起。特别要感谢重庆的文化老人牛翁老先生、重庆十一中的退休老教师陈国均女士(令人遗憾的是,她在接受我采访后不到半年以九十七岁高龄谢世),他们是重庆本地历史老人的化身,是重庆抗战时期具有传奇色彩的人物。仿佛是上帝指引了我,让我与他们相遇相交,让我沿着他们白发的光芒寻找到了抗战时期重庆的市井百态,以及一个文化人和这座城市独具特色的人文滋养。出身名门的牛翁老先生在抗战时期和重庆戏剧文化界交往甚厚,是话剧艺术节和"雾季演出"的亲历者和热心支持者,晚年诗书自娱,豁达平和。我在书中引用了牛老的几句诗句,借书中人物的人生态度以向牛翁老先生致敬,并祝福老人家健康长寿。

  这是一部向一座勇敢倔强的城市致敬的小说,是向一段不屈的光辉历史致敬的颂歌。当然,一个小说家总是要写爱情的,我还想透过本书,向不平凡的岁月中一场日久弥坚的爱情致敬。

丁酉年春